国家社科基金后期资助项目

美国女性文学史

A History of American Women's Literature

上 卷

金 莉 李保杰 周 铭 著

图书在版编目(CIP)数据

美国女性文学史:上下卷/金莉,李保杰,周铭著.—北京:商务印书馆,2023
ISBN 978-7-100-22404-8

Ⅰ.①美… Ⅱ.①金…②李…③周… Ⅲ.①妇女文学—文学史—美国 Ⅳ.①I712.09

中国国家版本馆 CIP 数据核字(2023)第 074993 号

权利保留,侵权必究。

美国女性文学史

上下卷

金 莉 李保杰 周 铭 著

商 务 印 书 馆 出 版
(北京王府井大街36号 邮政编码100710)
商 务 印 书 馆 发 行
北 京 冠 中 印 刷 厂 印 刷
ISBN 978-7-100-22404-8

2023年8月第1版　　　开本 710×1000　1/16
2023年8月北京第1次印刷　印张 75¾
定价:348.00元

国家社科基金后期资助项目
出版说明

　　后期资助项目是国家社科基金设立的一类重要项目,旨在鼓励广大社科研究者潜心治学,支持基础研究多出优秀成果。它是经过严格评审,从接近完成的科研成果中遴选立项的。为扩大后期资助项目的影响,更好地推动学术发展,促进成果转化,全国哲学社会科学工作办公室按照"统一设计、统一标识、统一版式、形成系列"的总体要求,组织出版国家社科基金后期资助项目成果。

全国哲学社会科学工作办公室

前　言

　　20世纪70年代兴起的美国女权运动第二次浪潮带动了女性文学的繁荣发展,不仅使大批尘封的女性作品重新出现在美国文学殿堂,也使美国女性文学研究成为学界热点。自此以后,美国学界的女性文学研究从多样化的批评理论视角(如性别政治、族裔、后现代主义、后殖民主义、文化研究等)开展了断代研究、类别研究、群体研究,以及单个作家与作品研究,成果十分可观。但遗憾的是,既有成果缺乏对女性文学整体发展历程的宏观考量,致力于美国女性文学史研究的著作仍十分少见,目前仅有一本专著,即伊莱恩·肖沃尔特(Elaine Showalter,1941—　)的《她们自己的陪审团:从安妮·布雷兹特里特(Anne Bradstreet,1612—1672)至安妮·普鲁(Annie Proulx,1935—　)的美国女作家》(2009)。该书追溯了自1650年至2000年美国女性文学的发展,涉及二百五十多位作家。这部美国女性文学史虽然涵盖面广,但以美国人为目标读者,对于中国读者来说缺乏对于美国文化和历史背景知识的介绍。

　　中国学界自20世纪80年代末开始将目光投向美国女性文学,相关研究开始起步。进入21世纪以来,我国学者对于美国女性文学的关注热度不减,相关著作和论文大批涌现。但尽管成果丰硕,女性文学史的专门研究并不多见。综合来看,目前我国的美国女性文学研究缺乏基于性别政治的谱系意识,对于美国女性文学发展进程的历史观照不足,研究范围大多局限于单个作家或某个特定的作家群体,研究对象偏重当代作品,忽视了美国早期的女性作品。纵观历史,美国的女性创作走过了一条艰难而坎坷的道路,它既处于桑德拉·吉尔伯特和苏珊·古芭所言的"嗣属的焦虑"(即在男性经典文学传统和女性文学亚传统之间寻找归属感),也受制于保尔·劳特(Paul Lauter)所指出的社会语境对于文学创作的塑造性影响。这两者对于美国女性文学的生成都起着不可估量的影响。因而,从宏观的角度梳理女性文学发展史就显得尤其必要。但迄今为止,由中国学者撰写的美国女性文学史只有一部,即由徐颖果和马红旗主撰的《美国女性文学:从殖民时

1

期到20世纪》(2010)。这部文学史具有开拓性意义,但显然,我国既有的研究范围和学术深度尚无法满足我国学界对于美国女性文学研究的需求。

　　本部《美国女性文学史》是目前国内最全面的美国女性文学史,聚焦于美国女性文学发展的整体风貌,从历史的角度审视美国女性文学的起源与演变过程,考察其内在规律及主要特征,以促进国内学界对美国女性文学乃至整个美国文学的全面了解。本书具有以下特点:(1)首次以文学专史形式审视美国女性文学的总体态势,建构了美国女性文学发展的谱系,保证了成果的原创性和学术性;(2)以美国女性文学代表性作家和作品为核心,借鉴学界最新的研究成果,参考了文化批评、身份政治、空间政治、生态批评等理论的新发展,体现了文学、美学、历史、文化研究等领域的跨学科性,拓宽了论述的广度和深度;(3)通过整合社会背景、重大历史事件及文化现象,探究文学作品与社会现实的互动,并在此基础上专述重要作家,多维度地剖析她们的创作美学和作品的政治意义,以此揭示女性文学在美国文学发展中的重要作用;(4)强调女性独特经验对于以男性经验为圭臬的美国文化的矫正和批评,探讨女性作家对于人性的探讨,以及她们如何超越单纯的女性议题而介入到阶级、种族、国别等话语的建构之中,挖掘女性文学作品在语言风格、象征意义、叙事方式、价值表达等方面的大胆尝试与卓著成就;(5)体现了我国学者的学术主体意识,充分考虑了中国读者的阅读和认知需求。总而言之,本书既关注美国女性文学的整体发展轨迹,也注重对于女性作家的个体研究,将文学史与文学批评进行有效结合,对美国女性文学史的源流和嬗变进行了全面且细致的重新审视。

　　外国文学研究的前辈王佐良先生曾说,"没有纲则文学史不过是若干作家的串联,有了纲才足以言史。经过一个时期的摸索,我感到比较切实可行的办法是以几个主要文学品种(诗歌、戏剧、小说、散文等)的演化为经,以大的文学潮流(文艺复兴、浪漫主义、现代主义等)为纬,重要作家则用'特写镜头'突出起来,这样文学本身的发展可以说得比较具体,也有大的线索可寻。同时,又要把文学同整个文化(社会、政治、经济等)的变化联系起来谈,避免把文学孤立起来,成为幽室之兰"。《美国女性文学史》就是遵循这样的"经纬交织"理念,考察了自北美殖民时期以来的美国女性文学创作,探讨了不同时期经典文学传统与女性文学亚传统之间的互文与改写,以及在特定社会语境下女性作家的政治立场和审美取向。本书在纵向的时间脉络上,涵盖了殖民地时期、美国建国初期、19世纪、19世纪与20世纪之交、现代和当代的美国女性文学创作、文学潮流和文学群体;在横向的体裁和题材上,既包括了传统意义上的小说、诗歌和戏剧,也涉猎了游记、传记、日记等对于女性创作具有独特意义的创作形式。同时，本书既有对历史背景、社会发展和文化氛围的全景式论述，也有对作家的思想观点和创作理念的探讨，还有对于女性文学作品艺术风格和美学价值的剖析。本书尤其关注了女性文学中对于女性生存状况至关重要的性别、婚姻、家庭、生育、教育、职业和个性发展等主题，旨在把美国女性文学中具有重要地位和代表性的作家尽可能展现给中国读者，所涉及的作家既包含了那些久负盛名的女性作家，也有曾驰骋文坛但后来被尘封的作家，还有近年来崭露头角的文坛新星；除了以单独成节的方式来重点评介近百名重要女性作家之外，在每一章/节的概论中介绍其他女性作家。

从研究的立意上，本书旨在证明，从欧洲移民在北美大陆落户以来，女性就是开创美国民族文学先河工程的积极参与者。北美新大陆殖民者发表的第一部作品便出自女性之手，即安妮·布雷兹特里特发表于1650年的诗集《美洲新近出现的第十位缪斯》(*The Tenth Muse Lately Sprung Up in America*)，它标志着美国女性文学的历史缘起。然而，在很长的一段时期内，女性进行文学创作都被视为从事某种越界行为，遭遇不理解、冷眼甚至敌视；女性无法在文学创作领域享有其应有的话语权，能够真正从事文学创作又有机会发表作品的作家更是凤毛麟角。但毫无疑问，女性自始至终参与了美国民族文学的建构，其创作是美国文学的重要组成部分，其作用也是无法抹杀的。19世纪上半叶，美国社会公共领域和私人(家庭)领域更加泾渭分明，社会主流价值观将女性禁锢于家庭领域之中，但因为从事写作的女性同时也扮演着传统的家庭角色，无需走出家门，写作因而被视为可被社会接受的不多的女性职业之一，何况进行创作的中产阶级白人女性多是为了养家糊口而拿起笔的。基于此，美国女性文学在19世纪中叶得以进入发展繁荣期，作品一度风靡文学市场。女性作家在作品中描绘了女性的经历和感伤，表达她们的追求、理想、压抑以及反抗。这些主题与女性生活紧密相关，受到了广大女性读者的欢迎。19世纪与20世纪之交，女性文学进入"美学高度发展"的时期，女性作家在艺术追求的道路上日臻成熟，在形式上和内容上大胆追求创新。遗憾的是，在美国20世纪上半叶带有强烈男权文化色彩的文学经典建构中，许多曾取得辉煌文学成就的女性作家被边缘化，她们和她们的作品因而湮没于历史。这一现象持续了许久，性别身份一直是女性作家的桎梏。20世纪70年代以来，女性文学经历了又一次的文艺复兴。在民权运动、女权运动、解构主义、后现代主义等运动与思潮的影响之下，在对于美国文学经典进行挑战和修正的过程之中，女性作家重新活跃于美国文坛，成为当代美国文学的生力军，她们的许多作品进入美国主流文学的行列。托妮·莫里森是当代女性作家最杰出的代表,其作品无论是在美国还是在国际上均享有盛誉,她也是唯一一位获得诺贝尔文学奖的非裔美国女性。此外,通过女权主义者的努力,许多被尘封已久的早期女性作品得以重见天日,其中不少已经堂堂正正地进入美国文学经典的殿堂,非裔女性作家佐拉·尼尔·赫斯顿的回归便是其中的典型。概括说来,美国女性作家以其高度的人文关怀、丰富的思想内容、多元的创作技巧,取得了骄人的成就,极大地丰富了美国文学。2020年,又一位美国女性作家露易丝·格吕克荣膺诺贝尔文学奖,再一次证实美国女性作家卓越的文学成就及在世界文坛的地位。在长达370年的历史时期内,美国女性作家为世界文坛的繁荣发展做出了积极贡献。

《美国女性文学史》共分为五章,以断代史的方式追溯了自北美殖民时期至21世纪初的女性创作,内容涉及370年间的388位女性作家。第一章为早期美国女性文学,追溯了美国女性文学的起源及其产生的社会背景,展现了女性文学自北美殖民时期直至19世纪上半叶的发展历程,以及这一时期女性作家的社会地位、价值观念和精神思维特征。第二章为内战结束前美国女性文学,探讨了彼时美国社会政治、经济和文化的发展对于女性文学走向繁荣的影响和作用,解读了女性文学作品的主题思想和艺术特色,分析了女性作家的双重身份,以及她们为冲破社会樊篱、改变社会现状所付出的努力。无论其社会身份如何,从共和国母亲到女性作家,女性在汲取美国文学传统的养分的同时也在构建独有的女性文学传统。由于女性社会角色的局限,此时女性创作还属于美国著名批评家伊莱恩·肖沃尔特所说的"她们自己的文学",属于一种亚文学。与此同时,在中产阶级白人女性占据主流的女性文学中,黑人女性开始发出微弱的声音。第三章为19世纪与20世纪之交美国女性文学,涵盖美国进步主义时期,即19世纪末期的最后十年到20世纪早期的前二十年,探讨了世纪之交进步时期的社会价值观,阐述了女性作家在这一时期创作上取得的显著成果以及艺术上的成熟。内容包括进步主义话语模式下女性与国家身份建构的关联、新女性的政治实践,以及性别书写中种族意识的萌生,具体类别有区域小说、新女性小说、女性戏剧、印第安女性小说等。女性文学自此开始汇入文坛主流,但也在男权文化占统治地位的美国文学史中饱受排挤。第四章为现代美国女性文学,归纳总结了女性作家对于现代主义文学的巨大贡献,并对这一时期的重要作家和作品进行了探讨,特别凸显了哈莱姆文艺复兴运动中黑人女性作家在文坛上的闪亮登场,以及其他族裔女性在文坛上的发声。这一时期的女性文学抒发着对于社会价值观和女性经历的回应,证实女性作家具有并不输于男性的创造性和想象力。无疑，女性文学推动了社会变革，也有效激发了女性意识。第五章为当代女性文学，展现了美国女性文学在20世纪最后三十年至21世纪初的蓬勃发展，从多元的角度展示了当代女性作家的卓越贡献，呈现了70年代以来美国多元文化文学的地理图谱。20世纪下半叶的女权运动、民权运动改善了女性作家作为边缘群体的社会和文化地位，激励她们在当代文坛上大放异彩，使得女性文学从边缘向中心移动。这一时期见证了大批之前被历史尘封的女性作品重见天日，以及新生代女性作家史无前例的高产期，作品数量之可观、内容之丰富、形式之多元令世人瞩目。全球化语境下多元文化的发展使得少数族裔女性作家大量涌现，少数族裔作家在文坛上的大放异彩为20世纪末至21世纪初女性文学的重要特征。本章内容体裁涵盖小说、诗歌和戏剧，涉及种族、族裔、宗教、性属、阶级等维度的文学书写。需要说明的是，书中所涉及的作家及其创作不可能与我们的章节分布完全吻合，不少作家的创作生涯很长，其作品的发表横跨两个章节所涵盖的历史分期，本书只能结合这些作家的创作高峰期作重点介绍。

《美国女性文学史》在广泛参考国内外学者已有成果的基础上完成。我们借鉴了国内外最新研究成果，通过重新审视美国女性文学发展的内在性和外在性，深入探究美国女性文学发展中发挥重要作用的各种历史和文化因素，勾勒几个世纪以来女性文学发展的历史脉络，力图从中国学者的视角呈现美国女性作家群体图像、展示其文学作品的风采。本书的编写主要遵循以下几个原则：(1)重视系统性和连贯性。本书采用编年史的结构安排，按照时间顺序构建章节，追溯自17世纪中叶美国女性文学起源至今三百多年间的发展历程，构建和绘制美国女性文学发展的全景图，使读者对于美国女性文学的全貌有更加全面的认识。(2)坚持历时性和共时性相结合。为了加强读者对于某一历史时期以及作品社会历史背景的整体了解，本书每一章节都有对于该历史时期的社会背景、重要历史事件和文学流派与思潮的概述，不仅涵盖美国女性文学整个发展历程中的文学创作、文学潮流和文学群体，也试图囊括女性文学的各种体裁、题材和主题。除了在概论部分呈现这一时期文学发展的概貌之外，重要的作家则以单独的小节进行重点评介。(3)强调史与论的结合。本书既力求客观全面地为读者展现美国女性文学发展的全景，又在文本细读的基础上借助20世纪流行的各种文学批评方法，尤其是女性主义批评方法，对具体作品展开论述。鉴于我国读者对于美国女性作家了解不足的现状，本书对每位作家的创作背景进行了简要介绍。对于重要作家，则不仅介绍并分析她们的作品及创作理念，并且挖掘她们在语言风格、象征意义、叙事方式等方面的大胆尝试与卓著成就，对其进行深度的学术评价。(4)采用文学研究和文化研究相结合的方式。本书将文学文本置于社会历史文化中加以考察，形成历史与文学的互文性关照和动态对话，展现女性作家对于现有社会的批判以及在文本中构建的理想社会，发掘美国女性文学的丰富内涵。本课题虽然十分关注女性文学作品中所表现出来的女性意识，体现女性独特经验对于以男性经验为圭臬的美国文化的矫正和批评，但也强调了女性文学作品的美学价值，努力展现女性作品的丰富、多元、差异、越界，以及对于人性的探讨和深刻的思想及文化内涵。(5)重视中国视角的运用，确立恰当的本土立场。本书以高度的文化自信和开阔的学科视野审视外国文学，充分重视中国学者对美国女性文学的理解、阐释与价值判断，综合呈现女性创作在美国文学中的地位与作用，意图借此构建成熟的中国学术话语体系，填补我国学术研究在这一领域的欠缺。

伊莱恩·肖沃尔特曾说，"任何排除了女性声音的美国文学史都是不完整的"。撰写美国女性文学史正是一项适用当下需求的开拓性任务。本书作者从中国学者的角度为中国读者编写美国女性文学史，充分考虑到中国读者对于美国女性文学及其文化背景知识的需求，呼应了国内学界对于美国女性文学的关注，呈现更加完整的美国文学图景。本书从历史的角度审视美国女性文学的渊源与发展全景，考察其内在规律及主要特征，体现了一定的学术创新性，将促进国内学界对美国女性文学发展渊源与趋势的认识。本书既关注美国女性文学的发展轨迹，也注重对于女性作家的个体研究，将文学史与文学批评进行有效结合，将文学创作置于其文化语境之下进行审视，为我国学者研究女性文学提供了新思路，有利于推动我国的美国女性文学教学与研究。本书部分内容曾以期刊论文的形式发表于《外国文学》《外国文学评论》《外语教学》《外语与外语教学》等刊物，在此并表谢忱。

"致知在格物，物格而后知至。"本书作者希望通过对美国女性文学史的梳理，尽可能展现其全貌。尽管在史料的选择和使用方面难免有主观局限性或错谬之处，但我们期盼能在文字之间稍尽绵力，为我国的外国文学研究做出一点具有创新意义的贡献。

金莉
2023年3月8日

目　　录

第一章　早期美国女性文学 …………………………………… 1
概论 ………………………………………………………………… 1
第一节　新大陆的缪斯 ………………………………………… 26
安妮·布雷兹特里特(Anne Bradstreet, 1612—1672) ……… 26
第二节　荒野中的女性：印第安囚掳叙事 …………………… 33
玛丽·罗兰森(Mary Rowlandson, c. 1637—1711) ………… 36
第三节　戴着枷锁的天才 ……………………………………… 42
菲莉丝·惠特利(Phillis Wheatley, 1753—1784) …………… 42
第四节　引诱小说 ……………………………………………… 51
苏珊娜·哈斯韦尔·罗森(Susanna Haswell Rowson, 1762—1824) …………………………………………………… 57
汉娜·韦伯斯特·福斯特(Hannah Webster Foster, 1758—1840) …………………………………………………… 65

第二章 19世纪初至内战结束的美国女性文学 ………………… 73
概论 ………………………………………………………………… 73
第一节　新兴共和国的女性 …………………………………… 98
凯瑟琳·塞奇威克(Catharine M. Sedgwick, 1789—1867) …… 98
莉迪亚·玛丽亚·蔡尔德(Lydia Maria Child, 1802—1880) …………………………………………………………… 109
第二节　世纪中叶的女性文艺复兴 …………………………… 118
E. D. E. N. 索思沃斯(E. D. E. N. Southworth, 1819—1899) ……………………………………………………………… 123
苏姗·沃纳(Susan Warner, 1819—1885) …………………… 130
玛丽亚·苏珊娜·卡明斯(Maria Susanne Cummins, 1827—1866) …………………………………………………… 139
范妮·弗恩(Fanny Fern, 1811—1872) ……………………… 146

7

　　　　路易莎·梅·奥尔科特(Louisa May Alcott,1832—
　　　　　1888)………………………………………………………… 157
　　　　奥古斯塔·简·埃文斯(Augusta Jane Evans,1835—
　　　　　1909)………………………………………………………… 166
　　　　伊丽莎白·斯图亚特·菲尔普斯(Elizabeth Stuart
　　　　　Phelps,1844—1911)………………………………………… 177
　　第三节　影响历史进程的女性…………………………………… 184
　　　　哈丽雅特·比彻·斯托(Harriet Beecher Stowe,1811—
　　　　　1896)………………………………………………………… 184
　　第四节　非裔女性的声音………………………………………… 200
　　　　哈丽雅特·E.威尔逊(Harriet E. Wilson,1825—1900) …… 209
　　　　哈丽雅特·雅各布斯(Harriet Jacobs,1813—1897) ………… 218
　　第五节　工人阶级的代言人……………………………………… 229
　　　　丽贝卡·哈丁·戴维斯(Rebecca Harding Davis,1831—
　　　　　1910)………………………………………………………… 229
　　第六节　孤独的求索者…………………………………………… 238
　　　　艾米莉·狄金森(Emily Dickinson,1830—1886) …………… 238
第三章　19世纪与20世纪之交的美国女性文学……………………… 252
　　概论………………………………………………………………… 252
　　第一节　区域文学………………………………………………… 276
　　　　康斯坦丝·费尼莫尔·伍尔森(Constance Fenimore
　　　　　Woolson,1840—1894)……………………………………… 281
　　　　萨拉·奥恩·朱厄特(Sarah Orne Jewett,1849—1909) …… 292
　　　　玛丽·威尔金斯·弗里曼(Mary Wilkins Freeman,1852—
　　　　　1930)………………………………………………………… 302
　　　　玛丽·诺埃尔斯·默弗里(Mary Noailles Murfree,1850—
　　　　　1922)………………………………………………………… 311
　　第二节　新女性文学……………………………………………… 319
　　　　弗朗西丝·哈珀(Frances E. W. Harper,1825—1911) …… 324
　　　　凯特·肖邦(Kate Chopin,1851—1904) ……………………… 333
　　　　保利娜·伊丽莎白·霍普金斯(Pauline Elizabeth Hopkins,
　　　　　1859—1930)………………………………………………… 343
　　　　夏洛特·珀金斯·吉尔曼(Charlotte Perkins Gilman,
　　　　　1860—1935)………………………………………………… 352

目 录

第三节　世纪之初的女性诗歌 ⋯⋯⋯⋯⋯⋯⋯⋯⋯⋯⋯⋯⋯ 362
　　艾米·洛威尔(Amy Lowell,1874—1925) ⋯⋯⋯⋯⋯⋯⋯ 366
　　希尔达·杜利特尔(Hilda Doolittle,1886—1961) ⋯⋯⋯⋯ 376
　　玛丽安娜·克雷格·穆尔(Marianne Craig Moore,1887—
　　1972) ⋯⋯⋯⋯⋯⋯⋯⋯⋯⋯⋯⋯⋯⋯⋯⋯⋯⋯⋯⋯⋯ 383
　　埃德娜·圣文森特·米莱(Edna St. Vincent Millay,1892—
　　1950) ⋯⋯⋯⋯⋯⋯⋯⋯⋯⋯⋯⋯⋯⋯⋯⋯⋯⋯⋯⋯⋯ 392

第四节　世纪之初的女性戏剧 ⋯⋯⋯⋯⋯⋯⋯⋯⋯⋯⋯⋯⋯ 400
　　美国现代"社会戏剧"的奠基人:苏珊·哥拉斯佩尔
　　(Susan Glaspell,1876—1948) ⋯⋯⋯⋯⋯⋯⋯⋯⋯⋯⋯ 403

第五节　印第安女性文学的萌芽 ⋯⋯⋯⋯⋯⋯⋯⋯⋯⋯⋯⋯ 412
　　格特鲁德·西蒙斯·鲍宁(Gertrude Simmons Bonnin
　　1876—1938) ⋯⋯⋯⋯⋯⋯⋯⋯⋯⋯⋯⋯⋯⋯⋯⋯⋯⋯ 417

第六节　欢乐之家的智者 ⋯⋯⋯⋯⋯⋯⋯⋯⋯⋯⋯⋯⋯⋯⋯ 425
　　伊迪丝·华顿(Edith Wharton,1862—1937) ⋯⋯⋯⋯⋯ 425

第七节　华裔女性文学的诞生 ⋯⋯⋯⋯⋯⋯⋯⋯⋯⋯⋯⋯⋯ 437
　　伊迪丝·伊顿(Edith Eaton,1865—1914) ⋯⋯⋯⋯⋯⋯⋯ 441

第八节　美国犹太女性文学的先驱 ⋯⋯⋯⋯⋯⋯⋯⋯⋯⋯⋯ 449
　　玛丽·安廷(Mary Antin,1881—1949) ⋯⋯⋯⋯⋯⋯⋯⋯ 449

第九节　西部草原的缪斯 ⋯⋯⋯⋯⋯⋯⋯⋯⋯⋯⋯⋯⋯⋯⋯ 457
　　薇拉·凯瑟(Willa Cather,1873—1947) ⋯⋯⋯⋯⋯⋯⋯ 457

第一章 早期美国女性文学

概 论

美国女性文学始于北美殖民时期,它有如缘起于新大陆荒野里的一股潺潺细流,在经过三个多世纪的历史积淀之后,已汇成给世界带来震撼的洪流。从为北美新大陆讴歌的缪斯,到诺贝尔文学奖的得主,美国女作家群体与美国社会文化的发展一路同行,从女性的视角探索着世界、折射着社会、描述其经历、抒发其感受,如今已经成为美国文学的生力军,其作品大大丰富了美国文学的版图,展示出独特的艺术魅力。

美国在18世纪末取得政治独立之后,其民族文学在19世纪上半叶开始蓬勃发展。1820年,苏格兰评论家西德尼·史密斯(Sydney Smith, 1771—1845)曾在《爱丁堡评论》(*Edinburgh Review*)上充满藐视地抨击了处于萌芽时期的美国文学:"谁会去读一本美国人的书?或去观看美国人的戏剧?"[①]的确,在1820年的美国,面对有着悠久传统的欧洲文学,美国人在心理上具有一种文化自卑感,因为此时的美国文学市场仍被来自英国或欧洲其他国家的书籍所垄断。更何况,由于没有版权法,美国书商可以轻而易举地印刷欧洲大陆出版的书籍在美国出售,而且无需支付版税。对于这些书商来说,印刷盗版的英语书籍比起出版美国作家自己的作品并且支付稿酬的做法更为便捷,也更有利可图。但是在对于美国文化独立的呼唤中,由美国人创作的文学作品不断涌现,并在19世纪中叶达到高潮,进入著名评论家马西森(F. O. Mattiessen,1902—1950)所说的"美国文

---

① 引自 Emory Elliott,"The Emergence of the Literatures of the United States," in *A Companion to American Literature and Culture*. Ed. Paul Lauter. Malden, MA: Wiley-Blackwell, 2010, p. 9.

学复兴时期"[1],在这个过程中,美国女性文学也发挥了举足轻重的作用,19世纪50年代甚至被评论家称为"女性化的50年代"[2]。

美国女性一直参与了美国民族文学的建构。不可否认的是,在很长的一段时期内,美国女性一直处于一种文化劣势状态,无法在社会文化领域(包括文学创作领域)享有与男性平等的话语权。在早期的文学创作中,能够真正从事文学创作又能使自己的作品得以发表的女性数量少之又少。由于早期社会中只有白人男性才能参与公共领域的活动,因而男性作家创作的文学作品更多地涉及历史、文化和社会领域,如开疆扩土、驱逐异族、宗教冲突、出海捕鲸、城市化与工业化等,而女性作家由于社会地位的局限,其作品更多地描绘了她们所熟悉的家庭领域,探讨的常常是女性的经历和感受。本章所讨论的早期美国文学,指的是从北美殖民时期到18世纪末的美国女性文学。这一时期的女性文学主要由白人女性创作,而且多是新英格兰地区女性以英语创作的作品。其他族裔女性的作品极其少见,身处奴役之下的非裔女性绝大多数为文盲,享受不到读书识字的权利,更遑论进行文学创作。而这片土地上最早的居住者印第安人,因为没有文字,其文学也仅限于口头创作。

一、北美殖民地时期至18世纪末的女性地位与生存境遇:女性殖民者与共和国母亲

从17世纪上半叶的北美殖民时期直至1920年美国宪法十九修正案通过的三百多年里,女性从法律上是作为男性的附属品而存在的,而不是享有公民权利的人,即使是提倡自由平等的美国革命也没有真正解决这个问题。北美殖民时期以及建国后的各州主要沿袭了英国的普通法(common law)。根据这一法律,婚姻定义了已婚妇女的法律地位(coverture),使女性失去了自己的政治、法律和经济身份,也使得她们无法独立于丈夫而拥有或者管理个人财产。也就是说,一个女子一旦出嫁,她便无权在自己的名义下登记和使用财产。"通过婚姻,丈夫获得妻子所有个人财产的绝对所有权"[3],丈夫也有权任意支配妻子的财产。妻子不能拥有或获得财产,无权签署合同,也无权设立遗嘱。在丈夫去世之后,家庭财产的赠予和转让只能由法庭或其

---

[1] 参见 F. O. Mattiessen, *American Renaissance: Art and Expression in the Age of Emerson and Whitman*. New York: Oxford UP, 1941.

[2] 参见 Fred Lewis Pattee, *The Feminine Fifties*. New York: D. Appleton-Century, 1940.

[3] 引自 Karen A. Weyler, "Marriage, Coverture, and the Companionate Ideal in *The Coquette and Dorval*." Legacy 26.1 (2009): 3.

丈夫的遗嘱决定,其遗孀不能独立做出任何决定。在多数情况下,寡妇都无法完全拥有对其房产以及家里其他财产的控制。威廉姆·布莱克斯通(William Blackstone,1723—1780)如此阐释了妻子的法律从属地位:"通过婚姻,丈夫和妻子在法律上结为一体,也就是说,女性的自我或法律存在,在婚姻中都被取消了,或者至少是被合并到并且巩固了丈夫的法律存在。只有在他的羽翼保护和庇护下她才能行使其所有功能。"[1]

在当时的社会条件下,女性的社会地位是由其所扮演的角色决定的,社会舆论中十分明确地定义了这一点。亨利·史密斯在《婚姻准备》(A Preparative to Marriage)一书中声称,"我们所称之为妻子的女性,就是家庭妇女,是家里的女人……一个好妻子仅在家里操持家务"[2]。爱德华·雷纳(Edward Reyner,1600—1668)也在《关于婚姻的思考》(Considerations Concerning Marriage,1657)中指出,女性的作用在于"建立一个神圣的家庭,她不仅负责子女的生养和宗教教育(这是家庭的支柱),还要维持对家庭明智而神圣的管理和秩序,这才是女性应履行的职责"[3]。就连马萨诸塞海湾殖民地(Massachusetts Bay Colony)的地方长官约翰·温斯罗普(John Winthrop)也说,"当一个女人选择一个男人作为她的丈夫时,他即成为她的主人,而她便隶属于他。但这种隶属地位是自由的,而不是奴役的;一位真正的妻子将隶属于丈夫视为她的荣誉和自由"[4]。

美国是一个由探险者和清教移民共同创建的国家。北美殖民地时期占主导地位的是清教主义。清教徒是信仰新教中加尔文教义的英国教徒,因主张清除英国国教中的天主教因素和影响,建立纯正的新教教会而被称为清教徒。清教徒因受到英国国教的迫害,一部分人离开英国,后来移民北美洲,以实现其追求宗教自由的理想,摆脱欧洲旧世界对人的腐蚀,并逐渐在北美殖民地形成移民主体,占据统治地位。清教主义强调原罪说和有限救赎的理念,认为上帝是唯一的救世主,创造了万物和人类。源于亚当和夏娃偷食禁果的原罪,人类是生而有罪的,因此现世中人必须为自己的罪行赎罪,而上帝的救赎则是有限的。要想得到上帝的救赎,必须虔诚信仰上帝,

---

[1] Laurel Thatcher Ulrich, *Good Wives: Image and Reality in the Lives of Women in Northern New England*, 1650—1750. New York: Vintage Books, 1991, p. 7.

[2] 引自 Tiffany Potter, "Writing Indigenous Femininity: Mary Rowlandson's Narrative of Captivity." *Eighteenth-Century Studies* 36.2 (Winter, 2003): 156.

[3] 引自 Tiffany Potter, "Writing Indigenous Femininity: Mary Rowlandson's Narrative of Captivity." *Eighteenth-Century Studies* 36.2 (Winter, 2003): 156.

[4] Linda K. Kerber, *Toward an Intellectual History of Women*. Chapel Hill: U of North Carolina P, 1997, p. 200.

努力工作，过简朴的生活，并不断进行道德内省。美国的清教徒把北美大陆视为上帝赐予他们的"应许之地"，而他们则是上帝的"选民"，他们的使命就是要在北美大陆建立一个"山巅之城"，一个新的耶路撒冷。这种强调人类的绝对堕落和上帝的绝对权威成为加尔文教最根本的教义，也使得那些"抛弃了古老的偏见与习俗而接受他所拥抱的新的生活方式、他所服膺的新的政府、他所享有的新的地位、获得新观念与习俗的人"[1]在这片新大陆定居之后，逐渐失去了最初的进取精神，只是被动地等待上帝的救赎。

在17世纪与18世纪的新英格兰地区，清教徒们倾向于用宗教诠释自己存在的意义，尤其是以《圣经》中上帝用亚当的肋骨创造了夏娃这一象征意义来强调女性的从属地位、所归属的领域，以及她们天生的劣势。当时的宗教教义和训诫还不断灌输父权社会理想女性的品质：虔诚、谦卑、端庄、耐心、慈悲等等，并且强调女性的主要职能就是服侍上帝和丈夫。在政教合一的清教社会里，对于宗教的质疑会受到社会的规训和制裁，社会尤其不能容忍女性对于权威的挑战。在17世纪新英格兰地区曾发生过这样一起公共事件：远在马萨诸塞殖民地刚刚建立之后不久的1636年至1638年间，一位名叫安妮·哈钦森（Anne Hutchinson, 1591—1643）的女性因为挑战了神学的权威，而受到殖民地神权权威的严厉惩罚。哈钦森是不久前从英国迁来的移民，她是一位有15个子女的母亲，同时也是看护、助产士以及人们的精神顾问，在其教区具有相当的影响力。之后不久她开始举办家庭聚会，讨论宗教的意义。哈钦森能言善辩，观点吸引了大批教区居民，不少人成为她的拥趸。哈钦森向人们解释关于恩惠的教义，强调要从内心体验上帝的恩惠，质疑当时流行的把《圣经》阅读、良好行为和世俗成功作为其灵魂获得拯救的外在标志的观点。哈钦森的行为引起当地教会的恐慌与不满，1637年她与其跟随者以诽谤牧师的罪名被教区审判，其观点被指责为异教邪说。哈钦森坚持己见、毫不退让，她在法庭上慷慨激昂、掷地有声，双方引经据典、针锋相对。就连当时的总督约翰·温斯罗普也参与了辩论。温斯罗普深感与一名女子做智力交锋失了颜面，声称"我们不与妇道人家拌嘴"，而另外一位名叫休·彼得的审问者更是咄咄逼人地指责说，"你已经越界了，你这样做就扮演了丈夫、而不是妻子的角色；扮演了牧师、而不是教徒的角色；扮演了法官、而不是臣民的角色"[2]。无论哈钦森辩护词如何精彩，她的行

---

[1] St. Jean De Crevecoeur, *Letters from an American Farmer*. New York: E. P. Dutton, 1926, p. 43.

[2] Sara M. Evans, *Born for Liberty: A History of Women in America*. New York: Simon & Schuster, p. 32.

为已经僭越了她应该扮演的角色,其下场可想而知,她最终被逐出教区,与全家搬离此地,后来在印第安人的袭击中不幸丧生。

毫无疑问,女性在早期北美殖民地的开发与拓展中功不可没,也在拓殖时期饱尝边疆生活的艰辛。新英格兰地区的许多妇女,都是随家人渡过大西洋来到新大陆的。由于北美殖民地的恶劣生存环境,女性无一不是与男性一道投入拓荒的艰苦繁重劳作,即使是中产阶级的白人女性,也需要付出比她们在移居北美之前更多的辛苦,从事那些之前从未干过的体力劳动。在一片蛮荒的新大陆,一切都得从零开始。与19世纪美国社会男主外、女主内(即男性属于公共领域,女性属于家庭领域)的传统不同,由于当时的历史条件,殖民地的女性没有完全被局限于这种"分离的领域"(separate sphere),除了按照传统男女分工需操持家务之外,北美殖民地女性实际上所做的远远不止如此,她们还须为家庭的经济操劳。早期的英格兰地区已婚女子同时具有多种身份:主妇、妻子、母亲、女主人。当然,女性的首要职责还是家庭,承担家务、养育子女构成了她们生活内容的大部,就连那些中上层的妇女也不能例外。此外,在当时的边疆地区,妇女不仅要掌管家务,往往也须分担男人的活计。在父亲或丈夫去世的情况下,女人还不得不把养家的重担接过来。殖民地女性以自己的方式对于殖民地的发展发挥着作用。由于殖民地特殊的生存环境,殖民地的女性除了妻子和母亲的职能之外,还曾获得了"代理丈夫"(deputy husband)的称号。许多女性不仅是丈夫生意或生产的得力助手,她们的职责范围也会延伸到家庭的外部事务,那些具有经营才能的女性常常协助甚至替代丈夫经营家族生意,充分显示了她们的才干和智慧。作为"代理丈夫"的这些女性实际上已经拓展了她们的角色范围,尽管她们在生活中的地位和身份仅仅是配角。当然,在北美殖民地时期,女性是没有权利参与公共事务,也是没有公共话语权的。

更为重要的是,女性在殖民地规模的扩大中有着不可替代的作用。殖民地的艰苦环境造成了殖民者的高死亡率,也造成了男女比例的严重失衡,女性比例仅占总人口的三分之一,因而她们无一例外都会结婚,而99%的女性至少结过一次婚,而且多次怀孕与分娩①。殖民地的女性在婚后一般都生育多次,一是因为当时没有避孕措施,二是因为殖民地也需要不断地补充人口。生产和养育子女成为殖民时期女性的生活轴心。妇女通常在

---

① Sara M. Evans, *Born for Liberty: A History of Women in America*. New York: Simon & Schuster, p. 26.

十几岁就已成婚,之后每隔两三年就分娩一次,"新英格兰妇女平均生育八个孩子"①。在医疗条件如此匮乏的情况下,女性分娩的风险很大,死亡率也颇高,殖民地女性为此饱受痛苦。虽然作为清教徒的新英格兰女性视分娩的痛苦为上帝的旨意,但殖民地第一位女诗人,身体羸弱的安妮·布雷兹特里特还是以诗歌形式抒发了她在分娩前的恐惧与担忧。婴儿高死亡率更是一种极为普遍的现象。在17世纪的马里兰地区,25%的婴儿死于1周岁前,40%至55%的儿童活不到20岁②。例如,北美殖民地女性安妮·雷克·科顿(Anne Lake Cotton)在1687至1707年间曾生下九个子女,其中四个在幼时夭折。玛丽·霍利约克(Mary Holyoke)在婚后二十二年中曾生下12个子女,但只有四个活到成年③。女诗人安妮·布雷兹特里特也育有八个子女④。在殖民地艰苦的环境里,女性比起男性来要有更大的勇气和毅力,比起男性来要承受更多的痛苦和磨炼。

由于英国政府不断向北美各殖民地增加税收,并实行高压政策竭力压制殖民地自身的经济发展,殖民地与宗主国之间的冲突不断加剧,北美殖民地人民呼吁自由民主的呼声不断高涨,民族意识日趋增强,殖民地抗英斗争从经济、政治斗争发展到武装斗争。1776年7月4日北美十三州殖民地召开的大陆会议通过了由托马斯·杰弗逊执笔起草的《独立宣言》(Declaration of Independence),抨击了英国国王对殖民地的暴政,宣布了所有人生而平等的原则,以及人的生存、自由和追求幸福的天赋人权,宣告了美利坚合众国的诞生。独立战争的胜利,使美国摆脱了英国的殖民统治,实现了国家的独立。长达八年的美国革命(1775—1783)开阔了女性的视野,使女性将目光从自己的家庭经济转向对于殖民地事务和殖民地命运的关注。美国女性在独立革命中发挥了积极作用,却在很长一段时期被史学界所忽略。在那个战火纷飞的年代里,当男人们纷纷从军时,经营家庭农场和生意的重担就落到了女性身上。当男人应征入伍后,女性留守家中,使家庭农场和磨坊照常运转,以繁重的劳动保护家庭财产不受损失。美国妇女也为独立战

---

① Sara M. Evans, *Born for Liberty: A History of Women in America*. New York: Simon & Schuster, p. 30.

② Sara M. Evans, *Born for Liberty: A History of Women in America*. New York: Simon & Schuster, p. 30.

③ Laurel Thatcher Ulrich, *Good Wives: Image and Reality in the Lives of Women in Northern New England, 1650—1750*. New York: Vintage Books, 1991, p. 134.

④ 颇具讽刺意味的是,随着殖民地的发展,愈来愈多的女性不再借助于传统的接生婆,而是由医生进行接生,而这些医生往往直接来自其他病人身边,并且没有经过消毒就为产妇进行接生。直到许多年后现代医学的发展才将此列为当时婴儿高死亡率的重要原因之一。参见 Cathy Davidson, Introduction. *Charlotte Temple*. Ed. Cathy Davidson. Oxford: Oxford UP, 1987, p. xx.

争做出了她们独有的贡献——是她们通过织布、制茶和呼吁人们购买国货的活动促进了对英国商品的抵制,是她们通过生产急缺的弹药、绷带和军服,间接为军队服务,也是她们通过护理伤员、为军人烹饪、洗涤的工作直接参与了战争,甚至肩扛武器跟随男性一起作战,或是为大陆军队收集情报。美国独立战争中最为著名的由女性组织的政治活动,是1779年妇女爱国者举办的为华盛顿部队进行的筹款活动。这场由埃斯特·德·伯特·里德(Esther de Berdt Reed,宾夕法尼亚总督的妻子)和萨拉·富兰克林·贝奇(Sarah Franklin Bache,本杰明·富兰克林的女儿)筹划的活动因为爱国者方面"最优秀的女士"的参与而获得广泛的宣传,而所得筹款被用来购买了2000件衬衫送给部队战士。难怪伊丽莎白·A. 德克斯特(Elizabeth A. Dexter)声称,18世纪美国的"公共事务女性"(women of affairs)从比例上来说,比起19世纪要高得多,而理查德·莫里斯(Richard Morris)也认为殖民时期的美国女性比起她们的英国姐妹来拥有更多的个性和独立意识[1]。

或许18世纪后期的美国女性与同时代的英国女性最大的不同在于她们对于政治的高度关注,这种关注来自北美殖民地的独特政治环境:独立战争与新的共和国的建立。虽然发动美国革命的男人们认为这是他们的革命,在这场革命中也没有需要请教女性或发挥她们的集体判断的政治背景,但战争加快了女性进入公民政体的步伐。北美殖民者的主流观点仍然坚持女性不应该对政治发生兴趣,也不能参与政府事务,但殖民地女性读写能力的提高和她们通过报纸杂志和宣传品接触到的大量政治信息,使得她们能够阅读到政治新闻并形成她们自己的观点[2],这一点在美国建国后表现得尤其突出。对于女性来说,美国革命带来了一种可以描述她们与新建立的国家的理想关系的语言建构,以及包括了共和主义、公民权和平等权利的政治修辞。但是当这个新型国家将其革命观点编写进政府原则和法律时,女性却发现自己被排除在早期共和国建构之外[3]。

从法律与政治的角度来看,美国革命对女性社会地位的改变作用甚微,但是它激发了美国女性意识的觉醒。美国独立战争给予女性的不是法律和政治权利,而是微妙且重要的变化,即为她们带来了她们在未来为平等权利

---

[1] Laurel Thatcher Ulrich, *Good Wives: Image and Reality in the Lives of Women in Northern New England, 1650—1750*. New York: Vintage Books, 1991, p. 35.

[2] Rosemarie Zagarri, *Revolutionary Backlash: Women and Politics in the Early American Republic*. Philadelphia: U of Pennsylvania P, 2007, p. 21.

[3] Deborah Gussman, "Inalienable Rights: Fictions of Political Identity in *Hobomok* and *The Scarlet Letter*." *College Literature* 22.2 (Jun., 1995): 59—60.

进行抗争的愿望、知识、语言和力量。这些在战争岁月中脱颖而出的新女性将在新成立的共和国的政治和文化机构中发出她们的声音,也为女性挑战男权文化秩序搭建了平台。女性权利的早期倡导者朱迪丝·萨金特·默里(Judith Sargent Murray,1751—1820)在1798年说道,"我期待看到我们的年轻女性构成女性历史上的新时代"①。默里之所以这样说,是因为独立后的美国人对于自己新建的国家充满了自豪和乐观,相信革命为这个国家带来了各种可能性,有人甚至把它称为"地球上唯一的共和国"②。然而,就连共和国的缔造者们都对女性要求自由独立和政治地位的愿望表现出不解和反对。革命成功之后,不少人在欢呼独立战争把美国人从英国暴政之下解放出来的同时,也在担忧美国革命时期这种对于自由和民主的提倡会被人们用来在刚刚建立的美国进行造反,造成混乱,而这种担忧多半是针对女性的。

显而易见,长期生活在动荡年代里的美国妇女,也渴望着能在新的共和国里改善她们的地位,争取到更多的权利。英国女性往往把政治视为女性不宜的话题加以回避,但北美大陆包括阿比盖尔·亚当斯③(Abigail Adams,1744—1818)和莫西·奥蒂斯·沃伦④(Mercy Otis Warren,1727—1814)在内的上层女性都以极大的热情参与了共和国的建立,她们与身边的男性一样对于自由和平等充满了憧憬,希望以自己的思想和言行影响美国社会生活,改善女性的社会地位。她们对于这个新兴国家的憧憬在她们的信函和日记中,以及在当时的法院记录、议会请愿、宣传册子和书籍中充分反映出来。受到美国革命自由平等话语的影响,阿比盖尔·亚当斯在1775年2月写给莫西·奥蒂斯·沃伦的信中说道:

> 我不会让我的朋友们认为我会因为恐惧而放弃我们一丝一毫的权利……没有自由,我们就不会幸福……不拥有我们自己的财产,我们就无法自由……我们深知获得自由的幸福,而不会将其拱手相让。⑤

---

① 引自Linda K. Kerber, *Women of the Republic: Intellect and Ideology in Revolutionary America*. Chapel Hill: U of North Carolina P, 1980, p. 189.

② David Waldstreicher, *In the Midst of Perpetual Fetes: The Making of American Nationalism, 1776—1820*. Chapel Hill: U of North Carolina P, 1997, p. 296.

③ 美国第二任总统约翰·亚当斯(John Adams)的妻子,具有强烈的平权思想和远见卓识。

④ 美国革命时期的重要女文人、作家。见Besty Erkkila, "Revolutionary Women." *Tulsa Studies in Women's Literature* 6.2 (Autumn, 1987): 221.

⑤ Linda K. Kerber, *Women of the Republic: Intellect and Ideology in Revolutionary America*. Chapel Hill: U of North Carolina P, 1980, p. 82.

而持有激进观点的沃伦则创作了讽刺亲英分子的政治剧作,直接闯入了由男性把持的文学领域。朱迪丝·萨金特·默里关于性别平等的观点为后来女权思想的发展奠定了基础。1792 年至 1794 年,默里在《马萨诸塞州杂志》(*Massachusetts Magazine*)上发表文章,署名为康斯坦汀。这些文章于 1798 年结集出版,题为《拾穗者》(*The Gleaner*)。默里三卷本的《拾穗者》包括 100 篇文章,还有一个中篇小说和两部剧作。当时有 700 人订购这本书,其中包括亚当斯总统、华盛顿,还有马萨诸塞州和新罕布什尔州州长,女性订阅者则包括著名作家苏珊娜·罗森(Susanna Rowson,1762—1824)、沃伦、玛莎·华盛顿(Martha Washington,1731—1802)和诗人萨拉·温特沃思·莫顿(Sarah Wentworth Morton,1759—1846)。默里的主要观点是,男性应该认识到女性拥有取得成就的才智和能力,而女性应该懂得只有接受正式教育才能保证其独立[①]。她于 1779 年撰写了《论性别平等》("On the Equality of the Sexes")一文,但这篇文章直到 1790 年 4 月才分为 4 期在《拾穗者》里出现。这篇文章的发表早于英国女权主义者玛丽·沃斯通克拉夫特(Mary Wollstonecraft,1759—1797)的著名女权主义檄文《女性权利辩护》(*A Vindication of the Rights of Woman*,1792)。《论性别平等》是一篇争取女性权利的宣言,默里强调虽然女性在体力上无法与男性相匹敌,但在才智上并不比男性逊色。默里是最早宣扬共和国性别平等的人之一,她当年撰写的文章至今仍被女权主义者以及学界所关注。

　　独立战争后美国社会的基本矛盾是,尽管这场革命是以平等和天赋人权的名义进行的,美国政治体制并没有把这些权利赋予所有的美国人,黑人、印第安人以及占人口近一半的女性都无法享受到平等权利。而妇女由于在独立战争期间接触到当时流行的自由平等思想,又受到北美殖民地脱离英联邦统治获得独立的革命的鼓舞,她们不仅意识到性别的不平等,而且开始反抗这一社会现象。1792 年 7 月,一位妇女就曾致函《女士杂志》,毅然声称"我反对婚姻中的'遵从'一词……婚姻不应该被看作是尊者与卑者之间的契约,而应该是一个双向的权利联盟、一种不言而喻的伙伴关系"[②]。与此同时,北美殖民地的女性也受到了沃斯通克拉夫特发表于 1792 年的女权主义檄文《女性权利辩护》的激励,正是这篇文章使得"女性权利"一词成为广为流传的大众用语。沃斯通克拉夫特的文章最早被费城的《女士杂志》

[①] Linda K. Kerber, *Toward an Intellectual History of Women*. Chapel Hill: U of North Carolina P, 1997, p. 117.

[②] Sara M. Evans, *Born for Liberty: A History of Women in America*. New York: Collier MacMillan, 1989, p. 63.

(*The Lady's Magazine*)做了长达 5000 字的转载,后来很快在美国的各家报纸杂志上被刊登,至 1795 年,文章在美国已经出现三个版本。美国革命未能真正改变女性的地位,但是它为后来的女性解放运动奠定了基础;而美国建国后,人们也开始对于妇女的角色和潜力有了新的认识。1803 年,美国长老会牧师塞缪尔·米勒(Samuel Miller)曾说,"18 世纪的鲜明特色在于……关于女性的重要性、能力和尊严的观点正在逐渐改变,并被引进社会",其结果是"一场关于女性地位和特征的史无前例的激进革命正在进行"①。

独立革命拓展了女性的视野和意识,也预示着女性将在新建立的美利坚合众国里发挥更多的作用。合众国的基本宗旨在于保障公民的天赋人权,但它同时也强调公民道德情操的重要性。正是基于这一考虑,美国建国初期女性被赋予一种新的社会角色和新的政治地位,即共和国母亲。这一名称说明了新兴共和国对于有道德有能力的公民的需求,而未来一代公民的培养将依赖于共和国母亲来完成。妇女对于独立革命的成败发挥了重要作用,而建国后她们的作用将决定共和国未来的发展。一个母亲因为没有参政权而不是一位公民,但她可以服务于一种政治目的,她们将成为家庭的道德支柱和守护者,不仅在道德品质方面为丈夫把关掌舵,使他免受邪恶的诱惑,还肩负着为共和国培养合格的下一代公民的重任,向下一代公民灌输公共道德。如果说,国家的稳定取决于公民对于道德的坚持,那么塑造道德高尚的公民也就依赖于具有才识、美德、正派的妻子和母亲的在场。毕业于波士顿青年女子学院的 P. W. 杰克逊(P. W. Jackson)这样说道:

> 一个精于各种实际技能、实践各种家庭美德的女子……可以通过她的说教和榜样、以她对于美德的热爱和对于公民价值观的正确认识,来鼓励她的兄弟、丈夫或儿子……这些未来的英雄和政治家在达到其军事和政治声誉的巅峰时,会激动地宣称,我将这一切归功于我的母亲。②

这样的社会舆论塑造了富有政治色彩的母亲角色——"模范的共和国女性就是母亲"③。虽然女性在新的共和国里扮演了重要的政治角色,但她

---

① Rosemarie Zagarri, *Revolutionary Backlash: Women and Politics in the Early American Republic*. Philadelphia: U of Pennsylvania P, 2007, p. 19.

② Linda K. Kerber, *Toward an Intellectual History of Women*. Chapel Hill: U of North Carolina P, 1997, pp. 38—39.

③ Linda K. Kerber, *Toward an Intellectual History of Women*. Chapel Hill: U of North Carolina P, 1997, p. 58.

们的这种角色不是作为具有独立身份的公民在公共领域里扮演的,那就既不会对掌控公共事务的男性造成威胁,也不会影响任何政治决策。她们只是间接地为共和国做出贡献,而她们自己在新的共和国里仍然处于社会边缘。真正具有讽刺意味的是,为共和国培养公民的女性自身并不是公民。

与此同时,"共和国母亲"这种新型女性角色也为女性带来了教育机遇,推动了美国女性教育的进展。女性应享有更多的受教育、掌握知识的权利,以便更好地担负起"共和国母亲"的责任的观点,已成为社会的共识。时代的发展要求女性在丈夫忙于管理国家时,担负起对儿童进行启蒙教育的重任。但无论是辅佐丈夫,还是教育子女,女性都需具有一定的教育水平。虽然女性教育的终极目标还是婚姻,其宗旨在于把女性局限在家庭领域里相夫教子,为共和国培养合格的公民,但这一角色也得到了当时那些呼吁给予女性更多权利的知识女性的支持,因为它使更多的女性获得了接受基础教育的机会。正是在建国之后,美国建立了各类女子教育机构,女性教育水平得到了较大提高。

在殖民时期,设立学校的根本目的是服务于宗教。儿童读书写字是为了能够掌握他父母所属教会的教义,而办大学的宗旨则是为教会培养神职人员。女子当时是被大学拒之门外的,只有最初级的学校才接收女子。在北美殖民地时期,除了上层社会女性之外,大多数女性目不识丁。共和国的建立为美国教育开辟了一个新纪元,带来了女性识字能力的大力提升。据肯尼思·洛克里奇(Kenneth Lockridge)统计,在17世纪的新英格兰地区,具有读写能力的男性占男性总数的50%,而受过教育的女性仅占女性总数的25%[①]。随着女性进入公立小学与男性共同接受教育,以及美国革命之后各种女子教育机构的建立,女性识字率的比例也在不断增长,成为美国建国之后的重要社会变化之一。18世纪后期,女性教育已经得到较大改善。在这一时期,为年轻女子开办的女子学校(特别是在北方)大大增加,至19世纪中叶,大约有6000所此类学校[②],有效缩短了男女识字率之间的差距。培养合格的"共和国母亲"和对于教师的需求导致了最早的女子学院的诞生,为年轻的共和国培养了大批从事基础教育的教师。费城于1786年建

[①] 引自 Kathryn Zabelle Derounian, "The Publication, Promotion, and Distribution of Mary Rowlandson's Indian Captivity Narrative in the Seventeenth Century." *Early American Literature* 23.3 (1988):255.

[②] 引自 Nancy Cott, *The Bonds of Womanhood: Woman's Sphere in New England, 1780—1835*. New Haven: Yale UP, 1977, p.106.

立了青年女子学院;罗森于1795年在波士顿成立了青年女子学院,当时的开明教育家本杰明·拉什(Benjamin Lush)就是在此发表《关于女性教育的几点思考》("Thoughts upon Female Education")这篇重要的演讲的。当然,经济方面的考虑也是这些女子学院机构化的原因之一,因为许多家庭需要这些女性担任教职的收入,从而促成了大批女性进入教师行业。

不言而喻,美国建国之后无论是男性还是女性都从新建国家对于教育的重视中获益,此后的几十年间上百家各类教育机构得以建立,反映出教育改革的新信念。遗憾的是,女性没有获得接受高等教育的权利,至1775年,还没有一所大学接收女生。阿比盖尔·亚当斯是那些要求把接受教育的权利延伸到女性的人们中的一员。1778年的夏天,阿比盖尔·亚当斯提醒丈夫关注女性教育没有受到足够重视这一现状。她说,"在这个国家,女性教育受到忽视、女性学识遭受嘲讽已是不争的事实"[1]。朱迪丝·萨金特·默里与撰写了三卷本美国历史的莫西·奥蒂斯·沃伦也强调说女性不能有所作为的根本原因在于她们缺乏接受教育的机会。在《论性别平等》一文中,默里质疑男性在智力上优于女性的观点,女性之所以在许多方面落在男性后面,是因为从一开始她们就被排斥在外。由于社会的原因,女性被剥夺了获取知识、展示才能的机会,而当时的教育也一直在巩固男性的优势。男性被鼓励怀有抱负,而女性则受到束缚,"女孩子被局限于家庭生活,而男孩子被牵着手沿着开满鲜花的科学之路前行"[2]。默里争辩道,"如果我们被拒绝了受教育的机会,那么女性智力低劣的推断就无法成立"。她又指出,《创世记》中,夏娃的罪孽更令人钦佩,因为它出自她的"求知欲"[3]。

北美殖民地时期的印第安人完全不拥有白人所享受的权利,虽然他们比起欧洲白人来更是美洲的原住民。其实,在1607年英国人于詹姆斯河畔建立永久性定居点之前,北美并非"蛮荒之地"。在欧洲人到来之前的漫长岁月中,北美大陆就居住着印第安人。虽然他们也是从这个大陆以外的地区迁徙而来的,但在白人到来之前,他们已经在美洲生息繁衍达数万年之久,实际上成为这个大陆的原住民。因而当哥伦布首次登上这片土地,他看到的印第安人,实际上是分属各个部落、文化语言都存在差异的北美土著居

---

[1] 引自 Nancy Cott, *The Bonds of Womanhood: Woman's Sphere in New England, 1780—1835*. New Haven: Yale UP, 1977, p. 106.

[2] Michael T. Gilmore, "The Literature of the Revolutionary and Early National Periods," in *The Cambridge History of American Literature*. vol. 1. Cambridge: Cambridge UP, 1994, p. 526.

[3] Sara M. Evans, *Born for Liberty: A History of Women in America*. New York: Collier MacMillan, 1989, p. 58.

民①。尽管印第安人技术落后、社会组织简单、文化发展缓慢,也不拥有土地,但他们直接占用自然资源,一直过着自给自足的生活。大部分印第安部落以游猎为主,而东部林地和西南部的部落,则从事粗放的农业种植。他们的简单农耕,曾帮助最初的欧洲移民度过生存危机,度过了最初的饥馑。但生活方式的落后、语言的复杂多样、部落之间交流的缺乏和不断的冲突,致使印第安人没有形成真正的主权实体,在白人到来之后,没有私有财产,没有定居的农业生活,也没有实体国家的印第安人无法组织有效的抵抗。随着欧洲移民的不断涌入,他们的世界变得日益支离破碎。因为不符合欧洲人所熟悉的文化、宗教以及生活方式,北美印第安人被欧洲人视为"未开化的野蛮人",更是因为他们对于白人移民的抵抗,被称为"残忍的野兽"②。许多人认为,如果不能在上帝的指引下使印第安人得到教诲,就应该将其消灭。而最初生活在美洲大陆的印第安人在欧洲人到来之后,出于以下的原因人口急剧下降:欧洲人带来的疾病(天花、麻疹等)、暴力和战乱(印第安人与欧洲探险者和殖民者,以及印第安部落之间)、从自己土地上被驱逐、赖以生存的野牛被屠杀殆尽等等。而且尽管印第安人语言种类很多,且拥有丰富的口述文学传统,但并没有形成文字。因而,不仅印第安人没有享有接受教育的权利,就连早期文学中关于印第安人的描述都是来自白人移民的。

自 16 世纪以降在美洲盛行数百年的奴隶制,是人身奴役与种族压迫相结合的产物。黑人奴隶制虽然首先是一种劳动制度,但它在美洲扎根之后,却产生了极为深远的社会影响。黑人劳工最早出现在弗吉尼亚。据约翰·罗尔夫说,大约在 1619 年 8 月底,有个荷兰人将 20 余名黑人卖到詹姆斯郡,③但是这批黑人劳工的法律身份却难以断定。19 世纪的美国史学家普遍认为他们就是奴隶;后来有的学者提出,他们不过是和白人契约仆一样的劳工,奴隶制并非因第一批黑人的到来而确立,而是逐渐形成的④。人们一般认为新英格兰地区是废奴主义运动的发源地,但其实它也是奴隶制得以实施的地区。1641 年,马萨诸塞海湾殖民地成为第一个允许实施奴隶制法律的英殖民地。在《独立宣言》发布的 1776 年,奴隶制在北美殖民地的 13 个州都是合法存在的,而在美国革命结束之后,北方州逐渐宣布了废除奴隶制的法律,而南方继续维持了这一制度,并且因为棉花产业的快速发展而扩

---

① 李剑鸣:《美国的奠基时代:1585—1775》。北京:人民出版社,2001 年 9 月,第 39—40 页。
② 李剑鸣:《美国的奠基时代:1585—1775》。北京:人民出版社,2001 年 9 月,第 44—66 页。
③ Wesley Frank Craven, *White, Red, and Black: The Seventeenth-Century Virginian*. New York: W. W. Norton & Company, 1977, pp. 77—78.
④ 李剑鸣:《美国的奠基时代:1585—1775》。北京:人民出版社,2001 年 9 月,第 207—208 页。

展。在美国于1808年宣布废除国际奴隶贸易之后，偷运奴隶的事件不断发生，而美国国内奴隶贸易更加普遍。

非裔美国女性的生存处境比起男性奴隶来更为艰难，因为她们一直承受着种族和性别的双重压迫。黑人未能随着美国独立而获得自由，更是从根本上被剥夺了受教育的权利。他们被视为"一个不拥有值得白人尊重的任何权利的劣等人种"[①]。与自愿移民到北美殖民地的白人妇女不同，非洲妇女是被强行带离她们的故土的。她们被从自己的家乡抢走，运往海岸，能够活下来的便被装上驶往新大陆的运奴船，也就是臭名昭著的"中间航道"。非洲女性在船上受尽凌辱与折磨，其中约五分之一的人死在航程中，还有一些在抵达西印度群岛或北美大陆殖民地之后也很快去世。剩下的人到达目的地后便被带到奴隶市场，像牲畜一样被买卖，随即成为白人的奴隶。这些非洲妇女在给自己出生在新大陆的子女回忆自己家乡的往事时，逐渐形成自己的社区和文化[②]。但在当时的社会环境下，非裔女性能够识字的人数非常有限，即使在当时开办的女子学校中，也难以见到她们的身影。虽然在独立战争时期许多非裔美国人获得了自由，但被废奴主义者称为"民族灾难""国家耻辱""民族污点"[③]的奴隶制作为一种社会制度还是在美国南方留存了下来，南方的奴隶贸易更是将奴隶视为商品和牲畜的强有力佐证。奴隶制使成千上万的黑奴饱受摧残和折磨，成为之后几十年中北方（自由州）与南方（蓄奴州）双方政治冲突的焦点。因此，奴隶制使女奴失去了受教育的机会，也造成了直至内战前黑人女性能够识字的人数都极少的现象。

二、美国女性文学的肇始

著名女权评论家伊莱恩·肖沃尔特在其撰写的美国女性文学史《她自己的陪审团》中称，"从一开始，女性就创造了新世界的新话语"[④]。在早期白人殖民者拓荒新大陆的进程中，女性移民的身影随时可见，但她们更多的是忙着生养子女，以及操持家务和经营农场，很少有人舞文弄墨。而在描绘开拓边疆和扩张领土的18世纪美国文学中，女性基本上销声匿迹。但文学

---

① Daniel K. Richter, *Facing East from Indian Country: A Native History of Early America*. Cambridge: Harvard UP, 2001, p. 2.

② Sara M. Evans, *Born for Liberty: A History of Women in America*. New York: Collier MacMillan, 1989, p. 27.

③ David Waldstreicher, *In the Midst of Perpetual Fetes: The Making of American Nationalism, 1776—1820*. Chapel Hill: U of North Carolina Press, 1997, p. 310.

④ Elaine Showalter, *A Jury of Her Peers: American Women Writers from Anne Bradstreet to Annie Proulx*. New York: Alfred A. Knopf, 2009, p. 3.

创作并非男性的专利，即使是在北美殖民地的恶劣生存环境中，仍有女性"不务正业"，专注于阅读和写作，而这种行为通常被社会视为有悖常理的逾矩表现。常被引用的一个典型例子就是约翰·温斯罗普对于康涅狄格州哈特福德总督的妻子安妮·霍普金斯（Ann Hopkins）的评价，安妮·霍普金斯因痴迷于阅读和写作而被社会所不齿，甚至被视为丧失理智。温斯罗普说道，哈特福德的总督把妻子带到了波士顿，为她寻求医治。曾多年担任北美殖民地行政长官的温斯罗普的评价，充分说明男权社会对于女性阅读写作的流行态度：

> 她患了一种可怕的病症，以致丧失了理解力和理智。这是她如此痴迷于阅读，并且撰写了许多作品的后果……如果她把时间花在操持家务这种适用于女性的事情上，而不是僭越常规地去掺和那些属于男性的事情（男性拥有更为坚强的心智），她就不会丧失理智，而是待在上帝指定她的位置上改善自己的心智。①

即便是在这样不利的社会环境下，女性文学仍然在新大陆上发芽、开花、结果。早期女性文学虽然还保持了英国的词汇与风格，但已经包含了多种体裁，呈现出多元化的趋势。克尔斯滕·R.威尔科克斯（Kirstin R. Wilcox）指出，人们在谈到北美殖民地时期的美国文学时，最常提到的是安妮·布雷兹特里特、玛丽·罗兰森（Mary Rowlandson, 1637—1711）和萨拉·肯布尔·奈特（Sarah Kemble Knight, 1666—1727）这几个名字，而她们就是以不同体裁发表作品的。布雷兹特里特是随家人移民到马萨诸塞海湾殖民地的英国人，是第一位已知的在美洲新大陆创作诗歌的英国移民女性，也是北美第一位发表诗歌的诗人②，同时她也被视为17世纪新英格兰地区最为高产和重要的三位诗人之一③。她于1650年在伦敦发表了题为《美洲新近出现的第十位缪斯》的诗集。罗兰森是居住在马萨诸塞州兰卡斯特的白人殖民者。1676年，玛丽·罗兰森居住的村庄被印第安人偷袭，她被印第安人囚掳，三个月之后才得以返回家园与家人团聚。她叙述自己经历的《上帝

---

① 引自 Wendy Martin. *An American Triptych: Anne Bradstreet, Emily Dickinson, Adrienne Rich*. Chapel Hill: U of North Carolina P, 1984, p. 58.
② Ronald A. Bosco and Jillmarie Murphy, "New England Poetry," in *The Oxford Handbook of Early American Literature*. Kevin J. Hayes, ed. Oxford: Oxford UP, 2008, p. 119.
③ 另外两位是 Michael Wigglesworth 和 Edward Taylor. 见 Emory Elliott, "New England Puritan Literature," in *The Cambridge History of American Literature*. vol. 1. Ed. Sacvan Bercovitch. Cambridge: Cambridge UP, 1994, p. 237.

至高无上的权力与仁慈》(*The Sovereignty and Goodness of God*,1682)成为印第安掳掠叙事这一文学体裁中最为著名的作品。奈特于1704年至1705年期间在自己只身从波士顿前往纽约的旅途中撰写了日记,生动地描绘了她在两百英里行程中的所见所闻。她的日记于1825年才首次面世,题名为《奈特夫人的日记》(*The Journal of Madam Knight*)。可以说,三位女性的创作代表了早期美国女性创作的三种流行体裁范畴,即诗歌、见证(囚掳叙事)和生活经历写作①。

在这三种文学形式中,诗歌是当时最为流行也最为灵活的形式,即使许多诗歌的创作是不以发表为目的的。尽管布雷兹特里特的诗作能够发表不同寻常,但诗歌创作在当时还是比较普遍的。不同于小说和戏剧的是,即使在缺笔少墨以及闲暇时间匮乏的情况下,人们仍然可以创作和分享诗歌。对于没有多少进行创作的物质资源的女性来说,诗歌成为许多有创作欲望的女性的首要选择。诗歌同时也具有易于携带的特点,既可附在信函之中,亦可抄写给朋友,当然也可在聚会时朗诵。对于许多读者和诗歌作者来说,传阅和抄写诗歌是当时一种流行的文学活动②。诗集出版在北美殖民地时期并不多见,但在18世纪中叶至后期,有些诗歌得以见诸报纸和杂志,读者主要为波士顿、纽约和费城的当地居民。一般来说,单首的诗歌在报刊上的发表较为常见,而以小册子或是足本的诗集形式出版的作品则较少,且多带有浓郁的宗教或是政治色彩。例如:安妮丝·布迪诺特·斯托克顿(Annis Boudinot Stockton,1736—1801)发表的第一篇诗作《致尊贵的彼得·斯凯勒上校》("To the Honourable Col. Peter Schuyler",1758)登载在《纽约信使》(*New-York Mercury*)和《新北美杂志》(*The New American Magazine*)上,在斯凯勒这位法国和印第安战争的英雄人物访问普林斯顿之际向他表达了敬意。除此之外,斯托克顿在1775至1793年之间还发表了一系列政治诗歌,评论了独立战争的重要事件,歌颂了华盛顿的军事和行政领导力,其中包括诗作《当听说沃伦将军于1775年6月17日在邦克山遇害的消息之后》("On hearing that General Warren was killed on Bunker-Hill, on

---

① 参见 Kirstin R. Wilcox, "American Women's Writing in the Colonial Period," in *The Cambridge History of American Women's Literature*. Ed. Dale M. Bauer. Cambridge: Cambridge UP, 2012, p. 55.

② Kirstin R. Wilcox, "American Women's Writing in the Colonial Period," in *The Cambridge History of American Women's Literature*. Ed. Dale M. Bauer. Cambridge: Cambridge UP, 2012, pp. 56—57.

the 17th of June 1775")。简·邓拉普(Jane Dunlap,出生年月不详)的诗集《关于各种主题的诗歌》(Poems, Upon Several Subjects, Preached by the Rev'd and Renowned George Whitefield,1771)就以歌颂乔治·惠特菲尔德牧师为主题。而第一位非裔女诗人菲莉丝·惠特利(Phillis Wheatley,1753—1784)的诗集《关于宗教与道德各种话题的诗歌》(Pomes on Various Subjects, Religious and Moral,1774)也将圣经、信仰、挽歌等多种因素掺杂于诗歌的内容之中。伊丽莎白·格雷姆·弗格森(Elizabeth Graeme Fergusson,1737—1801)的诗稿政治色彩浓厚,她曾经创作了一首长达90页的诗稿《爱国的哲学家农夫的梦想》("The Dream of the Patriotic, Philosophical Farmer",1768),这是一首关于美国从英国分裂出来的抒情想象。这首诗与她创作的多数诗歌一样,并未见诸报端,但她显然把它作为自己对于时事的评论。汉娜·格雷费茨(Hannah Griffitts,1727—1817)发表于1768年的诗《女性爱国者》("The Female Patriots")呼吁女性抵制购买茶叶,以实际行动支持美国独立事业。玛格丽特·布里克·富格力斯(Margaretta Bleecker Faugeres,1771—1801)叙述纽约北部战事的诗作《哈得孙河》("The Hudson",1793),表达了革命时期的流血牺牲并不仅限于战场的观点。这些充满政治寓意的诗作也挑战了人们关于女性不懂政治、不关心政治的观点,强调爱国也可以采取非军事形式①。

　　18世纪末的萨拉·莫顿也是当时一位颇为知名的诗人,曾被认为是当时最为杰出的美国女文人之一。她的诗作充分抒发了她对于自由和平等事业的热爱。莫顿的第一部长篇叙事诗《奥比或自然之美德:一个四个篇章的印第安故事》(Ouabi, or The Virtues of Nature: An Indian Tale in Four Cantos,1790)受到广泛赞誉。这是最早在创作中使用印第安主题、并以印第安人为主人公的少数作品之一,描写了两个印第安人和一位白人之间的爱情,内容也涉及印第安文化的许多习俗。她的另外一首诗作《非洲酋长》("The African Chief",1792)是对于1791年在圣多明戈被害的一位非洲人的挽歌,极受19世纪废奴主义者的推崇,甚至被收入学校的低年级读物书单。《致沃伦夫人的颂歌》("Ode to Mrs. Warren")则表达了一位女作家对于另外一位女作家的致意。1797年,莫顿发表了《灯塔山:一首历史性和描述性的本地诗作》("Beacon Hill: A Local Poem, Historic and Descriptive"),阐发了她对于美国革命所体现的自由精神的推崇,诗人将诗歌献给

---

① Jennifer J. Baker, "Women's Writing of the Revolutionary Era," in *The Cambridge History of American Women's Literature*. Ed. Dale M. Bauer. Cambridge: Cambridge UP, 2012, p.99.

那些"在华盛顿和自由的旗帜下战斗、征服、退役的公民—战士"。

当时最为常见的自我表现形式是信函、日记和其他生活经历写作。信件是当时重要的书写方式。它与诗歌创作一样,可以表达心声,也可巩固社交来往,在一个地缘辽阔的殖民地起到了联结和沟通家庭和社群成员的作用。"在信件书写中,女性相互鼓励,尝试接受生活中的悲剧,疏解精神压力,巩固在新环境中的自我建构,确立自己的宗教、家庭和阶级信念。"[①]例如,玛格丽特·廷德尔·温斯罗普(Margaret Tyndal Winthrop, c. 1591—1647)写于17世纪30年代的信函里记录了她到马萨诸塞海湾殖民地去与作为殖民地总督的丈夫团聚的行程。伊丽莎白·斯普里格斯(Elizabeth Sprigs,出生年月不详)在1756年写给外出的父亲的信中叙述了自己的生活经历。

除了记录日常生活之外,18世纪60年代受过教育的女性都会通过书信写作进行联系,这些女性在书信中除了谈及私人生活之外,也讨论时事政治,尽管家庭与政治的文化分界使得这些女性下意识地为自己的"越界"行为道歉。萨拉·杰伊(Sara Jay,出生年月不详)在一封家书中就说,自己在通信时之所以谈论政治,是"因为我的国家和朋友占据了我整个身心,因而我的言谈不够谨慎"。许多女性发现对人人都在谈论的政治话题无法保持缄默,如一位女性所说,"尽管身为女人,但我也是爱国者,实在难以克制自己"[②]。北美殖民时期以及建国初期并不缺乏智力超群、才华横溢的女性。阿比盖尔·亚当斯就是其中一位。阿比盖尔才思敏捷、目光敏锐、富有洞察力,理所当然地成为丈夫约翰·亚当斯(美国第二任总统)非常信赖的政治顾问,并影响到他的决策。她写给丈夫的信件描绘了美国建国前后的变化与发展,其内容涵盖政府和政治事件、女性地位和教育、家庭生活与爱情、奴隶制与人权等内容。思想开明的阿比盖尔·亚当斯高涨的政治热情也激励着她提出新政府成员中应该包括女性的激进观点。她尖锐地指出美国独立革命挑战权威的语言与美国男性作为丈夫所坚守的绝对权力之间的矛盾。她在致丈夫的信中说道,"我不认为你们对于女性是慷慨的。当你们在宣传对人的和平友好以及民族解放的时候,你们却坚持要保留对于妻子的绝对

---

① Kirstin R. Wilcox, "American Women's Writing in the Colonial Period," in *The Cambridge History of American Women's Literature*. Ed. Dale M. Bauer. Cambridge: Cambridge UP, 2012, p. 60.

② Sara M. Evans, *Born for Liberty: A History of Women in America*. New York: Collier MacMillan, 1989, p. 48.

权力。但是你必须记住,武断的权力是极有可能被打破的"①。阿比盖尔的信件是我们了解那个时代的珍贵资料。她的孙子查理斯·亚当斯于1841年与1876年出版了她几乎所有的信件,这些信件后来也被一版再版。她以自己的卓越见识和杰出智慧,不仅对丈夫和儿子(美国第六任总统)帮助很大,也以自己的平权思想成为其时代最为杰出的女性。萨拉·奥斯本(Sara Osborn,1714—1796)在独立战争时期与丈夫一起从军,为自己能为战火中的战士们提供食物深感自豪。她也是战后唯一一位致函国会,要求得到寡妇战争抚恤金的人。佩兴丝·洛弗尔·赖特(Patience Lovell Wright,1725—1786)是一位爱国者,曾为北美独立事业从事间谍活动。她致函好友本杰明·富兰克林(Benjamin Fanklin,1706—1790),表达她服务国家的忠诚信念,描述了自己可以发挥的作用。②

　　除了书信之外,日记、回忆录也是女性自我表达的重要形式,记录了生活在动荡时代的女性的个人经历。埃斯特·爱德华兹·伯尔(Esther Edwards Burr,1732—1758)在1754至1757年间坚持以书信体的形式撰写日记,与朋友分享她日常生活中所遭遇的挫折,同时也寻求朋友的精神慰藉。萨拉·伊娃(Sarah Eve,1749/1750—1774)以日记的形式,向航海在外的父亲汇报了自己的日常活动。伊丽莎白·桑维兹·德林克(Elizabeth Sandwich Drinker,1735—1807)关于自己在费城生活经历的日记多达36卷。贝齐·富特(Betsy Foote,1746—1812)是康涅狄格州一个农场的女子,她为自己的织布能够有助于殖民地抵制英国的商品而自豪。她在日记中还创了一个新词,称自己"深有民族感(nationly)",因为她所从事的家务就具有这种政治意义③。从整体来看,大多数这样的作品都没有出版,但也有一小部分用于宗教祈祷、见证和劝导的作品,以个人皈依叙事的形式得以发表,包括普林斯·吉尔(Prince Gill,1728—1771)关于自己虔诚信仰的叙事、贵格派教徒芭谢巴·鲍尔斯(Bathsheba Bowers,1671—1718)和索菲娅·休姆(Sophia Hume,1702—1774)谈论贵格派如何为信仰进行精神斗争的日记,以及著名超验主义者拉尔夫·沃尔多·爱默生(Ralph Waldo Emerson,1803—1882)的姑母玛丽·穆迪·爱默生(Mary Moody Emerson,1774—

---

① 引自 Besty Erkkila,"Revolutionary Women." *Tulsa Studies in Women's Literature* 6.2 (Autumn,1987):197.

② Jennifer J. Baker,"Women's Writing of the Revolutionary Era," in *The Cambridge History of American Women's Literature*. Ed. Dale M. Bauer. Cambridge:Cambridge UP,2012,p.96.

③ Jennifer J. Baker,"Women's Writing of the Revolutionary Era," in *The Cambridge History of American Women's Literature*. Ed. Dale M. Bauer. Cambridge:Cambridge UP,2012,p.96.

1863)多达几千页的日记。玛丽独身终生,她有思想、有智慧,而且擅长写作,但既不能进大学深造,也没有机会发挥其才智,后来帮助管理爱默生母亲出租的房屋。阿比盖尔·阿布特·贝利(Abigail Abbot Bailey,1746—1815)以日记体写成的自传,记述了自己的生活,内容涉及她的宗教信念及对于自己不幸婚姻生活(丈夫的乱伦和暴力)的反思,这也是当时第一部涉及家暴的作品。她的手稿在她去世后被发现,后被伊桑·史密斯(Ethan Smith)编辑出版,题为《阿比盖尔·贝利夫人自传》(Memoirs of Mrs. Abigail Bailey,1815),为后人所重视。

　　萨拉·肯布尔·奈特的日记所描述的旅途见闻,特别是其中所流露出的敏锐、机智和风趣令《奈特夫人的日记》出版后大受欢迎。该日记写于1704年,但1825年才经西奥多·德怀特(Theodore Dwight)编辑出版。奈特夫人是一位精明能干的女性,她在丈夫于1703年去世之前就已经掌管他的大部分生意,在波士顿拥有一座住宅、一家店铺以及一所学校。1704年她因洽谈生意独自一人骑马踏上从波士顿到纽黑文的行程。在18世纪初期这样的旅行充满艰险,而一位女性独自外出的行为更是不同寻常。或许奈特自己也意识到这一点,所以决定以日记的形式将自己的行程记录下来。奈特日记的不同凡响之处在于其世俗化的特点,她的日记全然没有当时清教徒作品中的强烈说教色彩,幽默、直白、翔实,与讽刺史诗和流浪汉文体更为接近。此外,奈特夫人的日记也流露出她作为上层社会白人女性的种族和阶级偏见。她坦然接受奴隶制的存在,在旅程中看到农场主与奴隶同桌就餐的情景时大为震惊;她以轻蔑的口气谈到印第安人,常常把他们比作牲畜;她挖苦乡下佬的无知和土气,又对于城里的权贵们对她的殷勤款待颇感自豪。但她的日记栩栩如生地描绘了新英格兰边远定居点和定居者的生活,以及当时的风土人情和风俗习惯,对于今人了解其时代和社会提供了宝贵的资料。显然奈特写作的目的并不是为了发表,她的日记写于1704至1705年间,但直到1825年才面世。与当时许多类似作品一样,她的日记或许也在家庭成员和朋友之间传阅过,但直到出版之后才得以流传。

　　与记录了一般个人生活经历不同的,是那些记录了生活在新英格兰的女性在特定背景下做出的见证。许多记录了早期殖民地生活的典型女性写作,是以见证的形式流传下来的。玛丽·罗兰森的《上帝至高无上的权力和仁慈》于1682年出版,在北美殖民地和英国都备受欢迎,曾再版多次。她的叙事传播甚广,以致成为囚掳叙事这种文学体裁的典范文本。她的叙事所建立的典范影响显而易见,如发表于1728年的伊丽莎白·汉森(Elizabeth Hanson)的《上帝的仁慈战胜人类的残忍:见于伊丽莎白·汉森的被掳与救赎》(God's Mercy Surmounting Man's Cruelty, Exemplified in the Captivity and Redemption of Elizabeth Hanson)。两者的书名都呈现了作者的意图,即她们的被俘是上帝旨意的体现。也因为如此,许多流传下来的囚掳叙事不是独立的叙事,而成为男性布道以及宗教写作中的案例分析和例证。例如,汉娜·达斯汀(Hannah Dustin)、玛丽·弗伦奇(Mary French)和汉娜·斯沃顿(Hannah Swarton)的故事都是因为出现在科顿·马瑟的布道和著作中才与世人见面的。虽然教会是父权文化的一部分,但宗教信仰对于解放美国女性的创造力也起到了一定作用。是宗教信仰激励了玛丽·罗兰森等人记录了自己的皈依经历,也是宗教信仰激励了后来的索杰娜·特鲁斯(Sojourner Truth,1797—1883)和萨拉·格里姆克(Sarah Grimke,1792—1873)等人的布道和讲座。

　　美国在1776年宣布独立之前尚未有自己的戏剧,而戏剧从整体来看也滞后于小说和诗歌的发展。从已有资料来看,北美殖民地的戏剧创作并不发达,仅有的几个剧院也都是惨淡经营。殖民地时期最早出现的是模仿欧洲的题材和主题的戏剧。至独立战争时期,北美殖民地开始出现反映当地题材和主题的戏剧,此时的戏剧被视为政治武器,连当地人物形象——美国佬、黑人、印第安人——也纷纷登上戏剧舞台。可以说,美国的民族戏剧在18世纪末才渐成雏形[①]。从整体来看,美国戏剧创作起步较晚,而且影响力不大。夏洛特·拉姆齐·伦诺克斯(Charlotte Ramsay Lennox, c. 1730—1804)是北美殖民地的第一位女剧作家,其创作的喜剧《姐姐》(The Sister)于1769年上演后反响不大,但几年后却被译成德语,成为北美殖民者戏剧创作中最早被译成外语的剧本。她最为成功的剧作为《老城风俗》(Old City Manner,1775)。独立战争时期最为著名的剧作家是莫西·奥蒂斯·沃伦,一位才华横溢的女性。她是诗人、剧作家和历史学家,甚至还写过歌曲。她不仅对于独立战争保持了高度的热情,也在多种文学体裁创作上游刃有余。她哥哥和丈夫均从政,她本人也与政界要人保持密切联系,沃伦也是阿比盖尔·亚当斯多年的密友。她创作的政治讽刺剧《谄媚者》(The Adulator,1773)、《失败》(Defeat,1773)和《同伙》(The Group,1775)都在波士顿的报纸上以"来自马萨诸塞州的夫人"的署名登载,对独立革命前马萨诸塞州的政客进行了无情的讽刺和抨击。《谄媚者》曾在杂志上连载,讥讽了马萨诸塞州殖民地总督,称他为英国人的走狗,是伪君子和独裁者。《同伙》被认为是用来团结反对亲英政府力量的重要宣传作品,作者抨击了

[①] 郭继德:《精编美国戏剧史》。天津:南开大学出版社,2016年7月,第1页。

马萨诸塞州议会的16人委员会,指责委员会成员已经成为殖民地爱国主义事业的叛徒。亚历山大·汉密尔顿(Alexander Hamilton)曾经对于她的剧作给以高度评价,称"至少在戏剧创作领域,女性天才已经超越男性"①。朱迪丝·萨金特·默里是美国早期的女权主义者,除了政论文章之外,她也创作过两部喜剧:《道德胜利》(Virtue Triumphant,1795)和《归来的行者》(The Traveler Returned,1796)。《道德胜利》是1794年独立战争结束剧院重新开张后在波士顿上演的第一部戏剧,也是由美国出生的女性创作并且上演的第一部戏剧。两部喜剧中都有"杰出女性,她们主动采取行动,表达自己的观点,并就哲学原则进行争论,构成了不同年龄段之间的女性相互支持和相互保护的自给自足的社群"②。其实在1900年之前,女性剧作家至少创作了250部剧作,而这些剧作中的大多数都在纽约、费城、波士顿和旧金山的剧院里上演。畅销小说《夏洛特·坦普尔》的作者苏珊娜·罗森就有七部剧在1793至1810年间上演,而路易莎·梅迪纳(Louisa Medina c. 1813—1838)有21部戏剧在1829至1849年间上演。一个有趣的现象是,19世纪的女演员也为她们自己或是她们的同事撰写剧本。席德妮·贝特曼(Sidney Bateman,1823—1881)在19世纪50年代创作了五部剧作,劳拉·肯尼(Laura Keene,1826—1873),在50年代至60年代有六部剧作面世,范妮·赫林(Fanny Herring,1832—1906)在70年代到80年代撰写了八部,奥利芙·罗根(Olive Logan,1839—1909)在70年代写了九部。值得关注的还有玛莎·莫顿(Martha Morton,1865—1925),她在世时曾被誉为女性剧作家的泰斗,其35部剧作中有九部写于80年代至90年代。但遗憾的是,这些剧作家在美国戏剧史中基本上都踪影全无③。

除了文学作品之外,女性也进行了其他体裁的创作。莫西·奥蒂斯·沃伦最为著名的作品为她创作的三卷本历史著作《美国革命的起源、进程与终结史》(History of the Rise, Progress and Termination of the American Revolution,1805),这是第一部由美国女性撰写的重要历史著作,从女性的角度阐释了作者对于美利坚合众国诞生的理解。托马斯·杰弗逊为自己和其内阁成员订购了这部著作,沃伦也当之无愧地成为第一位把这个国家的

---

① Rosemarie Zagarri, A Woman's Dilemma: Mercy Otis Warren and the American Revolution. 2nd. Ed. Somerset, NJ: Wiley, 2014, p. 142.

② Amelia Howe Kritzer, Introduction, Plays by Early American Women, 1775—1850. Ann Arbor: U of Michigan P, 1995, p. 15.

③ Claudia Johnson, "A New Nation's Drama," in Columbia Literary History of the United States. New York: Columbia UP, 1988, pp. 332—33.

诞生载入史册的人①。沃伦在序言中为自己的跨界行为辩解说,"美国家庭的幸福依赖于对于公民和宗教自由的完整拥有,那么对于社会的关心之情就应该洋溢在每个人的心中"②。尽管如此,沃伦在自己的历史著作中很少涉及女性为美国革命所做出的贡献,无论是她们织布缝衣的爱国行为、抵抗英国商品的团结一心、为军队筹款的慷慨壮举,还是她们在丈夫从军后务农经商照顾家庭所付出的艰辛努力。学界对此的解释是,沃伦不是认为女性的贡献无足轻重,而是她作为博学的历史学者的身份使她在从事历史写作时采用了这一领域传统上对于政治和军事行为的强调③。汉娜·亚当斯(Hannah Adams,1755—1831)是另一位从事历史写作的人。她最为出名的著作是《宗教观点评述》(View of Religious Opinions,1784)。难得的是,该书客观介绍了世界上的各种宗教及观点,且没有对此妄加评论,因此获得好评。作品出版后被多次再版,第四版时更名为《所有宗教和宗教教派词典》(Dictionary of All Religions and Religious Denominations),还在英国重印。除此之外,她还撰写过《新英格兰简史》(Summary History of New-England,1799),后于1801年更名为《新英格兰史节略版》(An Abridgement of the History of New-England),以及《犹太史》(History of the Jews,1812)。

　　18世纪小说作品多来自欧洲,而英国小说盗版本亦十分普遍。直到18世纪下半叶,小说逐渐开始取代传统的行为指南以及劝诫书籍,成为极受女性欢迎的阅读作品。18世纪中叶美国社会对于女性作为读者和作家在公共领域的参与的忧虑流行甚广,尤其是对于小说的批评之声不绝。许多人认为小说是基于幻想而不是基于事实的,因而是对于现实的歪曲;年轻读者因为心智不够健全,很容易在小说的影响下犯错误。人们对于女性阅读小说更为担忧,指责小说唆使女性滥用情感,甚至认为小说是"文学鸦片,是最能导致年轻女性道德败坏的原因"④。而对于女性阅读小说的另一种批评是说小说浪费女性的时间。许多人认为女性应该从事家务劳动而不是进行阅读,即便是阅读也应该阅读其他体裁的作品(例如历史)而不是小说。就连执笔《独立宣言》的托马斯·杰弗逊在1818年谈到女性教育时也愤然说

---

　　① Elaine Showalter,*A Jury of Her Peers: American Women Writers from Anne Bradstreet to Annie Proulx*. New York: Alfred A. Knopf,2009,p. 19.
　　② 引自 Angela Vietto,*Women and Authorship in Revolutionary America*. Hampshire: Ashgate,2005,p. 53.
　　③ Angela Vietto,*Women and Authorship in Revolutionary America*. Hampshire: Ashgate,2005,p. 89.
　　④ 引自 Catherine Kerrison,"The Novel as Teacher: Learning to be Female in the Early American South." *The Journal of Southern History* 69.3 (Aug. ,2003):524.

道,"目前一个巨大的障碍……就是对于小说不同寻常的热情,而在阅读小说时失去的时间应该被更加有效地加以应用"。杰弗逊极力提倡女性在舞蹈、绘画和音乐方面的教育,这些被他称作生活的"点缀"和"娱乐",而把小说的效应视为"病态的":"当这种毒药影响到心智……就会损害它的基调,使它厌恶真正有益于身心的阅读"①。但女性似乎对于阅读小说的热情始终不减。尤其是当女性被否决了接受学校教育的机会时,小说不仅涉及她们日常生活的方方面面,并且提供了行之有效的方法,弥补了当时的女性点缀性教育的不足。而小说也是唯一倾向于把女性置于故事中心的叙事模式。女性小说还使女性看到一个颂扬而不是压迫她们想象世界的机会。琳达·K.科博(Linda K. Kerber)评论道,"如果一个女性希望了解其他女性如何对待现实生活的话,她除了小说之外没有什么其他书籍可以阅读……禁止女性阅读小说……就是拒绝她们了解关于女性的现状以及她们生活榜样的丰富想象的机会"②。小说帮助女性认识和应对现实生活,给予她们想象生活的希望。的确,历史教会人们权术,帮助人们了解人性,有助于人们从事政治事务管理。而对于女性来说,她们不可能从政、经商,历史书中也很少提及女性,而小说探讨的却是她们的切身生活,与她们的人生密切相关。女性因为所阅读的小说反映了她们的生活而受到鼓舞、感到振奋。女性没有出现在历史、哲学、科学和宗教书籍里,她们所关心的事情却在小说中得到充分的反映。在她们各自的家庭里,她们与其他阅读和写作女性所分享的经历使她们建立起一种弥足珍贵的心灵联系。

因而,18世纪末的一个重要文化现象是女性读者对于书籍需求量的增长,这一时期也是女性作家开始在文坛露面的时期。像苏珊娜·罗森、汉娜·韦伯斯特·福斯特(Hannah Webster Foster,1758—1840)、朱迪丝·萨金特·默里、塔比莎·坦尼(Tabitha Tenney,1762—1837)等人的小说都有着很好的销量。这一时期的小说,除了后面独立成节加以评介的苏珊娜·罗森的《夏洛特·坦普尔》(*Charlotte Temple*,1791)和汉娜·福斯特的《风流女子》(*The Coquette*,1797)之外,还有其他一些颇受欢迎的作品。夏洛特·拉姆齐·伦诺克斯(Charlotte Ramsay Lennox, c. 1730—1804)仅在美国生活过几年,但因她的第一部小说《哈丽奥特·斯图亚特的一生》(*The Life of Harriot Stuart*,1751)和最后一部小说《尤菲米娅》(*Euphemia*,

---

① 引自"Women and Writing: The Public Platform." *Life in the Iron-Mills*. By Rebecca Harding Davis. Ed. Cecelia Tichi. Boston: Bedford Books,1998,p. 359.

② Linda K. Kerber, *Women of the Republic : Intellect and Ideology in Revolutionary America*. Chapel Hill: North Carolina UP,1980,pp. 263—64.

1790)都是以美国作为背景的,所以人们在谈论美国文学的时候也会将她囊括其中。《女堂吉诃德：阿拉贝拉历险记》(The Female Quixote: The Adventures of Arabella, 1750)是伦诺克斯最受欢迎的作品,后来还被译成德文、法文和西班牙文。小说女主人公阿拉贝拉因痴迷于法国浪漫主义文学,深受其影响,为人处世十分不切实际,在小说的结尾阿拉贝拉回归传统生活轨道,按照社会期许嫁为人妻。伦诺克斯对于社会关于女性角色的期望与女性抱负之间的距离有着清醒的认识,以戏谑的方式展现和批判了社会的性别行为规范。小说在20世纪末业已受到学界的重视,引发了对它的探讨。塔比莎·坦尼的《女性堂吉诃德主义》(Female Quixotism, 1801)描述了溺爱纵容的亲朋好友和不良教育,以及过量的小说阅读为女主人公带来的危害。出身于富裕之家的多尔卡丝·谢尔登幼年失去母亲,饱受父亲宠爱,她受小说的影响,陷入浪漫幻想不可自拔,直到青春不再,才最终意识到自己的错误。与其他感伤和引诱小说一样,《女性堂吉诃德主义》也强调了教育和自省的重要性[①]。丽贝卡·拉什(Rebecca Rush, 1779—1850)的小说《凯罗伊》(Kelroy, 1812)则描绘了为两个女儿的婚事使尽浑身解数的哈蒙德夫人。小说最终以悲剧结尾。这部小说包含了哥特小说和社会风俗小说的元素,某些情节的设计不禁令人联想起简·奥斯丁的《傲慢与偏见》(Pride and Prejudice, 1813)。

19世纪之前的印第安文学只以口述形式出现,因为北美殖民者所遇到的印第安人并不拥有文字,更令人唏嘘的是,对于新大陆的白人殖民者来说,土著印第安人没有文字这一事实俨然是其民族劣等性的标志,因而自然被白人视为印第安人不具备在北美大陆居住的权利[②]。在白人文学中出现的关于印第安人的描述,都是对于印第安人的诋毁和控诉,都是白人自己的声音。而早期美国文学中那些将印第安"声音"记述下来的也是白人,他们受到多种因素的局限,譬如翻译的真实性以及从口头语言向文字的转换等,而更为恶劣的是白人的文化偏见,多数欧洲人将印第安文化视为劣等文化,因而在翻译过程中采用了很马虎的态度,有时甚至有意曲解对方的话语。所有这一切都影响到早期美国文学中印第安声音的真实性。记录印第安话语的人有着不同的动机,而他们的动机往往有违于印第安人的

[①] Karen A. Weyler, "The Sentimental Novel and the Seductions of Postcolonial Imitation," in The Oxford History of the Novel in English. Vol. 5: The American Novel to 1870. Ed. J. Gerald Kennedy and Leland S. Person. Oxford: Oxford UP, 2014, p. 55.

[②] Myra Jehlen, "The Literature of Colonization," in The Cambridge History of American Literature. vol. 1. Ed. Sacvan Bercovitch. Cambridge: Cambridge UP, 1994, p. 37.

利益:他们或是试图使印第安人皈依基督教,或是希望获取印第安人的土地,或是期望证明印第安人的劣等。直到19世纪才出现了一批以英语发表作品的印第安作者。他们发展自己的文学,而这种文学常常对欧洲政策进行批判①。

  作为在殖民地时期便被贩卖到此的奴隶,非裔女性也参与了共和国的文学建构。当然,非裔女性能够从事创作的乃凤毛麟角。惠特利是非裔美国诗歌的开创者,但她并不是非裔美国文学的唯一开创者。露西·特里(Lucy Terry,c.1730—1821)是居住在马萨诸塞州边疆城镇迪尔菲尔德的年轻女奴,她在1746年创作的一首题名为《牧场之战》("Bars Fight")的歌谣中叙述了她的定居点在印第安人的袭击中被毁的故事。居住在当地的露西·特里认识许多在此次袭击中丧生、受伤或被掳的人。她在歌谣中使用了第一人称来确认了她叙事的权威性。特里通过使用这种带有韵律的文学形式描述了艰苦危险的边疆生活,在当地享有很高的声誉。露西从未将这首歌谣写下来,而是由邻居们传唱,这首歌谣也迟迟没有见诸文字,直到1855年才被收入乔西娅·吉尔伯特·霍兰(Josiah Gilbert Holland)编写的《西马萨诸塞州历史》(History of Western Massachusetts),所以人们往往把露西·特里视为北美的第二位非裔美国诗人。安·柏拉图(Ann Plato,c.1824—?)是第一位创作了一部散文集(1841)的黑人女性,而哈丽雅特·E.威尔逊(Harriet E. Wilson,1825—1900)则是第一位发表小说的黑人女性,她的《我们的黑鬼》(Our Nig,1859)所描写的女主人公作为一名自由黑人在美国内战前夕的北方的受奴役遭遇,出版后并未引起关注,但如今受到学界高度评价。

第一节　新大陆的缪斯

安妮·布雷兹特里特(Anne Bradstreet,1612—1672)

  北美大陆的第一部诗集《美洲新近出现的第十位缪斯》(The Tenth Muse Lately Sprung up in America,1650)出自一位女性之手的确不同寻常,但其出现带有很大的偶然性,因为她的诗稿是在她不知情的情况下,被

---

① Joshua David Bellin,"Indian Voices in Early American Literature," in The Oxford Handbook of Early American Literature. Ed. Kevin J. Hayes,Oxford:Oxford UP,2008,pp. 257—58.

妹夫带到伦敦发表的①。否则,即便有她父亲为她提供的良好教育,有她丈夫对于她智力追求的支持,以及她坚持以诗歌抒发感受的做法,她的诗歌也很难付梓出版,与读者见面。因为正如她在诗中所说,她的许多同代人都认为针线比纸笔更适合女性。但布雷兹特里特诗歌的发表确实具有极其重要的意义,它不仅标志着北美大陆第一部诗集的出现,更是开启了美国女性文学的里程。

布雷兹特里特出生在英国,家境优渥,在浓郁的文化氛围中长大。其父曾为第四代林肯伯爵家的管家,在她兄长去剑桥就学时,她在家中得到父亲关于希腊语、拉丁语、法语和希伯来文的辅导。除此之外,她还可以在林肯伯爵家藏书丰富的图书馆里尽情阅读,也得以聆听来往文人的交谈。布雷兹特里特16岁时开始创作诗歌,并受到父亲的鼓励。她于1628年结婚,她的丈夫毕业于剑桥,后成为她父亲的助手。1630年他们和父母一起加入了约翰·温斯罗普率领驶往北美新大陆的船队,其父为这支船队的领导人之一。他们所乘坐的阿贝拉号舰船是这支有着四艘船的船队的旗舰,正是在阿贝拉号上,后来成为马萨诸塞海湾殖民地总督的约翰·温斯罗普宣读了要在新大陆建立"山巅之城"的著名布道。船队在波涛起伏的大西洋上颠簸了十周之后到达萨勒姆,此时疾病和饥饿已经大大削弱了海湾殖民地,他们必须重整旗鼓,应对这个荒芜的新世界。

布雷兹特里特一家在北美殖民地的建设中劳苦功高,成为早期新殖民地不可或缺的人物。她的父亲一直担任重要公职,其后她的丈夫也参与公共事务,常常在外奔波,父亲和丈夫两人都曾担任马萨诸塞州的总督,也在1636年哈佛大学的创建中功不可没。布雷兹特里特自己也有两个儿子毕业于哈佛。1997年哈佛大学将学校其中一扇大门命名为布雷兹特里特大门,以纪念这位在北美大陆第一位发表作品的诗人。

离开了自幼熟悉的舒适环境,踏上荒无人烟的新大陆,布雷兹特里特必须学会适应新生活。她后来写道,"我初次踏上这片土地,置身于一个陌生的世界和异域风俗,不免心中惶然。在我确信这是上天之旨意后,便服从上帝的安排,加入了波士顿的教会"②。殖民地定居者的生活极其艰辛:气候恶劣、物资匮乏、缺医少药、疾病肆虐、死亡不断降临。与他们一起到达殖民地的移民在很短的时间内大批死亡,家家都有人丧生。两年之后,他们才搬

---

① Katharine M. Rogers, Introduction. *Early American Women Writers from Anne Bradstreet to Louisa May Alcott*, 1650—1865. New York: Meridian, 1991, p. 1.

② 引自 William J. Scheick, "The Poetry of Colonial America," in *Columbia Literary History of the United States*. Ed. Emory Elliott. New York: Columbia UP, 1988, p. 92.

入较为像样的房舍,但在其间曾四次搬迁。布雷兹特里特生来体质孱弱,经常疾病缠身,来到新大陆后不久(1632年)即大病一场,目前我们所能看到的她第一首注明日期的诗歌即是关于这场疾病的。第二年安妮生下第一个孩子,后来子女接踵而来,自1633年至1652年间,她共生育8个子女。布雷兹特里特是一位贤淑的妻子和称职的母亲,因为丈夫忙于公务,她得独自承担料理家务和经营家庭农场的双重重担,在她的诗歌中,她也不断谈及作为女性的"工作":分娩和养育子女、照料病人、为家人缝制衣物、准备过冬食物、管理账务,以及在丈夫外出期间经营农场、接待客人等等。

虽然新大陆环境恶劣,但并非文化贫瘠之地,不乏饱读诗书之士。不少定居者曾受过良好的教育,在移居北美殖民地时携带了大批书籍,布雷兹特里特自己家里就拥有800本书,她在此开始了她的创作。1647年她的妹夫去英国办事,随身带去了她的诗稿,她的诗集于1650年以《美洲新近出现的第十位缪斯》在伦敦出版。这是北美殖民地第一部正式出版的诗集,因其对于北美殖民地生活的真实刻画,一经面世便造成轰动。有趣的是,诗集附有12页的序言,以证实这些诗歌的真实性,并为一位女性进行诗歌创作这样的越界行为进行了辩解。事先毫不知情的布雷兹特里特为自己诗稿的出版颇感意外,也稍感尴尬,但她随即开始为诗集的第二版进行修订和扩增。《第十位缪斯》为布雷兹特里特生前出版的唯一作品。她诗集的第二版在她去世后的1678年由约翰·罗杰斯(John Rogers)补选编辑后,以《若干充满智慧和学养的诗歌》(Several Poems Compiled with Great Variety of Wit and Learning)出版,包含了她最好的一些作品。1867年由约翰·哈佛·埃利斯(John Harvard Ellis)编辑出版了《安妮·布雷兹特里特诗歌散文集》(The Works of Anne Bradstreet, in Prose and Verse),这几部作品包含了布雷兹特里特创作的全部作品;1981年由约瑟夫·R.小迈克尔拉斯(Joseph R. McElrath, Jr.)和艾伦·P.罗布(Allan P. Robb)出版的全集成为布雷兹特里特诗歌的权威版本(definitive edition)[1]。

像北美殖民地时期多数的文学作品一样,布雷兹特里特的诗歌也模仿了英国诗歌的形式和技巧,但自视为上帝选民的北美殖民者对宗教的热情以及他们所处的生活环境为新英格兰的诗歌创作打下了独特的烙印,而且她的诗歌表现出殖民地女性的独特感受。布雷兹特里特认同女性作为家庭和道德支柱的双重社会角色,秉持道德高尚的女性能够因为她们的写作而受到认

---

[1] 参见 Joseph R. McElrath, Jr., and Allan P. Robb, eds., *The Complete Works of Anne Bradstreet*. Boston: Twayne, 1981.

可和尊重的理念。她的诗歌主要是在丈夫离家外出时创作的,涵盖宗教信仰、精神生活、家庭生活、疾病死亡、爱情婚姻等内容,她的诗歌,尤其是后期的作品笔触细腻,敏锐幽默,充分显示了她的智慧和学养,更为当代读者欢迎。

蛮荒的北美殖民地极其恶劣的生活环境使新移民面临着巨大挑战,也造成了与布雷兹特里特之前生活的极大落差。她在诗歌中描述了清教徒所遭受的"磨难"——疾病、怀孕与分娩的痛苦、亲人的外出和死亡等等。布雷兹特里特自幼受到清教思想根深蒂固的熏陶,在诗歌中表现出对于上帝的敬畏和崇拜,以及对于宗教的精神追求。宗教是她的精神支撑,尘世间所遭受的磨难成为上帝对于她信仰的考验。评家指出理解布雷兹特里特的关键在于她的清教主义思想。清教主义为她的诗歌带来了活力,她在诗歌中既宣扬了其观点,也宣布了她的反叛[1]。"如果地上已然如此令人沉醉,/高居上界者又该是何等不凡?"[2]她在《沉思录》("Contemplations")中如此吟唱。她也深知尘世之人在上帝面前的渺小,"充其量,人只是羸弱虚荣的生物,/他知识上贫乏,力量又单薄,/受制于悲伤、失落、疾病和痛楚,/每次风暴都使其更加身心贫弱"。

诗歌成为布雷兹特里特表达信念、抒发感受的媒介,也为我们展现了北美殖民者,尤其是女性殖民者在开拓新大陆的过程中所表现出来的坚强意志和乐观精神。布雷兹特里特的诗歌并不局限于对于上帝和宗教的冥思,相对于那些抽象的冥思,她的诗歌更多的是对于世俗生活的解读,宗教在日常生活中给予她战胜困难的力量,成为她的心灵鸡汤。布雷兹特里特的诗歌是清教徒女性在新英格兰殖民地艰难生活的真实写照,定居者们在宗教信仰的支撑下努力克服对于世俗物质的追求,并以此对待世事的无常。在《房舍焚毁记》("Upon the Burning of Our House")中,她以栩栩如生的细节描绘了她的住房一夜之间被大火吞噬的情景:

  猛然坐起身,窥见火苗,
  我的心向着主哭喊:
  赐给我力量,我处境多艰,
  别让我孑然一身孤立无援。
  我跑了出去,目光所到处,
  大火正无情地吞噬我的房屋。

---

[1] Rosamond Rosenmeier, *Anne Bradstreet Revisited*. Boston: Twayne, 1991, p. xii.
[2] 本节中布雷兹特里特所有的诗歌译文都出自《安娜·布莱德斯翠特诗选》,张跃军译。上海:东华大学出版社,2010年。

面临天灾人祸，诗人对于自己的栖身之所瞬间化为灰烬悲痛不已，她禁不住历数了曾在这房子里放置的心爱物品，回顾了她在这所房舍度过的美好时光，表达了她对尘世间财物的依恋。但突然诗人意识到她这样做似乎是在埋怨上帝，便用"再见吧再见；万物皆虚空"结束了她的哀叹，也结束了她诗歌前半部分所表现出来的对于毁于一旦的财产的留恋，而以天意解释发生的一切，努力接受命运的安排，保持了坚强的心态和对上帝的信念。

　　布雷兹特里特的诗歌作品中，最感人的部分是那些描写了家庭生活的诗歌。而在这些诗歌中，除了表达对在外的亲人的挂念，还有不少涉及她自己多病的身体（她曾患过天花，还偏瘫过），以及当时女性分娩的高死亡率，并且描述了家人的不幸离世。早期北美殖民地的艰苦环境使得当时定居者的死亡率很高，当年乘五月花号到达北美大陆的欧洲移民，一年之后有一半人都已丧生。在许多诗歌中，布雷兹特里特都谈及病痛与死亡，这些成为她诗歌中较为普遍的主题。在《作于身体不适时》("Upon a Fit of Sickness")，她以沉重的笔触写道："我的心焦虑不安，充满了忧伤，/及耗人的痛楚，身体对此了如指掌，/躺在床上辗转反侧，难以入睡，/浸透了从悲苦的脸上流出的泪水。"《作于一个孩子出生前》("Before the Birth of One of Her Children")描绘了她分娩前的顾虑。她担心自己在分娩时意外身亡，叮嘱丈夫，"假如我有任何的价值或美德，让它们在你的记忆里鲜活起来"，并且期盼丈夫"请照看我留在身后的亲爱的孩子。/若你爱着自己，或如你对我有爱，/啊请保护他们免受后妈的伤害"。《纪念我亲爱的孙子西蒙·布雷兹特里特》("On My Dear Grand-child Simon Bradstreet")刻画了她年仅一个月的小孙子的夭亡：

　　　　刚来就要走，永远的安息，
　　　　认识虽短，离别亦令人哭泣。
　　　　三朵鲜花，其二刚绽放，另一朵
　　　　仍在花苞，便被万能的主侵削
　　　　但他公正，让我们缄默、心存敬畏，
　　　　这是他的意志，其原因不必过问。

诗歌中我们不难看出布雷兹特里特的悲伤心情，唯有以上帝的旨意来慰藉自己。

　　布雷兹特里特的诗歌中有一部分是谈论她与丈夫的感情的，也就是被人们称为"婚姻诗歌"（marriage poems）的那些作品，这些作品充满感情、直抒胸怀、独具特色,读起来十分感人。早期殖民地百废待兴,担任公职的丈夫经常出差在外,布雷兹特里特以诗歌的形式表达了她对于丈夫炽热的爱,而其中最引人注目的,不仅是诗人与丈夫的两情相悦以及肉体与灵魂的结合,更是不断的分离带来的深深思念。其中《致我亲爱的仁爱的丈夫》("To My Dear and Loving Husband")倾诉了她对丈夫的深情厚爱:"若两人曾为一体,无疑我们就是,/如有男人被妻子爱,你便如此;/若有妻子在男人处安享幸福,你可把我与任何女人比附"。《致丈夫的一封信》("Letter to Her Husband, Absent upon Public Employment")表达了她对因公务出门在外的丈夫的想念之情。"肉体与骨骼,这一切无不属于你,/我居此地,你在他乡,却二位一体。"在《另外一首》("Another")中,她以动物意象比喻自己和丈夫:"我们相伴来到同一棵树上觅食,/像两只斑鸠栖居于同一间屋子,/像胭脂鱼在同一条溪水中遨游嬉戏,/直到死亡分开,让我们永为一体"。在这些诗歌里,诗人尽情抒发了她对丈夫的深情厚爱和殷切思念,以及她独自在家时的孤独寂寞心情。

早期北美殖民地是一个父权文化统治的清教社会,妇女被期待全身心地操持家务,许多人更是认为她们的智力比男性低劣。布雷兹特里特虽然是一位尽职尽责的妻子和母亲,但她并不赞同男性优于女性的流行社会观念,在诗中也阐发了她对于女性角色的思考。在"序诗"("The Prologue")中,她谴责了贬低女性才能的社会:

> 我易受世人口舌之箭所伤,
> 他们称我的双手握针倒能用得上,
> 若说诗笔鄙薄一切我难免娇枉,
> 纵然人们如此看低女性的睿智:
> 即便我妙笔生花,作用也不多,
> 他们会说那是偷来,或纯属巧合。

身为家庭妇女,布雷兹特里特起先并没有将自己的诗歌公布于众的愿望。但在她的诗歌被亲戚带到伦敦发表之后,诗人不禁心怀忐忑,她如同顾虑自己那还未来得及梳洗打扮、便被好心的朋友从她身边带走的孩子,担心她那些被突然曝光在大庭广众之下的诗歌的命运:"你是我贫乏大脑的畸形产物,/自从出生便不曾在我的左右,/直至被忠诚而愚钝的友朋/拉到国外,暴露于大庭广众,/让你衣衫褴褛,步履蹒跚,/错误未减(人人皆可判断)。"[1]

---

[1] 见《作者致其书》("The Author to Her Book")。

布雷兹特里特因诗歌的发表而闯入了一直由男性把持的殖民地文学创作领域。虽然步履艰难,困难重重,但女性照样可以获得成功,赢得尊重,布雷兹特里特诗歌创作昭示了这一点。

布雷兹特里特在一首赞美伊丽莎白女王的诗歌中,通过歌颂女王的丰功伟绩,驳斥了世人对女性才智的诋毁,这首诗歌读起来颇有女权主义的味道。"她以善良、公正、多才和睿智,/赢得世上诸多国王们的夸示。""她消除了人们针对女性的偏见,/证实女性有智慧将一国掌管。""男性们,你们长期以来对我们不满,/女王虽故去,仍将为我们昭雪平反。/断定女人缺乏理智者,你们心知肚明,/这是中伤,过去这样说却是背叛男性。"①布雷兹特里特以诗歌表达了她对社会流行的歧视女性的观点的不满,她并非呼吁反抗男权社会,但希望社会能够公平对待女性,承认女性可以拥有与男性同样的智慧与才能。

今天,对于美国诗歌的整体研究不可能忽略布雷兹特里特的存在,对于美国女性文学的研究也不可能避开她的名字。人们既把她作为第一位美国诗人来看待,也十分关注她作为女性诗人的重要意义②。作为新大陆的第一位缪斯女神,布雷兹特里特在繁忙的家务空暇时间创作了大批诗歌。夏洛特·戈登(Charlotte Gordon)这样评价她说:"仅在1638至1648年间,她就写了6000多行诗,比大西洋两岸任何一位作家一生创作的作品都要多,而在这期间,她或是有孕在身,或是刚从分娩中恢复,或是照料生病的幼儿。"③当代美国著名女诗人阿德里安娜·里奇(Adrienne Rich,1929—2012)也指出,"安妮·布雷兹特里特恰巧是那些早期美国女性中的一位,她们生活在一个英雄主义为生活之必需的时代和地点。这些男男女女作为个人也作为一个群体为生存而奋斗……在这样的环境里能够发现任何精神活动的空间……本身就是一种伟大的自我肯定和活力。在养育了八个子女、常常卧病在床、在荒野的边缘操持家务的同时进行诗歌创作,这一壮举是一个诗人所能达到的极限,而她所面对的种种囿限也是所有美国诗人中最为严峻的"④。

---

① 参见《向高贵而强大的伊丽莎白女王致敬》("In Honor of That High and Mighty Princess Queen Elizabeth of Happy Memory")。

② Rosamond Rosenmeier, *Anne Bradstreet Revisited*. Boston: Twayne, 1991, p. 2.

③ Charlotte Gordon, *Mistress Bradstreet: The Untold Life of America's First Poet*. New York: Little, Brown, 2005, pp. 194—95.

④ 引自 Elaine Showalter, *A Jury of Her Peers: American Women Writers from Anne Bradstreet to Annie Proulx*. New York: Alfred A. Knopf, 2009, p. 5.

第二节　荒野中的女性：印第安囚掳叙事

　　印第安囚掳叙事，特别那些以白人妇女与儿童为中心的叙事，在北美殖民地以及早期美国非常流行，在 18 世纪到 19 世纪之间有 500 多部这样的叙事面世，而其中最早、也是最受欢迎的一部囚掳叙事出自新英格兰殖民地的女性玛丽·罗兰森之手。自从罗兰森的叙事于 1682 年发表以来，囚掳叙事成为美国文学、历史和文化话语的重要组成部分。这个文学体裁所内含的意识形态对于殖民地人民关于印第安人的认识，以及美国的扩张意识形态的发展起到了重要作用，以至于在很长一段时间内，嗜血的印第安野蛮人和文明的欧美人之间的二元对立成为美国史学著作、文化、艺术、电影中的共同话语特点，也成为美国领土扩张的文本辩护和摧毁印第安文化的正当理由。但从另一个角度来看，由女性创作的印第安囚掳叙事抒发了殖民地白人女性的感受，也从某种程度上解构了其帮助建构的殖民地意识形态。

　　早期殖民者面对着广袤的荒野，生活充满了艰难困苦和危险，但殖民地在人数和规模上不断扩大，造成了对于印第安原有生活方式的威胁。疾病的传播所造成的人口剧减①、白人的背叛以及领土的丧失使印第安人对于马萨诸塞海湾殖民地的持续扩张充满了敌意，与白人殖民者之间的冲突也不断加剧。为保护家园免遭欧洲人的入侵，报复掠夺他们土地、杀戮他们同胞的欧洲人，印第安人多次袭击白人殖民者定居点，除了烧杀掠夺，也抓捕居住在新英格兰的居民，他们或是直接与白人殖民者进行赎买交易，或是将白人俘虏遣送到法国殖民地的加拿大，他们在此将俘虏卖给法国人，由法国人与新英格兰殖民者进行赎买交易。在 1650 年至 1750 年之间，波士顿北面的定居点就经历了四次破坏性极大的战争②。而在菲利普王战争③至最后一场法国和印第安人的战斗（1763 年）之间，一千多名新英格兰人被掳为人质。

　　美国印第安囚掳叙事叙述了欧洲移民被美洲大陆印第安人俘虏的经

---

　　① 1616 年爆发的天花使得配诺布斯科特湾（Penobscot Bay）至科德角湾（Cape Cod）沿海的 75%—90% 的土著居民丧生。
　　② Laurel Thatcher Ulrich, *Good Wives: Image and Reality in the Lives of Women in Northern New England , 1650—1750*. New York: Vintage Books, 1991, p. 4.
　　③ 菲利普王战争（1675—1678）为印第安原住民与英国殖民者之间爆发的一场大规模战争，在北美殖民史上影响重大。菲利普王是北美殖民者对于印第安部落首领梅塔科米特（Metacomet）的称呼。

历,在长达两个多世纪的时期(17世纪至19世纪后期)内成为盎格鲁美国人的畅销文学体裁。可以说,"囚掳叙事主宰了18世纪末北美殖民者的文化想象,因为在这一时期殖民者的人数已经超过土著人口"①。评论家安妮特·克罗德尼甚至宣称,"产生于新世界的唯一叙事形式就是受害者对于自己被掳经历的叙述"②。其实,北美的囚掳叙事在1682年之前已经出现,但都是由法国教士或欧洲其他探险者而作,这些叙事主要聚焦于天主教徒的皈依和殉道,或是白人男性在印第安人中间生存的策略。与此不同的是,新英格兰的印第安人囚掳叙事多出现于1682年至1707年间,主要涉及女性的经历。

新英格兰殖民者创作的囚掳叙事宗教色彩浓厚。新英格兰的清教徒常以充满宗教寓意的方式来解读他们的新世界,他们笃信《旧约》中有关犹太人的故事,认为自己像犹太人一样因信仰而受到迫害,并坚信自己也是上帝的选民,受命建立新耶路撒冷。清教徒认为,他们与《旧约》中叙述的犹太人有着相似的命运。摩西带领以色列人逃出埃及,上帝奇迹般地劈开红海,使他们得救。清教徒领袖们认为,他们像摩西一样,将自己的人民从英国的精神腐败中解救出来,借助上帝的力量奇迹般地渡过大西洋,并按照上帝的旨意建立了一个"山巅之城"。以第一人称写成的囚掳叙事,因而既是被掳者对于外部事件的目击性叙事,也是他们内心情感的主观再现。

北美殖民地女性玛丽·罗兰森撰写的回忆录《关于玛丽·罗兰森夫人被俘以及被释的叙事》(*A Narrative of the Captivity and Restoration of Mrs. Mary Rowlandson*, 1682)是这一体裁的典范,由此带动了一大批囚掳叙事的创作。一般情况下囚掳叙事由被掳人自己撰写,但也有一些是由被掳者转述而成。例如,1697年,北美殖民地著名神职人员科顿·马瑟(Cotton Mather,1663—1728)在一场关于《论获救之后的谦恭》的布道中,讲述了汉娜·达斯汀(Hannah Duston)和汉娜·斯沃顿(Hannah Swarton)的经历,后来又把她们的经历写进自己的著作《美洲基督教史》(*Magnalia Christi Americana*, 1702)中。马瑟叙述了被掳者所遭受的肉体考验、精神磨难以及上帝解救她们的仁慈。马瑟的目的很明显,包括他在内的17世纪末殖民地的神职人员忧虑于当时定居点的不断扩散,以及没有经过正常礼

---

① Jodi A. Byrd, "The Stories We Tell: American Indian Women's Writing and the Persistence of Tradition," in *The Cambridge History of American Women's Literature*. Ed. Dale M. Bauer. Cambridge: Cambridge UP, 2012, pp.17—18.

② Annette Kolodny, *The Land before Her: Fantasy and Experience of the American Frontiers, 1630—1860*. Chapel Hill: The U of North Carolina P, 1984, p.6.

拜形式的个人对于拯救方式的寻求,因而力图通过印第安囚掳叙事对殖民者予以警戒,以便把殖民者更好地团结在教会周围。

汉娜·达斯汀的囚掳与救赎比起罗兰森更为惨烈。1697年3月,达斯汀产下幼子仅五天就被袭击马萨诸塞州黑弗里尔的印第安人掳走,印第安人残杀了她的儿子,还焚烧了她的房子,而且这些皈依了天主教的印第安人还打算把她带到加拿大的法国殖民地去。在途中,达斯汀说服了她的保姆以及另外一个被掳的年轻人与她一起逃跑。夜深人静之时,他们悄悄拿起印第安人的斧子,杀死了十个印第安人(其中六个是孩子)。他们还剥下了印第安人的头皮,拿去换取法庭的奖赏。尽管马瑟在布道中一再强调她的杀戮是上帝的旨意,意在表明是上帝使得达斯汀从敌人手中成功逃脱,但达斯汀的故事显然树立了一个以牙还牙、以血还血的榜样,而与罗兰森不同的是,达斯汀是依靠自己的力量获救的。

马瑟在布道中提供的另外一个事例是关于汉娜·斯沃顿的。汉娜为了追求世俗物质而背弃了上帝的规训,将家搬到了缅因州卡斯科湾的北部,那里既没有教堂也没有牧师,因而无法听到牧师的布道以及参加正常礼拜仪式。当印第安人袭击卡斯科湾时,斯沃顿的丈夫遇害,她与子女被俘。她被印第安人胁迫与他们一起北行,在途中遭受种种磨难。但对于斯沃顿来说,她被掳期间所面临的最大威胁来自住在加拿大的天主教徒,他们从印第安人手中将她买了下来,监禁她长达三年之久,她不仅在肉体上饱受折磨,精神上也经受严峻考验,因为这些天主教徒一直试图使她皈依天主教。她最终也被赎买返回自己的家园。

当时的另外一本畅销囚掳叙事是由塞缪尔·鲍那斯(Samuel Bownas,1676—1753)根据殖民地白人女性伊丽莎白·汉森(Elizabeth Hanson)的故事创作和编辑的,当时取名为《上帝的仁慈战胜人类的残忍》(*God's Mercy Surmounting Man's Cruelty*,1728)。后来于1760年以《伊丽莎白·汉森的囚掳叙事》(*An Account of the Captivity of Elizabeth Hanson*)为标题在伦敦出版。1724年,当印第安人袭击新罕布什尔的多佛的时候,汉森刚刚生下孩子14天。她的两个儿子被杀,她与其他四个子女被印第安人俘虏后押送到法国人占领的加拿大,作为人质扣留长达22个月,直到后来被丈夫赎买回家。在此期间她艰难度日,后来几个印第安妇女教给她一些生存技能,她才得以存活下来。有意思的是,汉森的叙事既有对印第安人暴行的控诉,也有对他们伸出救援之手的描述。她所表现出的对于印第安人的感激之情在其他叙事中也较为少见。汉森的叙事与新英格兰女性叙事不同的是,它出自贵格派传教士之手,而贵格派一向提倡和平主义思想,相比之下也更同情印第安人。

　　囚掳叙事在18世纪再次为读者所推崇,并且在某些方面发生了重要变化。早期包括罗兰森在内的富有宗教色彩的叙事把殖民者的被俘视为上帝对他们的考验,而白人与印第安人之间的冲突等同基督教徒对于荒野中魔鬼诱惑的抵制,但18世纪70年代标志着囚掳叙事体裁的重要转折阶段。因为北美殖民地抗击英军的政治背景,使得这一时期的囚掳叙事更加具有政治性,它表达了美国革命情感,宣传了美国文化的独特性,强调了美国人对于英国文化的抵制。这一时期的囚掳叙事,无论是再版的还是新创作的,都是通过拒绝英国文化而定义美国国民性格的,而对于囚掳叙事的兴趣代表了民族文化诞生的重要因素。在独立战争期间,殖民者把自己视为英国暴君的俘虏而非国王的臣民,这种集体俘虏形象构成了战前政治想象的重要方面,因而这一时期囚掳叙事的再度畅销与当时的政治气候有着密切关系,非常适合用来支持独立战争的革命事业[1]。例如,罗兰森的囚掳叙事在1682年就印刷了四版,在之后十年速度有所缓慢,但在1771年至1773年间又再版了三次。所有这些版本都是在作为殖民者与英军冲突的中心的波士顿出版的,出版时间和地点都绝非偶然[2]。无疑,罗兰森的叙事催生了一种独特的美国文学体裁,它与美国独立战争的关系说明它不仅是一种本土的文学形式,也衍生于独特的美国经历[3]。

　　综上所述,印第安囚掳叙事诞生于早期父权清教社会,在这个社会里,女性一般是没有话语权的。这种文学体裁的破土而出,与这些女性的独特经历有关,也与北美殖民地早期的宗教和政治气候密切相连。如今,印第安囚掳叙事已经成为后人了解北美殖民地和印第安文化的珍贵历史资料。

玛丽·罗兰森(Mary Rowlandson, c. 1637—1711)

　　作为"大西洋两岸最为流行的囚掳叙事"[4],《关于玛丽·罗兰森夫人被

---

[1] Greg Sieminski, "The Puritan Captivity Narrative and the Politics of the American Revolution." *American Quarterly* 42.1 (1990):36.

[2] Greg Sieminski, "The Puritan Captivity Narrative and the Politics of the American Revolution." *American Quarterly* 42.1 (1990):37.

[3] Greg Sieminski, "The Puritan Captivity Narrative and the Politics of the American Revolution." *American Quarterly* 42.1 (1990):44.

[4] Nancy Armstrong and Leonard Tennenhouse, *The Imaginary Puritan: Literature, Intellectual Labor, and the Origins of Personal Life*. Berkeley:U of California P, p. 201.

俘以及被释的叙事》奠定了北美殖民地女性玛丽·罗兰森在美国文学史上的地位,也标志着美国文学史上诸多的第一。它是第一部单独成书发表的囚掳叙事;它是一夜之间成为畅销书的第一部作品,包含了囚掳叙事的主要结构因素特点;它是美国本土的第一种美国文学形式,亦为出自新英格兰唯一的文学体裁;它也是第一位由一位女性清教徒以散文而非诗歌形式发表的作品[1]。

玛丽·罗兰森的囚掳叙事源自她本人的亲身经历。1639年,年仅两岁的玛丽·罗兰森随父母由英国移民到马萨诸塞州的兰卡斯特镇,成年后嫁给当地的牧师约瑟夫·罗兰森。两人有四个子女,其中长女幼年夭折。1675年,菲利普王战争(King Philip's War)爆发,次年2月的一天,印第安人袭击了兰卡斯特镇。届时正值罗兰森的丈夫去波士顿求援,她与三个子女以及其他几十名居民躲在房子里藏身。随后房子起火,冲出来的居民在一阵弹雨中纷纷倒地。在这次袭击中印第安人杀害了12名白人,将其他二十多名白人俘虏,整个镇子只有一名白人幸免于难。玛丽与三个子女一起被掳,几天后在袭击中受伤的小女儿死在她的怀里,被埋在了荒野的山坡上,其他两个子女也被分别关押。

罗兰森作为印第安人的俘虏与他们一起生活了近三个月的时间,这种突如其来的文化错位以及对于自身命运的茫然使她在精神上与肉体上都饱受折磨。对于一个曾经衣食无忧的白人女性,她被迫与毁坏她家园、杀害她女儿、将她掠为俘虏的印第安人一起迁徙于新英格兰严冬的荒野之中,饥饿、寒冷、悲伤和恐惧使她步履维艰、愁绪万千。但罗兰森最终从逆境中生存下来,她在丈夫支付了20英镑的赎金之后,回到自己亲人的身边。她两个存活下来的子女也在几个月后与他们团聚。因为他们在兰卡斯特的家园已化为灰烬,在波士顿短暂逗留后,她的丈夫约瑟夫·罗兰森接受了在康涅狄格州的韦瑟斯菲尔德的教职,一家人搬迁到那里。团聚三年之后,约瑟夫去世。1679年,罗兰森改嫁了当地的塞穆尔·泰尔考特。她在此一直居住到1711年去世。

在这场浩劫中存活了下来的罗兰森,在返回家园七年之后,讲述了自己的囚掳故事。她的叙事最初题名为《上帝至高无上的权力与仁慈,以及他承诺之显现:关于玛丽·罗兰森夫人被俘与被释的叙事》(*The Sovereignty and Goodness of God*, *Together With the Faithfulness of His Promises*

---

[1] Kathryn Zabelle Derounian-Stodola and James Arthur Levernier, *The Indian Captivity Narrative*, 1550—1900. New York: Twayne, 1993, p. 94.

Displayed; *Being a Narrative of the Captivity and Restoration of Mrs. Mary Rowlandson*，1682），内容围绕着她在被掳期间不断的迁移过程构成，因而她的叙事也以 20 次迁移（remove）为章节写成。尽管作为虔诚的清教徒，罗兰森把自己的磨难视为上帝的考验与惩罚，描述了她如何在信仰的力量支撑下为生存所进行的抗争与妥协，刻画了人在极端状态下为了生存而做出的超乎寻常的努力，但也极为难得地提供了关于印第安人文化和生活方式的第一手资料，她的叙事因而成为这一历史时期宝贵的历史文献资料。

罗兰森的叙事一经出版便深受读者欢迎，她开创的这种被掳—磨难—回归的叙事结构也由此成为这一文学体裁的规范文本。这部薄薄的以第一人称创作的囚掳叙事（也是她的唯一作品）仅在 1682 年就发行了四个版本，三版在北美殖民地发行，一版在伦敦发行。罗兰森的囚掳叙事在 18 世纪上半叶曾一度趋于滞销，但在 18 世纪后期和 19 世纪早期又再度畅销，在 20 世纪也经常作为"殖民地时期经典文学作品"出现在文学选集中。值得指出的是，在当时的清教社会里，女性的声音一直被淹没在男权文化话语之中。如果说，罗兰森在她同代人的眼里，主要是一个彰显天意的榜样，今天来看，她既代表了北美殖民地早期美国文学中第一部女性散文作品的声音，也为我们提供了了解那一时期的珍贵资料。

在当时的历史条件下罗兰森叙事的发表不同寻常。作为生活在新英格兰地区父权文化中的女性，罗兰森原本没有权利在神坛和文坛上发出声音。她起初只打算将自己的经历记载下来，在私下传阅，但因为她的故事恰好与殖民地统治者所宣扬的新英格兰白人殖民者为上帝选民的观点相吻合，而她的救赎又正好可以体现上帝的仁慈和恩惠，因而由男性构成的殖民地神学权威不仅容忍了罗兰森的文学作品，还赞扬了她这一行为。她的叙事由殖民地著名清教牧师英格里斯·马瑟（Increase Mather，1639—1723）撰写序言并负责其出版，而 1682 年的四个版本中都使用了这篇序言。马瑟在序言中强调了这一叙事的重要意义，声称"上帝通过所有这些磨难使得这位女士获益"[1]，并恳请读者以此见证上帝的荣耀。在清教徒眼中，罗兰森作为一个牧师的妻子，其叙事不仅描述了她创伤性的经历，也是她清教使命的外在标志。她叙事的公开发表，将有助于新英格兰白人殖民者认识到自己的使命，以此弘扬"我们必须依赖上帝"这一信念，罗兰森因而成为遭受磨难和

---

[1] Kathryn Zabelle Derounian-Stodola and James Arthur Levernier, *The Indian Captivity Narrative*, 1550—1900. New York: Twayne, 1993, p. 10.

通过上帝的仁慈而得到救赎的上帝选民的代表。

作为北美殖民地第一部公开发表的由女性创作的印第安囚掳叙事,罗兰森开创了一种独特的女性文学声音,她的叙事既反映了早期北美大陆作家的中心思想,又具有鲜明的女性特色。17世纪的北美殖民地是一个男权文化统治的社会,女性的声音很少能够在公共场合出现,这种叙事因而打破了殖民地白人女性不能发表公共言论的清教传统。罗兰森是第一位创作了用以在精神上指导其清教同胞的精神自传式叙事的女性,而这种话语权在当时属于男性的领域。这样一本叙事的发表,究其原因,是因为出自虔诚的清教徒罗兰森之手的囚掳叙事带有浓郁的宗教色彩,正是这种宗教色彩为她带来了当时政教合一的殖民地统治者的认可。

罗兰森在种种磨难之后能够存活下来,其信仰是至关重要的因素。她的叙事记载了一名清教徒所经历的精神历程,描述了她作为上帝选民所经受的考验,也成为她个人与上帝的一种契约模式。罗兰森在被掳后幸而得到了一本印第安人掠夺来的《圣经》,她的文本因此呈现了讲述她被掳经历与对于《圣经》文本的阐释交错出现的三明治式结构[1]。清教徒一直宣扬上帝会保护自己选民的观点,但罗兰森强调,她的被掳也是上帝的旨意,是上帝对于其选民的考验,清教徒只有更好地信守与上帝的盟约才能真正得到拯救。罗兰森以自己的被掳与被释证明了上帝对于她的恩赐。

罗兰森的被掳经历造成了她的文化错位,也使她逾越了传统的白人女性角色的内涵。在被掳之前,罗兰森虽不享有与白人男性同等的社会地位,但因其父为地方首富,其夫为当地牧师,她也过着相对来说较为优裕的生活。但被印第安人掳走之后,她的地位发生了剧变。她陷身为俘虏,从人上人被抛到了社会的底层,曾被几易其手,甚至在饥饿难挨的情况下被迫从"未开化的野蛮人"那里乞讨食物。从白人社会的移位造成了罗兰森白人文化身份的缺失。当她努力在新的文化环境中寻找自己的位置时,她也在试图重新建构自己的女性身份。被掳后的罗兰森不得已从事一些经济活动以便能够存活下来,也在一定程度上获得了她在自己文化中没有得到过的经济独立。被掳后虽然被剥夺了母亲的角色,但存活下来的愿望以及对于子女的牵挂使得罗兰森千方百计争取机会改善自己的处境。为了能够得到一点食物、为了能够得到探望自己子女的机会,罗兰森被掳后不久就开始为印第安人缝制衣物,充分发挥了她的生产和交换能力。在被掳之前罗兰森的

---

[1] 参见 Kathryn Zabelle Derounian-Stodola and James Arthur Levernier, *The Indian Captivity Narrative*, 1550—1900. New York: Twayne, 1993, pp. 100—06.

缝纫技能仅仅服务于家人,但在被掳期间却成为她生存下来的社会功能。罗兰森还学会了与印第安人讨价还价,从商品交易中稍稍改善了自己的处境,偶尔也得到探望自己两个子女的机会。罗兰森的生产和交换活动在叙事后来的部分中不断地被重复,直至她被赎回到自己的白人社会。

　　罗兰森的叙事也是早期殖民地文学文本中极少见的真实而且详细地描绘了北美印第安人的珍稀文本。在她的叙事中,罗兰森记录了盎格鲁-撒克逊与印第安两种不同文化的特殊交往。这两种文化长期共存于同一片土地上,却少有直接接触。因而罗兰森与印第安人在这么私密的空间,以及这么长时间的交往便更为难得。[①] 罗兰森的叙事从多方面近距离地披露了印第安人的文化与生活方式,她也因此成为异族文化的直接阐释者。罗兰森的囚掳经历使她被迫置身于一种异族文化,也使她与一向憎恨与鄙夷的土著印第安人有了近距离接触,虽然她的叙事表达了对于侵袭她的家园、造成她小女儿夭折、把她变为俘虏的印第安人的恐惧和仇恨,也在一定程度上造成了白人社会对于印第安人充满种族歧视的固定形象的进一步传播,但她的叙事文本中经意或不经意之间也流露出一些与主流社会意识形态不尽相同的地方,形成了一种潜文本,这种关于印第安人及其文化的潜文本值得我们关注。

　　罗兰森的叙事同时存在着两种声音。一方面,她的正统清教理念使得她相信印第安人是野蛮和残忍的异教徒,印第安人对于其家园的袭击也使她亲眼目睹了印第安人的血腥暴行。她在叙事文中时常把他们称为魔鬼、野兽和未开化的野蛮人。另一方面她也指出印第安人的同情心和人情味。譬如,被掳后一位印第安人送给她一本掳来的《圣经》,也有人在雨雪天允许她在他们搭起来的活动棚屋过夜,在泥泞的雪地里行进时他们有时也会伸手帮她,在她饥肠辘辘时给她一点食物,偶尔还允许她看望自己的子女。罗兰森通过缝制衣服、袜子和帽子,增进了她与印第安人的交往,也获得了她在印第安部落经济中的位置。

　　其次,当罗兰森被迫与印第安人共同行进于新英格兰荒野的时候,她亲眼目睹了印第安人的生活方式,虽然时有暴行发生,但她特别强调了这些被白人社会视为野蛮人的印第安人对于她贞洁的秋毫无犯。她曾说道,"我一直置身于那些狂吼的狮子、野蛮的狗熊之中,他们对于上帝、人类和魔鬼都无所畏惧,但无论白日黑夜、无论独处或群聚,他们虽然以各种姿态睡在一

[①] Michelle Burnham. "The Journey between: Liminality and Dialogism in Mary White Rowlandson's Captivity Narrative." *Early American Literature* 28.1 (1993):61.

起,但他们当中没有任何人在言谈举止上企图侵犯我的贞洁"①。

无论是在中国的封建社会,还是在北美殖民地时期,女性的贞洁都是被社会视为至关重要的女性品质。罗兰森在从印第安人手中脱险重返白人社会后竭力表白自己的清白,强调自己没有败坏白人社群的道德,以便重新融入她自己的社会,但她更是以自己的经历证实了所谓的异教徒的印第安野蛮人的道德品质。

作为第一部公开出版的囚掳叙事,罗兰森的叙事描述了白人女性穿过荒野的经历。而这一叙事成为北美大陆女性与荒野密切接触的公共记录②。同时,罗兰森的俘虏经历也使新大陆的荒野成为对殖民地女性精心料理的家园的对立面。荒野成为清教徒女性心目中天堂的反面,只有那些已被拓荒者定居的城镇才可能是"流奶与蜜"的上帝的应许之地。与对这片肥沃土地充满雄心抱负、野心勃勃征服自然的男性殖民者不同,殖民者的不断西进对于女性来说更像是向荒野的持续迁徙,殖民者已经开垦和定居的家园不断被荒野所取代,她们也必须不断适应新的恶劣生存环境,并且随时面对充满敌意、虎视眈眈的印第安部落。这些女性的叙事展示了殖民地白人女性在西进过程中的被动和忍耐。在罗兰森的笔下,她被印第安人摧毁的家园,才代表着美洲大陆耶路撒冷的重新建立,而她的被掳则代表着以色列人在巴比伦的被掳。新英格兰地区尚未开垦的荒野以及在此居住的尚未驯化的印第安人代表了北美殖民者的精神荒野,使殖民者的生活充满了艰难困苦和不确定性。

与此同时,罗兰森笔下的新英格兰严冬地貌也反映了她的心态,在此荒野不是新世界神话中鸟语花香的伊甸园,也不是白雪皑皑的壮观景色,而是她作为印第安人俘虏在雪地里步履艰难地行走,空旷凄凉的荒野随时可以把饥寒交迫的她吞噬。在不断的迁徙中,罗兰森一步步深入荒野,也一步步远离家园。当叙事一点点展开时,罗兰森把情感、精神和意识形态融进了自己叙事,物理空间与她的身份与价值观紧密结合。随着日子的流逝,罗兰森不仅距离她位于兰卡斯特镇的家越来越远,也与她原有的生活方式越来越远。家不仅是个物理空间,它还代表了价值与信念的稳固。罗兰森的荒野

---

① Mary Rowlandson, *The Sovereignty and Goodness of God , Together with the Faithfulness of His Premises Displayed ; Being a Narrative of the Captivity and Restoration of Mrs. Mary Rowlandson*, in *The Meridian Anthology of Early American Women Writers: From Anne Bradstreet to Louisa May Alcott*, 1650—1865. Ed. Katharine M. Rogers. New York: Meridian, 1991, p. 94.

② Annette Kolodny, *The Land before Her: Fantasy and Experience of the American Frontiers*, 1630—1860. Chapel Hill and London: The U of North Carolina P, 1984, p. 17.

经历动摇了她关于家园的概念,也使得她无法用自己的固有理念面对这个冰冷残酷的新世界[1]。罗兰森的经历颠覆了清教徒"进入荒野的使命",而成为被强迫进入荒野的佐证,而她的叙事最终打破了北美新大陆的神话,呈现出女性殖民者关于荒野的另类看法。

  作为新英格兰殖民地正式出版的第一部囚掳叙事,罗兰森的作品成为一种文化范本,在美国历史上具有相当的影响力。近年来学者们重新关注囚掳叙事,把这种叙事作为来自印第安部落内部研究的稀缺资源,来区分可能的事实陈述和充满价值观的评判[2]。更为难得的是,这种多出自女性之手的叙事对于分析白人殖民者如何建构"他者"、如何看待自己和自己的文化提供了不可多得的历史资料。在此基础之上,白人女性穿越文化边界的独特经历也为我们正确审视美国早期历史和文化提供了珍贵借鉴。这种描述了女性被迫置身于异族文化的叙事,打破了北美殖民地时期男性文学声音的一统天下,带来了白人女性对于新大陆神话的反思,尤其是对于被视为异教徒和野蛮人的印第安人和印第安文化的近距离接触和重新认识。虽然出自白人之手的印第安囚掳叙事近年来遭到印第安裔美国作家的质疑,但这种参与了殖民地意识形态建构、打破了固有的文学和文化疆域的叙事,在一定程度上也是对于北美殖民地开荒拓展历史的另类解说。

第三节 戴着枷锁的天才[3]

菲莉丝·惠特利(Phillis Wheatley,1753—1784)

  非裔美国文学传统始于非裔女奴菲莉丝·惠特利发表其诗集的1773年。菲莉丝·惠特利七八岁时被从非洲冈比亚贩卖到美国,波士顿的一名商人约翰·惠特利买下了她,并为她冠以主人家的姓氏,她的名字则来自她乘坐的贩奴船"菲莉丝号"。约翰·惠特利的妻子和女儿对于这个聪颖伶俐的女奴很是友善,她们只让她干很少的活,给她提供了同时代白人女子也难

---

[1] Lisa Logan, "Mary Rowlandson's Captivity and the 'Place' of the Woman Subject." *Early American Literature* 28.3 (1993):257.

[2] Neal Salibury, "Review of Colin Caolloway, 'North Country Captives: Selected Narratives of Indian Captivities.'" *American Indian Quarterly* 18.1 (1994):97.

[3] 参见 Vincent Carretta, *Phillis Wheatley: Biography of a Genius in Bondage*. Athens, GA: U of Georgia P, 2011.

以享有的教育机会,包括英语和拉丁文学、历史、地理还有圣经学习。智力超群的菲莉丝学习进展神速,她从对英语一无所知到开始阅读英语著作只用了不到两年的时间,并且已经能够"理解《圣经》中最难懂的段落"①。她受到的教育使她对于新古典诗歌传统心领神会,最喜爱的作品是亚历山大·蒲柏(Alexander Pope)翻译的荷马史诗。菲莉丝最先引起关注是因为她在1770年为纪念当地著名的循道宗牧师乔治·怀特费尔德的去世而创作的诗歌《悼念乔治·怀特费尔德先生》("On the Death of Mr. George Whitefield")。之后惠特利成为当地的传奇人物,她受邀到波士顿名人雅士家做客,为他们朗读自己创作的诗歌。由于其主人的关系,她成为当地许多白人家庭的座上客。可以说在许多方面惠特利的前段人生经历都迥异于她所处时代和地区的黑人生活状况。

但身为黑人,惠特利的文学之旅可谓坎坷,在她打算将自己的诗歌发表出来时便遇到了层层阻力。在当时的社会环境下,作为一位没有财产和法定身份的人,想要出版自己的诗集绝非易事,惠特利只能通过获得白人的赞助将自己的诗作付梓出版。于是在1772年的某天,年仅18岁的惠特利参加了一场专门为她举办的面试。这场面试的考官阵容强大,共有18位考官,其中包括马萨诸塞州总督托马斯·哈钦森(Thomas Hutchinson)、第十公理会教堂牧师查尔斯·钱宁(Charles Channing),还有其后成为《独立宣言》签名者之一的约翰·汉考克(John Hancock)。这群波士顿的头面人物聚集一堂,只为确定惠特利作为其诗歌的作者身份的真伪。这场面试的具体内容不为今人所知,但面试的结果是,这18位考官共同签署了一个包含两段话的证词,这一证词后来成为惠特利诗集的序言。证词中指出:

> 我们在此签名的人向世界宣布,此诗集中所收录的诗歌,均为惠特利所作。这个年轻的黑人女子,仅仅几年前还是未开化的非洲野蛮人,之后一直作为奴隶服务于波士顿的一个家庭。她通过了我们的考核,被认为具有创作这些诗歌的资质。②

尽管如此,这样一份证词并没有立即成为她进入白人出版界的通行证。

1773年,惠特利随同主人的儿子去了英国。这也是第一个北美非裔女

---

① Paula Bennett, "Phillis Wheatley's Vocation and the Paradox of the 'Afric Muse," *PMLA* 113.1 (Jan., 1998):65.
② Henry Louis Gates, Jr., Forward. *Six Women's Slave Narratives*. New York: Oxford UP, 1988, pp. viii—ix.

奴如此这般的旅行。她在英国待了6周,其诗歌引起了包括达特茅斯伯爵和亨廷顿伯爵夫人在内的社会上层人士的极大兴趣。她受到热情款待,并得到亨廷顿伯爵夫人的赞助,因而得以出版她那部包含了39首诗歌作品的诗集《关于宗教与道德各种话题的诗歌》(*Poems on Various Subjects, Religious and Moral*,1773)。诗集当年在伦敦出版,伦敦市长也出面接见过她,并送给她弥尔顿的《失乐园》作为礼物,而本杰明·富兰克林(Benjamin Franklin,1706—1790)正因外交事务出访英国,也曾与她会面。就连伟大的法国文学家伏尔泰(Voltaire,1694—1778)也在1774年称赞惠特利说,"丰特内勒(Fontenelle)①说黑人中永远不会产生诗人,这一说法显然是错误的。最近就有一位黑人女性创作了优秀的英文诗歌"②。

1773年9月惠特利从英国返回,她的诗歌在殖民地也风靡一时。这位来自"未开化的非洲野蛮人"的年轻女子,被当地的报纸称为"不同寻常的诗歌天才"③。波士顿当地社会"表现出对于这位黑人天才的普遍兴趣,最好的图书馆对她开放,她还获得了与当地最尊贵的人士交谈的机遇"④。回到波士顿几个月之后,她的主人给予她自由。但遗憾的是,自由没有为她带来幸福。惠特利之前一直是作为白人的附庸存在的,受到主人家庇护的她也因此被白人社会所接纳,但作为一名生活在殖民地的"自由"非洲女性,她不再享有那些特权。惠特利1778年与一位自由黑人成婚,婚后生活拮据。身体一直欠佳的惠特利生育了三个子女,但全部早夭身亡。菲莉丝曾希望以写作作为谋生的手段,她两次提出再出版一部诗集的要求,但她的诗歌再也没有获得过出版商的青睐。尽管她的第一部诗集在1786年至1793年间再版过几次,但惠特利却未能从中获益,她已于1784年在贫困中离开人世,年仅31岁。近年来的学术成果显示她总共创作了约85首诗歌,其中有些已经绝迹⑤。

惠特利对于非裔美国文学发展的影响是可以想象的。美国著名非裔评论家小亨利·盖茨声称,惠特利当年成功的答辩同时启动了两个传统,即美

---

① 法国哲学家,1657年生于里昂,1757年卒于巴黎。
② Anne Applegate,"Phillis Wheatley:Her Critics and Her Contribution." *Negro American Literature Forum* 9.4 (Winter,1975):125.
③ Walt Nott,"From 'Uncultivated Barbarian' to 'Poetical Genius':The Public Presence of Phillis Wheatley." *MELUS* 18.3 (Fall 1993):21.
④ Robert C. Kuncio and Phillis Wheatley,"Some Unpublished Poems of Phillis Wheatley." *The New England Quarterly* 43.2 (June,1970):288.
⑤ 参见 Lucy K. Hayden,"The Poetry of Phillis Wheatley." *Masterpieces of African-American Literature*. Ed. Frank N. Magill. New York:Harper Collins,1992,p.451. 但也有说她的诗歌作品多达150首。

国黑人文学传统和黑人女性文学传统。① 的确,惠特利是第一位发表诗集的非裔美国人。据记载女奴露西·特里(Lucy Terry)在1746年曾创作过一首诗歌,但直到1893年才得以发表。在1760年发表过一首88诗行的宗教诗的朱庇特·哈蒙(Jupiter Hammon)因而被认为是第一位发表单篇诗歌的美国黑人。乔治·莫西·霍顿(George Moses Horton,1798—1867?)的《自由的希望》(Hope of Liberty)是在惠特利之后第二部由美国非裔人发表的诗集,但也远在1837年才面世。

惠特利自幼被带到北美洲,接受了白人文化的教育,汲取了白人的语言和宗教文化,而且由于她与古典文学和《圣经》的密切接触,其诗歌创作具有当时流行的新古典主义文学风格。因为惠特利非同寻常的人生经历和创作风格,长久以来人们对于惠特利的评价不一,她也一直是个争议的话题。亚瑟·尚伯格称赞她说,"菲莉丝·惠特利是一颗珍珠,对于美国黑人文学弥足珍贵。她的名字如灯塔之光照亮了年轻人的道路"②。对于许多人来说,惠特利的创作具有重大意义,她的诗歌挑战了非洲黑人因为缺乏艺术水平和语言能力而被视为劣等种族的观点,以及由于这种观点而产生的对于奴隶制的辩护。小亨利·路易斯·盖茨曾经谈到非洲黑人的创作在18世纪关于奴隶制的辩论中的重要意义。在笛卡尔(Rene Descartes)之后,理性比起其他的人性特点更加受到推崇,享有很高的地位。写作也被认为是理性的外在标志。黑人只有在他们展示了对于艺术和科学的掌握之后,才被认可为理性的,或曰具有"人性"的。因此,以人的理性能力为基础的启蒙主义,以是否具有理性来确定欧洲人"发现"的有色人种的人性。这种对于人类知识的系统化主张和要求直接导致了把黑人归类于大生物链上较低的位置的后果。所以,如果黑人能够创作和发表文学作品,那么黑人在生物链上的位置也就可以被提升。当时不少对于惠特利的评论恰恰就是根据其诗歌成就来强调非洲黑人的确也是人,因而不应该被奴役的③。

白人社会对于非洲人智力与理性的质疑在当时流传甚广,颇具代表性的是《独立宣言》的执笔人托马斯·杰弗逊(Thomas Jefferson,1743—1826)对于惠特利的抨击。杰弗逊在他的《弗吉尼亚州笔记》(Notes on the State of Virginia,1784)曾说:

---

① Henry Louis Gates, Jr., "Foreword: In Her Own Write." *The Complete Works of Phillis Wheatley*. Ed. John C. Shields. New York: Oxford UP, 1988, p. x.

② 引自 R. Lynn Matson, "Phillis Wheatley—Soul Sister?" *Phylon* 33.3 (3rd Qtr., 1972):223.

③ Henry Louis Gates, Jr., "The Day when America Decided that Blacks Were of a Species that Could Create Literature." *The Journal of Blacks in Higher Education* 5 (Autumn, 1994):51.

诗歌中最为感人的笔触来自苦难。上帝知道,黑人的确饱受苦难,但是他们没有诗歌……宗教的确造就了菲莉丝·惠特利,但不可能造就一位诗人。评论她的作品是件有失身份的事情。①

杰弗逊不仅对于惠特利的作品不屑一顾,甚至在文中拼错了她的名字。他对于惠特利的不公正评价代表了美国缔造者们以种族与性别差异话语反对独立革命时期关于平等的话语的行为②。除了白人对于黑人智性和想象力的批评,也有人指责惠特利种族意识淡薄,质疑她的作品作为黑人诗歌的代表性,以下两段评论就颇具代表性。批评家安杰利娜·贾米森(Angelene Jamison)认为,"她的诗歌反映了白人的态度和价值观,使得惠特利成为一个典型的欧美女诗人。她远离自己的人民,她的诗歌也绝对不能被视为表达了黑人的观点和思想"③。埃莉诺·史密斯(Eleanor Smith)则强调,惠特利"从白人那里学会以白人的方式思维,因为这种白人心态的发展和对于白人态度取向的介入,菲莉丝·惠特利对于自己族人的需求不够敏感,无论在她的生活或作品中都没有表现出与之的密切关系"④。

毋庸置疑,惠特利的诗歌表现出她对于西方新古典主义文学传统的吸纳,而且她的诗歌具有浓厚的宗教色彩,但惠特利没有忘记自己是非洲奴隶,她既不回避自己的种族差异,也没有隐藏在欧洲文学传统背后,而是使用了一种双重声音来表述她作为非洲女奴无法表达的意义。惠特利生活在美国独立革命时期,美国大革命对于自由的追求赢得了黑人的普遍拥护,他们在被强行带到北美这片土地之后就一直渴望着自由。自由这一理念对于黑奴,尤其是新英格兰地区的黑奴有着巨大的影响。惠特利是第一位在诗歌中使用"自由"这个字眼、也是第一位在诗歌里表达了对于"自由的热爱"的北美非洲人⑤,她以自己的方式向奴隶制提出了抗议,表达了对于自由的渴望。如多萝西·波特(Dorothy Porter)所说,"这个国家最早的黑人写作印记就是对于自由事业的宣布和呼吁……在美国的殖民地时期,当对于自

---

① William Robinson, ed. *Critical Essays on Phillis Wheatley*. Boston: G. K. Hall, 1982, p. 42.

② Besty Erkkila, "Revolutionary Women." *Tulsa Studies in Women's Literature* 6.2 (Autumn, 1987): 210.

③ Angelene Jamison, "Analysis of Selected Poetry of Phillis Wheatley." *The Journal of Negro Education* 43.3 (Summer, 1974): 409.

④ Eleanor Smith, "Phillis Wheatley: A Black Perspective." *The Journal of Negro Education* 43.3 (Summer, 1974): 403.

⑤ Catherine Adams and Elizabeth H. Pleck, *Love of Freedom: Black Women in Colonial and Revolutionary New England*. Oxford: Oxford UP, 2010, p. 20.

由的热爱似乎凝聚在空气当中时,黑人就如同他的白人主子和白人兄弟一样,也渴望和思考着自由"①。1774年2月,惠特利在写给北美印第安传教者萨姆森·奥科姆(Samson Occom)的信中,将古代犹太人与18世纪遭受"现代埃及人"压迫的非裔美国人进行了类比,她指出,"在每个人的心里,上帝都灌输了一种原则,我们将之称为'对于自由的热爱'。这种原则使我们不愿忍受压迫,渴望得到救赎"②。

惠特利的诗歌宗教色彩浓郁,但是她善于将关于自由和自然权利的革命语言与《圣经》中关于奴役与解救的宗教语言结合起来,以表达自己对于自由的向往。在惠特利的诗歌中,有两首诗歌直接与宗教和她作为非洲黑奴的身份有关。其中最广为流传的是惠特利在14岁时创作的诗歌:《从非洲被带到美洲》("On Being Brought from Africa to America",1768)。这个题目就已经表现出惠特利对于自己作为非裔美国人的分裂的自我意识。在诗歌的第一节中,惠特利是作为一名美国人来说话的,强调了奴隶制作为一种矛盾的基督教解救行为,一种对于黑人来说通往救赎和文明的必要阶段。

> 是仁慈将我从异教徒之地带来,
> 开导我愚昧的灵魂,教我懂得
> 有一个上帝,还有一位救世主;
> 而从前我从不知、也不寻求救赎。

而在第二诗节中,惠特利是作为非洲人来说话的,她把基督教的正统观念变成了对于白人伪善和压迫性的种族准则的批判。③

> 有人以鄙夷的眼光看待我们黑色的种族,
> "他们的肤色被魔鬼漂染而成"。
> 记住,基督徒们,黑人虽肤色黑如该隐
> 也能够高贵典雅,登上天堂的快车。

20世纪60年代的黑人民族主义者攻讦惠特利背叛了自己的种族,为

---

① 引自 Robert C. Kuncio and Phillis Wheatley, "Some Unpublished Poems of Phillis Wheatley." *The New England Quarterly* 43.2 (June, 1970):289.

② 引自 "Phillis Wheatley's Struggle for Freedom," in *The Collected Works of Phillis Wheatley*. Ed. John Shields. New York:Oxford UP,1988, p.230.

③ Besty Erkkila, "Revolutionary Women." *Tulsa Studies in Women's Literature* 6.2 (Autumn,1987):205.

白人的奴隶制和奴隶贸易摇旗呐喊，他们谴责惠特利在诗中强调非洲人宁愿在新大陆被奴役，因为他们被从异教徒的非洲带到基督教的新大陆而受益。著名非裔作家理查德·赖特（Richard Wright,1908—1960）就指责说，惠特利与白人殖民文化如此合拍，因此她很幼稚地成长起来，毫无拘束地表达自己的感受而没有体会到肤色界限羞辱性的压力[1]。其实，如果说惠特利认为自己被带到美国来是一件极其幸运的事情，是因为她在此找到了耶稣[2]。她相信尽管她是一名黑奴，但基督教是非洲人进入天国的唯一方式，天堂才是一个自由的领域，一个黑奴可以逃离邪恶世界的地方。与此同时，诗人告诫白人不要仅仅以肤色判断一个种族的优劣，即使是来自异教之地的非洲人也可以通过信仰上帝得到救赎。惠特利在这首诗中暗示了在上帝面前人人平等的思想。而且这里的救赎不仅是指宗教的拯救，也含有从奴隶制度下解放出来的意思。

在她另外一首诗歌《致尊敬的威廉·达特茅斯伯爵》("To the Right Honorable William, Earl of Dartmouth",1773)中，惠特利对于达特茅斯伯爵被任命为北美殖民地的国务卿而欢欣鼓舞，她将此任命看作是"自由"的归来。惠特利在诗中谈到，达特茅斯的任命可以使北美殖民地人民不再"担忧铁链，/恣意的暴君以非法的手/制成。试图以此奴役这片土地"。表面上惠特利在谈论美国的自由，但最后一个诗节显然以"锁链"这个意象影射了奴隶制，这也是她关于奴隶制最为直接和激烈的言论。在此女诗人将自由视为新英格兰爱国者与非洲奴隶的共同追求目标，以反对暴君统治与奴役的革命言论来促进美洲殖民地的事业。她在诗中特别提到她自己作为黑奴的命运。作为一名受奴役的基督教诗人，惠特利呼吁达特茅斯行使他的影响力来废除奴隶制。她在诗中说道，

> 当时年幼的我，被似乎残酷的命运之手
> 从非洲想象中的幸福之地掠走；
> 造成我父母心中
> 何种难以忍受的痛苦，何种的伤痛！……
> 这就是我的状况。那么我能否祈望
> 其他人能够永远免受暴君的统治？

---

[1] Richard Wright,"The Literature of the Negro of the United States," in *White Man Listen*! Garden City,NY.:Doubleday,1964,p.76.

[2] R. Lynn Matson,"Phillis Wheatley—Soul Sister?" *Phylon* 33.3 (3rd Qtr.,1972):225.

惠特利在此是作为一名基督教徒而非非洲黑人说话的。她认为,无论是在非洲还是世界其他地方,只有接受基督教才是真正的"幸福之地"。作为一名幼时被从父母身边掠到北美的非洲小女孩,惠特利是不幸的,但是这个不幸的后果又使得她找到耶稣,对于惠特利来说这似乎是对于"似乎残酷的命运之手"的补偿。无论如何,惠特利的亲身经历使得她的诗歌成为对于奴隶制作为北美洲真正的暴君统治的直接抗议。她使"其他人能够永远免受暴君的统治"的祈祷不仅仅指的是北美殖民地人民,也包括了作为"他者"的非洲种族。

从某种程度上,惠特利也是一位在诗歌中涉及政治的女诗人。她在诗歌中表现出对于独立战争时期时局的关注,涉及当时多位公共角色,她以自己的榜样显示了女性在独立战争期间所发挥的作用。例如,在《致尊敬的华盛顿将军阁下》("To His Excellency General Washington",1775)中,她称赞华盛顿"开创了和平与荣耀","因其英勇,以及其他德行而闻名遐迩"。她不仅赞扬华盛顿,也为他强大的军队和杰出的战争艺术而欢呼。她为他们从英国人那里争取自由而受到极大的鼓舞。同时,惠特利也把华盛顿视为为自由而战的勇士。而且因华盛顿协助启动了允许非洲黑人在独立战争中参加抗击英国军队的政策而对他称赞有加。惠特利还因为自己写给华盛顿的诗,收到后者一封热情洋溢的信,受邀于1776年在乔治·华盛顿位于剑桥的指挥部拜访了他。同样,她在《关于伍斯特将军之死》("On the Death of General Wooste",1778)一诗中以垂死的将军的身份说话,他在自己濒临死亡之前祈祷上帝领导北美顺利赢得独立战争,并且使它保持"高尚、勇敢、自由"。与此同时,他感叹北美殖民地拒绝给予它的奴隶以自由:"我们怎么能够得到/上天的接纳……/当他们(的确不公正地)不光彩地/将无辜的非洲种族置于奴役之中"。

同样,惠特利的诗歌也反映出她因为自己的肤色而遭受排斥的深刻感受,她的一些作品表现了她试图以自己的才能融入白人主流文化、实现自我价值的努力。例如,《致慷慨资助文学艺术的人》("To Maecenas")表达了惠特利渴望参与西方文化的愿望,以及对于自己不被主流文化接纳的痛苦。在这首颂诗中,她首先祈求艺术赞助人帮助找到自己的声音,她赞扬了贺拉斯(Horace)和维吉尔(Virgil)的赞助人,他们代表了她心目中理想的赞助人和她诗歌的读者,惠特利援引了荷马与维吉尔的古典传统使自己加入文学群体,但她话锋一转,又提到泰伦斯(Terrence,罗马名为泰伦提乌斯,出生年月不详)。泰伦斯是使用自己的文学才能来获取自由的非洲裔罗马奴隶,但是她自己却只能"坐在这里,哀悼一颗卑下的心灵/它宁可攀登并驾驭着风"。为何诗人无法实现自己的心愿？理由是显而易见的。惠特利在此诗中提到了三位伟大的诗人：荷马、维吉尔、泰伦斯。泰伦斯是唯一一位作为西方文学传统的一部分的"非洲黑色人种"作家。惠特利为他深感骄傲，尽管他的艺术成就远不如其他两人。在这首诗歌里，惠特利表达了自己参与西方文化建构的决心。她在坚持自己种族身份的同时，也希望自己能够成为她所生活的社会的合法成员，得到这个社会的认可。这种作为非洲人和诗人参与殖民地文化建构的愿望成为这首诗歌的张力。惠特利以强烈的自我意识将自己置身于非洲的传统，表现了自己去分享和超越她的非洲文学先辈、去"攀登并驾驭着风"的愿望。而在另外一首诗作《致新英格兰的剑桥大学》("To the University of Cambridge, in New England", 1767)中，她以"非洲缪斯"的身份告诫哈佛的年轻人要竭力远离邪恶和懒惰，要充分利用他们自身的幸运地位："一位埃塞人告诉你，它是你的大敌"。①虽然这种谴责罪恶的告诫无需以强调其非洲人的身份来产生效应，但显然惠特利意识到身为奴隶的自己与这些口含银汤匙出生的哈佛年轻人之间的强烈反差。

在惠特利的创作中，挽诗大约占到四分之一。挽诗是当时基督教福音派特别钟情的一种诗歌形式。挽诗一部分是为公共人物所作，她常使用罗马和希腊神话以及《圣经》中的典故来表达对这些人的敬佩之心；还有一部分是为普通人而写，她在诗中劝慰那些失去亲人的人们，用词情真意切，除了表达悲切的心情，也特别强调了灵魂脱离肉体升入天堂的愿景，以及逝者以此而获得的精神自由。且极为重要的是，惠特利在其挽诗中强调了死亡和来世是一个使黑奴免受奴役的地方。约翰·希尔兹(John Shields)指出，"她挽诗的目的是寻找一个人们不再奴役其黑人兄弟姐妹的地方"②。

美国著名非裔评论家小亨利·盖茨(Henry Louis Gates, Jr.)声称，"所有继往开来的黑人作家都来自一种母系传统，所有作家都有意或无意地延伸和修正了一种建立于一位黑人女性的诗歌基础之上的经典"③。作为非裔美国文学传统的开创者，惠特利在自己短暂的人生中曾被誉为"枷锁下的

---

① 在惠特利的时代，"埃塞俄比亚人"是对"非洲黑人"的惯常称呼。在《圣经》里埃塞俄比亚人也被形容为基督教的救世主，也是未来将基督教信仰在世界传播的统治者。当黑人声称自己为埃塞俄比亚人时，意为强调自己的种族自豪感。

② 引自 Catherine Adams and Elizabeth H. Pleck, *Love of Freedom: Black Women in Colonial and Revolutionary New England*. Oxford: Oxford UP, 2010, p. 68.

③ Henry Louis Gates, Jr., "Foreword: In Her Own Write." *The Complete Works of Phillis Wheatley*. Ed. John C. Shields. New York: Oxford UP, 1988, p. x.

天才"①，她以自己创作的诗歌向社会表明，人的智力和理性是不能单纯由肤色来衡量的，如能享有受教育的权利，黑人也不乏智力超群之人，也可以创作出传世之作。虽然自幼受到白人文化的熏陶，惠特利没有忘记自己的种族身份，她在宗教中寻求解放，在诗歌中寻求自由，用语言表达了她的心声，她的诗作就是对于种族歧视的白人主流社会观点的最好批判，她坚持自己的种族身份同时又努力融入主流文化的艰难道路是非裔美国人经历的真实写照，惠特利以自己的创作为后人树立了光辉的榜样，从此开启了非裔美国文学的发展历程。

第四节 引诱小说

在常见的文学史中，早期美国文学的内容都不包括引诱小说，虽然这些小说中都含有被20世纪中叶著名评论家莱斯利·费德勒（Leslie Fiedler）称为美国文学传统基石的内容：爱情与死亡。但是对于凯西·戴维森（Cathy Davidson）等学者来说，引诱小说是在早期美国社会产生了极大反响的作品。早期美国文学受到英国文学的影响极大。18世纪英国小说家塞缪尔·理查逊（Samuel Richardson，1689—1761）的《帕梅拉》（*Pamela*，1740）和《克拉丽莎》（*Clarissa*，1747—1748）是最早传到美国的小说，曾经在18世纪的美国风行一时。理查逊的小说展现了中产阶级世界及其道德标准，在内容上常描写年轻女子受到引诱之后的悲惨遭遇。这种诱奸主题也为最早的美国小说提供了模仿的样板。18世纪末期的新英格兰作家苏珊娜·罗森（Susanna Rowson，1762—1824）、汉娜·福斯特（Hannah Foster，1758—1840）、夏洛特·伦诺克斯（Charlotte Lennox，c.1730—1804）、朱迪丝·萨金特·默里（Judith Sargent Murray，1751—1820）、塔比莎·坦尼（Tabitha Tenney，1762—1837）等都把这一主题与其感伤情节相结合，描述了这一时期美国社会中上层年轻单身女性的遭遇。罗森的《夏洛特·坦普尔》（*Charlotte Temple*）和福斯特的《风流女子》（*The Coquette*，1797）成为18世纪末最为畅销的两部女性小说，也因其所引起的高度关注成为女性引诱小说的经典作品。② 这两部作品都模仿了英国的感伤小说体裁，但同时

---

① 当时伦敦的一位自由黑人食品商和剧作家伊格内修斯·桑乔（Ignatius Sancho，1729—1780），曾致信费城的朋友感谢他将惠特利的诗集寄给自己。因为不知道惠特利已于五年前获得自由，他将她称为"枷锁下的天才"，并且抨击了将她置于奴役下的社会非正义。

② Shelly Jarenski, "The Voice of the Preceptress: Female Education in and as the Seduction Novel." *The Journal of the Midwest Modern Language Association* 37.1 (Spring, 2004):59.

又加入了美国场景,不仅对其不幸的主人公表现出更多的同情,而且使其成为真正意义上的美国小说。

引诱小说在共和国建国初期具有独特价值。在《情感设计》(Sensational Design,1985)一书中,评论家简·汤普金斯(Jane Tompkins)指出,早期美国文学提供了"关于一种文化如何评价自己,并且为某一历史时刻解决它所面临的问题的方案"[1]。凯西·戴维森也在其论著《革命与文字》(Revolution and the Word)中强调了小说作为"一种政治和文化论坛,以及表达了关于一个正在发展中的国家的观点"的重要性[2]。18世纪后期,女性教育的倡导者本杰明·拉什曾强烈抨击小说阅读,认为小说是文学的淫乱形式,导致女性堕落和对于美国生活的歪曲陈述。譬如,作为《风流女子》的女主人公原型的伊丽莎白·惠特曼在去世后遭到世人的谴责,其中有人就把阅读小说作为她堕落的原因之一。当时的一家报纸指出,惠特曼"痴迷于阅读浪漫小说,而且从小说的腐败影响中构成了她关于幸福的观点,因而变得虚荣与风流"[3]。但对于18世纪的中产阶级女性来说,感伤小说,尤其是诱奸叙事,与她们的生活息息相关,这些作品直接涉及她们所关心的婚姻、友谊、家庭生活、教育和政治权利问题[4],因而广受女性读者欢迎。

早期美国文学中的引诱小说往往具有很强的道德说教色彩,在体裁上也模仿了理查逊小说的书信体风格,由小说中不同人物之间(往往是同性别人物之间)的通信组成,构成了小说中多角度的叙事。书信写作在18世纪末与19世纪初是人们日常生活的重要组成部分,以至于当时出现了许多关于书信写作的指导手册。信函受到重视的原因是,它们不仅是重要历史文献,也是行之有效的通信工具,为拉近人们之间的距离取得了很好的效果。书信也被认为是具有民主意义的,因为所有的公民都可以使用它。书信体小说如其他类型小说一样反映生活,但它们主要关注信件在描绘生活中所起到的作用。通过阅读小说中的这些信件,读者可以读到其他人的私人信件,这些信件原本是写给小说中某个人物角色的;通过阅读这些信件,读者可以进入小说人物的心灵,直接了解这些人物的心理及情感状态,使读者建立

---

[1] Jane Tompkins, *Sensational Design: The Cultural Work of American Fiction, 1790—1860*. New York: Oxford UP, 1985, p. xi.

[2] Cathy Davidson, *Revolution and the Word: The Rise of the Novel in America*. New York: Oxford UP, 1986, pp. 10—11.

[3] Jennifer Harris, "Writing Vice: Hannah Webster Foster and *The Coquette*." *Canadian Review of American Studies* 39. 4 (2009): 369.

[4] Danna R. Bontatibus, *The Seduction Novel of the Early Nation: A Call for Socio-Political Reform*. East Lansing: Michigan State UP, 1999, pp. 6—7.

起与小说人物之间的某种私密关系,这也是感伤小说大获成功的关键环节。

福斯特的《风流女子》是最早的美国小说之一,也采用了当时流行的书信体。福斯特通过这一文体描写了一个年轻时髦的女子被诱奸的故事,而《风流女子》中多重叙事声音也是十分成功的。通过书信来往,小说表现了多种不同的立场而不显得具有说教意味。理查逊的成就在于他发现了书信体可以表现人物的内心活动,在《风流女子》中,福斯特则把关于品德的讨论与揭示主要人物的内心活动有效地结合了起来。伊丽莎不仅是一个受害者,也是一个既令人同情但又常常做事不计后果的人。而小说中的诱骗人桑福德也有机会通过信函展示他的性格特点。

《夏洛特·坦普尔》本身不是书信体小说,但它也在文本中使用了信件来展现情节的进展。《夏洛特·坦普尔》是一本具有很强的感染力的小说,从表面来看,这的确令人惊讶,因为作为读者我们基本上听不到夏洛特自己的声音,也无法得知她的内心活动,从始至终我们都是从外部了解这样一个人物的。但由小说中私人信件所产生的读者与人物之间的密切关系并没有完全失去,而这种关系又是由一位以母亲的口吻来对读者说话的叙事人来维持的,她一直在评论着发生的事情,引导和激发我们的同情心。恰恰因为夏洛特作为一个天真无邪的女孩子无法表达她的想法和痛苦,叙事人在小说中就起到了重要的作用。[①]

当年极其畅销的引诱小说在20世纪70年代后的经典修正过程中被学界重新加以评价,对于许多评论家来说,被诱奸的女性成为一个年轻而且易受伤害的国家的象征,诱奸成为美国在建国过程中的一个典型性隐喻。一个天真无邪毫无处世经验的女孩子受到老奸巨猾的英国人的诱惑而丧生的故事今天更像是一个政治寓言。尽管引诱小说是作为年轻女读者的成长指南和训诫文学来推广的,但是它们通过反映这一时期美国人所面临的冲突、所具有的不安全感又与新建立的国家相关联。独立战争之后,美国脱胎而出,成为一个新型的共和国,一个复乐园。这一时期的文学在指导这个新型国家的年轻人如何扮演符合道德标准的角色时具有很强的说教色彩。而引诱小说不仅是对于新型共和国的年轻女性的劝诫,也是一种政治手册,探讨了具有道德观的人如何在一个腐败邪恶的世界上生存的可能性。像安·道格拉斯(Ann Douglas)这样的评论家就把《夏洛特·坦普尔》视为讲述一名受到这个新世界所带来的希望和幸福的

---

① Winfried Fluck, "Reading Early American Fiction," in *A Companion to the Literatures of Colonial America*. Ed. Susan Castillo and Ivy Schweitzer. Malden, MA: Blackwell, 2005, p. 571.

诱惑的幼稚年轻人的故事。道格拉斯评论道,"夏洛特的故事从一个年轻女子的命运的故事转换为另外一个极具吸引力的故事,成为美国价值的最为激情的戏剧性表现,即关于那些来到美国寻求新生活的人们的希望和恐惧的'次文化神话'"①。从这个角度来看,18世纪末的引诱小说表现了生活在美国建国初期的人们所面临的危险和诱惑,也反映了人们在这一动荡年代中所期盼的秩序和稳定。

除此之外,关于引诱小说的批评也必然涉及这类小说的阶级、性别和种族因素。一些评家认为,《夏洛特·坦普尔》的女主人公夏洛特与《风流女子》的女主人公伊丽莎违背父母的意愿与不适宜的男人交往,逾矩了她们作为年轻女性的角色期待,但也因此扩大了她们的能动范围。《风流女子》对于伊丽莎选择自由的强调正好证实了在18世纪美国社会中女性的选择的极大局限,以及她们对于这种局限的极度不满②。在美国建国初期,小说在新兴的中产阶级中,尤其是中产阶级女性中广受欢迎,因为小说的读者正是那些在被她们人生中最为关键的婚姻问题而困扰的年轻单身女性。实际上,这些小说不仅再现了关于中产阶级女性地位的争议,也对此做出了自己的阐释,并且将这些争论引向新的方向。不夸张地说,《夏洛特·坦普尔》《风流女子》《露西·坦普尔》《女堂吉诃德》等作品不仅是一种追溯了女性堕落过程的公式化小说,它们也是具有能指作用的复杂现实,这种现实是由于中产阶级女性受约束的社会角色、受局限的教育机遇,以及将她们视为二等公民的殖民地法律和习俗而产生的。引诱小说的意义在于它们也是一种社会批判,因为这个社会非但不去谴责造成了女性沉沦的社会环境,却为男性的过失和邪恶而埋怨女性。许多这类小说可以被读作女性在僭越了其社会角色后所犯下的过错以及对于她的惩罚,但其更为重要的意义在于它们探讨了女性沉沦的原因,即女性所受到的教育以及当时的社会环境使得年轻女性并不具备应对那些邪恶和贪婪之人的本领③。

从某种程度上来说,罗森、福斯特、默里和坦尼的小说改写了《圣经》中关于女人为人类堕落之源的故事,"在18世纪,夏娃的女儿们不再是男性在上帝那里失宠的原因,而是一种容许邪恶泛滥的社会秩序的牺牲品……这

---

① Ann Douglas, Introduction to *Charlotte Temple* and *Lucy Temple*. Boston: Penguin Books, 1991, p. xv.

② Anna Mae Duane, "Susanna Rowson, Hannah Webster Foster, and the Seduction Novel in the Early US," in *The Cambridge History of the American Novel*. Ed. Leonard Cassuto. Cambridge: Cambridge UP, 2011, pp. 37—38.

③ Danna R. Bontatibus, *The Seduction Novel of the Early Nation: A Call for Socio-Political Reform*. East Lansing: Michigan State UP, 1999, pp. 5—6.

些小说是建立在世界是腐败的,道德因而无法张扬的主题基础之上的"①。引诱小说一方面反映了18世纪末道德观念的改变,同时也表现了对于女性暴力的关注。

引诱小说值得我们重视的另一原因是,它引发了人们对于美国早期历史中女性的社会地位的关注。在引诱小说中,我们看到女性如何因为社会的法规和习俗而不享有任何权利(包括她们追求幸福的权利),也看到她们试图冲破这些樊篱所做出的努力。引诱小说帮助中产阶级女性为在这个新型的共和国生活更好地生存做好准备。这些引诱小说向她们的读者传递了十分宝贵的信息,即社会应该加强对于女性更加持衡的教育,也促使女性加深对于限制她们权利的法律的认识。女性之所以在诱奸面前容易上当受骗,在很大程度上是因为她们有限的教育和剥夺她们种种权利的法定地位,还因为她们所生活的文化助长了社会对于女性的歧视态度。人们经常把19世纪与美国第一次有组织的女权运动联系起来,实际上争取女性权利的先驱应该追溯到18世纪末。的确,引诱小说的不仅揭示了美国女性在这个新型国家的现状,也告诫她们被剥夺了公民权利后的危险性②。

从这个角度来看,这种女性地位是与美国革命未能将女性从新殖民主义压迫中解放出来有直接关联的。独立革命激发了殖民地人民争取自由和独立的意识,也唤起了女性意识。这一点毫不足怪,因为美国就是为了获得"生命、自由和追求幸福的权利"而从它的母国分裂出来的。

> 当殖民地人民发起了反抗英国的革命时,他们……宣布了他们与一个否决了他们的声音、代表性和自决权利的国家的根本区别。他们之所以反抗自己的祖国,是因为他们渴望建立一个基于自由、安全、自治和追求幸福的权利的新型国家和新的身份。但当他们取得了反抗英国的胜利时,他们反过来使用了他们曾经努力反抗的方式来对待其他美国人,尤其是女性。③

众所周知,美国女性和其他族裔的男性以及没有财产的白人男性均被

---

① Danna R. Bontatibus, *The Seduction Novel of the Early Nation: A Call for Socio-Political Reform*. East Lansing: Michigan State UP, 1999, pp. 12—13.

② Danna R. Bontatibus, *The Seduction Novel of the Early Nation: A Call for Socio-Political Reform*. East Lansing: Michigan State UP, 1999, p. 109.

③ Danna R. Bontatibus, *The Seduction Novel of the Early Nation: A Call for Socio-Political Reform*. East Lansing: Michigan State UP, 1999, p. 19.

排除在宣扬平等的独立宣言之外。而在美国建国后,美国的缔造者又毫不犹豫地使用了英殖民地法律来对待女性。除了呼吁加强能够启发女性批判性思维的教育之外,引诱小说告诫年轻女性必须认识到如果她们太早宣布自己的独立而面临的危险。尤为重要的是,引诱小说昭示年轻女性:那个为殖民地人民带来希望的美国独立宣言并没有包括她们。引诱小说的评论家常常不去从文化批评的角度看待这些小说,但这些小说的确揭示了以下这些观点,即这个新型国家的权力、法律和社会角色,都与女性有着利益攸关的联系。因而,引诱小说的积极意义在于它包含着把女性与早期美国紧密连接在一起的主题,罗森等作家不仅关注一个正在尝试建立新型政府的新型国家,还特别关注了这个国家的中上层阶级年轻女性,这些女性先是受到独立战争带来的希望的诱惑,后来又被否决了生命、自由和追求幸福的权利。

引诱小说也涉及女性教育问题。这些引诱小说都声称,小说中的女性之所以被引诱,是因为她们所受到的教育未能培养她们的批判性思维能力和对于人性的认识,因而她们不可能意识到并且成功避免诱奸的严重后果。"罗森等人在自己的引诱小说中也加入了当时关于女性教育的大辩论,呼吁对于当时的教育进行重新评价。因而引诱小说不仅是这些作家探讨女性教育的论坛,也强调了诱奸至少部分上是由于狭隘且有缺陷的教育造成的"[1]。对于这些作家来说,教育的缺陷可能导致一系列的后果,其中一个就是诱奸。而一旦年轻女子掉入这个陷阱,等待她的只能是被放逐或是死亡的命运。

引诱小说是我们了解18世纪末期美国社会的窗口,也在塑造美国民族文化中起到了重要作用。它既描绘了年轻女性的被诱奸与被弃,也为解决这类问题提供了答案[2]。尼娜·贝姆在其评著《女性小说》中说,"建国初期的三部最受欢迎的关于女性的小说之中,两部(《夏洛特·坦普尔》和《风流女子》)都出自女性之手,这些小说再现了女性注定成为男性的受害者和牺牲品的画面。这里面的女性角色无一例外屈服于男性的狡诈骗术,最终失去了性命。从一个女性的角度来看,这是一种令人丧气的文学"[3]。从《夏

---

[1] Danna R. Bontatibus, *The Seduction Novel of the Early Nation: A Call for Socio-Political Reform*. East Lansing: Michigan State UP, 1999, p. 25.

[2] Rodney Hessinger, "Gender in the Seduction Tales of the Late Eighteenth Century." *The Coquette* and *The Boarding School*. By Hannah Webster Foster. Ed. Jennifer Harris and Bryan Waterman. New York: Norton, 2013, p. 414.

[3] Nina Baym, *Woman's Fiction: A Guide to Novels by and about Women in America, 1820—1870*. 2nd ed. Urbana: U of Illinois P, 1993.

洛特·坦普尔》中那种仅仅作为牺牲品的夏洛特到《风流女子》中奋力拼搏争取独立的伊丽莎,18世纪末的引诱小说昭示着女性文学向作为19世纪主要女性小说体裁的家庭小说的过渡。

苏珊娜·哈斯韦尔·罗森
(Susanna Haswell Rowson,1762—1824)

在哈丽雅特·比彻·斯托(Harriet Beecher Stowe,1811—1896)的小说《汤姆叔叔的小屋》(*Uncle Tom's Cabin*)于1852年面世之前,《夏洛特·坦普尔》(*Charlotte Temple*,1791)一直是美国的最畅销小说。它在出版后曾再版过两百多次,一直到20世纪仍然备受欢迎。评论家韦尔(R. W. G. Vail)曾说,《夏洛特·坦普尔》"发表后的一个半世纪中至少有超过百万的人读过此书"[①]。《夏洛特·坦普尔》出自苏珊娜·哈斯韦尔·罗森之手,她是18世纪后半叶美国著名的小说家、剧作家、宗教作家、舞台剧演员和教育家,其丰富多彩的经历读起来颇像是她笔下的作品,但也为我们揭示了生活在17世纪末18世纪初女性生活的局限性。

《夏洛特·坦普尔》的作者苏珊娜·哈斯韦尔·罗森,是位英国出生的女演员,在马萨诸塞殖民地度过童年,之后返回英国长达十八年之久,又在美国度过了她人生的最后三十年。她的游移不定的身世展示了作为母国的英国和新生的共和国之间的纠缠不清的文学关系。[②] 罗森出生于英国朴茨茅斯一位英国皇家海军上尉的家庭,出生不久母亲即去世。驻扎在北美殖民地波士顿的父亲不久又娶了一个妻子,在其船队回到朴茨茅斯后退伍。但不久之后他获得波士顿海关官员的职位,于1767年把5岁的女儿接到马萨诸塞州。从英国来到北美的艰难旅程令幼小的罗森终生难忘,在经历了台风突袭、波涛汹涌、船舶失事、饥寒交迫等种种坎坷之后,罗森总算到达北美,一家人居住在赫尔。在罗森后来的六部作品中,都有令人心悸的渡海经历的描绘。罗森一家在北美生活虽不算富裕,但周围邻居的人文氛围浓郁,父亲的藏书室也为她的阅读提供了便利。罗森是个早熟的孩子,在10岁时

[①] R. W. G. Vail, *Susanna Haswell Rowson, the Author of* Charlotte Temple: *A Bibliographical Study*. Worcester: American Antiquarian Society, 1933, p. 27.

[②] J. Gerald Kennedy and Leland S. Person, "Introduction," in *The Oxford History of the Novel in English*. Vol. 5. *The American Novel to 1870*. Ed. J. Gerald Kennedy and Leland S. Person. Oxford: Oxford UP, 2014, p. 3.

已经阅读了莎士比亚、斯宾塞、德莱顿和蒲柏的作品。美国独立革命爆发之后,持有保皇思想的父亲一度被软禁,后全家被强行迁到内地。1778年,父亲日益衰弱的身体为他带来了俘虏交换的机会,他在北美的财产被没收,一家人回到英国,生活于贫困之中。

罗森的家庭遭遇使她很早就懂得要把命运掌握在自己手中,年仅16岁的她已经成为家里的经济支柱。罗森基本属于自学成才之人,但她又是位才华横溢的女性,并在多个领域展示了其才华。罗森的第一部作品《维多利亚》(Victoria)发表于1786年,此时她正在做家庭教师。同年十月她与出身于戏剧家庭的五金商人威廉姆·罗森结婚。此后,《探问者》(The Inquisitor,1788)、《玛丽;或名誉的考验》(Mary; or, the Test of Honour,1789)、《夏洛特:一个真实的故事》(Charlotte: A Tale of Truth,1791)和《门托利亚;或年轻女子的朋友》(Mentoria; or, The Young Lady's Friend,1791)陆续出版。1793年,罗森与生意失败的威廉姆·罗森作为费城的托马斯·魏格纳尔戏剧公司签约演员来到美国。在之后的两个演出季中,罗森出演了57个角色,还创作了剧本《阿尔及尔的奴隶》(Slaves in Algiers,1794)、《女爱国者;或自然权利》(The Female Patriot; or, Nature's Rights,1794)、《在英国的美国人》(American in England,1796),以及小说《丽贝卡;或家庭女佣》(Rebecca; or, the Fille de Chambre,1794)、《人心的考验》(Trials of the Human Heart,1796)、《鲁本与蕾切尔;或往日故事》(Reuben and Rachel; or Tales of Old Times,1798)、《萨拉;或模范妻子》(Sara; or the Exemplary Wife,1804)。此外,作为歌词作者,罗森也享有很高的声誉,她曾经为华盛顿和亚当斯的诞辰创作过歌曲,其中最为著名的是《美国、贸易、自由》("America, Commerce, and Freedom")。罗森生活于美国历史上的一个重要时期,她是美国最早的歌词作者和戏剧家之一,也是最早在小说中涉及美国革命的作家之一,更为重要的是,她也是最早展现出具有独立自我和职业抱负的20世纪女性特点的人之一[①]。

遗憾的是,罗森的婚姻一直不尽如人意,两人也一直没有子女,罗森先生嗜酒、平庸,有时甚至无法正常工作,是妻子的收入养活他们一家,是妻子决定他们一家住在何处、如何生活[②]。罗森在为《萨拉》一书写的卷首语,被所有的罗森传记者公认为是针对她丈夫的:"不要嫁给蠢人:他不断干一些荒唐和丢人的事,不为别的,只为证明他敢这么做。"[③] 几年以后,罗森一家

[①] Patricia L. Parker, *Susanna Rowson*. Boston: Twayne, 1986, p. 24.

[②] Patricia L. Parker, *Susanna Rowson*. Boston: Twayne, 1986, p. 11.

[③] 引自Cathy Davidson, Introduction. *Charlotte Temple*. Ed. Cathy Davidson. Oxford: Oxford UP, 1987, p. xxiii.

选择离开舞台,威廉姆·罗森受雇于波士顿海关,苏珊娜·罗森于1795年在波士顿开办了一所女子寄宿学校。罗森饱览诗书,更重要的是,她一直关注女孩子的教育。这所学校在当时享有极好的声誉,吸引了当地一些最为古老的家族送女儿来入学。与此同时,她一直坚持写作,除了小说、戏剧、诗歌之外,还撰写了词典、地理书和教材。她编写的《给年轻女子的礼物》(*A Present for Young Ladies*, 1811)中包括了历史上许多著名女性传记,用来指导女性成长。作为一名作家和女子学院的创办人,罗森坚信"一个女性的才智使她能够与男性一样获取知识"[1],她一直致力于帮助女性在当时恶劣的社会条件下取得成功。尽管罗森后来经常被评论界视为"感伤主义作家",但她富有洞察力地审视了当时的女性角色,即使无法改变社会现状,却对于女性如何在这种社会环境中生存提供了答案。虽然自己没有子女,罗森收养了两个女儿,还养着丈夫的私生子,以及她继兄的妻女。罗森1822年从学校退休,1824年去世时被认为是共和国早期最为卓越的女性。她的小说《露西·坦普尔》(*Lucy Temple*)作为《夏洛特·坦普尔》的续集,在她去世后的1828年以《夏洛特的女儿;或,三个孤儿》(*Charlotte's Daughter; or, The Three Orphans*)的标题出版,描写了18年后夏洛特的女儿露西和她的两个朋友的经历。有意思的是,在小说的结尾露西选择单身生活,并且也开办了一所女子学校。小说发表后也颇受欢迎,曾经再版过多次。

罗森最具有影响力的作品《夏洛特,一个真实的故事》(*Charlotte, a Tale of Truth*)于1791年在英国出版。三年之后,具有经营头脑的罗森把《夏洛特》带给了美国出版商马修·凯里(Mathew Carey),这部小说的美国版于1794年面世。1797年凯里印制了小说的第三版,将其更名为《夏洛特·坦普尔》,这部小说此后以这个书名被世人所知。小说描写了一位天真无邪的15岁英国女孩夏洛特·坦普尔受到引诱,上当受骗而命赴黄泉的人生悲剧故事。夏洛特被风度翩翩的英国军官蒙特维尔所吸引,在老奸巨猾、心怀不轨的法语老师鲁小姐的劝说下,与蒙特维尔离家出走,私奔到举目无亲的美国。到美国之后,蒙特维尔背弃了他要娶夏洛特的承诺,另觅新欢。他托人捎给夏洛特的钱也被他心怀鬼胎的朋友私自扣下。怀有身孕、举目无亲、孤苦伶仃的夏洛特被无情地抛弃在异国他乡,后在好心人的帮助下生下女儿。其父终于在她去世前赶到她栖身之处,宽恕了她,并把外孙女露西带回到悲痛欲绝的外祖母身边。小说的最后一章为读者带来了他们所期盼的道德结尾:夏洛特的法语老师鲁(她名字的法语意思是"大街")小姐在大

---

[1] 引自 Patricia L. Parker, *Susanna Rowson*. Boston: Twayne, 1986, p. 112.

街上结束了她浪荡的人生——夏洛特去世十年之后,她的父母和女儿在伦敦住所的门前看到一个贫困不堪、昏迷不醒的女人,把她带到屋里唤醒了她,此人正是鲁小姐。鲁小姐从露西的相貌上认出了她是夏洛特的女儿,随即揭示了自己的身份。而当年抛弃了夏洛特的蒙特维尔在后来得知夏洛特的遭遇后,一生郁郁寡欢,生活在深深的负罪感之中。

《夏洛特·坦普尔》出版后一跃成为18世纪末美国最为畅销的小说。其读者绝不局限于年轻女子,既有北方农夫,也有南方贵族小姐,既有东部城里人,也有西部草原的拓荒妇女。但无疑大多数读者为白人,在那个年代黑人很少有钱购书,何况19世纪(尤其是19世纪上半叶)能够识文断字的黑人数量极少。读者对于这部小说所表现出的令人咋舌的高度热情充分体现了小说自身持久而广泛的魅力,这种热情即使在小说发表100多年后,也持续不减,成为美国文学史上的传奇故事。夏洛特·坦普尔据说被埋在纽约的三一教堂墓园,因而每年上千人到此致以哀思,并在刻有夏洛特·坦普尔的墓碑处留下一些个人纪念品:情书的灰烬、一绺头发、花束等等。1903年,一位供职于可以俯瞰三一教堂墓园的法律事务所的纽约人曾说,"当我是孩童时,夏洛特·坦普尔的故事就为所有纽约人耳熟能详,我最早见到成年人眼中的泪水就是为她而流。在这个墓园中还葬有英雄人物、哲学家和殉道者……他们的坟上尽管耸立着气势宏伟的纪念碑,也仅能得到人们好奇的一瞥,但夏洛特·坦普尔坟墓上的草皮则因为人们在此洒下的泪水而常青常鲜"[①]。

作为一部传统的引诱小说,《夏洛特》成功的秘诀何在?对于这一点,评家们也有不同的看法。有人认为它之所以备受欢迎,是因为它的道德训诫、故事的真实性、对于情感的描写,以及现代读者都认可的真诚和力量。但也有评家指出,女性读者喜爱这本书,是因为她们在这部小说中看到女性作为男性性欲牺牲品的意象,罗森教育她的女性读者如何避免夏洛特的幼稚无助,从而变得坚强起来。确如小说中的叙事人所说,"如果下面这个故事可以从造成夏洛特毁灭的错误中拯救出一个不幸的女子,我会无比欣慰"[②]。

罗森可以被称为一位前女权主义者,她的创作对象一直是女性,目的在于告诫年轻女性缔结负责任的婚姻的重要性,以及警惕那些诱骗涉世未深的年轻女子背离社会轨道的邪恶小人。从某种程度上来说,罗森捍卫了社

[①] Cathy Davidson, Introduction. *Charlotte Temple*. Ed. Cathy Davidson. Oxford: Oxford UP, 1987, p. xiv.

[②] Susanna Rowson, *Charlotte Temple*. Ed. Cathy N. Davidson. New York: Oxford UP, 1986, p. 6.

会的清规戒律,但是她对于犯错女子的怜悯使得她又与毫无人情味的社会规范有所不同。她一方面教导读者千万不要在未经父母许可下便草率成婚,同时又表达了对于那些不幸被诱骗而非法同居的受害者的深切同情与怜悯,她拒绝因为这些天真无邪的女孩子所犯的错而抛弃或放弃她们。

　　罗森的作品指出,年轻女子成为诱骗者的牺牲品,是因为她们毫无处世经验。小说女主人公夏洛特出身于小康家庭,她的父母竭尽所能使她衣食无忧,同时又与富家子弟一样娇生惯养。夏洛特进入当地一所私立的女子学校,在此所学均为一些将这些女子培养成花瓶和装饰品的才艺课程:意大利语、法语、音乐等等。夏洛特甚至没有掌握今后作为人妻的一些基本技能,包括缝纫和掌管钱财。这种使她无法在社会上独立生活的教育具有灾难性的后果,当夏洛特被抛弃在一个陌生的国家时,失去了保护的她根本就无法生存。

　　罗森的小说没有沿用理查逊的书信体叙事,小说中有一位母亲般的叙事人,她的声音从她第一次称呼读者时就可以看出。在她的前言中,她声称她的小说是"为那些刚刚踏入社会的未曾设防的年轻女子所作"。这个"这个真实的故事是为了年轻而且轻率的女孩子们的阅读而设计的"。她的愿望就是帮助那些可怜的女孩子们,"她们因为没有真正的朋友,或是受到错误的教育,而被置身于一个残酷的世界里,没有任何力量保护自己不陷入男性的陷阱,或免受那些放荡的女性更加危险的狡诈行为"[①]。因此,作为一位热情的、具有母性关怀的叙事者,她同时又是编辑、说教者和导师,是保护年轻女子避免人生灾难的真正朋友。因而罗森在叙事中就像一位母亲引导自己的孩子走过人生旅程一样引导着读者,她的叙事声音是充满感情的、温和的、劝慰的、关心的,也是诚实的和实际的。她并没有掩盖生活现实的残酷,也没有试图减轻它对于读者的影响。她既对年轻女孩子,也对她们的父母说话,这样一部小说会帮助那些从父母那里得不到足够帮助的女孩子,会帮助那些不知道如何帮助自己女儿的父母,也会帮助在一个不确定的世界里任何需要指导和支持的人。

　　在这部小说中,叙事人起到了至关重要的作用。读者实际上无法不受阻碍地观察事件的展开和获得从多个角度了解人物的机会,而是由一个权威的叙事人告诉读者如何去评价书中的人物和事件。这样一来,读者与文本之间的距离比起一般的书信体小说来说就更大一些。但是罗森的小说在

[①] Susanna Rowson, *Charlotte Temple*. Ed. Cathy N. Davidson. New York: Oxford UP, 1986, p. 5.

这方面又是成功的,她所使用的权威叙事人极其娴熟地把握了她向读者透露的信息,预示了故事情节的进展,也成功地唤起了读者对于女主人公所处危险的同情心。在蒙特维尔悄悄地塞到夏洛特手里一封信时,叙事人这样评价道,"任何读者……都可以轻易想象到这封信的内容,即它必然是大力渲染和赞扬了夏洛特的美貌,又为自己爱情的持之以恒而信誓旦旦"。而叙事人也这样评价了夏洛特面临的处境:"在爱情上面,一颗年轻的心在受到一位年轻英俊的士兵的诱惑时是最难以抵制的……她处于极大的危险当中"①。叙事人在此并没有披露这封信的内容,但让我们见识到夏洛特所受到的极大诱惑。"夏洛特沉浸于阅读这封信的喜悦之中,她每读一次,信中的内容就在她心里留下更深的印记"②。就这样,读者在叙事人的引导下目睹了夏洛特一步步陷入万劫不复的境遇。叙事人在缓缓展开情节的画卷时,也使作为局外人的读者既能够目睹夏洛特在漩涡中的挣扎,又不禁为她唏嘘扼腕。

作为一部道德告诫小说,罗森指出因为当时的女性地位,以及年轻女子所受到的教育,夏洛特的被诱骗几乎是不可避免的,但叙事人也使女性读者意识到她们没有被抛弃。当然最为重要的是,作者希望广大年轻女性能够从夏洛特的遭遇中吸取教训,不再重复她们的错误。而对于男性读者来说,他们也可以学到以下道理,两个年轻男性为了年轻时由于情欲和无知所犯下的错误而将终生遭受痛苦,皆因为他们当年既没有考虑其行为的严重后果,也没有识破那些居心不良的所谓导师的充满谎言的建议。

许多女权主义评论家认为《夏洛特·坦普尔》具有革命意义,因为它激发了人们对于18世纪白人女性角色的思考。小说强调了生活在那个时代的女性所面临的问题:既没有适当的教育也没有社会的交换基础来抵御她们所面临的威胁。有人甚至认为我们不应该把这部小说作为一部"警戒诱奸的威胁的说教寓言故事"来看。对于这些学者来说,夏洛特缺乏包括独立个性在内的重要品质,更为遗憾的是,她缺少主观能动性。对于一个18世纪的白人中产阶级年轻女性来说,她的社会地位和她所受到的教育都不能使她拥有免于遭受这种社会危险的能力。夏洛特被溺爱娇惯她的父母和她的学校教育成了温室里的花朵,她不具备识破别有用心的人们的阴谋诡计,也缺乏对于事物的基本判断和独立思维,她更缺少独立的个性和独立面对

---

① Susanna Rowson, *Charlotte Temple*. Ed. Cathy N. Davidson. New York: Oxford UP, 1986, pp. 24—25.

② Susanna Rowson, *Charlotte Temple*. Ed. Cathy N. Davidson. New York: Oxford UP, 1986, p. 36.

生活的能力。因而，当她离开了父母的庇护，又受到她心怀叵测的法语老师的诱导和那位潇洒英俊的英国军官的勾引，她全然没有抵抗能力，完全是在被动的状态下陷入坏人的陷阱，跟随蒙特维尔来到美国。而在被蒙特维尔抛弃后，她更是陷入绝望无法自拔。联想到当时社会里白人女性那种婚前靠父母，婚后靠丈夫的被动生活状态，罗森巧妙地揭示了18世纪女性的社会从属地位。罗森的小说提供了能够使年轻女性承担更加主动的而不是被动角色的信息，以防止女性这种悲惨遭遇的发生。

　　罗森一生都在呼吁要重视女性教育。罗森批评社会没有给女性提供真正实用的教育以及批判式思维。她强调女性具有掌握各种知识的能力，而不仅仅是那些作为点缀的才艺。她在自己的《给年轻女子的礼物》一书中说道："没有任何理由让我们止步于对于知识的获得。尽管男性说纺车和针线以及其他家务是女性唯一应该花费的时间……但在女性既没有忽视自己的责任，又可以参与文学或其他艺术的学习的情况下，我们为何不能像男性那样达到自我完善的目标？"[1]如果说《夏洛特·坦普尔》展示了年轻女性教育的失败，那么罗森在《给年轻女子的礼物》一书中则展示了注重智力发展和拥有抱负的年轻女性可以取得何等成就。这本书里包含了罗森为她的女子学院的新生们撰写的诗歌、对话、专题演讲等。这也是罗森亲自创办女子学院的目的，即提高女性的才智，使她们像男性一样实现自我完善，以及自我独立。

　　当代的评论家也把这部小说作为18世纪美国社会的象征。凯西·N.戴维森（Cathy N. Davidson）指出：

　　　　夏洛特的沉沦所引发的同情可以被视为早期美国政治和社会剧变的寓言故事。小说最早出现于美国刚刚开始从抵抗英国的革命的影响中恢复过来的时期。《独立宣言》所带来的来自不同方面和不同程度的分裂焦虑、对于新出现的民主制度的不同观点、对于新宪法"没有关注女性"的失望、对于过激的海外革命的保守反映，以及对于神秘的殖民地历史的简单化的怀旧式渴望，都使得美国革命后的读者很容易把自己的生活与苏珊娜·罗森笔下那个15岁的女孩子的故事联系起来。这个女孩子受到狡诈的法语教师的误导，受到一位英国士兵的诱骗，被抛弃在一个陌生的新国家里，与自己慈爱的父母远隔大洋。[2]

---

[1] Susanna Rowson, *A Present for Young Ladies*. Boston: John West, 1811, pp. 84—85.
[2] Cathy N. Davidson, Introduction. *Charlotte Temple*. Ed. Cathy Davidson. Oxford: Oxford UP, 1987, pp. xi—xii.

《夏洛特·坦普尔》展现了早期美国社会普遍存在的来自旧大陆的移民对于新大陆的恐惧以及在这片陌生土地上的挣扎，以及由于工业化和城市化的发展所带来的令人不安的社会变化。《夏洛特·坦普尔》可以被美国读者视为关于这种挣扎的寓言故事，因为它也是关于一个将夏洛特·坦普尔从她的"祖国"分离开来，带到一个陌生新世界的故事，在这里她的生活被无家可归和陌生感所定义[1]。从这个角度来说，《夏洛特·坦普尔》也是关于一个崭新国家的政治寓言，因为英国与殖民地的"分裂"也经常被视为一种家庭冲突，新的国家就像一个离开家庭的女儿，落入意外的危险之中。当然，夏洛特的悲剧对于当时的女性读者具有更大的吸引力，因为她们也都生活在后独立革命的文化之中，这种文化没有带来她们所期盼的自由和独立，而是进一步约束了她们的社会角色。

而在罗森去世后才发表的关于夏洛特女儿露西的故事的小说《露西·坦普尔》中，罗森已经为她的女主人公选择了不同的生活道路，以及关于自己生活的独立抉择。尽管露西的生活也有悲剧（她发现自己爱上的男人竟然是她同父异母的兄弟），但她所选择的道路令人尊重。她选择单身生活，投身教育和慈善工作，还创办了一所女子学校。在小说的结尾，叙事人强调露西为了女性教育做出了卓越贡献。当罗森为夏洛特的私生女儿安排了一种身为女性教育者的独立的、充实的成人生活时，她也为这个决定终身不嫁的女子正了名，赋予她一种令人钦佩的道义。

《夏洛特·坦普尔》是一部极有艺术感染力的作品，它毫不留情地揭示了处于社会不平等地位的女性所遭受的不公正。这部小说真实地描绘了当时女性所处的社会位置：她不仅不拥有法律和政治身份，还因为性别双重标准使得她而不是她的诱骗者受到惩处；她仅因为自己的性别就被视为社会的第二性，不拥有男性所拥有的心智，她的唯一位置就是在家里履行贤妻良母的角色。"作为一名作家，罗森值得人们关注，因为她既反映了她所处时代的文学风格和道德标准，同时又批判了这些标准……尤为重要的是罗森对于女性的关注：女性作为历史人物、作为小说主题、作为一个民主国家的有思想的公民，这一切都使得她有别于18世纪的其他作家并且吸引着今天的读者"[2]。女权评论家戴维森对于罗森的评价不无道理，她说，"《夏洛特·坦普尔》在美国文学经典化之前已经成为经典，在我们自己的时代又被

---

[1] Blythe Forçey, "*Charlotte Temple* and the End of Epistolarity." *American Literature* 63. 2 (Jun., 1991):227.

[2] Patricia L. Parker, *Susanna Rowson*. Boston: Twayne, 1986, p. 123.

排除在经典之外,尽管如此,这部小说仍应被视为美国文学史上最受青睐的书籍之一"①。

汉娜·韦伯斯特·福斯特
(Hannah Webster Foster,1758—1840)

  18世纪末另外一本畅销的引诱小说是汉娜·韦伯斯特·福斯特的《风流女子》(The Coquette,1797),它描述了美国社会中上层女性的悲惨命运。小说于1797年匿名出版,尽管在18世纪末销量极好,但直至1866年福斯特的名字才出现在小说的封面上。福斯特一生著述不多,总共才发表过两部小说,但这一部作品足以使她在美国文学史上榜上有名。她所创作的《风流女子》也在早期美国文学中占有一席之地。

  福斯特出生于美国马萨诸塞州索尔兹伯里一位富商家庭,其作品中所展现出来的深厚学养说明她受过良好的教育,或许她也曾就学于她的作品《寄宿学校》(The Boarding School,1798)中所描绘的那种女子学校。福斯特18世纪70年代开始为波士顿的报纸撰写政治性文章,1785年与约翰·福斯特,一位达特茅斯学院的毕业生成婚。两人在马萨诸塞州的布莱顿定居,其后约翰·福斯特担任了当地第一教会的牧师。虽然婚后衣食无忧,但福斯特肩上的担子很重。在婚后的几十年中,她是一个有六个子女的大家庭的主妇,在教区里还履行着牧师妻子的职责。虽然家务繁重,但福斯特积极参与当地的社会活动,帮助建立了布莱顿第一教会的妇女协会。对于福斯特来说,写作更多的是出于她的个人兴趣,而非家庭经济的需要。福斯特关注社会事务,喜欢阅读新英格兰地区报纸杂志。1829年丈夫去世之后,她搬到加拿大的蒙特利尔与身为作家和编辑的女儿同住,在此享受到她一直喜欢的那种充满书卷气的氛围,她也继续撰写一些报刊文章。1840年福斯特以81岁的高龄在蒙特利尔去世。

  当福斯特的名字出现在她的书信体小说《风流女子》的封面上时,她早已离世。福斯特以匿名的方式发布作品也在意料之中,她的小说封面上的署名为"马萨诸塞州的夫人",这种符合她身份的匿名方式使得她免受对其作品的批评,也保护她不被世人视为爱慕虚荣与行为不当②。福斯特1798

---

  ① Cathy Davidson, Introduction. *Charlotte Temple*. Ed. Cathy Davidson. Oxford: Oxford UP, 1987, p. xiv.
  ② Jennifer Harris and Bryan Waterman, Preface of *The Coquette* and *The Boarding School*. By Hannah Webster Foster. Ed. Jannifer Harris and Bryan Waterman. New York: Norton, 2013, p. xviii.

年发表了《寄宿学校；或，一位女校长致其学生的课程》(The Boarding School; or, Lessons of a Preceptress to Her Pupils)。《寄宿学校》是她的第二部，也是最后一部小说，比起《风流女子》来说，它更像是一部行为指南小说[①]。在这部作品中福斯特阐释了她关于女性教育的见解。小说的背景是一所女子学院，内容分为三个部分，第一部分为和谐园这所乌托邦学校建立的背景，第二部分是一周的教学大纲，介绍了威廉姆女校长关于道德的思考和她课程设置的缘由，第三部分是学生们离开和谐园之后的来往信件，展现了她们所受教育对于她们人生的影响。这部小说也充分反映了福斯特对于女性教育的高度重视。

使福斯特名留史册的是她创作的小说《风流女子》，而这部小说的素材来自当时新英格兰地区一个流传甚广的真实事件。当时一位生活在康涅狄格州名叫伊丽莎白·惠特曼(Elizabeth Whitman)的女子受到不知名男人诱骗失身，在马萨诸塞州丹佛斯的一个小旅馆里生下一个死产儿后身亡。这一事件成为当时轰动一时的新闻，被爆料后成为当时诸多谴责道德败坏，尤其是女性堕落的报刊文章的材料素材。惠特曼也在公众的眼中被描绘成一个虚荣的风流女子。

伊丽莎白·惠特曼出身良好，但出事后即刻成为舆论漩涡的中心人物，关于这个女子的神秘经历也引发了种种猜测。而正是这个女子的遭遇激发了福斯特创作的灵感，她使用了惠特曼的经历作为其小说的情节，但将她的名字改为伊丽莎·沃顿，又使用了一个虚构的角色作为伊丽莎白的诱奸人，尽管在真实生活中那个引诱了惠特曼的男人从来没有得到确认。福斯特的小说作为虚构作品发表时，惠特曼的故事在这个刚刚建立不久的国家已是家喻户晓的绯闻事件，福斯特使用了第一人称的书信体讲述惠特曼的故事，就给了读者一种真实感，而小说在封面上所注明的"一部基于事实的小说"，更是一种有效的写作策略，进一步强调了小说的真实性和权威性。

在真实事件的基础上创作一部虚构作品，福斯特面临极大的挑战，如何使她女主人公真实可信，具有说服力，同时又能赢得读者的同情心，是福斯特必须面对的问题。的确，与真实生活中的原型伊丽莎白·惠特曼遭遇不同的是，福斯特的小说将伊丽莎·沃顿描绘成一位令人同情的人物，而不是大众心目中的风尘女子。在书中，当伊丽莎表达了渴望品尝自由生活却被困在只有卧床不起的病人和行将就木的老人的家里的挫败感时，读者无

---

① Jennifer Harris and Bryan Waterman, Preface of *The Coquette* and *The Boarding School*. By Hannah Webster Foster. Ed. Jennifer Harris and Bryan Waterman. New York: Norton, 2013, p. ix.

法不同情她，而她在经历了照料濒临死亡的未婚夫（也是牧师）直至他撒手人寰之后，对于另外一位虽然正派但是枯燥无味的牧师的求婚表现出来的犹豫，也让读者很容易理解她的踟蹰不决。更具有激进意义的是，福斯特笔下的女主人公伊丽莎使用了美国革命时期的自由话语，强调了她为自己的生活做出决定的权利，她把自己想象成为一个自由的女性，质疑婚姻是女性生活中唯一的选择。小说表达了中产阶级女性面对人生做出选择、接受教育、宣称独立的需求。《风流女子》小说中女主人公伊丽莎·沃顿的被诱奸、逃跑、怀孕和死亡是对于女性不拥有选择权利的社会的尖锐批判。

　　受过良好教育、精力充沛的伊丽莎·沃顿出身于一个牧师家庭，小说开始时，父母为她选择的身为牧师的未婚夫刚刚去世，她在他病重期间一直守护着他。伊丽莎曾经准备扮演一个孝顺听话的女儿的角色，按照父母的安排与他们为她选定的人成婚，尽管她"从来没有感到爱的激情"[1]。沃顿并不爱她的未婚夫，只是服从父母的安排同意嫁给他，因而他的去世使伊丽莎感到从"父母权威"的"枷锁"中挣脱出来的喜悦[2]。她欣然享受这种突如其来的自由，因为它为她带来了新的自我意识和与外界交往的渴望。但生活在那个时代的女子所要扮演的社会角色使得伊丽莎又必须做出新的选择。待嫁闺中的伊丽莎此时有两种选择：博耶牧师和彼得·桑福德军士。生性活泼的伊丽莎与拘谨呆板但正派的博耶先生相处时每每感到枯燥无味，而风流倜傥、油嘴滑舌的浪荡子桑福德相比之下更为伊丽莎所欣赏，伊丽莎一时难以抉择。而且，刚刚从未婚夫的去世中解脱出来的伊丽莎渴望享受单身带来的自由，而刻意推迟做出婚姻的承诺。伊丽莎的犹豫不决遭到朋友们的指责，关于她是风流女人的流言也随之而起。在朋友的劝说下伊丽莎一度与博耶牧师订婚，但伊丽莎有失检点的交往方式最终导致循规蹈矩的博耶与她断绝关系。即便如此，伊丽莎仍然无视朋友们的警告继续与风度翩翩但声名狼藉的桑福德交往。桑福德也把征服活泼可爱的伊丽莎作为他的目标，尽管他此时已经为了获得富家女子南希的财产而与其结婚。伊丽莎最终屈服于桑福德的引诱与其发生关系，并且怀上了他的孩子。怀着沉重负罪感的伊丽莎无法面对家人和朋友，决定离家出走，遭受了那些违反社会传统道德规范的堕落女性的悲惨命运：身怀六甲的伊丽莎隐姓埋名，在一个小旅馆里产下了一个死婴后不幸丧命。

---

[1] Hannah Webster Foster, *The Coquette* and *The Boarding School*. Ed. Jannifer Harris and Bryan Waterman. New York: Norton, 2013, p. 4.

[2] Hannah Webster Foster, *The Coquette* and *The Boarding School*. Ed. Jennifer Harris and Bryan Waterman. New York: Norton, 2013, p. 11.

《风流女子》的情节设计在某些方面也是极为大胆的。在小说的开始，伊丽莎就是一位追求独立的26岁的女性。她曾经屈从于父母的意愿，与一位牧师订了婚，此时的她已经决定放弃对于自由和幸福的追求，履行自己作为女儿的职责。她在未婚夫患病期间精心照料着他，直至他去世。但未婚夫的去世对于她来说不是灾难性的打击，而是潜在的解放，重新给予她追求幸福和欢乐的机会。可以说，伊丽莎的行为举止也反映了美国革命时期人们为之而奋斗的自由思想。福斯特最先按照传统的社会观念设计了伊丽莎与哈利牧师订婚的情节，如今因为未婚夫因病去世而使她获得了解放，他的去世没有被描绘为残酷而痛苦的生死分离，反而将女主人公从家庭生活中解放出来去追求独立和自由。但这种独立和自由是具有冒险性质的，小说情节冲突的张力也正在于此。在小说中，这种对未知生活的冒险与对于自由的渴望相关联，但也指向一种令女主人公可能失控的赌博①。从始至终，伊丽莎坚持了她作为一名独立女性以自己的标准追求幸福的权利。

　　福斯特在小说中非常成功地使用了书信体叙事风格。读者通过阅读伊丽莎与她的追求者和她的朋友们之间的信件，成为小说中对于事件和人物意图的消息灵通的参与者。而更为重要的是，这些信件使得读者能够从多角度观察小说中多数事件，从而得以不加偏见地评价这些事件。福斯特在小说中也很好地掌握了书信体的使用，例如，福斯特没有让伊丽莎叙述她是如何被桑福德诱骗而失身的，而是让桑福德在他的信中提到这一事实。伊丽莎的沉默说明她已无法抗拒桑福德的诱骗，也无法做出正确的判断。福斯特的《风流女子》是基于一个真实事件而作的，这一事件在当时闹得沸沸扬扬。因而她的故事又因为其背后的生活中的真实人物而更加复杂，福斯特的故事成为对于真实人物惠特曼的沉沦的改写。福斯特以小说的方式来再现这样一个人物难免会受到世人的谴责，所以她采用了书信体来描述这一事件，这种书写方式使得福斯特不必旗帜鲜明地表达她本人的观点。实际上，读者会选择把她的创作作为真实故事来读，接收了她提供的关于所涉及人物的内部信息。她的创作为读者提供了否则无法接触到的私人信件，使读者得以窥见人物角色的内心。

　　福斯特的小说以同情的笔触描写了伊丽莎的经历，以及早期美国社会置于中产阶级女性身上的种种局限。伊丽莎选择的生活方式打破了对于中产阶级白人女性的传统角色期待。伊丽莎所处时代的社会秩序使她不可能

---

① Winfried Fluck,"Reading Early American Friction," in *A Companion to the Literatures of Colonial America*. Ed. Susan Castillo and Ivy Schweitzer. Malden,MA:Blackwell,2005,p.576.

充分实践个人主义,因此,她悲剧的首要原因在于她挪用了她无法拥有的自由、独立和自决的共和国意识形态[1]。伊丽莎的信件充斥着她对于从传统控制下解放出来获得独立和自由的诉求。她渴望在决定自己的命运时"行使自己的自由意愿"。福斯特告诉我们,伊丽莎·沃顿的沉沦不是出于淫欲,而是对于个人独立以及提升社会地位的渴求。从这一点来说,她代表了新兴中产阶级在摒弃了传统道德标准的同时,努力争取个人自由和自决权利的强烈愿望。但显而易见,正是因为伊丽莎的选择和行为僭越了中产阶级女性的传统角色,她被人视为一个风流女子。

《风流女子》的封面声称是"一部基于事实的小说",其目的不仅在于说明小说是以报纸上关于惠特曼的故事为基础创作的,也是对于早期共和国社会上关于小说腐蚀心灵的观点的回应。《风流女子》之所以吸引读者,是因为它指出女主人公的堕落不是因为有缺陷的教育或是小说阅读,而是与美国这个新型国家限制了女性享有生命、自由和追求幸福的天赋人权有关。在小说中伊丽莎从头到尾都使用了美国共和修辞来形容她希望决定自己生活的意愿。小说一开始就向读者介绍了正处于一个过渡阶段的伊丽莎,她希望打破限制她行动的旧传统,来安排自己的命运,就如同那些爱国者们渴望从殖民压迫中解放出来一样。《风流女子》标志着共和国女性生活的一个重要转折,即有些女性已经开始质疑家庭对于她们来说是否能够代表一切,是否完全令人满足这一现实。

伊丽莎的悲剧在于,在美国独立革命仍然在人们的心目中记忆犹新的时候,女性却仍然被束缚于家庭领域,其个性仍然被男权文化所定义。《风流女子》不仅仅是个诱奸故事,因为伊丽莎致力于寻求自己的生活方式和自己的婚姻伴侣,她的所作所为是一个共和国的女主人公的行为。它也是一个关于中上层社会的女性如何根据自己的个性做出选择的故事。发表于1797年的这部小说,正值美国建国不久,因而它涉及在一个不久前才刚刚建立的国家里关于自由的意义和局限的问题。在面临生活重要转折的关口,伊丽莎希望能够有时间享受她来之不易的自由,而在她朋友的眼中,伊丽莎对于"自由与婚姻"有着错误的看法。

与《夏洛特·坦普尔》相似的是,福斯特的《风流女子》也为读者真实再现了18世纪末中产阶级女性的社会地位和生活现状,引起了我们对于当时的女性作为"隐身女性"与"单身女性"的关注[2]。因为一个女性"在婚后不

---

[1] Danna R. Bontatibus, *The Seduction Novel of the Early Nation: A Call for Socio-Political Reform*. East Lansing: Michigan State UP, 1999, p. 69.

[2] "Feme Covert"即已婚女性,指女性在婚后因为其权利归丈夫所有而成为隐身;"Feme Sole"指未婚女性。

能参加选举,不能领取工资,不能接受高等教育,不能签订合同,不能在法庭起诉,在有些州甚至对于她们自己的子女都没有法定监管权,因为子女也是丈夫的财产。如果女性在法律上被定义为丈夫的财产,其身份在理论上等同于动产(奴隶),那么她就既没有作为公民的权利,也不具有得到法律承认的声音"。① 在《风流女子》中,可以说,伊丽莎、桑福德、南希也都是"隐身"制度的牺牲品。伊丽莎虽然渴望自由,但是因为她没有丰厚的遗产,她必须为了经济保障而结婚。

从某种程度上来看,福斯特也表明共和国意识形态也将男性变成了牺牲品,仅是由于他们相对多的经济和生理独立而不像女性那样易于受到伤害。桑福德被聪明活泼的伊丽莎所吸引,但他又因为伊丽莎的家庭经济状况而决定去娶富家女子南希,这样一来他才能够支配妻子的财产。他是这样评价伊丽莎的:"她是个好女子……如果我要结婚的话,我相信她会成为一个极好的妻子……但如果什么时候我选择套上婚姻的枷锁,那也一定是出于改善我个人财产的需要。而这个女孩子是做不到这些的。"②对于桑福德来说,伊丽莎的个人魅力不足以弥补她家境不佳这一事实。桑福德在给朋友的信中说,"我不知道这个世界上除了伊丽莎·沃顿之外还有哪个人我更倾慕更想作为结婚的对象,但我绝对不会娶她。如果我的或是她的经济状况比现在好,我会大胆地去跟她结合的;但在目前情况下,这一点不予考虑"③。在此,桑福德表示出对于娶一位富家子女从而拥有妻子财产所有权的欲望,也因而排除了娶伊丽莎为妻的可能性。正是男性可以拥有已婚妇女财产权这一特权,使得桑福德娶了一位没有爱情但有金钱的女子为妻,也是这种权利使得他能够挥霍妻子的财产。对妻子财产的拥有权,成为桑福德追求理想绅士生活方式的强有力支撑④。

同时,由于有了妻子的财产,桑福德才可能摆脱他的债主,也由于妻子的优越社会地位,桑福德可以更加毫无拘束地去追求伊丽莎。桑福德最终将伊丽莎诱骗到手,使她有孕在身,同时他也将妻子的财产挥霍一空,重新

---

① Marguerite Fisher,"Eighteenth-Century Theorists of Women's Liberation," in *Remember the Ladies: New Perspectives on Women in American History*. Ed. Carol George. Syracuse, NY: Syracuse UP,1975,p.40.

② Hannah Webster Foster, *The Coquette* and *The Boarding School*. Ed. Jennifer Harris and Bryan Waterman. New York: Norton,2013,p.19.

③ Hannah Webster Foster, *The Coquette* and *The Boarding School*. Ed. Jannifer Harris and Bryan Waterman. New York: Norton,2013,p.28.

④ Karen A. Weyler,"Marriage,Coverture,and the Companionate Ideal in *The Coquette* and *Dorval*." *Legacy* 26.1 (2009):12.

变得一文不名。桑福德的贪婪使他身败名裂。他因为伊丽莎家境贫寒而拒绝娶她,但又不愿撒手。在伊丽莎最终离家出走又在一个偏僻的小旅店生下孩子时,桑福德被债主缠住不可脱身,错过了与她见面的最后机会。毫无疑问,桑福德是导致伊丽莎沉沦的恶棍,但当时关于丈夫对妻子财产的拥有权以及桑福德对于这一法律卑劣的使用,也促使了这些悲剧的发生。福斯特的小说描绘了18世纪末期新英格兰地区中产阶级女性的婚姻状况,也揭示了当时美国所采用的英国普通法中所蕴含的经济不平等。伊丽莎生活于一个混乱和无序的年代。通过把一个中产阶级妇女置于冲突的中心,福斯特揭示了美国社会发展中个人理念的缺陷,因为刚刚建国的美国照顾不到女性的需求和渴望。福斯特的小说揭示了在新建立的共和国中女性的无助地位,说明发生在伊丽莎身上的事情在很大程度上是由社会造成的。

　　在18世纪后期,美国人的行为模式在发生变化,这一时期美国也在试图同时建立社会秩序和赋予个人自由。因为中产阶级女性具有受教育的优势,但在经济上和法律上又受到依赖于丈夫或父亲的局限,她们因而特别容易受到伤害。受到共和国提倡的自由独立精神的鼓舞,女性容易忽略她所做出的选择的危险。伊丽莎想要实现自决的决心也是不堪一击的,她一方面希望延长自己享受自由的时间,另一方面也难以在博耶和桑福德两人之间做出取舍。除了两人的个性之外,他们两人还代表了两种不同的生活方式,乡村的简朴和城里的时尚。小说描绘了伊丽莎性格的矛盾性——她的才智和品德,以及她不检点的风流行为,也通过书信体表现了像伊丽莎这样的女孩子在试图解释个人经历和决定自己命运时所面临的冲突。显然伊丽莎不是那种淫乱放荡或愚昧无知的调情卖俏女子,她的风流行为表现在她对于社交活动的热情、她生气勃勃无拘无束的举止,以及她不愿意即刻带上婚姻镣铐的愿望。

　　福斯特的小说逼真地描写了伊丽莎所面临的两难。一方面,把伊丽莎描述为一位现代女子,把教育和自信视为女性的自然权利;另一方面,无论现代读者如何认同她,她的故事也是一系列不负责任的行为。她以一种解放了的心情离父母而去,她在未婚夫去世后很快将其抛到脑后,她同时允许有两位追求者在身边的行为在同时代人的眼中的确称得上是风流。在乡村牧师博耶因无法容忍她对于桑福德的暧昧态度而与她取消订婚时,她不是理智耐心地等待,或是积极地沟通,而是陷入抑郁的状态,因而很容易给桑福德带来可乘之机。伊丽莎在小说中聪颖活泼,可爱迷人,满怀抱负,也是个可以思考、善于表达的中产阶级成年女性,而不像题目中所说的"风流"。她之所以博得了我们的同情,是因为她面临有限的机遇而无法使用她的能力。当然,伊丽莎的故事也是一个用来作为告诫的事例。作者似乎也在警告女性,她们在渴望实现自己的抱负时,容易忘记资产阶级的基本品德。开阔视野对于女性来说不无益处,但必须与谨慎相伴,而且最好由一位乡村牧师督导①。

赫伯特·罗斯·布朗(Herbert Ross Brown)曾把这部小说称为"18世纪同类小说中最令人难忘的一本"②,19世纪的女诗人简·E. 洛克(Jane E. Lock,1864—?)在描述19世纪中叶社会时曾说,《风流女子》"是所有美国小说中最吸引人的,至少在新英格兰地区是这样。人们可以在这一地区的所有农舍中看到这本书与家庭《圣经》放在一起"③。20世纪后期,《风流女子》重新受到学界的青睐,因为它"提供了关于中产阶级女性生活受到狭隘文化局限的颠覆性信息",同时它可以被读作是一种具有指导意义的小说,探讨了"共和国母亲"意识形态和女性领域等问题。福斯特通过自己的写作进入了一个男性领地,参与了关于女性在新建共和国的地位,以及她们发出声音的权利的探讨,表达了关于女性对于这个新建国家所带来的希望与机遇的向往。

---

① Klaus P. Hansen, "The Sentimental Novel and Its Feminist Critique." *Early American Literature* 26.1 (1991):45.

② Walter P. Wenska, Jr., "*The Coquette* and the American Dream of Freedom." *American Literature* 12.3 (Winter, 1977/1978):243.

③ Hannah Webster Foster, *The Coquette* and *The Boarding School*. Ed. Jannifer Harris and Bryan Waterman. New York: Norton, 2013, p. ix.

第二章 19世纪初至内战结束的美国女性文学

概 论

美国在政治上的独立带来了文化的独立,美国民族文学也在19世纪上半叶进入一个新时期。这一时期不仅见证了美国经济的高速发展,美国疆土的扩张、人口的增加、城市化的进程、工业化的加速都为美国社会带来巨大变化。19世纪上半叶也是各种社会矛盾冲突进一步激化的年代。美国废奴主义运动在这一时期进入一个新的阶段,自建国时就一直困扰着美国人的种族问题已经成为公众关注话题,最终在1861年导致美国内战的爆发。美国女权运动也在这一时期启程,进入第一次浪潮阶段。虽然美国建国没有赋予女性与男性平等的权利,但美国革命导致了女性对于公共事务的更多参与,也因此带来了女性意识的觉醒。先进技术有力促进了文学和文化的发展,在福特的汽车流水作业线出现的一个世纪之前,出版业就在美国开始了图书的批量生产。面对由于人口增长、城市化加速和生活水准提高而带来的大批迫切的读者,造纸和装订技术的提高、轮转印刷机的发明、公路和铁路网络的修建,以及邮局所采用的邮寄图书的优惠价格,都使得大批廉价印刷品在全国范围内的经销成为可能。与此同时,19世纪上半叶也见证了中产阶级人数上升、民族文学走向成熟,以及教育程度的提高。所有这一切,都带来了文学的繁荣和对于文学作品的普遍关注,也造就了强大的以女性为主的读者群。美国就是在这一时期进入了被称为"美国文艺复兴"的辉煌时期,美国人在取得政治独立之后,也取得了精神和文化上的独立,逐渐摆脱了靠"舶来品"支撑的文学创作。美国超验主义思想家爱默生(Ralph Waldo Emerson,1803—1882)倡导个性和自立,尤为强调个人的精神作用,最后提升到民族的自立精神,对于美国文化、经济、政治和社会的创新发展起到了积极的推进作用。他在其著名的演讲《美国学者》(*The American Scholar*, 1837)中豪迈地宣称：

> 或许这样的时代已经到来……这个大陆沉睡的心智将睁开它惺忪的睡眼，它将给这世界带来期盼已久的贡献，这贡献远胜于机械性的技巧的发明。我们依赖于旁人的日子、我们师从他国的长期学徒生涯即将结束。我们周围聚集着成千上万涌向生活的同胞，他们不可能总是依靠外国学识的残羹剩饭汲取营养。全新的事件和行动已经出现，应该予以歌颂，我们也要发出唱出自己的歌。谁会怀疑诗歌将获得新生，并将引领一个新时代？就如天文学家所预言的那样，在我们天穹之顶熠熠发光的明星，将会成为恒亘千年的北极星？①

令人欣喜的是，美国文学在19世纪上半叶的繁荣也包含着女性文学在这一时期的长足发展，大批女性作家在世纪中叶的文坛上大放异彩，进入女性文学发展的第一次高潮。著名评论家尼娜·贝姆(Nina Baym)指出，女性作家在1812年战争与南北战争之间创作了美国市场上近一半的文学作品②。

一、19世纪上半叶的美国社会发展与女性地位：
女性领域与女性意识

美国社会在1790至内战结束的1865年间发生了巨大变化，在此期间美国开启了从农业社会转向工业社会的进程，经济得到高速发展。这一时期以一场内战结束，这场内战使黑人奴隶获得了解放，但只有黑人男性获得了选举权。与之相比，女性所获得的自由十分有限。在这一时期，人们普遍关注的是美国民族文学的建立与发展，而不再是女性教育水平和社会显示度的大幅度提高。美利坚合众国建立之后，对于美国建国起到重要作用的男性公民所关注的是这一新型共和国是否能够成功，美国共和实验将需要具备何种社会条件和因素，他们所得出的答案是，共和国需要的是积极向上、受过良好教育、具有公民道德、愿意维护国家利益的公民。人们同时也意识到男人不可能独自完成这一职能，他们需要女性的协助。女性可以将有助于维护共和国所需要的公民道德，也可以作为培养未来共和国公民的

---

① Ralph Waldo Emerson, "The American Scholar," in *The Norton Anthology of American Literature*. Shorter 5th ed. Ed. Nina Baym. New York: Norton, 1999, p. 525.

② Nina Baym, "The Rise of the Woman Author," in *Columbia Literary History of the United States*. Ed. Emory Elliott et al. New York: Columbia UP, 1988, p. 305.

母亲来服务于国家。基于这种考虑,女性教育的改善成为许多人的共识。本杰明·拉什(Benjamin Rush,1745—1813)发表于1787年的著名文章《关于女性教育的几点想法》("Thoughts upon Female Education")代表了那个时代的典型观点:"我们的女性应该通过某种专门和恰当的教育来获取某种程度上的资质,以此得以用自由和政治的原则教导她们的儿子"[1]。

女性教育自然也受到女性的倡导,但她们的观点也不尽相同。坚持保守立场的凯瑟琳·比彻(Catherine Beecher,1800—1878)坚持女性接受教育的目的在于更好地服务于家庭,女性应待在家庭领域之中发挥作用。一个受过教育的女性可以成为丈夫的最好伴侣,他们的婚姻关系也因此得到巩固。持中间立场的埃玛·威拉德(Emma Willard,1787—1870)和玛丽·莱昂(Mary Lyon,1797—1849)宣称受过教育的女性可以满足共和国对于教师的需求,这种职业既有助于女性展示她们天然的培育本性,同时也可为未婚女子提供收入。埃玛·威拉德出于对自己所受到的教育的不满,曾撰写了《改善女性教育计划》(*Plan for Improving Female Education*,1819)一书,在当时的上层社会广为流传,并因此引起了纽约州特洛伊市政府的关注,从而促成了1821年特洛伊女子学院的建立。威拉德担任该校校长直至1838年。而她编写的《美国历史,或美利坚共和国历史》(*History of the United States,or Republic of America*)从发表的1828年至1873年,共再版53次。其《世界史》(*Universal History in Perspective*,1835)也在1882年前再版过24次。威拉德还多次编写过极其畅销的历史课本。她在编写的历史书籍中强调了美国公民的共和国传统,但还是宣扬了男女应扮演的不同角色。对于威拉德来说,历史就是对于接连不断的战争的记录,她的历史书中对于美国革命、墨西哥战争、法国与印第安战争等都有描述,但战争需要战士,而只有男人才能参战。男性和女性都应该服务于国家的需求,而他们服务的方式应该有所不同[2]。

来自女性最激进的观点则强调女性应该受到与男性一样的教育,因为她们与男性拥有同样的智力。与此同时,贵格派也一直在倡导女性教育。贵格派女教徒加入废奴组织的做法实际上鼓励了妇女参与公共事务,削弱了当时社会流行的男女"分离领域"这一体制。而她们当中在当时影响力最

---

[1] Benjamin Rush,"Thoughts upon Female Education," in *Women's Rights in the United States:A Documentary History*. Ed. Winston E. Langley and Vivian C. Fox. Westport,CT.:Greenwood Press,1994,p. 47.

[2] Nina Baym,"Women and the Republic:Emma Willard's Rhetoric of History." *American Quarterly* 43.1 (Mar.,1991):6.

大的当属格里姆克姊妹①。萨拉·格里姆克(Sarah Grimke,1792—1873)和安吉丽娜·格里姆克(Angelina Grimke,1805—1879)在南卡罗来纳州查尔斯顿的一个奴隶主家庭里长大,其父拥有好几百名奴隶。她们受过良好教育,又熟谙圣经,善于以圣经的道理来评论时事,两人后来都加入了贵格派,继而成为废奴主义者。她们于1836年至1837年间,在新英格兰和纽约开始了支持废除奴隶制和争取女性平等权利的巡回演讲,这些演讲首次将女性遭受的不平等待遇与男性奴隶遭受的压迫联系起来。两姊妹指出,奴隶制是非正义的,奴隶也是人,因此不能违背他们的意志强制他们成为奴隶。她们也同样认为,女性应该在社会上与男性享有平等权利。她们强调,无论何种种族或性别的人,都应得到上帝所赋予的、受到美利坚共和国法律所保护的权利。两姊妹的演讲受到普遍关注。而正是她们这一举动,被当地牧师指责为"当她们以公共领域改革者的身份踏入男性的领域并以男性的口吻说话时……她们便放弃了上帝为了保护她们而赋予她们的力量,而她们的性格也变得怪异"。但两姊妹对于来自外界的抨击毫不介意,她们声称"男人和女人生而平等,他们都是讲道德、负责任的人。男人能够做的事情,女人也能做"②。萨拉·格里姆克还曾致函波士顿妇女废奴主义协会会长玛丽·帕克(Mary Parker),针对人们对她们的攻击做出了回应。萨拉的信件起先登载在《新英格兰观察者》(*The New England Spectator*)上,这15封信后来结集成为《关于性别平等及妇女状况的信》(*Letters on the Equality of the Sexes and the Condition of Woman*,1838)发表。萨拉在信中详细阐述了她的观点。而安吉丽娜在1838年写给凯瑟琳·比彻的信《致凯瑟琳·比彻的信》(*Letters to Catherine Beecher*)中,也表达了与比彻截然不同的观点。比彻曾在《关于美国女性的职责》("Duty of American Females",1837)一文中呼吁女性避免扮演公共角色,而应该通过家庭来施加有效影响。她提倡将教学作为女性职业,因为它可以使女性施展其培育天性,但两性不应享有同等权利。而安吉丽娜争辩道,说到权利,唯一的权利应是人权,性别与种族的不同都与此毫不相干。她强调:

> 除了人权之外我不承认其他任何权利——我不知道什么是男人的权利什么是女人的权利……我相信女人应该在她受到辖制的所有法规

---

① Winston E. Langley and Vivian C. Fox,eds. *Women's Rights in the United States:A Documentary History*. Westport,CT.:Greenwood,1994,pp. 41—42.

② Sara M. Evans,*Born for Liberty:A History of Women in America*. New York:Collier MacMillan,1989,p. 80.

中,无论是教会的还是政府的,享有自己发声的权利。现在的社会机制就是对于人权的违背和对于权力的邪恶篡夺。①

1838年,安吉丽娜在马萨诸塞州议会进行了废奴主义演讲,由此成为第一位在全部由男性组成的议会里进行演讲的美国女性。

美国女性以运动的方式提出关于性别平等的政治诉求始于19世纪40年代末,而这一运动缘起于美国的废奴运动。19世纪30年代,美国爆发了以威廉·劳埃德·加里森(William Lloyd Garrison)为代表的激进废奴主义运动。一批女性作为男性废奴主义者的家属,也积极参与了废奴运动,她们其中许多人还在当地成立了妇女反对奴隶制协会,但女性在废奴运动中遇到种种困难和障碍,被排除在正式的职位和权利之外。尽管如此,女性也从参与废奴运动中获得了宝贵经验,她们学到如何处理她们所感受到的压迫和不公,以及如何将她们的愤怒化为政治行动。她们也学到如何发动群众、组织请愿和联合签名,以及坚持和表达自己的观点。废奴运动对人权学说的应用也为女性提供了争取平等权利的现成理论依据。

1840年,马萨诸塞州反对奴隶制协会收到世界反对奴隶制大会的邀请,派出代表团前往伦敦参会。这个拥有女性成员的代表团引起了英国废奴圈子以及其他美国代表团的反对。于是,大会的第一项议程内容变成投票表决是否接纳女性参加会议。投票结果以压倒性的票数将女性排除在外,使得她们只有旁听而没有参与讨论和发言的权利。正是这种经历使参会的两位女性代表意识到,女性在解放黑人奴隶之外的当务之急,是女性自身的平等和自由。两人因此决定,"回国之后我们就会召开一个会议,并且组织一个宣传女性权利的协会"②。这两位女性便是后来美国女权运动第一次浪潮的发起人柳克丽霞·莫特(Lucrecia Motte)和伊丽莎白·卡迪·斯坦顿(Elizabeth Cady Stanton,1815—1902),两人都参加过玛格丽特·富勒举办的女性恳谈会。

经过长达八年的酝酿准备,美国女性的第一次妇女权利大会于1848年7月19日至20日召开,有200多名妇女以及约40名男人参加了这次在塞

---

① Angelina Emily Grimke, *Letters to Catherine Beecher*, in *Women's Rights in the United States: A Documentary History*. Ed. Winston E. Langley and Vivian C. Fox, Westport, CT: Greenwood P,1994,p. 65.

② "'Women Who Speak for an Entire Nation': American and British Women Compared at the World Anti-Slavery Convention, London, 1840." *Pacific Historical Review* 59. 4 (Nov., 1990):455.

尼卡富尔斯(Seneca Falls)举行的大会,由此开启了美国女权运动第一次浪潮。会议的组织者为五位女性,全部都是已婚妇女,也都是废奴主义者,其中四人为贵格派教徒,另外一位是长老会教徒斯坦顿。会议通过了由斯坦顿执笔写成的《权利和情感宣言》(Declaration of Rights and Sentiments),列举了社会上男女不平等的种种表现,明确提出女性要成为完整意义上的公民的要求,呼吁给予妇女相应的政治权利,使妇女真正获得解放。这次会议开启了美国女性对压迫和歧视进行集体反抗的进程。在这个宣言书上签名者达一百多人,包括当时著名黑人活动家弗雷德里克·道格拉斯(Frederick Douglass,1817—1895)。《宣言》声称:

> 我们认为下面这些是不言而喻的真理:所有的男人和女人都生而平等……人类历史是一部男性对女性接连不断进行伤害、剥夺、欺压的历史,他们唯一的目标就是为了建立对妇女的专制暴政……他从未允许她行使其不可剥夺的选举权……他在妇女成婚之后,让她在法律上失去公民权利……①

伊丽莎白·斯坦顿撰写的《权利和情感宣言》,在形式和内容上都仿效了《独立宣言》。这并非是斯坦顿想象上或技巧上的失败,而是出于她表达自己政治观点的需要。美国独立革命的宏图中有个盲点,就是从根本上忽略了女性的利益,而且女性的地位也没有因为这场革命而发生根本改变。斯坦顿因而在此套用了《独立宣言》的模式,撰写了一个与此相并列的宣言,做出了对《独立宣言》的修正,提出了女性的政治诉求。在塞尼卡富尔斯会议之后,女权主义者进而组织了全国女性权利大会,提出了争取选举权和两性平等、要求同等教育权利、对普通法进行改革等多项平权要求。纵观美国女权运动历史,女性争取参政权的斗争是漫长且艰难的,美国女性在塞尼卡富尔斯会议召开72年之后才等到美国宪法第19修正案的通过,最终获得参政权。

当时妇女可以拥有的政治工具十分有限,但是她们把自己的观点、信仰、希望和情感带到她们组织的请愿、集会、演讲、游行、征集签名等各项活动之中。通过这些活动,她们拒绝了社会关于女性软弱无能、才智平庸的定义,展示了把女性排除在公共论坛的不公,她们并以此宣布她们应拥有的参

---

① Elizabeth Stanton,"Declaration of Sentiments." in *Women's Rights in the United States: A Documentary History*. Ed. Winston E. Langley and Vivian C. Fox. Westport,CT:Greenwood P,1994,p. 83.

政权,以促使已婚妇女财产法案的通过和表达对于不断向其他州延伸的奴隶制的反对。这一时期的戒酒运动也使许多女性感到振奋,导致了许多女性积极参加了这一运动,因为戒酒运动"突出了她们在酒精面前的无助、强调了她们对于酗酒的丈夫的无力掌控、也展示了强调女性的纯洁而给予男性行为自由的社会双重标准"①。正是出自对于戒酒运动的关注,斯坦顿在纽约州政府1860年提出离婚议案时(这个议案比起之前印第安纳州1859年通过的议案中离婚理由范围更为广泛,其中包括了酗酒),在纽约议会司法委员会发表演说,她也在纽约州通过的已婚妇女财产法案(1848年)以及之后的两次修正案(1857年、1860年)中发挥了重要作用。

美国内战之前具有影响力的还有玛格丽特·富勒(Margaret Fuller,1810—1850),一位才华横溢、精力充沛的马萨诸塞州女性,她曾被认为是新英格兰地区最为博学之人。富勒幼时被父亲当作男孩子培养,被允许在他的图书馆里任意阅读,成年后曾做过教师、新闻记者、评论家,也是女性权利的倡导者。1839年至1844年间她在波士顿为女性举办了"恳谈会",目的在于指导其他女性的学习。1840年至1842年间,她负责超验主义者杂志《日晷》(The Dial)的编辑工作,编辑和撰写了《日晷》中的许多文章,其中包括《大辩论》("The Great Debate")一文,后来这篇文章被扩展后以《19世纪女性》(Women in the Nineteenth Century,1846)为题目出版,被称为美国的首部女权主义著作。而人们普遍认为富勒对于女性权利运动的主要贡献就在于她举办的女性恳谈会和她的《19世纪女性》。女性恳谈会将波士顿地区一些最富才华的女性聚集到一起,目的在于弥补当时女性教育的不足;而《19世纪女性》则号召给予女性更为充足的教育和就业机会,提倡基于理想原则之上的婚姻②。富勒认为女性也具有爱默生这些超验主义者们所宣扬的男性的内在神性,女性只有依靠自己和其他女性才能完善自己。富勒强调女性特质,虽然男女特质不一样,男女所拥有的权利却应是相同的。富勒呼吁女性权利、女性教育以及女性就业,主张女性的法律地位和在世俗生活里的权利。与早期提倡女性教育的默里不同,富勒不仅呼吁要给予女性教育机遇,也认为女性教育不应该是以完全服务于他人为目的的。富勒在《19世纪女性》中说,"许多人都说过女性应该接受更好的教育,以便成为男性更好的伴侣和母亲……但不应该仅以一种关系来定义一个有着无

---

① Winston E. Langley and Vivian C. Fox,eds. *Women's Rights in the United States:A Documentary History*. Westport,CT.:Greenwood P,1994,p. 42.

② Francis E. Kearns,"Margaret Fuller and the Abolition Movement." *Journal of the History of Ideas* 25.1 (Jan.—Mar.,1964):120.

限发展潜力的人。给予女性充分自由，使她的身心得到充分发展，她会适应于她所要应对的所有关系"①。富勒也是第一位以蜜蜂和花朵来比喻性别差异的女性作家，她曾写过以下这段名言："女人是花朵，男人是蜜蜂。女人散发出花的芬芳，引来了带有双翼的采花人。男人吸干了花蕊，带走了蜂蜜。女人枯竭而死，喝饱了的男人返回蜂房，被赞为社群里积极能干的成员。"②富勒的作品鼓舞了后来包括苏珊·B. 安东尼（Susan B. Anthony）在内的妇女权利倡导者。然而，尽管富勒在《19世纪女性》中阐释了她的女性主义观点与原则，但她文中所指的女性仅包括中产阶级白人女性，其他女性的遭遇，包括在生存线上苟延残喘的缝纫女工、黑人女奴的悲惨遭遇、妓女产生的社会根源、酗酒者妻子多舛的命运，都不是富勒关注的重点③。富勒1844年成为《纽约论坛报》（New York Tribune）的记者，于1846年被派往欧洲。她积极参与了意大利革命，后来嫁给了意大利年轻贵族乔万尼·安吉洛（Giovanni Angelo），1850年两人带儿子返回美国时，船只在纽约港外的法尔岛附近失事，三人全部遇难。当年十月在马萨诸塞州伍斯特召开的第一届全国妇女权利大会上，与会代表对于她的去世举行了一分钟的默哀。

伊丽莎白·皮博迪（Elizabeth Peabody，1804—1894）也是一位与超验主义运动有密切联系的女性。她也曾担任《日晷》的编辑，是超验主义运动的另一位女性活动家。皮博迪积极投身于教育事业，曾开办过美国第一所幼儿园和免费公立学校。在其晚年曾撰写过《钱宁博士回忆录》（Reminiscences of Dr. Channing，1880），这是一本传记作品，描述了身为基督教唯一神教派早期领导者威廉·埃勒里·钱宁（William Ellery Channing）的思想与影响。钱宁反对刻板的加尔文教义，重新阐释了上帝与人的关系，他的理念对于美国宗教、超验主义、废奴运动都有显见的影响。这部传记出版后受到很高的评价。伊丽莎白·欧克斯·史密斯（Elizabeth Oakes Smith）也是妇女解放运动的积极参与者，她参加了1850年在马萨诸塞州伍斯特召开的全国妇女权利大会，受其影响于1850年11月至1851年6月间在《纽约论坛报》（New York Tribune）发表了系列文章《女性及其需求》（"Woman

---

① Linda K. Kerber, *Toward an Intellectual History of Women*. Chapel Hill: U of North Carolina P, 1997, p. 217.

② Belle Gale Chevigny, *The Woman and the Myth: Margaret Fuller's Life and Writings*. Old Westbury, NY: The Feminist P, 1976, p. 279.

③ David S. Reynolds, *Beneath the American Renaissance: The Subversive Imagination in the Age of Emerson and Melville*. Oxford: Oxford UP, 2011, p. 351.

and Her Needs"),之后她在纽约和新英格兰地区巡回演讲,成为巡回演讲运动中的第一位女性。她还被提名担任锡拉丘兹(Syracuse)全国妇女权利大会的主席。

凯瑟琳·比彻(Catherine Beecher,1800—1878)、莉迪亚·亨特利·西戈尼(Lydia Huntley Sigourney,1791—1865)、萨拉·约瑟法·黑尔(Sarah Josepha Hale,1788—1879)皆为具有较大社会影响力的女性,她们其实都没有把家庭作为女性的唯一领域,她们认为,包括教学、写作和道德改革在内的其他活动,也都是适合女性的领域①。之所以如此,是因为女性被认为更为虔诚、更为敏感并且具有培育天性,女性还具有担任男性道德监护人的特殊职责。当时的女性教育倡导者与后来女权主义者提倡的女性教育权利有着完全不同的社会背景。这些早期女性改革者们所提倡的教育,是把教育当作女性可以更充分实施其道德影响的工具,因而可以防止美国社会道德的更进一步的堕落②。这种流行的女性形象从某种程度上反映了这一时期男性的焦虑,因为他们的世界正被蓬勃兴起的商业化、快速发展的工业化和城市化所重新定义。机遇与竞争同时存在,而竞争削弱了对于恪守诚实原则的传统商业关系的继承。对于社会的迅猛变化所带来的忧虑,使得女性领域得以扩展,女性、家庭和宗教被赋予维护传统价值观以及抗拒社会变化的避风港,也从而带来了两性之间相对来说更大层面的平等。但从根本上来说,这些意识形态不是给予女性更多权利,而是号召女性履行她们作为妻子、母亲和道德守护人的责任,强调女性主要还是要为家庭生活负责,这种观点也被广泛认为是对于解决社会问题的充满睿智和进步的贡献。而这种立场的倡导者们对于那些更为激进的女权主义者(包括格里姆克姐妹、斯坦顿和其他人)都怀有敌意③。

19世纪的工业革命不仅为美国社会带来了巨变,也在诸多方面改变了女性生活模式。轧棉机和动力织机的出现大大促进了原棉生产,使得农业在蓄奴南方爆发了活力,也导致奴隶贸易异常兴旺,为奴隶尤其是女奴带来了新的苦难。而在北方,工业化的发展造成了以家庭经济为单位的生产模

---

① Sara M. Evans, *Born for Liberty: A History of Women in America*. New York: Collier MacMillan, 1989, p. 69.

② Kirk Jeffrey, "Marriage, Career, and Feminine Ideology in Nineteenth-Century America: Reconstructing the Marital Experience of Lydia Maria Child, 1828—1874." *Feminist Studies* 2.2/3 (1975):124.

③ Kirk Jeffrey, "Marriage, Career, and Feminine Ideology in Nineteenth-Century America: Reconstructing the Marital Experience of Lydia Maria Child, 1828—1874." *Feminist Studies* 2.2/3 (1975):123.

式的转化,家庭农场与家庭作坊逐渐萎缩或消失。随着城市化的发展和中产阶级人数的扩大,女性与生产场所进一步分离,她们不再是生产者,而是从事非生产性的家务劳动,转而变为消费者。就在中产阶级白人女性被囿于家庭领域、扮演着"房子里的天使"的角色时,农村年轻女子已经加入了劳动大军的行列,依靠菲薄的工资生活,受到工厂制度的残酷压榨。棉纺厂的大量出现,使大批曾在乡间农场劳作的妇女进入城市,成为工厂工人,预示着一个新的阶层——工人阶级的出现,而东部城市女性,实际上承受了美国工业化某些方面最为沉重的负担。例如,至1850年女性构成了纽约市约三分之一的制造业劳动力,占服装业劳动力的43.5%到62.7%。而到1860年,美国毛纺厂的48900名工人中,41%为女工;118920名棉纺厂工人中,62%为女工[1]。作为工业革命重头戏的纺织业的发展,使马萨诸塞州洛厄尔地区成为美国纺织业的中心,被冠以"纺锤城"(City of Spindles)的名称。自19世纪20年代末起,这里的工厂吸引着来自新英格兰地区农场的大批年轻女性。至工业革命发展顶峰期的1840年,这些纺织厂雇用了八千多名年轻的纺织女工[2]。在与家人的通信中,这些"洛厄尔工厂女孩"(Lowell mill girls)描述了她们通过赚取工资而获得的自由和掌控感,也表达了她们对于所遭受的不公正待遇的反抗。女权运动因而也在职场被发动起来。1830年,当洛厄尔工厂因为市场的不景气又一次削减工人工资时,女工们组织起来进行了罢工,以抗议削减工资和不断增加的工时。1845年,女工们组织了洛厄尔女工改革协会,这也是美国的第一个女性工会,工人们不仅抗议恶劣的工作条件,还提出了保护自己权益的各项要求,包括十小时工作日、扩大其教育和职业发展机遇等等。女性工会还通过发行报纸《工业之声》(Voice of Industry),提出了对于工业化的严厉批评。

女性的教育水平也在19世纪上半叶得到大幅度提高。在这一时期,尽管年轻女子仍然不能进入大学,但新英格兰上层社会家庭的父亲支持和督促自己女儿的教育成为一种较为常见的模式,使得不少富家女子获益匪浅。在女性作家之中前有玛格丽特·富勒,后有萨拉·奥恩·朱厄特(Sarah Orne Jewett,1849—1909),都是这样接受教育的,还有不少家境富裕的女子也得以借助家庭教师进行学习,例如苏珊·沃纳(Susan Warner,1819—

---

[1] David S. Reynolds, *Beneath the American Renaissance: The Subversive Imagination in the Age of Emerson and Melville*. Oxford: Oxford UP, 2011, p. 352.

[2] Sara M. Evans, *Born for Liberty: A History of Women in America*. New York: Collier MacMillan, 1989, pp. 81—82.

1885)。因此,这些家庭的年轻一代常常超过她们母亲的知识水平[1]。

这一时期女子学院的成立在为广大女性提供更多的教育机遇方面起到了关键作用。1820年之后,美国女性教育进入一个新阶段,女子学院在这一时期纷纷建立,为女性接受中等教育提供了机会。如由艾玛·威拉德[2]建于1821年的特洛伊女子学院(Troy Female Seminary)、由凯瑟琳·比彻建于1823年的哈特福德女子学院(Hartford Female Seminary)、由玛丽·莱昂(Mary Lyon)建于1837年的蒙特霍利约克学院(Mount Holyoke),等等。尽管大学直到19世纪中叶才慢慢向女性敞开大门,许多女子学院已经开始为女性提供接受教育、开展社会活动的可贵技能。这些女子学院的数量和种类显示女性教育地位在19世纪上半叶得到不断改善,影响到成千上万的女性生活。女性教育机遇的扩大也为美国带来了一个新时代。年轻知识女性人数的增加与全国范围内对于教师的大量需求相吻合,社区学校极其欢迎这些有文化与技能的女性,况且支付给女教师的薪水比起男教师要少许多,所以教师这一职业越来越女性化[3]。此外,男女同校制度的建立也为女性带来了更多的教育机会,1833年奥柏林学院(Oberlin College)首开招收女生的先河,著名女权主义者露西·斯通(Lucy Stone)即于1847年由该校毕业,她也是主张女子高等教育及参政权的重要人物。1853年,俄亥俄州的安蒂奥克学院(Antioch College)开始招收女生。虽然如此,为女子敞开大学大门的进程十分缓慢,至1860年,全国也只有四五家大学允许女子入学,并且在课程选修上有限制。

在美国内战结束的1865年,虽然女性获得的法律地位仍然低微,但已婚妇女财产法的通过打破了父权文化的障碍,为妇女权益的保障带来了改善。而工业化的迅猛发展使得大批女性,尤其是新英格兰地区农村女性走出家门,加入了劳动大军。女权主义运动带来了新的女性形象,证明了女性既可以为社会也可以在家里做出贡献,但女性为获得参政权的努力还将持续许多年。

二、美国女性文学的第一次繁荣

在1814年至1840年间,美国社会出现了现代意义上的职业作家。而此时无论是出版商还是大众读者,都希望看到有别于由那些受过高等教育、

---

[1] Nina Baym, Introduction. *The Lamplighter*. By Maria Susanna Cummins. Ed. Nina Baym. New Brunswick: Rutgers UP, 1988, p. xiii.

[2] 她曾于1814年在威尔曼特成立女子学校。

[3] 譬如,在30年代末,马萨诸塞州每五名土生土长的白人妇女中就有一人曾经做过教师。

享有特权的男性绅士所创作的阳春白雪的读物。这些旨在展示绅士作者的心智、博学和技巧、面向绅士读者的作品显然不符合大众读者的口味。在这种情形下，女性和年轻人愈来愈多地成为19世纪虚构文学作品的读者，就连出版商也把延揽能够为他们而创作的作者作为其当务之急[1]。

当然，此时的主流文化仍然将女性视为第二性公民，就连一些颇有自由民主思想的文人雅士的思想意识、言谈话语也难以摆脱性别歧视的偏见。就在女作家范妮·弗恩（Fanny Fern，1811—1872）发表呼吁女性拥有经济独立的小说《露丝·霍尔》（Ruth Hall）的1855年，在自己的作品中曾大力提倡独立自主精神的著名超验主义者爱默生对参加波士顿妇女权利大会的女性发表演说，鼓励妇女待在自己的客厅里，而把公共事务留待男人去处理。他提出，如果一个女人要做成某件事情，最好也是最适宜的做法，就是依靠一个好男人："女人应该在男人那里找到她的庇护人。"[2]无须说，在这些传统观念占主导地位的社会里，女性，尤其是白人中产阶级女性，被认为是软弱无能的，是应该依赖和仰仗男性的庇护的。任何宣扬自己意志的做法都是"非女性"的，都是出格的。与此同时，男性作家中的绝大多数人在创作中也是倾向于以男性的文化标准来塑造自己的性别角色形象的，在创作中常赋予女性被动的、附庸的性别角色地位。传统的男性作品虽然表现出对处于青春期男性的成长危机的极度同情，却对女性所感受到的同样困扰和焦虑熟视无睹[3]。在这种形势下，女作家所创作的以女性为文本中心的作品，迅速受到广大妇女的热烈欢迎而风靡于文学市场。这些女性在她们创作的文学作品中把女性从文化的边缘移动到中心位置，塑造了以女性为中心的人物角色，构筑了以女性意识为道德标准取向的女性文化。又由于在这一时期，几乎其他所有的职业都把女性摒弃在外，只有教学与创作为社会所普遍接受的女性职业，妇女必然会充分利用文学写作这种历史机遇。她们不仅以创作作为维持生计的手段，而且通过这种行为冲破了传统性别角色对女性的拘囿，增强了对于自身和社会的意识，为在观念和行为方式上逐步改变社会对于女性的性别偏见，为美国女性的自身解放做出了重要贡献。

---

[1] Nina Baym, "The Rise of the Woman Author," in *Columbia Literary History of the United States*. Ed. Emory Elliott et al. New York: Columbia UP, 1988, pp. 289—90.

[2] 引自Joyce W. Warren, "Text and Context in Fanny Fern's *Ruth Hall*: From Widowhood to Independence," in *Joinings and Disjoinings: The Significance of Marital States in Literature*. Ed. Joanna and Stephens Mink and Janet Dobler Ward. Bowling Green, OH: Bowling Green State U Popular P, 1991, p. 68.

[3] Nina Baym, "The Rise of the Woman Author," in *Columbia Literary History of the United States*. Ed. Emory Elliott et al. New York: Columbia UP, 1988, pp. xiii—xiv.

兴起于19世纪30年代的美国超验主义（也叫"新英格兰超验主义"或者"美国文艺复兴"）是美国思想史上影响深远的解放运动。它并没有形成一个完整的学说体系，而更是一种涉及宗教、社会、文学等方面的哲学思潮，是美国国体独立之后出现的对于宗教、文化和社会进行重新审视、对于新的民族精神和文化价值观念进行探索的一种新的思潮。超验主义对于美国民族文化的兴起产生了巨大的影响，被誉为美国"思想上的独立宣言"。以爱默生为首的超验主义者自始至终强调思想自立性的重要性和价值，并呼吁美国人超越物质追求的庸俗，去追求崇高的精神生活。超验主义对于美国文学的影响毋庸置疑，其思想理念也对美国女性文学的发展起到了至关重要的作用。超验主义所强调的道德精神，对于独立自主精神的崇尚，对于工业化、机械化社会里人们沉湎于物质财富的世风的反拨，对于回归自然的呼吁，都在当时的女性文学中有所体现。而19世纪上半叶由于废奴运动和女权运动的兴起，女性意识的进一步觉醒，都为19世纪上半叶的女性文学带来了新的气息。

尽管如此，当时的女性作家必须接受关于适合女性创作主题的社会传统。在19世纪美国社会，女性教育水平的大幅度提高以及由于生活水平提高而带来的中产阶级女性更多的休闲时间，加上印刷与流通技术的改进，书籍和报刊市场大大扩大。而这个市场又受到中上层阶级白人女性的影响，因为是她们构成了有闲阶层的大多数，当男性在商场和政界打天下的时候，文化的话题就交给了女性。这种情况也造成了社会对于女性作家的特别要求，她们的作品必须适合女性读者的品味。其实，19世纪社会之所以容许女性进行文学创作，重要原因就是写作既不需要任何文凭，又可以在家里进行，因而投身创作的女性人数不断增加。女性创作可以被认可，但受尊重的、有教养的女性不应在公共场合抛头露面，不应该越界进入公共领域，这是社会的共识。诚然，大多数女性是在极其艰难的条件下进行写作的，她们不得不从繁重的家务劳动中挤时间从事写作。伊丽莎白·卡迪·斯坦顿就曾抱怨她写作中遇到的重重困难，她在家里忙着洗碗、烘烤面包、缝纫，又有五个子女围绕身旁，几乎从来没有不受干扰地坐下来写作的时间。哈丽雅特·比彻·斯托也是为了贴补家用而开始创作的，但她同时还要抚养7个子女和操持繁重的家务。就是在这样的条件下，一批才华横溢的女性克服困难脱颖而出，在文坛上获得成功。

但是即便公众承认女性拥有进行文学创作、并且成为职业作家的权利，她们还是被断言只能在一个与男性相分离的女性领域里从事写作。妇女被劝告使用相对通俗、轻松的形式进行写作，譬如，随笔、散文、故事、小说等，而不是去从事撰写布道文、历史、史诗这样严肃的写作。因为女性领域是私人领域,女性应该在此使用她们温柔的影响以推动具有高尚道德感、同情心和纯洁无邪的理想主义和家庭纽带等价值观。这个领域与男性占有的公共领域完全不同,男性使用他们的权利在公共领域追求世俗成功、进行商业角逐、通过政治决策。他们即使在文学创作时也享有更大自由度,无论是开荒拓殖、从事革命、进行捕鲸,抑或是描绘人性险恶、种族冲突。诚然如此,社会上对于女性进行文学创作的指责也从未销声匿迹,例如霍桑(Nathaniel Hawthorne,1804—1864)在给自己出版商的信中就将女作家视为"一群该死的乱写乱画的女人",对她们占据文学市场大为不满。当然,霍桑不是唯一一位为女性作品的畅销深感忧虑的人。一篇登载于《美国出版通告与文学报》的文章如此评论道:

> 仅仅几年的时间,所有的新出版物都变成了"轰动作品",整个国家一时面临变成作家的天下的危险……图书出版已经蔓延开来。一部成功的小说,譬如《汤姆叔叔的小屋》《点灯人》《艾达·梅》,会带来几十本对于它们毫无价值和拙劣的模仿。[1]

毋庸置疑的是,19世纪中叶是美国女性文学高速发展的时期,在这一时期女性作品大量涌现于市场,女性作家驰骋文坛,拥有大批读者群,而只是在美国内战后对于女性作家的敌意才在文坛上被真正机构化了[2]。

这个时期女性写作中关于社会的评论是从中产阶级白人盎格鲁-撒克逊视角进行的。颇为矛盾的是,尽管女性呼吁家庭对于公共领域的更大影响,但竞争性个人主义、过分消费主义和金钱至上主义已经污染毒害了家庭生活,导致了家庭生活的种种不幸。女性作家无力将这一局面扭转过来,她们唯一能做的便是宣扬家庭道德价值,把女性描绘成社会道德的守护人。女性作家在文学创作中不断呼吁只有把家庭作为民族价值观的核心、把女性作为家庭的道德权威才能真正改变社会,才能影响到公共生活的各个层面。更为重要的是,女性作家试图为年轻人提供道德榜样,使他们成为重构家庭式国家的男人和女人[3]。

---

[1] 引自 Susan S. Williams, "'Promoting an Extensive Sale': The Production and Reception of *The Lamplighter.*" *The New England Quarterly* 69.2 (Jun., 1996): 192.

[2] Nina Baym, "The Rise of the Woman Author," in *Columbia Literary History of the United State.* Ed. Emory Elliott. New York: Columbia UP, 1988, pp. 290—91.

[3] Nina Baym, "The Rise of the Woman Author," in *Columbia Literary History of the United State.* Ed. Emory Elliott. New York: Columbia UP, 1988, pp. 291—92.

在这一过程中,女性作家的成功和名望使她们实际上进入了公共领域,她们不仅发表文学作品,也在报纸杂志上发表文章,点评时事,表达观点。帕特里夏·欧克(Patricia Oker)指出,在 19 世纪有六百多名女性担任过杂志的编辑①。其中最为出名的当属萨拉·约瑟法·黑尔。在丈夫去世之后,为了养活五个子女,她开始写作,并自 19 世纪 20 年代起担任 19 世纪最具影响力的畅销女性杂志《戈迪女士书刊》(Godey's Lady's Book)的主编和社评撰写人,在这一位置上任职长达 40 年之久。黑尔思想倾向于保守,反对女性参政权,但是她极为关注女性教育。在这一时期,女性也为报纸杂志撰写信件和专栏,许多女性甚至拥有自己的拥趸。出版商罗伯特·邦纳(Robert Bonner)就为了保证自己的小说周报《纽约记事报》(New York Ledger)的销量,高价招揽了小说家 E. D. E. N. 索思沃斯(E. D. E. N. Southworth, 1819—1899)和专栏作家范妮·弗恩。索思沃斯同意将她所有的小说先在《纽约记事报》上连载,而邦纳为弗恩在杂志上开辟了专栏。与此同时,邦纳还公布了他所付的高稿酬。邦纳的精明经济头脑使得他的周报在 1858 年发行量高达 40 万份②。

伊丽莎白·埃勒特(Elizabeth Ellet, 1812—1877)是第一位谈论美国女性与美国革命之关系的历史学者,其祖父曾参加过独立战争。1848 年埃勒特发表了两卷本的包括六十位生活在革命时代的女性的传记《美国革命中的女性》(Women of the American Revolution)。这些传记包括像阿比盖尔·亚当斯、莫西·奥蒂斯·沃伦(Mercy Otis Warren, 1728—1814)和玛莎·华盛顿(Martha Washington, 1731—1802)这样的名人,也刻画了独立战争时期的平民女性,如居住在南卡罗来纳州年仅 16 岁的黛西·兰斯顿(Dicey Langston),她在深夜蹚河把有关英国军队动向的情报带到了她哥哥的爱国主义者军营,还有费城的莉迪亚·达拉赫(Lydia Darragh),她在英国军官占领了她家住宅的情况下,与华盛顿的侦察兵取得了联系,为美国革命事业做出了自己的贡献③。

19 世纪 30 年代的女性创作预示了世纪中叶女性小说繁荣期的到来。卡罗琳·霍华德·吉尔曼(Caroline Howard Gilman, 1794—1888)于 1834

---

① Elaine Showalter, *A Jury of Her Peers: American Women Writers from Anne Bradstreet to Annie Proulx*. New York: Alfred A. Knopf, 2009, p. 33.

② Nina Baym, "The Rise of the Woman Author," in *Columbia Literary History of the United State*. Ed. Emory Elliott. New York: Columbia UP, 1988, pp. 292—93.

③ Linda K. Kerber, *Toward an Intellectual History of Women*. Chapel Hill: U of North Carolina P, 1997, pp. 63—65.

年出版其第一部小说《一位家庭主妇的回忆》(Recollections of a Housekeeper),女主人公讲述了她的家庭生活,以及作为家庭主妇所承担的责任。之后又出版了《一位南方主妇的回忆》(Recollections of a Southern Matron,1838)和《爱之历程》(Love's Progress,1840)。汉娜·法纳姆·李(Hannah Farnham Lee,1780—1865)中年丧夫,独自抚养三个女儿,她从19世纪30年代开始发表作品,到1854年已经出版20多部小说,但全部是匿名出版。她的成名作为1837年出版的《三次生活试验》(Three Experiments in Living),讲述了曾经兴盛的富尔顿家族因奢侈生活方式所造成的精神和经济危机。小说极为热销,在美国和英国至少再版过30次。在紧接着出版的续集《埃莉诺·富尔顿》(Elinor Fulton)中,性格坚强的富尔顿家的女儿埃莉诺成为母亲和其他兄弟姊妹的道德领袖,引导他们改正之前痴迷于奢侈生活的错误,而父亲则去了西部开创新生活。埃玛·凯瑟琳·恩伯里(Emma Catherine Embury,1806—1863)的作品也展示了女性楷模的力量,主题亦以家庭生活为中心。她于1838年出版短篇小说集《康斯坦丝·拉蒂默;或盲姑娘与其他故事》(Constance Latimer; or, the Blind Girl, With Other Tales),与李笔下的富尔顿家族相似,拉蒂默一家突遭破产,儿子被疾病夺去生命,女儿康斯坦丝因病失明,但就是这位盲姑娘为家庭提供了道德榜样和经济支持。19世纪中叶的美国女性小说流行模式在她们的作品中已见雏形[1]。

萨拉·约瑟法·黑尔除了长期担任《戈迪女士书刊》主编之外,于1827年发表了小说作品《诺斯伍德:新英格兰故事》(Northwood: A Tale of New England,1827),成为歌颂南方种植园生活的小说中最受欢迎的一本,宣扬了家庭作为社会秩序和稳定的核心的观点。在黑尔笔下,南方代表了仁慈的品质和具有品味的悠闲风尚,可以制衡北方人的贪婪和粗野[2]。卡罗琳·柯克兰(Caroline Kirkland,1801—1864)的小说描写了密歇根地区的移民生活,那里还是少有人定居的边疆地区或"西部"。她的小说《新家:谁会跟随而至? 或西部生活见闻》(A New Home, Who'll Follow? Or, Glimpses of Western Life,1839)是她根据自己对边疆新开垦地区的观察而作,以讽刺的口吻刻画了新定居区的居民及奇闻轶事。《新家》受到评

---

[1] Michael Davitt Bell, "Beginnings of Professionalism," in *The Cambridge History of American Literature*. vol. 2. Ed. Sacvan Bercovitch. Cambridge: Cambridge UP, 1995, pp. 68—69.

[2] Eric J. Sundquist, "The Literature of Slavery and African American Literature," in *The Cambridge History of American Literature*. vol. 2. Ed. Sacvan Bercovitch. Cambridge: Cambridge UP, 1995, p. 264.

论界的好评,爱伦·坡对它的"真实和新奇"大加赞扬,但在密歇根州,当地人却为小说对于他们的真实刻画感到忿忿不平①。

随着美国工业化的发展,也出现了一批描绘工人生活的作品。早期关于工人阶级的作品肯定了工业化使得女性走出家门、挣得一份薪水、获得自立的作用。例如,萨拉·萨维奇(Sarah Savage,1785—1837)的小说《女工》(*The Factory Girl*,1814)就描述了女主人公如何满心喜悦地在一个棉纺厂里工作,因为艰苦劳动对于女性来说是一项高尚的活动。当时还有一批类似的作品发表在如《洛厄尔出品》(*The Lowell Offering*)这类女工杂志上,这些作品常常登载关于女性如何顶着孤独和疲劳的压力坚持下来的故事。在其他的杂志上这类故事也处处可见,例如,约瑟夫·C. 尼尔(Joseph C. Neal,1807—1847)夫人登载在《格雷厄姆杂志》(*Graham's Magazine*)上的短篇作品《新英格兰女工》("The New England Factory Girl",1848)。故事讲述了一个年轻女工为了帮助兄弟支付学费而在洛厄尔一家工厂工作了三年的经历。但到了19世纪40年代,当女工和童工已经占到工厂劳动力三分之二时,描绘女工恶劣工作环境和悲惨遭遇的作品则更为常见,譬如,玛丽·安德鲁斯·丹尼森(Mary Andrews Denison,1826—1911)的小说《埃德娜·埃瑟利尔:波士顿缝纫女工》(*Edna Etheril, the Boston Seamstress*,1847)②。

19世纪上半叶还见证了一批女性乌托邦小说,表达了对于一个性别平等的理想社会的愿景。《平等:里斯科涅的历史》(*Equality: A History of Lithconia*,1802)③刻画了一个田园式岛屿国家,在那里因为实行了一种半婚姻制度而消除了妓女和女性受虐待现象,在这种制度下丈夫和妻子平分财产,离婚也不再是一种难事。而玛丽·格里菲斯(Mary Griffith,1772—1846)发表于1836年的乌托邦故事《未来三百年》("Three Hundred Years Hence")描绘了三百年之后的未来美国社会,那时女性将同男性一样享有同等财产权、受教育的权利和就业权利。简·索菲娅·艾普尔顿(Jane Sophia Appleton,1816—1884)的故事《20世纪的班戈愿景》("Vision of Bangor in the Twentieth Century",1848)也同样描绘了一个女性享有平等权利的社会愿景。

---

① Elaine Showalter, *A Jury of Her Peers: American Women Writers from Anne Bradstreet to Annie Proulx*. New York: Alfred A. Knopf, 2009, p. 51.

② David S. Reynolds, *Beneath the American Renaissance: The Subversive Imagination in the Age of Emerson and Melville*. New York: Knopf, 1987, pp. 353—54.

③ 这是一部匿名发表的小说,据说也是美国第一部乌托邦小说,作者不详。

19世纪的女权运动也引发了关注女性权利的文学作品,这些作品聚焦于现实政治问题和女权主义活动。萨拉·J. 黑尔发表于1839年的小说《女演说家;或女性领域》(*The Lecturess;or Woman's Sphere*)是最早在文学作品中涉及女性权利的小说。小说的女主人公玛丽昂·盖兰德被一位性格坚强的女性抚养成人,她为玛丽昂灌输了勤劳自立的价值。13岁起,玛丽昂便成为一名坚定的女权主义者,决心为反抗男性对于女性的统治而奋斗终生,并为此四处演讲。她宣称她将倾尽一生为女性享有与男性的平等权利而战,因为这是她应该享有的天赋权利,而这种权利被压迫被剥夺。即使在婚后,她也拒绝盲目服从丈夫的意见与意志。她坚持成为他在智力上的伴侣,还担任了一个女性组织的主席。但黑尔在小说结尾笔锋一转,让玛丽昂在去世前声称她之前所有的观点都是错误的。这个结尾一方面或许是黑尔用来平息依然保守的美国大众读者的创作策略,也或许就代表了黑尔本人的保守观点。汉娜·加德纳·克里莫(Hannah Gardner Creamer,1796—1883)的小说《迪莉娅的医生们:幕后一瞥》(*Delia's Doctors;A Glance Behind the Scenes*,1852)是第一部公开支持女性参政权的小说,其中女主人公就女权运动的各种要求发表了自己的观点,其中包括女性的全面参政。莉齐·林(Lizzy Linn,出生年月不详)发表了多篇宣扬女权的作品,其中短篇小说《依赖》("Dependence",1853)和《失望的妻子》("The Disappointed Wife",1853)抨击了不公平的财产法为女性带来的悲惨遭遇;而《作为唯一出路的婚姻》("Marriage the Only Resource",1854)披露了试图以就业来获得经济独立的女主人公发现所有的就业机会都不向女性开放,不得已只得走上结婚嫁人的传统道路。劳拉·柯蒂斯·布拉德(Laura Curtis Bullard,1831—1912)也是一位值得关注的作家和活动家。她不仅是一位极其活跃的女权主义活动家,也以自己的文学创作宣扬了女权思想。她曾继伊丽莎白·卡迪·斯坦顿和苏珊·B. 安东尼之后接任当时最为激进的女权主义报纸《革命》(*Revolution*)的主编,也是女性俱乐部运动的发起人之一,还担任了两个女性就业机构"女性职业所"和"工人阶级女性职业协会"的领导。她的小说《克里斯蒂娜:女性的磨难与成功》(*Christine;or,Woman's Trials and Triumphs*,1856)被称为"女性权利小说的《简·爱》",描绘了一位出身贫苦、在寄宿学校饱受磨难的女性的生活道路。克里斯蒂娜成人后参与女权运动,成为一名女权演说家和女性职业机构的负责人,即使在婚后仍然在具有开明思想的丈夫的支持下参与社会活动。与此同时,小说也描绘了克里斯蒂娜如何克服了生活道路上的种种艰难和障碍奋勇直前的经历①。

美国女性文学在19世纪中叶达到其第一次繁荣期。的确,19世纪中叶是美国女性作家驰骋文坛的年代,尤其是女性小说家。评论家戴维·S.雷诺兹(David S. Reynolds)在其评著中称19世纪50年代是美国女性写作的繁荣期。他说,"美国女性文化在这一时期走上成熟,实可视为美国女性文艺复兴"②。而另一位女性评论家简·汤普金斯(Jane Tompkins)则称"19世纪的畅销家庭小说代表了从女性的视角重构文化的巨大努力……这些小说以其知识复杂度、志向远大和才智高远而令人瞩目",并称这些小说是一项"文化事业"③。这一阶段的女性小说在文学史上也被称为家庭小说和感伤小说,是那个时代最受欢迎的文学形式。一大批女性作品极为畅销,其作者也因此成名,受到尊重并享受成功④。除了我们后面章节将要详细介绍的几位最享有盛名的女作家之外,这批作家中还包括了玛丽亚·麦金托什(Maria McIntosh,1803—1878)、卡罗琳·李·亨茨(Caroline Lee Hentz,1800—1856)、安娜·沃纳(Anna Warner,1827—1915)、安·索菲娅·斯蒂芬斯(Ann Sophia Stephens,1810—1886)、玛丽·简·霍姆斯(Mary Jane Holmes,1825—1907)、马丽昂·哈兰德(Marion Harland,1830—1922)、卡罗琳·切泽布罗(Caroline Chesebro,1825—1873)、伊丽莎白·斯图尔特·菲尔普斯(Elizabeth Stuart Phelps,1844—1911)等。玛丽亚·麦金托什是19世纪中叶第一位畅销女性作家。她的《两个女人》(*Two Lives*,1846)在四年当中印制了七版,描绘了两个女性不同的生活道路;《魅力与反魅力》(*Charms and Counter-Charms*,1848)曾再版八次,最终销售达十万册,也同样刻画了两位女性对待生活的不同态度以及她们曲折的生活道路,麦金托什在小说中宣扬了在上帝的指引下两性平等的理想生活。卡罗琳·李·亨茨的第一部也是最为畅销的小说《琳达》(*Linda*,1850)在两年当中曾再版十三次。女主人公琳达因不堪忍受继母及其儿子的迫害,逃出家门,经历了一系列堪比哈克贝利·费恩的冒险,最终与心上人结良缘。安娜·沃纳除了与姐姐苏珊·沃纳合作创作了几部小说,自己也单独

---

① David S. Reynolds, *Beneath the American Renaissance : The Subversive Imagination in the Age of Emerson and Melville*. New York: Knopf, 1987, pp. 390—93.

② David S. Reynolds, *Beneath the American Renaissance : The Subversive Imagination in the Age of Emerson and Melville*. New York: Knopf, 1987, p. 387.

③ Jane Tompkins, *Sensational Designs : The Cultural Work of American Fiction*, 1790—1860. New York: Oxford UP, 1985, pp. 124—25.

④ Nina Baym, "The Rise of the Woman Author" in *Columbia Literary History of the United State*. Ed. Emory Elliott. New York: Columbia UP, 1988, p. 305.

进行创作,其中最为出名的《美元与美分》(Dollars and Cents,1852)叙述了一个家道中落的故事,其情节与沃纳的经历非常相像;她于1909年还为姐姐写了一部充满感情的传记。在安·索菲娅·斯蒂芬斯所创作的二十多本小说中,两部最为著名的小说为《时尚与饥荒》(Fashion and Famine,1954)和《老宅地》(The Old Homestead,1855)。《时尚与饥荒》以女性为主要角色,描写了1837年经济危机之后农村人口往城市的迁移以及城市居民的两极分化生活;《老宅地》刻画了城市生活对于家庭和家庭生活的破坏,两部小说都涉及纽约贫富生活之间的巨大差异。玛丽·简·霍姆斯的名作《暴风骤雨与明媚阳光》(Tempest and Sunshine,1854)以两姊妹为主人公,探讨了道德的本质以及姊妹间竞争的心理因素。马里昂·哈兰德的《孑然一身》(Alone,1854)探讨了女主人公在母亲去世后离开农场来到城市,最后又返回农场生活的故事。在这个过程中,她历经磨难,成长,并最终成人,获得幸福。卡罗琳·切泽布罗曾发表了包括小说、短篇故事、儿童故事在内的20卷作品,她的第一部小说《爱莎:一个朝圣者》(Isa,a Pilgrimage,1852)塑造了一位不同寻常的女性。爱莎是个孤女,但在精神上与行为上都走在时代前面,她成年之后与具有激进自由思想的情人去了欧洲,两人享有成功的教学与写作生活。爱莎的生活模式不一定适合于所有女性,但她是个天才,象征着未来的女性。伊丽莎白·斯图尔特·菲尔普斯的小说《微开的大门》(The Gates Ajar,1868)叙述了一个女性的生活经历和她周围那些刻板遵守加尔文教义的人,正是这些教义成为阻碍人们希望的大门。《微开的大门》引起受到战争创伤的人们的共鸣,出版后广受欢迎。菲尔普斯之后又连续发表了两部关于天堂与神学的小说:《大门之外》(Beyond the Gates,1883)和《大门之间》(The Gates Between,1887),也得到普遍好评。

19世纪上半叶也是诗歌创作流行的年代。在1800至1850年间,至少有80位女性发表过诗集,而在报刊上发表诗歌的女性则是这个数字的两倍[1]。诗歌在报刊上被反复登载,诗集中那些备受欢迎的诗歌,又被从诗集中抽出来在选集和年刊中刊登。虽说朗费罗是美国内战前最享有盛誉的诗人,然而美国人当时阅读的大多数诗歌出自女性之手。在19世纪40年代末,便有三部题目几近相同的诗集相继出版:卡罗琳·梅(Caroline May)主编的《美国女诗人》(The American Female Poets,1848)、托马斯·布坎

---

[1] Nina Baym,"The Rise of the Woman Author" in *Columbia Literary History of the United State*. Ed. Emory Elliott. New York:Columbia UP,1988,p.297.

南·里德(Thomas Buchanan Read)主编的《美国女诗人》(*The Female Poets of America*,1849),以及鲁弗斯·威尔莫特·格里斯沃尔德(Rufus Wilmot Griswold)主编的《美国女诗人》(*The Female Poets of America*,1849)。梅在自己主编的诗集前言中说,"当今时代的一个最为显著的特征就是大批女性诗人的涌现……美国与旧大陆相比尤其如此;诗歌作为情感的语言,被我们自由地用以表达发自女性内心的情感"①。在19世纪上半叶,莉迪亚·亨特利·西戈尼(Lydia Huntley Sigourney,1791—1865)、伊丽莎白·欧克斯·史密斯(Elizabeth Oakes Smith,1806—1893)和弗朗西丝·奥斯古德(Frances Osgood,1811—1850)当属女诗人中的佼佼者。她们采用了不同的创作风格,展示了这一领域的多样性和丰富性。西戈尼是其时代最享有盛誉之女诗人,也是当时最受欢迎的诗人,被称为"哈特福德的甜蜜歌手""女弥尔顿"②,当时的许多社会和学术团体都以她命名。她于1815年发表了第一部诗集《道德篇:散文与诗歌》(*Moral Pieces in Prose and Verse*),之后活跃在诗坛上长达半个世纪之久,共发表了56部作品。她的《诗选》(*Poems*,1834)在她生前即再版了25次。西戈尼的诗歌以情感见长,描写私人生活、宗教信仰、工作与责任、母性与子女,富有浓郁的宗教色彩,读起来流畅、优雅。她擅于描写死亡,尤其是母亲或子女的死亡,也经常为刚刚过世的邻居、朋友、熟人撰写挽歌或诗作。在她的笔下,死亡被描绘成通往更为美好的天堂的途径。除此之外,西戈尼的诗歌也涉及土著美国人和奴隶制,表现了对于社会非正义的愤慨。她最为著名的诗篇为《尼亚加拉》("Niagara")和《印第安名字》("Indian Names")。或许是其浓郁的宗教色彩,西戈尼的诗歌在当代少有人知,但近来的学界重新对其加以关注,认为她是一位独特的美国女性诗人。除了诗歌之外,西戈尼还撰写过历史书籍,例如,《四十年以来的康涅狄格州概述》(*Sketch of Connecticut,Forty Years Since*,1824)及传记、游记和指南类书籍,她还为杂志撰写过两千多篇文章。她年轻时办过女子学校,并为年轻女子写过两本行为指南。在这两本书中,她都宣扬了19世纪社会的男女分离领域保守观点,但也强调女性可以通过她们的教学、谈话和信件影响社会。

伊丽莎白·欧克斯·史密斯曾以自己登载在《南方文学信使》(*Southern Literary Messenger*)上的连载叙事诗作《无邪的孩子》("The Sinless

---

① Elaine Showalter,*A Jury of Her Peers:American Women Writers from Anne Bradstreet to Annie Proulx*. New York:Alfred A. Knopf,2009,p. 61.

② Emily Stipes Watts. *The Poetry of American Women from 1632 to 1945*. Austin,Texas:U of Texas P,1978,p. 83.

Child",1842)引起关注,她的第一部诗集《无邪的孩子与其他诗作》(*The Sinless Child and Other Poems*)也在同年面世。弗朗西丝·奥斯古德也是其时代深受欢迎的女作家。1838年,她发表了第一部诗集《来自新英格兰的花环》(*A Wreath of Flowers from New England*),之后在40年代声名显赫,其诗作出现在许多文学杂志上。她的其他诗集还包括《花的诗歌和诗歌之花》(*The Poetry of Flowers and the Flowers of Poetry*,1841)、《雪花,赠给孩子们的新年礼物》(*The Snowdrop, a New Year Gift for Children*,1842)等等。奥斯古德创作了许多爱情诗,而关于儿童的诗歌则表现了她对他们成长和幸福的真切关怀。奥斯古德与爱伦·坡交情颇深,坡对她推崇有加,不仅在自己的期刊上登载了她的诗作,称赞她的诗歌"感情充沛、品味精致"[1],还称她为"在我们国家或英国都无与伦比的"人[2]。

朱莉娅·沃德·豪(Julia Ward Howe,1819—1910)也是当时文坛的名人,被伊莱恩·肖沃尔特称为"有着艾米莉·狄金森的勇敢和颠覆性才智、有着伊丽莎白·巴雷特·布朗宁的政治和哲学兴趣、有着西尔维娅·普拉斯的激情与天赋"的诗人[3]。豪因在内战时期创作了那首鼓舞了成千上万北方战士的著名爱国歌曲《共和国战歌》("Battle Hymn of the Republic")的歌词而名声大噪,而她发表于1853年的诗集《激情之花》(*Passion Flowers*)也在当时造成轰动效应。诗集虽然匿名出版,但其作者身份显而易见。这部包含了44篇诗作的诗内容多涉及女性日常生活:作为母亲的不堪重负,丈夫的跋扈,以及婚姻带来的囿限和不幸。其中一首诗描绘了连桀骜不驯的磨坊主也无法驯服的水车水流,其含意不言而喻。连霍桑都认为这些诗歌"似乎倾诉了不幸家庭生活的全部历史",几年后还称豪"真该因为发表这些诗歌受到鞭挞"[4]。1857年豪发表了包含了54首诗作的第二部诗集《即时之作》(*Words for the Hour*)。在三十多年的婚姻生活中,豪的丈夫对于妻子的文学创作一直持有敌意,更是反对她参与公共事务。丈夫的去世为豪的生活带来了生机,她以高度热情投入新生活,从此得以"建构一种新

---

[1] Dawn B. Sova, *Edgar Allan Poe, A to Z: The Essential Reference to His Life and Work*. New York: Checkmark Books, 2001, p. 258.

[2] Jeffrey Meyers, *Edgar Allan Poe: His Life and Legacy*. New York: Cooper Square Press, 1992, p. 175.

[3] Elaine Showalter, *A Jury of Her Peers: American Women Writers from Anne Bradstreet to Annie Proulx*. New York: Alfred A. Knopf, 2009, p. 75. 关于朱莉娅·沃德·豪,参见金莉:《皆为自由而战:评伊莱恩·肖沃尔特的新作〈茱莉亚·沃德·豪的内战〉》,载《美国文学研究》,2016年。

[4] Elaine Showalter, *The Civil Wars of Julia Ward Howe: A Biography*. New York: Simon & Schuster, 2016, p. 123.

的身份"①。在三十多年的婚姻生活与丈夫去世后的三十多年中,豪经历了两种截然不同的生活。丈夫去世后,豪全身心地投入她一直向往的社会活动,积极参与了各种改革运动,特别是为争取女性权利而奔走呼号,甚至奔波于世界各地。从1876年至1897年她一直担任美国妇女参政协会的主席,创立了促进女性发展协会并担任主席。她1870年创建了《女性杂志》(Woman's Journal)周刊,积极宣传妇女参政;1883年撰写了19世纪著名女权主义者玛格丽特·富勒的传记;1899年发表了极受欢迎的《回忆录》(Reminiscences)。1908年,豪以近90岁的高龄成为第一位入选美国艺术与文学院的女性。在她翌年去世时,身后留下了大批包括诗歌、日记、信件等在内的宝贵资料。

当然,19世纪中叶之后最值得称道的诗人是艾米莉·狄金森(Emily Dickinson,1830—1886)。虽然生前默默无闻,甚至足不出户,但其诗歌创作代表了19世纪女性文学的巅峰,她在当今也被视为与惠特曼齐名的19世纪两位美国伟大诗人之一。狄金森诗歌思想的深邃、风格的特异、技巧的精湛无不令人叹为观止。本书在后面将以专节介绍评价这位美国文学史上最为奇特的作家,与其字字珠玑的诗作精品。

美国女性戏剧创作在这一时期可圈可点的作品并不多,传统的美国戏剧史多年以来所涉及的女性戏剧家除了莫西·沃伦之外,另外一位就是安娜·科拉·莫瓦特(Anna Cora Mowatt,1819—1870)。莫瓦特是19世纪上半叶的演员兼剧作家,其创作的世态喜剧奠定了她作为喜剧作家的地位。她的剧作《时尚》(Fashion,1845)和《阿曼德》(Armand,1847)上演后都引起了很好的反响。《时尚》塑造了一位一心追求时尚的女性,旨在讽刺这个新崛起的国家里新贵阶层的愚蠢行为,他们一味追求虚荣,其虚伪愚昧的行事方式成为人们的笑柄,而且传播了恶习。具有现实意义的《时尚》上演后引起轰动,莫瓦特获得高度评价。该剧还于1974年被改编为音乐喜剧。《阿曼德》是一部以法国路易十五时代为背景的传奇喜剧,也颇受欢迎。除了创作剧本之外,莫瓦特本人也参加了戏剧演出。她在1853年曾写过《一个女演员的自传》(Autobiography of an Actress),被霍桑称为19世纪50年代最引人入胜的书籍之一②。

19世纪中叶后,戏剧界的一个令人瞩目的现象是对于哈丽雅特·比

---

① Elaine Showalter, *The Civil Wars of Julia Ward Howe: A Biography*. New York: Simon & Schuster, 2016, p. xiv.

② Elaine Showalter, *A Jury of Her Peers: American Women Writers from Anne Bradstreet to Annie Proulx*. New York: Alfred A. Knopf, 2009, p. 69.

彻·斯托的小说《汤姆叔叔的小屋》的戏剧改编与上演。这部小说不仅在美国社会刮起了旋风,在出版后不久即被改编成戏剧上演,吸引了大批观众,这些从不同角度对原作进行改编的戏剧直到20世纪还经久不衰地在各地上演,其中不乏对于原作的曲解和误读。借助于当时最受欢迎的娱乐形式黑脸滑稽剧,《汤姆叔叔的小屋》的各种舞台版本激增,其中多数选取小说的某些章节与人物,而且进一步夸张了小说中人物的种族刻板形象。除此之外,小说情节也在各种插图中被戏剧性表现出来,小说还被编成歌曲,改编成电影,其中的元素还被印在茶盘、茶垫、工艺品、墙报、珠宝、扑克、填空游戏、棋盘游戏和各种商品上,甚至被用在商品名称上,如"汤姆叔叔纯咖啡"等等,从而造成了庞大的系列文化副产品。

虽然许多女性参与了文学的创作与发展,但她们并不掌控话语权,因为女性在法律上、政治上、经济上和社会上仍然隶属于劣势群体。有色人种女性、移民女性、贫困女性则面临着更大的困难。美国印第安文学与文化曾有着悠久的传统,然而从欧洲白人踏上北美大陆之后就被排挤到边缘,更兼印第安文学是以口头文学为特征的,因此在白人书面文学在新大陆出现之后,印第安口头文学与印第安人一样逐渐失去了生存的土壤,而外来文学,即来自欧洲的书面文学,堂而皇之地成为北美殖民地文学和建国之后的美国民族文学。印第安人被驱逐、被屠杀、被歧视的遭遇造成了他们文化的断裂和文学的流失。更为遗憾的是,即使后来印第安文学开始以书面文学的方式出现,也是采用的殖民者的语言——英语。尽管如此,重新出现的印第安文学有着其明显的特征,充分表现出印第安人丰富的想象力和高度的创造力,它具有强烈的政治意识和政治诉求,也具有印第安人独特的题材、主题、人物塑造和创作风格,重要的是它"重新发明了语言并且挪用了非土著的文本性来产出自己的文本。它富有新意和革新精神,又与其口述传统和土地密切相关"[1]。但印第安文学的真正繁荣还有待时日,20世纪后期才见证了它作为美国族裔文学重要组成部分的复兴。

19世纪是非裔美国文学构成的时期,非裔女性也在其中发挥了重要作用,但逃亡奴隶、演说家、政治活动家和废奴主义者基本上都被作为黑人男性在文本中再现,黑人女性的勇敢声音和英雄形象在一个倡导英雄主义的文化中受到压制。这是因为小说传统的创建是一种权力,而"这种权力一直

---

[1] Jodi A. Byrd, "The Stories We Tell: American Women's Writing and the Persistence of Tradition," in *The Cambridge History of American Women's Literature*. Ed. Dale M. Bauer. Cambridge: Cambridge UP, 2012, p. 25.

掌握在男性,尤其是白人男性手中,而女性被剥夺了继承权"①。非裔美国学者杰奎琳·琼斯·罗伊斯特(Jacqueline Jones Royster)曾说,"写作行为,特别是对于那些不具备社会地位和特权的人们来说,是一项大胆而勇敢的事业,而不仅仅是对于能够表达自己的能力的展示……非裔美国妇女在自己的写作中一直聚焦于社会、政治、经济问题和利益"②。非裔女作家弗朗西丝·沃特金斯·哈珀(Frances Watkins Harper,1825—1911)于1859年在《盎格鲁-非洲》(*Anglo-African*)杂志上发表了短篇小说《两种选择》("The Two Offers"),这是由非裔美国作家创作的第一篇短篇故事。而她在1892年发表的《艾奥拉·勒罗伊》(*Iola Leroy*)中,借小说人物拉蒂默之口,鼓励女主人公艾奥拉·勒罗伊去创作"一部以深深的正义感和人文主义去鼓舞人们的书"。当约拉表示出对于自己的能力以及读者对黑人女性作品的接受的怀疑时,拉蒂默宣称,"一个种族必须拥有自己的思想家和作家。白人作者已经创作了一些关于种族的很好的作品,对此我感激不尽,但一个白人几乎不可能完全设身处地为我们着想。没有人能够真正体验到束缚他人灵魂的镣铐"③。

尽管面临种种障碍和阻挠,黑人女性还是创造了非裔文学的奇迹,不仅黑人文学第一部诗集、第一本小说都出自女性之手,而且19世纪中叶的哈丽雅特·E.威尔逊(Harriet E. Wilson,1825—1900)和哈丽雅特·雅各布斯(Harriet Jacobs,1813—1897)如今都被视为非裔女性文学的先驱者和重要作家,其中雅各布斯的女奴叙事成为揭示奴隶制度下黑人女奴所遭受的压迫与摧残的重要文本,哈丽雅特·E.威尔逊则被称为第一位非裔美国女性小说家,其控诉北方种族歧视的小说成为在北美大陆发表的第一部非裔小说。后面将有专门章节对两人进行介绍。

克里斯托弗·马尔维(Christopher Mulvey)强调说,早期非裔美国小说是一个不固定的领域。虽然评论界还在为到底第一部非裔小说花开谁家而争执不休,但可以确定的是,美国内战前非裔小说已经开始出现。当非裔美国人从奴隶叙事写作跨越到小说创作的时候,他们实际上在跨越一个空白点,无论前面的叙事与最早的小说多么相似。而非裔小说的两个源头即

---

① Mary Helen Washington,"Introduction." *Invented Lives: Narratives of Black Women 1860—1960*. New York: Doubleday,1987,pp. xvii–xviii.

② Jacqueline Jones Royster, *Traces of a Stream: Literacy and Social Change among African American Women*. Pittsburgh: U of Pittsburgh P,2000,p. 81,p. 104.

③ Frances Watkins Harper, *Iola Leroy*. Ed. Hollis Robbins. London: Penguin,2010,Chapter 31 (Epub).

黑人奴隶叙事和白人通俗小说。非裔美国小说扎根于这两种体裁,但又因为它与奴隶叙事的关联有着自己的独特性①。马尔维因此这样评价早期非裔美国小说,"它是一种混合的文学。它是奴隶叙事、哥特式神秘故事、讥讽体、田园体、社会风俗小说、纪实作品和政论文的混合体。它融合了黑白两个种族的人物、言论和行为,融合了非裔与美国宗教和信仰"②。内战之前,绝大多数的美国黑人处于受奴役的地位,而且法律和社会实践禁止教授黑人阅读与写作。即使在内战之后,黑人文学创作之路也布满荆棘。但尽管如此,19世纪,黑人一直坚持不懈,并且产出了一批杰出作品,这些作品尽管长期以来基本不被人所知,这一现象直到20世纪60年代后期才真正改变。

第一节　新兴共和国的女性

凯瑟琳·塞奇威克
(Catharine M. Sedgwick,1789—1867)

凯瑟琳·M.塞奇威克是19世纪上半叶最有影响力的作家之一,也是哈丽雅特·比彻·斯托之前美国最著名的妇女作家③。她生前在美国文坛享有盛誉,其所有小说几乎都是同时在英美两国发行,还被译成多种外语。从她1822年发表第一部小说《一个新英格兰故事》(A New-England Tale)开始,评论界就将她与华盛顿·欧文(Washington Irving,1783—1859)、詹姆斯·费尼莫尔·库珀(James Fenimore Cooper,1789—1851)、威廉·库伦·布莱恩特(William Cullen Bryant,1794—1878)一起列为美国本土文学的开创者之一④。爱伦·坡(Edgar Allan Poe,1809—1849)甚

---

① Christopher Mulvey,"Freeing the Voice,Creating the Self:The Novel and Slavery," in *Cambridge Companion to the African American Novel*. Ed. Maryemma Graham. Cambridge:Cambridge UP,2004,p.18.

② Christopher Mulvey,"Freeing the Voice,Creating the Self:The Novel and Slavery," in *Cambridge Companion to the African American Novel*. Ed. Maryemma Graham. Cambridge:Cambridge UP,2004,p.27.

③ Michael Davitt Bell,"Beginnings of Professionalism," in *The Cambridge History of American Literature*. vol.2. Cambridge:Cambridge UP,1995,p.42.

④ Stephanie A. Tingley,"Catharine Maria Sedgwick," in *Dictionary of Literary Biography*. vol.183. Ed. James Schramer and Donald Ross. Detroit:Gale,1997,p.279.

至称她为"我们最声名显赫、最功绩卓著的作家之一"[1],霍桑则赞扬她为"我们最真实的小说家"[2]。塞奇威克优雅的写作风格、逼真的人物塑造、现实主义的历史再现使她获得了文坛对其作品美学价值的认可,而她高度的道德感和爱国主义情怀则为她赢得了大众的尊重。她的作品也证实了女性可以对于公共生活进行评论,虽然这种评论都是不公开的[3]。

塞奇威克是美国文学的探路者,其文学地位主要基于她早期创作的五部作品。这些作品不仅富有创意,也聚集了建国初期美国人的关注点:探讨了女性成长的《一个新英格兰故事》、赞扬了充满美德但饱受磨难的女主人公的《雷德伍德》(*Redwood*,1824)、涉及种族话题的《霍普·莱斯利》(*Hope Leslie*,1827)、宣扬了乡村世界价值观的《克拉伦斯》(*Clarence*,1830)、从家庭的角度审视美国独立战争的《林伍德一家》(*The Linwoods*,1835)。1835年之后,塞奇威克逐渐转向非虚构作品的创作,直到1857年发表讨论女性婚姻并且为选择独身的女性辩护的小说《结婚抑或单身?》(*Married or Single?*)。除此之外,她还创作了诸多的短篇小说、儿童文学、小册子、传记等。贯穿于所有这些作品的主线是塞奇威克对国家身份和理想女性公民的理念,而最令人瞩目的则是她所塑造的理智、具有独立意识和高度道德感的女主人公[4]。

塞奇威克于1789年生于马萨诸塞州斯托克布里奇的一个上层社会家庭。父亲既是华盛顿时期众议院的发言人,也是马萨诸塞州高级法院的法官。母亲来自新英格兰的名门望族。塞奇威克幼时即充分享受到其家庭所带来的特权,她曾称自己成长于洋溢着浓郁知识氛围的家庭环境[5]。塞奇威克短暂地在地方学校学习,后来就读于纽约市奥尔巴尼县和波士顿专为年轻女子开办的寄宿学校。母亲去世之后,父亲再婚,从此塞奇威克与自己的兄弟一起生活。她与两姊妹和四个兄弟之间关系密切,他们都居住在斯托克布里奇或者周边。塞奇威克终生未婚(当时只有约十分之一的女性选

---

[1] James L. Machor,"Catharine Maria Sedgwick:Domestic and National Narratives," in *The Oxford History of the Novel in English*. vol. 5. Ed. J. Gerald Kennedy and Leland S. Person. Oxford:Oxford UP,2014,p. 263.

[2] 引自 Davis S. Reynolds,*Beneath the American Renaissance:The Subversive Imagination in the Age of Emerson and Melville*. Oxford:Oxford UP,1988,p. 348.

[3] Nina Baym,"The Rise of the Woman Author," in *Columbia Literary History of the United State*. Ed. Emory Elliott. New York:Columbia UP,1988,p. 294.

[4] Nina Baym,"The Rise of the Woman Author," in *Columbia Literary History of the United State*. Ed. Emory Elliott. New York:Columbia UP,1988,p. 293.

[5] 见 Mary Kelley,*Private Woman,Public Stage:Literary Domesticity in Nineteenth-Century America*. New York:Oxford UP,1984,p. 63.

择这样做),她曾经拒绝了好几次求婚,坚信单身女人也应该坚强独立。在塞奇威克生活的时代,单身女性的生活还是被家庭所定义的[①]。一个独身女性不应该拥有独立于家庭之外的职业,而必须依附于父母或兄弟姐妹的家。在塞奇威克发表于1857年的小说《结婚抑或单身?》中,她反对婚姻是女性的唯一出路、女性必须从属于男人的观点,指出女性绝对不能为了社会地位和经济保障而结婚,强调不幸福的婚姻比起单身更为不幸。尽管女性的最大成就在于家庭,通过对丈夫和孩子的无私奉献,女性可以为家庭和社区做出贡献,但对于她来说,"虽然上帝将婚姻作为女性一生中最为重要的事件",但"婚姻对于女性的满足感、尊严或是幸福并不是绝对因素"[②]。对于女性来说,婚姻中的平等和独身的自立都是至关重要的。

其实在19世纪的一些美国家庭里,会有一个女儿选择或是被选中留在家里照料父母。譬如,拉尔夫·沃尔多·爱默生的大女儿埃伦,以及露易莎·梅·奥尔科特(Louisa May Alcott,1832—1888)都属此列。有时,一位独身的姑母或姨母也会在失去母亲的家庭里扮演起角色,像苏珊·沃纳姊妹就是由姑母帮助抚养起来的。通常家庭也不会强迫那些选择独身的女子结婚,例如,艾米莉·狄金森就是如此。凯瑟琳·塞奇威克终身未嫁,沃纳姊妹也是如此,还有诗人姊妹花爱丽丝·凯里(Alice Carey,1948—2013)和菲比·凯里(Phoebe Carey,1824—1871)也都选择独身,她们两人一起幸福地住在女权和文学圈子中心的纽约市。苏珊娜·卡明斯也是这些单身女子中的一员。如果说中产阶级的女性应该满足社会赋予她们的家庭角色,那么19世纪的单身女性实际上在寻找一种除了生养子女之外的服务于社会的另类模式[③]。

19世纪许多女性作家是因家境不好而走上创作之路的,而塞奇威克写作却是为了嗜好与消遣。她多年笔耕,创作生涯长达近四十年,除了小说之外,她在1835年之后还撰写了道德故事、青少年文学和礼仪书籍。她的多卷日记、札记、信函等展示了她对于宗教和社会的浓厚兴趣,这种兴趣来自她与唯一神教派成员之间充满睿智的讨论,这些往来的鸿儒包括钱宁夫妇(the Channings)、皮博迪夫妇(the Peabodys)、韦尔夫妇(the Wares),等

---

① Mary Kelley, Introduction. *Hope Leslie*. By Catharine Maria Sedgwick. Ed. Mary Kelley. New Brunswick: Rutgers UP, 1987, p. xvii.

② Catharine Maria Sedgwick, *Hope Leslie*. Ed. Mary Kelley. New Brunswick: Rutgers UP, 1987, p. 350.

③ Nina Baym, Introduction. *The Lamplighter*. By Maria Susanna Cummins. Ed. Nina Baym. New Brunswick: Rutgers UP, 1988, p. xv.

等。评论家安·道格拉斯(Ann Douglas)甚至把这一群人的讨论比作"哈佛神学院讨论课程的延伸"①。1839年,塞奇威克曾发表《女性权利》一文,文中她呼吁给予女性更加完善的教育、更多的就业机会、更加自由的离婚法律,以及夫妻平等的财产权利。所有这些诉求都会在十年之后的女权运动中受到关注。塞奇威克关注社会与政治,从1848年直至她去世,她一直担任纽约妇女监狱协会的第一任会长,表现出对于女性命运和监狱改革的关注。但她却拒绝参与废奴主义运动与女权运动,因为她认为这些人过于极端。她自己则是通过自己的文学创作宣传那些进步观点的。塞奇威克赞同男性与女性待在各自"分离的领域"(separate spheres),认为女性可以在她们作为精神和道德中心的传统角色中取得最大成就。

远在美国区域文学兴起的半个世纪之前,塞奇威克就已经创作了关于19世纪初新英格兰社会的现实主义画面,她将早期新英格兰地区风土人情、地理环境、历史事件有机地结合在一起,以手中的笔描绘了新英格兰的全景画面,吸引了大批读者。评论界称赞她对于美国历史、人物和背景的使用,以及对于美国风俗、道德、价值观和理想的探讨。塞奇威克的作品常常被称为历史罗曼司或历史小说,她将创作背景置于美国的殖民地时期以及建国初期,善于从美国的历史中挖掘素材。开启了她成功之路的第一本小说《一个新英格兰故事;或,关于新英格兰的特征与习俗的概述》(*A New-England Tale; or Sketches of New-England Character and Manners*, 1822),便是出于"为极为匮乏的美国本土文学添砖加瓦"的愿望②。这部作品将女性人物作为主人公,为19世纪中叶的女性家庭小说奠定了基础,成为这一文学体裁的先驱者。小说的女主人公简·埃尔顿幼失怙恃,还丧失了家产,后由姑母威尔逊夫人带回家中抚养。威尔逊夫人表面上是位虔诚的清教徒,但绝非真正的乐善好施者,收留简的目的只为榨取她的劳动。威尔逊夫人虚荣伪善、言行不一,在她的言传身教下女儿放纵懒惰,儿子贪婪狡诈。最后儿子沦落为罪犯,从狱中逃跑后沦为海盗,女儿则与一个法国骗子私奔。简在这样的恶劣环境下长大成人,饱受姑姑一家人的虐待,但她洁身自好,保持了自己诚实正直的本色。在威尔逊夫人为掩饰儿子偷窃的罪行而对她进行栽赃后,她便搬了出去,接受了一个教职。在这期间一位年轻富有、风流潇洒的律师对她展开了热烈的追求,虽然此人条件优越,但因达

---

① Laura M. Zaidman,"Catharine Maria Sedgwick," in *Dictionary of Literary Biography*. vol. 74. Ed. Bobby Ellen Kimbel. Detroit:Gale,1988,p. 324.

② 引自 Elaine Showalter,*A Jury of Her Peers:American Women Writers from Anne Bradstreet to Annie Proulx*. New York:Alfred A. Knopf,2009,p. 35.

不到她心目中的标准,她还是毅然拒绝了他,保持了自己的道德独立。在小说结尾,威尔逊夫人在痛苦中死去,身边只有受她虐待多年的简。而好人终有好报,简与一位家境殷实,而且买下了她父母家产的中年贵格派教徒成了婚,由此得以在自己幼年生长的家园里,与爱人一起过着幸福美满的生活。

塞奇威克在小说中讽刺了那些天天把上帝挂在嘴边、却丝毫没有同情心和人情味的清教徒们,但更为重要的是,它颂扬了那些具有榜样力量的女主人公。塞奇威克反对那种软弱无能、唯唯诺诺的女子,提倡具有自立精神和道德精神的女性。她所塑造的女主人公成为19世纪中叶女性家庭小说中的原型,展示了她们在当时社会条件局限下所具有的优秀道德品质。在后来的许多这类小说中,女主人公多是在幼年便成为孤儿,失去生活的保障。她们只能依靠自己优良的品质和坚强的性格克服种种困难,在困境中长大。婚姻是这些女性的最后归宿和最高奖赏,但在婚姻把小说情节中的所有线索连到一起之前,这些女主人公须经历种种磨难,以此展现她们虔诚、独立、坚强和道德高尚,并最终冲出困境。

《一个新英格兰故事》标志着美国感伤小说的重要过渡阶段,而这种过渡部分上是出于社会对于女性在新兴共和国中所扮演角色的日益增长的关注。18世纪末和19世纪初的小说多聚焦于对年轻无助的女子所遭受的引诱的威胁,譬如苏珊娜·罗森的《夏洛特·坦普尔》和汉娜·福斯特(Hannah Forster,1758—1840)的《风流女子》都探讨了引诱的主题。但是在塞奇威克《一个新英格兰故事》里,简·埃尔顿既不是夏洛特·坦普尔也不是伊莱扎·沃顿,引诱对于简·埃尔顿来说,从来都不构成问题。当女性在19世纪社会愈来愈多地被视为道德的守护者时,感伤小说中女主人公被诱上当的可能性便日渐式微,无法被中产阶级的读者和作家所接受[1]。塞奇威克的小说也因而为女性创作开辟了新的疆界,在之后的半个世纪中被大批女性作家所效仿。

塞奇威克最著名的作品为《霍普·莱斯利;马萨诸塞州的早期时代》(*Hope Leslie;or,Early Times in Massachusetts*,1827),它被视为霍桑的《红字》发表之前关于清教时代的最佳作品[2]。这部主题探讨了新英格兰地区宗教、性别、族裔关系的小说,在沉默了许多年之后,于1987年再版,被收

---

[1] Victoria Clements, Introduction. *A New-England Tale*. By Catharine Maria Sedgwick. New York:Oxford UP,1995,p. xv.

[2] Edward Halsey Foster,Forward. *Hope Leslie*. By Catharine Maria Sedgwick. 1827;rpt., New York:Garrett P,1969,p. iv.

入拉特格斯大学出版社美国女性作家系列丛书,在如今的美国早期经典文学作品中占有一席之地,也成为过去40年中塞奇威克所有作品中最受关注的一部。塞奇威克精于设计情节,小说中多种线索巧妙地交织在一起,也借用了当时流行的囚掳叙事体裁的写作策略。在小说的第一部里,威廉·弗莱彻,一位年轻的英国人,计划与自己深爱的女子爱丽丝私奔去美洲大陆。但临行前,爱丽丝的父亲指使仆人绑架了爱丽丝,逼迫她留了下来,与他人成婚。弗莱彻自己移居到美洲,最终也与另一女子结婚生子。十四年后,弗莱彻夫妇听说近来新寡的爱丽丝在来新大陆的旅途中去世,并将自己的两个女儿托付给弗莱彻。弗莱彻将爱丽丝的大女儿霍普与自己一起留在波士顿,而将爱丽丝的小女儿费丝和在佩科特战争[①]中被俘的两个印第安人,佩科特部落毛诺诺托首领的女儿马加维斯卡和儿子欧耐克先送回他在贝瑟尔的家,马加维斯卡与弗莱彻的儿子埃弗雷尔因而结下了深厚的友谊。后当毛诺诺托带人偷袭弗莱彻的家去拯救他的一双儿女时,弗莱彻夫人和其他的子女被杀,埃弗雷尔和费丝被俘。在毛诺诺托欲杀死埃弗雷尔为他被杀的大儿子复仇时,马加维斯卡挺身而出,以自己的手臂挡住了落下来的板斧,将埃弗雷尔救了下来。马加维斯卡失去一条胳膊,而埃弗雷尔成功逃脱,但费丝留下来与印第安人生活在一起。小说的第二部跨越到霍普成年之后,她与埃弗雷尔相爱,在经历了险象环生的种种波折之后终成眷属。马加维斯卡带着霍普失散已久的妹妹费丝来与她相见。在印第安部落生活多年之后,费丝已与欧耐克成亲,融进印第安文化,忘却了她的白人教养。霍普费尽口舌,却无法说服费丝返回白人社会。与此同时,马加维斯卡不幸被白人俘虏,她在法庭上铮铮有声地声讨了白人对印第安人所犯下的罪行。同情她的霍普将马加维斯卡救出,却无法使她同意留下来生活在白人中间,马加维斯卡随后消失在西部的丛林之中。

《霍普·莱斯利》被称为是一部活生生的、引人入胜的美国历史小说,塞奇威克将罗曼司与历史现实主义相结合,创作了一部富有美国时代特征的文学作品,追溯了美国道德典范的根源[②]。在小说的序言中,塞奇威克声称她将小说时代背景设在17世纪的新英格兰地区,以此追溯美国的早期历

[①] 佩科特战争是英国殖民者残酷杀害佩科特印第安人的战争。1636年,英国商人奥尔海姆在布洛克被杀,马萨诸塞英国殖民当局认定是佩科特人所为,便以此为借口于1637年出兵征讨。此次战争中,大批佩科特人(约四百到六百人)遭到屠杀,其中包括许多妇女和儿童。但当时的白人社会一直为这场屠杀辩护,就连威廉·布雷德福这样的清教领袖在谈到这个事件时,也用"甜蜜的牺牲"这样词语来形容在大火中被烧死的印第安幼女儿童。

[②] Mary Kelley, Introduction. *Hope Leslie*. By Catharine Maria Sedgwick. Ed. Mary Kelley. New Brunswick: Rutgers UP, 1987, p. xiii.

史。她虽然不打算以此代替真正的历史,但她仔细查阅了所能找到的历史资料,其中包括约翰·温斯罗普(John Winthrop)[1]、威廉·布拉德福德(William Bradford)[2]、威廉·哈伯德(William Hubbard)[3]在内的大名鼎鼎的清教徒所撰写的新英格兰历史。她声称"新英格兰最早的定居者们并非文盲,而是富有学识、勤勉能干的人",对他们表现了充分的尊重,但也批评了他们的冥顽不化和不容异说的做法。受当时流传甚广的沃尔特·司各特(Walter Scott,1771—1832)历史小说的影响,塞奇威克希望以文学创作"挖掘自己民族的过去,引起人们对于早期定居者的兴趣,构建一种与母国不同的文化身份"[4]。

塞奇威克这部探讨新英格兰早期历史的小说独具匠心,她以两名性格坚强的女性为中心人物,她们的故事与交集贯穿统领了小说情节结构。两人来自不同的文化,一名是社会地位较高的白人女性,另一名则是印第安部落首领的女儿,"霍普和马加维斯卡在自己的社会环境里成为相互的对应物,成为灵魂的姊妹"[5]。评论家朱迪丝·菲特里将两人关系称为"共和国的姐妹情谊"[6]。塞奇威克正是以这两位女性的经历为轴线,描绘了早期北美殖民地白人与印第安文化的交集与冲突,同时也披露了清教加尔文主义的虚伪和女性低下的社会地位。

《霍普·莱斯利》回溯了北美殖民地时期白人定居者的边疆经历,尤其是白人与印第安两种文化冲突的历史。弥足珍贵的是,塞奇威克从印第安人的角度描绘了发生于1637年白人屠杀印第安人的佩科特战争。塞奇威克以此再现了北美殖民地历史,并表现出对于印第安人行为的理解。她在序言中称,"北美的印第安人是唯一被击败了、却没有被征服的种族。他们

---

[1] 约翰·温斯罗普(1587—1649),曾为马萨诸塞湾殖民地总督。作为马萨诸塞湾公司成员,1629年领导该组织建立波士顿殖民地。12次被选为总督。撰有《新英格兰历史:1630—1649》(*The History of New England*:1630—1649,1825—1826)。

[2] 威廉·布拉德福德(1590—1657),五月花公约签署人之一,于1620年参与创立了普利茅斯殖民地,并在长达三十余年的时间里担任普利茅斯总督。1630年前后,他开始编纂两卷本的普利茅斯垦殖记《普利茅斯种植园史》(*Of Plymouth Plantation*,1621—1646),这是记录了新英格兰殖民活动的早期最重要的编年史之一。

[3] 威廉·哈伯德(1621—1704),殖民地时期散文作家,曾著有《与新英格兰印第安人争端之叙述》(*A Narrative of the Indian Wars in New England*,1801)。

[4] Mary Kelley,Introduction. *Hope Leslie*. By Catharine Maria Sedgwick. Ed. Mary Kelley. New Brunswick:Rutgers UP,1987,p. xxi.

[5] Mary Kelley,Introduction. *Hope Leslie*. By Catharine Maria Sedgwick. Ed. Mary Kelley. New Brunswick:Rutgers UP,1987,p. xxii.

[6] Judith Fetterley,"'My Sister! My Sister!':The Rhetoric of Catharine Sedgwick's *Hope Leslie*." *American Literature* 70. 3 (Sept. ,1998):496.

绝不会屈服,并将如此生活下去"①。塞奇威克一反当时白人关于印第安人的流行观点,毅然从正面将印第安人描绘成具有亲情和种族忠诚、渴望自由和正义的人;她质疑了针对土著人的殖民暴力,对将种族之间交往作为相互理解与进步的基础进行了思考;她颠覆了传统的囚掳叙事,揭示了种族通婚与未赎回的俘虏的历史真相;她挑战了欧洲中心论的文化优越;也呼吁她的白人人物角色以及她的同时代白人实践他们所说教的宗教原则②。塞奇威克以此提供了关于殖民地历史的不同版本。

虽然小说以白人女子霍普·莱斯利为题目,但最令读者难以忘怀的角色无疑是印第安部落首领的女儿马加维斯卡。塞奇威克的同代人库珀因把印第安人带进美国文学而驰名文坛,但塞奇威克却以塑造了一位有血有肉、充满正能量的马加维斯卡而超越了库珀的成就③。马加维斯卡在佩科特战争中被俘,被留在白人清教徒家中做用人。在此期间她与年龄相仿的白人男孩埃弗雷尔暗结情愫,也对白人文化有了一定的了解和好感。在父亲携人将她救回后,她毅然用自己的身体挡住了父亲复仇的板斧,将埃弗雷尔拯救下来,助他逃脱。她与霍普一见如故,相互信任。在小说的几次监禁和逃跑情节中,是发自良知和真实情感的行为使两个女孩子惺惺相惜,结下了跨越种族和文化隔阂的友谊。同样,她也敢于挑战权威,在她将霍普的妹妹费丝带回到白人社会与霍普见面时不幸被捕后,她在法庭上毫无惧色地为自己进行了辩护。小说反复展示了马加维斯卡对于自己民族的忠诚和自豪感。在审判中,她骄傲地声称,"我是你们的囚犯,你们可以杀我,但我拒绝你们判决我的权利。我的人民从来不会生活在你们的枷锁之下,我的民族也没有任何人承认过你们的权威"④。马加维斯卡的自辩铿锵有力、掷地有声,一个匡正时弊、维护正义的印第安人高大形象跃然纸上。

与当时包括库珀在内的作家在作品中所描绘的印第安人不同的是,塞奇威克赋予印第安人马加维斯卡以声音,从她的视角刻画了白人文化与印第安文化的冲突,而她的声音为新英格兰历史带来了不同的展现。塞奇威克通过塑造这样一位强有力的人物角色,重新审视了早期殖民地历史,以及

---

① Catharine Maria Sedgwick, *Hope Leslie*. Ed. Mary Kelley. New Brunswick: Rutgers UP, 1987, p. 6.

② Patrica Larson Kalayjian, "Revisioning America's (Literary) Past: Sedgwick's *Hope Leslie*." NWSA 8.3 (Autumn, 1996): 71.

③ Mary Kelley, Introduction. *Hope Leslie*. By Catharine Maria Sedgwick. Ed. Mary Kelley. New Brunswick: Rutgers UP, 1987, p. xxvi.

④ Catharine Maria Sedgwick, *Hope Leslie*. Ed. Mary Kelley. New Brunswick: Rutgers UP, 1987, p. 286.

新英格兰白人定居者在将印第安人逐出家园中的角色。当包括温斯罗普在内的殖民地领袖把到新英格兰的定居作为上帝赋予他们的神圣使命时,荒野和印第安人就成为白人殖民者完成这一目标的障碍,印第安人也被描绘成异教徒、野蛮人、魔鬼和野兽。塞奇威克以自己的创作揭示了一个不同的过去。在她的笔下,印第安人对于白人的反抗和自由的追求不是出于其野蛮本性,而是他们抗争侵略和压迫的英勇不屈的表现。其实就在塞奇威克生活的时代,美国政府还在继续不断地将印第安人向西驱逐,强行占领他们的土地。很显然,塞奇威克所刻画的北美殖民地清教徒与土著居民的矛盾和冲突是与美国领土扩张以及褫夺印第安人权益的宗旨相违背的。"《霍普·莱斯利》因此成为对于这个国家道德观念的极大挑战"①。

白人女子霍普是小说中被作者以浓墨重彩刻画的角色,她是一位有"太多思想和言论自由"的年轻女性,她拒绝"像一台机器一样被那些比她年长的人随便移来移去"②,唯一遵从的法则是自己的心灵,她的独立意识也表现在她不断挑战权威、遵从自己良知的自主行为上。无疑,她展示出那个年代女性的道德观念,她具有自我牺牲的美德,将别人的幸福置于自己的幸福之上。因此,在她得知另一女子埃斯特也爱上了埃弗雷尔的时候,她便自觉退出,并设法促成埃斯特和埃弗雷尔的婚姻。霍普最特立独行的行为表现在她与印第安人的交往之中。在她的家庭教师卡拉多克先生被响尾蛇咬伤之后,她劝说印第安女人内尔玛使用部落草药救了他的性命,但内尔玛竟然被认为是玩弄巫术而被判监禁。在审判内尔玛的法庭上,霍普成为她唯一的辩护人,在她的辩护被拒之后她又将内尔玛从监狱私下放走,挽救了她的生命。除此之外,她还曾与埃弗雷尔联手,将马加维斯卡从监禁中救出。

除了塑造这样两位坚强女性之外,塞奇威克着重描写了北美殖民地定居者们对于印第安人的态度,以及两种文化之间的冲突。塞奇威克通过这部小说,描述了北美白人殖民者对待北美土著人的两种不同态度。一类人对于印第安人持同情态度,把他们作为可以同化的族群,甚至反对白人对于马萨诸塞州印第安部落采取的军事行动以及对于其首领的杀戮。在对马加维斯卡的审判中,作者又通过人物之口表达了这样的观点:"上帝的选民现在或者过去都不是被选择来消灭异教徒的,而是为了扩大上帝的领域范围,

---

① Mary Kelley, Introduction. *Hope Leslie*. By Catharine Maria Sedgwick. Ed. Mary Kelley. New Brunswick: Rutgers UP, 1987, p. xxviii.

② Catharine Maria Sedgwick, *Hope Leslie*. Ed. Mary Kelley. New Brunswick: Rutgers UP, 1987, p. 180.

其目的在于使这些陌生人和异教徒们皈依成为上帝的奴仆和子女。"①这种态度固然表现了某些白人殖民者对于印第安人的同情，但也反映了白人的种族优越感。其实就连霍普也不能幸免，她在听到妹妹与一位印第安人成婚的消息后，心中十分不安，后来当马加维斯卡把费丝带来见她后，她看到一身印第安人装束的妹妹，心里涌出一阵阵"厌恶的感觉"，希望妹妹能够回归白人社会，尽管她最终还是尊重了妹妹和马加维斯卡返回印第安人部落的决定，甚至帮助被监禁的马加维斯卡逃跑。但遗憾的是，当时殖民者中持有这种心态的人并不占多数，印第安人被白人视为敌人、异教徒、魔鬼。他们不相信土著人也与白人一样具有人性。塞奇威克在小说中指出，"关于印第安人是魔鬼的子女的观点并不局限于平民百姓，而印第安人与邪恶幽灵交往的观点，也被世人所接受"②。难能可贵的是，塞奇威克在这部小说中为北美殖民地的历史提供了一种不同的诠释。她将印第安人马加维斯卡作为了历史的诠释人，"塞奇威克文本中的历史学家不是布拉德福德，也不是哈伯德，而是马加维斯卡。这位白人眼中的野蛮人描述了白人与印第安人的冲突，她的诠释贯穿了整个文本。她呈现的是一部关于清教徒如何摧毁了其族人的大屠杀故事"③。

  塞奇威克是一位清醒的现实主义者，她虽然同情印第安人，但她也在小说中描绘了印第安文化的惨淡前景。小说中霍普将马加维斯卡营救出来之后曾恳求她留下来与她的白人朋友生活在一起，但马加维斯卡的回答充分说明了印第安人的心态："印第安人与白人无法交融成为一体，就如同白天与黑夜无法变为一体一样。"④在白人对她的审判中，她更是慷慨激昂地表明了印第安人的态度："相信我的话。我是你们的敌人。太阳光和影子不能混在一起。白人来了——印第安人消亡了。难道我们会去握那些举手打向我们的手吗？"⑤那么，白人与印第安文化的冲突是否可以和解？不同种族的人是否可以通过种族通婚和平共处？塞奇威克也通过马加维斯卡的弟弟

---

① Catharine Maria Sedgwick, *Hope Leslie*. Ed. Mary Kelley. New Brunswick: Rutgers UP, 1987, p. 283.

② Catharine Maria Sedgwick, *Hope Leslie*. Ed. Mary Kelley. New Brunswick: Rutgers UP, 1987, p. 286.

③ Mary Kelley, Introduction. *Hope Leslie*. By Catharine Maria Sedgwick. Ed. Mary Kelley. New Brunswick: Rutgers UP, 1987, p. xxxi.

④ Catharine Maria Sedgwick, *Hope Leslie*. Ed. Mary Kelley. New Brunswick: Rutgers UP, 1987, p. 330.

⑤ Catharine Maria Sedgwick, *Hope Leslie*. Ed. Mary Kelley. New Brunswick: Rutgers UP, 1987, p. 292.

欧耐克与费丝的婚姻对此进行了探讨。诚然,欧耐克与费丝相亲相爱、相互尊重,充分享受着他们的爱情生活。但是他们的婚姻也是不被当时的大多数白人所接受的。他们的婚姻并非是两种文化的完美融合,因为幼年就被印第安人掠走的费丝已经完全融入了印第安文化,在她身上已罕有白人文化的痕迹,她不仅在穿戴打扮、行为举止上完全印第安化,甚至已经不太会说自己的母语——英语,更无法适应白人社会的生活。在她最终追随欧耐克返回印第安部落时,她的身份已不再是欧洲白人而是印第安人。其次,小说的一个细节也似乎在暗示着这种结合是没有结果的,费丝与欧耐克没有子女。马加维斯卡就深深地意识到她无法在马萨诸塞州继续生活下去,而必须西移。她和她的族人对于自己土地和生命的丧失满怀怨恨,白人的背信弃义更是使两个种族的和平共处变得毫无可能。对于印第安人来说,白人在北美大陆的定居意味着他们和他们文化的消亡。

塞奇威克在自己的时代享有盛誉,被称为"我们国家的荣耀——我们的塞奇威克"[1],也是对于美国的"文学和道德做出巨大贡献的人"[2]。作为美国小说开创者之一的塞奇威克,她的最大成就在于将小说这一欧洲文学形式变为这个体裁的美国版本,也为小说次体裁的成型与发展做出了贡献:无论是社会风俗小说、女性家庭小说、历史小说、区域小说还是边疆传奇[3]。她的小说作品提供了对于美国历史的另类解读,质疑了美国边疆定义的基础,也展示了女性在社会正义方面的文化参与[4]。在始于20世纪70年代对于美国文学经典的挑战中,《霍普·莱斯利》这部尘封垢埋多年的小说又重新绽放出光芒,塞奇威克在多年的沉寂后也又一次踏进了美国文学的殿堂。塞奇威克的确是一位不可忽视的作家,她响应了创建具有美国特色的文学的号召,与其他作家一起绘制了美国民族文学版图。同样重要的是,她也是同时代女性的榜样,她以自己的笔,为女性作家开辟了一片参与创建美国文学乃至新兴共和国的天地[5]。

---

[1] Elaine Showalter, *A Jury of Her Peers: American Women Writers from Anne Bradstreet to Annie Proulx*. New York: Alfred A. Knopf, 2009, p. 33.

[2] 引自 Mary Kelley, Introduction. *Hope Leslie*. By Catharine Maria Sedgwick. Ed. Mary Kelley. New Brunswick: Rutgers UP, 1987, p. x.

[3] James L. Machor, "Catharine Maria Sedgwick: Domestic and National Narratives," in *The Oxford History of the Novel in English*. vol. 5. Ed. J. Gerald Kennedy and Leland S. Person. Oxford: Oxford UP, 2014, p. 277.

[4] Patricia Larson Kalayjian, "Revisioning America's (Literary) Past: Sedgwick's *Hope Leslie*." NWSA Journal 8.3 (Autumn, 1996): 64.

[5] Judith Fetterley, "'My Sister! My Sister!': The Rhetoric of Catharine Sedgwick's *Hope Leslie*." American Literature 70.3 (Sept., 1998): 491.

莉迪亚·玛丽亚·蔡尔德
(Lydia Maria Child,1802—1880)

在19世纪长达半个世纪的时间里,莉迪亚·玛丽亚·蔡尔德在美国是个家喻户晓的名字[1]。她是当时社会和文坛上极其活跃的人物,既是小说家、新闻记者,也是废奴主义者、女权活动家、美国扩张主义的反对者和印第安人权利保护者,因而被19世纪著名废奴主义者威廉·劳埃德·加里森(William Lloyd Garrison)誉为"共和国第一女性"[2]。蔡尔德的作品在19世纪上半叶有着广泛的影响,她也是最早以文为生的美国女性之一。

莉迪亚·玛丽亚·蔡尔德原名为莉迪亚·弗朗西斯(Lydia Francis),出生于马萨诸塞州梅福德镇,在家中七个子女中最小。莉迪亚在当地学校受过教育,后来就学于一家女子学院,一直痴迷于阅读。母亲去世后,她被父亲送到缅因州与长姊同住,还曾短期从教。后来她又搬去与毕业于哈佛的长兄住在一起,她的长兄这时已经担任牧师,对于她的学业也十分关注。

一个偶然的机会蔡尔德在《北美评论》上读到了一篇探讨了新英格兰历史为小说家提供的创作主题的文章。这篇文章使蔡尔德怦然心动,虽然之前没有当作家的念头,但她立即提笔写下了她的小说《霍波莫克》(*Hobomok*,1824)的第一章。她后来在信中说道,"我从未想过要成为一个作家。但我抓起笔来,在下午茶的铃声响起之前已经完成了第一章,和现在出版的内容丝毫不差"[3]。在其兄的鼓励下,蔡尔德一鼓作气,在六周内完成了这部小说的写作,将其发表。这部作品成为年仅22岁的蔡尔德写作生涯的开端,不仅使她声名鹊起,也使她得到波士顿文人圈的认可。除此之外,蔡尔德仅仅创作了两部小说,描绘美国革命的《反叛者》(*The Rebels*,1825)和以古希腊为背景的《菲罗忒亚》(*Philothea*,1836)。两部作品都塑造了性格坚强的女性角色以及女性之间的持久友谊。《反叛者》通过一个女性对于婚姻伴侣的选择,探讨了革命时期的骚乱、阶级冲突等等。书中对于殖民统治的

---

[1] Carolyn L. Karcher, *The First Woman in the Republic: A Cultural Biography of Lydia Maria Child*. Durham:Duke UP,1994,p. xi.

[2] 引自Carolyn L. Karcher, *The First Woman in the Republic: A Cultural Biography of Lydia Maria Child*. Durham:Duke UP,1994,p. xi.

[3] Carolyn L. Karcher,"Lydia Maria Child," in *Dictionary of Literary Biography*. vol. 74. Ed. Bobby Ellen Kimbel. New York:Gail,1988,p. 46.

反抗与女主人公对于父权的抵抗被相提并论。

蔡尔德之后在一家女子学校执教了一年,后于 1824 年在沃特敦开办了一所学校。1826 年她创办了双月刊《青少年杂录》(Juvenile Miscellany)——这是美国第一份面向青少年的杂志,并主编这份杂志长达八年之久。1844 年至 1845 年间她发表了《纽约来信》(Letters from New York),1844 年至 1847 年间发表了《给孩子们的花》(Flowers for Children),蔡尔德关于感恩节的诗篇《穿过河流与森林》("Over the River and Through the Wood")就是首次在这本书里出现的,这首关于新英格兰冬日假期的诗作后来被改编为广为流传的歌曲。她曾经赞美过的祖宅,1976 年被塔夫茨大学重新修建,如今耸立在米斯蒂克河沿岸的马萨诸塞州梅福德市的南大街上。

1828 年蔡尔德与年长她八岁、身为律师和《马萨诸塞杂志》主编的戴维·蔡尔德结婚,婚后搬到波士顿居住。此后她进入新英格兰的文人圈,并且对当时的政治生活表现出极大的兴趣。她与皮博迪(Peabody)姐妹以及玛丽亚·怀特·洛威尔(Maria White Lowell)结下深厚友谊,一起参与了废奴主义运动。她还结识了当时著名的女文人玛格丽特·富勒(Margeret Fuller,1810—1850),参加过她在波士顿举办的妇女恳谈会,在 19 世纪 40 年代两人都在纽约从事新闻工作时,她们的友谊进一步加深。

19 世纪 30 年代后期,蔡尔德先生去欧洲学习了种植甜菜的技术,1838 年他将全家搬到北安普敦乡下,购买了 100 公顷土地,开始了他乌托邦式的农业技术试验。蔡尔德先生是个不切实际的空想家,他不善经营,所从事的实验也一直不见起色,一家人深深感到了经济压力,而对于蔡尔德来说,她还必须接受因与她所习惯的文人圈的隔离所造成的不适。蔡尔德意识到两人追求的巨大差异,于是在 1841 年独自返回了纽约,她成为《全国废奴标准》(The National Anti-Slavery Standard)周刊的主编,并开辟了"纽约来函"专栏,利用这一阵地宣传废奴主义、黑人和女性选举权以及印第安人的权利,直到因废奴运动的内部矛盾辞职。1850 年,蔡尔德先生终于放弃了他的甜菜种植,卖掉了农场,却未能找到一种稳定的谋生手段。在近十年的分居生活之后,蔡尔德决定与丈夫团聚,两人一起返回马萨诸塞州,之后在此定居。与同时代的许多杰出女性一样,蔡尔德从来不认为家庭是女性的唯一领域,其他的活动,包括教学、写作、道德改革,也都适合女性。如果女性能够自由发展她们的习性和爱好,家庭生活就会"更加完善"[①]。蔡尔德

---

① Kirk Jeffrey,"Marriage, Career, and Feminine Ideology in Nineteenth-Century American Reconstructing the Marital Experience of Lydia Maria Child,1828—1874." *Feminist Studies* 2.2/3 (1975):123.

也是这样做的,她多年来笔耕不辍,以她撰写的报刊文章、励志选集、传记、儿童文学和废奴主义作品支付家庭账单。至蔡尔德于78岁的高龄去世时,她一共创作了二十多本书,撰写了无数篇文章。作为共和国的第一位女文人,在她去世两年后,废奴主义者、作家约翰·格林里夫·惠蒂尔(John Greenleaf Whittier,1807—1893)为她撰写了传记,并发表了她两卷本的通讯集。

蔡尔德是19世纪的女文人,也是一位无畏的改革家,一生都在为受歧视的群体仗义执言:黑人、印第安人和女性。蔡尔德一直十分关注并同情美国印第安人的境遇。她于1824年撰写的《霍波莫克》,便是一部以北美新英格兰的历史为背景,关于一位印第安男人与白人女性之间跨种族婚姻的历史小说,也是早期美国文学中最早描绘拓荒者生活的小说,它因以同情的口吻塑造了印第安人形象而值得人们关注。今天看来,《霍波莫克》并非一部美学意义上的文学经典,但它对于早期美国生活的现实主义描绘,对于呆板教条的清教主义的批评,以及对于当时来说具有激进意义的对印第安人作为品德高尚的正面人物的塑造而具有重要历史意义。除了小说之外,蔡尔德即使在她的儿童杂志里,主题也常常涉及早期北美殖民地定居者对于印第安人的不公正待遇。她在1829年创作的《新英格兰早期定居者》(*The First Settlers of New England*)不是描写了新英格兰的白人定居者,而是描述了这个地区的印第安部落。书中的白人主人公更多的是与印第安人而不是与定居者认同。她在书中宣扬了美国土著种族的宗教,表现出她倡导多族裔的民主社会的视野。1868年,她还撰写了《为印第安人呼吁》(*An Appeal for the Indians*)一书,呼吁政府官员和宗教领袖为印第安人主持公正。蔡尔德写道:

> 很简单,我们与人类大家庭中的红肤色与黑肤色成员之间的关系一直是一部充满了暴力和欺骗的历史……我认为在强调黑人权利的同时,有责任使我们的国家认识到我们对于印第安人的负罪感。[①]

蔡尔德这部作品的发表促进了美国印第安行政机构的建立以及后来格兰特政府和平政策的制定。1855年,蔡尔德还发表了《宗教观点的发展》(*The Progress of Religious Ideas*),因在此文中把印度教、伊斯兰教和佛教与基

[①] Linda K. Kerber,"The Abolitionist Perception of the Indian." *The Journal of American History* 62.2 (Sept.,1975):287.

督教相提并论而震惊了19世纪的美国读者。

美国黑人的权利也是蔡尔德一直以来为之奔走呼吁的。1833年,蔡尔德从以往的女性写作转而出版了《为被称为非洲人的美国人呼吁》(*An Appeal in Favor of That Class of Americans Called Africans*)。这是第一部分析奴隶制的政治、经济和文化基础以及后果的作品,它系统描述了美国奴隶制的历史,以及那些生活在奴役之下的黑人的现状,强烈呼吁结束奴隶制。她抨击了自称为基督教徒的美国白人维护奴隶制的理由、白人将黑人视为财产和商品的非人道主义,以及给奴隶所带来的家庭生活的破碎[①]。她还认为美国不应通过非洲的殖民化把奴隶送回到非洲,而是应将这些前奴隶融入美国社会。她呼吁给予美国黑人法律保护以及平等职业和教育机会,倡导种族之间的通婚。蔡尔德强调解放奴隶是可行的、非洲人与欧洲人在智力上是平等的这样的平权思想。作为在美国印制的第一本反对奴隶制的书籍,这部作品为她在处于萌芽期的废奴主义运动中赢得很高的声誉,但也使她付出了很大代价。她在作品的前言中称,"我充分认识到我所从事的这项工作的不得人心。我知道会受到嘲弄与谴责,但我绝不会退缩"[②]。《为被称为非洲人的美国人呼吁》在当时引起轰动,不仅为废奴主义运动吸引了大批社会名流,也在社会上引起了巨大反响,而出自女性之手的关于这个热门话题的讨论也使这部作品更具争议。奴隶制拥护者以及那些认为她跨越了女性角色界限的人们的愤怒使得她之前的许多读者弃她而去,就连她主编的《青少年杂录》订户也急剧下降,为此蔡尔德不得不辞职以保证杂志的正常运行,之后再也没有达到她之前所享有的在读者中的声誉。蔡尔德在自己文学创作鼎盛期转向被许多人所抨击的社会改革写作,虽然因此饱受打击,但蔡尔德在此后的30多年中一直坚持自己的信念,为受压迫的人们的权利而奋斗,被她的同代人认为是废奴运动最重要的领导人之一[③]。蔡尔德虽然不是运动的组织者,也没有公开发表演说,但她持续就这个主题进行写作,在1835年匿名发表了《美国奴隶制真实轶事》(*Authentic Anecdotes of American Slavery*)和《废奴主义教义问答》(*Anti-Slavery Catechism*,1836),以至于在1840年当选为美国废奴协会常务

---

① Melissa Fiesta,"Homeplaces in Lydia Maria Child's Abolitionist Rhetoric,1833—1879." *Rhetoric Review* 25.3 (2006):261.

② Melissa Fiesta,"Homeplaces in Lydia Maria Child's Abolitionist Rhetoric,1833—1879." *Rhetoric Review* 25.3 (2006):263.

③ Nancy Slcum Hornick and Lydia Maria Child,"The Last Appeal:Lydia Maria Child's Antislavery Letters To John C. Underwood." *The Virginia Magazine of History and Biography* 79.1 (Jan.,1971):45.

理事①。此外,她在1842年发表的短篇小说《黑白混血儿》("The Quadroons")以及其他作品中将"悲惨的混血儿"这一原型引进了美国文学,而哈丽雅特·比彻·斯托之后也在自己的《汤姆叔叔的小屋》一书中探讨了这一主题。

除了自己的创作之外,蔡尔德还对黑人女性的写作进行了无私的帮助,她在美国内战爆发之前,应邀为由一位前女奴哈丽雅特·雅各布斯(Harriet Jacobs,1813—1897)撰写的自传体小说《一个奴隶女孩的生平故事》(*Incidents in the Life of a Slave Girl*,1861)撰写前言,并帮助编辑出版了这本书。但小说出版后正值美国内战爆发,以至于没有引起很大反响。美国内战之后,蔡尔德主编和自费出版了《自由人之书》(*The Freedmen's Book*),旨在倡导刚刚获得自由的前奴隶的教育,强调黑人对于本民族文化遗产的自豪感,促进黑人的参政权利。她特别在书中包含了那些著名的非裔美国人的作品。

蔡尔德也一直关注着女性生活与女性权利,但从整体来看,她是一位激进的废奴主义者,而不是美国家庭生活和女性地位的激进批评者②。在她生前,她以自己创作的当时最为畅销的持家指南《节俭的家庭主妇》(*The Frugal Housewife*,1829)(后来更名为《节俭的美国家庭主妇》,以区别于当时英国出版的同名作品)享誉美国社会。这本女性持家指南出版后曾在美国再版过33次,在欧洲再版过21次。她后来还发表了包括《母亲的书》(*The Mother's Book*,1831)和《小女孩自己的书》(*A Little Girl's Own Book*)等其他同类作品。与当时诸多的这类书籍相比,蔡尔德女性书籍的目标读者不是那些受过教育、家境富裕的上层贵妇人,而是低收入、雇不起佣人的美国普通家庭主妇,重点在于指导她们如何省钱省力地操持家务。女性教育也一直是蔡尔德关注的领域,但是在她审视了市场上流行的学习资料之后,她意识到女性读物的严重匮乏,因而在1832年至1835年间发起了女性家庭图书馆项目。她不仅编写了三卷本的女性典范传记,还撰写了两卷本的《不同时代与国家的女性状况历史》(*The History of the Condition of Women, in Various Ages and Nations*,1835)。《女性史》为19世纪的妇女运动奠定了基础,受到包括萨拉·格莱姆克、玛格丽特·富勒、伊丽

---

① 蔡尔德多年来积极关注和参加社会活动,1879年还为著名废奴主义者威廉·劳埃德·加里森撰写了悼词。

② Kirk Jeffrey,"Marriage, Career, and Feminine Ideology in Nineteenth-Century America: Reconstructing the Marital Experience of Lydia Maria Child, 1828—1874." *Feminist Studies* 2.2/3 (1975):124.

莎白·卡迪·斯坦顿、苏珊·B.安东尼和玛蒂尔达·乔思林·盖齐(Matilda Joslyn Gage)在内的女权主义者的极力推崇,并在她们自己的著作中加以应用。斯坦顿曾称它为女权主义者反抗父权意识形态的宝贵资源[1]。

蔡尔德在22岁时以"一名美国人"署名发表了她的第一部历史小说《霍波莫克:早期故事》。这部作品明显受到沃尔特·司各特和库珀的影响,并且响应了美国作家要探索美国广袤领土、描写英勇的清教徒定居者和具有异国情调的印第安民间风俗带给美国作家的无穷尽资源的号召。但是在刚独立不久的美国构建民族主义意识和文化身份的过程中,这种文学体裁难免表现出美国自身的矛盾:即建立于"人生而平等"前提下的意识形态与基于有色人种与白人女性都被排除在"人"这一标题之下的政治结构[2]。小说也充分反映了蔡尔德时代美国人对于印第安人的矛盾心理。一方面,印第安被描绘成比白人道德高尚;而另一方面,印第安人逐渐失去了他们自己的种族特征[3]。对于当时的许多读者来说,这本描绘了白人女主人公种族越界的作品是"非正常的,也是令人厌恶的"[4],因为蔡尔德给予了她的女主人公无视种族和阶级差异自己选择伴侣的自由,在婚姻面前采取主动的自由,以及离婚、再婚和保留自己子女监护权的自由,而这些自由是对于父权社会所有法则的嘲笑和藐视[5]。但是有意思的是,这样一本作品当时并没有被禁,说到底,无论是对于严厉苛刻的加尔文教、还是对于被社会上多数白人视为未开化野蛮人的印第安人物形象的刻画,这是一部以文学的形式描绘了美国本土题材的作品[6]。它首先是早期美国文学中描绘了殖民地时期定居者的艰苦生存环境的小说,尤其是从女性的视角刻画了殖民者的生活。女主人公玛丽·科南特与父母生活在北美殖民地的萨勒姆,与他们之前在英国的生活相比,新大陆的生活充满了艰难险阻。荒芜的原野、简陋的住居、粗陋的食物、恶劣的天气、疾病的蔓延都是定居者必须面对的考验。玛

---

[1] Carolyn L. Karcher, *The First Woman in the Republic: A Cultural Biography of Lydia Maria Child*. Durham: Duke UP, 1994, p. xi.

[2] Carolyn L. Karcher, Introduction. *Hobomok and Other Writings on Indians*. Ed. Carolyn L. Karcher. New Brunswick: Ruggers UP, 2011, p. xv.

[3] Linda K. Kerber, "The Abolitionist Perception of the Indian." *The Journal of American History* 62.2 (Sept., 1975): 272.

[4] 'Lydia Maria Child" *Nineteenth-Century Literature Criticism*. vol. 73. New York: Gale, 1999, p. 112.

[5] Carolyn L. Karcher, *The First Woman in the Republic: A Cultural Biography of Lydia Maria Child*. Durham: Duke UP, 1994, p. xi.

[6] "Lydia Maria Child." in *Nineteenth-Century Literature Criticism*. vol. 73. New York: Gale, 1999, p. 112.

丽亲眼目睹了母亲身体的日趋衰弱,最终撒手人寰,就连刚从英国来到此地不久的好友阿拉贝拉夫人也因经受不住新大陆的恶劣生活环境而一病不起,离开了人世。作品重点描绘了女性殖民者所面临的艰难险阻,以及她们的坚强与忍耐精神。蔡尔德以细腻的手法,将早期北美大陆定居者的生活生动地展现在读者面前。

其次,小说也批判了清教徒的宗教偏执和父权权威。女主人公玛丽·科南特的父亲柯南特先生的行为举止代表了清教过分强调教条和理智而带来的危害。玛丽与查尔斯·布朗相爱,但因为布朗是英国圣公教教会教徒,受到玛丽父亲科南特先生的歧视,甚至被扣上向社区宣扬异教的罪名而被逐出塞勒姆。后来布朗先生在沉船事件中丧生的消息传来,玛丽悲痛欲绝。母亲和阿拉贝拉夫人去世后,形单影只的玛丽失去了母亲的庇护和好友的陪伴,又难以原谅父亲的冷漠及他对于布朗的残忍,更是无法忍受宗教狂热者的父亲以苛刻的加尔文教义来主宰她的感情的做法。在绝望之中,玛丽想到了一直对她温情脉脉的印第安人霍波莫克,她从家里跑了出来并嫁给了霍波莫克。其实,她在嫁给霍波莫克之前,曾回到家中,手捧布朗留下来的祈祷书暗暗流泪,恰巧被父亲撞见。即使在女儿肝肠欲断的情况下,科南特先生依然无法以同情之心代替他刻板的宗教信条,他对着女儿大发雷霆,可见他所信仰的加尔文教多么不近人情。科南特的这一举动最终促使玛丽投入霍波莫克的怀抱。

作为一本从正面描写了印第安人的小说,《霍波莫克》在美国民族文学的建构中开辟了新的疆土,是具有革命意义的。这部小说最不同寻常之处在于蔡尔德对印第安人的描写。蔡尔德一反早期清教徒文学中印第安囚掳叙事的传统,不是去证实白人征服北美大陆的合理性,而是把它作为呈现了白人对于印第安人所犯下的罪行的平台。更为重要的是,作者不仅使霍波莫克成为小说的标题人物,允许他与白人女主人公成婚,最后还把他与女主人公的儿子融入白人社会,这些安排都大胆地颠覆了她的清教徒祖先进入"荒野的使命"[①]。在蔡尔德的小说中,包括霍波莫克在内的多数印第安人,都比那些清教徒们更加具有道德感,更加高尚。但可以想象到的是,蔡尔德对于霍波莫克的描绘不可避免地带有身为白人的局限性,蔡尔德在颂扬印第安人高尚品质的同时,也以一位女性定居者之口称,"我一直认为他是我所认识的最优秀的印第安人,在这三年中他发生了巨大的变化,简直与英国

[①] Carolyn L. Karcher, Introduction. *Hobomok and Other Writings on Indians*. Ed. Carolyn L. Karcher. New Brunswick:Ruggers UP,2011,p. xviii.

人没有什么不同"①。所以,尽管蔡尔德称颂了霍波莫克的优良品质:他彬彬有礼的态度,他与玛丽之间的爱情,以及他在遇到突然归来的玛丽的心上人布朗后毅然以印第安人的方式解除了他与玛丽婚姻关系的慷慨无私,也都是以白人社会的道德标准来对他加以衡量的。霍波莫克不仅是一个可以被同化的土著美国人,更是一位政治同盟,一位"好印第安人",因为他通过警示恩迪科特总督关于科布坦特部落酋长反对白人的计谋而背叛了自己的人民。但即使作为一个"好印第安人",霍波莫克还是无法通过与玛丽结婚而进入白人社会②。小说的结尾安排了霍波莫克从叙事中的消失,他和玛丽的混血儿子则由玛丽和布朗以白人的方式抚养成人。小霍波莫克将最终成为一个"英国绅士",他先在哈佛后到英国完成他的学业,逐渐失去他的印第安身份,融入她母亲的白人社会,最后又与一名白人女子结婚——在此,蔡尔德又一次以种族通婚的形式使小霍波莫克彻底归属于白人社会③。这种做法似乎证明了印第安人只有不再是印第安人时才能在褫夺了他们权利的白人社会里占据一个位置,这也是为何霍波莫克必须"远离此地到西部的印第安人那里去",以便他的混血儿子能够进入白人社会④。书中所涉及的宗教、种族、性别和代沟之间的冲突以玛丽的混血儿子被同化进盎格鲁美国社会的方式得以解决,这也是蔡尔德所提供的用来取代白人霸权和种族战争的方式。因此从根本上来说,蔡尔德未能解决美国历史小说或是说美国历史中的主要矛盾:"白人社会以消灭印第安人、奴役黑人为代价取得了他们的政治自由,而且通过摧毁那些他们一直在诋毁其独立身份的人们的文化来获得自己的文化独立。"⑤

虽然如此,小说对于美国文学传统最具有颠覆意义之处在于,书中的主人公玛丽并没有因为挑战宗教、种族和性别意识形态而被安排死亡的结局,而是在小说结尾得到了幸福,这种结局也使得玛丽所代表的另类价值观获得成功,成为年轻的女性殖民者拒绝向父权屈服的榜样。当布朗奇迹般地

---

① Lydia Maria Child, *Hobomok and Other Writings on Indians*. Ed. Carolyn L. Karcher. 14th. paperback printing. New Brunswick:Rutgers UP,2011,p.137.

② Deborah Gussman,"Inalienable Rights:Fictions of Political Identity in *Hobomok* and *The Scarlet Letter*." *College Literature* 22.2 (Jun.,1995):67.

③ Carolyn L. Karcher, *The First Woman in the Republic:A Cultural Biography of Lydia Maria Child*. Durham:Duke UP,1994,p.31.

④ Lydia Maria Child, *Hobomok and Other Writings on Indians*. Ed. Carolyn L. Karcher. 14th. paperback printing. New Brunswick:Rutgers UP,2011,p.139.

⑤ Carolyn L. Karcher, *The First Woman in the Republic:A Cultural Biography of Lydia Maria Child*. Durham:Duke UP,1994,p.32.

重新出现之后,霍波莫克不仅毅然与玛丽解除了婚约,还把她送回到布朗的身边。玛丽以自己的方式回到自己的白人社区,非但没有因为自己违反反对种族通婚和离婚的禁忌而受到惩罚,相反,她得到了再婚的机会。就连之前坚决反对她与布朗相爱的父亲也同意了他们的婚事,还亲自主持了他们的婚礼。而布朗也并没有嫌弃曾与印第安人结婚的玛丽,他与玛丽结为伉俪,还将玛丽与霍波莫克的儿子作为自己的孩子抚养成人。

在19世纪20年代美国民族文学的建构过程中,只有詹姆斯·费尼莫尔·库珀(James Fenimore Cooper,1789—1851)的作品进入了美国文学经典的殿堂。而库珀在作品中涉及白人文明与印第安文化的冲突时,其前提总是如此,即从国家层面上来说,"野蛮"与"文明"种族的碰撞只能采用一种形式——战争解决,也只能有一种结果——"野蛮"种族的全面失败和消亡。库珀的作品中因而充满了暴力和战争情景。库珀虽然对于那些与白人结盟的印第安人的高尚品质进行了赞扬,也感慨于红肤色人种的消亡,但他将此视为悲剧性的同时又认为它是不可避免的。而作为无法享有美国民主所带来的利益和特权的白人女性,常常有意识或无意识地认同于印第安人,这使得她们在创作中采用了不同于男性创作中的战争、种族灭绝和白人霸权,而为解决美国社会种族矛盾提供了另类设想,蔡尔德的创作便充分说明了这一点[①]。

在半个世纪的时间里,从蔡尔德于1824年发表了她关于种族间通婚的小说《霍波莫克》,到她在《全国废奴标准》报上呼吁给予印第安人公平待遇,提倡给予黑人和女性选举权,反对美国在加勒比地区的帝国主义扩张,蔡尔德在美国一直是一个响亮的名字。"追溯她的职业就等于概括了年轻共和国所经历的事关其政治和文化命运的关键斗争——对于印第安人的政策、奴隶制、女性权利,以及与此相随的一种能够在世界上代表了美国的文学,而蔡尔德在所有这些方面都发挥了重要作用"[②]。虽然在之后的很长一段时间内,蔡尔德被湮没在历史的尘埃中,但如今蔡尔德重新回到人们的视野之中。20世纪中期,由于民权运动带来的对于废奴主义运动的重新审视,使蔡尔德的作品得以再版,对于她的研究也产出了新成果。60年代中期,两部蔡尔德传记相继出现,在女权运动第二次浪潮的激励下,80年代初蔡尔德的通讯全集得以出版。1986年,蔡尔德的《霍波

[①] Carolyn L. Karcher, Introduction. *Hobomok and Other Writings on Indians*. Ed. Carolyn L. Karcher. New Brunswick: Ruggers UP, 2011, p. xvii.

[②] Carolyn L. Karcher, "Lydia Maria Child," in *Dictionary of Literary Biography*. vol. 74. Ed. Bobby Ellen Kimbel. New York: Gail, 1988, p. 45.

莫克》收入拉特格斯大学出版社的美国女性作家系列丛书出版。今天,在人们重新审视美国历史、美国文学和美国文化的过程中,蔡尔德的名字将再次熠熠生辉。

第二节 世纪中叶的女性文艺复兴

20世纪中期的美国著名评论家马西森(F. O. Matthiessen)曾将19世纪中叶称为"美国的文艺复兴"时期,但他在谈及这一时期时却将女作家全部排除在外。的确,在这一时期,政治上取得独立的美国人在争取文化独立的道路上迈出了关键的一步,但却是美国男性作家和女性作家创作的作品一起构成了美国民族文学发展的第一次高潮,从此美国人才有了真正意义上自己的文学。今天看来,除了已被我们所熟知的爱默生、梭罗(Henry David Thoreau,1817—1862)、霍桑、麦尔维尔(Herman Melville,1819—1891)、惠特曼(Walt Whitman,1819—1892)等人之外,女作家也在这一时期的文坛上熠熠生辉。这些女性作家(主要是有着新教家庭背景的中产阶级家庭白人妇女)创作了多种体裁的作品,其数量之多、内容之丰富,远远超出我们今天的想象。阿历克西·德·托克维尔(Alexis de Tocqueville,1805—1859)曾总结,在美国,新教的教诲与一个非常自由的宪法和一个极其民主的社会相结合,使得美国的年轻女子比起其他国家的女性能够更早而且更全面地照料自己。玛格丽特·富勒也认为,美国女性因为她们的民主传统以及缺少传统束缚,天生就享有发展自己的更大自由[①]。除此之外,美国社会经济财富的流动性和西部开发的迫切性也是使得女性更加坚强的因素。总之,新教与民主的力量使得美国女性更加独立、道德上更加自我约束,也因而造就了一大批富有社会责任感和高度道德感、具有独立意识的女性作家群体。这些女作家在当时的文坛上占据如此重要的位置,以至于评论家弗雷德·路易斯·帕蒂(Fred Lewis Pattee)将他1940年发表的一部论著题名为《女性化的50年代》(The Feminine Fifties)。

这一时期也是女性小说发展的鼎盛时期,女性小说实际成为当时最受欢迎的文学形式。正是因为小说这一流行文学形式的存在,写作在美国成

[①] 引自 David S. Reynolds, Beneath the American Renaissance: The Subversive Imagination in the Age of Emerson and Melville. Oxford and New York: Oxford UP, 2011, p. 341.

为当时女性可以从事的少数职业之一,阅读小说也成为广大妇女的主要消遣方式。尼娜·贝姆(Nina Baym)在她那部具有开拓意义的《女性小说》(Woman's Fiction)中断言,正是这一时期的女性小说造就了当时的女性作家和女性读者①。尽管当时的女性阅读各种类型的读物,但最受女性欢迎的虚构文学作品还是当时的家庭小说(也称感伤小说)。阅读这类小说不仅是一种女性教育工具,为她们提供通过阅读受教育的机会,更重要的是,它们给予女性关于她们如何扮演性别角色的指导。而像沃纳这类聚焦于女性拼搏和成功的小说在宣扬一种传统的、家庭的女性理想模式时,也允许女性想象各种社会角色的可能性②。玛格丽特·达尔齐尔(Margaret Dalzeil)评价到,在19世纪中叶的英国通俗小说中,绝大多数女主人公是继承了18世纪说教小说的"可爱的低能儿"模式的,这些女主人公"柔弱,不擅长运动,有些许宗教信仰,依赖于男人",一般被认为其心智和道德品质都低于男人。同时达尔齐尔也指出,但美国女性作家创作的女主人公是例外的,她们比起英国小说中的女主人公几乎在所有方面都更为坚强,她们也更具有经济头脑,而英国小说中的女主人公不善经营,当她们必须依靠自己时便不知所措,即使她能找到一份工作,也仅仅是当一名家庭教师,几乎不可能取得任何经济保障。而有时我们在这些小说中发现有些依靠自己的努力取得成功的女性,往往都是美国小说③。的确,19世纪女性小说具有双重意识,这些女性作家所塑造的女性形象既是孝顺听话的女儿、温柔慈爱的母亲、恪守职责的妻子,同时也是意志坚强、具有独立意识的个人。她们品德高尚、富有牺牲精神,具有高度的责任感,兢兢业业扮演传统的性别角色,并殚精竭虑地把家庭筑成温馨的小窝;但当她们生活中的男人出于种种原因——体弱多病、软弱无能、逃避责任、腐败堕落——未能为家庭承担义务时,她们则勇敢地担负起家庭的全部责任。因而玛格丽特·富勒才说,"我的国家的女性……即使拥有权力,也是道德的权力"④。更为可贵的是,她们打破了妇女只能围着锅台转的枷锁,至少是从精神上迈出了禁锢她们的家门。通过从事那些传统上一直被男性垄断了的职业,她们赢得了经济和精神的双

---

① Nina Baym, *Woman's Fiction: A Guide to Novels by and about Women in America, 1820—1870*. 2nd. ed. Urbana: U of Illinois P, 1993, p. 11.

② Elizabeth Fekete Trubey, "Imagined Revolution: The Female Reader and *The Wide, Wide World*." *Modern Language Studies* 31.2 (Autumn, 2001): 60.

③ Margaret Dalzeil, *Popular Fiction 100 Years Ago: An Unexplored Tract of Literary History*. London: Cohen & West, 1957, pp. 87—90.

④ 引自 David S. Reynolds, *Beneath the American Renaissance: The Subversive Imagination in the Age of Emerson and Melville*. Oxford: Oxford UP, 2011, p. 342.

重独立,从而不仅成为自己家庭的支柱,并且作为掌握了自己命运的独立个人生活在家庭和社会之中。具有特殊意义的是,这些文学形象的创造者自身的经历就体现了这样一种二元性,她们既是极其称职的家庭妇女,肩挑着家庭的重担,也是颇受大众欢迎的职业作家。她们本人的经历就是传统价值观和反传统独立意识的矛盾统一[①]。

批评家芭芭拉·韦尔特(Barbara Welter)曾把19世纪美国社会提倡的"真正女性"模式归纳为四种基本品质:虔诚、贞洁、顺从、持家[②]。如果我们用这些标准来衡量当时的女性小说,书中的女主人公显然符合其中的三项标准,却与"顺从"这两个字相悖,尽管顺从有时也是女性生存的一种策略。19世纪女性小说情节曲折,人物众多,但主题思想从整体上来说异曲同工。这类小说通常以刚刚开始生活历程的年轻女子为主人公,一般都讲述了这样一个故事:一个年轻的女孩子在独立无助的情况下依靠自己的努力和奋斗走上了成功之路[③]。这些女主人公虔诚、贞洁,以家庭责任为己任,但又意志坚强,具有高度的独立意识。女主人公在其成长过程中通过自立达到自救,通过努力走向成功。19世纪中期女性小说聚焦于女性成长和女性成功,为读者,尤其是女性读者,带来了信心、鼓舞和鞭策。

这一时期女性小说的一大特色是其浓厚的宗教色彩,导致当今读者对于这些小说难以产生强烈的共鸣。如果将这些小说置于其历史语境之中,我们就会发现19世纪中叶女性的虔诚宗教信仰,来自她们对于将她们排除在公共领域之外、在法律上将她们置于从属地位的父权社会的失望和不满。其实,作为拜金社会的批评者,呼吁社会坚守其道德标准的家庭小说作者的观点与基督教新教改良主义的主张是吻合的,在很大程度上是世俗化了的宗教信念。从某种意义上来说,她们是小说文本中的传道者[④]。如果说牧师把自己的使命视为改造世人,那么女性小说作家号召女性担负起改造其恶习和罪过直接威胁到家庭的男人的责任[⑤]。也是从这个意义上来说,许多家庭小说作家尽管具有强烈的宗教色彩,但人物塑造中缺少神职人员,具

[①] 参见金莉:《文学女性与女性文学:19世纪美国女性小说家及作品》,北京:外语教学与研究出版社,2004年,第91页。

[②] Barbara Welter,"The Cult of True Womanhood,1820—1860," in *Dimity Convictions: The American Women in the Nineteenth Century*. Athens:Ohio UP,1976,p.21.

[③] Nina Baym, *Woman's Fiction: A Guide to Novels by and about Women in America, 1820—1870*. 2nd. ed. Urbana:U of Illinois P,1993,p.18.

[④] Mary Kelley,"The Sentimentalists:Promise and Betrayal in the Home." *Signs* 4.3(Spring,1979):438.

[⑤] Mary Kelley,"The Sentimentalists:Promise and Betrayal in the Home." *Signs* 4.3(Spring,1979):440.

有高度道德感的女性角色取代了男性神父①。在许多场合中,家庭小说的作家表示了她们对于上帝的依赖,以及上帝的重要性。对于上帝的崇拜和天堂的憧憬标志着她们对于渴望看到一个更加美好的社会的愿望。在当时社会背景下,只有家庭才是她们施展才能、发挥作用的场所。她们是通过积极服务于别人来服务于上帝的。上帝在这些小说中成为身处逆境的女主人公的精神支撑,成为她们前进道路上的灯塔。她们对于上帝的崇拜绝对是真诚的。

19世纪中叶女性小说的最大读者群是妇女,尤其是中产阶级白人年轻女性。写作是19世纪上半叶被社会接受的少有的几个女性职业之一,女性作家描写女性,也是为女性写作。当高等教育把女性拒之门外,职场、政界、神坛没有她们的位置,家庭又被限定为女性的"特有领域"时,读书和写作便成为她们接受教育的途径、抒发灵感的工具和安慰心灵的良药。在这类小说里,这些女性作家并没有公开挑战把女性囿限在家庭的社会观念,因为不少女性作家也认同传统的关于男性与女性领域的分界。女性作家抒发了对于理想家庭的向往,塑造了理想的女性形象。她意志坚强,身为家庭的道德支柱,她是一位既支持又拯救丈夫的妻子,一位对子女来说既是榜样又是师表的母亲,一位对于美国社会来说既是改良者也是服务员的公民②。女性小说歌颂了女性的道德榜样,也抨击了追求物质利益和拜金主义的社会现实。女性作家展示了女性的光辉榜样。

19世纪的女性作家以及她们的女主人公为广大读者树立了榜样。她们的奋斗方式虽然有所不同,但支撑她们的是一种共同的精神:自立自强。父权社会的压迫使得这些妇女认识到只有首先取得经济的独立,才能取得真正意义上的平等。19世纪的美国社会剥夺了妇女对于财产的支配权,规定了男人对于家庭经济权利的垄断,从而使妇女变成男人的附庸和奴隶。当具有独立意识的女性懂得为自己的权益而斗争,并以自己的努力改变命运的时候,她们在家庭的地位也随之得以改变。妇女走上自立自强的道路不仅使她们掌握了自己的命运,而且还使她们成为对家庭、对社会有用的人。诚然,19世纪的女性小说常常采用传统小说创作模式,即以女主人公觅得如意郎君、建立美满家庭作为故事的结尾。但这些模式已经被赋予新的内容。无论是留在家里扮演妻子母亲的角色,还是继续驰骋于公共领域,

---

① David S. Reynolds, *Beneath the American Renaissance: The Subversive Imagination in the Age of Emerson and Melville*. Oxford: Oxford UP, 2011, p. 342.

② Mary Kelley, "The Sentimentalists: Promise and Betrayal in the Home." *Signs* 4.3 (Spring, 1979): 437.

这些女性依靠自己的双手构筑了一种新的人际关系和社会地位。她们不再是以第二性的身份生活在男性文化的统治之下，与她们生活中的男性以平等的地位相处成为这些作品的必然结局①。

19世纪的美国女性小说的确是"家庭小说"，但它们描写的不是传统的家庭妇女的故事，我们在这些小说中看到的是一系列的女性光辉形象。她们从不屈服来自社会或来自她们生活中的男性的压力，而且故事总是以她们达到其生活目标为结局。从很大程度上来说，这些刻画女性"磨难与成功"②的故事与美国文学中的重要主题"美国梦"所宣扬的那些"从破衣烂衫到腰缠万贯"的男性成功模式有许多相似之处。然而，这些小说中所展现的美国梦又有它独到而且进步的一面，她们成功的标志不是金钱和社会地位，而是对于独立和平等的渴望和追求。19世纪男性文学中经常出现男主人公因厌恶和逃避文明社会的邪恶而躲进森林、逃到西部或出海航行的描述，而女性小说中对于妇女面临的问题所提供的解决途径，不是临阵逃脱，而是勇敢面对。女权批评家简·汤普金斯（Jane Tompkins）就指出，逃避是这些小说唯一不向读者提供的方式③。这些小说呼吁妇女挺直腰板，为自己争得平等的地位，使自己变成独立的个人。它们发出对于幸福家庭的呼唤，它们鼓励妇女发挥自己的潜力，冲破传统的束缚，把自己的活动范围扩展到社会领域，与男性取得真正意义上的平等。这些小说正是体现了妇女对于这些理想的向往和追求，因而具有积极的现实意义。

从实际意义上来说，19世纪女性中的大多数只能在小说世界中实现自己的美国梦，因此，这些女性小说带有一定的理想主义色彩。在男性统治的文化中，美国梦的实现对于女性来说要比男性困难得多。19世纪女性小说正因为反映了妇女的心声，迎合了她们的需要，才如此赢得她们的欢迎。反过来说，广大读者对于这些小说不断的需求，又使这些作品在当时的美国文学市场上保持了强大的竞争力。女性文学拥有广大的市场，吸引了无数的女性读者，这种作品和读者的高度契合催生了美国文学史上那段独特的女性小说昌盛时期④。

---

① 参见金莉:《文学女性与女性文学:19世纪美国女性小说家及作品》,北京:外语教学与研究出版社,2004年,第96页。

② Nina Baym, *Woman's Fiction: A Guide to Novels by and about Women in America, 1820—1870*. 2nd ed. Urbana: U of Illinois P, 1993, p. 17.

③ Jane Tompkins, *Sensational Design: The Cultural Work of American Fiction, 1790—1860*. New York: Oxford UP, 1985, p. 175.

④ 参见金莉:《文学女性与女性文学:19世纪美国女性小说家及作品》,北京:外语教学与研究出版社,2004年,第97页。

E. D. E. N. 索思沃斯
(E. D. E. N. Southworth, 1819—1899)

埃玛·多萝西·伊莱扎·内维特·索思沃斯(Emma Dorothy Eliza Nevitte Southworth),活跃在美国文坛上长达半个世纪之久,是19世纪最为高产和极受欢迎的南方女作家。在她50多年的写作生涯里,她创作了60多部小说。19世纪的许多女性作家都是因为贫困而走上写作之路的,索思沃斯这位当时最为畅销的作家也不例外。与许多与她同时代女作家的命运相同,索思沃斯在失去了男性的经济支持之后拿起笔来,挑起了她称之为"背负终生的男人和女人的双付重担"[①]。婚姻是这一时期女性的唯一精神支柱和经济保障,但也使得女性最易为此受到伤害。深受其害的索思沃斯在自己的大量作品中不断涉及婚姻这一主题,描述在一个男性文化主宰的社会里传统婚姻对于女性人生的巨大影响,讲述了那个时代诸多与她有着相同经历的女性的故事。

索思沃斯出生于华盛顿特区的一个商人家庭,为家中的长女。父母由于年龄的悬殊,婚姻生活并不美满。索思沃斯在后来的作品中也不断涉及这种由于夫妻年龄差异所造成的婚姻悲剧。父亲在索思沃斯幼年时去世,对她打击颇为沉重,她好长时间陷入痛苦之中无法自拔。父亲病逝两年后母亲再婚,继父几年后开办了一所学校,索思沃斯便在这所学校就学,在这里书本为孤独的她打开了一扇大门,她徜徉在书的海洋里汲取着知识,乐此不疲。

索思沃斯16岁从学校毕业之后开始从教,长达五年之久。1840年,她与来自纽约的弗雷德里克·汉密尔顿·索思沃斯结婚,次年随夫迁往威斯康星州。三年之后,身怀六甲的索思沃斯携带幼子返回华盛顿,丈夫却未与其同行。索思沃斯在公众面前对此一直缄默不语。据说丈夫抛下她独自去了巴西。这个本来已进入传统社会轨道的女性,不得已进行了新的生活选择。她重操旧业,拿起了教鞭,但所挣薪水菲薄,不足以养活自己和两个子女。于是她在执教的同时又开始了创作,也开启了她的新生活。她的第一篇故事《爱尔兰难民》("The Irish Refugee")发表在《巴尔的摩周六游客报》

[①] 引自 Joanne Dobson, Introduction, in *The Hidden Hand*, or, *Capitola the Madcap*. Ed. Joanne Dobson. New Brunswick: Rutgers UP, 1988, p. xx.

(*Baltimore Saturday Visiter*)上。

索思沃斯的努力终于换来了成功。1849年她的长篇小说《报应》(*Retribution*)在杂志上连载,标志着她文学生涯的正式开始。之后不久哈泼斯出版公司在纽约发行了这部小说,为索思沃斯带来巨大惊喜。她说:

> 暴风骤雨般的黑夜结束了,晨曦终于降临。这是个充满光明和笑容的早晨,它预示着崭新、美好的生活的开始……我这个仅仅6个月前还是贫困多病、遭遗弃受诽谤的人,在饱受悲哀、孤独、艰难的折磨之后,突然间发现新生活就在眼前,我获得了独立、同情、友谊和荣誉,并且拥有令我心旷神怡的职业。①

索思沃斯自此放弃了教职,专注于创作。她一发不可收,成为文坛上一颗耀眼的新星。她的早期故事不少登载在《国民时代》(*The National Era*)上,也就是后来连载了哈丽雅特·比彻·斯托的《汤姆叔叔的小屋》(*Uncle Tom's Cabin*)的报纸。但在1856年至1899年四十多年的时间里,她与《纽约记事报》主编罗伯特·邦纳建立了持久的友谊,所有作品都首先在该报纸上连载。邦纳是个极有经济头脑的生意人。他为索思沃斯支付了丰厚的稿酬,在与她的业务来往中也颇为慷慨。而正因为邦纳独具慧眼,毅然把索思沃斯纳入麾下,《纽约记事报》的发行量由于她的加盟而翻了一番,跻身于美国当时最畅销的小说周报行列,索思沃斯也成为其时代美国稿酬最高的作家。她的作品数量众多,本本都是畅销书。其中包括《被遗弃的妻子》(*The Deserted Wife*,1850)、《婆母》(*The Mother-in-Law*,1851)、《克利夫顿的诅咒》(*The Curse of Clifton*,1852)、《被遗弃的女儿》(*The Discarded Daughter*,1852)、《妻子的胜利》(*The Wife's Victory*,1854)、《失踪的新娘》(*The Missing Bride*,1855)、《寡妇之子》(*The Widow's Son*,1856)、《复仇者米莉亚姆》(*Miriam the Avenger*,1856)、《闹鬼的宅子》(*The Haunted Homestead*,1960)、《致命的婚姻》(*The Fatal Marriage*,1863)、《新娘的命运》(*The Brides' Fate*,1869)、《美丽的魔鬼》(*A Beautiful Fiend*,1873)、《伊斯梅尔》(*Ishmael*,1876)、《无名之举》(*A Deed Without a Name*,1886)、《隐藏的手》(*The Hidden Hand*,1888)、《利莉思》(*Lilith*,1891)、《格洛丽亚》(*Gloria*,1891)、《格特鲁德·哈登》(*Gertrude Haddon*,

---

① John S. Hart,*The Female Prose Writers of America*. Philadelphia:E. H. Bulter,1855,p. 214.

1894)、《甜蜜爱情的补偿》(Sweet Love's Atonement, 1904)、《她母亲的秘密》(Her Mother's Secret, 1910)等等，许多小说都出了续集，还被翻译成德语、法语、西班牙语，等等。1872年，35卷本的索思沃斯作品集在费城出版。

索思沃斯的小说聚焦于女性经历的各个方面，她虽然也是社会变革和女性权利的支持者，但她是以自己的文学创作而不是通过参与社会活动来表达自己的观点的。索思沃斯一直强调说自己的小说情节都是基于生活现实的[1]。在她的多部小说里，被抛弃的女儿、遭遗弃的妻子和命运多舛的母亲比比皆是。小说《被遗弃的妻子》(The Deserted Wife, 1850)创作于她被丈夫遗弃六年之后，倾诉了她不幸的婚姻和战胜逆境的经历。评论家苏珊·K. 哈里斯(Susan K. Harris)把这本小说称为作者的"精神自传，是她在31岁时把自己的生活经历向大众读者所作的交代"[2]。小说充分体现了索思沃斯所塑造的那种起先以男人作为自己生命的支柱，以奉献、屈从于男人作为最高理想，在遭受巨大挫折后以极大的勇气反抗逆境，为生存和尊严而斗争的女性形象。

小说《被遗弃的妻子》带有浓厚的自传色彩。女主人公黑格·丘吉尔在缺少母爱和长辈关心的环境下长大成人，养成了独立不羁、热情奔放的性格，也渴望真挚平等的爱情和婚姻，但传统婚姻彻底打碎了黑格对于完美幸福的期盼。在举行婚礼之后，黑格突然意识到她与丈夫关系的突然变化。"她的姓名和称呼一下子没有了。两分钟之前她还是毫无拘束、自由自在的女孩子，现在一下子成了丈夫的奴隶；而那个温文尔雅的男子两分钟前还谦恭地将她的小手送到唇边吻着，现在却被赋予统治她一生的权威。"[3]他们的爱情曾经海誓山盟，缱绻缠绵，但黑格现在只具有妻子和母亲的身份，失去了她婚前的自由。他要求的是她的绝对顺从。他说，"我喜欢喃喃的低语、轻柔的脚步、甜蜜的微笑和随和的性格。这些都是我必须得到的"。黑格曾试图扮演好贤妻良母的角色，期盼得到丈夫的认可，但双胞胎子女的出生改变了她的生活，母爱也给予了她反抗权威的力量。丈夫对于她专注于母爱的行为极度不满，因为如此一来，他就无法占有她的全部关注，在丈夫命令她将孩子送给保姆抚养时，她进行了反抗，结果那位婚前与她花前月下、卿卿我我的丈夫背叛了她的爱情和信任，竟然公开在外面找了

---

[1] Sarah M. Huddleson, "Mrs. E. D. E. N. Southworth and Her Cottage." Records of the Columbia Historical Society 23 (1920):68.

[2] Susan K. Harris, "The House that Hagar Built: Houses and Heroines in E. D. E. N. Southworth's The Deserted Wife." Legacy 4 (Fall 1987):17.

[3] E. D. E. N. Southworth, The Deserted Wife. New York: Appleton, 1850, p. 423.

情人。

丈夫的背叛令黑格伤心欲绝,而且她还发现丈夫的离去令她陷入一贫如洗的地步。黑格决心摆脱仅供男人玩弄和摆布的"木偶"命运,用自己的力量重新站立起来。在丈夫携情人出使意大利之后,她毅然选择走上舞台,从此走上一条独立自主的道路。索思沃斯有意为其女主人公选择了这样一种最暴露于大众视野之下的职业[①],这是一种比从事创作更为抛头露面的职业。何况,它又是与女性被压制、被沉默的形象直接对立的,从根本上打破了当时社会条件下的女性失语状态。两年之后,享有"歌后"美誉并且拥有财富的黑格在意大利举行了告别舞台前的最后一场演出,歌厅里萦绕着她动听的歌声。如一颗璀璨新星般夺目的妻子以胜利者的身份重新出现在丈夫面前,令观看演出的丈夫瞠目结舌。但索思沃斯在此笔锋一转,安排功成名就的黑格放弃职业返回家中。有了雄厚的经济基础,黑格不仅可以掌握自己的命运,并且还在此迎回了悔恨莫及的丈夫。具有重要意义的是,作者虽然按照感伤小说的惯例也为作品安排了一个幸福结尾,但却不是一般意义上的美满婚姻,而是丈夫的痛改前非及夫妇二人的破镜重圆。索思沃斯力图向读者指出,爱情不应该是单方面的盲目崇拜和一味顺从,只有当夫妻关系建立在相互尊重的平等基础之上,才能真正获得婚姻幸福。

索思沃斯的第八部小说《克利夫顿的诅咒》也是她获得极大成功的一部作品,先于1852年在报纸上连载,同年正式出书。它与《汤姆叔叔的小屋》和狄更斯的《荒凉山庄》(*Bleak House*)曾被视为1852年度英美最为畅销的三部作品[②]。与索思沃斯的许多作品相同,小说也塑造了一位具有独立精神与实际才干的女主人公凯瑟琳·卡瓦纳,她被称为"索思沃斯所塑造的最能体现女性才干的人物"[③]。凯瑟琳出身贫寒,后因危急关头表现出来的勇敢和镇静感动了傲慢的富家子弟克利夫顿,与其成婚,但她的婚姻一直被性别与阶级的双重不平等的阴影所笼罩。婚礼一过,被偏见和诽谤蒙蔽了双眼的克利夫顿便一去不归,将妻子置于脑后。小说之后的情节全部围绕凯瑟琳如何以自己高尚的品质和无私的奉献展开,无论是对待她病魔缠身、酗酒成性的祖父,还是对她恶意中伤、造谣生事的情敌,她都以自己的耐心、克

[①] Susan K. Harris, "The House that Hagar Built: Houses and Heroines in E. D. E. N. Southworth's *The Deserted Wife*." *Legacy* 4 (Fall 1987):26.

[②] Henlen Waite Papashvily, *All the Happy Endings: A Study of the Domestic Novel in American, the Women Who Wrote It, the Women Who Read It, in the Nineteenth Century*. New York: Harper, p. 118.

[③] Nina Baym, *Woman's Fiction: A Guide to Novels by and about Women in America, 1820—70*. Ithaca: Cornell UP, 1978, p. 122.

制和爱心相待,在逆境中始终保持了自己的信念和道德,最终真正赢得了丈夫的心,获得了幸福的回报。克利夫顿最终认识到一向被他鄙夷的妻子的真正价值。以道德品质高尚的女性为误入歧途的男性指点迷津,引导他们走上正途,是索思沃斯作品中常见的主题,这一主题之后还会不断出现。

与此同时,小说刻画的另一位人物角色也体现了索思沃斯作品的常见主题,即夫妻年龄悬殊造成的爱情悲剧。乔治娅与索思沃斯的母亲经历相似,在花样年华时嫁给了已老迈的少校。她曾经哭诉过自己不如意的人生:"你给我的手臂戴上那套珍宝,并送给我镶金的首饰盒时我才 15 岁! 我那时还是个被光芒耀眼的玩具迷住的孩子! 是啊,我那时的确很喜欢,很喜欢那个把这些东西都堆在我膝上的祖父般的老人。"[1]但与道德高尚的女主人公凯瑟琳不同的是,不幸的婚姻扭曲了她的心灵,她蓄意破坏他人的幸福,成为别人痛苦和不幸的根源,但自己最后也落得悲惨的下场。乔治娅因为婚姻不幸而以恶还恶,成为小说中作为美德典范的女主人公的反衬,但也从一个侧面反映了在父权社会中作为男性附庸和玩物的女性的人生悲剧。

索思沃斯的另一部小说《隐藏的手》是她最受欢迎的作品,1859 年至 1883 年期间在邦纳主编的《纽约记事报》上先后连载三次,直到 1888 年邦纳才终于同意将这部作品结集出版。不仅如此,作品还被搬上舞台,在美国各地上演,而且还被译成好几种语言。索思沃斯本人在小说出版后访问伦敦时,发现《隐藏的手》已经成为时尚的代名词,女主人公卡普托拉的名字出现在多种商品名称中,就连船只和赛马也以"卡普"命名。令人不解的是,索思沃斯的这部小说虽然风靡欧美大陆,但它的女主人公卡普托拉·布莱克的形象却与当时社会所提倡的女性角色规范大相径庭,其言谈举止冲破了社会传统的性别樊篱。换句话说,索思沃斯巧妙地挪用了父权话语规则,在男权文化秩序的狭隘空间中为女性开拓了一片活动空间。

《隐藏的手》标志着索思沃斯创作的高峰,尽管其情节还是被置于女性小说那种描绘孤女的奋斗和成功的故事框架之中,但作者在这部小说中颠覆了传统叙事策略以及制造这种叙事策略的女性传统[2]。索思沃斯这部作品的独特之处首先在于作者以幽默夸张的手法表现了女性生活和女性角色,但同时又涉及有关女性的许多严肃话题。夸张、扭曲、错置都是索思沃斯使用的叙事手段,她以此抨击了浸透了性别偏见的文化传统,成功地向性别局限发起了挑战。当然,索思沃斯在此也利用了通俗文学的传统写作技

---

[1] E. D. E. N. Southworth, *The Curse of Clifton*. New York: AMS Press, 1970, p. 79.
[2] Joanne Dobson, "The Hidden Hand: Subversion of Cultural Ideology in Three Mid Nineteenth-Century American Women's Novels." *American Quarterly* 38 (Summer 1986): 232.

巧，通过描绘卡普托拉令人振奋而又经常是充满戏剧性的历险，特别是那些被定义为男性的冒险经历，再现了一个超越时代性别界限的女性。正如弗朗西丝·科根(Frances Cogan)在她的著作中指出，在19世纪许多作家的笔下，婚姻也不是"女性找到生活意义的唯一方式"①。

索思沃斯独辟蹊径，以幽默诙谐为掩护色，取得了叙事的相对自由度。卡普托拉被塑造成一个具有社会所认可的男性气质但又风趣可爱的女主人公。评论家阿尔弗雷德·哈伯格(Alfred Habegger)曾把卡普托拉比作"哈克贝利·费恩失散已久的同胞姊妹"②，其实卡普托拉的出现远早于哈克贝利·费恩。作为美国文学中另外一位拒绝遵守社会契约的反叛者，卡普的出现意义深远，并且极有说服力。卡普托拉一开始就被置身于一种特殊的文化语境之中，男性化成为她必要的生存手段。其实，卡普托拉的独立自主精神与她长期生活在中产阶级社会和性别角色期待的局限之外有着直接的关系③。卡普托拉是个孤女，也是一大笔遗产的继承人，她一出生就遭绑架，后来在纽约市的贫民窟长大。作为流浪街头无依无靠的孤儿，她女扮男装，以在街头卖报为生，掌握了照顾自己的本领。"卡普托拉的男性化与她作为卖报男孩的经历，培养了她自立自强、藐视权威的自救性格，以及积极主动的勇气。"④很显然，卡普托拉的性别身份转变使她得以生存下来，她的独特经历培养了她的性格，形成了她的行为准则，也为她带来只有男性才享有的自由。

卡普托拉终于被自己的监护人找到并带回家后，命运发生了骤变，但她的独立性格和不羁精神并未动摇，她的为人行事带来了一系列惊世骇俗、令人捧腹的历险。她敢于向绰号老台风的监护人所制定的专制家规挑战，因为"以对她自由的限制来换取保护和对她的抚养实在是太大的代价"⑤：她对上帝丝毫没有敬畏之心，对牧师毫无敬意，她的戏弄常常令他束手无策；她毫无畏惧，从邪恶小人勒·诺依和儿子的阴谋策划中营救出孤立无助的女子克莱尔·戴；她机智果断，与试图污辱自己的胆小鬼勒·诺依进行了决

---

① Frances Cogan, *All-American Girl: The Ideal of Real Womanhood in Mid-Nineteenth-CenturyAmerica*. Athens: U of Georgia P, 1989, p. 105.

② Alfred Habegger, "A Well Hidden Hand," *Novel: A Forum on Fiction* 14. 3 (Spring 1981):201.

③ 参见金莉：《文学女性与女性文学：19世纪美国女性小说家及作品》，北京：外语教学与研究出版社，2004年，第117页。

④ Joanne Dobson, "The Hidden Hand: Subversion of Cultural Ideology in Three Mid-Nineteenth-Century American Women's Novels." *American Quarterly* 38 (Summer 1986):233.

⑤ E. D. E. N. Southworth, *The Hidden Hand, or, Capitola the Madcap*. Ed. Joanne Dobson. New Brunswick: Rutgers UP, 1988, p. 175.

斗,又逼迫他坦白自己的罪行;她巧与周旋,在自己的卧室里擒获了臭名昭著的土匪头子布莱克·罗纳德。索思沃斯在小说中颠覆了传统的男性历险活动,将所有这些历险活动的主角赋予一个年轻女子。卡普托拉一反传统的妇女被动角色,在最大范围内成为行为主体人。

毫无疑问,索思沃斯也十分清楚她的这本小说离经叛道的大胆行为,因而在小说中巧妙使用了两条情节主线,以一条情节主线表现父权文化定义下的女性行为规范,而以另一条情节主线直接颠覆了这种规范[1]。小说中还有一位与卡普托拉性格和命运截然不同的女性角色梅拉·罗克。梅拉是一位符合传统文化标准的女性角色,她将丈夫当作她终身厮守和依靠的美好寄托,对他百依百顺,唯命是从。这种无条件屈从的结果是她自我的丧失和个性的泯灭,反使她成为牺牲品,她被丈夫抛弃,在贫困中与儿子相依为命,痴心等待着丈夫的回心转意。索思沃斯显然将其作为卡普托拉的衬托,彰显了卡普托拉的独立性格所带来的更好境遇。虽然像卡普托拉这种颠覆性的角色在现实社会里的确少见,但像梅拉这样的女人注定不会拥有真正的幸福。索思沃斯在小说中同时宣扬了梅拉的忍耐宽容与卡普托拉的独立勇敢,如评论家乔安娜·多布森所说,"虽然索思沃斯更钟爱她不囿于传统的女主人公,但她真正的理想人物是既带有卡普托拉的不羁性格和独立意识、又具有家庭美德的传统型女性"[2]。

索思沃斯在19世纪的美国文坛享有很高的声誉,也在美国小说发展进程中功劳卓绝[3]。她因作品中栩栩如生的人物塑造、高度的创造力和丰富的想象力受到评论界的高度评价,在19世纪60年代末也曾被誉为"美国小说家之后"[4]。索思沃斯的作品以塑造的女性角色令人印象深刻,她在漫长的写作生涯中赢得了大批读者,成为19世纪美国作品销售总量最高的女作家[5]。她因而能够在晚年自豪地说,"我一生遇人无数,而我所遇到的所有

---

[1] 参见金莉:《文学女性与女性文学:19世纪美国女性小说家及作品》,北京:外语教学与研究出版社,2004年,第118页。

[2] Joanne Dobson, Introduction, *The Hidden Hand*, or, *Capitola the Madcap*. Ed. Joanne Dobson. New Brunswick:Rutgers UP,1988,p. xxxx.

[3] Amy E. Hudock, "E. D. E. N. Southworth," in *Nineteenth-Century American Women Writers:A Bio-Bibliographical Critical Sourcebook*. Ed. Denise Knight. Westport, Conn. : Greenwood P, p. 372.

[4] Susan Coultrap-McQuin, "The Place of Gender in Business:The Career of E. D. E. N. Southworth," in *Doing Literary Business:American Women Writers in the Nineteenth Century*. Chapel Hill:U of North Carolina P,1990,p. 51.

[5] Frank Luther Mott, *Golden Multitude:The Story of Best Sellers in the United States*. New York:Macmillan,1947,p. 136.

人以及成千上万名致函于我的人,都曾是我的读者"①。索思沃斯经久不衰的文坛声望有助于我们了解19世纪的美国文学。她曾经说,"我一直努力取悦大众,并力图使文人雅士们满意"②。说到"取悦大众",索思沃斯的确当之无愧,其实19世纪包括霍桑和麦尔维尔在内的男性作家也都试图这样做③,但她的作品一直被定位于"感伤文学的原型"④,她本人也长期受到由男性文化观念垄断的文学批评界的忽视,在20世纪很长一段时间里,绝大多数的美国文学读者对她的名字都十分陌生。但索思沃斯在19世纪拥有居高不下的知名度,而这一点恰恰说明了19世纪读者的关注点与品位。她的创作反映了那个时代女性写作的双重特点。她一方面努力适应流行文化观念强加于女性的种种戒条,至少在表面上达到了与主导意识的认同,因而赢得了职业的巨大成功;另一方面,出自对女性生存状态的深刻了解,她又在作品中塑造了在内涵上背离了典型传统女性轨道的人物形象,其小说作品时时闪烁着女性意识的火花。索思沃斯曾以手中的笔改变了自己的命运,也以自己的笔为千百万女性读者指明了道路,使她们的梦想在小说世界中成为现实。她不仅以女性为主题的大量作品丰富了19世纪的女性文学传统,也对于改变那个社会女性生活的现实起到了积极的影响。

苏姗·沃纳(Susan Warner,1819—1885)

1850年底,苏姗·沃纳以一部名为《宽宽的大世界》(*The Wide, Wide World*)的小说登上美国文坛,也以此开启了美国家庭小说(domestic novel)(或称为"感伤小说",sentimental novel)的辉煌时代。这部出自一位名不见经传的文坛新手、并且首次仅印了750册的小说,一夜之间引起轰动。它在两年之内再版了14次,并在其后的80年间,以106种不同版本出现,还被译为法、德、荷兰等语种,成为19世纪文坛除哈丽雅特·比彻·斯托的《汤姆叔叔的小屋》之外最为知名的作品,它与之后另一位女性作家玛丽

---

① Regis Louise Boyle, *Mrs. E. D. E. N. Southworth, Novelist.* Washington, D. C.: Catholic U of American P, 1939, p. 24.

② Joanne Dobson, Introduction, *The Hidden Hand, or, Capitola the Madcap.* Ed. Joanne Dobson. New Brunswick: Rutgers UP, 1988, p. xi.

③ Cindy Weinstein, "'What did you mean?': Marriage in E. D. E. N. Southworth's Novels." *Legacy* 27.1 (2010):57.

④ Joanne Dobson, Introduction, *The Hidden Hand, or, Capitola the Madcap.* Ed. Joanne Dobson. New Brunswick: Rutgers UP, 1988, p. xi.

亚·苏珊娜·卡明斯(Maria Susanne Cummins,1827—1866)创作的《点灯人》(*The Lamplighter*,1854)一起,成为女性成长小说的典范,描述了女主人公逐步取得独立自主权利的成长过程。苏姗·沃纳是19世纪享有极高声望的作家,她通过文学创作改善了家庭的经济境遇,也以自己的作品折射了19世纪女性的生存状况。

  苏姗·沃纳出生于纽约的一个律师家庭。在苏姗出生时,其父的法律业务和房地产生意均蒸蒸日上。沃纳家在几年中不断迁往市区更为繁华的地段。苏姗和妹妹安娜自幼过着上层社会奢华的生活,也是各类社交场合的宠儿,舞场、音乐厅、歌剧院都是她们经常涉足的地方。沃纳先生为女儿雇了家庭教师,教授她们法语和意大利语,以及声乐、钢琴和绘画。苏姗在父亲的指导下也阅读了大量书籍,莎士比亚、弥尔顿、狄更斯、司各特等人的作品都在她的阅读书单里。这种生活一直持续到苏姗18岁,如果不是家境发生突变,苏姗定会沿着传统社会为白人女性设置的轨道进入她生活的第二阶段,结婚生子,衣食无忧。

  1837年的经济危机使美国经济遭受重创,也造成了许多商人的破产。苏姗的父亲亨利·沃纳也难逃厄运。再加上沃纳先生不甚明智的投资和为财产而卷入的好几场官司,更使沃纳一家日臻陷入困境。百般无奈下,亨利·沃纳开始变卖家中的财物还债,连女儿心爱的钢琴也不能幸免。他们随后搬到康斯蒂图申岛,这是亨利在生意兴隆时买下的一个小岛,他曾在此处修建位于乡间的别墅,但现在只能在岛上原有的农舍里栖身。沃纳家的三位女性:苏姗、安娜以及她们的姑母,必须承担起全部家务,节衣缩食来维持生计。两个一直被百般呵护的娇小姐,现在不得已开始操持家务。生活如此艰难,连之前他们生活中的必备日用品,包括蜡烛、煤油、红糖等都变得匮乏。沃纳甚至考虑"去应征做个家庭教师了,干什么都比两手空空,或是靠借来的钱生活要好"[①]。父亲的破产使得一家人的生活从社会的顶层一落千丈,坠入谷底。而对于18岁的花季少女沃纳来说,这种骤变尤其使她感到痛苦。她不仅失去了体面的上流社会生活,更是体会到人世间的世态炎凉。沃纳是个富有责任感的女子,她压抑着自己的失落和痛苦,尽心尽力地操持着家务,努力适应着这种捉襟见肘的生活。在搬到岛上六年之后沃纳姊妹成为基督教徒。这个皈依宗教的决定极大地改变了她们的处世态度。因为命运的摆布,她们在刚刚成年时失去一切,信仰使得她们逐渐以新

[①] 引自 Anna Warner,*Susan Warner [Elizabeth Wethrell]*. New York:G. P. Putam's Sons, 1909,p. 324.

的心态接受命运的乖蹇,使她们在饱受屈辱的环境中获得了某种尊严,也为她们带来了情感的慰藉。

沃纳能走上创作之路得益于她受过的良好教育。她是个才华横溢的女子,又阅读过大量书籍,自13岁起就开始记读书笔记,进行各种写作练习。她的知识成为她生存的手段,也成为之后沃纳家经济的主要来源。但沃纳是由于姑妈偶然的一句话才开始文学创作的。妹妹安娜回忆说,"范妮姑妈在刷碗,姐姐站在一旁……后来范妮姑妈说:'苏,我相信只要你努力,你一定能写出故事来。'"苏姗·沃纳的第一本小说就是这样面世的:"当她擦完碗把它们放起来后,《宽宽的大世界》最初朦胧和遥远的框架就已经在她脑海里浮现……我认为她在当晚就完成了小说的开头部分。"[1]

沃纳一年后完成自己的处女作。父亲将书稿带到纽约市寻找出版商,但却屡屡受挫,无人理睬出自一位无名小辈之手的作品。后来一位名叫乔治·P. 普特南(George P. Putnam)的出版商同意予以考虑,他将书稿带回家中请母亲过目,其母读过书稿后大为欣赏,普特南于是根据母亲的判断力接受了这部作品。沃纳的小说出自女性之手,又是为女性而写的。它首先得到了一名女性的认可,出版后又继而获得千百万女性的赏识。

在《宽宽的大世界》尚未与读者见面时,沃纳已着手创作她的第二部小说《昆奇》(*Queechy*)。小说于1852年出版,又一次大获成功。妹妹安娜与此同时也开始创作自己的处女作《美元与美分》(*Dollars and Cents*)。这两部小说都发表于1852年。随着《宽宽的大世界》的发表,沃纳家中境遇得到逐步改善。但即便她们的作品为她们带来了金钱和名气,沃纳一家永远无法达到当年的生活水准,衣食无忧对于她们来说已经足矣。经历了家庭经济地位的剧变,人生享乐对于两姊妹来说早已成为水月镜花。沃纳家在经济萧条时遭受重创,两姊妹的努力也无法彻底改善家庭的生活状况。更何况,父亲还被卷在几桩官司和失败的投资之中,她们的稿费常常被用来偿还父亲的债务。自1850年起,两姊妹的写作成为家庭收入的唯一来源。她们作品的稿酬常常是一收到即刻支付出去。贫困、孤独、忧虑、失落缠绕了她们一生。

沃纳的经历在19世纪中叶的女作家中极具典型意义。她以伊丽莎白·韦瑟雷尔(Elizabeth Wetherell)为笔名,一生共创作了30部小说,包括《沙特孟克山冈》(*The Hills of the Shatemuc*, 1856)、《墨尔本宅子》(*Mel-*

---

[1] Anna Warner, *Susan Warner [Elizabeth Wethrell]*. New York: G. P. Putam's Sons, 1909, p.263.

bourne House*,1864)、《停战的旗帜》(*The Flag of Truce*,1874)、《柳溪》(*Willow Brook*,1874)等,其中不少小说多次再版。此外,她还与自己的妹妹安娜·沃纳合著了6部小说。但若不是家庭经济发生了变故,她是不会以笔谋生的。其出版商之子乔治·黑文·普特南曾这样评论道:"苏姗一直都有文学创作的抱负,但她写《宽宽的大世界》的真正动因是来自对于钱的需求。"[①]不仅如此,沃纳两姐妹都是终生未婚,两人相依为命度过了她们的一生。沃纳18岁那年家庭遭受经济变故,其社会地位的骤然下降使这个刚成年的少女生活发生巨大变化,她不仅失去了以往的荣华富贵和享有美满婚姻的机会,还担负起养家糊口的重任。沃纳的作品充斥着令当代读者难以接受的宗教说教,但它们来自沃纳真诚的宗教信仰,因为上帝在她艰难的人生中给予她力量和慰藉。对于苏姗·沃纳与那个时代的大多数女性来说,在一个男性文化定义下的狭隘空间里找到一种能够生存的方式是唯一的选择,这种选择包括自我牺牲和向环境做出妥协。沃纳的经历反映了当时社会中女性的生存困窘。

作为19世纪中叶极其轰动的女性小说,《宽宽的大世界》带有浓厚的自传色彩,讲述了一个10岁左右的小女孩埃伦·蒙哥马利的成长过程,再现了在一个赋予男性以特权的社会里无法左右自己命运的女性遭遇。小说开篇的第一句话就与沃纳自己的遭遇相仿:"妈妈,爸爸今天早上提到的官司是怎么回事?"[②]故事发生在女主人公埃伦的父亲打输了官司破产之后。蒙哥马利先生被迫去欧洲寻求发展,并且决定把埃伦身患重病的母亲带到欧洲去换换气候。小说一开始就笼罩在骨肉分离的阴影之下。小埃伦被留给了住在纽约州北部山区农场里的姑妈福琼·爱默生照料。不久消息传来,小埃伦的母亲到欧洲不久就被病魔和悲痛夺去了生命,父亲也在返航中遭遇风暴,船沉人亡。小埃伦痛失双亲,她被剥夺了深切的母爱和家庭温暖,失去了男性庇护和经济保障,被抛到一个陌生的宽宽大世界里。在这个世界里,"一个孤独的孩子面临被践踏的危险"[③]。

《宽宽的大世界》描写了埃伦在这个陌生的大世界里的坎坷经历。习惯了在慈母的呵护下生活的埃伦很难适应农场里粗陋的农家生活方式,而精明强干、讲究实际的福琼姑妈对于这个连招呼都不打就甩给自己的包袱很不友善。埃伦一来她就把埃伦的白袜子染成了深色,她还私拆并扣留了埃

[①] Susan S. Williams,"Widening the World:Susan Warner,Her Readers,and the Assumption of Authorship." *American Quarterly* 42.4 (Dec.,1990):565.

[②] Susan Warner,*The Wide,Wide World*. New York:Feminist P,1987,p.9.

[③] Susan Warner,*The Wide,Wide World*. New York:Feminist P,1987,p.591.

伦的信件,她不断分配给埃伦令人厌恶的活计,甚至剥夺了她上学的权利。小埃伦在她手里遭受了生活和情感的双重折磨。

在这种几近令人绝望的环境中,上帝成为这个男性主宰的世界里女性的唯一精神寄托。与母亲分手前,母亲就教育女儿把上帝当作生活征途上的指路人,把信心建立在对上帝旨意的绝对服从上。是上帝填补了母亲被迫离去后小埃伦的情感空白。她在邻居艾丽斯·汉弗莱斯的帮助下,逐渐学会以基督教徒的态度对待生活中的磨难。只有学会适应环境、学会压制自己的情感、学会自我约束,才能在这种艰难的环境里谋得一片生存空间。沃纳与她的女主人公的宗教信仰绝非虚情假意,在一个男性的庇护不可靠、女性的保护又经常被剥夺的社会环境里,宗教信仰为女性提供了她们在人世间得不到的力量和精神安慰。宗教从某种意义上来说是唯一使她们能够承受生活磨难的方式。埃伦学会以耐心和温顺来忍受福琼姑妈的苛刻,最终赢得她的信任和喜爱,逐渐改变了自己的生活境遇。而不久后艾丽斯因病去世,又一次留下小埃伦独自面对世界,承受巨大的痛苦。沃纳似乎刻意表达这样一种信念,即世间的一切都是过眼云烟,只有上帝才是真正可靠的力量源泉。只有把自己完全托付给上帝,才能无所畏惧地经受生活的一切考验。

生活教会了埃伦要忍耐和顺从,还教会了她富有责任感。在福琼姑妈农场的艰苦环境里,小埃伦变得独立,变得有用,也变得可靠。沃纳在小说中以爱默生作为福琼姑妈的姓氏,想来也绝非偶然。她必然是以此喻指19世纪美国超验主义哲学家拉尔夫·沃尔多·爱默生。福琼姑妈的言谈举止在许多方面都表现出美国的个人主义和自立自强的精神,这正是爱默生在他的著作中,特别是在那篇发表于1841年的文章《论自助》("Self-Reliance")中所强调的。强悍能干的福琼姑妈成为沃纳为小埃伦提供的极有价值的人生导师[①]。小埃伦在福琼姑妈那里学会了打扫房屋、洗衣煮饭、照顾病人等许多有用的持家技能。她的努力最终使她获得了福琼姑妈的认可,她的能力和可靠使得福琼姑妈开始把她视为家庭的一员。埃伦以自我牺牲、耐心顺服、尽职尽责为自己的行为模式,努力适应环境对自己的要求。她在自己被指定的领域里,学会了扮演她应该担任的角色。

值得特别指出的是,以自我牺牲取代自我实现,以接受现实取代奋起反抗,是女性直面现实的生存策略,帮助埃伦度过了与亲人分离、面对死亡、经

[①] Mary P. Hiatt, "Susan Warner's Subtext: The Other Side of Piety." *Journal of Evolutionary Psychology* 8 (August, 1987): 253.

历磨难等道道难关。她还因此改善了自己的生活环境。小埃伦得到更多的时间进行阅读,她与艾丽斯和她的哥哥保持密切联系,还在福琼姑妈婚后被允许搬去与艾丽斯同住。她从此为自己找到了一个充满爱和友情的家。

小说的最后部分描述了埃伦受到的另一种考验。埃伦父亲早年写的一封信被发现,信中嘱咐埃伦到苏格兰的舅舅家认亲。埃伦的舅舅家境富裕,也盼望着外甥女过去团聚。埃伦又一次遵从了命运的安排,来到苏格兰。沃纳在此以自己童年生活为原型,描绘了埃伦在舅舅家的生活。舅舅一家为埃伦提供了上流社会人家可以享受到的所有特权,饱受全家人的宠爱,但是这种爱也是有代价的。舅舅希望她忘记之前的一切,包括她的美国人身份和宗教信仰。他告诉她,"忘记你是美国人,埃伦。你是属于我的。你的姓名不再是蒙哥马利,而是林赛。我现在是你的父亲,你是我的女儿,必须完全按照我的话行事"[1]。埃伦无法接受舅舅家对于她精神支柱的基督教信念的干涉,拒绝违背上帝的意志而服从人的意愿。宗教信仰是埃伦唯一无法听命于她苏格兰亲戚的地方。她不顾亲戚的反对,坚持自己的早祈祷,因为她的宗教信仰是崇高无上、不可动摇的。"眼泪和祈祷代表了女主人公反抗不公的唯一办法"[2]。几年后埃伦终于返回美国与艾丽斯的哥哥建立了自己幸福美满的家庭。

《宽宽的大世界》最初的结尾章节在该书第一次印刷时由于出版商的坚持而被删除。而评论家简·汤普金斯(Jane Tompkins)在她所编辑的1987年版本中把这一章补充了进去。她认为作者在原来结尾部分所建构的那种对于女主人公的物质回报反映了沃纳本人的矛盾心理。"沃纳以这样一个章节为自己提供了她想象中的经济保障,但她在某种程度上也意识到对于财富和舒适生活的渴望与她那种来之不易的接受上帝意愿的决心不相符合。"[3]在被删节的结尾部分,埃伦返回美国与心爱的人团聚。经过多年的辛劳、忍耐和牺牲,她获得了作者本人由于家境破落而失去的一切:经济保障、舒适生活、优雅环境,以及值得她以心相许的丈夫。最能说明问题的是,这个男人会在精神和物质上承担所有责任。埃伦终于从所有的义务中解脱了出来,她已"别无所求"[4]。如果我们把埃伦·蒙哥马利的孤身奋战与作

---

[1] Susan Warner, *The Wide, Wide World*. New York: Feminist P, 1987, p. 510.

[2] Jane Tompkins, *Sensational Designs: The Cultural Work of American Fiction, 1790—1860*. New York: Oxford UP, 1985, p. 510.

[3] Jane Tompkins, Afterword. *The Wide, Wide World*. New York: Feminist P, 1987, p. 603.

[4] Mabel Baker, *Light in the Morning: Memories of Susan and Anna Warner*. New York: Constitution Island Association P, 1978, p. 141.

者一生的艰难岁月联系起来,我们就不难看出小说原结尾的这种世俗化物质追求的意义。家庭经济的剧变改变了沃纳的人生,这部作品可以说是作者对于失去的乐园的追忆。

沃纳在她的第一部作品中所描绘的宽宽的大世界显然是男性社会所定义的女性活动领域:厨房、客厅和起居室。难怪有人认为将其称为"窄窄的世界"更为恰当①。其实正如汤普金斯所说,这个世界的面积无法用地理学或社会学的标准来衡量,这部小说其实就是一部美国新教徒的成长小说,在此女主人公的性格被顺从、自我牺牲和信仰所塑造②。小说中埃伦从一个家转到另一个家,直到她最后有了自己的家。无论她走到哪里,她的生活范围都局限于家庭领域之中,她逐渐学会了扮演女性的传统角色。她所经受的磨难要求她控制自己的情绪、履行自己的职责、服从别人的意志。从某种意义上来说,埃伦在小说的后半部分因为对自己的生活道路坚信不疑而取得了某种精神上的独立。但是这种精神上的独立与女性的经济独立毫无关系。它的确有助于埃伦在这种性别歧视的男权文化中生存,但它无法使埃伦建立自我。埃伦还是一个家庭妇女,她的角色无外乎传统女性的生活角色。

沃纳的第二部小说《昆奇》(*Queechy*,1852)与她的第一部小说相同,也描绘了一个孤女的奋斗故事和成长历程,但《昆奇》表现出沃纳写作意识和艺术技巧的日臻成熟。与《宽宽的大世界》相比,在《昆奇》中,女主人公弗莱达的成长已经超出了家庭领域。实际上,弗莱达的活动范围已经扩展到传统上的男性世界,即商界和出版界。虽然弗莱达没有脱离家庭这个社会指定的女性领域,但她远比埃伦享有自我,也超越了男性文化所界定的女性角色内容。从这个意义上来说,辛西娅·S.威廉姆斯的判断是不无道理的,她认为《宽宽的大世界》这一书名对于沃纳的第二部作品更为合适③。

《昆奇》的女主人公弗莱达也在生活中经受了严峻考验,小说着重表现了这个人物角色内在的高尚品质。弗莱达也是幼年失去双亲的孤儿,与祖父生活在昆奇。祖父为她灌输的道德感自小就在她心中扎下了根。祖父去世后,弗莱达去巴黎姨妈家生活,在姨父破产后随他们一家回到昆奇。弗莱

---

① Charles Kingsley, qtd. in *Sensational Designs: The Cultural Work of American Fiction, 1790—1860*. By Jane Tompkins. New York: Oxford UP, 1985, p. 184.

② Jane Tompkins, *Sensational Designs: The Cultural Work of American Fiction, 1790—1860*. New York: Oxford UP, 1985, pp. 184—85.

③ Cynthia Schoolar Williams, "Susan Warner's *Queechy* and the Buildungsroman Tradition." *Legacy* 7.2 (Fall, 1990): 3.

达需要面临的是如何在贫困面前勇于承担责任。姨父面临困境一无所措，后来干脆置家人于不顾，离家出走，姨妈懦弱无能。这时弗莱达挺身而出，挑起了家庭重担，她学会了经营农场，还开始发表作品。是弗莱达的努力维持了这个家庭的运转。在小说结尾，弗莱达也获得了回报，她与挚爱她的英国绅士盖伊·卡尔顿成婚，享受到既有经济保障，又有家庭幸福的生活。她从一个改变和创造了自己生存环境的独立女性，退回到传统家庭窠臼，过上了作者自己渴望而不可即的生活。

沃纳的这两部小说写作时间尽管相隔不远，但我们可以看出她已经在为她的女主人公的命运探索新的可能性。相比之下，埃伦比起弗莱达要被动得多，而弗莱达进入男性世界的行为使得她变得更为坚强，更为独立。沃纳似乎告诉读者，悠闲自得的生活当然是女性一心向往的，但因为传统文化没有赋予女性安排自己命运的权利，女性的生存空间就变得十分有限，她们常常连安于扮演传统女性角色的愿望也无法实现。在这种情形下，女性比起男性更有能力面对现实，忍辱负重，直到成功。这也是沃纳来自自己生活的教训。虽然《昆奇》的结尾仍然未能打破传统模式，但她在小说中通过弗莱达的行为歌颂了女性跨越角色局限、迈上自立道路的可能性。

《宽宽的大世界》的问世象征着被称为"女性化的 50 年代"的开始[①]，而 19 世纪中叶女性作品的大批涌现也值得我们关注。美国女权评论家简·汤普金斯曾高度评价了这部作品的文化意义，称之为"19 世纪美国的原始文本"。她尖锐地指出：

> 我把这些小说看作是在一定历史条件下进行的某种文化事业，也因这个原因而重视它们。我把它们的情节和人物看作是为社会提供反思的工具，它们为作者和读者共享的社会现实进行某种定义，并且以文学的形式表现出来，提出解决的办法。[②]

苏姗·沃纳的重要意义不仅仅在于她作品惊人的销售量，还在于她为后来的女性小说起到的具有开创意义的作用。这部小说为 19 世纪美国女性创立了一种"她们自己的文学"的写作模式，与沃纳同时代的许多女性作家就是根据这个模式创作的，也是根据这个模式受到评论界的评判的。

---

① 参见 Fred Lewis Pattee 的著作 *The Feminine Fifties*。
② Jane Tompkins, *Sensational Designs*: *The Cultural Work of American Fiction*, 1790—1860. New York: Oxford UP, 1985, p. 200.

沃纳的作品也"代表了被20世纪的批评传统所忽视的整整一批作品"[1]。许多学习19世纪美国文学的当代学生都没有听说过苏姗·沃纳的名字,也没有读过她曾经誉满欧美大陆的作品。其实,我们只有以历史的眼光去阅读沃纳的作品,才能懂得它们对于沃纳同代人的巨大意义。沃纳在她的作品中成功再现了19世纪中产阶级女性的生存环境与世界观。19世纪的中产阶级女性无法像易卜生(Henrik Ibsen,1828—1906)的《玩偶之家》(A Doll's House,1879)中的娜拉那样毅然走出家门,也不能像当时男性文学作品中的男主人公那样成为密西西比河上的船员和远洋捕鲸船上的水手,或是在林子里自己修建的小屋里独自栖身。沃纳时代的美国妇女因为缺乏逃跑或反抗的物质手段而无法采用公开的反抗自身生存条件的立场。她们必须学会忍耐和顺从。因而,沃纳的小说"不是关于反抗的小说,而是关于生存的小说"[2]。她的小说也绝非是某种女权主义的宣言。沃纳及之后的许多女性作家鼓励她们的读者在现有的基础上建立一种生存模式。她们不是直接对抗现有文化的价值系统,而是试图对它进行某种修正,使她们既完成又超越自己被指定的生活角色。这些作品讲述了生活在一个被剥夺了平等权利的文化环境中女性的感人勇气和顽强毅力。沃纳的角色模式似乎预示了一种女性的美国梦,即通过忍耐、宽容、克己、勤奋,女性最终也能得到美满生活的回报。

19世纪的另外一位女作家卡罗琳·柯克兰(Caroline Kirkland,1801—1864)把沃纳的小说视为一种新作品类型,称赞她们是"具有美国特色的人性肖像"和"民族精神的反映"[3]。沃纳的名字今天几乎成为19世纪女性小说的代名词[4],也是研究19世纪女性文学不可忽视的重要作家。她的创作曾满足了成千上万女性读者的需求,她也因而成为19世纪美国文学史中不可或缺的一笔。不可否认的是,沃纳的作品带有较强的时代局限性,但沃纳及其作品的历史重要性是不可忽视的,她的作品为我们了解一个多世纪之前的美国社会开辟了一条通道。

---

[1] Jane Tompkins, *Sensational Designs: The Cultural Work of American Fiction, 1790—1860*. New York: Oxford UP, 1985, p. 147.

[2] Joanne Dobson, "The Hidden Hand: Subversion of Cultural Ideology in Three Mid-Nineteenth-Century American Women's Novels." *American Quarterly* 38 (Summer 1986):232.

[3] Caroline Kirkland, "Review of the *The Wide, Wide World*, *Queenchy*, and *Dollars and Cents*." *The North American Review* 75 (Jan. ,1853):122.

[4] Jane Weiss, "Susan Warner," in *Nineteenth-Century American Women Writers: A Bio-Bibliographical Critical Sourcebook*. Ed. Denise D. Knight. Westport, CT: Greenwood P, 1997, p. 459.

玛丽亚·苏珊娜·卡明斯
（Maria Susanne Cummins, 1827—1866）

　　1855年，著名作家纳撒尼尔·霍桑曾致函其出版商，忿忿不平地抱怨道，"美国如今已经完全沉迷于一伙该死的乱写乱画的妇女。只要公众陶醉于她们的陈词滥调，我便没有成功的机会。况且，即使我得到成功也会为自己感到羞愧。《点灯人》一版再版，其成功奥秘究竟何在？还有其他同类小说，这些小说水平不可能比《点灯人》更差，不过它们也不需要比它出色，因为这类小说怎么都能销售到10万册以上"①。霍桑的牢骚今天读起来耐人寻味，因为其作品《红字》在他生前仅仅售出一万册的情况下，卡明斯的《点灯人》（The Lamplighter, 1854）在出版后的一个月之内便已售出四万册。霍桑信中所提到的小说《点灯人》的作者即为玛丽亚·苏珊娜·卡明斯，她也因这部小说成为当时女性人生道路的点灯人。

　　对于玛丽亚·苏珊娜·卡明斯的生平，世人知之不多。玛丽亚出生于马萨诸塞州的塞勒姆，父母双方都来自新英格兰的古老家族。她的祖上伊萨克·卡明斯在1638年之前便已经从苏格兰来到伊普斯维奇定居。玛丽亚的父亲戴维·卡明斯毕业于达特茅斯学院，后成为律师和法官，他曾两次丧偶，玛丽亚的母亲是他的第三任妻子，玛丽亚为他们的长女。玛丽亚的父亲在之前的婚姻中还有四个子女。玛丽亚之后其母又生下三个孩子。这个有八个子女的家庭在当时并不罕见。因为当时婴儿死亡率极高，几乎有一半的孩子在5岁之前夭折，所以不仅女性分娩次数多，死于分娩也是常事，而男性往往不止一次结婚。正因为如此，当时小说中涉及孤儿题材的也颇为常见。玛丽亚幼年时，其父将家搬到了马萨诸塞州的道彻斯特，成为诺福克县民事诉讼法庭的法官。诺福克当时是离波士顿市中心几英里的郊区。卡明斯一家在此过着既有品位又舒适的生活。

　　玛丽亚·卡明斯的父亲十分注重女儿的智力开发，为女儿提供了良好的教育机会，也使她接触到当时那些有学问有修养的女性。卡明斯年轻时曾经在凯瑟琳·玛丽亚·塞奇威克的嫂嫂开办的寄宿学校就学。塞奇威克家族是马萨诸塞州最古老的家族之一，凯瑟琳·玛丽亚·塞奇威克的嫂嫂

---

① Nathaniel Hawthorne, *Letters of Hawthorne to William Ticknor*, 1851—1864. vol. 1. Newark, NJ: Carteret Book Club, 1910, p. 75.

在莱诺克斯创办的这个寄宿学校堪称女性教育的先驱机构。身为作家的塞奇威克一直未婚,她经常在哥哥家小住,还举办了一个文学沙龙。卡明斯从莱诺克斯的学校毕业后返回道彻斯特,她一直没有结婚,专注于写作和教会事务。

卡明斯1854年发表了她的第一部小说,届时她27岁,1864年发表了最后一部小说,其写作生涯在她39岁去世时戛然而止。虽然从事写作时间只有十年,卡明斯可以说是文学市场上的一匹黑马。1866年,纳撒尼尔·霍尔牧师在马萨诸塞州多切斯特第一教会的周日弥撒时这样评价她,"我认为我们中间——或者任何地方——从来没有哪个作家这样骤然成名——而她的名气使她的作品一版再版"[①]。

虽然许多19世纪的女性作家是出于赚钱养家的原因拿起笔来,但卡明斯在27岁那年创作第一部小说的具体原因尚不可知。19世纪末的一篇评论说道,"她根本没有意识到她的写作天赋。《点灯人》甚至也不是为了出版而作。卡明斯是为外甥女们的消遣而写的,她分期给她们阅读"。当然这一陈述也未必是事实。据说当卡明斯毕业时,已经成名的塞奇威克告诉卡明斯的父亲,"你一定要鼓励卡明斯进行创作,她在这方面天赋极高"[②]。很显然,卡明斯的创作来自她的天赋、她受到的良好教育、她的文学抱负,以及她受到的鼓励。而且对于一位新英格兰地区的女性来说,写作也是她们服务于社会的一种形式。既然女性无法像男性那样在公共领域发表言论,针砭时弊也被认为是不适合女性的事情,那么女性写作往往是针对自己性别和少年儿童的完善而进行的指导。当然,这种教诲对于男性读者也大有益处。

卡明斯一生仅发表了四部小说。她于1854年创作的第一本小说《点灯人》讲述了一个被遗弃和饱受虐待的孤女格蒂,如何成长为一位自立自强、道德高尚的女性的故事。小说于1854年在波士顿出版,其后不久又在伦敦出版。这是一本造成轰动的小说,也是一本极其畅销的小说。在小说出版后的前两年里每周的销售量为五千本,八周内出售了四万本,第一年售出七万本[③]。小说还被迅速翻译成包括法语、德语、丹麦语和意大利语在内的好几种外语。《点灯人》在国际上的影响也是显而易见的,仅在1854年就有六

[①] 引自 Mary Kelley, *Private Woman, Public Stage: Literary Domesticity in Nineteenth-Century America*. New York: Oxford UP, 1984, p. 24.

[②] Susan S. Williams, "'Promoting an Extensive Sale': The Production and Reception of *The Lamplighter*." *The New England Quarterly* 69.2 (Jun., 1996): 184—85.

[③] Lina Mainiero, ed. *American Women Writers from Colonial Times to the Present: A Critical Reference Guide*. Vol. 1. New York: Frederick Ungar, 1979, p. 436.

个不同的版本面世,而在19世纪的英国,有13家出版社都在印刷《点灯人》。就连19世纪著名作家亨利·詹姆斯(Henry James)也承认这是他幼时爱不释手的一部小说①。而著名爱尔兰作家詹姆斯·乔伊斯(James Joyce)的《尤利西斯》(*Ulysses*,1914)中的一个人物也被命名为格蒂,书中甚至还提到了卡明斯的小说《点灯人》②。

卡明斯的第二本小说《梅布尔·沃恩》(*Mabel Vaughan*,1857)虽然也使用了当时流行的感伤—家庭小说模式,却不像第一本小说那样畅销。女主人公梅布尔也是生活中的不幸牺牲者,她曾经是个时髦的有钱人家女子,一夜之间发现自己身无分文,还需担负起照料家人的重担。1858年,卡明斯的两部小说同时入选由位于莱比锡城的陶赫尼茨图书馆出版的英美作家丛书,充分证明了卡明斯的国际声望。除此之外,卡明斯还创作了《天堂》(*El Fureidis*,1860),一部关于巴勒斯坦和叙利亚的小说,以及《饱受困扰的心》(*Haunted Hearts*,1864),一部描绘背叛了女性浪漫爱情理想的邪恶男性的引诱故事。

《点灯人》在一开始是匿名出版的,它的面世带来了媒体上铺天盖地的对于作者真实身份的猜测,但对于一本如此畅销的小说来说,作者的身份最终还是会昭白天下。马萨诸塞州纽贝里港的《每日通报》(*Daily Herald*)指出,"无论《点灯人》的作者是男是女,小说将会在读者的心中引起共鸣"。而《波士顿报》(*Boston Gazette*)则表示,"我们不知道谁是《点灯人》的作者,但我们确信作者是一位懂得以自己的文字触动读者心弦的人"。《伍斯特守护神》(*Worcester Palladium*)声称,"有传言说这部作品的作者是位女士,曾为塞勒姆的居民"。其实,就连她的朋友们也在进行揣测。阿萨赫尔·亨廷顿(Asahel Huutington)致函卡明斯说,"目前这座城市文学界的一个大问题就是到底谁是《点灯人》的作者"。三周之后,亨廷顿又写道,"我衷心加入公众对于《点灯人》的众口一词的赞扬"③。无论是通过大众的口口相传,还是由于媒体的紧追不舍,小说作者的目标最后集中在卡明斯身上。

卡明斯的小说《点灯人》与沃纳的《宽宽的大世界》一样,是一本女性成长小说④,也是那个时代家庭小说(也称感伤小说)的代表作品之一。与那

---

① Susan S. Williams,"'Promoting an Extensive Sale':The Production and Reception of *The Lamplighter.*" *The New England Quarterly* 69.2 (Jun.,1996):193.

② Susan S. Williams,"'Promoting an Extensive Sale':The Production and Reception of *The Lamplighter.*" *The New England Quarterly* 69.2 (Jun.,1996):196.

③ Mary Kelley,*Private Woman,Public Stage:Literary Domesticity in Nineteenth-Century America*. New York:Oxford UP,1984,pp. 128—29.

④ 参见 Nina Baym,Introduction. *The Lamplighter*. By Maria Susanna Cummins. Ed. Nina Baym. New Brunswick:Rutgers UP,1988.

个年代的许多女性小说相同,它也讲述了一个女性的故事。女主人公是个没有经济和情感保障的年轻女子,必须依靠自己的力量在社会上赢得一片立足之地。但与聚焦于女主人公自我完善的《宽宽的大世界》不同的是,《点灯人》强调了女主人公的社会效用。卡明斯坚持认为男人和女人都可以在社会上发挥作用,自我完善不是个人私事[①],因此,她的小说描述了一个无依无靠的孤女如何在充满爱的家庭环境下成长起来之后,又以她无私的爱心反过来帮助了周围的人。

《点灯人》的情节在某些程度上与那个时代流行的狄更斯和勃朗特姐妹的小说情节相仿。小说开篇时,女主人公格蒂是个孤苦伶仃的八岁孤女。五年前母亲去世,她从此失去家庭的庇护,被留在了残忍无情的娜恩·格兰特家里,受尽了虐待。在一个严冬的夜晚,她为逃避狠心的女主人的毒手跑到大街上,后又被娜恩抓回去关到漆黑的顶楼里。连她视为唯一的慰藉的小猫,也被扔到锅里活活地烫死。之后不久,格蒂又一次遭受娜恩的毒打,还被赶到街上。幸运的是,她这次被好心的点灯人特鲁曼·弗林特救了下来,带回了家。如果娜恩代表了黑暗,那么身为点灯人的特鲁曼就象征着光明,他的善举温暖照亮了格蒂的心。特鲁曼自幼也是孤儿,50多岁了还是孤身一人。特鲁曼收养了格蒂,两人组成了一个新家,特鲁曼从此成为格蒂的亲人和她人生的导师。善待格蒂的还有邻居沙利文太太和她做学徒的儿子威利。这些从新英格兰乡村来到城里的人们构成了一个小小的社区。特鲁曼使格蒂感受到之前从未得到过的家庭温暖,好心的沙利文太太教给格蒂如何操持家务,善良的威利教给她知识。在这个大家庭里,洋溢着相互尊重、相互支持,充满着友爱、亲情和有益的教诲。除此之外,在格蒂的生活小圈子里还有特鲁曼之前雇主的盲人女儿艾米莉·格雷厄姆。善良富有的艾米莉资助了格蒂的教育,还教给她行为准则、道德标准和宗教信仰。之前饱受虐待的格蒂在洋溢着善与爱的环境下很快成长起来。这些人一起把这个曾经被生活抛弃的孤女培养成一个端庄有礼、道德高尚的年轻女士。

在这种充满了相互支持的环境中成长起来的格蒂因而能够经受住生活的严峻考验。小说强调格蒂身上同时拥有"孩子的淳朴和成年人的坚定、孩子的身材和成年人的能力、孩子的诚挚和成年人的毅力"[②],她还逐渐地学会自我约束。几年之后,特鲁曼突然中风,卧床不起。在他得病期间,年仅

---

① Nina Baym, Introduction. *The Lamplighter*. By Maria Susanna Cummins. Ed. Nina Baym. New Brunswick: Rutgers UP, 1988, p. xvii.

② Maria Susanna Cummins, *The Lamplighter*. Ed. Nina Baym. New Brunswick: Rutgers UP, 1988, p. 88.

12岁的格蒂(人们现在多称呼她格特鲁德)衣带不解、端水端饭地照料他,直到他去世。格特鲁德随即作为艾米莉的被监护人搬到艾米莉家。不久沙利文太太身染重病,此时威利已经去了印度,格特鲁德不顾格雷厄姆先生的反对,毅然放弃了衣食无忧的生活,又搬去与沙利文太太和她年老体衰的父亲同住,还找到一份教职,以自己的双手支撑着这个家。在先后为沙利文太太父女送终之后,格特鲁德搬去一家公寓,继续自己的教职,过上了独立自主的生活。但不久责任感又一次将她召唤。格雷厄姆先生再婚,那位时髦的太太还带来了几位被宠溺坏了的侄女,把格雷厄姆家搞得乌烟瘴气,也为艾米莉造成了极大的困扰。格特鲁德为了失明的艾米莉又搬了回来。从这个角度来看,格特鲁德以自己的行为回报了所有当年对她伸出了仁慈之手的人:特鲁曼·弗林特、沙利文太太、艾米莉·格雷厄姆。不仅如此,成年的格特鲁德还以自身的榜样影响到她周围的所有人。她慰藉了艾米莉孤独的心,教育了格雷厄姆夫人那些娇生惯养的亲戚,甚至还在轮船失事时帮助拯救了其中一人的性命。当然,就像许多这类小说的结尾一样,格特鲁德多年的努力有了回报,她不仅与自己的心上人、已经成为富商返回家乡的威利喜结良缘,还与自己的父亲久别重逢,而其父恰恰是艾米莉多年之前的情人。卡明斯精心设计了这一细节,艾米莉与自己的情人破镜重圆,幸福地生活在一起,如此一来,格特鲁德也可以心无旁骛地开始自己的新生活。

卡明斯在这部小说中一再强调的是家的重要性,而这种家庭关系并不一定出自血缘关系。格蒂被点灯人收养后,才第一次有了真正意义上的家。但她同时属于又不属于那个家庭。在别人的谈论中,她是一个"被收养的女儿",从点灯人的家到艾米莉的家,虽然格蒂与他们都没有血缘关系,但她的确是他们的家庭成员。小说将家庭描绘成使得男人免受社会不良习惯影响的避风港。威利的母亲沙利文太太曾做过一个梦,梦见她如何使威利免于被腐败习气所侵蚀。威利从国外回来后,也声称他最希望的是有一个"家,不仅是为我自己,尽管我也一直盼望着有个可以休憩的地方,但更重要的是一个与我心上人一起分享的家"[1]。虽然家里也有风风雨雨,但是女性作为道德守护人,可以在家庭这个领域中施加正确的影响。从这个角度来看,小说也强调了女性在家庭中的重要作用。

不仅如此,这部小说也充分展示了女性价值观。格蒂是小说中因为其同情心和自我牺牲精神而具有正能量的人物。她在走投无路的境遇下被点

---

[1] Maria Susanna Cummins, *The Lamplighter*. Ed. Nina Baym. New Brunswick: Rutgers UP, 1988, p. 347.

灯人收养,得到了沙利文太太、威利和艾米莉的照料。成年之后,她在他们需要时以自己的同情心和爱心进行了回报。而这种回报有时是需要付出代价的。例如,在她得知沙利文太太身体状况欠佳,身边还有一个老父亲需要照料时,她不顾格雷厄姆先生的反对,放弃了已有的舒适生活,搬去与沙利文太太同住。对此,她认为是自己的"义务"所在。在沙利文太太和其父亲去世之后,格蒂又在艾米莉需要她时放弃已经拥有的独立生活毅然返回格雷厄姆家。在别人的眼中,这样做她需要牺牲自己当教师"每年350美元的工资、位于波士顿舒适的家,以及她一直孜孜寻求的独立"[①]。但对于格蒂来说,"独立"就意味着她有能力来决定何时以及为谁做出牺牲[②]。在父权文化统治的社会里,女性小说中的女主人公必须学会平衡社会对于她们自我牺牲的要求与她们自己对于自主的渴望。

　　对于格蒂来说,她成长中最大的障碍是她的火爆性情。因为从小在娜恩那里受到的虐待,格蒂心中充满了怨恨,也养成了敢想敢做的性格。在被点灯人收养之前,她曾因愤怒而用石头砸破了娜恩家的窗子。格蒂在成长的过程中必须学会自我拘束,控制自己的情感,懂得即使面对不公也要保持镇静,而这种教育只有在充满了爱的家里才能进行,一个充满了爱的家才是培养孩子性格的关键因素。对于卡明斯的女性角色来说,女性并非生来就是顺服的,顺服是女性用来战胜困境的武器。她最终学会战胜自己,这才是她成功的诀窍。

　　评论家尼娜·贝姆(Nina Baym)曾经指出,19世纪中叶的女性小说含有两种极受读者欢迎的模式:一种是孤儿在社会地位上的提升,另一种则是女继承人的幸运堕落。[③] 如果卡明斯的第一部小说属于第一种类型,她的第二部小说《梅布尔·沃恩》(*Mabel Vaughan*)就属于第二类模式。《点灯人》中的格蒂是从一无所有而逐渐在社会上占有一席之地的,而第二部小说的女主人公梅布尔则是通过在社会地位还是财富上都跌至谷底之后才又重新在社会上立足的。

　　小说一开始,刚刚成年的富家女子梅布尔正准备进入时髦社会。她漂亮,可爱,充满活力,注定要成为社交场上的耀眼新星。她自己也被上层社

---

① Maria Susanna Cummins, *The Lamplighter*. Ed. Nina Baym. New Brunswick: Rutgers UP, 1988, p. 184.

② Cindy Weinstein, "'A Sort of Adopted Daughter': Family Relation in *The Lamplighter*." *ELH* 68.4 (Winter, 2001): 1038.

③ Nina Baym, *Woman's Fiction: A Guide to Novels by and about Women in America, 1820—70*. 2nd ed. Urbana: U of Illinois P, 1993, p. 170.

会的灯红酒绿所吸引,被所受到的关注和仰慕所陶醉。但梅布尔的家境很快发生了剧变。梅布尔的父亲和姐夫遭遇火车事故,父亲受伤,姐夫去世。姐姐一向除了锦衣玉食、珠宝首饰之外无其他兴趣,她无法承受生活的打击,不久也撒手人寰。哥哥之前已养成酗酒的恶习,还因此在一场车祸中受重伤。父亲失去了所有的财产。一时间,这些养尊处优的有钱人落得身无分文的境地。

在这种境遇下,梅布尔的父亲和哥哥一起去了中西部,在那里他们还拥有一块土地。梅布尔带着自己两个失去父母的外甥也追随而至,在哥哥耕种土地时,她成为家里的管家,一家人在那里开始了新生活。梅布尔在生活中扮演了新的角色,她是父亲的支撑,是哥哥的顾问,也是两个外甥的教师和代理母亲[①]。不言而喻,梅布尔在家里起到的作用远远大于她在社交场合上的成就,她也充分享受这种幸福。在经过了六年的奋斗之后,卡明斯为梅布尔安排了美满婚姻,对方是一位经营有方的农场主和崭露头角的政治家。经历了从富有到贫穷的磨难之旅,梅布尔才真正地成长起来,从这一点来说,梅布尔是幸运的,命运的乖蹇为她提供了成长的必要条件,也是对于她的锤炼和考验。而与东部城市上流社会的腐败颓废相比,卡明斯笔下的中西部是一个更为理想的地方。这部小说与《点灯人》相同之处在于,卡明斯又一次强调了家庭才是女性真正能够实现自我完善和发挥作用的领域。

被称为苏珊·沃纳的《宽宽的大世界》的最成功模仿之作的《点灯人》[②]所取得的巨大成功在19世纪的美国是具有现实意义的。包括这部小说在内的女性小说之所以广受欢迎的一个重要原因,是这个时期女性读者的大量涌现,而女性读者的出现又与美国届时的快速城市化进程和日益增大的中产阶级相关联。小说正是描绘了一个饱受虐待的城市孤女,被陌生人收养,她长大之后又将自己的爱带给和感染了她周围的所有人,最终自己也获得了幸福的过程。这种爱已经超越了血缘关系,为生活在城市里的居民建立新型人际关系建立了典范。《点灯人》的畅销并不神秘。这部小说充分展示了中产阶级价值观中所提倡的女性自我牺牲精神和力量,以及女性在城市化过程中可以发挥的作用。对于当时的读者,尤其是女性来说,阅读《点灯人》这样一部小说无异于参加一种寓教于乐的活动[③],小说既是一种能够

[①] Nina Baym, *Woman's Fiction: A Guide to Novels by and about Women in America, 1820—70.* 2nd ed. Urbana: U of Illinois P, 1993, p. 172.

[②] Nina Baym, *Woman's Fiction: A Guide to Novels by and about Women in America, 1820—70.* 2nd ed. Urbana: U of Illinois P, 1993, p. 164.

[③] Susan S. Williams, "'Promoting an Extensive Sale': The Production and Reception of *The Lamplighter.*" *The New England Quarterly* 69.2 (Jun., 1996): 179.

鼓舞人心的启迪，又是一种具有实际意义的心灵鸡汤。因此，尼娜·贝姆概括道："《点灯人》无数个版本的奥秘正是阅读这部小说所带来的愉悦。"①

范妮·弗恩(Fanny Fern,1811—1872)

范妮·弗恩是19世纪中叶之后颇为知名的美国小说家与专栏作家。她以自己的亲身经历为基础创作的小说《露丝·霍尔》(Ruth Hall)发表于1854年，描述了一位被迫走上文学创作之路的女性通过自立自强而获得经济独立的故事，在社会上反响极大。除了两部小说作品之外，弗恩还是美国第一位职业专栏女作家，也是当时报酬最高的专栏作家，她拥有自己的"范妮·弗恩专栏"，以其撰写的专栏成为当时家喻户晓的人物。弗恩在其时代极具影响力，她在专栏文章中，呼吁给予妇女更大程度的独立和更多的平等权利，抨击父权社会的各种伪善、势利和自私行为，立场坚定，爱憎分明，直陈己见，她犀利机智幽默的文风，广受读者爱戴。除了创作之外，范妮·弗恩还以自己的经历，充分展现了女性获得经济独立的这种激进观点的重要意义。

范妮·弗恩是萨拉·佩森·威利斯·帕顿(Sara Payson Willis Parton)的笔名，她生于缅因州的波特兰，在家里的九个子女中排行第五。弗恩出身于书香门第，祖父在美国独立战争时期担任波士顿一家辉格党报纸的主编，父亲纳撒尼尔·威利斯于1816年在波士顿创办了美国最早的宗教报纸《清教记录报》(The Puritan Recorder)，1827年创办了美国第一家青少年报纸《青年之友》(The Youth's Companion)，担任主编直至1862年。威利斯家的子女都受过良好的教育，家里书香气氛浓厚，报纸和书籍陪伴着他们成人，九个子女中后来有四人在文学和新闻行业中成就斐然。不仅如此，弗恩的父亲也是位虔诚的长老会教徒，还担任着帕克街教会的执事。他将女儿送到凯瑟琳·比彻(Catherine Beecher)在哈特福德开办的女子学院，希望这个学院的宗教气氛能够约束自己这个个性坚强、颇有主见的女儿。弗恩曾从教于凯瑟琳·比彻与哈丽雅特·比彻·斯托。她思想活跃，才智敏锐，尤以写作见长，其作文在其学生时代就曾发表在当地报纸上。从这所学院毕业之后，弗恩返回波士顿家中，去完成作为当时年轻女性所必备

---

① Nina Baym, Introduction. *The Lamplighter*. By Maria Susanna Cummins. Ed. Nina Baym. New Brunswick: Rutgers UP, 1988, p. xxxi.

的持家技能的训练。空余时间,她也协助父亲校对稿件,甚至也曾在稿源不足时为《青年之友》撰写过稿件,这些都为她之后的写作奠定了良好的基础。

1837年,弗恩与在波士顿一家银行就职的查尔斯·哈林顿·埃尔德雷奇成婚。婚后弗恩生下了三个女儿,一家人过着衣食无忧的小康生活。但好景不长,灾难突然降临到一家人头上。1846年,丈夫突患伤寒撇下弗恩和两个女儿(大女儿之前已经夭亡)离开人世,35岁的弗恩成为寡妇。弗恩这才发现,因为丈夫不擅经营,家中几近一文不名。弗恩曾试图以做缝纫活和教学养活自己和孩子,但均没有奏效。1849年,在父亲和亲戚们的一再催促下,弗恩再次嫁为人妻。遗憾的是,弗恩的第二任丈夫塞缪尔·P.法林顿相貌不扬,品质恶劣。他因在相貌、智识和社交能力上都逊于妻子而妒火中烧,竭尽所能虐待和诽谤妻子。无奈之下,弗恩与其离婚,这次婚姻仅维持了四年。弗恩的女儿埃伦多年后回忆母亲的第二次婚姻时说,母亲的第二次婚姻完全是出于给女儿找一个家的目的,是在无计可施的情况下才走上这条路的[1]。

"终于,在这些痛苦的岁月之后,失去了丈夫的母亲在绝望无奈下拿起了笔;因而我们文学的银河又增添了一颗明亮的新星。"[2]的确,弗恩是被迫走上写作之路的。弗恩在第二次婚姻失败之后,意识到传统的谋生方式无法使她摆脱困境,她因而打算以文谋生,闯出自己的路来。她曾希望在纽约从事编辑工作的兄长纳撒尼尔·帕克·威利斯助自己一臂之力,帮助自己踏上文坛。她给纳撒尼尔寄去了自己的文章,征求他的意见。纳撒尼尔是当时的文坛名流,又一向热情扶持文坛新人,但对于妹妹的请求,他非但没有伸出援助之手,反而大泼冷水,他对弗恩的文章百般挑剔,还劝她远离写作这个领域。性格倔强的弗恩随即决心依靠自己的力量取得成功。她手里牵着年幼的女儿,在波士顿大街上的各家报馆里推销自己的文章。1851年,她终于卖出了自己的第一篇文章,尽管稿酬只有50美分。弗恩从此开始了自己的写作生涯,她开始在波士顿的杂志上发表文章,而且很快就看到了自己奋斗的成果。她的文章广获读者好评,还被其他报刊广泛转载。"范妮·弗恩"这个笔名也从此诞生[3]。这一笔名,不仅帮助她摆脱了生活窘

---

[1] Mary Kelley, *Private Women, Public Stage: Literary Demesticity in Nineteenth-Century America*. Oxford: Oxford UP, 1985, p. 265.

[2] John S. Hart, *Female Prose Writers of America*. 3rd ed. Revised and Enlarged. Philadelphia: E. H. Butler, 1857, p. 470.

[3] 弗恩与母亲感情深厚。她曾声称如果不是时代的局限,母亲极有可能成为出色的作家,而自己的写作天赋全部来自母亲。她的笔名"范妮·弗恩"的后半部分"弗恩",就取自母亲生前喜爱的一种植物,弗恩用它来表达对于母亲的挚爱之情。

境,还使她改变了命运,成为自立而成功的职业作家。"在经过了几个月坚持不懈的努力之后,范妮·弗恩可以自己开价了。她的头已经浮出水面,再也不会被淹没"①。

最初进入男性一统天下的出版界时,弗恩面临巨大的挑战。她每周都得撰写五至十篇文章,却只能赚取 6 美元稿酬。但仅仅在一年之后,当出版商与她协商将其文章结集出版时,她已经学会如何在这个圈子里生存。她拒绝了领取 1500 元稿酬的建议,而是签订了每册 10 美分的版税合同。这个明智的抉择为她带来了极好的经济效益。《蕨叶集》(Fern Leaves from Fanny's Portfolio)于 1853 年 7 月面世,在一年之内就销售了 7 万册,还在英国售出近 3 万册。仅这一部作品就在短短的一年中为弗恩带来近一万美元的高额收入。之后弗恩的《蕨叶集》第二、三卷相继上市,三卷本在欧美大陆一年的销售量高达 180000 册②。

只有获得经济独立,女性才真正能够掌握自己的命运,这是弗恩在文章中一再呼吁的观点,而这一观点来自她自己的切身体会。对于范妮·弗恩来说,她是被迫拿起笔来的。经济困境与深厚母爱激励她顽强拼搏,直至成功。她的专栏文章多次描述了她作为单身母亲的沉重负担。她因为贫困,不得不把一个女儿送到漠不关心的公婆家生活,自己也因无钱购买车票而无法去探望她。另一个女儿则与她一起在贫困中挣扎。但这一切反而激发了她必须成功的决心。她在 1853 年登载在《星期六晚邮报》(Saturday Evening Post)的一篇采访中表示了自己的决心:

> "我被绝望压得直不起腰来,但当我想起孩子们时,我一下子跳了起来,发誓她们一定会为她们的母亲感到骄傲——。"当她说到自己的拼搏时,她的眼中闪烁着充满气魄的火花。"我觉得我能成功,我也的确成功了"。她决心为了孩子克服一切困难,向那些在她危难时漠然拒绝伸出援助之手的人们显示自己的独立。③

弗恩的确成功了,她于 1853 年迁至纽约,很快与自己在贫困交加时被迫

---

① Grace Greenwood,"Fanny Fern—Mrs. Parton," in *Eminent Women of the Age*. Ed. James Parton. Hartford:S. M. Betts,1868,p. 72.

② John S. Hart,*Female Prose Writers of America*. 3rd ed. Revised and Enlarged. Philadelphia:E. H. Butler,1857,p. 472.

③ Joyce W. Warren,*Fanny Fern:An Independent Woman*. New Brunswick and London:Rutgers UP,1992,p. 97.

托付给公婆照料的女儿团聚。1854年12月,弗恩的自传小说《露丝·霍尔》上市,在很短时期就售出10万册,并且由于事先与出版社签订的合同,得以收取每册15美分的版税。1856年,弗恩再次步入婚姻殿堂,同与她志同道合的詹姆斯·帕顿成婚。帕顿是弗恩的仰慕者,也是一位具有极好发展前景的传记作家和新闻工作者。他们的婚姻不仅为弗恩带来了幸福,也因为签订了婚前协议为弗恩赢得了经济保障。根据这个协议,弗恩得以保留对于自己全部财产的支配权,而且她的财产只用于自己和自己的两个女儿。据弥尔顿·E.弗劳尔称,在之前的两年内,弗恩的稿酬收入超过15000美元。"这个数字对于当时任何作家来说都是十分可观的,对于女性作家来说则几乎是前所未有的事"。[1] 婚后他们全家迁入以弗恩的稿费买下的房子里。弗恩在同期撰写的散文《我与我的旧墨水池》里,表达了自己百感交集的心情:

> 我的旧墨水池,你对此有何感想?我们难道不是已经渡过难关了吗?——你难道不希望老格里芬、所有的小格里芬们,以及这里那里的大大小小的格里芬们都来看看这幢由你帮我买下的华丽住宅?——我曾经在你身上洒下许多泪水,不是吗?——你很清楚,传到我耳中的每句粗鲁的话都成为了我钱包中的又一元钱,对于我的小耐尔的所有虐待行为都为我衰弱的神经和松弛的肌肉增添了力量和干劲。我说,旧墨水池,现在再来看看耐尔吧。[2]

弗恩不仅是充满爱心的母亲,也是具有职业操守和奉献精神的作家。1855年她与罗伯特·邦纳签订协议,以每周100美元的价钱为《纽约纪事报》定期撰写专栏文章,这是当时作家所能拿到的最高稿酬。有了这样一位备受读者欢迎的撰稿人,再加上邦纳对她不惜血本的大力宣传(邦纳甚至把付给弗恩的稿酬数公开在自己的报纸上),这份报纸的订户在一年之内从2500猛增到150000,后来飙升至40万。一直到她去世,弗恩都是《纽约纪事报》的王牌专栏作家,也因为她,《纽约纪事报》成为19世纪美国拥有最多读者、最具影响力的故事报(storypaper)[3],像哈丽雅特·比彻·斯托、威廉·库

---

[1] Milton E. Flower, *James Parton: The Father of Modern Biography*. Durham: Duke UP, 1951, p. 36.

[2] Fanny Fern, *Ruth Hall and Other Writings*. Ed. Joyce W. Warren. New Brunswick: Rutgers UP, 1992, pp. 278—79.

[3] Fanny Fern, "From the Periodical Archives: Fanny Fern and the *New-York Ledger*." *American Periodicals* 20.1 (2010): 98.

伦·布莱恩特(William Cullen Bryant,1784—1878)、狄更斯(Charles Dickens,1812—1870)、爱德华·埃弗里特(Edward Everett,1794—1865)、霍勒斯·格林利(Horace Greeley,1811—1872)等作家都是其专栏读者。弗恩的确不负众望,她在为《纽约纪事报》撰写专栏的17年里,兢兢业业,勤奋努力,从未因故耽误过写作,直至她最后因病去世。在生命的最后六年之中,她一直在与癌症搏斗,但也从未使她的读者失望。她的最后一篇专栏的题目为《夏季的结束》,在她去世两天后登出,令人扼腕。

弗恩的第一部小说《露丝·霍尔:一个现代家庭故事》(Ruth Hall: A Domestic Tale of the Present Time)发表于1855年。评论家玛丽·凯利(Mary Kelley)指出,这是"文学女性'准小说'里对于自己经历的各种描述中最充分、最直白的自传体作品"①。在这部小说中,范妮·弗恩以自己的经历为蓝本,描写了一个妇女通过自立自强赢得财富和名望的故事。当美国文学中的男性主人公们"从破衣烂衫到腰缠万贯"的故事被奉为"美国梦的实现"时,露丝·霍尔的故事却震惊了许多持有妇女应该具有被动、顺从、忍耐等品德的传统观点的人。弗恩在自己的小说中塑造了一个扮演了"19世纪美国人认为完全属于男人的角色"②。小说没有像许多女性小说那样赞美家庭生活的幸福美满,而是为作者展现了一位以笔谋生的女性。更为令人震惊的是,小说处处表现出对于传统女性角色的质疑和对于男性权威的挑战,还对使女性陷入绝境而又拒绝伸出援助之手的男性进行了无情的讽刺与批判,以至于有人颇为妥帖地把该小说称为"无情宫"③。

《露丝·霍尔》取材于作者自己的经历,也被称为"具有颠覆意义的感伤主义"的作品④。小说中的女主人公与作者一样,在丈夫去世之后为了谋生才拿起了笔。如书中所说,"幸福的女人绝不写作。从哈里(露丝的丈夫)的坟墓中跃出了弗洛利(露丝·霍尔在小说中的笔名)"⑤。的确,露丝也曾拥有一段幸福的婚姻,但"尽管这场婚姻很美满,却不能持久"⑥。丈夫因病早

---

① Mary Kelley, *Private Women, Public Stage: Literary Domesticity in Nineteenth-Century America*. New York: Oxford UP, 1985, p. 138.

② Joyce W. Warren, *Fanny Fern: An Independent Woman*. New Brunswick: Rutgers UP, 1992, p. 2.

③ 这个评论出自评论家格林伍德(Greenwood)之口。把"露丝"加上四个字母便成为"无情"(ruthless),而"霍尔"在英语中既是姓氏,也作"房子、大厅、宫"解。

④ Jaime Harker,"'Pious Cant': and Blasphemy: Fanny Fern's Radicalized Sentiment." *Legacy* 18.1 (2001):53.

⑤ Fanny Fern, *Ruth Hall and Other Writings*, Ed. Joyce W. Warren. New Brunswick: Rutgers UP, 1992, p. 175.

⑥ Joyce W. Warren, Introduction. *Ruth Hall and Other Writings*. Ed. Joyce W. Warren. New Brunswick: Rutgers UP, 1992, p. xxiii.

逝使得露丝顿时陷入绝望境地。她曾向父兄和公公寻求帮助,但遭到无情的拒绝。出于无奈,露丝决心自己承担起养家糊口的责任。弗恩通过露丝的故事告诉读者,即便这个妇女闯入了男性的传统领域,也绝非她的过错。评论家安·伍德指出,如果女性的位置确实在家庭领域,那么她就应该有安全感,并且受到男性的经济保护①。玛丽·凯利也认为,露丝的故事恰恰证明了一个女性是如何被不公正地的、毫无准备地压上男性应该承担的责任的,但同时她还必须履行女性的义务②。

虽然露丝受到的良好教育使得她具有以笔养家赚钱的能力,但是在一个男性文化统治下的商界,露丝经历了一段艰苦的成长过程。她咬紧牙关,决心以自己的努力取得成功。"只要她能赢得自立,她会很高兴地养活自己,并心甘情愿地日夜工作"③。但成功的道路并非坦途,露丝把自己的文章寄给自己的兄长,这位作为畅销杂志主编的文坛名人非但不鼓励她,还劝她"去找点不那么触目显眼的工作"④。兄长的挖苦和讥讽反而使得露丝建立了必胜的决心。"我觉得我能行,我一定能行"⑤。露丝以极大的勇气和毅力开始了她被迫从事的职业。

鉴于社会观念对于僭越传统领域的女性的反感,弗恩也在塑造露丝的过程中强调了她被迫走上职业之路的无奈。弗恩在小说中一再声称露丝更希望得到一个好男人的庇护而不是满足于成功职业的虚荣心。她所做的一切,都是为了生计所迫。她为了孩子能够吃饱,自己经常不吃晚饭,还常常夜以继日地写作以便今后不再遭受与她们分离之苦:

> 写呀,写呀,写呀,露丝的笔在纸上不停地划着……她头疼欲裂,手指酸痛。一点钟了,两点钟了,三点钟了——油灯的火苗暗了下来。露丝放下笔,掠了下前额的头发,筋疲力尽地靠在窗台上,让清凉的夜风吹着自己发热的脸颊。⑥

---

① Ann D. Wood, "The Scribbling Women and Fanny Fern: Why Women Wrote." *American Quarterly* 23 (Spring 1971): 23.

② Mary Kelley, *Private Women, Public Stage: Literary Domesticity in Nineteenth-Century America*. New York: Oxford UP, 1985, p. 139.

③ Fanny Fern, *Ruth Hall and Other Writings*, Ed. Joyce W. Warren. New Brunswick: Rutgers UP, 1992, p. 115.

④ Fanny Fern, *Ruth Hall and Other Writings*, Ed. Joyce W. Warren. New Brunswick: Rutgers UP, 1992, p. 116.

⑤ Fanny Fern, *Ruth Hall and Other Writings*, Ed. Joyce W. Warren. New Brunswick: Rutgers UP, 1992, p. 116.

⑥ Fanny Fern, *Ruth Hall and Other Writings*. Ed. Joyce W. Warren. New Brunswick: Rutgers UP, 1992, pp. 125—26.

作为一个母亲,露丝目的非常明确,她要依靠自己的力量成为孩子们坚强的经济保护人,为她们打造一个舒适的栖身之地。

露丝的成功不仅仅是在报刊上发表文章,还意味着具有对市场动向的敏锐感和竞争能力。露丝最早的文章登载在《标准》杂志上,这家杂志不仅稿酬低,还总是在文章发表之后才付钱。后来《朝圣者》也开始登载她的文章,但稿酬同样很低。虽然两家杂志的订户都因为登载她的文章而直线上升,但她提高稿酬的要求被两家杂志毫不客气地否决了。在他们看来,寻求经济利益是男性的事,女性是不能讨价还价的。她从一个万事依赖于丈夫的家庭妇女,成为一名职业作家和商界的强力竞争对手,展示了女性在家庭领域之外获取成功的可能性。露丝学会了如何与金融社会进行谈判,为自己和女儿协商出一种对其有利的位置[1]。她果断地与一位待她友善的编辑签订了写作合同,这个编辑付给她的稿酬比起她目前所能得到的高出好几倍。后来在与出版社协商把她的文章结集出版时,她又毅然选择了以版税的方式付费的办法。露丝在这个男性社会里的最终胜利是以她持有一万元的银行股票为象征的,这是一个典型的"美国梦"得以实现的结局。她手中持有的股票证实了她的成功、她对于占有式的个人主义的认可,以及她重返了中产阶级的地位[2]。作为一名女性,露丝"参与了男人的游戏"[3],并且获得成功,以自己的写作改变了自己和家人的命运。她的故事"为19世纪的妇女提供了罕见的角色模式:她是女性通过自己的力量取得经济独立的榜样"[4]。

《露丝·霍尔》的不同凡响之处还在于小说"没有以女主人公的婚姻和职业的放弃为故事的结局"[5]。许多女性小说都把婚姻,而不是金钱,作为对于女性美德的最高奖励,但是在《露丝·霍尔》的结尾,露丝从公婆家领回了女儿,在丈夫的坟前与他告别之后,露丝将离开这个地方开始自己的新生活。她在此也告别了自己作为一位孤立无助的寡妇为生存而拼搏的不堪回忆,告别了过去扮演的被动无助的传统女性角色。露丝或许还会再婚,但是

---

[1] Julie Wilhelm, "An Expenditure Saved Is an Expenditure Earned: Fanny Fern's Humoring of the Capitalist Ethos." *Legacy* 29.2 (2012):202.

[2] Maria C. Sanchez, "Re-Possessing Individualism in Fanny Fern's *Ruth Hall*." *Arizona Quaterly* 56.4 (Winter,2000):25.

[3] Nina Baym, *Woman's Fiction: A Guide to Novels by and about Women in America, 1820—70*. Ithaca:Cornell UP,1978,p. 253.

[4] Joyce W. Warren, Introduction. *Ruth Hall and Other Writings*. Ed. Joyce W. Warren. New Brunswick:Rutgers UP,1992, p. xxii.

[5] Joyce W. Warren, Introduction. *Ruth Hall and Other Writings*. Ed. Joyce W. Warren. New Brunswick:Rutgers UP,1992, p. xxii.

她的下一次婚姻的先决条件将是建立在平等关系和经济独立之上的新型夫妻关系。露丝成功地实现了对于家庭这个私人领域和市场这个公共领域的跨越。

《露丝·霍尔》的发表引起了轰动,不仅小说极为畅销,而且热情的读者还以露丝·霍尔为新生儿、香水、旅馆、烟草、船只、乐曲等命名,作者的真实身份也一时成为热门话题。《露丝·霍尔》为弗恩带来了高度评价。在写于1855年的书评中,著名女权主义活动家伊丽莎白·卡迪·斯坦顿(Elizabeth Cady Stanton)如此评论说,"我要以女人的名义,向范妮·弗恩这种引人注意的生活经历表示感谢……当女性最终摆脱了关于正义和雅致的所有虚假观点,向世界披露她所遭受的折磨与苦难时,——所有其他的关于各种非正义和压迫的历史在她所显示的家庭暴君的活生生的画面之前,就会变得无足轻重"。斯坦顿还声称,小说的重要寓意在于说明"上帝给予女性足够的头脑和肌肉来确定她自己的命运,无需依赖于他人"①。就连曾经讥讽过女性作家的霍桑也在致出版商的信中说道:

> 我近来一直在阅读《露丝·霍尔》,我必须承认我从中获得了极大的乐趣……那个女人[范妮·弗恩]写作时仿佛是魔鬼附身,而只有在这样的情况下,一个女人写出来的东西才值得读……当她们抛掉礼仪的束缚,毫无顾忌地面对公众时……那时她们的创作才具有个性和价值……如果你遇到她请向她转达我的敬意。②

与此同时,小说也引起了巨大争议。除了弗恩小说对于"市场个人主义的毫不掩饰的追求"之外③,更为确切地说,对于这部小说的抨击不是针对作品本身,而是弗恩作为女性作家的身份。小说令许多人无法接受的原因是因为弗恩揭穿了关于男性作为女性的保护人和女性应该完全依赖于男性的神话背后的残酷社会现实④。1854年12月20日刊登在《纽约时报》上的

---

① 引自 David S. Reynolds, *Beneath the American Renaissance: The Subersive Imagination in the Age of Emerson and Melville*. Oxford: Oxford UP, 2011, p. 404.

② Nathanial Hawthorne, *Letters of Hawthorne to William Ticknor, 1850—1864*. Berkeley: U of California P, 1950, p. 78.

③ Gillian Brown, *Domestic Individualism: Imagining Self in Nineteenth-Century America*. Stanford, CA: Stanford UP, 1990, p. 140.

④ Joyce W. Warren, "Text and Context in Fanny Fern's Ruth Hall: From Widowhood to Independence," in *Joinings and Disjoinings: The Significance of Marital States in Literature*. Ed. Joanna Stephens Mink and Janet Dobler Ward. Bowling Green, OH: Bowling Green State U Popular P, 1991, p. 74.

书评很典型地反映了当时社会的保守观点：

> 如果范妮·弗恩是个男性——一个相信有仇必报，并有理由回击那些伤害过我们的人，那么《露丝·霍尔》就是一部合乎天性、情有可原的作品。但我们必须承认我们无法理解一个柔弱的苦女子怎么能够如此无情地对迫害过她的人穷追不舍，我们不得不认为这个作者缺乏女性的温柔。①

由此来看，弗恩遭受谴责，是因为她无视社会习俗，毫不掩饰地讲述了自己的生活经历。如伍德所说，"是范妮·弗恩的亲身经历产生了《露丝·霍尔》，并使她站在屋顶上大声喊出了其他女性作家几乎不愿在地下室里低声说出的话"②。而评论家约翰·哈特(John Hart)也指出，

> 她丝毫没有虚情假意。她的写作来自她的亲身经历；这是一个妇女的真实生活在文学上的再现——她在作品中表现出男性的勇气、独立和气魄；同时她是那样的温柔和富有女性气质，那样的优雅、敏感、具有母性慈爱，她以善良、仁慈和温柔的爱心对待孩子，表现出对他们悲伤和细微之处的理解，所有这一切使她赢得了大家的心。③

弗恩的第二部小说《罗丝·克拉克》(Rose Clark)发表于1856年。与《露丝·霍尔》相似的是，这部小说的自传色彩也很浓厚。小说中有两位女性，罗丝与早期的露丝不无相像，是个具有传统观念、温柔脆弱的家庭主妇；格特鲁德则与后来的露丝一样，是位独立自强的成功职业女性。弗恩通过格特鲁德的故事削弱了她所描绘的传统女性罗丝所代表的表层故事的可信性④。在这部小说中，弗恩通过格特鲁德的故事，披露了自己灾难性的第二次婚姻的真相。可以看出，这场婚姻弗恩关于妇女权利、婚姻生活等问题的激进观点的形成有着密切关系。

通过塑造两位性格与生活道路大相径庭的人物，弗恩在为读者提供了

---

① Joyce W. Warren, *Fanny Fern: An Independent Woman*. New Brunswick: Rutgers UP, 1992, pp. 124—125.

② Ann D. Wood, "The Scribbling Women and Fanny Fern: Why Women Wrote." *American Quaterly* 23 (Spring 1971):13.

③ John S. Hart, *Female Prose Writers of America*. 3rd ed. Revised and Enlarged. Philadelphia: E. H. Butler, 1857, p. 473.

④ Joyce W. Warren, "Fanny Fern's *Rose Clark*." *Legacy* 8.2 (1991):92.

符合社会主流意识的人物的同时,又以一种全新的、激进的人物形象巧妙地解构了传统女性形象,也使我们意识到弗恩在一个要求女性小说顺应文学传统的年代里作为小说家所面临的实际困难与她所采用的对应创作策略。罗丝符合社会所期待的"真正女性"模式,在社会为女性界定的小圈子里默默忍受命运的不幸。她对丈夫百依百顺,由别人主宰自己的命运,虽然最后也获得幸福,但她的幸福建筑在别人的施舍上。对于罗丝们来说,幸福是没有保障的,因为男性的支持和拯救往往靠不住[1]。而小说中格特鲁德这个人物是根据作者自己的经历加工而成的。格特鲁德与弗恩一样,在丈夫去世后再婚。但她很快发现自己陷入泥淖之中。她的丈夫是个伪君子,又因为在各方面都逊色于妻子而变得十分妒忌。格特鲁德受到他的种种虐待和控制。在百般刁难她之后,丈夫离家出走,两人最终离婚。在小说的结尾,格特鲁德凭借自己的绘画才能改变了自己的命运,而那位之前一直践踏她的尊严、诋毁她的名誉的男人却一事无成。在这部小说中,弗恩又一次证明了一旦女性获得了经济独立,她们就掌握了自己的命运。而只有独立女性才能获得真正的幸福和经济保障。从这个角度来看,弗恩所塑造的女主人公比19世纪大多数女作家笔下的人物形象都更为激进。两部小说均不是以当时女性小说中常见的美妙婚姻或家庭团圆,而是两位为自己的成功而自豪的职业女性结尾。

弗恩在自己生活的时代主要还是作为专栏作家而闻名遐迩的。作为美国第一位职业女性专栏作家,弗恩的睿智、敏锐、直率、幽默吸引了成千上万的读者[2]。在许多年里,每当登载她专栏的报纸出版的那一天,《纽约记事报》的办公室里便人头攒动,读者迫不及待地等在那里希望能够最先读到她的文章。而在她的写作生涯中,她的读者来信如潮涌一般,大大超过同期的其他作家。但与此同时,弗恩也被认为是与许多同时代的女性作家不同的人物。她独立性极强,敢于标新立异、挑战传统。"作为一个作家和女性,她从不趋炎附势、循规蹈矩、追逐时尚玩弄权谋。"[3]她是第一位撰文称赞惠特曼的《草叶集》(*Leaves of Grass*)的女性。她在自己的专栏文章中大胆涉及卖淫、离婚、性病、节育、离婚等忌讳话题,并坦率表达了自己对于传统婚姻模式、女性参政权、儿童教育、宗教改革、城市犯罪等社会问题的看法。弗恩

---

[1] 金莉:《文学女性与女性文学:19世纪美国女性小说家及作品》,北京:外语教学与研究出版社,2004年,第179页。

[2] 同时代的艾米莉·狄金森也曾为父亲读过弗恩的文章以使他开心。

[3] Grace Greenwood, "Fanny Fern—Mrs. Paton," in *Eminent Women of the Age*. Ed. James Parton. Harford: S. M. Betts, 1888, p. 72.

积极回复着读者所关注的问题,并竭尽所能为他们建言献策,成为影响到这一时期女性的重要人物。她文章的巨大魅力不仅来自她独特的写作风格,也来自她在抨击社会弊端时犀利尖刻的讽刺和毫不妥协的立场。霍桑所提到的弗恩的"魔鬼附身"就是她通过公开鼓励女性打破传统角色的枷锁向传统文化发起的挑战。

可以说,弗恩充分利用了她的笔名,作为讽刺那些试图规训其作品中所反映的颠覆姿态的工具①。她的专栏文章许多都涉及女性的生存现状和女性权利,她对于女性的不幸遭遇表现出极大的同情,对社会的不公充满了愤慨。她一再呼吁社会在公共和家庭领域里给予女性更多的自由和尊重,给予女性更好的待遇②,并且毫不留情地谴责了那个把妇女在婚姻中完全置于依赖男性的地位、而没有使她们获得经济保障途径的社会。她的作品反映出她对于婚姻的清醒认识:"女孩子们,放下你们手中的刺绣和毛线活,做点理智的事情吧。不要再建造空中楼阁,谈什么情人和蜜月,它们让我恶心。爱情是一个闹剧;婚姻是欺诈行为;丈夫是家里的拿破仑、尼禄、亚历山大……"③弗恩吸取了自己两次不幸婚姻的教训,警告年轻女性不要对婚姻抱有不切实际的幻想。正像她在1869年的文章里告诫女读者的那样:"我希望所有的女性都独立于把婚姻作为所有生活来源的状况。"④弗恩生活在一个男权文化统治的时代,就连爱默生这样崇尚独立自由的思想家,都居然声称"我十分庆幸我是个美国人,我也同样庆幸我是个男人"⑤。因而,对于弗恩来说经济独立才是女性权利的基础和关键。她曾在文章里公开提倡这种观点:"如果你能做到,就一定要取得经济独立。你自己的劳动成果可以把你从从属地位中解放出来……当你做了这一切,你就可以合法地要求,甚至是选举权利。总有一天你会得到选举权。"⑥弗恩的成功(以及露丝的成功)也就在于她挑战以及超越令人窒息的"真正女性"准则的能力,这种

---

① Robert Gunn,"'How I Look':Fanny Fern and the Strategy of Pseudonymity." *Legacy* 27.1 (2010):30.

② Nancy A. Walker,*Fanny Fern*. New York:Twayne,1993,p. 115.

③ Fanny Fern,*Ruth Hall and Other Writings*. Ed. Joyce W. Warren. New Brunswick:Rutgers UP,1992,p. 220.

④ Fanny Fern,*New York Ledger*,June 26,1869.

⑤ 引自 Joyce W. Warren,"The Gender of American Individulism:Fanny Fern,the Novel,and the American Dream," in *Politics*,*Gender*,*and the Arts*. Ed. Ronald Dotterer and Susan Bowers. Selingsgrove,PA:Susguehanna UP,1991,p. 150.

⑥ Joyce W. Warren,Introduction. *Ruth Hall and Other Writings*. Ed. Joyce W. Warren. New Brunswick:Rutgers UP,1992,p. xxi.

准则把女性置于父权家庭的失语、压迫和依赖之下①。

弗恩的名字在21世纪的美国社会不为大多数人所知,但她在19世纪中叶却是美国家喻户晓的人物,具有很大的影响力。而她作为拥有大批读者的女性专栏作家和小说家的身份使她在过去三四十年中位于美国19世纪文化和文学研究重要主题的交叉点②。这充分说明了弗恩与其作品的现实意义和当下性。作为文学作品,弗恩的小说并不具有很高的美学价值,但是弗恩的专栏文章在19世纪中叶具有革命意义。19世纪美国文化把女性局限于这样的道德标准之下:她们只能是忘我无私的,而不是自我奋斗的;只能被动等待,而不能积极行动,对于男性只能是毕恭毕敬的,而不能持批评态度。正是因为通过个人奋斗而达到成功的美国人在美国文化和文学中都被看作男性固有的品质,弗恩的女主人公才被摒弃在传统的美国成功故事之外,弗恩小说的革命性才被许多人所忽略③。弗恩以自己的经历和作品鼓励了当时的女性读者自立自强,在更宽阔的领域里为自己应有的权利而奋斗,弗恩其人其作的意义正在于此。

路易莎·梅·奥尔科特
(Louisa May Alcott,1832—1888)

尽管大多数中国读者对于路易莎·梅·奥尔科特的名字不甚熟悉,但她创作的那本享誉欧美大陆的小说《小妇人》(*Little Women*),却是许多人耳熟能详的。这部小说在其出版100周年的1968年,已销售了600万册,在奥尔科特逝世百年纪念的1988年,它在美国本土就已有29个不同版本。早在1940年,奥尔科特的肖像就出现在美国的五分纪念邮票上。奥尔科特在世界上也享有盛誉,她的作品已被译成几十种外语。在我国,如今市面上也有好几种《小妇人》的不同版本在同时销售,拥有众多读者。长期以来,《小妇人》得到人们的极大喜爱,它曾六次被搬上银幕,其中两次是无声电影,四次为有声电影,最近的一次在1994年;六次被改编为电视剧,最近的

---

① Gale Pemple,"A Purchase on Goodness:Fanny Fern,*Ruth Hall*,and Fraught." *Studies in American Fiction* 31.2 (Autumn 2003):131.

② Robert Gunn,"'How I Look':Fanny Fern and the Strategy of Pseudonymity." *Legacy* 27.1 (2010):25—26.

③ Joyce W. Warren,"The Gender of American Individulism:Fanny Fern, the Novel, and American Dream," in *Politics,Gender,and the Arts*. Ed. Ronald Dotterer and Susan Bowers. Selingsgrove,PA:Susguehanna UP,1991,pp.153—55.

一次是在2017年；1998年被改编为歌剧在全球上演；2005年还被搬上百老汇音乐剧舞台。

奥尔科特的作品之所以保持了经久不衰的艺术魅力，在于她所创作的那些女性人物角色，她们的成长与她们在家庭和社会所扮演的角色是奥尔科特为女性读者展现的一种"美国女性神话"①。奥尔科特自从发表了《小妇人》，就一直生活在公众视野之下，为成千上万的读者辛勤笔耕，与此同时，她在家中操持家务，扮演着女儿和姊妹的角色。奥尔科特把自己的经历融进了自己的创作，正是她的经历构成了其作品的基础。但是《小妇人》中主人公乔的感慨之词"家庭是世界上最美妙的事物"却不是小说原型奥尔科特家庭的真实写照②。从某种意义上来说，奥尔科特的人生经历就是她毕生为自己那"可怜的家庭"提供经济支持的故事③。对于她来说，职业写作的根本目的在于强烈的家庭责任感和寻求自我价值实现的结合。

路易莎·梅·奥尔科特出生于宾夕法尼亚州的日耳曼敦，两岁时全家搬到波士顿，因为她那位超验主义者和教育改革家的父亲布朗森·奥尔科特(Bronson Alcott)在此开办了一所学校。可惜的是这所学校仅仅维持了六年。当思想开明的布朗森在课程中加上有关生育的内容，并且接受了一名黑人学生入学时，他便遭到公共舆论的谴责，学生数量不断减少，他无奈之下关闭了学校，但也因此负债累累，使他的家人陷入缺吃少穿的困境。布朗森是个沉溺于幻想的理想主义者，被称为"既挣不了钱也守不住钱的哲学家"④。他拒绝向物质社会妥协因而也拒绝寻找工作，把应负的家庭责任推到了妻女身上。他曾把全家搬到马萨诸塞州的哈佛镇，和另外几个家庭组成了一个乌托邦式的联合家庭"果实地"，几个月后此举也告失败。奥尔科特夫人自此独自承担家庭重任，也教导自己的四个女儿为家庭分忧。1848年，奥尔科特一家搬回波士顿。奥尔科特夫人开设了一家职业介绍所，为需要佣人的家庭做中介人。路易莎与姐姐安娜也开始接些缝纫活儿或是授课来赚钱贴补家用。路易莎后来写道，"我常常想母亲自结婚后日子过得多么苦……我的理想就是为她赢得一个温馨安宁的家，不让她有

---

① 参见 Elaine Showalter, "Little Women: The American Female Myth," in *Sister's Choice: Tradition and Change in American Women's Writing*. Oxford: Oxford UP, 1994.
② Louisa May Alcott, *Little Women or Meg, Jo, Beth and Amy*. Boston: Little, 1915, p. 516.
③ Ednah D. Cheney, *Louisa May Alcott: Her Life, Letters, and Journals*. Boston: Little, 1990, p. 189.
④ Gamaliel Bradford, "Portrait of Louisa May Alcott." *The North American Review* 209. 760 (Mar., 1919): 391.

债务和麻烦"①。这种勇于承担家庭责任的目标贯穿奥尔科特的一生,经济因素是她走上职业写作生涯的最强烈动机②。

布朗森先生虽不擅长养家糊口,倒是对自己女儿的教育十分尽心。几个女儿在年幼时开始写日记,父母经常阅读她们的日记,还加上批注。路易莎除了父亲的学校之外没有上过其他的学校,家里偶尔也有家庭教师,但主要依靠孩子们自己的大量阅读。文学创作的种子很早就在路易莎的心里扎根发芽。当他们住在波士顿时,路易莎开始了为发表而写作的勇敢尝试。1849年,她完成了自己的第一部小说《遗产》(*The Inheritance*),但这部作品手稿直到1997年才被发现,并首次与读者见面。她的第一篇故事发表于1852年,这篇作品为她带来5美元的收入,而第一部作品集《花的寓言》(*Flower Fables*)于1854年12月面世,这是她在康考德村担任爱默生女儿埃伦的家庭教师时为她写的童话故事集。作品卖出了1600册,奥尔科特仅得到32美元的稿费,但还是兴奋地在圣诞节那天给母亲寄去了自己的处女作。

奥尔科特在孜孜不倦进行创作的时候也时刻把家人挂在心上。1856年她的妹妹伊丽莎白(《小妇人》中贝思的原型)在帮助一户移民家庭时感染了猩红热,于1857年底去世,路易莎一直照料她到生命最后一刻。奥尔科特一家这时已经搬到位于康考德村的果园住宅,路易莎返回波士顿,继续她的创作,她把大部分收入都寄回了家,也从此建立了她固定的生活模式:她平时在波士顿写作和做些零活儿,一旦家里需要,她就回家承担家务、照料病人。

内战期间,奥尔科特志愿成为华盛顿战地医院的护士。但医院里繁重的工作、污秽的空气、粗陋的食物很快将她击垮。六周后,她因伤寒病被送回了家,这段短暂的护理工作极大地影响了她的健康,但这段经历却成为她写作的转折点。她从华盛顿发回的家信被收集到一起,以《医院素描》(*Hospital Sketches*)的书名于1863年发表。作品以一个联邦军队护士为第一人称叙事人,描述了她去当战地护士的决定、从波士顿到华盛顿的旅程,以及当护士的日常工作和感受。作品生动逼真,栩栩如生地展现了战时的美国,为奥尔科特赢得了广泛的好评。

1867年,罗伯特兄弟出版社的编辑找到奥尔科特,约她为女孩子们写

---

① Ednah D. Cheney, *Louisa May Alcott: Her Life, Letters, and Journals*. Boston: Little, 1990, p. 62.

② Elaine Showalter, "Little Women: The American Female Myth," in *Sister's Choice: Tradition and Change in American Women's Writing*. Oxford: Oxford UP, 1994, p. 47.

本书。奥尔科特声称她除了自己的姊妹外对女孩子知之甚少,也一向不喜欢女孩子①。但当时家里债台高筑,她同意尽力而为。她以自己家中的四姊妹为原型,写出了《小妇人》的第一部。《小妇人》第一部于1868年底面世,一炮走红。奥尔科特很快完成了小说的第二部并于第二年将其出版。这时她才惊讶地发现转眼之间金钱、荣誉纷沓而至。她实现了自己要独立、要出名、要干大事的抱负。更重要的是,她实现了使家人过上舒适无忧的生活的愿望。她的稿酬帮助家里还清了债务,还大大改善了家里的生活。

《小妇人》发表之后,奥尔科特从此无需再为寻找出版商而烦恼,她之后创作的作品都会受到出版商的欢迎。1870年,她创作了《小妇人》的续集《小男人》(Little Men);1886年她完成了马奇家庭编年史的第三部,也是最后一部的《乔的男孩子们》(Jo's Boys),马奇一家戏剧的帷幕终于落了下来。马奇家庭三部曲受到了读者的广泛好评。1873年,她把自己1860年已开始创作的一部书稿重拾起来,将其完成。这部曾题名为《成功》的小说,如今易名为《工作》(Work: A Story of Experience)。它与《小妇人》一样富有自传色彩,描述了奥尔科特生活中作为用人、演员、家庭教师、陪伴、缝纫女工的其他侧面。通过主人公克里斯蒂·德文努力寻求独立和完善自我的经历,作者鼓励读者冲破社会强加于她们身上的种种束缚,寻找更能实现人生价值的新生活。在小说的结尾,我们看到一个以克里斯蒂为中心的自给自足的乌托邦式女性社区,这个社区具有广阔深刻的社会涵义,因为它汇集了来自不同阶级、族裔、年龄的妇女,弘扬了女性团结和力量。这些女性将携手努力把社会建设得更好,她们也在工作中找到了幸福和生命的价值。

奥尔科特是位勤勉而且高产的作家,除了《小妇人》三部曲,她还创作了的多部同类小说和短篇故事集,除了《工作》之外,还有《一位老派女子》(An Old Fashioned Girl,1870)、《乔婶婶的角料袋》(Aunt Jo's Scrap-Bag,1872—1882)、《露露的图书馆》(Lulu's Library,1886—1889)等,这些作品也都极为畅销。此外,她还以笔名A. M. 巴纳德(A. M. Barnard)在《大西洋月刊》《普特南杂志》《哈泼斯新月刊》《独立周刊》等美国重要刊物上发表了多部惊悚作品,其中有《假面具的背后:女性的力量》(Behind a Mask, or a Woman's Power,1866)、《修道院的鬼魂,或莫里斯·特里赫恩的诱惑》(The Abbot's Ghost, or Maurice Treherne's Temptation,1867)、《现代靡菲斯特》(A Modern Mephistopheles,1977)等,这些作品近年来都颇受评论界

---

① 引自 Gamaliel Bradford, "Portrait of Louisa May Alcott." *The North American Review* 209.760 (Mar., 1919):393.

的重视。

奥尔科特生前积极参加了包括女权运动、和平运动、废奴运动在内的各种改革活动。她于1868年加入新英格兰妇女参政协会后,更是大力倡导妇女参政权利。她积极参加集会,还领导了在康考德举行的妇女游行。她在杂志上多次表达自己对于妇女权益的信念,曾大声疾呼:

> 不要再让我们从国会或教会那里听到什么"女性领域",不要再说什么关于藤缠绕着树的蠢话。让妇女自己找出其局限,但是看在上帝的分上,给她一个机会! 让职业的大门对她敞开,让五十年高等教育的大门对她敞开,然后我们再来看看她是否能够有所作为![1]

在积极参加社会活动的同时,奥尔科特还是忠心履行了她的家庭职责。她终身未嫁,多数时间在家中度过,对家人情深意切。"对于她的家人来说她一直扮演着所有的角色——父亲的父亲、母亲的母亲、姐姐的丈夫,把自己从未给予任何男人的爱都倾注在他们身上。这种爱就在那里,全面而又深厚,来自一个在心灵的熔炉里把所有家庭关系都溶在一起的人。"[2]奥尔科特一直将父母照顾到最后,最终在父亲去世两天之后告别人世。有关她逝世的讣告出现在欧美的许多报刊上,《纽约时报》则在头版刊登了有关她葬礼的消息。她被埋葬在康考德的睡谷陵园中一个被称为"作家山脊"的山坡上,位于爱默生、霍桑、梭罗陵墓附近。1996年奥尔科特被入选全国女性名人堂。

奥尔科特最为著名的小说《小妇人》是以自己四姊妹的生活经历为蓝本写成的,描绘了马奇家四个女孩子的成长历程。小说的基本主题是每个女孩子如何战胜自己的缺点,以"驶向婚姻和家庭的幸福港湾"[3]。《小妇人》的故事是女性的故事,小说开始父亲马奇先生就因为参加战争不在家。四姐妹的个性各有不同,老大梅格爱慕虚荣,渴望世俗的荣华富贵,期盼贵妇人的生活。在小说中,她最终战胜了自己的虚荣,嫁给了一个贫穷但诚实正派的男人,在自己的"鸽子窝"里与他携手共度人生。梅格的生活定义就是

---

[1] Hope Stoddard,"Louisa May Alcott," in *Famous American Women*. New York: Thomas Y. Crowell,1970, p. 22.
[2] Madeleine B. Stern, *Louisea May Alcott*. Norman: U of Oklahoma P,1950, p. 214.
[3] Elizabeth Langland, "Female Stories of Experience: Alcott's *Little Women* in Light of *Work*," in *The Voyage In: Fictions of Female Development*. Ed. Elizabeth Abel et al. Hanover: UP of New England,1983, p. 113.

其作为妻子和母亲的角色。三女儿贝思是个害羞腼腆的小女孩,其生命的全部意义就是为家人奉献一切。除了极度羞怯,她是个近乎完美的女孩子,但在成年之前便因患病而离开这个世界。最小的女儿艾米娇气自私,注重社交礼仪与自己的相貌,她在生活的磨炼中逐渐养成了为别人着想和行善的美德。

小说中最令人印象深刻的人物角色是二女儿乔,她的性格和经历与奥尔科特十分相似。如果说其他三个女孩子的生活都沿袭了传统生活轨道,作者为乔提供了另外一种生活选择,乔因此成为"勇敢独立的年轻女性的典型形象"[1]。乔生气勃勃,富有冒险精神,厌倦社会对于妇女的种种约束。她尤其渴望男孩子所拥有的自由和特权,因为雄心壮志和主动性是社会赋予他们的特权,而女孩子只能遵循温顺和被动的行为准则。乔敢于承担责任,富有牺牲精神,当母亲需要路费去华盛顿探望生病的父亲时,她卖掉了自己的一头秀发,帮助母亲筹集旅行费用。与其他女孩不同的是,乔的最大兴趣在于读书,怀有要成为作家的强烈愿望。乔通过写作赚到的钱帮助改善了家庭经济状况,也使自己的生活充满意义。她因发表作品得到报酬,也因此受到尊重[2]。写作代表着乔为赢得新的生活选择、打破社会指定的传统女性角色所做出的努力,这种努力为她在这个男权统治的社会里建立了新的身份。

既然家庭是女性的特定领域,《小妇人》的故事也因此围绕着家庭场景展开。玛德琳·B.斯特恩称它为"一本关于美国家庭的书"[3]。小说描绘了四个女孩子学习与他人和睦相处的过程。马奇家的女孩子被鼓励发挥自己各自的潜能,家庭给予了乔所渴望的写作空间,给予她自我发展和自我实现的余地。在马奇家里,"乔的书是她心中的骄傲,被家里人看作是前途远大的文学萌芽"[4]。家里人支持乔渴望成为作家的愿望,也分享她文学历险的热情。只有在这种氛围中,乔的写作潜力才不至于被扼杀,她的个性也才能得到充分发挥。

19世纪的美国社会流行着家庭是女性的唯一领域、婚姻是女性生活的最高目标这样的观念。乔与符合社会理想的妻子模式格格不入,对华丽优

---

[1] Madeleine B. Stern,"Introduction," in *The Feminist Alcott:Stories of a Woman's Power*. Ed. Madeleine B. Stern. Boston:Northeastern UP,1996,p. xxi.

[2] Patricia Meryer Spacks,"*Little Women* and the Female Imagination," in *Critical Essays on Louisa May Alcott*. Ed. Madeleine B. Stern. Boston:G. K. Hall,1984,p. 119.

[3] Madeleine B. Stern,"Louisa M. Alcott:An Appraisal." *The New England Quarterly* 22.4 (Dec. ,1949):476.

[4] Louisa May Alcott,*Little Women or Meg,Jo,Beth and Amy*. Boston:Little,1915,p. 80.

雅的社交场合丝毫不感兴趣,她珍惜自己的自由和独立,为此断然拒绝了英俊富有的邻居男孩劳瑞的求婚。作为追求文学事业的乔来说,写作比起妻子的职责更加神圣,她不愿为任何男人而放弃自由。但在读者的强烈要求下,奥尔科特还是给自己的作品设计了文学传统里的"幸福结局"。她在《小妇人》中让劳瑞与艾米组成家庭,还在小说结尾安排了乔与德国教授贝尔的婚姻。乔的婚姻的反传统意义在于乔最终与穷教授而不是富家子弟缔结连理,她的婚姻因而意味着既需要付出但又是充实的生活。小说的结尾描绘了乔在其婚姻生活中扮演的角色。来自马奇姑妈的一笔遗产使乔如愿开办了一所学校。贝尔教授负责授课,而乔将担负起照料这些孩子起居的责任。两人"对教育改革、新式观点、慈善事业有着同样的兴趣。更重要的是,他理解她需要工作的愿望"[1]。乔与贝尔的婚姻因为这种平等的夫妻关系而与众不同。乔的家庭不同于其他女性那种狭隘的小天地,而是超越了家庭范围的学校。在这个"大家庭"里,她与丈夫在脑力劳动和经济管理方面的作用是完全平等的。她不仅围着炉台转,还会坐在书桌后进行创作。她当然也会生儿育女,但她作为母亲的职责范围已经延伸到社会领域。奥尔科特通过乔这个人物的塑造,挑战了19世纪的传统女性角色。家庭是女性的领域,但不是唯一的领域。通过建立一种具有家庭氛围的学校,乔成功地把自己的领域从家庭扩大到社会。家庭生活和独立存在被有机地结合起来,并且为个人发展提供了各种可能性[2]。

在马奇家世小说的最后一部《乔的男孩子们及他们以后的发展》(*Jo's Boys, and How They Turned Out*, 1886)中,奥尔科特描绘了已跨入中年的小妇人们,并且还介绍了新一代的小妇人。在《小妇人》中,奥尔科特通过塑造乔这个挑战了传统女性模式的人物角色,而在三部曲的最后一部里,她更加勇敢、更加公开地宣扬了妇女权利。作者叙述了成家之后的乔作为家庭主妇和职业作家的新生活,还通过下一代小妇人的经历鼓励年轻女性根据自己的爱好和愿望选择自己的生活道路,实现自己既定的生活目标。

奥尔科特重点刻画了乔成为职业作家的经历。在开办学校初期,乔为了教育和照料孩子们推迟了自己钟爱的创作。几年后乔拾起了笔,以马奇姊妹的故事为女孩子们写了一部小说,乔的写作为家人带来了经济保障,也满足了她的愿望。除了写作之外,乔还负责劳伦斯学院的管理。在乔的学

---

[1] Elaine Showalter, "Little Women: The American Female Myth," in *Sister's Choice: Tradition and Change in American Women's Writing*. Oxford: Oxford UP, 1994, p. 62.
[2] 参见金莉:《文学女性与女性文学:19世纪美国女性小说家及作品》,北京:外语教学与研究出版社,2004年,第230页。

院里,胸怀大志、满怀勇气的年轻女子与男性享有同样受教育的权利,她们的生活目标通过所受的教育得以实现。尽管这本小说以《乔的男孩子们》为书名,作者特别提醒读者"不可忽视她的女孩子们",因为"她们在这个小小的共和国里享有很高的地位;她们得到了特别的关照,使她们能够在为她们提供了更广阔的天地和更重要责任的共和国里更加成功地扮演自己的角色"①。在马奇姊妹们的耐心指导下,新一代的小妇人正在为未来的人生做好准备,"无论她们将来是手扶摇篮、看护病人,或是为世界上的大事尽一分力量"②。特别值得一提的是,在新一代的小妇人里,有一位名叫南的女孩子,她最终成长为一名医生,决定将一生贡献给工作:"我很高兴我的职业将我变为一个有用的、幸福的、独立的单身女人。"③南的生命价值在她的职业中得到了体现,她的故事告诉人们,婚姻和生育既不是女性唯一的生活选择,也非职业的尽头。奥尔科特以南这个人物为读者提供了小说三部曲中职业女性的典范。

作为19世纪闻名遐迩的作家,奥尔科特拥有大批的拥趸,但与19世纪众多的女作家的命运相同,她也遭受了文学评论界的长期冷落。评论家尼娜·贝姆指出,在19世纪末只有奥尔科特和斯托通过了经典书目榜单的筛选,而至20世纪初,这仅有的两位女性小说家也落得了榜上无名的下场④。奥尔科特被忽视的主要原因在于她被认为创作了感伤文学(或家庭小说)。此外,20世纪上半叶的文学传统把奥尔科特的作品归为儿童文学的做法也大大贬低了其表现女性经历和感受的重要价值⑤。其实,奥尔科特是一位以多种风格进行创作的多产作家。首先,奥尔科特成功地把女性小说与儿童文学结合在一起,创造了一种新的文学体裁;而且她从自己的亲身经历中获取写作题材,努力使自己的故事读起来更为真实⑥。不言而喻,《小妇人》三部曲是奥尔科特最为出名的作品,但她那些包括《工作》在内的成人作品

---

① Louisa May Alcott, *Jo's Boys, and How They Turned Out* (1886). Boston: Little, 1950, p. 273.

② Louisa May Alcott, *Jo's Boys, and How They Turned Out* (1886). Boston: Little, 1950, p. 276.

③ Louisa May Alcott, *Jo's Boys, and How They Turned Out* (1886). Boston: Little, 1950, p. 17.

④ Nina Baym, *Woman's Fiction: A Guide to Novels by and about Women in America, 1820—70*. 2nd ed. Urbana: U of Illinois P, 1993, p. 23.

⑤ 而尽管马克·吐温的《哈克贝利·费恩历险记》也讲述了一个少年的经历,却一直被列入经典书目。

⑥ Sarah Elbert, *A Hunger for Home: Louisa May Alcott's Place in American Literature*. Oxford: Oxford UP, 1994, p. xiii.

如今也受到高度重视。此外,她在当时的刊物上发表的那些惊悚作品,以及书评、诗歌、文章等,充分展示了她作品体裁的广度。这些都表现出这位个性与创作都有多个侧面的作家的丰富内涵。

其次,纵观奥尔科特的作品,虽然多数是为年轻女性所作,但其中传达的革命信息也是不容忽视的。在一个女性受到极大局限的社会里,奥尔科特探索了女性生活模式的多种可能性。在她的作品中,女性常常不是根据她们所扮演的角色,而是依照她们的能力和成就受到评判的。奥尔科特的小妇人们,特别是像乔、南和克里斯蒂这样的人物角色,得到了选择自己生活道路的权利①。而与此同时,奥尔科特创作的那些以复仇、谋杀、疯狂、欺骗等为内容的惊悚故事显示了她创作中令人惊讶的另外一面。例如,在故事《假面具的背后:女性的力量》("Behind a Mask, or a Woman's Power," 1866)中,貌似完美的家庭女教师简·米尔是位极有心机的女演员。她利用了女性气质的假面具和小妇人的伪装进入了一场与男人的权力角斗,不仅将所有人玩弄于股掌之间,成功地钓到一位金龟婿,也为自己赢得了生存空间。这个故事对于女性颠覆父权文化的可能性、女性表达自己的方式、女性通过角色扮演显示力量的方式进行了叙事上的策划②。而在许多女权主义评论家看来,这些作品还为奥尔科特提供了情感释放的机会,她在创作这些故事时所使用的假名起到了解放其想象力的极好效果③。

奥尔科特的作品曾经鼓舞了从《第二性》的作者波伏娃(Simone de Beauvoir,1908—1986)到当代激进女权主义作家阿德里安娜·里奇(Adrienne Rich,1929—2012)的好几代女性作家。波伏娃为了模仿乔而开始写作,而里奇则强调女性只有摆脱乔的命运,才能真正成为成功的作家。在许多读者和评论家眼中,《小妇人》的女主人公乔·马奇"已经成为具有独立意识和创作力的美国女性中最具影响力的人物"④。奥尔科特生活在19世纪重要的超越主义者社交圈子里,其父为爱默生的好友,她本人还担任过爱默生女儿的家庭教师。她不仅对于超验主义大师们的观点耳熟能详,并且十分接近当时激进思想的中心。我们很难判断奥尔科特受到超验主义者何等

---

① 参见金莉:《文学女性与女性文学:19世纪美国女性小说家及作品》,北京:外语教学与研究出版社,2004年,第241页。
② Elaine Showalter, "*Little Women*: The American Female Myth," in *Sister's Choice: Tradition and Change in American Women's Writing*. Oxford: Oxford UP,1994, p. 50.
③ Martha Saxton, "The Secret Imaginings of Louisa Alcott," in *Critical Essays on Louisa May Alcott*. Ed. Madeleine B. Stern. Boston: G K. Hall,1984, p. 254.
④ Elaine Showalter, "*Little Women*: The American Female Myth," in *Sister's Choice: Tradition and Change in American Women's Writing*. Oxford: Oxford UP,1994, p. 42.

程度的影响,但是在她的作品中,超验主义关于独立自主的观点昭然可见。奥尔科特的作品倡导了女性应该积极参与决定自己前途的问题。女性不应该被淹没在婚姻中,成为婚姻的影子,而是要打破传统的束缚,掌握自己的命运。所以奥尔科特给予自己的女主人公生活的自决权,也在她们选择的事业中给予她们成功与幸福。奥尔科特一生都在寻求自我实现和自我定义,但又为能与家庭分忧解难感到自豪,被父亲称作"忠于职责孩子"[1]。

或许是因为她的父亲在扮演家长的角色中如此不称职,在奥尔科特的小说世界里,我们更多地看到的是模范女性和女性社区的存在。她在自己的作品中高度颂扬了女性的伟大和无私。《小妇人》是母亲和四个女儿的女性世界,绝大多数时间父亲是缺席的。有母亲作为她们的道德榜样,女孩子可以自由发展自己的潜力,也可以选择自己的生活角色。即使在《乔的男孩子们》中,女孩子也可以对于自己未来的抱负畅所欲言。对于她们来说,独身也成为女性生活的一种选择。《工作》中的女性社区更是这样的理想实体。

奥尔科特在自己的作品中成功拓展了女性小说的角色塑造模式,她的诸多人物角色与19世纪后半叶出现的新女性有不少相似之处。她们具有高度的自我意识,在婚姻和职业上享有选择的自由。对于社会上成千上万的其他小妇人来说,奥尔科特的作品告诉她们,当女性被给予更多的选择权利时,只要她们努力,她们便可以拥有不同的人生。

奥古斯塔·简·埃文斯
(Augusta Jane Evans,1835—1909)

奥古斯塔·简·埃文斯是19世纪最为著名的小说家之一,同时也是首位获得10万元稿酬的女性[2]。埃文斯的文学声誉主要建立在其小说《圣埃尔莫》(*St. Elmo*)之上。1867年,一部出自南方作家的小说《圣埃尔莫》发表后造成轰动效应,在短短的四个月内,赶印出来的100万册已经告罄[3],

---

[1] Martha Saxton, *Louisa May: A Modern Biography of Louisa May Alcott*. Boston: Houghton Mifflin,1977,p. 9.

[2] Brenda Ayres,*The Life and Works of Augusta Jane Evans Wilson*,1835—1909. Surrey: Ashgate,2012,p. 1.

[3] William Perry Fidler,*August Evans*,1835—1909: *A Biography*. Tuscaloosa: U of Alabama P,1951,p. 129.

而读者对于这部小说表现出来的极度热情也令人惊讶。不久后小说男主人公圣埃尔莫的名字在各地纷纷出现。曾经有人这样评论道,"一个人由水路向南旅行时可能乘坐一艘叫作'圣埃尔莫'的轮船,或由旱路乘坐叫作'圣埃尔莫'的马车。在任何一个南方城市里,他都可能在一个叫作'圣埃尔莫'的旅馆里找到食宿,有些城镇甚至更名为'圣埃尔莫'。他也可能畅饮过'圣埃尔莫'果汁饮料,并在'圣埃尔莫'牌劣质雪茄的烟雾缭绕中目睹贪赃枉法和政治投机的肮脏勾当"①。不仅如此,大批在19世纪60年代和70年代出生的孩子起名圣埃尔莫。就连20世纪著名南方女作家尤多拉·韦尔蒂(Eudora Welty,1909—2001)也把其作品《庞德的心》(*The Ponder Heart*)中的女主人公命名为埃德娜(《圣埃尔莫》中的女主人公)。

《圣埃尔莫》的作者奥古斯塔·埃文斯属于那些既为了提高社会道德水准也为了谋生而创作的19世纪职业女作家中的一位②,也是位不让须眉的南方才女。她一生仅发表了八部小说,但这些作品已足以证实她的横溢才华。她出生于佐治亚州的哥伦布城,父亲马修·埃文斯在哥伦布城早期的勃兴时期也曾买卖兴隆,但19世纪30年代的经济萧条和他本人并非明智的投资使他的公司破产。埃文斯家豪宅易手,家中财产全被抵押出去,一家人搬到亚拉巴马州奥斯维奇的农庄栖身。1845年,埃文斯的父亲举家迁往得克萨斯州,以图东山再起。但他们在圣安东尼奥落户不久,得州狼烟四起,美国与墨西哥爆发了战争。埃文斯家在得州居住的四年中饱受战乱之苦,一家人又乘着大篷车回到了亚拉巴马州。马修在莫比尔城不远的地方租赁了一个农舍,开始经营棉花生意。但厄运再次降临,当年年底,一场大火烧毁了他们的房舍及大部分家当,也彻底摧毁了马修的意志。之后他的身体状况每况愈下,有着八个子女的家庭生活陷入窘境。

虽然生活艰辛,埃文斯博学的母亲不顾繁重的家务和经济窘状,毫不放松对于长女埃文斯的教育。她坚信英国作家兰姆的观点,"教育女孩子的最好方式是让她在一个经过精心挑选的藏书室里饱览群书"③。于是,这个年轻女孩子成为她家在当地所有富亲戚家藏书室的常客。埃文斯阅读范围极为广泛,上至天文下至地理,语言、文学、哲学、历史,以及希腊罗马神话都有所涉猎,她对于书籍的痴迷,以及她过目不忘的惊人记忆力,使她最终成为一名学识极为渊博的女子。埃文斯仅仅短暂地在学校里学习过,很快又由

---

① Arthur Bartlett Maurice," 'Best Seller' of Yesterday. " *Bookman* 31 (March,1910):35.
② Diane Roberts,Introduction. *St. Elmo*. Tuscaloosa:U of Alabama P,1992,p. vii.
③ William Perry Fidler,*August Evans*,*1835—1909:A Biography*. Tuscaloosa:U of Alabama P,1951,p. 21.

于健康原因退学。虽然饱读诗书,但没有任何学历的埃文斯无法出去任教,为家庭减轻负担。对于她来说唯一可行的便是创作。埃文斯从15岁起开始创作小说,1854年圣诞节,父母收到了女儿的书稿。埃文斯的处女作《伊内兹:发生在阿拉莫的故事》(*Inez*: *A Tale of the Alamo*)于1855年匿名发表,这部小说是背景设在阿拉莫的悲剧故事,描绘了早期得州边疆生活的艰辛,其中不少情节来自埃文斯家人在得克萨斯州的经历。

尽管这部小说反响平平,埃文斯并未动摇信心。1859年埃文斯的第二部作品《比乌拉》(*Beulah*)出版。《比乌拉》是一部关于年轻女子的教育、自我身份和社会地位的叙事[1]。身为孤女的比乌拉被达特维尔医生收养,但她坚持仅在他家里待到完成学业,到那时她就可以自食其力。比乌拉获得了毕业证书,也得到了一个教职,从此走上了自立的道路。她还通过自己的努力成为一位知名作家。在小说的结尾,比乌拉与她深爱的达特维尔成婚,开始履行自己作为妻子的职责。作为一位有着良好教养的女性,她将更加胜任使男人免受社会邪恶的侵蚀、将他安全带到上帝怀抱的重任。婚姻与职业的交换,对于比乌拉或者埃文斯来说,不是对于自我的放弃,而是自我的实现。比乌拉的工作不再是才智的工作,而是爱和心灵的工作——实际上,是女性心灵的工作[2]。通过讲述一位充满进取心的才华横溢的女子从依赖他人到独立自主的曲折经历,埃文斯探讨了爱情、婚姻、义务与权利等一系列女性问题,特别涉及女性在家庭之外拥有成功的可能性。这部小说一炮打响,读者好评如潮,在出版后的前九个月里就销售了两万多册。埃文斯用稿费买下了家庭租住的房子,实现了自己的心愿。

埃文斯的第三部小说《麦卡丽娅,牺牲的祭坛》(*Macaria*; *or*, *The Altars of Sacrifice*)表达了她对于处在内战中南方事业的坚定信念,发表时题词献给"南方军队英勇的战士们"。小说出版后,因其巨大的宣传鼓动作用,被北方将领们严禁在军营里流传,甚至被命令销毁,但小说还是在战时的南方销售了两万册[3],埃文斯也在后来被称为"笔墨勇士"[4]。埃文斯在这

---

[1] Elizabeth Fox-Genovese, Introduction. *Beulah*. By Augusta Jane Evans. Baton Rough: Louisiana State UP, 1992, p. xii.

[2] Anne Goodwyn Jones, "Augusta Jane Evans: Paradise Regained," in *Tomorrow Is Another Day*: *The Woman Writer in the South*, 1859—1936. Baton Rouge: Lousiana State UP, 1980, p. 56.

[3] Brenda Ayres, *The Life and Works of Augusta Jane Evans Wilson*, 1835—1909. Surrey: Ashgate, 2012, p. 71.

[4] Sarah E. Gardner, *Blood and Irony*: *Southern White Women's Narratives of the Civil War*, 1861—1937. Chapel Hill: U of North Carolina P, 2004, p. 16.

部小说中追溯了两位南方女性的人生道路,她们因为在内战期间对于南方事业的服务而得到自我实现。埃文斯在这部小说中没有聚焦浪漫爱情,而是探讨了因战争夺走了女性生活中的男性而迫使她们在单身生活而非婚姻中寻找意义的主题,以及女性在内战中发挥的作用。埃文斯在这部小说中谈到了她对于单身的看法:

> 的确,一个轻率的、幸福的世界对于单身女性所经受的磨难丝毫没有同情之心。但是孤独的生活并不代表着没有欢乐,它比起其他生活方式来,更为有效。一个家长、一位妻子和母亲,必须关注家庭事务和情感,因而少有闲暇考虑到家庭范围之外的人的舒适或欢乐。她自然是幸福的,比起一个未婚女人更为幸福,但是后者却会把光明和祝福带给更多的人,她是成百上千人的朋友和帮手,因为她不仅仅属于某个人,她的心灵触及所有受苦受难的同胞……一位敢于独自生活、并且承受鄙视的女性,比起那些生活在一种没有爱情的婚姻中的女性更为勇敢和高尚。①

1866年初,埃文斯开始了她的代表作《圣埃尔莫》的创作,以维护她心目中的战前南方社会的道德价值观,特别强调了女性在其中的作用。当《圣埃尔莫》于1867年出版时,出版商主动以预付的方式购买了埃文斯下一部作品《瓦什蒂》(*Vashti*,1869)的版权。埃文斯的其他小说还包括《不幸》(*Infelice*,1875)、《任由提比略的摆布》(*At the Mercy of Tiberius*,1887)、《带斑点的鸟》(*A Speckled Bird*,1902),与《德沃塔》(*Devota*,1907)。其创作生涯长达57年。埃文斯曾在1859年在《莫比尔每日广告》(*Mobile Daily Advertiser*)上发表系列文章,将南方与北方文学进行了比较,她承认南方文学因其地域特征不如北方文学的质量高,她却强调了南方文学的道德标准,这也是她一贯的信念。

埃文斯在自己的生活中也充分体现了坚毅、能干、忘我的高贵品质。她对家人、朋友、邻居一向关心有加,还经常去邻家大宅子帮忙照料病人。1868年年底,33岁的埃文斯嫁给了大宅子的主人威尔逊上校,鳏居的威尔逊长她28岁,还有四个子女。婚后虽然埃文斯还继续创作,但写作速度已大大减慢。埃文斯在婚前的十三年里创作了四部小说,但婚后的二十三年

---

① Augusta Jane Evans,*Macaria;or,Altars of Sacrifice*. Richmond,VA:West and Johnson,1864,p. 466—47.

里仅仅完成了五部小说,其中还有两部是在丈夫死后撰写的。

小说《圣埃尔莫》为埃文斯最为著名、也最为畅销的作品。1866年,作者曾致函朋友,说自己正致力于一部新作,她断言,"这部小说是我最好的作品,如果读者也有同感,我将感到十分欣慰"[1]。当《圣埃尔莫》于翌年面世时,其惊人的销售额证实了埃文斯自己的准确判断。在探讨美国家庭小说时,评论家海伦·韦特·帕帕施伟利(Helen Waite Papashvily)指出,《圣埃尔莫》获得了众多读者的青睐,他们将此书视为美国出版的最受欢迎的十本书之一[2]。《圣埃尔莫》在许多方面与此前发表的《比乌拉》具有相似之处,其女主人公埃德娜·厄尔也是一位以教学与写作来自食其力的榜样。事实上,两位女主人公都"被给予各种优越条件——财富、爱情、保障和地位。但是两人都坚持了自己对于生活的主见,拒绝了这一切"[3]。女主人公令人钦佩的品质深深吸引了读者,难怪当时的一位评论家说,"她(女主人公埃德娜),而不是他(男主人公圣埃尔莫)的故事,才是小说真正的故事"[4]。埃德娜的故事对于20世纪的读者同样具有特殊的吸引力。当代评论家苏珊·哈里斯(Susan Harris)指出,埃文斯通过讲述小说女主人公独立个性的发展,不仅表现了小说的浪漫主题,还探讨了个人主义这个主题。在这部小说中,这个主题是通过女主人公对于书写话语的掌握而表现出来的,而话语权是长期以来将女性排除在外的文化霸权的本源[5]。

与许多19世纪女性小说的情节相似,埃德娜·厄尔出身贫寒,也是一个孤女,由正直善良的祖父抚养成人。祖父去世后,她出发去佐治亚州的哥伦布城,期盼能在城里的工厂找一份工作。不料途中遇到火车翻车事故,受伤的埃德娜被送到附近的贵妇人默里夫人家养伤。恢复健康之后,埃德娜接受了默里夫人的提议,居住在默里家,并去学校接受教育。在以后的几年里,埃德娜充分利用了这种教育机遇,其才智有了突飞猛进的发展。埃德娜相信"女人与男人同样有权利成为博学明智之人"[6],她在一位博学的家庭

---

[1] Mary Kelley, *Private Women, Public Stage: Literary Domesticity in Nineteenth-Century America*. New York: Oxford UP, 1984, p. 25.

[2] 引自 Brenda Aures, *The Life and Works of Augusta Jane Evans Wilson, 1835—1909*. Surrey: Ashgate, 2012, p. 1.

[3] Nina Baym, *Woman's Fiction: A Guide to the Novels by and about Women in America, 1820—1870*. 2nd ed. Urbana: U of Illinois P, 1993, p. 278.

[4] Arthur Bartlett Maurice, "'Best Sellers' of Yesterday." *Bookman* 31 (March 1910): 36.

[5] Susan K. Harris, *19th-Century American Women's Fiction: Interpretive Strategies*. New York: Cambridge UP, 1990, p. 64.

[6] Augusta J. Evans, *St. Elmo*. Chicago: M. A. Donohue, n. d. p. 70.

教师的耐心指导下,开始了全面系统的学习。她饥渴的心智得到知识的慰藉,活跃的头脑受到不断的挑战。她还通过大量的阅读,使自己的学习逐渐延伸到一个更为广阔、更为高深的层次。随着年龄与阅历的增长,她的课程表里除了学习当时女性所学习的科目——音乐、历史、地理、文学——之外,还包括哲学、化学、神学、天文学、文艺批评、拉丁语和希腊语这些年轻男性所能得到的古典知识教育。她丰富的想象力、敏锐的才智、神速的进步和充沛的精力令老师惊喜交加。为了阅读塔木德经书,她甚至还学习了希伯来语。经过四年的学习,埃德娜认为自己已经具备奔向既定目标的实力,渴望主宰自己的命运。

埃德娜很早就认定"生活在19世纪的妇女,应该享有如居维叶、威廉·哈密顿爵士、洪堡等人一样博学的权利"[1],她充满好奇的头脑和饥渴的求学精神曾经鼓励着她不倦地汲取知识,而现在她渴望成为知识的创造者。她从各种途径搜集资料,并在已经失传的古典学科系统里进行挖掘。她给国内深孚众望的杂志编辑道格拉斯·曼宁写信,并就关于神话统一性的话题向他投稿。作为文学界的名流,曼宁以作者的性别而不是作品的质量做出了评判。他的回答反映了社会对于女文人的流行观点:

> 你所从事的工作超越了你的能力——妇女无法胜任这样的项目——你愈早认识到你过高地估计了自己的能力,你就会愈早把你的雄心置放于恰当的层面上,你也会愈早转而创作一些更适合女性能力的题材。[2]

曼宁劝说埃德娜烧掉自己的书稿,写些关于家庭的题材。对于曼宁来说,女性不应该超越她们被限定的领域界限,即使在文学领域也是如此。

埃德娜拒绝从自己选定的道路上退缩,而且她最终获得了成功。她的文章刊登在国内的名刊上,她成为文坛上一颗耀眼的新星。与此同时埃德娜也做好自立的准备,她决定离开默里夫人的家,靠自己的写作和教学养活自己。谁知,不仅骄傲的默里夫人请求她留下来,就连默里夫人放荡不羁的

---

[1] 居维叶(George Cuvier,1769—1832),法国动物学家,创建比较解剖学和古生物学,著有《动物界》《地球表面灾变论》等。哈密顿爵士(Sir William R. Hamilton,1805—1865),爱尔兰数学家和物理学家,发展了几何光学理论,提出"哈密顿函数",研究四元代数及其应用,著有《四元数基础》。洪堡(Alexander von Humboldt,1769—1859),德国自然科学家、自然地理学家、近代地质学、气候学、地磁学、生态学创始人之一,著有《1799—1804新大陆亚热带区域旅行记》等。

[2] Augusta J. Evans, *St. Elmo*. Chicago: M. A. Donohue, n. d. p. 70.

儿子圣艾尔莫也被纯洁的埃德娜深深吸引,他恳求她嫁给自己:

> 亲爱的,你的力量不足以与世界搏斗,你将被这么早就进入的大众领域践踏在地。你知道"liberati"一词的意思就是被打上烙印吗?……胸怀壮志的人儿,来吧,在我为你提供的清凉、宁静、幸福的棕榈树丛中安歇吧。①

埃德娜简直难以拒绝圣埃尔莫的求婚,因为她已经爱上了这位性格乖蹇、专横跋扈的浪荡子。但她并未因此改变自己的决定,她离开默里家去了纽约,以追逐自己的理想。

埃文斯在这部小说中探索了女性生活的各种可能性。在纽约期间,埃德娜担任了两个孩子的家庭教师,但每天晚上等孩子们入睡后,她就回到自己的书桌旁,为城里的名杂志撰稿,常常是通宵达旦地写作。在高强度的脑力活动压力下,埃德娜的身体开始出现不适。她看上去疲惫不堪,面无血色,还常常感到头昏目眩。即便如此,埃德娜也没有放弃自己的追求。她的创作取得了丰硕成果,她的杂志文章受到读者的高度赞扬,她的处女作业已完成送交出版商,而第二部著作的架构在她的脑海里已经成型。她的努力得到了回报。

女主人公选择打破传统的生活方式,但还是受到各种诱惑。在纽约,埃德娜又遇到两次求婚,分别是知识渊博的曼宁先生和来自英国的贵族罗杰·帕西瓦尔爵士。曼宁的求婚曾让她心动,这"可能是对于一个女性的文学抱负和虚荣心最大的满足了"②。她与他的结合不仅会把她从每日的操劳中解脱出来,还会帮助她实现自己的文学抱负。但埃德娜拒绝了曼宁,因为她知道自己不爱他。而她对于富有的帕西瓦尔爵士的回绝倒是一点也不令人惊讶,财富和社会地位从来都不是埃德娜追求的目标。

功成名就后的埃德娜是"读者的宠儿,把她捧为名流已成为时尚;她的照片和签名也成为读者追逐的对象"③。埃德娜的著作极为畅销,她还接到大批寻求帮助的读者来信。她意识到自己的影响力,决心通过自己的文章和小说完成自己的神圣使命,即成为女性的朋友、知音和顾问。在她的著作中,埃德娜号召已婚女性,去占领丈夫和子女的心灵;她劝告未婚女子,如果胸怀大志,就努力去成为画家、作家、教师和女帽头饰商,但是绝对不要进入

---

① Augusta J. Evans, *St. Elmo*. Chicago: M. A. Donohue, n. d. pp. 288—89.
② Augusta J. Evans, *St. Elmo*. Chicago: M. A. Donohue, n. d. p. 362.
③ Augusta J. Evans, *St. Elmo*. Chicago: M. A. Donohue, n. d. p. 396.

政界。她认为女性无法"带着自己天生的纯洁穿越政治斗争的泥泞之途",也不可能"进入政治家的花名册,而不给女性带来耻辱"①。由此,埃德娜坚决反对给予女性选举权利。在她看来,埃德娜(或者说埃文斯)应待在自己适当的位置,不是认为她们劣于男人,而是因为家庭才是她们可以有效改进家庭生活质量的地方。更为重要的是,她们可以对"那些统治她们的人施加良好的道德影响"②。

因此,小说的结尾自然是埃德娜返回女性的传统轨道,去完成她作为品质高尚的基督教女性的作用。她已经向社会证明了她在智力上可与男性一争高低,现在她将去"她能最好地发挥作用的地方"③。埃德娜曾经拒绝了圣埃尔莫的求婚,是她的拒绝将他从放纵的生活中拯救了出来。他怀着对她炽热的爱情重新审视自己的人生,赢得她信任的渴望使她对他的影响更为有效④。圣埃尔莫立志成为教会的牧师,这一决定标志着小说男主人公的彻底转变。这时的圣埃尔莫已经不是小说中最初出现的那个道德堕落的富家子弟了,他的转变也标志着女性意志的最后胜利。圣埃尔莫又一次向埃德娜求婚,这次他不仅希望埃德娜接受他的爱情,也期盼她能在他的教职工作中助他一臂之力。而这时的埃德娜早已从一个年轻单纯的乡村孤女变为在公众中享有盛誉的女作家了,她还赢得了三位有影响力的男人的心,这不能不说是埃德娜的巨大成功⑤。然而,埃文斯在此笔锋一转,让男主人公以胜利者的姿态出现。在婚礼上,圣埃尔莫声称:"今天我把你从文学奴役的枷锁下解放出来。不要再去写什么书了!不要再学习、再辛劳、再忧虑了!……你现在只属于我,我要好好照顾你被过度的雄心几乎毁掉的生命"⑥。埃德娜拱手让出了她成功的公共角色,将在婚后把所有的精力和时间都用在她的家庭上。她在这里可以忠实地、高尚地、心满意足地扮演着指路天使的角色。她的丈夫将成为她世界的全部:"作为他的伴侣,去帮他、爱他,与他手牵手地进入天堂"是作为妻子的埃德娜今后的使命和荣耀⑦。从

---

① Augusta J. Evans, *St. Elmo*. Chicago: M. A. Donohue, n. d. p. 395.

② Mary Kelley, *Private Women, Public Stage: Literary Domesticity in Nineteenth-Century America*. New York: Oxford UP, 1984, p. 304.

③ Nina Baym, *Woman's Fiction: A Guide to the Novels by and about Women in America: 1820—70*. 2nd ed. Urbana: U of Illinois P, 1993, p. 293.

④ Nina Baym, *Woman's Fiction: A Guide to the Novels by and about Women in America: 1820—70*. 2nd ed. Urbana: U of Illinois P, 1993, p. 290.

⑤ Susan K. Harris, *19th-Century American Women's Novels: Interpretive Strategies*. New York: Cambridge UP, 1990, p. 64.

⑥ Augusta J. Evans, *St. Elmo*. Chicago: M. A. Donohue, n. d. p. 480.

⑦ Augusta J. Evans, *St. Elmo*. Chicago: M. A. Donohue, n. d. p. 481.

这个意义上,圣埃尔莫并不是小说真正的"英雄"(hero),埃文斯提倡和歌颂的是像埃德娜这样的女性。

埃文斯的作品塑造了令人印象深刻的女主人公。埃文斯的女性都是出身卑微的孤儿,但她们从一开始就被提供了一个庇护所。如果她们乐意,她们可以舒适地度过一生,财富、地位,甚至爱情都在等待着她们。可是她们鄙视那种平庸与依赖他人的生活,仅仅同意接受对方所提供的教育机会,因为她们相信女性具有与男性同样的智力,而且教育才是她们实现雄心壮志的基础。为了这个目标的实现,她们把舒适与享乐抛在身后,踏上了一条艰难的自立之路。女主人公的这些品质使她们得以在男性的世界里获得成功①。在1860年致朋友的信中,埃文斯承认女性作家要比世人所想象的经受更为严峻的考验,但她坚持说她们享有特殊的快乐:

> 文学女性作为一个群体来说,是不如那些由丈夫和子女来占据她们注意力、垄断她们感情的女性幸福。但是在她们努力地发挥自己的才华时,她们就享有一种深层次的安宁和满足,并且得到婚姻无法带来的快乐。②

同样,埃文斯的小说也有明确的教育目的。埃文斯强调阅读也是一种学习方式,也可以增进智力。威廉·佩里·菲德勒(William Perry Fidler)在为埃文斯所撰写的自传中指出,埃文斯的作品"无论是从道德上还是文化上,都为读者做出了巨大贡献"③。埃文斯的畅销小说,不仅包含了对神学、哲学、文学和科学的探讨,还展示了一个坚持认为女性与男性具有同等智力水平的女性作家所掌握的丰富词汇。在《圣埃尔莫》出版八个月后,纽约幽默作家查尔斯·亨利·韦布(Charles Henry Webb,1834—1905)创作了一出滑稽模仿作品,他宣称埃德娜孩提时代曾吞下一整本未加删节的词典,以此来讽刺埃文斯的博闻强记④。的确,如评论家尼娜·贝姆所说,埃文斯博学的女主人公们"每说两句话就不由得有一打典故冒出来",对话则常常看

---

① 参见金莉:《文学女性与女性文学:19世纪美国女性小说家及作品》,北京:外语教学与研究出版社,2004年,第210页。

② Elizabeth Fox-Genovese, Introduction. *Beulah*. Baton Rouge: Louisiana State UP, 1992, p. xxi.

③ William Perry Fidler, *Augusta Evans Wilson, 1835—1909, A Biography*. Tuscaloosa: U of Alabama P, 1951, p. 60.

④ William Perry Fidler, *Augusta Evans Wilson, 1835—1909, a Biography*. Tuscaloosa: U of Alabama P, 1951, p. 138.

起来像是学术竞赛,而且还被那些冷嘲热讽的评论家们带上了"带腿的百科全书"的标签①。有意思的是,所有对于埃文斯充满修辞手段和典故的华丽风格的指责和讥讽都来自评论家,而她所拥有的成千上万的读者,其中多数为文化水平并不算高的女性,似乎对此并不介意。而具讽刺意味的是,包含如此高深学识的作品竟会一直被归类为"通俗小说",而被排除在高雅文学之外。评论家杰伊·B.哈贝尔(Jay B. Hubbell)的早期文章记录了罗伯特·塞尔夫·亨利在访问田纳西州山区时的所见所闻。亨利在一个农家发现了十几本小说,其中就包括《圣埃尔莫》。这位给自己的女儿起名为埃德娜的农妇告诉来访的客人,"先生,当我花费时间和眼神读书时,我希望能有所收获,我想读些能使我受益的书——就像《圣埃尔莫》那样的书"②。在只有那些享有特权的男性才有接受高等教育的资格时,埃文斯的作品至少为女性提供了某种弥补她们人生中的缺憾,也为她们带来了智力上的满足。

埃文斯也曾获得学界的高度评价,米尔德里德·拉瑟福德(Mildred Rutherford)将埃文斯归为南方名作家之列,并且声称她是最值得我们关注和钦佩的作家;玛丽·塔蒂(Mary Tardy)则把她称为"南方的司汤达"③。她因此于1955年第一批入选亚拉巴马州名人堂,于1977年入选亚拉巴马州女性名人堂(Alabama Women's Hall of Fame),于2015年入选亚拉巴马州作家名人堂(Alabama Writers' Hall of Fame)。而被誉为"19世纪后期的《飘》"的《圣埃尔莫》直到20世纪初都一直十分畅销,尤其是在美国南方。此外,根据这部小说改编的戏剧在美国城市里从1909年一直上演到1915年。而且小说还分别在1914年与1923年两次被改编成电影上映,1965年还被改编为音乐剧上演,小说的影响力令人不可小觑。

当我们探究它成功的原因时,我们可能会对19世纪读者的高度热情感到诧异。但是当我们把埃文斯置于其创作的历史背景之中时,当时读者的态度为我们了解维多利亚时期的社会和文化提供了极好的机会。《圣埃尔莫》的出现不是偶然的,它反映了19世纪后期美国社会的文化论争,成为当时社会上进行的关于女性与教育、文学、道德和政治的关系的大辩论中的重要组成部分④。同样,这部表现了女性志向和成功的小说吸引了众多的读

---

① Nina Baym, *Woman's Fiction: A Guide to the Novels by and about Women in America: 1820—70*. 2nd Ed. Urbana: U of Illinois P,1993, p. 280.

② Jay B. Hubbell, *The South in American Literature, 1607—1900*. Durham: Duke UP, 1954, p. 615.

③ 引自 Brenda Aures, *The Life and Works of Augusta Jane Evans Wilson, 1835—1909*. Surrey: Ashgate, 2012, p. 15.

④ Diane Roberts, Introduction. *St. Elmo*. Tuscaloosa: U of Alabama P, 1992, p. xi.

者尤其是女性读者也是必然的。究其个中原因,不难看出这部畅销作品的教育功能以及女主人公的才华横溢和高度道德标准是她吸引广大读者的最重要的原因。

埃文斯生活的时代充满了社会矛盾,"真正女性"(true womanhood)崇拜仍然流行社会,女性也仍然受到种种束缚。但这一时代也是美国女权运动第一次浪潮轰轰烈烈进行的时期,其中最为激进的是女性争取选举权的运动。埃文斯是提高女性才智的倡导者,她的两位女主人公比乌拉和埃德娜都是学富五车的才女,她们都是通过自己的才华获得成功的。但埃文斯又是坚决反对女性参政权和其他形式的政治活动的,她一再强调女性的位置就在家庭。她虽然自己怀有抱负,但坚持认为社会稳定需要女性接受她们被指定的家庭角色。她笔下的女性最终都是献身于被她们视为神圣和高尚的家庭义务。埃文斯似乎想要说明,女性具有征服世界的权利,但她们的真正岗位是在家庭。她们被赋予在人生征途上指引男性的使命,女性的传统领域也因而被赋予新的内容和意义。评论家苏珊·哈里斯(Susan Harris)指出,埃文斯小说的颠覆意义在于它对于女性学术目标和学术成就的描述[①]。这些女性通过对于知识的孜孜追求扩大了视野,提高了素质,也拓展了自己有限的世界。这些女性角色的激进意识更多地表现在争取教育权利和她们的强烈求知欲方面。

在20世纪70年代后期开始的对于19世纪女性作品的重新发掘中,埃文斯的多部作品得以再版,埃文斯在19世纪女性文学中的地位也受到承认。近年来学界对她的关注热情不减。在2003年举办的美国女性作家学会的第二届年会上,还设有研究埃文斯的分会场。但是她的作品并没有像其他一些女性作品那样出现在美国文学和女性研究专业课程书单上,对于埃文斯的研究相对来说数量较少。究其原因,主要还是因为埃文斯对于种族、阶级和等级问题的偏见影响到当代评论界对她的看法。埃文斯对于坚持奴隶制的南方的忠诚是有目共睹的,虽然对于她来说,对南方价值观的维护超出了对于奴隶制狭隘的辩解[②]。但从整体来看,作为一名南方女作家,她对于美国南方文学做出了卓越贡献,影响到包括尤多拉·韦尔蒂(Eudora Welty,1909—2001)在内的诸多南方作家。对于今天的评论界来说,正确评估这样一位带有历史局限性的作家的功过是非十分必要。我们要竭力

[①] Susan K. Harris, *19th-Century American Women's Novels: Interpretive Strategies*. New York: Cambridge UP, 1990, p. 65.

[②] Elizabeth Fox-Genovese, Introduction, *Beulah*. Baton Rouge: Louisiana State UP, 1992, p. xiv.

避免的,正是20世纪上半叶的评论界那样仅仅根据性别、种族或其他因素来决定作家命运的片面和不公正做法。

伊丽莎白·斯图亚特·菲尔普斯
(Elizabeth Stuart Phelps,1844—1911)

伊丽莎·斯图亚特·菲尔普斯是19世纪极受欢迎的美国小说家。她一生著述颇丰,共出版了57卷作品,包括小说、诗歌和文章。但其文学声望主要建立在她的畅销书《微开的大门》(The Gates Ajar,1868)上,这本书出版后在美国销售了八万册,在英国售出十万册,后来又多次再版,并且被翻译成包括意大利语、法语、德语和荷兰语在内的外语,被认为是19世纪除了《汤姆叔叔的小屋》之外最畅销的小说[1]。虽然以当代读者的眼光来看,她的早期小说,如《微开的大门》,宗教色彩极浓,美学价值并不算高,但难能可贵的是,它们挑战了传统的基督教教义,为读者塑造了一个更为人性化的上帝和天堂,还是极有历史意义的。而她后期的小说则塑造了具有独立经济和情感意识的女主人公,大胆涉及有关女性生活的各种主题。除了文学创作之外,菲尔普斯也积极参与了社会改革活动,如禁酒、女性解放和女性权利等,甚至包括女性的服装改革。其具有女权主义意识的文章,探讨了"女性的经济和情感独立……'真正的女性'原型和传统婚姻中的女性问题"[2],呼吁女性通过努力实现自我发展和个人幸福。

菲尔普斯出生于波士顿,原名为玛丽·格雷,其父奥斯汀·菲尔普斯为牧师,其母伊丽莎白·斯图亚特·菲尔普斯是当时知名作家,祖父和外祖父都是牧师。从幼时,菲尔普斯就生活在充满了宗教戒律和女性写作的氛围中。她的母亲创作了少女系列小说和宗教作品,常常为伊丽莎白(后来是她的弟弟)阅读她为他们写的作品。菲尔普斯的父亲于1848年接受了安多弗神学院的教职,将全家搬到波士顿,1869年成为神学院的院长。对于菲尔普斯影响最大的无疑是她的母亲。在女儿的眼里,母亲"颇有天赋,假以时日定会展露其才华。……但作为妻子、母亲、管家和女主人,她在开始自己

---

[1] Christine Stansell,"Elizabeth Stuart Phelps: A Study in Female Rebellion." The Massachusetts Review 13.1/2 (Winter-Spring,1972):239.

[2] "Elizabeth Stuart Phelps Ward," in American Women Writers: A Critical Reference Guide from Colonial Times to the Present, vol. 4. Ed. Lina Mainero. New York: Frederick Ungar,1981, p. 326.

的文学事业时还同时肩挑家庭重担，她一直以来体质羸弱，又只能依靠丈夫微薄的工资收入生活，所以……不久便不堪重负而去"①。母亲在生下第三个孩子后于同年去世，年仅八岁的玛丽提出将自己的名字改为伊丽莎白·斯图亚特·菲尔普斯，以纪念离世的母亲。1854 年父亲与伊丽莎白的姨母玛丽·斯图尔特结婚，但成婚仅一年半之后其姨母也因肺结核撒手人寰。1858 年，父亲又一次成婚，新娘是一位牧师的妹妹，婚后生下两个儿子。

菲尔普斯自孩童时期就极有讲故事的天赋。可能是因为母亲的缘故，"写作就像呼吸一样自然"②。她后来又在阿伯特学院和爱德华兹夫人的女子学校受到良好的教育。菲尔普斯 13 岁时就在《青年之友》(*Youth's Companion*)上发表了一篇故事，后来的不少故事发表在主日学校刊物上。1864年，她的第一篇成人故事在《哈泼斯新月刊》(*Harper's New Monthly Magazine*)上发表之后，她开始创作儿童文学蒂尼丛书(*Tiny* series)。这些儿童文学映射了菲尔普斯自己的经历以及她对于生活意义的追寻。《埃伦的偶像》(*Ellen's Idol*, 1864)描述了六岁的埃伦如何克服自己的自私；《蒂尼》(*Tiny*, 1866)和《蒂尼的周日夜晚》(*Tiny's Sunday Nights*, 1867)聚焦于埃伦的妹妹蒂尼如何将基督教的教义融入自己的生活；《我不知为何》(*I Don't Know How*, 1867)讲述了 11 岁的埃伦如何为同学的死亡感到悲哀，努力寻找信仰和成为基督教徒的意义③。显而易见，这些作品表现了菲尔普斯所接受的宗教教育，也凸显了在当时的美国社会里宗教对于人们行为方式的重要影响。

菲尔普斯最为著名的儿童文学作品是四卷本的吉普赛·布伦顿丛书(*Gypsy Brenton* series)。绰号为吉普赛的杰迈玛·布伦顿以其率真、坦诚、冲动的性格，"为令人难忘的'假小子'形象确立了模式，而这一模式后来在奥尔科特的《小妇人》等作品中得以流行"④。在这套丛书里，作者描绘了吉普赛如何以恶作剧的形式处理家庭问题和学校生活，从奢侈和堕落中拯救出她的兄长，最后进入寄宿学校。与后来《小妇人》中的女主人公乔一样，吉普赛这一形象给读者留下了深刻印象。

---

① Christine Stansell,"Elizabeth Stuart Phelps: A Study in Female Rebellion." *The Massachusetts Review* 13.1/2 (Winter-Spring,1972):240.

② Elizabeth Stuart Phelps,*Chapters from a Life*. Boston: Houghton, Mifflin,1896,p. 12.

③ Jennifer A. Gehrman,"'Where Lies Her Margin, Where Her Text?': Configurations of Womanhood in the Works of Elizabeth Stuart Phelps." Dissertation. Indiana U of Pennsylvania, 1996, pp. 68—69.

④ Elizabeth Segal,"The *Gypsy Breynton* Series: Setting the Pattern for American Tomboy Heroines." *Children's Literature Association Quarterly* 14 (Summer,1989):67.

当然，菲尔普斯最为著名的作品是出版于1868年的《微开的大门》，它抚慰了因战乱与亲人离散而陷入深深痛苦之中的民众，从而受到盛赞。此后菲尔普斯又有三部以"大门"为题的小说出版：《大门之外》(Beyond the Gates, 1883)、《大门之间》(The Gates Between, 1887)和《大门内》(Within the Gates, 1901)。她的其他重要作品还包括短篇故事集《男人、女人与幽灵》(Men, Women and Ghosts, 1869)，小说《阿维斯的故事》(The Story of Avis, 1877)、《扎伊医生》(Doctor Zay, 1882)、《执着一生》(A Singular Life, 1894)等。1888年，菲尔普斯与比她年轻17岁的赫伯特·狄金森·沃德结婚。婚后两人于1890和1891年合著了两部圣经罗曼司。她的自传《生活的篇章》(Chapters from a Life)在《麦克卢尔》(McClure's)杂志上连载后于1896年出版。菲尔普斯也是第一位在波士顿举办系列讲座《具有代表性的现代小说》(Representative Modern Fiction, 1876)的女性，讲座分析了乔治·艾略特(George Eliot)的作品，称艾略特为"本世纪最伟大的作家"(the novelist of this century)[1]。菲尔普斯于1911年1月去世。

菲尔普斯在世时的文学声誉主要建立在她的"基督教乌托邦"小说《微开的大门》(1868)上[2]，小说发表日期距离内战结束只有三年时间。在这场战争中，美国人的死亡数字高达60万人，超过了美国在独立战争、第二次世界大战和越南战争中死亡人数的总和[3]。这部小说是对于在美国内战中失去亲人的女性的安慰之作，是女性对于战争造成的生命丧失的残酷现实和未亡人的深切痛苦的回应，也是对于冷漠的父权主义宗教的反叛。斯托曾声称其《汤姆叔叔的小屋》经由上帝之手写成，菲尔普斯也将自己的小说视为是在天使的指引下完成的。她在后来的自传中说，小说"像是一滴泪或一声叹息或一声祷告。我几乎不知道我是怎样完成的"[4]。但不同寻常的是，菲尔普斯在小说中"弱化了世上罪人对于上帝的义务，而不断地强调上帝应满足他所创造的人的情感愿望的必要责任"[5]。而且，菲尔普斯巧妙地在小说中重构了基督教倡导的牺牲精神。她没有把阵亡士兵的鲜血作为可以激

---

[1] George V. Griffith, Elizabeth Stuart Phelps, George Eliot, "An Epistolary Friendship: The Letters of Elizabeth Stuart Phelps to George Eliot." *Legacy* 18.1 (2001): 97.

[2] Timothy Morris, "Professional Ethics and Professional Erotics in Elizabeth Stuart Phelps' *Doctor Zay*." *Studies in American Fiction* 21.2 (Autumn, 1993): 141.

[3] Lucy Frank, "'Bought with a Price': Elizabeth Stuart Phelps and the Commodification of Heaven in Postbellum America." *ESQ: A Journal of the American Renaissance* 55.2 (2009): 168.

[4] Elizabeth Stuart Phelps, *Chapters from a Life*. Boston: Houghton, Mifflin, 1896, p. 99.

[5] Mary Angela Bennett, *Elizabeth Stuart Phelps*. Ph. D. Dissertation. U of Pennsylvania, 1939, p. 115.

励人们挽救和使北方重生的牺牲象征物,而是强调了把耶稣的血作为上帝对于每一个人之爱的范例①。

小说女主人公玛丽·卡波特的哥哥罗伊不久前在内战中阵亡。失去了唯一亲人的玛丽,一直无法从强烈的悲伤中释怀。她周围的许多人也在战火中失去了亲人,渴望能够与亲人在天堂团聚。遗憾的是,传统的宗教话语,即便是辅以爱国主义和牺牲精神的说辞,在这种大规模的死亡面前也显得如此无能为力,无法为失去亲人的人们带来真正的安慰。战争带来的死亡昭示着传统情感结构的消解,人们无法遵循传统仪式给亲人送终,以致难以接受这种与亲人别离的方式②。更有甚者,神父和教堂执事对于天堂的描绘非但没有让女主人公感到宽慰,反倒令她陷入绝望。因为据他们所说,在天堂里所有的世间人际关系都被切断。而她又无法如神父和执事所言,在面临这样的死亡时听天由命。他们口里的天堂对于处于悲痛中的人们毫无帮助。在女主人公悲伤欲绝之际,姨母温尼弗雷德的到来为她带来了希望。姨母告诉她,"这个世界上最幸福的事就是一个幸福的家。我觉得无论在哪个世界都是如此"③。于是,她为女主人公描述了一个新型的天堂:这是一个与女性生活秩序相吻合的天堂,保留了世间所有的物质存在,花园、农舍、家具、儿童、钢琴,等等。天堂也是一切愿望都得以实现的乐园。女性可以和去世的亲人团聚,死去的亲人的身份在天堂里并没有发生变化。温尼弗雷德关于充满家庭氛围的美好天堂的描绘使女主人公感到宽慰,也使她对与死去的兄弟在天堂相聚充满憧憬,她的痛苦被冲淡,心里有了希望,至此天堂的大门也才真正打开。菲尔普斯的小说"为丧失亲人的人们提供了一种有效的宽慰方式,一种愈合战争所带来的精神危机的方法"④。她的小说为南北战争后的美国社会从战争创伤中走出来发挥了积极有效的作用。

除了几部宗教色彩浓郁的"天堂大门"作品,菲尔普斯的其他几部关于女性的作品今天读起来更具有现实意义,这些以女性为中心的作品是菲尔普斯对于其时代女性境遇的批判与反思。《阿维斯的故事》讲述了一名女画

---

① Lucy Frank,"'Bought with a Price':Elizabeth Stuart Phelps and the Commodification of Heaven in Postbellum America." *ESQ:A Journal of the American Renaissance* 55.2(2009):173.

② Lucy Frank,"'Bought with a Price':Elizabeth Stuart Phelps and the Commodification of Heaven in Postbellum America." *ESQ:A Journal of the American Renaissance* 55.2(2009):169.

③ Elizabeth Stuart Phelps,*The Gates Ajar*,in *Three Spiritualist Novelists*. Ed. Nina Baym. Urbana:Illinois UP,2000,pp.78—9.

④ Lucy Frank,"'Bought with a Price':Elizabeth Stuart Phelps and the Commodification of Heaven in Postbellum America." *ESQ:A Journal of the American Renaissance* 55.2(2009):171.

家的故事,《沉默的同伙人》描绘了女工和社会改革者的生活,《扎伊医生》塑造了一名女医生的形象。在这几部小说中,她使用了一种被苏珊·S.威廉姆斯(Susan S. Williams)称为"伦理现实主义"和"为真理而艺术"的手法[1],以女性为其创作的中心,从不同的角度呈现了女性生活,定义了女性身份,展现了她们艰难曲折的寻求自我实现的道路。

小说《阿维斯的故事》被当代学界认为是菲尔普斯最"最优秀的、最重要的作品,也是19世纪下半叶出现的女性成长小说"[2]。小说刻画了一个试图在家庭和事业两方面都获得成功的女性,谴责了压抑的婚姻和母亲身份。小说以阿维斯从欧洲的归来开篇,在那里她已经被认为是很有发展前途的画家,她回城的消息还登上了当地的报纸。此时的阿维斯,已经超越了传统的新英格兰女性身份。阿维斯象征着那些试图实现社会上专属男性的职业目标且发现自己的行进道路被设置了重重障碍的职业女性。菲尔普斯将阿维斯故事延伸到三代人,从在生活中受到种种局限难以实现理想的阿维斯的母亲,一直到阿维斯的女儿的具有各种可能性的女性生活[3]。小说中阿维斯的母亲就是菲尔普斯母亲的真实写照,她因为家务的拖累而无法实现自己的戏剧理想,但阿维斯的父亲却认为妻子的幸福应建立于家庭的基础上。这样的父亲自然也无法理解女儿的抱负,使得女儿对于逝去的母亲无比怀念。阿维斯只有依靠自己的力量实现梦想,最终顶着压力完成了成为艺术家的训练。阿维斯这时遇到了令她心仪的菲利普,在菲利普向她保证婚姻不会阻碍她的事业发展后,他们终于成婚。但婚后的阿维斯发现她根本无法自由追求自己的创造性活动,繁重的家务劳动的拖累也使阿维斯无暇建立起自己的"画室"。可以说,通过婚姻,菲利普"合法地"占用了妻子的时间和精力,为妻子带上了无形的镣铐,将妻子羁绊于狭小的家庭空间之中。阿维斯在自己和母亲的遭遇中看清了女性受压抑的生活现实,她们的经历体现了中产阶级女性的普遍命运。小说展现了婚姻对于有事业抱负的女性的束缚,也强调女性与男性一样具有创造性和智识。小说同时也对阿维斯女儿这一代女性的生活寄予了更大的希望。

菲尔普斯对于女性的境遇表现出极大的关注。她的小说《沉默的合伙

---

[1] Stephanie Palmer,"Decadent Phelps:New Womanhood and the Decentered Self in *Confession of a Wife*." *Women's Writing* 23.2 (2016):159—60.

[2] Christine Stansell,"Elizabeth Stuart Phelps:A Study in Female Rebellion." *The Massachusetts Review* 13.1/2 (Winter-Spring,1972):246.

[3] Carol Farley Kessler,"A Literary Legacy:Elizabeth Stuart Phelps,Mother and Daughter." *Frontiers* 5.3 (Autumn,1980):31.

人》(The Silent Partner)描写了工业化对于工人的剥削以及上层社会的特权,吸引了当今诸多学者的注意。这部小说发表于1871年,此时正值美国阶级关系形成的关键时刻。小说刻画了工厂主女儿帕丽与女工西普之间的友谊,揭示了处于社会下层的工人阶级的悲惨生活。小说中,两位年轻女性在成长过程中逐渐懂得女性的生活是如何被维多利亚性别角色和工业化社会结构所决定的。在父亲去世之后,帕丽继承了父亲制造业生意的三分之一股份,试图对他的公司施加一些进步影响,却遭到父亲的两位经营合伙人的拒绝,其中之一就是帕丽的未婚夫。帕丽因而成为父亲生意的"沉默的合伙人"。通过西普,帕丽也目睹了工人阶级的恶劣工作条件——工厂事故、过度劳累、营养不良、酗酒等。她为此深感震惊,转而致力于改进贫困工人的卫生、住房和教育水平。虽然其改革成果甚微,但帕丽挑战了"真正女性"的社会规训,确定了自己的生活道路。小说的结尾没有响起婚姻的钟声,因为女性希望掌握自己的命运,希望自由地为社会大家庭而不是个人的小家庭服务,希望防止更多的儿童进入这种非人的工厂环境。因而女性不是通过男性而是独立地定义了自己的身份[1]。同时,一直为生存而挣扎的西普也在帕丽的鼓励下,开始接触音乐、艺术、文学,最后成为一名福音传道者。菲尔普斯以现实主义的手法描写了城市无产阶级的生活,小说中的工人罢工显然喻指了1870年代震动全社会的马萨诸塞州工人大罢工,因而这部小说"改变了美国关于文学现实主义的兴起的叙事,证实了女性在早先一直被认为是源自豪厄尔斯的男性现实主义作家的领域里发挥的重要作用"[2],值得在文学史册中留下一笔。女权主义出版社于1983年再版了这部小说。

菲尔普斯对于女性命运的不公深感不平。她在1867年发表在《哈泼斯新月刊》杂志的文章中为女性大声疾呼:"除了疾病,女性不幸——因为女性的确不幸福——的主要原因在于她们无事可做……无论是为了自给自足,或者纯粹是为了职业的缘故;对于成功职业的寻找、对于合适工作的寻找,是世界上女人一半的不幸的基础"[3]。正因为如此,菲尔普斯塑造了冲破女性传统社会角色的女主人公,支持女性走出家门找到适合自己的职业,呼吁社会给予女性选择职业的机会,尤其是积极推动女性进入医疗事业。美国

---

[1] Carol Farley Kessler,"A Literary Legacy: Elizabeth Stuart Phelps, Mother and Daughter." *Frontiers* 5.3 (Autumn, 1980): 32.

[2] William Lynn Watson,"'The Facts Which Go to Form This Fiction': Elizabeth Stuart Phelps's *The Silent Partner* and *The Massachusetts Bureau of Labor Statistics Reports.*" *College Literature* 29.4 (Fall, 2002): 6.

[3] 引自 Frederick Wagener,"'Few Things More Womanly Or More Noble': Elizabeth Stuart Phelps and the Advent of the Woman Doctor in America." *Legacy* 22.1 (2005): 1.

女性于1849年才首次获得医学学位,而在1867年时,美国也只有几百名女性从事这一职业,而且她们还不断遭受人们强烈的抨击①。菲尔普斯的小说《扎伊医生》提倡女性进入医疗职业,而且通过对于女医生实践的详细描述,强调了关于充满同情心的关爱的标准。在《扎伊医生》中,波士顿的绅士沃尔多·约克在旅行途中因为事故,被送去附近的诊所接受了一位乡村女医生的治疗。这里的病人都是下层社会女人与儿童,而不是上层社会男人。约克一苏醒过来,就对乡村诊所的简陋设备嗤之以鼻,也对女医生的医疗技术表示了怀疑,但是这位女医生以精湛的医术治愈了约克,而他在这个过程中也爱上了她。女医生虽然也对他有同样的情感,但拒绝与他成婚。只有在小说的结尾,女医生的口气才有所缓和。《扎伊医生》是第二部以女医生为主人公的美国小说②,而当时多数的女医生都是保持独身的。《扎伊医生》的激进意义在于它冲击了人们心目中对于性别角色的期待,打破了社会上对于女性可以从事的职业的传统观念,通过扎伊这一人物角色批判了社会上关于女性智力低于男性的观点。

菲尔普斯和丈夫在1890年代积极参与了马萨诸塞州的抗议活体解剖运动,该州同时又是动物权利运动的中心。在1896年至1902年间,夫妇俩在推动立法机构控制动物活体解剖方面发挥了重要作用,菲尔普斯还三次在马萨诸塞州议会上为此发表演说。与此同时,菲尔普斯也通过撰写儿童文学作品的方式参与了关于动物权利的大论战。她从女性主义和基督教的角度,驳斥了那种将人的权利置于自然之上的观点,论证了人类智识的局限性和不可靠性③。她于1889年发表了题为《小可爱》("Loveliness")的短篇小说,讲述了一条从活体解剖实验室逃离的小狗与其病卧在床的小主人团聚的故事,以此抨击了活体解剖对人及动物带来的伤害。另外一部涉及动物活体解剖的小说《特丽克西》(*Trixy*)发表于1904年。特丽克西是一条小白狗,被拐卖到迦林医学院,后逃脱。迦林医学院的主要研究者是奥林·斯蒂尔医生,他的声誉建立于他在狗脑里做的一系列手术上。岂不知这条用于手术的小狗也是被拐卖到此的,它竟然属于斯蒂尔医生的未婚妻米丽娅姆。当米丽娅姆得知这一切后,她与斯蒂尔医生断绝了关系。《特丽克西》不仅是反对动物实验的战斗檄文,也批判了男性主宰的医疗事业。同时

---

① Frederick Wagener, "'Few Things More Womanly or More Noble': Elizabeth Stuart Phelps and the Advent of the Woman Doctor in America." *Legacy* 22.1 (2005):1.

② Elizabeth Stuart Phelps, *Doctor Zay*. Boston:Houghton,Mifflin,1883, p. 164.

③ Roxanne Harde, "'Doncher be too sure of that!': Children, Dogs, and Elizabeth Stuart Phelps's Early Posthumanism." *Bookbird* 53.1 (2015):12.

菲尔普斯也将这一话题超越了科学家和动物爱好者之争的范围,她强调这种训练并不能培养出好医生,因为好的医生不仅要有优良道德品质,还要具有关心他人的能力。而人与动物的接触是最为有效的培养人们同情心的方式[1]。《特丽克西》把实验室的小狗既视为被珍惜的家庭成员,同时也作为具有情感和市场价值的私人财产,但动物的地位是易受侵犯的,不稳定的,而且总是受到威胁,它们一旦在公共空间和私人空间的边界被抓,就会面临极大的危险。从这一点出发,《特丽克西》具有感召力,它激发了人们对于作为家庭成员同时也是应当受到保护的私人财产的实验室动物的同情和悲悯[2]。

菲尔普斯在19世纪下半叶的女性创作中起到了承上启下的作用。一方面她的创作多以女性为中心,探索了在父权社会束缚下的女性经历和感受,虽然塑造了在19世纪中期许多女性小说中出现的那些具有自尊自立意识的女主人公,但是大体上来说,仍然强调了女性角色在家庭环境中的重要意义;另一方面,菲尔普斯显然呼应了世纪之交"新女性"的出现,她不仅表现了对于下层社会女工恶劣生存环境的关注,也鼓励女性走出家门,投身职场,寻求自己的幸福。她尤其强调为女性的教育、职场、经济和政治权利而奋斗是那些才华出众的女性的使命;此外,她在其时代的人类与动物他者之间的关系的论战中旗帜鲜明地批判了人类中心主义,为动物权利而呼吁,表达了她清醒的生态意识。菲尔普斯准确地把握住时代的脉搏,并为改变社会做出了积极的努力。菲尔普斯作品的历史进步意义是不容置疑的。作为当年最为知名的女作家之一,今天的美国文学殿堂里应有她一席之地。

第三节　影响历史进程的女性

哈丽雅特·比彻·斯托
(Harriet Beecher Stowe, 1811—1896)

美国内战爆发后的1862年末,林肯总统在华盛顿白宫会见了哈丽雅特·比彻·斯托,称她为"写了一本书而引发这场大战的小妇人"[3]。的确,

---

[1] Lori Duin Kelly, "Elizabeth Stuart Phelps, *Trixy* and the Vivisection." *Legacy* 27. 1 (2010):61—62.

[2] Alyssa Chen Walker, "Canine Adduction and Border Breaches in Elizabeth Stuart Phelps' *Trixy*." *CEA Critic* 75. 1 (March 2013):10—13.

[3] Eric J. Sundquist, Introduction. *New Essays on Uncle Tom's Cabin*. New York:Cambridge UP, 1993, p. 10.

斯托是一位影响了美国历史进程的女性,她所创作的《汤姆叔叔的小屋》在美国历史上所起到的巨大作用是其他作品难以比拟的。它曾被视为废除奴隶制的斗争中最有力的武器,也被认为是美国内战的重要导火索。评论家乔伊·乔丹-莱克(Joy Jordan-Lake)说,"很少有比《汤姆叔叔的小屋》对于美国历史影响更大的书籍,也很少有书籍甚至在几十年之后还能够唤起如此强烈的情感反应"[①]。而且,《汤姆叔叔的小屋》也创造了19世纪美国出版史上的奇迹。该书在出版后的前八周就销售了5万册,第一年售出30多万册,10年后销售量高达300万册,20年后又翻了一番。此后这部小说一版再版,成为美国历史上除了《圣经》之外销售量最高的著作[②],也是除了《圣经》以外被译成最多语言的作品[③]。这位习惯上被我国人民称为"斯托夫人"的作家是19世纪美国文坛上最为杰出的女性之一,她不仅以《汤姆叔叔的小屋》驰名世界,还是美国现实主义文学和乡土文学的先驱,为美国民族文学的发展做出了重要贡献。

哈丽雅特·比彻·斯托出生于康涅狄格州里奇菲尔德的名门。父亲是著名的公理会牧师莱曼·比彻,母亲在斯托5岁时去世。斯托自幼在父亲的指导下读书学习,后来进入姐姐凯瑟琳·比彻开办的女子学校读书,毕业后还曾在该校任教。斯托天资聪颖,饱览群书,在浓厚的宗教家庭氛围的熏陶和严格的基督教教义训练下长大,为今后的写作打下了坚实的基础。父亲为子女灌输了服务于社会的宗教使命感,以至于比彻家人活跃在社会各界:知识圈、政界和宗教界。当时甚至流传着这样一句话:"这个国家除了圣人和小人,就是比彻家人了"[④]。父亲还为子女安排了他们的生活道路,儿子们去当牧师,把一生贡献给宗教事业,女儿当然最好就是嫁给牧师。比彻家的七个儿子后来果然都成为牧师,而斯托自己也嫁给了一位牧师和神学教授。在婚后的1836年至1850年间,斯托生下了七个子女。像19世纪的其他中产阶级家庭妇女一样,斯托婚后承担了照顾丈夫、抚养子女、承担家务的重担。她还在自己少有的空暇时间里开始了创作,既为了赚钱贴补家用,也出于强烈的公共责任感。斯托从1833年开始发表作品,她写过宗教

---

① Joy Jordan-Lake, *Whitewashing* Uncle Tom's Cabin: *Nineteenth-Century Women Novelists Respond to Stowe*. Nashville: Vanderbilt UP, 2005, p. xv.

② Thomas, F. Gossett, Uncle Tom's Cabin *and American Culture*. Dallas, Texas Southern Methodist UP, 1985, p. 164.

③ Arthur Riss, "Harriet Beecher Stowe," in *The Cambridge Companion to American Novelists*. Ed. Timothy Parrish. Cambridge: Cambridge UP, 2013, p. 34.

④ Dorothy Berkson, Introduction. *Oldtown Folks* by Harriet Beecher Stowe. New Brunswick: Rutgers UP, 1987, p. xii.

故事、感伤故事、新英格兰农村故事、儿童道德故事,以及文章和书评。斯托的写作生涯起步于1834年发表在《西部月刊》(Western Monthly Magazine)上的故事《一个新英格兰故事》("A New-England Sketch"),后被收入她于1843年发表的短篇小说集《五月花》(The Mayflower)。

1850年,斯托随家人迁往缅因州。同年,国会通过了《逃亡奴隶法案》[1]。这个法案引起了北方进步舆论的强烈谴责,也激起了斯托的极大义愤。斯托一直对黑奴的悲惨遭遇抱有极大的同情心,她在俄亥俄州居住的时候就曾接触到逃亡奴隶,从他们的口中听到过奴隶制的种种暴行,她不仅读过废奴主义运动的宣传品,还听过当牧师的兄长的废奴演说。斯托决定挺身而出,以手中的笔向国人揭露奴隶制违背天意、摧残人性的罪行。如她在致出版商的信中所说,已经到了"即使是一个能为自由和人道说话的妇女和儿童也必然开口的时候了……我希望每一个能够写作的女性都不要沉默"[2]。但是作为19世纪中产阶级白人女性,斯托不能参加竞选,不能公开演讲,也不能登上布道坛传教。她拿起笔来,表达了对奴隶制的强烈抗议。

《汤姆叔叔的小屋》于1851年至1852年首先在华盛顿的废奴主义报纸《国民时代》(National Era)上连载,一共登了41期,连载从1851年6月5日开始,直到1852年4月5日,时间长达10个月之久。连载故事在1852年3月20日便已结集出版。小说造成的轰动出乎所有人意料,一时间竟是洛阳纸贵。一夜之间,斯托发现自己成为名人。小说不仅被改编成戏剧四处上演,小说中的人物形象也被制成各种纪念品出售,小说还迅速被翻译成不同文字。这部小说不仅销售数量惊人,其读者人数更是大大超过了销售量。爱默生曾经断言,"这是唯一一本在每个家庭的客厅、育儿室和厨房都能找到读者的作品"。著名诗人和废奴主义者约翰·格林里夫·惠蒂埃(John Greenleaf Whittier,1807—1892)宣称:"要千万次地向这本不朽的著作致意";著名诗人亨利·沃兹沃斯·朗费罗(Henry Wadsworth Longfellow,1807—1882)将其称为"有记载以来文学史上的最大胜利,且不说小说在道德影响方面的巨大成功"[3]。毫无疑问,斯托成为了代表黑奴的最强有

---

[1] 美国国会于1850年通过了《逃亡奴隶法案》,宣布包括北方白人在内的所有公民有义务协助联邦执法机构追捕逃亡奴隶,将其归还奴隶主,并对任何帮助逃奴的人课以1000美元加6个月监禁的重罚。国会为解决蓄奴问题和防止联邦解体而采取的这个权宜措施,允许南方奴隶主到北方自由州追捕逃亡奴隶,引起了废奴主义者的强烈愤慨。

[2] Thomas F. Gossett, Uncle Tom's Cabin and American Culture. Dallas: Texas Southern Methodist UP,1985,p.97.

[3] John Ernest,"Harriet Beecher Stowe and the Antislavery Cause," in The Oxford History of the Novel in English. vol. 5. Ed. J. Gerald Kennedy and Leland S. Person. Oxford: Oxford UP, 2014,p.316.

力的声音。

《汤姆叔叔的小屋》揭露了南方蓄奴制的黑暗和黑奴遭受的骇人听闻的虐待。斯托借鉴了逃亡奴隶叙事的情节，尤其是乔西亚·亨森(Josiah Henson,1789—1883)和亨利·比布(Henry Bibb,1815—1854)的经历，两人都曾逃到辛辛那提。黑奴汤姆和伊莱扎的遭遇代表了千千万万黑奴的悲惨命运。的确，小说在唤醒民众、争取公众对于废奴运动的同情和支持方面比任何废奴主义者的演讲都更有说服力，也说明"文学在关于美国奴隶制的政治辩论中能够起到关键作用"[1]。斯托本人后来声称是上帝借她之手写成这本书的[2]。以斯托虔诚的宗教信念来看，或许她也相信这是上帝赋予她的特殊使命，是上帝的力量才使得这部小说如此深入人心。小说发表之后，美国南北方之间的各种政治冲突日益聚焦于奴隶制问题，而这种冲突又是以《汤姆叔叔的小屋》为中心的。

《汤姆叔叔的小屋》发表之后所经历的风风雨雨充分反映了它在美国文化中所代表的重要意义。小说出版后虽然斯托声誉鹊起，受到白人废奴派、黑人的同情者和广大黑人的欢迎，但也遭到来自南方奴隶主和御用文人以及赞成奴隶制的人们的抨击。显而易见，《汤姆叔叔的小屋》的发表首先引起了拥戴南方奴隶制的人们的强烈反应。在这种情况下，许多读者认为斯托的小说不仅是对于奴隶制的谴责，也是针对南方的，因此来自南方的反应异常强烈。不仅声讨斯托小说的评论充斥南方出版物，反汤姆叔叔小说(anti-Uncle Tom novels)也迅速大批涌现，不少小说题目中也含有"小屋"两字，如玛丽·H.伊斯门(Mary H. Eastman,1818—1887)的《菲莉丝婶婶的小屋》(*Aunt Phillis's Cabin*,1852)和约翰·W.佩奇(John W. Page,1829—?)的《罗宾叔叔在他弗吉尼亚的小屋里》(*Uncle Robin, in His Cabin in Virginia*,1853)。萨拉·约瑟法·黑尔(Sarah Josepha Hale,1788—1879)发表于1827年的《诺斯伍德》(*Northwood*)在1852年重版时，增加了一篇谴责废奴运动制造分裂的序言。小说强调将整个奴隶制连根拔掉并不能使黑奴获得自由，只有耐心的宗教训示和渐进的殖民化能够给予美国黑奴自由和家园，同时将他们从堕落的奴隶制中拯救出来。与《汤姆叔叔的小屋》同年发表的卡罗琳·拉什(Caroline Rush,1820—?)的《北方与南方：奴隶制与其对比》(*The North and South; or, Slavery and Its Contrasts*,

---

[1] Arthur Riss,"Harriet Beecher Stowe," in *The Cambridge Companion to American Novelists*. Ed. Timothy Parrish. Cambridge:Cambridge UP,2013,p. 34.

[2] Thomas F. Gossett, Uncle Tom's Cabin *and American Culture*. Dallas: Texas Southern Methodist UP,1985,p. 93.

1852),描述了来自北方的女主人公因为家庭破产而最终沦为妓女、变成一名"白人奴隶"的不幸遭遇,她在都市的苦难故事与南方那些被骄纵的肚满肠肥的南方黑人孩子形成了强烈对比。而在玛丽·H.伊斯曼的《菲莉丝婶婶的小屋》中,老奴菲莉丝去世前恳求主人不要给予她的子女以自由,因为他们在种植园得到了很好的照料,而一旦去了北方或利比里亚必将受苦。这个场景预示着奴隶与主人在天堂里的相会,人世间的种族差异也将被遗忘。小说证实了种植园主试图将奴隶制合理化的必要性,但也弱化了他们所能隐约感到的奴隶制的罪恶[1]。

当然,来自南方的声讨不仅仅是口头或是落在字面上的,斯托还曾收到一只被砍掉的黑奴的耳朵;而在亚拉巴马州的莫比尔,人们反复袭击了一位胆敢在书店橱窗里展示《汤姆叔叔的小屋》的书商,并将他驱逐出城;在夏洛茨维尔的弗吉尼亚大学生举行了焚烧这本小说的活动;马里兰州的一个法庭宣判一位身上带有《汤姆叔叔的小屋》和其他废奴宣传品的自由黑人十年徒刑[2]。所有这一切,都显示了这部小说所起到的巨大作用。而为了回答对于她小说的诋毁以及对于小说内容真实性的质疑,斯托于1853年发表了《关于〈汤姆叔叔的小屋〉的辩护》(A Key to Uncle Tom's Cabin)。斯托在书中援引了大批法庭记录、报刊文章、法律条文和私人信件作为自己作品的事实根据,重新申明自己的立场。这部著作也在一个月之内售出9万册[3]。

斯托怀着坚定的道德信念进行写作,但《汤姆叔叔的小屋》能够引起轰动效应的最主要原因在于它强烈的艺术感染力。斯托以饱含激情的笔描述了奴隶制所造成的黑奴家破人亡的惨景,尤其令她不能容忍的是奴隶主从黑奴母亲那里强行夺去她们孩子的残忍行径。斯托自己的幼子仅18个月时因病夭亡,他的死亡使斯托悲痛万分,也使她对于奴隶制所造成的黑奴妻离子散的惨景痛心疾首。在斯托看来,这种不义行为是与基督教平等博爱思想背道而驰的,只有基督教才能结束这种暴虐无道。小说明确表明了斯托这一信念:建立在奴隶制之上的社会是不能长久的,不义和残暴必遭天谴。斯托饱满高昂的政治激情、现实主义的描写手法、对情节的精心构筑和

---

[1] Eric J. Sundquist,"The Literature of Slavery and African American Culture," in *The Cambridge History of American Literature*. vol. 2. Ed. Sacvan Bercovitch. Cambridge:Cambridge UP,1995,p. 267.

[2] Joy Jordan-Lake,*Whitewashing Uncle Tome's Cabin: Nineteenth-Century Women Novelists Respond to Stowe*. Nashville:Vanderbilt UP,2005,p. xvi.

[3] Richard Yarborough,"Strategies of Black Characterization in *Uncle Tom's Cabin* and the Early Afro-American Novel," in *New Essays on Uncle Tom's Cabin*. Ed. Eric J. Sundquist. New York:Cambridge UP,1993,p. 46.

对人物的生动塑造,都使得小说读起来感人至深,甚至有催人泪下的效果。

《汤姆叔叔的小屋》揭露了南方奴隶制社会的黑暗和奴隶主的残忍暴虐,生活在奴隶制度下的黑人被当作牲口一样驱使,遭受奴隶主的随意鞭笞,更有甚者,他们被当作牲口一样任意买卖。斯托怀着极大的同情心描绘了黑奴被用绳索牵到奴隶市场上拍卖的悲惨遭遇。那种妻离子散、生离死别的凄惨景象令人不忍卒睹,难以忘怀。书中还淋漓尽致地揭露了奴隶贩子和庄园主对待黑奴惨绝人寰的手段。奴隶制把南方社会变成了黑人奴隶的人间地狱。在结构上,《汤姆叔叔的小屋》以描绘汤姆和伊莱扎两个奴隶的不同命运为主线展开。两个情节相对独立,又有机地交织在一起。白人奴隶主谢尔比因投机失败,负债累累,为摆脱困境决定把黑奴汤姆和女奴伊莱扎的儿子小哈利卖掉抵债。得此消息之后,笃信基督教的汤姆不愿意连累别人,毫无怨言地接受了命运的安排,被卖南下。他被辗转买卖,经历了好几个奴隶主之手,最后被活活地打死在种植园里。而伊莱扎愤而反抗,连夜携子向北出逃。小说描绘了她奔向自由的旅程。尽管险象环生,但她受到富有同情心的人们的帮助,最终与先于她出逃的丈夫团聚,全家一起安全到达加拿大。就这样,小说塑造了汤姆和伊莱扎两种不同的人物角色,以及他们不同的生活经历。

尽管《汤姆叔叔的小屋》问世后引起如此轰动,但对于它的评价却历来褒贬不一,而争论的焦点多集中于主人公汤姆叔叔身上。在斯托的笔下,汤姆叔叔这一人物角色充分体现了基督教的博爱、忍耐和宽容精神。这种精神是受到高度赞扬的。汤姆在听到自己被卖的消息后拒绝逃走,表现出舍己救人的崇高精神。他也有妻小,但为了不连累其他黑奴,也为了不辜负主人的信任,宁愿自己承担被卖的命运,毅然决定留下来不走。汤姆是一个富有正义感的人。他虽然服从命运的安排,但拒绝向邪恶低头,最终因拒绝放弃自己的信仰和透露两个逃奴的行踪而惨死在毫无人性的奴隶主雷格里手中。斯托笔下的汤姆有着浓厚的宗教色彩,也是一个被作者神化了的人。他每一个关于自己命运的决定——从拒绝出逃到坦然面对死亡——都体现了他虔诚的宗教信念。因此,他的"自我牺牲"不是软弱,而是具有责任感的表现,他的谋略在拯救别人的情况下最终被证明是有效的[1]。这一人物角色的真正力量来自他的宗教信仰。汤姆实际上被塑造成一位甘愿为自己的种族捐躯的耶稣式人物。他没有为自己的生命而战,却把别人的生命置于

---

[1] Cynthia Griffin Wolff, "'Masculinity' in Uncle Tom's Cabin," in *Speaking the Other Self: American Women Writers*. Ed. Jeanne Campbell Reesman. Athens: The U of George P, 1997, p. 12.

自己的生命之上；他直到生命的最后一刻始终富有情感和同情心，也充满牺牲精神①。

女奴伊莱扎则是一个敢于向命运挑战的典型形象。斯托在赞扬汤姆忍耐精神的同时，也歌颂了伊莱扎的反抗行为。小说着重刻画了女奴伊莱扎不畏强暴的精神与深厚的母爱。儿子即将被卖的消息令伊莱扎痛苦万分，但也给了她无比的勇气。她丝毫没有犹豫，就下定决心携子逃跑。而伊莱扎的遭遇充分揭露了奴隶制是如何剥夺女奴作为妻子和母亲的正当权利的。当法律拒绝保护奴隶作为人的基本权利时，伊莱扎用她孱弱的肩膀，挑起了保护儿子的重担。伊莱扎面对奴隶贩子的追捕，不顾生命危险，抱着儿子跳过俄亥俄河上浮动着的冰块而逃跑的惊险场面是小说中最扣人心弦的段落。斯托通过伊莱扎崇高的母爱向读者揭示了奴隶也是人、有着与白人同样的感情这样一个被当时许多白人视而不见的道理。她为儿子和自己争得了一条生路，赢得了自由。伊莱扎夫妇的形象为黑人反抗压迫、争取自身解放树立了良好的榜样。与此同时，千千万万仍然陷入水深火热之中的奴隶的悲惨命运从另一侧面证实了伊莱扎夫妇反抗行为的正义性。

斯托如今仍然主要是作为《汤姆叔叔的小屋》的作者为世界上的读者所熟悉。评论家丹尼丝·D.奈特(Denise D. Knight)曾经指出，即使斯托在创作了这部小说之后不再动笔，她在美国文学史中的地位也是牢不可破的②。这部作品不仅具有巨大的艺术感染力，也是重要的历史文献。作为文学作品，它对社会现实的批判代表了美国文学从浪漫主义到现实主义的转折；作为历史文献，它以无比的感召力极大促进了美国19世纪中叶那场最终导致了内战的废奴运动。像世界上许多文学经典作品一样，《汤姆叔叔的小屋》既超越了其时代的事件，也必须被置于文化和历史的框架之中来加以审视。这些对于我们如何看待这部小说是尤其必要的③。

我们必须认识到，废奴事业在1851年的美国还是一个只有少数人参与的事业。大多数白人仍然认为黑人在情感、智力和道德上都是低劣于白人的。作为没有权利参政议政的中产阶级白人妇女，能够为生活在社会最底

---

① Elizabeth Ammons, "Stowe's Dream of the Mother Savior: *Uncle Tom's Cabin* and American Women Writers Before the 1920s," in *New Essays on* Uncle Tom's Cabin. Ed. Eric J. Sundquist. New York: Cambridge UP, 1993, p. 167.

② Denise D. Knights, "Harriet Beecher Stowe," in *Nineteenth-Century American Women Writers: A Bio-Bibliographical Critical Sourcebook*. Ed. Denise D. Knight. Westpost, CT: Greenwood P, 1997, p. 408.

③ Eric J. Sundquist, Introduction. *New Essays on* Uncle Tom's Cabin. Ed. Eric J. Sundquist. New York: Cambridge UP, 1993, p. 1.

层的黑奴拍案而起,向社会诉说他们所遭遇的不公平,需要极大的勇气,也值得我们为之喝彩。一本以同情黑人为基调的小说在当时历史和社会环境下的出现,的确是一件不同寻常的事情,也是一件具有革命意义的事,而斯托是第一位这样做的人①。她的小说在北方掀起了一股反奴隶制高潮,不仅是由于小说不断升温的声望,还因为它的出现带动了一大批反奴隶制作品的出现。它还促进了反奴隶制的共和党的兴起。著名黑人布克·T. 华盛顿(Booker T. Washington,1856—1915)曾说,"《汤姆叔叔的小屋》对于废奴事业的价值是无法估量的。这部小说触动了北方人的心弦,使得他们中许多人做好了为废除奴隶制而投票甚至是战斗的准备"②。

斯托除了呼吁给黑奴自由与解放,还反复质疑了一个允许奴隶制度存在的国家的道德素质,强调了基督教的道德观与容忍人类枷锁的社会制度之间不可调和的矛盾。斯托也颂扬了基督教博爱的力量,她力图以爱心拯救社会,使白人认识到奴隶制的邪恶和自己所犯下的不人道的罪行,从而终止这一非人的制度。她不仅是通过作为耶稣化身的汤姆叔叔和作为天使的白人小女孩伊娃这样做的,也是通过她对于女性拯救世界的坚定信念宣传了这一思想。从这一点来看,小说强调了女性的力量,因为在小说中斯托塑造了一群具有社会正义感和基督教信仰的女性角色,她们挑战了与男性相关的社会不公。这些有良知和人性的女性(包括被不少人认为是女性化了的汤姆叔叔)与掌控着非正义、不道德社会体系的白人男性形成了强烈对比③。斯托似乎认为,女性可以影响到一个民族的道德进程。小说的题目,聚焦于"小屋"而不是"汤姆叔叔",说明斯托在这部小说中的独特视角:她将反奴隶制政治和地域的辩论置于与女性,特别是具有母爱和权威相关联的家庭空间——小屋、厨房、客厅、住宅。小说中带着儿子逃跑的女奴伊莱扎就是在白人参议员伯德家里向他和妻子寻求庇护和帮助的,而此时主张要以"公共利益"为重的伯德刚刚与强调基督教仁慈的妻子就《逃亡奴隶法案》的通过进行过争论。家庭领域里的交会使妻子对于丈夫以及对于抽象政治辩论力量的影响力明显可见,这也是《汤姆叔叔的小屋》中被斯托置于最中

---

① Eric J. Sundquist, Introduction. *New Essays on* Uncle Tom's Cabin. Ed. Eric J. Sundquist. New York: Cambridge UP, 1993, p. 4.

② Davis S. Reynolds, "Harriet Beecher Stowe's *Uncle Tom's Cabin*," in *The Oxford History of the Novel in English*. vol. 5. Ed. J. Gerald Kennedy and Leland S. Person. Oxford: Oxford UP, 2014, p. 380.

③ Davis S. Reynolds, "Harriet Beecher Stowe's *Uncle Tom's Cabin*," in *The Oxford History of the Novel in English*. vol. 5. Ed. J. Gerald Kennedy and Leland S. Person. Oxford: Oxford UP, 2014, p. 374.

心的策略。小说实际上探讨了被奴隶制改变了的美国文化,无论人们是否直接参与到奴隶制度之中,他们都必须清楚自己在这种改变了的文化中的位置[1]。

当然,正如埃里克·桑德奎斯所指出的,斯托在对美国这样一个拥有受到法律保护的奴隶制度的社会进行革命性攻击的同时,也对黑人奴隶经历的描绘表现出简单化和反动的观点[2]。有评家认为,斯托"在美国意识中有一种复杂神秘地位:她单枪匹马地实现了废奴运动的目标,但是又创造了我们文化中最恶毒的非裔美国形象"[3]。对于非裔美国人的固有形象并不是出自斯托之手,只是因为她小说的巨大影响才使得美国文化中这些关于非裔美国人的呆板刻画被广泛普及开来。作为第一部以黑人为主人公的小说,《汤姆叔叔的小屋》自发表以来就一直受到美国黑人的极大关注。从1852年小说发表至1855年三年之内,在各类黑人报刊上就有两百多篇文章谈论了这一作品[4]。黑人对于小说的反映最初是高度热情和积极响应的,它被视为反对奴隶制的重要武器和揭露奴隶制罪恶的有力宣传,成为"使美国黑人获得解放的最大影响力"[5]。许多黑人被斯托小说的反奴隶制思想所激动,为它的发表而欢呼,但他们很快发现小说也具有传播种族主义思想的作用。查尔斯·福斯特就曾经指出,虽然斯托的小说基本上是从废奴主义角度创作的,但它并没有挑战种族主义,反而从某种程度上鼓励了其发展[6]。的确,斯托作品中带有种族主义倾向的人物塑造和关于非洲殖民化的情节设计反而强化了奴隶制的拥戴者关于白人优越感的观点。概括起来看,关于这部对于美国废奴运动做出了无可比拟的贡献又引起诸多争议

---

[1] John Ernest,"Harriet Beecher Stowe and the Antislavery Cause," in *The Oxford History of the Novel in English*. vol. 5. Ed. J. Gerald Kennedy and Leland S. Person. Oxford:Oxford UP, 2014,p. 314.

[2] Eric J. Sundquist,Introduction. *New Essays on Uncle Tom's Cabin*. Ed. Eric J. Sundquist. New York:Cambridge UP,1993,p. 7.

[3] John Ernest,"Harriet Beecher Stowe and the Antislavery Cause," in *The Oxford History of the Novel in English*. vol. 5. Ed. J. Gerald Kennedy and Leland S. Person. Oxford:Oxford UP, 2014,p. 312.

[4] Marva Banks,"*Uncle Tom's Cabin* and Antebellum Black Response," in *Readers in History: Nineteenth-Century American Literature and the Contexts of Response*. Ed. James L. Machor. Baltimore:The Johns Hopkins UP,1993,p. 210.

[5] Thomas F. Gossett, Uncle Tom's Cabin *and American Culture*. Dallas:Texas Southern Methodist UP,1985,p. 86.

[6] Marva Banks,"*Uncle Tom's Cabin* and Antebellum Black Response," in *Readers in History: Nineteenth-Century American Literature and the Contexts of Response*. Ed. James L. Machor. Baltimore:The Johns Hopkins UP,1993,p. 215.

的小说,除了那些恶意中伤之外,多数批评意见都集中在两个方面,即小说对于黑人形象的塑造和斯托在小说结尾所推行的殖民化机会。

首先,斯托具有种族主义倾向的人物刻画引起了许多黑人的反感。许多读者认为小说巩固了关于非裔美国人刻板形象的阴险机制。一位评论家甚至宣称,"就连魔鬼也锻造不出更为狡诈的武器"①。在《汤姆叔叔的小屋》中,斯托通过把黑人描绘成天生的驯服、忠厚、头脑简单,具有宽恕心、富有基督教精神而宣扬了当时流行的歧视黑人观点,而她的观点也是受到瑞典神秘主义者伊曼纽尔·斯维登伯格(Emmanuel Swedenborg,1688—1771)影响的,其更加人性化、更为乐观的神学观点比起严厉的加尔文教义来说,对于当时的女性作家更有吸引力。而他关于非洲人比起盎格鲁-撒克逊人来更加"女性化"的观点,对于斯托颇有吸引力。同时,人种学家亚历山大·金蒙特(Alexander Kinmont)和弗朗西斯·利伯(Francis Lieber)也影响到斯托观点的形成。金蒙特认为,白种人是具有侵略性的、理智的、系统性的和怀有抱负的,而黑人是精神性的、具有想象力的、非理智的、单纯的和孩子气的。金蒙特宣扬一种文化进化论,这种观点认为不同的种族将轮流统治文化和道德思潮。当非洲种族处于上升阶段时,文明就会更加温和、更加具有基督教色彩,因为非洲人具有天然的基督教特性。受他们的影响,斯托对于汤姆的刻画,来自她对于非洲人是天生的基督教徒因而也是被上帝选定的种族这一认识。斯托认为,非洲人的某些文化、行为和态度使他们比起其他种族的人更倾向于成为好的基督教徒,相信他们会通过把非洲变为一个天堂般的定居地而将人类引向乌托邦的未来。而且正是因为他们是上帝所爱的人,上帝才会为他们带来苦难,以此锤炼他们。正是斯托的这些观点,她曾被称为"浪漫的种族主义者"②。

正因为如此,许多黑人对于斯托塑造的汤姆叔叔这一形象感到愤慨。汤姆叔叔身上所集中体现的黑人性格特征,使得他无法通过有力的行为反抗奴隶制。汤姆斯·F. 戈塞特指出,"黑人意识到正是汤姆所具有的那种通过基督教虔诚信仰的途径而被驯化的个性,产生了小说影响力之长远且危险的效果"③。而小说中对于汤姆的描绘,在许多黑人眼中代表了那种对白人主子唯命是从、宽厚顺从的性格特点,这种刻画被黑人认为是歪曲了黑

---

① J. C. Furnas, *Goodbye to Uncle Tom*. New York: William Sloane, 1956, p. 50.

② Josephine Donovan, "A Source for Stowe's Ideas on Race in *Uncle Tom's Cabin*." NWSA Journal 7.3 (Autumn, 1995): 25—27.

③ Thomas F. Gossett, *Uncle Tom's Cabin and American Culture*. Dallas: Texas Southern Methodist UP, 1985, p. 172.

人形象,带有种族歧视色彩。在20世纪中叶之后,"汤姆叔叔主义"在许多黑人眼里变成了一个贬义词,专指那种在白人面前逆来顺受、卑躬屈膝的奴才相。而小说中另外两个重要角色——伊莱扎和乔治-哈里斯——都是混血的黑人。他们不仅肤色浅得可以以假乱真,甚至在性格上也与白人相似。伊莱扎秀美的相貌、优雅的举止十分符合19世纪中产阶级的白人女性形象,而她的丈夫乔治的聪明才智、血气方刚,则带有19世纪小说中典型的白人绅士特征。20世纪的著名黑人作家理查德·赖特（Richard Wright, 1908—1960）、詹姆斯·鲍德温（James Baldwin, 1924—1987）等都对斯托这部作品持批评态度。鲍德温尽管承认《汤姆叔叔的小屋》开辟了美国黑人抗议小说的先河,但他也对于小说中模式化的黑人角色塑造深感不满,并认为汤姆实际上被剥夺了其人性及性别。

对于斯托小说的另一批评,主要是针对她对于殖民主义计划的认同。殖民主义计划是当时流行的以把非裔人送回到非洲的方式来解决种族与奴隶制问题的做法,建于1816年的美国殖民化协会公开宣称的目标是:在黑人自愿的情况下,协助他们到非洲或国会认为恰当的其他地方定居,以加速美国黑奴的解放。当然这个计划的真正目标是使这个国家摆脱不受欢迎的自由黑人,把他们输送到无法威胁到白人的安全和幸福的地点居住,以维持美国白人种族的纯洁性和优越性①。美国殖民化协会的复杂动机中无疑包含着种族主义的意识形态。斯托的小说结尾描绘了伊莱扎一家逃亡到加拿大后的生活。伊莱扎的丈夫乔治辗转到法国接受了教育,之后他与伊莱扎及他们的子女、乔治的姐姐艾米莉和伊莱扎的母亲卡西都移居到非洲的利比里亚,因为乔治渴望在那里建立一个基督教的黑人共和国。小说中乔治曾在一封长信中阐释了他的远大抱负:"我在非洲的海岸线上看到了一个共和国。""我渴望一个我自己的国家和民族。我认为非洲种族具有自己的特征,这种特征将按照文明和基督教的模式呈现出来。"②小说中即便是被奥菲利亚小姐带回北方抚养教育成人的黑人女孩托普西,成年之后也作为基督教的传教士去了非洲。斯托正是因为对于小说中黑人人物命运的安排使她遭受指责,被批评宣扬了具有种族主义色彩的殖民化计划。总而言之,身为中产阶级白人女性的斯托可以想象黑人得到上帝的拯救,却无法设想一个不同种族平等相处的社会。小说在描绘了虔诚、顺服的汤姆叔叔的死亡

---

① 在1817至1930年间,自由黑人多次举办会议,抗议殖民主义计划。他们的观点发表在著名废奴主义者威廉·劳埃德·加里森的《关于非洲殖民主义计划的思考》一书的第二部分。加里森也反对这一计划,认为它是一个破坏废奴主义运动、削弱黑人抗议运动的计谋。

② Harriet Beecher Stowe, *Uncle Tom's Cabin*, or, *Life Among the Lowly*, Cambridge: The Belknap P of Harvard UP, 2009, pp. 564—65.

之后，又把具有高度叛逆精神的乔治发送到非洲。小说结局这种安排的含义似乎预示黑人被解放之后，既不能留在美国北方也不能留在南方，只能移居到非洲，在那里开始他们的新生活。斯托似乎还无法设想一个有多种族共同存在的美国社会[1]。斯托希望结束奴隶制度，而不是种族的不平等，这是许多批评家对于这部小说得出的结论[2]。

可想而知，斯托的殖民化情节设计引起了许多黑人和废奴主义者的不满。曾经评论说斯托"创作了一部极有深度和力度的作品，没有其他作品能够比它更好地适用于当前的道德和人道需求"的19世纪著名黑人活动家弗雷德里克·道格拉斯(Frederick Douglass,1817—1895)[3]，也在小说发表当年的12月份的报纸上，因为小说的结尾章节大力宣扬了殖民化计划而批评了这部小说。而他早在发表于1849年的文章里就表达了黑人的决心："我们住在这里，一直住在这里，我们有权利住在这里，也打算一直住下去"[4]。而一家废奴杂志上发表的文章更是言辞激烈地批判了斯托。里面说："汤姆叔叔必须被杀死。乔治·哈里斯必须被放逐。死去的黑人去了天堂……活着的黑白混血儿去了利比里亚！两者都不能生活在美洲大陆上！死亡或者被放逐就是我们的命运，奴隶主是这样说的；殖民化主义者是这样说的。不客气地说，斯托夫人也是这样说的。"[5]同时，1853年在纽约召开的美国和外国反对奴隶制大会也谴责了这部小说的殖民主义计划结尾。斯托为会议代表送去一封信，声明她并不是一个殖民主义者。而其中一个代表说斯托声称，如果她重写这部小说的话她就不会把乔治·哈里斯送去利比里亚[6]。

如果说1850年的《逃亡奴隶法案》激发了斯托《汤姆叔叔的小说》的创

---

[1] Richard Yarborough,"Strategies of Black Characterization in *Uncle Tom's Cabin* and the Early Afro-American Novel," in *New Essays on* Uncle Tom's Cable. Ed. Eric J. Sundquist. New York:Cambridge UP,1993,p. 65.

[2] Elizabeth Ammons,"*Uncle Tom's Cabin*,Empire,and Africa," in *Approaches to Teaching Stowe's* Uncle Tom's Cabin. Ed. Elizabeth Ammons and Susan Belasco. New York:MLA,2000,p. 75.

[3] Cindy Weinstein,Introdcution. *The Cambridge Companion to Harriet Beecher Stowe*. Ed. Cindy Weinstein. Cambridge:Cambridge UP,2004,p. 6.

[4] Elizabeth Ammons,"*Uncle Tom's Cabin*,Empire,and Africa," in *Approaches to Teaching Stowe's* Uncle Tom's Cabin. Ed. Elizabeth Ammons and Susan Belasco. New York:MLA,2000,p. 68.

[5] Marva Banks,"*Uncle Tom's Cabin* and Antebellum Black Response," in *Readers in History: Nineteenth-Century American Literature and the Contexts of Response*. Ed. James L. Machor. Baltimore:The Johns Hopkins UP,1993,p. 222.

[6] Josephine Donovan,"A Source for Stowe's Ideas on Race in *Uncle Tom's Cabin*." NWSA *Journal* 7.3 (Autumn,1995):25.

作,那么 1854 年的《堪萨斯-内布拉斯加法案》①成为斯托撰写《德雷德,阴暗的大沼泽地的故事》(*Dred*, *A Tale of the Great Dismal Swamp*)的导火索。斯托强烈反对这一法案,曾于 1854 年 2 月在《纽约独立报》(*New York Indenpendent*)上发表《向自由州女性的呼吁》("Appeal to the Women of the Free States")一文,之后还组织了一场请愿活动,向参议院递交了一份由三千多名新英格兰地区神职人员签名的长达 200 英尺的请愿书,抗议该法案的通过②。1856 年,斯托发表了另外一本反对奴隶制的小说《德雷德》,做出了她对该法案以及《汤姆叔叔的小屋》所产生的种种回应的反应,但主题仍然是"蓄奴州基督教的堕落"③。作品以逃亡奴隶群体在沼泽地区生存为历史背景,描写了逃亡黑奴德雷德率领一批逃亡奴隶在大沼泽地与奴隶主军队进行殊死搏斗的故事,而德雷德这个角色的塑造显然受到历史人物奈特·特纳和登马克·维西④的影响。尼娜·戈登和哥哥汤姆是一对白人兄妹,拥有父亲留下的种植园和奴隶。但真正管理种植园的是尼娜的同父异母的兄弟,黑奴哈里。酗酒成性、心毒手辣的汤姆一直想把种植园从哈里那里拿回来。不久尼娜不幸染霍乱身亡,去世前她拜托她的男友,白人律师爱德华·克莱顿照顾好黑奴。汤姆的虐待使得奴隶们纷纷逃到德雷德所占领的沼泽地。后德雷德在一次大逃亡中为拯救另一位黑奴牺牲,一批黑奴去了自由的北方。在这部小说中,斯托特别关注了黑人读者对于《汤姆叔叔的小屋》的反应,她改写了之前对于黑人角色的种族主义再现,尝试使黑人更好地表达他们的革命观点,也含蓄地摒弃了《汤姆叔叔的小屋》中把非洲殖民化作为解决这个国家种族问题的方案⑤。在《德雷德》中,

---

① 1854 年美国国会通过的取消限制奴隶制扩展到西部新开发地区的法案。19 世纪以来,美国领土迅速扩张,在密苏里河以西的堪萨斯-内布拉斯加地区,前往垦殖的人日益增多,要求建立新州。该地区在北纬 36°30′以北,按照密苏里妥协案(1820)规定,应以自由州身份加入联邦,但支持奴隶制的人强调新开发地区实行何种制度,应由当地居民或其代表决定。这一法案经过长达四个月的辩论之后,最终在参议院中以 37 票对 14 票,众议院中 113 票对 100 票的多数获得通过,奴隶制的扩展从此不再受地域限制。这一法案造成了南方矛盾的进一步激化,最后导致美国内战。

② Jeannine Marie Delombard, "Representing the Slave: White Advocacy and Black Testimony in Harriet Beecher Stowe's *Dred*." *The New England Quarterly* 75.1 (Mar., 2002):83—84.

③ John R. Adams, *Harriet Beecher Stowe*. Updated ed. Boston: Twayne, 1989, p. 42.

④ 奈特·特纳(Nat Turner,1800—1831)为美国黑奴,曾领导弗吉尼亚州南安普敦县奴隶和自由黑人在 1831 年 8 月 21 日起义,导致几十名白人死亡。而白人则在平息叛乱的过程中杀死超过 200 名黑人。特纳后被捕处死,而南部各州议员则通过更加严苛的法律来控制奴隶和自由黑人。登马克·维西(Denmark Vesey,1767—1822)是居住于南卡罗来纳州卡尔斯顿的黑人木匠,他生为奴隶,后于 32 岁时赎买了自己的自由。他积极参与教会活动,使所在教会发展极快。1822 年他被控试图组织奴隶起义,市里的白人官员随后逮捕多名黑人,维西与其他一些所谓的黑人起义领导者被判有罪,后被处决。

⑤ Robert S. Levine, Introduction. *Dred: A Tale of the Great Dismal Swamp*. By Harriet Beecher Stowe. Chapel Hill: U of North Carolina P, 2000, pp. ix—x.

书名男主人公不是像《汤姆叔叔的小屋》的汤姆叔叔那样"等待上天拯救的殉道者"[1],而是一位富有造反精神的革命者,他被描绘成美国革命的继承人,在大沼泽地组织了武装反抗力量,这个角色也有别于《汤姆叔叔的小屋》中被作为一个必须解决的问题被遣送到非洲的乔治。小说也塑造了具有废奴主义思想、同情黑人的白人角色,比如尼娜和她的男友爱德华·克莱顿。但无疑小说显示了斯托对于废奴运动的清醒认识,尽管小说中克莱顿解放了他的奴隶,这种做法绝非普遍。小说以几位黑奴幸存者成功去了北方而结束,说明斯托看不到奴隶解放的希望。鉴于北方人的冷漠和南方人对于奴隶制的维护,对于奴隶来说最好的结果就是把他们带出蓄奴州送到北方[2]。但无论如何,《德雷德》反映了斯托在《汤姆叔叔的小屋》之后的重要改变,即她在处理奴隶制问题时,已经开始关注黑人的声音和视角[3]。《德雷德》并非是对于她那部名著的无关紧要的脚注,因为它也很快成为当时最为热销的小说之一,在19世纪曾出售了20万册,在出版后的前两年中就被译为好几种外语。几年之内,这部小说的无数种戏剧改编也在各地上演。美国著名学者劳伦斯·比尔(Lawrence Buell)认为,《德雷德》这部作品代表了远大于目前人们所认可的成就,并且高度赞扬了这部作品,指出小说以现实主义的手法揭示了内战前美国在解决奴隶制问题上的失败。

斯托反对奴隶制的作品仅仅占据了她长久而且多产的写作生涯的一个阶段。除了两部宣传废奴思想的作品之外,斯托还创作了一系列描写新英格兰地区的小说,其中最为著名的四部作品为《教长的求爱》(*The Minister's Wooing*, 1859)、《奥尔岛上的珍珠》(*The Pearl of Orr's Island*, 1862)、《老镇乡亲》(*Old Town Folks*, 1869)和《伯格纽克人》(*Poganuc People*, 1878)。这些充满乡土色彩和怀旧气息的作品,表现了新英格兰地区的乡土人情、风俗习惯,特别是独立战争之后人们的思想意识和生活状态,以及对于严厉苛刻的加尔文教义的批判。

《教长的求爱》是一部历史小说,最早在《大西洋月刊》上连载,后结集出版。因其时代背景的相似性,人们经常将其与霍桑的《红字》相比,认为两者有异曲同工之妙。但斯托的小说更多聚焦于家庭领域,既是对于她之前反对奴隶制小说思想的延续,也表现出对于加尔文教义中命运注定论的质疑。

---

[1] Sarah Robbins, *The Cambridge Introduction to Harriet Beecher Stowe*. Cambridge:Cambridge UP, 2007, p. 66.

[2] John R. Adams, *Harriet Beecher Stowe*. Updated ed. Boston:Twayne, 1989, p. 43.

[3] Jeannine Marie Delombard, "Representing the Slave:White Advocacy and Black Testimony in Harriet Beecher Stowe's *Dred*." *The New England Quarterly* 75.1 (Mar. ,2002):100.

故事通过正派的教长霍普金斯对玛丽·斯库德的求爱展开。玛丽的男友詹姆斯出海后一直未归,被传溺死在海中,玛丽因而接受了教长的求婚。詹姆斯后来意外归来,玛丽出于责任准备履行与教长霍普金斯的婚约。心地善良的教长毅然与她解约,使有情人终成眷属。通过这一故事,斯托既赞誉了加尔文教所宣扬的道德规范,也讽刺了其教条、呆板的一面,并在书中对于受过苦难的女性所履行出的那种非正式的"神职工作"大加赞扬。

《老镇乡亲》是斯托最富有新英格兰色彩的作品,整部小说"散发着这一地区的精神气息"①,既是她自己最喜爱的作品,也是她写得最好的一部关于新英格兰的作品。她曾对一位朋友这样说:

> 它不仅仅是一个故事,而是我对于整个新英格兰地区精神与物质的简单描述,而新英格兰地区目前对于文明世界发挥着如此重要的作用,因此了解它已经成为人们的目标。②

《老镇乡亲》是斯托对其丈夫的家乡马萨诸塞州内蒂克的虚构,小说中的许多情节来自斯托丈夫对于儿时的回忆,成为美国革命后新英格兰地区日常生活、宗教节日习俗、政治氛围的丰富文化记载。小说中人物众多,但主要从男主人公霍勒斯·霍利约克的视角出发,生动描写了霍勒斯与书中其他几位年轻人在美国革命后这一时期的成长过程。霍利约克的回忆展现了一幅18世纪末新英格兰地区的画面,塑造了勤劳、虔诚、谦虚、欣欣向荣和尚未被恶习浸染的美国人,斯托在此也特别强调了家庭和婚姻的重要性。婚姻不仅是家庭的基础,也是女性在没有其他经济保障的情况下唯一法定的保护③。《老镇乡亲》常被读者视为宗教小说,因为小说特别探讨了加尔文教和阿米妞派教义对人们生活的重要影响④。例如,小说人物哈里就摒弃了加尔文教关于上帝选民的教义,坚持所有有信仰的人都可以得救,从而接受了阿米妞教义而最终成为一名圣公会牧师。斯托对于加尔文教义不是完全否定的,她也颂扬了加尔文教徒虔诚的生活方式,以及对于真理的追求。

---

① John R. Adams, *Harriet Beecher Stowe*. Updated ed. Boston: Twayne, 1989, p. 62.
② 引自 Harriet Beecher Stowe, *Life and Letters of Harriet Beecher Stowe*. New York: Houghton Mifflin, 1898, p. 312.
③ Dorothy Berkson, Introduction. *Oldtown Folks* by Harriet Beecher Stowe. New Brunswick: Rutgers UP, 1987, p. xxxi.
④ 阿米妞派神学是17世纪的神学教派,以其创始人荷兰人新教改革派雅各布斯·阿米妞斯(1560—1609)的名字命名。阿米妞派反对加尔文主义的绝对预定论教义,认为人的自由意志等同于上帝的意志,即上帝愿意人人都得救,上帝将拯救所有愿意悔改、相信及坚持下去的人。

与此同时,斯托又批评了加尔文教义的冷酷、阴暗的一面,而倾向于更为温和宽容的阿米妞派救世神学。因此,小说不仅仅是美国革命后时期新英格兰地区生活的简单再现,更是寄托了斯托对于这一时期的宗教和政治结构所具备的改革当前美国社会的潜力的信念①。从社会背景来看,《老镇乡亲》是斯托作品中最为现实主义的一部,而从它对于其理想描绘的说服力来看,又是斯托作品中最具想象力的一部②,以至于被称为了解超验主义以及工业化之前的一代清教徒的最佳作品③。《老镇乡亲》创作于内战结束后不久的1869年,这一时期见证了膨胀发展的城市化、物质主义、阶层分化,以及对于传统女性角色的质疑。斯托在作品中回顾美国革命后的历史时期,将其视为体现美国价值观的最好"温床",以过去作为未来发展的观照,以此提倡建立一个更为平等、更为人性化的社会,而这个社会是以在19世纪被不断边缘化的家庭领域为基础的,也是与竞争的资本主义商业和工业相对立的④。

斯托从一个父权文化中的女性视角进行写作,在描绘新英格兰地区的这段历史时表达了她对工业资本主义的洪水猛兽到来之前那个简朴美好的时代的情感,以及她在创作新英格兰乡土作品的这些年月里对于加尔文神学的反思。斯托的创作才华在这些乡土文学作品里得到了充分的展现。她以现实主义的手法描绘了乡村生活,作品具有强烈的地方色彩和浓郁的生活气息。她塑造的人物生动逼真,有血有肉,她善于深入人物的内心世界,剖析他们的思想意识和心理状态。斯托的文风也颇受后人称道,她笔触细腻,文字流畅自然。斯托如今被学界认为是美国"乡土文学"的先驱和"美国现实主义之母",在豪厄尔斯、马克·吐温等现实主义作家之前就为美国现实主义的发展起到了奠基的作用⑤。马克·吐温作品中对地方色彩的描写和方言的使用都可以追溯到斯托那里。作为美国第一代职业女性作家,斯托取得了惊人的文学成就,她的艺术手法也影响到19世纪后期的区域女性作家萨拉·奥恩·朱厄特(Sarah Orne Jewett,1849—1909)和玛丽·威尔金斯·弗里曼(Mary Wilkins Freeman,1852—1930)等人。

---

① Dorothy Berkson, Introduction. *Oldtown Folks* by Harriet Beecher Stowe. New Brunswick: Rutgers UP, 1987, p. xxiv.

② John R. Adams, *Harriet Beecher Stowe*. Updated ed. Boston: Twayne, 1989, p. 63.

③ John R. Adams, *Harriet Beecher Stowe*. Updated ed. Boston: Twayne, 1989, p. 64.

④ Dorothy Berkson, Introduction. *Old Town Folks*. By Harriet Beecher Stowe. New Brunswick: Rutgers UP, 1987, p. xxxvi.

⑤ Dorothy Berkson, Introduction. *Old Town Folks*. By Harriet Beecher Stowe. New Brunswick: Rutgers UP, 1987, p. x.

斯托的"成就以及她的广泛影响力使她成为美国女性文学史上最为重要的人物"[1]。她的《汤姆叔叔的小屋》早已跻身世界文学名著之列,尽管争议不断,但是它对于美国历史、美国文化以及美国文学的重要意义是确凿无疑的。在1893年芝加哥举办的哥伦比亚世界博览会上,斯托的作品被给予特殊的荣誉地位。在一个椭圆的红木玻璃柜里陈列着《汤姆叔叔的小屋》和《关于〈汤姆叔叔的小屋〉的辩护》的第一版、以小牛皮装帧的20卷斯托作品特别版,以及翻译成42种外语的《汤姆叔叔的小屋》版本[2]。E. 布鲁斯·科克汉姆(E. Bruce Kirkham)于1977年对于斯托的评价代表了许多人的共识:"她的作品并非精品,没人会认为《汤姆叔叔的小屋》是与《莫比迪克》和《红字》跻身并肩的作品,尽管它的社会和历史影响要大得多,但斯托的小说改变了历史的进程"[3]。时至今日,《汤姆叔叔的小屋》仍然具有巨大的艺术感染力,而阅读这部小说对于了解种族问题占如此重要地位的美国文化也是十分必要的。如一位评论家所断言的那样,"《汤姆叔叔的小屋》是一场重大文化现象的地震震中,其余波至今仍然影响着美国黑人与白人的关系"[4]。发表一个多世纪以来,《汤姆叔叔的小屋》在世界上拥有无数的读者,19世纪著名黑人活动家弗雷德里克·道格拉斯的话精辟地总结了斯托在世界文学中的位置:"只要这个世界上存在着对于自由的热爱,哈丽雅特·比彻·斯托的名字就不会被忘却"[5]。

第四节 非裔女性的声音

19世纪中叶是美国种族关系极具恶化的时期,在这一时期,美国黑人的境遇更加不堪,其标志为《逃亡奴隶法案》(Fugitive Slave Law)、堪萨

---

[1] Showalter, Eliane, *A Jury of Her Peers: American Women Writers from Anne Bradstreet to Annie Proulx*. New York: Alfred A. Knopf, 2009, p. 109.

[2] Joan D. Hedrick, *Harriet Beecher Stowe: A Life*. New York: Oxford UP, 1994, p. vii.

[3] John Ernest, "Harriet Beecher Stowe and the Antislavery Cause," in *The Oxford History of the Novel in English*. vol. 5. Ed. J. Gerald Kennedy and Leland S. Person. Oxford: Oxford UP, 2014, p. 312.

[4] Richard Yarborough, "Strategies of Black Characterization in *Uncle Tom's Cabin* and the Early Afro-American Novel," in *New Essays on* Uncle Tom's Cabin. Ed. Eric J. Sundquist. New York: Cambridge UP, 1993, p. 46.

[5] 引自 Robert S. Levine, "*Uncle Tom's Cabin* in Frederick Douglass' Paper: An Analysis of Reception," in *Approaches to Teaching Stowe's* Uncle Tom's Cabin. Ed. Elizabeth Ammons and Susan Belasco. New York: MLA, 2000, p. 539.

斯—内布拉斯加法案(Nebraska Act)①和德雷德·斯科特判决案(Dred Scott Decision)②的通过,以及南方经济对于奴隶劳动力的更大需求。这一时期的黑人作品,如哈丽雅特·E.威尔逊(Harriet E. Wilson,1825—1900)的《我们的黑鬼》(*Our Nig*,1859)、哈丽雅特·雅各布斯(Harriet Jacobs, 1813—1897)的《一个奴隶女孩的生平故事》(*Incidents in the Life of a Slave Girl*,1861),以及由三位非裔男作家创作的小说,威廉·韦尔斯·布朗(William Wells Brown, c.1814—1884)的《格罗特;或总统的女儿》(*Glotel or, The President's Daughter*,1853)、弗兰克·J.韦伯(Frank J. Webb, 1828—1894)的《加里一家与他们的朋友们》(*The Garies and Their Friends*,1857),以及马丁·R.德拉尼(Martin R. Delany,1812—1885)的《布莱克;或美国的棚屋》(*Blake or the Huts of America*,1869—1962)都反映了奴隶制和种族主义为非裔美国人带来的不幸遭遇,这些作品的出现象征着非裔美国小说的开始③。

　　19世纪也是非裔美国文学的形成期。美国内战之前,多数美国黑人生活在枷锁之下,法律和社会现实禁止南方黑人读书识字,而在北方,阻止黑人学习和创作的障碍也无处不在,即使在美国内战之后,美国黑人的教育也受到种种阻挠,其文学创作和作品发表更是难上加难。就是在这样的社会环境里,还是有少数黑人将自己的观察、感受、社会观点融进了他们的创作之中。19世纪的黑人作品涵盖范围广泛,包括诗歌、短篇小说、历史、叙事、小说、自传、社会批评、神学,以及经济和哲学论述,但遗憾的是,直到20世纪60年代后期,19世纪的黑人作家的多数还不为人所知,更不要说读到过他们的作品。是这一时期的民权运动以及黑人权力运动 ④激发了人们对于黑人的思想、行为和成就的兴趣。在这种形势下,出版社开始向公众介绍非裔美国作家,出版各种非裔文学选集,以及再版非裔美国历史、文学和艺

---

① 1854年美国国会通过的取消限制奴隶制扩展到西部新开发地区的法案。

② 全称为德雷德·斯科特诉桑福德案,是美国最高法院于1857年判决的一个案件。黑奴德雷德·斯科特随主人到过自由州伊利诺伊和自由准州(Territory)威斯康星,并居住了两年,随后回到蓄奴州密苏里。主人死后,斯科特提起诉讼要求获得自由,案件在密苏里州最高法院和联邦法院被驳回后,斯科特上诉到美国最高法院。最高法院经过两次法庭辩论,最终以7∶2的票数维持原判。该案的判决严重损害了美国最高法院的威望,更成为南北战争的重要起因之一。

③ Carla L. Peterson,"Capitalism, Black (Under)development, and the Production of the African-American Novel in the 1850s," in *Postcolonial Theory and the United States:Race Ethnicity, and Literature*. Ed. Amritjit Singh and Peter Schmidt. Jackson: U of Mississippi P, 2000, p.177.

④ "黑人权力"运动是美国民权运动的一部分,代表黑人自由斗争中的激进群体,具有强烈的民族主义诉求。20世纪60年代中期迅速发展起来。60年代中后期,由其引发的大规模城市暴乱震动了整个美国社会。

术的"经典作品"。但20世纪60年代与70年代再版的大多数作品还是由黑人男性创作的,黑人女性的作品在很大程度上被忽略。这一现象直到20世纪末才真正有所改善,黑人女性的作品才更多地进入大众的视线。

1859年,弗朗西丝·沃特金斯·哈珀(Frances Watkins Harper,1825—1911)在《盎格鲁—非洲》(Anglo-African)杂志上发表了短篇小说《两种选择》("The Two Offers"),这是非裔美国人发表的第一篇故事。故事比较了劳拉和詹妮特两位表姊妹的婚姻选择,即女性到底是应该为避免老处女的命运而结婚,还是应该献身于更为高尚的目标。在哈珀后来的成名作《艾奥拉·勒罗伊》(Iola Leroy,1890)中,她还会继续探讨白人社会中黑人女性的爱情和工作这一主题。而她发表于1860年的短篇故事《自由的胜利:一个梦想》("The Triumph of Freedom: A Dream")则以带头叛乱的约翰·布朗的经历抨击了奴隶制。虽然布朗最终被判死刑,但"从监狱和断头台传来了胜利的欢呼……他的鲜血是自由的新洗礼"[1]。但哈珀仅是19世纪50年代末开始发表作品的非裔作家之一。哈丽雅特·比彻·斯托的影响和约翰·布朗的去世催生了从奴隶叙事、女性小说以及哥特式小说的写作传统中汲取养分的黑人女性文学。对于19世纪50年代尤为重要的是,无论是前奴隶还是自由女性,黑人女性作家开始以她们自己的声音描述奴隶制和种族,也开始讲述自己作为女性和美国人的经历。这些黑人女性的写作融入了19世纪中叶的女性传统,无论是在她们所受到的文学影响、作家群体、叙事技巧,还是出版共同体等方面都是如此。

尽管不清楚当时有多少奴隶渡过俄亥俄河、穿过梅森-迪克森线[2]逃往自由,但据马丽昂·威尔逊·斯特林(Marion Wilson Sterling)的统计,在内战前约有六万黑奴逃到北方。其中有一百多人在美国内战结束前撰写了成本的奴隶叙事。斯特林指出,在1703年至1944年间,总计有6006名前黑奴通过采访、文章和书籍的形式叙述了他们为奴的经历[3]。正是这些前黑奴的叙事构成了19世纪非裔美国文学最亮丽的一道风景线,而黑人女性作品也成为其中重要的组成部分。弗雷德里克·道格拉斯曾宣称,"当反对奴隶制事业的真正故事被撰写出来时,女性将占很大篇幅;因为废奴的事业在

---

[1] 引自 Elaine Showalter, "The Development of Black Women's Fiction: From Slavery to the Harlem Renaissance." *The Journal of Blacks in Higher Education* 64 (Summer, 2009): 70.

[2] 梅森-迪克森线:美国北方和南方的分界线,实际上它是划分宾夕法尼亚州与自马里兰至西弗吉尼亚州一部分的东西分界线,也是马里兰州和特拉华州之间的北南分界线,在1861—1865年美国内战前,宾夕法尼亚州南部边界被认为是奴隶州与自由州之间的分界线。

[3] 引自 Henry Louis Gates, Jr. Introduction. *The Classic Slave Narratives*. Ed. Henry Louis Gates, Jr. New York: Signet Classic, 2002, pp. 1—2.

很大程度上就是女性自己的事业"①。非裔美国女性的作品毫无疑问是19世纪中叶美国文学的一部分。而作为一个群体,这些作家的作品都涉及南方的奴隶制、北方的种族主义,以及非裔女性所遭受的种族和性别双重压迫。

由于非裔美国人作为奴隶的悲惨历史以及他们对于奴隶制的反抗,美国文学由此诞生了奴隶叙事(slave narrative)这种独特的文学体裁。了解由内战前的逃亡奴隶以及内战之后前黑奴所创作的这种叙事,对于理解美国历史与文学都是至关重要的。奴隶叙事在内战前的19世纪40年代和50年代成为黑人文学的标准模式。而从文学的角度来看,前黑奴创作的自传体叙事构成了非裔美国文学与文化最广泛最有影响力的传统,并且一直持续到20世纪30年代的大萧条时期,此时奴隶叙事的数量仍然超过小说。奴隶叙事在美国内战之前被广泛阅读,在争取白人支持废除奴隶制斗争中起到了重要作用,曾被称为非裔美国文学中"最经典的、最常被引证的章句"(locus classicus)②。

著名非裔美国研究学者亨利·路易斯·小盖茨(Henry Louis Gates, Jr.)认为,在人类受奴役的漫长历史中,只有美国的黑奴,才能在逃到北方获得自由之后,创建出这样一种既揭露了奴隶制的罪恶又表达了奴隶渴望自由和解放愿望的文学体裁。尽管内战前的非裔美国人也会谈论当时的各类话题,包括宗教信仰、戒酒运动和妇女权利,但几乎每一位非裔美国作家都会关注奴隶制,因为对于他们当中的许多人来说,奴隶制为他们提供了评价其他社会问题的重要视角。诸多前黑奴感到必须在北方反对奴隶制的巡回演讲中讲述或是以自传体叙事形式书写自己的经历,因而在非裔美国文学传统中具有读写能力和获得自由之间有着不可分割的联系③。美国黑人也正是采用了这种与纪实最为接近的风格来揭露奴隶制的黑暗现实的。阿纳·邦当(Arna Bontemps)声称,"自威廉姆·威尔士·布朗到查尔斯·W.切斯纳特、从W.E.杜波依斯到理查德·赖特、拉尔夫·埃里森和詹姆斯·鲍德温的美国黑人作家作品中所展现的那种一脉相承的精神、活力和视野都来自奴隶叙事"④。

---

① Qtd. in Thomas Doherty,"Harriet Jacobs's Narrative Strategies: *Incidents in the Life of a Slave Girl.*" *The Southern Literary Journal* 19.1 (Fall,1986):81.

② Houston A. Baker, *Blues, Ideology, and Afro-American Literature: A Vernacular Theory*. Chicago: U of Chicago P,1984,p. 31.

③ Henry Louis Gates, Jr. , Introduction. *The Classic Slave Narratives*. Ed. Henry Louis Gates,Jr. New York: Signet Classic,2002,p. 1.

④ Henry Louis Gates, Jr. , Introduction. *The Classic Slave Narratives*. Ed. Henry Louis Gates,Jr. New York: Signet Classic,2002,p. 3.

包括理查德·赖特（Richard Wright,1908—1960）的《黑孩子》(*The Black Boy*,1945)和马尔科姆·艾克斯（Malcolm X,1925—1965）的《马尔科姆·X的自传》(*The Autobiography of Malcolm*,1965)在内的现代黑人自传作品都显示了奴隶叙事对于二次世界大战后的非裔美国人第一人称写作的影响。而之后被称为"新奴隶叙事"（neo-slave narrative）的当代非裔作品，包括玛格丽特·沃克（Margaret Walker,1915—1998）的《千禧年》(*Jubilee*,1966)、欧内斯特·J.盖恩斯（Ernest J. Gaines,1933—2019）的《简·皮特曼小姐的自传》(*The Autobiography of Miss Jane Pittman*,1971)、雪莉·安·威廉姆斯（Shirley Ann Williams,1944—1999）的《德萨·罗斯》(*Dessa Rose*,1986)、托妮·莫里森（Toni Morrison,1931—2019）的《宠儿》(*Beloved*,1987)，以及查尔斯·约翰逊（Charles Johnson,1948— ）的《中间通道》(*Middle Passage*,1990)，亦已成为非裔美国文学最为广泛阅读和最受关注的文学形式。这些作品展示了奴隶叙事这一文学遗产的持续意义和巨大活力。

并不是只有男性黑奴才能创作奴隶叙事。19世纪中叶的黑人女性也以笔表达了她们的心声。但是非裔美国文学批评中多年来的不正常现象是，对于奴隶叙事的批评一直都是针对具有英雄气魄的男性奴隶叙事研究，而不是对于他们的妻子或姊妹的研究，因为评论家们忽略了奴隶叙事的重要组成部分：女奴叙事。而如果奴隶叙事包括女性的作品，那么它的起源就不是于1789年发表于伦敦的由奥劳达·伊奎阿诺（Olaudah Equiano, c. 1745—1797）撰写的《关于非洲人奥劳达·伊奎阿诺，或古斯塔夫斯·瓦萨生平的有趣叙事，由他本人所写》(*The Interesting Narrative of Olaudah Equiano, or Gustavus Vassa, the African, Written by Himself*)，而是1787年在美国发表的出自一名女性之手的故事《伯琳达，或其脸庞酷似月亮的男人们的残忍》("Belinda, or the Cruelty of Men Whose Faces Were Like the Moon")[1]。

无论是雅各布斯还是威尔逊，在她们的作品中我们看到一种修正了黑人男性和白人女性文学传统的自传体的写作。虽然两人创作体裁不同——一个是奴隶叙事、一本是小说，但评论家们认为《一个奴隶女孩的生平故事》和《我们的黑鬼》都是其创作者的生平故事。评论家简·费根·耶林（Jane Fagan Yellin）首先证实了雅各布斯的《奴隶女孩》的真实性，还发表了关于这部叙事的一个阐释版本，确立了其中所涉及人物的真实姓名。同样，亨

---

[1] Joanne M. Braxton,"Harriet Jacobs' *Incidents in the Life of a Slave Girl*: The Re-Definition of the Slave Narrative Genre." *The Massachusetts Review* 27.2 (Summer,1986):380—81.

利·路易斯·小盖茨也证实了《我们的黑鬼》中的事件与威尔逊生活经历的相似之处。对于这些作品的挖掘以及对于它们自传成分真实性的文献材料对于我们更好地理解非裔美国女性的历史以及身份的追寻十分有利①。从自传到小说,从第一人称到第三人称,这些作品象征着"对于奴隶自传的阐释空间的拓宽,以及对于叙事与叙事人之间距离的认可"②。非裔作家在创作中充分利用了这种距离,她们在作品中既是人物角色也是叙事人,既可以与过去那些痛苦的经历保持一定距离,又可以为作品人物提供不同的视角,从不同的角度探讨非裔美国人的经历。

长期以来,由于种族和性别歧视的影响,黑人作家的作品无一不是遭到评论界关于作者身份以及她们作品体裁的质疑,这固然是因为当时的奴隶叙事有些的确不是出自黑人之手,但也反映了社会对于少数族裔作家才智的根深蒂固的怀疑,而对于非裔女性作家尤其如此。卡比指出:

> 黑人女性在争取她们作为作家的公共在场时,必须直面使她们遭受压迫的政治和经济因素。她们因而必须定义一套她们自己的话语,这种话语不仅将她们置于"真正女性"的意识形态之外,她们也得以将自己的身体从与非法性爱的持续联系中拯救出来。③

哈丽雅特·雅各布斯和哈丽雅特·威尔逊为了发出自己的声音,在对于奴隶叙事这种19世纪黑人自传的主要写作形式的挪用中采用了不同的策略。雅各布斯在作品中成为自己生活经历的淡定冷静的观察者,为自己的叙事带上了客观的表象,但又通过艺术主体性控制了事件发展。她向读者坦承了自己屈辱的过去,声称作为不享受任何权利的女奴,白人社会的道德标准并不适用于她们。而威尔逊则通过创作文学虚构作品改变了文学游戏规则,她的作品成为一部关于其经历的表面上的虚构描述,而没有使用奴隶叙事这种非裔文学传统中的自传体裁。同样重要的是,两个作家都修正了白人女性文学体裁的传统——引诱小说和家庭小说④。

---

① Beth Maclay Doriani, "Black Womanhood in Nineteenth-Century America: Subversion and Self-Construction in Two Women's Autobiographies." *American Quarterly* 43.2 (Jun., 1991): 200—01.

② Carla L. Peterson, "Capitalism, Black (Under)development, and the Production of the African-American Novel in the 1850s," in *Postcolonial Theory and the United States: Race Ethnicity, and Literature*. Ed. Amritjit Singh and Peter Schmidt. Jackson: U of Mississippi P, 2000, p. 179.

③ Hazel V. Carby, *Reconstructing Womanhood: The Emergence of the Afro-American Woman Novelist*. New York: Oxford UP, 1987, p. 32.

④ Beth Maclay Doriani, "Black Womanhood in Nineteenth-Century America: Subversion and Self-Construction in Two Women's Autobiographies." *American Quarterly* 43.2 (Jun., 1991): 207.

由于黑人女性在现行社会秩序中的多重边缘地位,威尔逊和雅各布斯必须面对白人文化对于黑人女奴的性暴力,两位作家因而都使用了虚构签名和假名。雅各布斯的作品题目采用了奴隶叙事的常用做法,即在封面上加上"她自己所写"(written by herself)这句话,又将其置于一个匿名的"琳达"之后。这种做法最初出于白人编辑蔡尔德的建议,用来保护雅各布斯的北方雇主,也得到了雅各布斯本人的同意,她随后在整部作品中都使用了这个名字。而威尔逊则使用了一个被客体化的签名"我们的黑鬼",而在小说中将自己称为弗拉多。这种做法既有效掩护了这些争取自由的被压迫人群的身份,也使得她们可以更加自由地表达自己的观点。同样,因为与白人妇女艾米·波斯特(Amy Poster)和蔡尔德(Lydia Maria Child,1802—1880)建立了亲密的合作关系,雅各布斯充分利用了她与白人之间的合作。她接受了蔡尔德的修改建议,但又保持了独立的自我。与之不同的是,威尔逊的文本是对于北方白人种族歧视的控诉,但在以白人为主的废奴主义运动中,拒绝与白人和解也是不太现实的。其结果是,小说中的第三人称在作品前言中和作为附录的几封信件里常常变为第一人称,既向黑人读者呼吁支持,又表现了叙事的自我坚持[1]。

19世纪中叶的另外一部黑人女性作品《女奴叙事》(*Bondwoman's Narrative*)是至今为止最有争议的作品。2001年,亨利·路易斯·小盖茨在一个拍卖会上买下一部手稿,翌年即以《女奴叙事》的书名将其出版。这部由汉娜·克拉夫茨(Hannah Crafts,1830—?)创作的作品作为一部由逃亡女奴创作的自传体叙事出版伊始,便轰动文坛,被认为是美国学界在19世纪非裔美国女性小说领域的又一重要发现。《女奴叙事》手稿的发现和确认过程的确令人激动和感慨。在手稿出版时,盖茨以长达六十多页的前言详细介绍了他求证这部手稿真实性的全过程。如果情况属实,这部手稿的被发现和出版对于美国文学尤其是非裔美国文学的研究具有深远而且重要的意义。首先,它是迄今为止人们所知道的、出自一名美国女性黑奴之手的最早小说作品,也有可能是世界上黑人女性最早创作的作品[2],创作日期被认为是1853年至1861年之间。仅在二十多年前,大多数学者还认为只有

---

[1] Carla L. Peterson, "Capitalism, Black (Under) development, and the Production of the African-American Novel in the 1850s," in *Postcolonial Theory and the United States: Race Ethnicity, and Literature*. Ed. Amritjit Singh and Peter Schmidt. Jackson: University of Mississippi P, 2000, p. 179.

[2] Henry Louis Gates, Jr. Introduction. *The Bondwoman's Narrative*, by Hannah Crafts. New York: Warner Books, 2003, p. lxxxix.

屈指可数的几位奴隶克服了种种障碍而具有一定的读写水平,继而进行了小说创作,而这些人已经全部为今人所知。但《女奴叙事》的出现显然打破了这一假设。此外,手稿的出版也使人们认识到某些奴隶的实际知识水平超出许多历史学家对于他们的判断。同样具有特殊意义的是,在19世纪非裔美国文学研究领域,手稿也是极为罕见的。至这部手稿被发现,还没有一部奴隶叙事和小说的手稿得以保存下来,所有幸存下来的奴隶叙事都是以印刷体形式出现的,就连弗雷德里克·道格拉斯的著名叙事都是如此,因而难免引起人们对于白人编辑和那些好心的废奴主义者到底在多大程度上帮助和改变了原稿的质疑。如果《女奴叙事》确实是作者根据亲身经历而创作的,她的文本又完全与她自己创作和修改的那样原封不动,那么摆在我们面前的文本就是我们与一位逃奴的声音的原始接触①。一部完全没有经过编辑加工的、由一位前奴隶自己执笔写成的手稿,将是弥足珍贵的历史资料,也将为学者们的研究提供极好的机会②。

但是,这部被称为是出自一名叫作汉娜·克拉夫茨的女性逃奴之手的自传体叙事一经出版便引起诸多质疑。"汉娜·克拉夫茨"的真实身份、性别、族裔、阶层甚至国籍都是学界热议的话题。虽然如此,这个久违了的声音为我们提供了观察美国历史中奴隶制时代的难得机会,为我们了解奴隶社会的性质和奴隶制对于美国社会的巨大影响开阔了视野。如肖沃尔特所说:

> 在美国,学者们的确为挖掘早期美国女性作家作品展开了在才识、职业、政治和商业方面的调查。这些文本既珍贵又稀少。汉娜·克拉夫茨的身份应该被探究和确认,不仅因为她既可能是一位前奴隶,抑或是一位自由黑人女性——但无论她哪一种身份都是重要的,因为她的创作为美国文学经典建构做出了极为重要的贡献。③

除此之外,19世纪中叶的另外一位黑人女性也值得我们关注,她就是索杰纳·特鲁斯(Sojourner Truth,1797—1883④,原名为伊莎贝拉·范瓦

---

① Henry Louis Gates, Jr. "The Fugitive." *The New Yorker*. Special Reprint. p. 2.
② 参见金莉:《拂去历史的尘封:〈女奴叙事〉的发现与出版》,载《美国研究》,2004年4期。
③ Elaine Showalter, "The Development of Black Women's Fiction from Slavery to the Harlem Renaissance." *The Journal of Blacks in the Higher Education* 64 (Summer, 2009):74.
④ 1843年6月1日她改名索杰纳·特鲁斯,因为她觉得是上帝召唤她"周游全国,向人们指明他们的罪孽,并向他们昭示神的旨意"。她改名后的姓Truth是"真理"的意思,Sojourner意为"旅居者"。

格纳(Isabella Van Wagener),一位饱受奴隶制蹂躏的前黑奴。1827年纽约州废除奴隶制时,特鲁斯获得了自由。之后投身于福音派的特鲁斯开始了传教工作,她曾说:"信仰召唤着我,我必须启程。"特鲁斯离开纽约踏上了旅行传教之路,并在传教的内容中加入了废奴主义和女权主义的观点。索杰纳·特鲁斯与当时许多支持社会改革的人,例如威廉·劳埃德·加里森(William Lloyd Garrison)、弗雷德里·道格拉斯、哈丽雅特·比彻·斯托和卢克丽霞·莫特(Lucretia Mott)等,都有来往。特鲁斯也于1850年发表了她的叙事,但因为特鲁斯是文盲,所以她关于自己身为奴隶的经历的叙事《索杰纳·特鲁斯的叙事》是由她口述,由一位白人废奴主义者奥利芙·吉尔伯特(Olive Gilbert)代笔完成的。这部叙事既为特鲁斯作为奴隶制见证人发声,也为她带来一些经济效益。在1850至1853年间,特鲁斯的叙事再版过三次,最后一版由《汤姆叔叔的小屋》的作者哈丽雅特·比彻·斯托撰写了序言[1]。

1850年,索杰纳·特鲁斯参加了在伍斯特举办的第一届全国妇女权利大会,她也是唯一一位参加会议的黑人。特鲁斯虽然未曾受过教育,但她身材高大,说话铿锵有力,而且具有极佳的口才。她最为著名的演讲是《难道我不是女人吗?》(Ain't I a Woman?),这是她于1851年参加在俄亥俄州阿克伦举办的一场妇女权利大会上的即席发言,向人们生动地讲述了奴隶制对她的虐待和她所经历的种种苦难。其中最令人记忆深刻的是她的呼吁:

> 从来没人扶我上马车、帮我跨过泥潭,或给我最好的位置!难道我不是女人吗?看看我!看看我的手臂!我犁田、播种、把粮食收进谷仓,男人都不能超过我!——难道我不是女人吗?我可以做的和男人一样多,也可以吃的和男人一样多——如果我能得到的话——我也同样能经受住鞭笞!难道我不是女人吗?我生了13个孩子,也眼睁睁地看着他们大多数被卖做奴隶。当我带着一个母亲的悲伤哭叫时,除了上帝没有人听到我的哭声!——难道我不是女人吗?[2]

---

[1] Margeret Washington," 'From Motives of Delicacy': Sexuality and Morality in the Narratives of Sojourner Truth and Harriet Jacobs." *The Journal of African American History* 92.1 (Winter,2007):59.

[2] Eric J. Sundquist,"The Literature of Slavery and African American Culture," in *The Cambridge History of American Literature*. vol. 2. Ed. Sacvan Bercovitch. Cambridge: Cambridge UP, p. 310.

特鲁斯一生为争取人权和废除社会不公而努力，为此曾得到林肯总统（1864年）和尤里斯·格兰特总统（1870年）两任总统的接见。

从17世纪被迫踏上北美大陆的土地直到19世纪，非裔美国人在奴隶制的残忍压迫下，成了被践踏了人权、没有公民权利的美国人。但生活在枷锁下和压迫中的非裔美国人，开始拿起笔用英语抒发他们的经历和感受，非裔女性用自己的书写颠覆了许多19世纪白人具有歧视性的观点："把事实告诉我们……我们来搞定其中的哲理。"[①]她们的声音终将帮助形成非裔独特的文学传统，在20世纪成为美国族裔文学的最强音。

哈丽雅特·E.威尔逊（Harriet E. Wilson，1825—1900）

自从其小说《我们的黑鬼；或一位自由黑人的生活叙事》（*Our Nig, or Sketches from the Life of a Free Black*）于1981年被非裔美国学者、时任康奈尔大学教授的亨利·路易斯·小盖茨（Henry Louis Gates, Jr.）在曼哈顿的一家书店里发现，并经由他编辑后在1983年再版以来，哈丽雅特·E.威尔逊就被称为第一位非裔美国女性小说家，同时也是第一位在北美大陆发表小说的非裔美国作家[②]。具有讽刺意义的是，这部小说于1859年在波士顿匿名出版时，几乎无人问津，也看不到对于小说的任何评论。这部小说的发现改变了非裔美国文学的年谱，而威尔逊也替代威廉姆·韦尔斯·布朗（William Wells Brown, c. 1814—1884）荣列最早的非裔美国小说家榜首[③]，成为非裔美国小说创作的探路者。

世人对于威尔逊的生平知之不多。她出生于新罕布什尔州，是个黑白混血儿，父亲是黑人箍桶匠，母亲是爱尔兰裔的洗衣女工。在父亲去世之后，母亲将她甩给住在米尔福德的一家姓海沃德的农场主。作为孤儿，威尔

[①] 引自 Sally Gomaa, "Writing to 'Vituous' and 'Gentle' Readers: The Problem of Pain in Harriet Jacobs's *Incidents* and Harriet Wilson's *Sketches*." *African American Review* 43. 2/3 (Summer/Fall 2009): 371.

[②] 直到2002年，学界一直认为《我们的黑鬼》是非裔美国作家发表的第一部小说。但亨利·路易斯·小盖茨在2002年编辑出版了汉娜·克拉夫茨（Hannah Crafts）的小说《女奴叙事》（*The Bondwoman's Narrative*），并声称这本小说才是非裔美国女性作家发表的第一本小说。此事一度成为学界热议的话题。

[③] 威廉姆·韦尔斯·布朗的小说《克洛泰尔：总统的女儿》（*Clotelle: or, The President's Daughter: A Narrative of Slave Life in the United States*）1853年在伦敦出版，但直到1864年才在美国以《克洛泰尔：美国南方故事》（*Clotelle: A Tale of the Southern States*）的题目出现。

逊成为海沃德家的契约用人①。虽然身为自由黑人,哈蒂·亚当斯(她当时的名字)在18岁时之前一直在海沃德家帮佣,饱受折磨,体质孱弱。1851年,她与汤姆斯·威尔逊在米尔福德成婚。汤姆斯自称为逃奴,一直在新英格兰地区巡回演讲他的人生经历,但他却告诉哈蒂他根本不是奴隶,这么做的目的在于赢得废奴主义者的同情。婚后不久,汤姆斯弃哈蒂而去,对她不管不顾。此时哈蒂身怀六甲,且身患疾病。她被送到新罕布什尔戈夫斯顿的救济院,在此生下了儿子乔治。后来汤姆斯·威尔逊又一次出现,将母子两人从救济院接出来。但不久又一次扔下母子俩,又作为水手出海。汤姆斯不久后去世。失去丈夫且又疾病缠身的哈蒂把儿子送回了救济院,鉴于身体已无法承担体力劳动,她决定以撰写自传的方式谋生,期盼凭借自己的双手挣钱养活母子二人,但遗憾的是,她的小说出版后没有引起反响,而儿子乔治在小说发表仅六个月后便不幸夭折。

威尔逊于1859年8月为她的小说申请了版权,小说于当年9月以微薄印数出版。但在当时,竟然没有对于这部作品的任何评论,在20世纪这部小说更是被湮没在历史的尘封里。编辑再版了这部小说的亨利·路易斯·小盖茨将小说定义为一部融合了女性小说和奴隶叙事的黑人感伤小说,认为威尔逊开创了一种黑人女性小说的新体裁②。在20世纪80年代,这部作品作为"80年代黑人女性文学复兴的一部分"受到重视,并且成为"美国文学、女性文学和非裔美国文学的重要文本"③。

威尔逊后来移居波士顿,1870年与一位加拿大裔的药剂师结婚,后两人分居。从1867年至1897年,威尔逊活跃在波士顿的巫师圈子里,她不仅为人们解读幻觉,还进行演讲,其演讲内容包括劳工改革和儿童教育等。与此同时,她也积极参与当地的各类政治活动,还当过多年的寄宿公寓的管家。但直到20世纪80年代初她的小说被再版前她在文坛一直默默无闻。

《我们的黑鬼》是一部自传体小说,披露了美国内战前北方的白人种族主义的伪善和残忍。小说主人公是一位名叫阿尔弗拉多的黑白混血的自由女孩,母亲是位酗酒成性的白人,父亲是个自由黑人。父亲去世后弗拉多遭母亲遗弃,之后在白人家帮佣而遭受多年的虐待。小说以第三人称写成,既

---

① 这是当时社会安排孤儿的一种习惯做法,作为其劳动的交换,身为孤儿的孩子可以得到食宿以及生活技能的培养,为他们之后在社会上自食其力做好准备。

② Elaine Showalter,"The Development of Black Women's Fiction:From Slavery to the Harlem Renaissance." *The Journal of Blacks in Higher Education* 64 (Summer,2009):73.

③ Elaine Showalter,"The Development of Black Women's Fiction:From Slavery to the Harlem Renaissance." *The Journal of Blacks in Higher Education* 64 (Summer,2009):73.

描绘了弗拉多的悲惨遭遇,也讲述了她的反抗。小说最后以弗拉多与一位自称为逃奴的黑人结婚,但那人在她怀孕之后不辞而别结尾。小说的这个结尾,将弗拉多的命运与她白人母亲的遭遇联系在一起,当年她的母亲也是因为遭人引诱失身,怀孕后又被遗弃,陷入更为贫困、更为孤苦伶仃的境地,不得已才嫁给一位好心的黑人的。

在小说的前言中,威尔逊写道,"作者在向公众提供下面的故事时,承认她无法为那些优雅和有教养的人们提供能力更强的笔所带来的愉悦。这些粗糙的叙事不是为此而作。受到亲人的遗弃、因病痛而无力,我被迫试图以笔来养活自己和孩子,而不去结束我微弱的生命"。而在小说的结尾,她又呼吁道,"我衷心期盼得到所有有色兄弟的赞助,希望他们不要把他们姊妹的这一举动看作是卖弄学问而加以谴责,而是作为忠实的支持者和守卫者团结在我的周围"①。非裔批评家卡比指出,威尔逊没有从北方白人而是从她的"有色人种兄弟"那里寻求支持,她试图通过一种与黑人社群共有的经历来为她的公共声音获得权威性②。显然,小说的目标读者是黑人,威尔逊著书的目的是通过售书来养活自己和儿子,但该书在19世纪市面上的迅速消失揭示了小说的不幸命运。

造成这种结果的原因是多重的。首先,当时的黑人大多是文盲,并不具备阅读书籍的能力。其次,这样一本揭露北方自由黑人所遭受的另类奴役的小说也是不会受到白人青睐的。除此之外,北方的废奴主义者也不会乐意得知弗拉多的丈夫是个自称为逃奴的骗子,因为伪装逃奴的事情的确时有发生,废奴主义者对此往往避而不谈。而弗拉多父母的跨种族婚姻,对于北方的读者也是一件不能接受的事情③。鉴于此,盖茨在为这部小说再版所写的序言中说道:

> 这样一部由一位黑人女性所撰写的意义深远的小说,在1859年间作为废奴主义运动名副其实的中心的波士顿竟然没有引起任何反响,也是非裔美国文学史上的令人困惑的事情之一。④

---

① Harriet E. Wilson, *Our Nig*. Lexington, KY: Seven Treasures, 2009, p. 98.
② Hazel V. Carby, *Reconstructing Womanhood: The Emergence of the Afro-American Woman Novelist*. New York: Oxford UP, 1987, p. 43.
③ Eric Gardner, "'This Attempt of Their Sister': Harriet Wilson's *Our Nig* from Printer to Readers." *The New England Quarterly* 66.2 (Jun., 1993): 242.
④ Henry Louis Gates, Jr. Introduction. *Our Nig*. New York: Vintage Books, 1983, p. xxx. 盖茨与他的助手曾经浏览了1859年至1961年间的四十份杂志,没有发现任何地方提到威尔逊或是她的小说。

而他进一步的推断是,这部小说因为不仅谴责了北方种族主义而且批评了废奴主义者而被有意忽视①。

无独有偶,1993年芭芭拉·A.怀特(Barbara A. White)发现了《我们的黑鬼》作为真实故事的凭据,而且那个残忍虐待威尔逊的白人新英格兰家庭竟然还是知名的废奴主义者。很明显,威尔逊撰写此书的目的更多的是揭露那些反对奴隶制的白人社会活动家们的虚伪②。她在小说的序言中说,她的女主人,尽管是北方人,但心里充斥着那些"南方原则",就是这些南方白人理念让她的女主人对她冷眼相待、拳打脚踢。威尔逊宣称她无意揭开她生活的每一件事,因为"公正的人们"会声称,她的遭遇与法律上的奴隶相比,根本不算什么。因此她在书中特意省略了会给"北方那些反对奴隶制的好朋友们"带来耻辱的那些事情③。

在创作这部小说的过程中,为了吸引白人出版商,也为了赢得读者,威尔逊也借鉴了19世纪流行文学传统,最主要是奴隶叙事和女性感伤(家庭)小说。小盖茨说,"威尔逊的成就,就在于她将感伤小说的某些习惯做法与奴隶叙事的关键因素结合起来,然后又将这两种体裁转变为一种新的形式,《我们的黑鬼》就是这种独特形式的例证"④。黑人评论家卡比(Hazel V. Carby)一针见血地指出,《我们的黑鬼》就是在"自由"北方的"奴隶叙事"⑤。

威尔逊的小说为非裔美国女性作为作者争得了一席之地,但是它却是通过非裔美国女孩被置于家庭空间来实现的⑥。如果说在所有的奴隶叙事中北方都被描绘成奇迹之地,主人公最终会实现其自由的理想,《我们的黑鬼》没有带来这种希望。弗拉多无法过上像《汤姆叔叔的小屋》中伊莱扎和乔治自由幸福的新生活。相反,她是"奴隶制的阴影"的受害者⑦。有意思的是,威尔逊的小说题目为《我们的黑鬼;或住在一幢两层白色房子里的一个自由黑人的生活叙述,以证明奴隶制的阴影甚至将其笼罩,由"我们的黑

---

① Henry Louis Gates, Jr. *Figures in Black: Words, Signs, and the "Racial" Self*. New York: Oxford UP, 1987, p. 137.

② Elaine Showalter, "The Development of Black Women's Fiction: From Slavery to the Harlem Renaissance." *The Journal of Blacks in Higher Education* 64 (Summer, 2009): 73.

③ Harriet E. Wilson, Preface. *Our Nig*. Lexington, KY: Seven Treasures, 2009, p. 11.

④ Henry Louis Gates, Jr. Introduction. *Our Nig*. New York: Vintage Books, 1983, p. iii.

⑤ Hazel V. Carby, *Reconstructing Womanhood: The Emergence of the Afro-American Woman Novelist*. New York: Oxford UP, 1987, p. 43.

⑥ Lois Leveen, "Dwelling in the House of Oppression: The Spatial, Racial, and Textual Dynamics of Harriet Wilson's *Our Nig*." *African American Review* 35.4 (Winter, 2001): 576.

⑦ Eric Gardner, "'This Attempt of Their Sister': Harriet Wilson's *Our Nig* from Printer to Readers." *The New England Quarterly* 66.2 (Jun., 1993): 243.

鬼"创作》。以此为题目,威尔逊首先说明作者是北方的一位自由黑人,但她并不比南方女奴享有更多的自由。而她既用"我们的黑鬼"作为书名,又作为作者的假名,说明了她被白人剥夺的身份,同时也喻指她在北方自由州所遭受的不平待遇。如非裔评论家伯纳德·V.贝尔(Bernard V. Bell)所说,"书名和作家的假名'我们的黑鬼',是对主人阶级强加给某些黑人家奴的父权式身份的一种讽刺性戏仿。威尔逊在此处使用引号所表达的含意是,她并没有全盘接受白人强加给自己的这种身份"①。同样,题目中的白房子用来与黑肤色做反衬,显示种族主义的无处不在。评论家黑兹尔·卡比声称《我们的黑鬼》中的房子代表了南方种植园,标志着"南方的权力";如读者在奴隶叙事中常见的那样,《我们的黑鬼》中有颇多的惩罚和暴行场景。这所北方的房子,和奴隶制的南方一样,成为一个暴君的领地,由一位坚持南方原则的女主人所统治②。威尔逊呈现了被奴隶制阴影笼罩下的北方,揭露了北方白人废奴主义者的虚伪。小说的叙事人直接抨击了废奴主义者的种族主义。弗拉多"受到自称废奴主义者的人们的虐待,这些人反对南方拥有奴隶,他们自己北方的家中也不要黑鬼。呸!让一个黑鬼住在家里;同一个黑鬼共同用餐;容许一个黑鬼穿堂过户;坐在一个黑鬼旁边。太可怕了!"③

威尔逊不仅创作了小说这种属于白人所有的文本形式,她还以一个有选择的全能第三人称叙事人讲述了她的故事。她有时通过别人来呈现自己,将自己的声音隐藏在第三人称视角后,但是她的前言和章节题目很清楚地显示她使用了一种虚构的再现形式来讲述自己的生平故事。自传和小说的特征在她许多的章节题目中重叠出现。例如第一章的题目为《玛格·史密斯,我的母亲》,但却使用了第三人称来讲述故事。同样的情况还出现在第二和第三章④。同时,小说的正文之后附有三封信件,既表明了作家的种族特征也确定了小说的自传性质。附录的信件分别签名为阿丽达、玛格丽塔·索恩和C. D. W.。其中玛格丽塔·索恩的信函便这样说道,"她的确是个奴隶,无论从这个词的任何含义来看都是如此,而且也是个孤独的

---

① Bernard W. Bell, *The Afro-American Novel and Its Tradition*. Amherst: The U of Massachusetts P, p. 47.

② Hazel V. Carby, *Reconstructing Womanhood: The Emergence of the Afro-American Woman Novelist*. New York: Oxford UP, 1987, p. 44.

③ Harriet E. Wilson, *Our Nig*. Lexington, KY: Seven Treasures, 2009, pp. 89—90.

④ Beth Maclay Doriani, "Black Womanhood in Nineteenth-Century America: Subversion and Self-Construction in Two Women's Autobiographies." *American Quarterly* 43.2 (Jun., 1991): 213—14.

奴隶"①。阿丽达的信件指出,威尔逊因身体原因,被迫"寻求另外一种使她获得温饱的方法,即创作一部自传"②。而第三封署名"C. D. S."(与"契约黑奴仆人"的缩写相同)的信则声称威尔逊的肤色比信函作者本人更黑,进一步说明了威尔逊的黑人身份。威尔逊将附录置于小说的后面而不是前部的做法也颠覆了内战前非裔美国文学的创作模式,说明她对于这种文学传统的戏仿。

同样,威尔逊也在自己的作品中挪用了19世纪白人女性的引诱小说和家庭小说的情节设计,但是又巧妙地改变了其内容,使其反映当时道德问题的复杂性③。与之后的雅各布斯相似,威尔逊没有把善恶与肤色简单联系,也拒绝以肤色区分社会经济地位或性别。无论是白人或黑人,在她的笔下都有善良与邪恶之分。例如,白肤色的贝尔蒙特夫人和她的女儿为邪恶小人,但黑人中也有此类人,譬如那个威尔逊与之成婚的所谓逃奴。他引诱了弗拉多之后又抛弃了身孕在身的她。相反,贝尔蒙特夫人的儿子詹姆斯善待弗拉多,在母亲对于弗拉多的虐待中站在了弗拉多一边。此外,弗拉多的父亲吉姆也是一位心地善良的自由黑人,他称自己虽然外表黝黑,但内心确是白色的;而弗拉多的母亲玛格是威尔逊关于善恶的最复杂刻画。作为一位幼年失去父母的贫穷白人女孩,她年轻时即遭人引诱失身而未婚先孕,饱受人们的不耻。在小说前部,叙事人对于她的描绘也是充满同情的,对她与一个黑人的种族间通婚也表示了理解。但在好心的吉姆去世之后,玛格变得愈加自私、任性、不负责任。叙事人没有将她声名狼藉与她和黑人的通婚联系起来,而归于她的自甘堕落。威尔逊没有像家庭或引诱小说中对于人物进行那种善恶分明的固定刻画,而是更加细腻、更加现实地描绘了小说人物。

此外,威尔逊突破了文学传统中那种"真正女性"和"悲惨的混血儿"的呆板刻画模式。女主人公弗拉多的母亲玛格十分符合引诱小说中的女主人公模式,作为一名贫穷的白人女性,她因受人引诱而失贞,尽管她没有像引诱小说中的中产阶级女主人公一样死去,而是挣扎着在毫无尊严的贫穷状态下生存下去。她嫁给黑人的唯一目的,是出于经济考虑,弗拉多成为这对不同族裔夫妇结合的产物。不幸的是,吉姆不久便因肺病身亡,成为疾病和

---

① Harriet E. Wilson, *Our Nig*. Lexington, KY: Seven Treasures, 2009, p. 97.
② Harriet E. Wilson, *Our Nig*. Lexington, KY: Seven Treasures, 2009, p. 95.
③ Beth Maclay Doriani, "Black Womanhood in Nineteenth-Century America: Subversion and Self-Construction in Two Women's Autobiographies." *American Quarterly* 43.2 (Jun., 1991): 214.

操劳的牺牲者。而在玛格又找到一个新的情人时,她便将自己六岁的女儿留在了贝尔蒙特夫人家。弗拉多也因为她的黑人父亲(尽管他身为自由人),变成了"我们的黑鬼",遭受了无穷尽的虐待。弗拉多自己的经历确实也与引诱小说模式有相似之处,她在成年之后也是上当受骗与一位自称为逃奴的黑人塞穆尔结了婚,之后又被他抛弃。怀有身孕的弗拉多在贫困交加中生下儿子,后又不得已将儿子送给别人抚养。

与引诱小说和家庭小说中的情节相似的是,威尔逊的小说也描绘了失去母亲的孤女,但如果说在前两类作品中母亲的形象多是正面的,是善良、温顺、体贴的化身,《我们的黑鬼》则颠覆了这一模式。弗拉多幼年即遭母亲遗弃,而她的母亲很清楚贝尔蒙特夫人的为人,也知道她是如何虐待佣人的。但这些都没有让她母亲改变主意,她还是把幼小的女儿留在了贝尔蒙特家门口。失去了母亲的小弗拉多做女佣后受到这个替代式的母亲角色的残酷压榨。而家庭小说中充满温馨的厨房,在这部作品中却是一个暴力的场所,成了小弗拉多的地狱。虽然弗拉多的身份仅仅是契约佣人,但她被狠心的贝尔蒙特夫人和女儿玛丽视为奴隶,被称为"我们的黑鬼"。而仅仅因为她是黑人(虽然只有一半黑人血统,而且她还是个自由黑人),她也遭受了奴隶的命运。贝尔蒙特夫人"刚愎自用、傲慢无礼、混乱无章、专制武断、严厉苛刻"[1],与家庭小说中善良的女主人公毫无共同之处。她和女儿对弗拉多非打即骂,拳打脚踢和无情鞭笞成为这个黑人女孩的家常便饭,甚至有几次她在毒打弗拉多时还将木头和布片塞到她的嘴里。在小说中,贝尔蒙特夫人甚至威胁道,"我要活剥了她的皮"[2]。在一次被毒打之后,弗拉多躲到了马厩里,欲哭无泪、悲愤欲绝。她哀叹道:

> 我到底是什么?我为何不死?我这样活着有何意义?没人关心我,只是想让我干活。谁在意我浑身疼痛?……我没有母亲、父亲、兄弟姐妹关心照料我,而总是听到"你这个懒惰的黑鬼、懒惰的黑鬼"——难道就因为我是个黑人?我宁愿去死![3]

从这个角度来说,评论家黑泽尔·V. 卡比(Hazel V. Carby)关于《我们的黑鬼》是一个将背景设在"'自由'北方的奴隶叙事寓言"的论断还是极其到位的[4]。

---

[1] Harriet E. Wilson, *Our Nig*. Lexington, KY: Seven Treasures, 2009, p. 25.
[2] Harriet E. Wilson, *Our Nig*. Lexington, KY: Seven Treasures, 2009, p. 39.
[3] Harriet E. Wilson, *Our Nig*. Lexington, KY: Seven Treasures, 2009, p. 57.
[4] Hazel Carby, *Reconstructing Womanhood: The Emergence of the Afro-American Woman Novelist*. New York: Oxford UP, 1987, p. 43.

而为了使这个混血的女孩儿肤色更黑,因而也更像黑人,无论天气多热,女主人在弗拉多外出耙草或放牧时都不允许她佩戴遮阳帽。与此同时,她还尽量丑化弗拉多,极力抹杀她的女性特征,她让她穿自己儿子的旧衣服,还剃去了弗拉多的一头长卷发。

弗拉多不是白人社会所提倡的那种虔诚、温顺的女孩子。她的经历培养了她坚强的性格。她年幼时在学校短暂学习过,不仅成功逃避了白人学生对她的种种欺压,还不断捉弄那些自以为是的白人学生。但不久,贝尔蒙特夫人和女儿玛丽就禁止她去学校,把她变为真正的奴隶,受尽了折磨。在面对贝尔蒙特夫人对她的百般欺辱时,她勇敢面对,甚至挺身而出进行反抗。小说中有这样一个场景,当贝尔蒙特夫人又一次对她施加毒手时,弗拉多面对贝尔蒙特夫人高举的棍子,扔下手中收集的柴火,大声疾呼道,"住手!如果再你打我,你就休想让我再为你干任何活"①。长期的屈辱和压迫所带来的愤怒在这一刻爆发,而她的勇气使一向颐指气使的贝尔蒙特夫人在震惊下扔掉了手中的棍子,任由她离去。

如同当时的家庭小说一样,威尔逊也在小说中描绘了基督教对于黑人的影响。但与家庭小说中基督教对于女主人公的成长起到重要作用不同的是,基督教未能真正使黑人免受白人的压迫。贝尔蒙特夫人的儿子詹姆斯对待弗拉多一向友善,同情她的不幸。后来他因为健康原因回家疗养,受到弗拉多的照料,他的基督教信仰也一度吸引了弗拉多。弗拉多认为是她的肤色使她陷入一种饱受虐待的生活,这种信念使她对于宗教产生了怀疑。毫无疑问,长期的折磨使得弗拉多内化了种族主义的流行观念,即白色是善良的道德等价物。如果天堂是绝对平安之地,那也是一个白人的而非黑人的天堂,她更因为天堂里会有贝尔蒙特夫人这样的白人而不安与烦恼。在她与詹姆斯的对话中,她表达了自己对于上帝的看法:她不喜欢那位既把创造了贝尔蒙特夫人那样的白人、又创造了黑肤色的她的上帝。贝尔蒙特夫人和她的女儿玛丽,虽然身是白人,行为上却残忍、冷酷、阴险,她们的白肤色下是黑暗的内心邪恶,与善良两字有着天壤之别。弗拉多虽然不是奴隶,却因为其肤色过着奴隶般的生活。基督教无法为她提供避难或希望,她也无法得知上天是否会接受黑人的灵魂,或黑人是否会去天堂,而像贝尔蒙特夫人这样的邪恶之人去了天堂是否还会继续虐待弗拉多。凡此种种,弗拉多未能成为一名基督教徒,因为她把基督教作为一个认可种族主义理念的机构,她即便皈依基督教,仍然会遭受压迫和虐待。在19世纪的白人霸权

---

① Harriet E. Wilson, *Our Nig*. Lexington, KY: Seven Treasures, 2009, p.75.

面前,基督教也无法为黑人带来希望,将他们拯救出苦海。

威尔逊对于内战前北方种族主义的抨击,在很大程度上是通过讥讽来实现的。首先是威尔逊在题目中的讥讽。如盖茨所说,小说的题目是"黑人传统中最早有记载的讥讽用法之一"①。威尔逊的"假名"的功能,在于告诉读者其实作者和作品中的主人公同为一人。而题目中"我们的黑鬼"和"自由黑人"的并列,挑战了北方关于平等的信念,展现了真实存在的社会邪恶。威尔逊对于那些自认为比起南方奴隶主道德更加高尚的北方人深恶痛绝。同样,通过在序言中声称她不会因为揭露北方所存在的种族压迫来减轻南方奴隶制的罪恶,她已经明白无误地告诉读者这样的事情实际存在于北方。此外,通过告诉读者她尚未把她所遭受的虐待全部原原本本地披露出来,也标明自由的北方在许多方面不逊于奴隶制的南方。而弗拉多的遭遇足以使"我们北方的反奴隶制的好心朋友们"感到耻辱。除此之外,威尔逊也通过讥讽的手段描绘了那位将弗拉多抛弃不顾的丈夫塞穆尔。她不仅在小说情节中安排了他在新奥尔良的去世,还特别指出他的死因是黄热病。他的去世成为对于他的惩罚:黄色象征着怯懦与欺诈。而对于一个伪装为逃奴的人在南方腹地的去世,说明他真正陷入自己的谎言②。

非裔评论家伯纳德·W.贝尔称,"威尔逊双重视角的诠释力、她的历史意义,以及对于悲剧性混血儿这一主题和人物所做的独特处理,对于非裔美国文学传统和女权文学都具有至关重要的意义"③。著名非裔女性作家和评论家艾丽斯·沃克(Alice Walker,1944—)将发行威尔逊的小说作为一件意义深远的事件。她将此称为"就好像我们刚刚发现了菲莉丝·惠特利,或是兰斯顿·修斯"④。因为在此之前人们一直认为第一部由非裔美国女性创作的小说是出自弗朗西丝·E. W. 哈珀(Frances E. W. Harper, 1825—1911)之手的。威尔逊的《我们的黑鬼》的重要意义在于它对于白人女性小说进行了重大改写,将这种小说变成了她自己的形式。通过这种改写行为,威尔逊讲述了一位自由黑人在美国北方造成的种族歧视,为非裔女性小说的创立做出了重要贡献。

---

① Henry Louis Gates, Jr. Introduction. *Our Nig; or, Sketches from the Life of a Free Black*. New York: Random House, 1983, p. xxvii.

② Elizabeth Breau, "Identifying Satire: *Our Nig.*" *Callaloo* 16.2 (Spring, 1993): 458.

③ Bernard W. Bell, *The Afro-American Novel and Its Tradition*. Amherst: The U of Massachusetts P, p. 50.

④ 引自 Elaine Showalter, "Development of Black Women's Fiction: From Slavery to the Harlem Renaissance." *The Journal of Blacks in Higher Education* 64 (Summer, 2009): 73.

哈丽雅特·雅各布斯(Harriet Jacobs,1813—1897)

19世纪美国最具开拓意义的女奴叙事文本出自一位女逃奴哈丽雅特·雅各布斯之手。1842年,她只身逃到北方,之后为唤起人们"对于成千上万名仍然生活在奴役下的奴隶母亲"的同情,她拿起笔来,以自己的经历为基础创作了《一个奴隶女孩的生平故事》(Incidents in the Life of a Slave Girl),并克服了种种困难于1861年将其发表。"奴隶制对于男人来说是可怕的,但是对于女人来说更是如此"[①]。雅各布斯的作品控诉了奴隶制对于奴隶的残酷压迫,尤其是这一制度对于女奴的摧残,成为非裔美国文学的重要文本。

哈丽雅特·雅各布斯出生于北卡罗来纳州登顿的一个奴隶家庭。母亲去世后,年仅六岁的她被送到奴隶主家里。女主人因病去世时又将她转送给自己的亲戚玛丽·马蒂尔达·诺克姆。玛丽的父亲眼见哈丽雅特出落成一个容貌姣好的姑娘,就企图将她占有。为反抗诺克姆对她不断的威逼利诱,雅各布斯与一位白人邻居发生了性关系,还生下两个子女。即便如此,诺克姆也未死心。忍无可忍的雅各布斯决定出逃,她起先藏身于祖母家里一个狭小的阁楼上。七年之后,她逃到北方,在白人杂志作家和编辑纳撒尼尔·帕克·威利斯家当保姆。与此同时,她还要提防诺克姆对她的追捕。后来她与也从南方逃出的弟弟约翰一起来到纽约州的罗切斯特加入了废奴主义者的小圈子,并在当地废奴主义者的阅览室工作,该阅览室就在著名黑人活动家弗雷德里克·道格拉斯(Frederick Douglass,1817—1895)创办的报纸《北方之星》(The North Star)的楼上。在此期间,她接触到许多废奴主义者的宣传品,参加了废奴主义妇女组织的阅读和讨论,结识了参加过在塞尼卡福尔斯召开的第一届妇女权利大会的白人妇女艾米·波斯特(Amy Post),两人从此结下了超越种族偏见的深厚情谊。1850年,国会颁布的《逃亡奴隶法案》使雅各布斯又处于危险境地之中。她返回纽约,又去威利斯家当了用人。此时威利斯已经丧妻再娶,她的新夫人雇用雅各布斯照料他们的新生儿。这位好心的女主人并于1852年把雅各布斯从她的南方奴隶主手中买了下来,给予她自由。

---

① Harriet Jacobs, *Incidents in the Life of a Slave Girl*, *Written by Herself*. Ed. Jean Fagan Yellin. Cambridge, MA: Harvard UP, 1987, p. 79.

获得自由之后,雅各布斯把精力转向自传的写作。她曾向波斯特倾吐了自己不同寻常的奴隶经历。波斯特鼓励她把自己的遭遇公布于众,以此推动废奴运动。雅各布斯犹豫良久,最终做出了这样的决定:

> 我觉得上帝帮助了我,否则我绝不会同意把我的过去告诉别人,因为我无法不在这样做的同时不把全部真相说出来。如果这样做能使别人免遭我的不幸,那么我隐瞒真相就是自私和违背基督教精神的。①

《一个奴隶女孩的生平故事》在雅各布斯逃到北方近二十年后才与读者见面。起初,雅各布斯没有打算自己动笔,而是希望借助于创作了《汤姆叔叔的小屋》的白人女作家斯托的巨大社会影响力,由自己口述、斯托执笔的方式将自己的经历记述下来。出自这个目的,她委托波斯特将自己的经历告诉斯托,谋求她的帮助。与此同时,雅各布斯把报纸上看到斯托即将访英的消息。她说服了威利斯夫人致信斯托,建议她将自己的女儿路易莎带去英国,希望通过女儿能使斯托对自己的故事感兴趣,并且让英国人见识到"南方奴隶的一个极好代表"②。但斯托随后的举动令雅各布斯大失所望。斯托非但拒绝带路易莎去英国,还把波斯特写给她的关于雅各布斯的故事寄给了威利斯太太,以证实其真伪。如果内容属实,她仅打算把它用在自己即将出版的《关于〈汤姆叔叔的小屋〉的辩护》里面。从来没有将自己身世向威利斯太太全盘透露过的雅各布斯对此极为不满。

可以说是斯托的态度促使雅各布斯下了自己动笔的决心。她致信波斯特:"上帝没有赋予我才能,但他给了我一个热爱自由的灵魂和一颗宁死也不愿放弃追求解放的心灵。没有自由的生活将成为无法忍受的负担。"③雅各布斯由此开始了自己的创作历程。她不希望威利斯家人知道自己的写作,因此受雇于威利斯家庭的几年中她始终守口如瓶,只是利用晚上的休息时间偷偷写作。但她一天到晚忙忙碌碌,写作时间根本得不到保障。她咬紧牙关,花了足足五年的时间完成了自传。写作的过程艰难,出版也遇到种种困难。直到她在朋友的帮助下,与"愿意为废奴运动赴汤蹈火"的白人女

---

① Harriet Jacobs, *Incidents in the Life of a Slave Girl, Written by Herself*. Ed. Jean Fagan Yellin. Cambridge, MA: Harvard UP, 1987, p. 232.

② Harriet Jacobs, *Incidents in the Life of a Slave Girl, Written by Herself*. Ed. Jean Fagan Yellin. Cambridge, MA: Harvard UP, 1987, p. 233.

③ Harriet Jacobs, *Incidents in the Life of a Slave Girl, Written by Herself*. Ed. Jean Fagan Yellin. Cambridge, MA: Harvard UP, 1987, p. 236.

作家莉迪亚·玛丽亚·蔡尔德(Lydia Maria Child,1802—1880)见了面,蔡尔德不仅同意为她作序,还最终成为她叙事的编辑。在写给朋友的信中,蔡尔德描绘了她与雅各布斯的来往:"我也在为一位很有意思的逃亡黑奴的事情忙碌,她希望我能对她的回忆录提供建议和帮助。我很乐意这样做,因为她以一种非常明智和具有活力的方式讲述了自己的故事。我认为她的故事将非常有利于推进我全身心投入的事业。"[1]有了蔡尔德无私的支持和编辑上的帮助,雅各布斯又对书稿进行了最后的修改。最终在1861年由波士顿的出版商将作品出版,翌年又在英国印刷发行。

《一个奴隶女孩的生平故事》从女奴的视角控诉了奴隶制的滔天罪行。它以第一手资料描述了南方成千上万的奴隶在奴隶制非人制度下生不如死的生活。同时,它也揭露了这一邪恶体制如何导致作为奴隶主的白人的思想堕落和人性扭曲。但与当时其他的奴隶叙事不同的是,它是出自一位美国黑人妇女之手的第一部"涉及白人奴隶主对于女奴的性剥削主题"的奴隶叙事[2],描述了奴隶制度下女奴的悲惨遭遇。女性黑奴不仅与其他的黑奴一样被剥夺了作为人的基本权利,更可悲的是,在那个没有人性、没有道德可言的奴隶制度下,她们成为奴隶主泄欲的工具,非但生命没有保障,连为人妻、为人母的权利也没有。女奴是这个罪恶制度下最大的受害者。正如雅各布斯在作品中告诉读者的那样:"奴隶制对于男人来说是可怕的,但是对于女人来说更是如此。"[3]雅各布斯的作品是对于白人种族主义和传统父权文化的双重抨击。

亨利·路易斯·小盖茨曾称,"《一个奴隶女孩的生平故事》是非裔美国传统中的一部重要自传"[4]。雅各布斯的奴隶叙事虽然在当今被誉为非裔美国文学的杰出作品,但直到近年来其作者身份才得以确认。《一个奴隶女孩的生平故事》发表时,封面上印着书名和编辑蔡尔德的名字,虽然书名的标题上说明作品是由"她本人写成",却略去了作者的姓名,说明作者对于读者可能产生的对其真实身份和作品内容可信度的质疑有充分的思想准备。

---

[1] Bruce Mills,"Lydia Maria Child and the Endings to *Harriet Jacob's Incidents in the Life of a Slave Girl*." *American Literature* 64.2 (June 1992):263.

[2] Terry J. Martin, "Harriet A. Jacobs (Linda Brent)," in *Nineteenth-Century American Women Writers:A Bio-Bibliographical Critical Sourcebook*. Ed. Denise L. Knight. Westport,CT: Greenwood P,1997,p. 264.

[3] Harriet Jacobs,*Incidents in the Life of a Slave Girl*,*Written by Herself*. Ed. Jean Fagan Yellin. Cambridge,MA:Harvard UP,1987,p. 79.

[4] Henry Louis Gates, Jr. , Introduction. *The Classic Slave Narratives*. Ed. Henry Louis Gates,Jr. New York:Signet Classic,2002,p. 11.

自称为琳达·布伦特的第一人称叙事人坦言她在陈述事实。"读者,请相信这部叙事不是虚构的。我意识到我的某些经历看上去不太可信,但它们的确是绝对真实的"①。而作为该书编辑的蔡尔德在序言中也证实了雅各布斯作为作者的身份和她的写作能力:

> 我本人认识这部自传的作者——在她的要求下,我修改了她的书稿,但我所修改的地方主要是为了使结构更为紧凑、更有条理。我没有为她的故事添加任何内容或是改变她相关话语中的含义。除了个别地方,书中的观点和语言都是她本人的。我对某些多余的部分做了一点删减,但毫无改变她讲述自己故事时那种生动逼真的方式的理由。②

即便有白人作家和编辑的担保,雅各布斯的作者身份还是受到20世纪某些历史学家和评论家的怀疑。他们或是认为《一个奴隶女孩的生平故事》是由白人编辑蔡尔德执笔,或是坚持雅各布斯的故事是虚构的,书中人物根本不存在。因为这部自传不仅由蔡尔德编辑,还是以琳达·布伦特的笔名发表的。但正如批评家乔安娜·M.布拉克斯顿所言,这些评论家遗憾地忽略了1861年5月1日发表在伦敦的《废奴倡导者》(Anti-Slavery Advocate)报上关于雅各布斯自传的书评,书评作者不仅见到过自传的手稿和出版物,也曾与雅各布斯交谈过。这篇书评所提供的事实佐证了雅各布斯的作者身份以及她自传内容的真实性③。而近年来另一重大研究发现来自美国学者琼·费根·耶林(Jean Fagan Yellin)。1987年,哈佛大学出版社出版了由耶林编辑的《一个奴隶女孩的生平故事》。耶林早在1981年就已经根据雅各布斯与艾米·波斯特和莉迪亚·玛丽亚·蔡尔德的通信,断言雅各布斯就是《一个奴隶女孩的生平故事》的作者。在这部由哈佛大学出版的、被认为是权威版本的文本中,耶林汇集了许多文献证据——地图、遗嘱、契约、剪报、照片等,还有至1981年才在罗切斯特大学图书馆的波斯特档案中发现的波斯特与雅各布斯的通信。耶林花费了多年的时间来追溯雅各布斯生活中的点点滴滴,她对于历史档案的细心挖掘令人信服地回答了对于

---

① Harriet Jacobs, *Incidents in the Life of a Slave Girl*, *Written by Herself*. Ed. Jean Fagan Yellin. Cambridge, MA: Harvard UP, 1987, p. 1.

② Harriet Jacobs, *Incidents in the Life of a Slave Girl*, *Written by Herself*. Ed. Jean Fagan Yellin. Cambridge, MA: Harvard UP, 1987, p. 3.

③ Joanne M. Braxton, "Harriet Jacobs's *Incidents in the life of a Slave Girl*: The Re-Definition of the Slave Narrative Genre." *The Massachusetts Review* 27.2 (Summer, 1986): 382—83.

雅各布斯本人以及对于其作品的诘难和质疑。这些历史资料证明了雅各布斯确有其人,而《一个奴隶女孩的生平故事》的确如作品副标题所表明的那样,是"由她本人写成"的。

雅各布斯的奴隶叙事是一种新型的自传。它不仅采用了隐身作者的方式,也借助和修正了当时流行的黑人文学(奴隶叙事)和女性文学(引诱小说和家庭小说)的创作模式。雅各布斯在决定以19世纪黑人自传的基本形式——奴隶叙事来表达自己作为女奴的遭遇的时候,就已经打破了男性奴隶叙事中以男性奴隶争取自由的斗争为中心内容的创作模式。与此同时,她也对社会流行的各种女性文学传统进行了借鉴,采用了能够反映黑人女奴的经历和心声的叙事策略,打破了19世纪各种文学传统的界限。为达到讲述自己故事的目的,她创作了一部独具特色的作品,建构了一个文本上的自我[1]。

通过叙事人琳达·布伦特之口,雅各布斯在自传里讲述了一个"双重故事",即琳达一方面通过自身努力,"成功地免遭奴隶主的蹂躏,策划了从其手中拯救自己的儿女、自己的藏匿和出逃,乃至最终获得了自由";而另一方面她也做出了违背当时社会流行的性别道德标准的事情[2]。作为一个奴隶和女性,她无权掌握自己的命运,也就无权自由决定自己的婚姻。但为了逃避奴隶主对她的骚扰和迫害,她主动与另外一名白人发生了性关系,且有了两个子女。如此一来,雅各布斯在把自己的身世公布于众的时候,就面临一种尴尬局面。雅各布斯很清楚地认识到,她的故事对于许多习惯于白人中产阶级道德观的读者来说,并不是那么容易接受的。雅各布斯虽然生有一双儿女,但她既没有丈夫也没有自己的家,换句话说,她的黑奴身份使她被传统家庭领域排除在外。北方的白人读者会因她的"出界"忽视她对于奴隶制罪恶的抨击,而把注意力集中到她"不道德不纯洁"的黑人身体,即她与一个白人男人的性关系上面。那么白人读者就不会单纯地把她视为一个曾带领子女打破奴隶制枷锁的母亲,而把她看作是奴隶制道德堕落的产物,对于她违反女性道德准则的行为持蔑视态度。这样一来,雅各布斯就无法成为反抗奴隶制的权威评论人,更没有资格对于北方人的道德状态进行评判。

雅各布斯坚持成为自己身体的解说人[3],因而她在争取对于奴隶叙事

---

[1] 参见金莉:《文学女性与女性文学:19世纪美国女性小说家及作品》,外语教学与研究出版社,2004年,第76—77页。

[2] Jean Fagan Yellin, Introduction. *Incidents in the Life of a Slave Girl*, *Written by Herself*. Ed. Jean Fagan Yellin. Cambridge, MA: Harvard UP, 1987, p. xiv.

[3] Sandra Gunning, "Reading and Redemption in *Incidents in the Life of a Slave Girl*," in *Harriet Jacobs and Incidents in the Life of a Slave Girl: New Critical Essays*. Ed. Deborah M. Garfield and Rafia Zafar. Cambridge: Cambridge UP, 1996, p. 133.

作者的不信任态度的白人读者的同时,又坚持真实地讲述自己的故事。她以一个女性对其他女性讲话的方式,希望得到她们的同情、理解,希望她们能够认同她作为一个女性所遭受的苦难,而且表明她与她们同样关心家庭和子女①。她首先把自己隐藏在一个笔名的背后,使用了琳达·布伦特作为叙事人和自己的代言人,同时又承诺她会告诉读者一个真实的故事,并且会以诚实的态度这样做。这样一来,她不仅成为在叙述自己生活经历时冷静的旁观者,给予自己的叙事一种客观外貌,同时又能自始至终从艺术上主观地控制事态的发展②。

雅各布斯的叙事采用了传统奴隶叙事的书写模式。例如,它也有一条记载了主人公由奴隶到自由人的斗争过程的叙事主线,有一位第一人称的叙事人,以及自南方到北方的叙事移动空间。然而雅各布斯在使用这一文体叙述女奴的悲惨经历时,打破了传统奴隶叙事的框架。典型的男性自传体奴隶叙事中男主人公的塑造与占统治地位的白人文化中所推崇的品质是基本相同的,它大力宣扬了主人公的个人英雄主义气概。弗雷德里克·道格拉斯的《弗雷德里克·道格拉斯的生平叙事》(*Narrative of the Life of Frederick Douglass, an American Slave*, 1845)就是这一类叙事的代表作,讲述了道格拉斯是如何通过大无畏的斗争精神获得自由的。对于一个黑人男性来说,自立自强是他作为人的最重要因素,也是他反抗白人压迫和奔向自由的精神支柱。男性奴隶叙事的另外一个特征是对于教育重要性的强调。教育,尤其是读写能力,成为男性黑奴实现自己目标的必要武器。因此,独立和教育成为男性奴隶从奴隶变为人的基础。正如瓦莱丽·史密斯(Valerie Smith)所说:"从受奴役到独立的征途,也是从奴隶到人的征途。"③从这种意义上来说,男性奴隶叙事也是以白人男性文化为基础、以男性文化标准为参照物的。

与更多地刻画了主人公个人奋斗的男性奴隶叙事相比,女性叙事则强调了主人公个人与群体的相互依赖关系。自由对于雅各布斯来说绝对不是独立的英雄主义行为所致,它包含着与别人相互依赖的关系和共同的努力④。

---

① Sidonie Smith, "Resisting the Gaze of Embodiment: Women's Autobiography in the Nineteenth Century," in *American Women's Autobiography: Fea(s)ts of Memory*. Ed. Marco Culley. Madison: The U of Wisconsin P, 1992, p. 96.

② Beth Maclay Doriani, "Black Womanhood in Nineteenth-Century America: Subversion and Self-Construction in Two Women's Autobiographies." *American Quarterly* 43. 2 (June 1991): 207.

③ Valerie Smith, *Self-Discovery and Authority in Afro-American Narrative*. Cambridge: Cambridge UP, 1987, p. 34.

④ Beth Maclay Doriani, "Black Womanhood in Nineteenth-Century America: Subversion and Self-Construction in Two Women's Autobiographies." *American Quarterly* 43. 2 (June 1991): 211.

这一点也使女奴叙事有别于男性叙事。黑人男性的叙事更多的是强调了以个人为中心的对于英雄主义和所取得的自由的赞扬。主人公需要坚强、独立和勇敢,他的斗争表现为即使得不到他希望逃离的奴隶群体的支持但也不受其阻碍[1]。雅各布斯的叙事则不同。如果没有他人的协助,琳达对于自由的追求是不可能成功的。雅各布斯在其叙事中描绘了一个与其生死攸关的关系网,她所依赖的这个充满爱心、同情心和支持的关系纽带是与奴隶制强加在奴隶身上的束缚截然不同的。是她的祖母和包括白人在内的朋友的帮助,使雅各布斯得以重见天日,最终获得自由。雅各布斯的叙事表明,读书识字并不能把女奴从种族和性别双重歧视中解放出来,因而女性叙事的重要主题不是读写能力的获得,而是作为群体的成员相互依靠的行为。只有依靠集体的力量,女奴才能在奴隶制的摧残下存活下来,也才有可能打破奴隶制的枷锁。女叙事人清楚地表明性虐待和家庭的破碎对于女奴来说是比无法接受教育更为残忍的迫害。琳达曾经说过,"我完全可以自己逃掉,但是我渴望自由的目的更多的是为了我无助的子女。尽管逃跑的前景诱人,我无论如何也不会以将他们留下做奴隶作为代价"[2]。

雅各布斯同样也改变了传统男性叙事中把女性普遍作为奴隶主堕落行径的被动牺牲品的模式,而是使用了男性叙事中用来赞扬男性的勇气和智慧来塑造女性主人公形象。在一次与她的兄弟谈话时,她毅然宣布了自己的决心:"我生命中的战争已经开始;尽管我是上帝手下的一名最无能无力的人,但我决心不被征服。"[3]琳达在争取自由的过程中牢牢掌握住了主动权,与奴隶主弗林特进行了一场"智力的竞赛"。她趁着天黑逃出奴隶主的魔爪,先是藏身于一位同情她的白人朋友家中,后来在祖母家的阁楼里隐藏下来。在近七年的时光里,她躲在一个长九英尺、宽七英尺,根本无法直身的狭小空间里暗中观察着弗林特的一举一动,杜撰了自己从北方寄来的假信,还安排了让自己两个子女的父亲把孩子从弗林特手中买下来的交易,在此期间她使弗林特相信她早已逃到北方,看着他一趟趟去北方寻找她的踪迹但扫兴而归,直到后来她在朋友的帮助下逃到北方。在与奴隶主周旋的过程中,琳达表现出顽强的意志力。她拒绝只身一人脱身而去,因为儿女才

---

[1] Johnnie M. Stover,"Nineteenth-Century African American Women's Autobiography as Social Discourse:The Example of Harriet Ann Jacobs." *College English* 66.2 (Nov.,2003):137.

[2] Harriet Jacobs, *Incidents in the Life of a Slave Girl, Written by Herself*. Ed. Jean Fagan Yellin. Cambridge,MA:Harvard UP,1987,p.89.

[3] Harriet Jacobs, *Incidents in the Life of a Slave Girl, Written by Herself*. Ed. Jean Fagan Yellin. Cambridge,MA:Harvard UP,1987,p.19.

是她的首要考虑。作为母亲,琳达选择留在南方,直到她确信自己的逃亡不会置他们于险境。雅各布斯的自传因而为奴隶叙事带来了一种母性伦理观①。与男性叙事中个人获得自由的结尾不尽相同的是,琳达最终的目的是包括子女在内的全家人的自由。雅各布斯渴望能有一个家的愿望始终未能实现的原因,不是她个人的失败,而是当时社会的失败。

雅各布斯在撰写自传时显然也借鉴了当时流行的白人女性小说模式——引诱小说和家庭小说。美国18世纪末在欧美文坛流行一时的苏珊娜·罗森(Susanna Rowson,1762—1824)的《夏洛特·坦普尔》(*Charlotte Temple*,1791)是引诱小说的代表作品。这类作品中的女主人公一般都是中层阶级的年轻白人女性。她们天真烂漫,孤弱被动,毫无处世经验,因而轻易成为不择手段的无耻之徒的性牺牲品,最后因丧失贞操又被男性抛弃而死。这类作品往往带有很强的说教寓意,是作者对于世人,尤其是中产阶级年轻白人女性的道德训诫。但是对于雅各布斯来说,引诱小说所表现的世界与黑人女奴的生存环境大相径庭,不足以用来表达她所处的种族和阶级的女性的现实状况。

19世纪的家庭小说代表了当时白人女性创作的另外一种模式。这类小说塑造了一种新的女性形象。虽然作品背景不同,情节各异,但都讲述了"一个失去了法定监护人在情感和经济上支持的年轻女子,克服种种障碍取得成功的故事"。这些作品中女主人公成功的关键在于她自立自强的精神,因为她们"通过亲身体验,懂得为了在这个艰难的社会环境中生存,她们必须首先成为人"②。应该说,家庭小说塑造了更为独立、更为坚强的女性形象。在这些小说中,女主人公仍然纯洁无邪,但也有着高尚的道德感和坚强的性格。如此一来,她们就能抵制邪恶小人的诱惑并战胜其他种种困难,在荆棘丛生的社会环境里实现自己的人生目标。家庭小说的寓意也很明显,女主人公的成功取决于并且反映了她们付出的巨大努力和她们自身坚强的性格。家庭小说的另外一个特色,是对于幸福与平等的家庭关系的强调。这些女主人公的最大理想就是建立一个幸福美满的家庭,在婚姻中享有与男性平等、受到男性尊重的伴侣关系。这样的家庭与外面那种以金钱为目标、以竞争为特点的商业社会形成了极大的反差。的确,与引诱小说相比,

---

① Terry J. Martin,"Harriet A. Jacobs (Linda Brent)," in *Nineteenth-Century American Women Writers:A Bio-Bibliographical Critical Sourcebook*. Ed. Denise L. Knight. Westport,CT: Greenwood P,1997,p. 265.

② Nina Baym,Introduction to the Second Edition. *Woman's Fiction:A Guide to Novels by and about Women in America*,1820—70. 2nd ed. Urbana:U of Illinois P,1993,p. 9.

家庭小说在处理女性命运上已经前进了一大步。女性不再仅仅是男性的玩物和受害者,她们也不再是软弱无能、唯唯诺诺、毫无识别能力和抵抗精神的社会低能儿。家庭小说中的女性具有高尚的道德标准和坚强的意志,成为家庭的中流砥柱。她们是能够通过自身努力改变自己命运的人。

雅各布斯意识到自己无法照搬当时流行的白人女性创作模式,她也同样清楚当时社会氛围下的读者期待,继而借鉴了这些创作模式的某些内容以吸引白人读者和出版商,同时又根据黑人女奴的经历对此进行了修正。她旗帜鲜明地表示,不能用同样的标准来评判女奴[1]。当琳达·布伦特讲述奴隶主对她不断地进行性骚扰时,故事内容与引诱小说的开始部分十分相似。但女主人公对于奴隶主的暴虐专横行为的反抗则背离了把女性当作牺牲品的固有模式。在雅各布斯笔下,琳达不是一个被动无助的受害者,她能够为自己的行为负责。从奴隶主弗林特医生开始暴露出他的邪恶用心时,琳达就下决心采取行动保护自己。首先,她隐瞒了自己识字这一事实,识破了主人利用给她传递条子的机会来引诱她的目的。其次,她也压抑着自己对一位自由黑人男性的爱情,而且为了保护他不受欺辱而让他出走。之后,弗林特对她不断施加的压力更增强了她反抗的决心。"我生活中的战斗开始了——我决心永远不被征服。"[2]作为黑奴,琳达既没有法律的保护,也没有与自己心爱的男人结为夫妻的权利,但她选择了成为另外一个白人桑德斯先生的情人,以逃避弗林特对她日益加紧的性迫害。她为了保持"自尊"而放弃了女性"贞洁",为了坚持做人的自主权利而与另外一个男人发生了性关系[3]。琳达因此挫败了弗林特逼她就范的企图。虽然作为叙事人的琳达以"悲哀和羞愧的心情"叙述了自己年轻时做的错事,但是她的行为不是一种纯粹的"堕落行为",而是对于白人社会的性价值观念的挑战。她甚至带有几分骄傲地宣布:"在压力下屈从比把自己主动交出去更为堕落。自己选择一个对于你除了感情之外没有其他控制的情人也等同于某种自由。"[4]琳达的遭遇充分说明读者不能以白人社会的女性贞洁观念来评判被奴役下的黑人女性。雅各布斯根据自己在这样一个种族主义社会的经历建

---

[1] Georgia Kreiger,"Playing Dead:Harriet Jacobs's Survival Strategy in *Incidents in the Life of a Slave Girl*." *African American Review* 42.3/4 (Fall—Winter,2008):608.

[2] Harriet Jacobs,*Incidents in the Life of a Slave Girl*,*Written by Herself*. Ed. Jean Fagan Yellin. Cambridge,MA:Harvard UP,1987,p.19.

[3] Jean Fagan Yellin,Introduction. *Incidents in the Life of a Slave Girl*,*Written by Herself*. Ed. Jean Fagan Yellin. Cambridge,MA:Harvard UP,1987,p.xxx.

[4] Harriet Jacobs,*Incidents in the Life of a Slave Girl*,*Written by Herself*. Ed. Jean Fagan Yellin. Cambridge,MA:Harvard UP,1987,p.54.

构了一种新型的道德标准。同时,尽管雅各布斯一直期盼得到白人读者的怜悯和宽恕,但她质疑了她们理解她的选择的能力,反而强调奴隶经历恰恰是无法解释清楚的。雅各布斯承认与白人女性的差异,而又取消了读者评判和挪用混血女性的经历的权力①。

而与家庭小说所提倡的家庭价值观相吻合的是,雅各布斯在自传中一再强调琳达对于家的渴望和对于子女的深厚感情。家庭小说宣扬家庭幸福才是最大的幸福这一观点,热情歌颂了母爱的伟大。雅各布斯的叙事也强调了这些观念,表现了女奴与白人女性有着同样的情感要求。作为女奴,琳达没有建立合法家庭的权利,也无法保护自己的子女免遭被奴隶主迫害甚至当作商品转卖的命运。强烈的母爱使得琳达大胆策划了自己的出逃,以保证孩子们的安全。她声称:"我经历的每一次磨难,我为他们做出的所有牺牲,都使我的心与他们贴得更近,都给予我新的勇气,在无尽止的黑夜暴风雨中击退席卷而来的黑浪。"②对于一个女奴和未婚母亲,她的子女成为她生活的最重要理由③,而建立一个能够给予自己子女温暖和呵护的家的愿望意味着极其艰难的斗争,这种斗争所需要的勇气和智慧绝不亚于男性黑奴独自逃亡所要具备的。

在蔡尔德的建议下,雅各布斯把原先安排的关于约翰·布朗的章节删去,而以祖母的去世结束了她的叙事。蔡尔德的建议显然出于某种政治考虑,即涉及布朗这样一位提倡武装斗争的人的叙事必然会使保守的北方读者感到暴力和分裂的威胁。但更重要的是,蔡尔德的建议说明"作为一名女性编辑,她深知一名女性的奴隶叙事以表现母性的个人故事结尾会更有说服力"④。琳达的祖母是一位获得自由的黑人,她住在自己的家里,通过辛勤劳动养活自己,并给予仍然生活在奴隶制桎梏下的后代以支持和关爱。她曾经对琳达选择一个白人情人的做法甚为不满,却在琳达最后出逃中起到了重要作用。祖母是在得知琳达获得自由之后不久去世的。在自传结尾,琳达表达了对这位心地善良同时又意志坚强的老祖母的怀念。此外,选择以祖母这样一位扮演了家庭价值观典范的角色作为小说的开局和结尾,

---

① Heidi M. Hanrahan,"Harriet Jacobs's *Incident in the Life of a Slave Girl*: A Retelling of Lydia Maria Child's 'The Quadroons'." *The New England Quarterly* 78.4 (Dec. 2005):612—13.

② Harriet Jacobs, *Incidents in the Life of a Slave Girl*, *Written by Herself*. Ed. Jean Fagan Yellin. Cambridge, MA: Harvard UP,1987, pp. 89—90.

③ Heidi M. Hanrahan,"Harriet Jacobs's *Incident in the Life of a Slave Girl*: A Retelling of Lydia Maria Child's 'The Quadroons'." *The New England Quarterly* 78.4 (Dec. 2005):612.

④ Bruce Mills,"Lydia Maria Child and the Endings to Harriet Jacob's *Incidents in the Life of a Slave Girl*." *American Literature* 64.2 (June 1992):255.

使叙事在结构上更加严谨和完整。由于琳达母亲的早逝,祖母是琳达生活中起到关键作用的人。而在琳达藏身阁楼的那段时间里,是祖母给了琳达不断的支持和鼓励,担任了她与外界的联络,并且帮助安排了她最后的出逃。女性的遭遇与作为母亲的女性为子女自由所进行的斗争,显示了在与奴隶制的抗争中家庭价值观的重要性和女性的作用①。

值得指出的是,虽然叙事的女主人公在结尾时也获得自由,但是琳达对于渴望已久的自由怀有极其复杂的心情。出于对她的同情,她的北方雇主从南方奴隶主手中将她买下之后给予她自由。对于琳达来说,虽然她最终如愿以偿,但这种获得自由的方式又是她极其不情愿的。雅各布斯对此感慨万分。只要奴隶制不被废除,奴隶就无法取得真正意义上的自由。雅各布斯在叙事结尾强调指出自己的故事与家庭小说的区别。"读者,我的故事不是像通常那样以婚姻、而是以自由结束"②。在故事的结尾,获得自由的琳达仍然没有自己的家,她仍然在为改变自己和孩子的生存环境奋斗着。雅各布斯的故事借用了家庭小说的框架,但作者表达了强烈的政治意识。对于黑人妇女来说,只要有奴隶制存在,她们的生存就没有保障;而没有政治自由,她们对于家的渴望就得不到满足。真正的自由不是商品买卖,而是政治上的独立③。

哈丽雅特·雅各布斯如今已经成为美国文学史中浓墨重彩的一笔。在20世纪60年代的民权运动中,包括《一个奴隶女孩的生平故事》在内的一批奴隶叙事得以再版,而后来的妇女解放运动又引起了女权主义和非裔文学评论家对于这部作品的极大兴趣。雅各布斯的作品在经历了长时间的销声匿迹之后,现已频繁出现于美国高等学府的美国历史、妇女研究、非裔美国研究、美国文学等各类学科的课程设置里。这部出自女奴之手的作品以自传形式真实再现了19世纪美国南方奴隶制度下黑人女性的悲惨生活,为读者提供了作为一名处于受到社会歧视的位置上的人的感受④。雅各布斯大胆触及奴隶制度对于女奴肉体的蹂躏和摧残这一主题,打破了女性文学创作的禁区。更为重要的是,她借助和修正了多种流行文学模式,创作了一

---

① Bruce Mills,"Lydia Maria Child and the Endings to Harriet Jacob's *Incidents in the Life of a Slave Girl.*" *American Literature* 64.2 (June 1992):259.

② Harriet Jacobs, *Incidents in the Life of a Slave Girl, Written by Herself*. Ed. Jean Fagan Yellin. Cambridge, MA: Harvard UP, 1987, p. 201.

③ Beth Maclay Doriani,"Black Womanhood in Nineteenth-Century America: Subversion and Self-Construction in Two Women's Autobiographies." *American Quarterly* 43.2 (June 1991):212.

④ Casey Pratt," 'These things took the shape of mystery': *Incidents in the Life of a Slave Girl* as American Romance." *African American Review* 47.1 (Spring 2014):79.

部新型奴隶叙事文本。这个文本使她在以自己的方式讲述自己的故事时得到了最大程度的自由[1]。雅各布斯的经历证实了她与其他黑人女作家受到的种族和性别双重歧视。她的叙事在发表了112年之后才第一次得到再版，在发表了125年之后才首次得到从学术角度进行的全面的研究[2]。雅各布斯的叙事为非裔文学和女性文学创作都做出了重要贡献。而她本人也被誉为"在当代黑人女性自传和黑人文学传统中播下了女性小说种子的人"[3]。

第五节 工人阶级的代言人

丽贝卡·哈丁·戴维斯
(Rebecca Harding Davis, 1831—1910)

丽贝卡·哈丁·戴维斯在美国文学史上有着独特的地位。她于1861年4月发表在《大西洋月刊》上的中篇小说《铁厂生活》(*Life in the Iron Mills*)是第一个把工厂和城市贫民区的恶劣环境以及移民次文化作为创作主题的故事[4]，也因真实描绘了美国工业化所带来的对于工人阶级的剥削与压榨而被称为"文学上大胆而崭新的实验，以及美国文学从浪漫主义到现实主义的过渡中具有开创意义的史料"[5]，从而"成为美国文学史中具有里程碑意义"的作品[6]。

丽贝卡·哈丁·戴维斯出生于1831年，为家中长女。其曾外祖父是第一位在宾夕法尼亚州华盛顿县落户的爱尔兰白人。戴维斯的父亲起先经

---

[1] Frances Smith Foster, "Resisting Incidents," in *Harriet Jacobs and Incidents in the Life of a Slave Girl: New Critical Essays*. Ed. Deborah M. Garfield and Rafia Zafar. Cambridge: Cambridge UP, 1996, p. 106.

[2] Rafia Zafar, Introduction. *Harriet Jacobs and Incidents in the Life of a Slave Girl: New Critical Essays*. Ed. Deborah M. Garfield and Rafia Zafar. Cambridge: Cambridge UP, 1996, p. 4.

[3] Joanne M. Braxton, "The Outraged Mother Figure in Contemporary Afra-American Writing," in *Wild Women in the Whirlwind: Afra-American Culture and the Contemporary Literary Renaissance*. Ed. Joanne M. Braxton and Andree Nicola McLaughlin. New Brunswick: Rutgers UP, 1990, p. 302.

[4] Jane Atteridge Rose, *Rebecca Harding Davis*. New York: Twayne, 1993, p. ix.

[5] Sharon M. Harris, *Rebecca Harding Davis and American Literary Realism*. Philadelphia: U of Pennsylvania P, 1991, p. 56.

[6] Lina Mainiero, ed., *American Women Writers from Colonial Times to the Present: A Critical Reference Guide*. New York: Frederick Ungar, 1979, p. 477.

商,后来做了弗吉尼亚惠灵市的财务主管。戴维斯是在家中接受的教育,起先受教于母亲,后来是家庭教师。戴维斯喜爱读书,在家时就阅读过包括斯托、沃纳姊妹、卡明斯在内的19世纪女性作家的作品,也对班扬、司各特、狄更斯等英国作家青睐有加,并因此激发了对文学的热情。此外,她的母亲对她影响至深,戴维斯曾称母亲的历史和语法知识比起那些受过高等教育的女性毫不逊色,是母亲培养了她的历史感和对于文学风格的热爱。戴维斯14岁时去华盛顿女子学院就读,并在17岁时以优异成绩毕业。之后她返回家中帮助母亲照料家务、教育弟妹,同时也加入了地方报纸《资讯报》的撰稿队伍,撰写评论、故事、诗歌,也做过短时期的编辑。

从1848年毕业直到1861年发表《铁厂生活》,戴维斯的生活主要围绕着家人。1860年年底,时年29岁的戴维斯将手稿投到《大西洋月刊》的编辑部。仅仅一个月之后,她便收到了答复。多年之后,戴维斯回忆道,当年接到回信后,她半天都没敢拆信,心想一定是封退稿信。没想到最后打开信时,她喜出望外地得知,不但她的稿件被接受了,信中还有一张50美元的支票。《铁厂生活》的发表改变了她的生活,不仅标志着她写作生涯的开始,她也因此结交了当时文坛知名人物,包括她极其景仰的爱默生和霍桑,以及路易莎·梅·奥尔科特。霍桑和爱默生都对她鼓励有加。戴维斯与路易莎·梅·奥尔科特的会面还有一个令人回味的细节。奥尔科特多年之后谈到她们的相见时说,戴维斯的生活一直遂心如意、波澜不惊,但却在创作中描写了苦难与不幸,而奥尔科特自己命运多舛,笔下倒是多写些令人愉快的故事。两人都惊叹她们之间的这种反差[①]。在与出版商詹姆斯·汤姆斯·菲尔兹(James T. Fields)会面之后,戴维斯与菲尔兹的夫人安妮·亚当斯·菲尔兹(Annie A. Fields)结为挚友。之后丽贝卡·戴维斯去费城看望了L.克拉克·戴维斯。他是她的仰慕者,在读了《铁厂生活》之后便一直与她通信联系。两人见面仅一周后便宣布订婚,于1863年初走进婚姻殿堂。克拉克比戴维斯年幼四岁,当时尚未在职场上站稳脚跟,仅是一名助理律师。一年以后戴维斯生下儿子理查德·哈丁·戴维斯,后来又生有一子一女。理查德成年之后也子承母业,成为一名成功的作家和新闻记者。

在其婚姻的早期,戴维斯一直是家里经济的支柱,依靠自己的写作与担任《纽约论坛报》编辑的所得养家,而克拉克仍在努力成为一名律师。虽然戴维斯仍有精品出现,但也有不少作品是为了挣钱而作,质量并不很高,而将主要精力放在了家庭上面。此时克拉克已转而成为《费城问讯者报》的主

---

① Jane Atteridge Rose, *Rebecca Harding Davis*. New York: Twayne, 1993, p.5.

编。但戴维斯从未放弃过写作，在后来给儿子的一封信中，戴维斯表达了写作对于她的意义："停止写作。老天爷！我还不如停止呼吸。此乃一码事！"①即使她认定为人妻为人母是她的首要身份，戴维斯仍然坚持认为女性在照顾家庭的基础上可以有职业生涯。1892年发表的《美国生活剪影》(Silouettes of American Life)为戴维斯又带来昙花一现的成功，1894年，戴维斯在丈夫去世的当年发表了自传《闲言碎语》(Bits of Gossip)。在这部自传中，戴维斯声称她不会写一部传统的传记，而将聚焦于那些影响了她一生的人物与事件；"人不应只写自己的故事，而要将他所目睹的自己所处时代的故事记录下来……这些故事或许不足为道，但放在一起就会使历史鲜活。"②之后戴维斯逐渐从文坛销声匿迹，于1910年辞世。

戴维斯生前颇为多产，总共发表过10部小说、一部短篇小说集、16部连载小说，还在25家杂志上发表了近三百篇短篇故事以及为青少年创作的上百篇短篇故事，以及一部回忆录。不可否认，戴维斯创作生涯中的两位男性对于她的艺术发展至关重要，她的编辑曾主张她的创作要少点赤裸裸的黑暗现实，而她的丈夫敦促她注重新闻写作的速度和改革者的说教，因而她在70年代之后撰写了许多政治文章和评论。戴维斯文学作品中真正的精品不多，但她创作涵盖范围广阔，涉及19世纪社会的诸多政治和社会问题——劳资关系、废奴运动、美国内战、重建和女性变换的角色。

戴维斯在去世后几乎被人忘却。直到20世纪70年代初的女权运动中，女权作家蒂莉·奥尔森(Tillie Olsen，1912—2007)在一家旧货店里发现了一本戴维斯的短篇作品集。奥尔森读后颇为震撼，她意识到戴维斯的才华与其作品的意义，努力使其作品重见天日。1972年，女权出版社再版了由奥尔森撰写序言的《铁厂生活》。而之后奥尔森在自己的著作《缄默》(Silences，1978)中也分析了女性作家在文学上沉默的原因以及她们所遭遇的困境，这部作品的第二部分即是关于戴维斯作品的研究。自此，戴维斯又回到人们的视野，其以现实主义手法描绘下层社会人们的生活和战争现实的作品得到学界和大众的认可，正是这些作品将她置于美国现实主义的前列③。近年来女权评论家呼吁在基于女性作家对于现实主义的贡献上重新定义美国现实主义。戴维斯的作品之前常常被带上"左拉式"的标签，但她

---

① 引自 Jane Atteridge Rose, *Rebecca Harding Davis*. New York：Twayne，1993，p. 68.
② Rebecca Harding Davis, *Bits of Gossip*. New York：Houghton，1904，p. iii.
③ Laurie Buchanan and Laura Ingram,"Rebecca Harding Davis," in *Dictionary of Literary Biography*. Ed. Bobby Ellen Kimbel. Vol. 74. New York：Gale，1988，p. 96.

作为现实主义的先驱其实早于左拉许多年①。戴维斯的作品在诸多方面超越了她同时代的作家：她早在斯蒂芬·克莱恩(Stephen Crane, 1871—1900)之前就对于美国南北战争中参战士兵心理创伤进行了描写,早在凯特·肖邦(Kate Chopin, 1851—1904)之前就再现了维多利亚时期对于女性的社会禁锢,更是先于厄普顿·辛克莱(Upton Sinclair, 1878—1968)对工业化和资本主义所带来的非人道后果进行了刻画②。但她对于美国文学最为突出的贡献,即是"将工业革命的内容引进美国文学,并促进了美国现实主义文学运动的启动"③。

戴维斯的写作生涯始于她创作的"铁厂生活",作品于1861年4月登载在《大西洋月刊》上。19世纪的美国社会处于一个急速发展时期,城市化和工业化不仅创造了大量就业机会,也吸引了大批移民来到美国。在19世纪40年代有170万移民进入美国,50年代又有260万人进入美国。至1860年,美国人口达3100万,其中每八个人中就有一位出生于国外。戴维斯的小说首次将工业化对于美国社会造成的影响以及移民劳工问题引入美国小说。戴维斯5岁时全家定居于惠灵市,届时这座城市正发展成为一座以钢铁厂为主的工业城镇,致使戴维斯亲眼目睹了惠灵从一个具有田园风光的乡村变为一个黑烟弥漫的工业城镇的过程,以及由新型工业资本主义秩序造成的阶级之间不断扩大的沟壑。所有这些深深影响到戴维斯作品的主题以及她的创作视角。

戴维斯创作的大多数作品被简·阿特里奇·罗斯(Jane Atteridge Rose)称为"批判现实主义"作品,也就是说她的作品都有着影响与改变读者之目的④。《铁厂生活》描绘了弗吉尼亚的铁厂工人所经受的不见天日的磨难,迫使习惯于浪漫主义和感伤小说的中产阶级读者面对令人震惊的黑暗社会现实。故事聚焦于铁厂的一个夜班场景。男主人公休·沃尔夫是一个威尔士移民,虽然具有成为艺术家的潜质并且渴望获得更高形式的精神愉悦和自我完善,但他注定只能在一家铁厂干活,赚取一点血汗钱,其生活没有一丝改变的希望,唯一能做的便是在厂里的废铁上进行雕刻。他驼背的表妹黛博拉则在一家棉纺厂上班,两人微薄的薪水难以度日。在故事发

---

① Josephine Donovan,"Review of *Rebecca Harding Davis and American Realism*. By Sharon M. Harris." *Signs* 19.1 (Autumn,1993):234.
② Gregory Hadley,"Rebecca Harding Davis:An Introduction to Her Life,Faith,and Literature." p.1. http://www.nuis.ac.jp/-hadley/publication/rhd/RHD.htm. Retrieved on Jan. 5, 2016.
③ Jean Pfaelzer,"Introduction to 'Marcia' by Rebecca Harding Davis." *Legacy* 4 (1987):3.
④ Jane Atteridge Rose,*Rebecca Harding Davis*. New York:Twayne,1993,p. x.

生的那天晚上,身为搅炼工的休在炉火前上夜班,黛博拉下班后拖着疲惫的步伐到铁厂为休送饭,她正在一旁的灰烬堆上休息。戴维斯以栩栩如生的笔触描绘出移民工人所置身的可怕场景:"永不停息的机器呻吟着、尖叫着;炽热的铁水沸腾着、翻滚着。"①此时正值铁厂老板的儿子带着几个人到工厂参观,其中一位参观者米切尔先生无意中看到了黑暗中蜷伏在地上的一个巨大的神秘白色身影,这正是休的雕塑。米切尔被这个身形巨大、双臂伸开、带着一双渴望的饿狼般眼睛的女性雕像所触动。参观者离开之后,休因为自己与参观者之间不可逾越的差距而深感痛苦,黛博拉告诉他为了帮他逃离目前这种生活状态,实现他的艺术理想,自己偷了参观者的钱包。虽然一度想归还钱包,但休最终听从了黛博拉的劝告,以为金钱可以为他带来他所渴望的自由。不久,休和黛博拉双双被捕入狱。休·沃尔夫被判19年徒刑,黛博拉被判三年监禁。失去自由的休陷入绝望之中,他无法忍受身陷囹圄的命运,最终在狱中割腕自杀。之后一位贵格会的妇女在黛博拉刑满释放时把她带到尚未被工业化社会污染的绿色山野间居住,休也被埋葬在这里。

戴维斯毫不留情地揭露了19世纪美国工业化的黑暗现实,以及移民工人的苦难生活,她的笔触从劳工们简陋的住所,到他们流血流汗的工厂,直到休咽下最后一口气的监狱,就像是但丁笔下的地狱场景。小说的男主人公休·沃尔夫虽被迫靠出卖劳力生活,但他细腻、敏感,对于美有着自己独特的体会。他的雕塑是其灵魂的表现,也是这个故事的核心。在《铁厂生活》中,戴维斯戏剧性地描写了生活在下层社会的工人的物质渴求与精神贫瘠,以及他们在苦难中的挣扎。在书中,叙事人就声称,他要告诉读者一个关于丑恶世界里灵魂饥渴的故事,一个关于那些在绝望中挣扎的人们的行径,而这些罪行,正是一个无法为灵魂完善提供机会的社会的失败②。

在《铁厂生活》中,戴维斯也将工人阶级女性所遭受的双重压迫引进美国小说。黛博拉与表兄一起来到美国,在一家纺织厂工作。她深爱着表兄,尽自己的能力照顾着他。而休虽然接受她的关怀,但对于体态丑陋的表妹不感兴趣。黛博拉因一心帮助休实现其理想而偷窃了参观者的钱包,最后与休一起被捕入狱。在戴维斯的笔下,小说的女主人公已不是19世纪读者常见的生活在家庭领域的中产阶级女性,而是挣扎在社会下层的工人阶级女性;家庭也不是女性的庇护所,因为这些移民工人阶级女性早已被生计所

---

① Rebecca Harding Davis, *Life in the Iron-Mills*. Ed. Cecelia Tichi. Boston: Bedford Books, 1998, p. 45.

② Jane Atteridge Rose, *Rebecca Harding Davis*. New York: Twayne, 1993, p. 15.

迫，走出家庭，加入劳动大军的行列。而值得特别指出的是《铁厂生活》中休雕刻的那尊女性雕像。这一形象代表了对于"真正女性"和工厂生活的最有力的抨击[1]。这种女性形体雕像没有一丝美丽与优雅：具有肌肉感的赤裸的身体、粗糙有力的肢体、攥紧的手掌和伸开的双臂、疯狂而充满渴望的饿狼般的脸庞。这是一具女性劳工的身体，诞生于工厂；它强壮且疲惫、不满且失望。如普法尔泽所说，戴维斯之后塑造过一系列这样的女性形象："其身体不被紧身胸衣所束缚，其存在不被其母性角色所定义，其道德不因与外界世界打交道而确立。"[2]戴维斯在此打破了浪漫主义和感伤小说的传统，她塑造的不再是貌美优雅的中产阶级女性，与19世纪中叶女性家庭小说中的女主人公形象大相径庭。这尊雕像成为戴维斯挑战19世纪女性气质标准的象征，她以此描绘了工业化对于女性的影响，同时质疑了女性的社会局限。

值得指出的是，戴维斯的作品既具有激进的政治意识，同时又有着强烈的宗教（基督教）色彩。她为改善工人们饱受剥削、薪水微薄、缺少教育机会的恶劣生存境遇大声疾呼，却没有对于她这些社会问题提出变革方案，而试图以宗教救赎的方式对社会进行改良[3]。在小说的结尾，黛博拉皈依了宗教，尾随那位贵格派教友回到山区。戴维斯作品中的人物描写少有十恶不赦的坏人，而往往是具有道德缺陷的人。她笔下那些维持着这种地狱般铁厂运转的人们正是那些把《圣经》作为他们任意剥削他人的工具以及对他人的苦难无动于衷的人。她在作品中谴责他们的伪善与自恃，并促使他们真正实践自己的基督教信仰[4]。

除了宗教救赎之外，戴维斯也呼吁了对于自然的回归。如英国作家狄更斯的许多作品所描绘的那样，戴维斯笔下的城市风景早已被工厂浓浓的黑烟所笼罩。小说一开始，叙事人就描述了这个弥漫着黑烟的工业城镇：

> 团团的黑烟从铸铁厂的大烟囱里滚滚喷出，落在了泥泞街道上的黑色黏滑水洼里。码头、肮脏的船只和昏暗的河流都被黑烟所笼罩，房

---

[1] Jean Pfaelzer, "The Common Stories of Rebecca Harding Davis: An Introduction," in *A Rebecca Harding Davis Reader*. Pittsburgh: U of Pittsburgh P, 1995, p. xix.

[2] Jean Pfaelzer, "The Common Stories of Rebecca Harding Davis: An Introduction," in *A Rebecca Harding Davis Reader*. Pittsburgh: U of Pittsburgh P, 1995, p. xix.

[3] Jean Fagan Yellin, "The 'Feminization' of Rebecca Harding Davis." *American Literary History* 2.2 (Summer, 1990): 205.

[4] Gregory Hadley, "Rebecca Harding Davis: An Introduction to Her Life, Faith, and Literature." p. 6. http://www.nuis.ac.jp/-hadley/publication/rhd/RHD.htm. Retrieved on Jan. 5, 2016.

屋的正面、凋谢的杨树以及行人的脸庞上皆罩有一层油腻腻的烟灰……烟尘无处不在。①

工厂的恶劣环境对于戴维斯来说,不啻一座监狱②。在小说的结尾,当黛博拉听到那位贵格会教友说要把休埋葬在乡村后欣喜若狂,而她也将在出狱后返回乡村生活,只有回归绿色的大自然人们才能获得新生,而工业化摧毁了这一切。戴维斯在小说开始之后不久就这样描述到:"一只脏兮兮的金丝雀在我身旁的笼子里悲凉地叫着。它的绿色田野和金色阳光的梦已经久已,几乎已经耗尽。"③与这些关在笼子里的小鸟命运相似的,是那些拖着缓慢的脚步从工厂走出来的工人。他们注定要在工业化的尘垢里苟延残喘,最终被其所吞没。在戴维斯笔下,这些移民工人的生活真实反映了美国梦的破灭。

戴维斯在 1861 年发表的第一部小说《玛格丽特·霍斯》(*Margret Howth*)中,曾说:"我要你们深入挖掘这种寻常的事物,这种美国的庸俗生活,以寻找其本质。有时我认为这种生活中有着我们之前没有看到的崭新和深远的意义。"④的确,戴维斯一直关注社会问题,以其敏锐的眼光观察和分析着这个社会。除了描绘工人阶级生活的《铁厂生活》之外,戴维斯作品中反复出现的主题还涉及 19 世纪中叶的美国内战、南方的奴隶制和北方的种族歧视以及 19 世纪的女性生活。

戴维斯发表《铁厂生活》的 1861 年 4 月,正值美国内战爆发,在之后的几年中,将有 60 万人在这场战争中丧生,40 万人将因此身残。戴维斯十分关注这场战争,她发表在《大西洋月刊》上的故事《约翰·拉玛》("John LaMar")和《戴维·冈特》("David Gaunt"),是美国最早的关于内战的现实主义描写。在《约翰·拉玛》中,戴维斯质疑了南北双方参战的所谓高尚动机,描写了战争为白人也为黑人带来的不幸。而在《戴维·冈特》中,戴维斯揭示了战争带来的生命的丧失以及战争的无意义。在此,戴维斯聚集于人物的内心生活而不是战争本身,她更多地描绘了战争对人的心理影响,尤其是

---

① Rebecca Harding Davis, *Life in the Iron-Mills*. Ed. Cecelia Tichi. Boston: Bedford Books, 1998, p. 39.

② Walter Hesford, "Literary Contexts of *Life in the Iron-Mills*." *American Literature* 49.1 (March, 1977): 79.

③ Rebecca Harding Davis, *Life in the Iron-Mills*. Ed. Cecelia Tichi. Boston: Bedford Books, 1998, p. 40.

④ 引自 Jean Pfaelzer, "The Common Stories of Rebecca Harding Davis: An Introduction," in *A Rebecca Harding Davis Reader*. Pittsburgh: U of Pittsburgh P, 199, p. xi.

战争所造成的对于双方个人和家庭的痛苦,而不是那种战火纷飞、陈尸遍野的战斗场面。戴维斯反对把内战视为能够"培养爱国主义精神和勇气"的战争,而关注"战争所带来的普遍不幸和痛苦"①。她拒绝将战争进行浪漫化处理,一直为战争对于敌对双方所造成的痛苦与悲剧深感不安。

戴维斯也在文学创作中批判了容许北方的种族歧视和南方奴隶悲惨处境的社会体制。她的长篇作品《等待判决》(*Waiting for the Verdict*,1868)尤其值得我们关注。这部小说讲述了一名费城外科医生在披露自己具有黑人血统后所产生的一系列问题。约翰·布罗德里普是位黑白混血儿,年轻时被一位贵格派妇女买下来,带到巴黎给予自由并接受了教育。回到美国后,他以白人的身份生活,但心灵却遭受无法抑制的孤独。他后来爱上一个白人女孩,被迫坦白了自己的真实身份,而这样一来他不仅失去了女友,其职业也遭灭顶之灾。布罗德里普之后率领一支由黑人构成的队伍参加内战,在里士满战役中牺牲,为自己的同胞献出了生命。虽然小说刻画了种族矛盾,谴责了奴隶制,但戴维斯对于黑人方言的笨拙使用以及并不令人信服的角色塑造也为作者带来了不少负面评价。她被认为在对待非裔美国人和他们的种族正义追求方面持矛盾态度;她虽然谴责奴隶制和种族主义,但在其作品中保持了关于非裔美国人的呆板类型刻画。在《瞎子汤姆》("Blind Tom")中,戴维斯描述了一位对音乐怀有极高天赋的盲人黑奴汤姆的故事。身为奴隶的汤姆完全没有发挥自己天赋的自由,而是被主人带出去巡回演出,成为一场绝非自愿的交易中的物品。他作为黑奴和盲人的身份,不仅使他被物化从而失去对于自己身体的掌控,其创作自由也饱受压制。

19世纪女性社会角色是戴维斯关注的另一主题,她的女性角色可以说是早期的女权主义象征,因为她们涉及女性的商品化和束缚女性身份的父权社会。在小说《玛格丽特·霍斯》(*Margaret Howth*,1862)②中,戴维斯描绘了父权社会对于19世纪女性的控制,但也塑造了一位具有道德独立意识的坚强女性。霍斯是戴维斯塑造的典型女性角色,为养活父母来到一家纺织厂干活。虽然操持家务一直被定义为19世纪的女性社会角色,但这些女性的社会角色却因进入工厂而得以改变。在杂志编辑詹姆斯·菲尔兹的建议下,戴维斯将小说以喜剧结尾,以取悦大众读者。在《玛西娅》("Marcia",1876)中,一位来自密西西比农村的女性一心希望成为作家,但因为缺

---

① Rebecca Harding Davis, *Bits of Gossip*. New York: Houghton, 1904, p. 124, p. 116.
② 《玛格丽特·霍斯》于1861年10月分六期在《大西洋月刊》上连载,1862年出版。

少接受正式教育的机会,未能如愿,无奈和绝望之下只好嫁给一个粗陋无知的农夫,而这个农夫只是把女人当作传宗接代的工具。戴维斯以写实的手法描写了这位胸怀抱负但天赋一般的女性,她的理想终究没有实现,在遭受艺术与才智追求的失败之后不得已进入婚姻。而《市场上》("In the Market",1868)描述了19世纪性别歧视和婚姻对于女性的影响。小说刻画了两姐妹的生活,其中一名将婚姻视为权宜之计,虽享得一时荣华富贵,但不久因丈夫去世而一贫如洗。而另一人推迟婚姻,在经过多年的拼搏之后,获得独立,不仅与心上人喜结良缘,还得以善待自己陷入困境的姐姐。19世纪60年代中期到80年代末,戴维斯发表了多部短篇,她的故事显露了她对于家庭的矛盾态度,而她笔下的女性经常因为追求自立而导致自我怀疑或受到惩罚。《妻子的故事》("The Wife's Story",1864)揭示了女性的家庭责任与艺术抱负之间的矛盾。当一位具有艺术天赋的妻子没有选择以家庭为重,而是追求自己的事业发展时,便遭到了重挫,充满愧疚的她最终放弃自己的艺术追求,重返家庭。戴维斯不仅描绘了19世纪女性艺术家对于拒绝承担家庭角色的后果的焦虑,也刻画了她们的另一种焦虑,即对于艺术追求的失败的焦虑[①]。《妻子的故事》发表于戴维斯婚姻的第一年,此时她与丈夫的家人住在一起,又怀着身孕,这一故事或许正是她当时心情的写照。

　　戴维斯在美国文坛的声望主要依赖于她所创作的《铁厂生活》,正是这部极具震撼性的中篇小说撕下了美国社会繁荣发展的面纱,使当时的读者认识到移民劳工的悲惨生活,也正是这些工人的血汗,使得中产阶级得以享受舒适安逸的生活。戴维斯也因此开创了美国的工业化小说这一体裁[②],成为美国工业化时代位于下层的工人阶级的代言人。时至今日,戴维斯《铁厂生活》所展现在读者面前种种社会问题——阶级冲突、工作环境、性别身份、种族歧视——仍然是当代美国必须面对的问题。也正因为如此,她的作品具有重要的现实意义。作为妻子和三个子女的母亲,家庭在丽贝卡·哈丁·戴维斯的生活中一直占据首要位置;但作为作家,她打破了其时代对于女性作家所期许的感伤小说传统,引领了现实主义的发展。从这个意义来说,戴维斯"既是时代的象征也走在了时代的前面"[③]。

[①] Jane Atteridge Rose, *Rebecca Harding Davis*. New York: Twayne, 1993, p. 60.

[②] Cecelia Tichi, Introduction. *Life in the Iron-Mills*. By Rebecca Harding Davis. Ed. Cecelia Tichi. Boston: Bedford Books, 1998, p. 21.

[③] Jane Atteridge Rose, Preface. *Rebecca Harding Davis*. New York: Twayne, 1993.

第六节 孤独的求索者

艾米莉·狄金森(Emily Dickinson,1830—1886)

艾米莉·狄金森是美国文坛上的传奇人物。这种传奇既表现在她的人生经历上,也反映在她的诗歌创作上,其诗歌创作就如她的人生那样充满神秘,令人遐思。但公认的是,这位被称为"游荡于美国文学中的幽灵"①的女诗人,是 19 世纪美国最伟大的诗人之一,其成就完全可以与同时代另外一位诗人沃尔特·惠特曼(Walt Whitman,1819—1892)比肩,她与惠特曼一起"再创了美国诗歌"②。多年来,狄金森的艺术魅力持久不衰。美国当代著名作家乔伊斯·卡罗尔·欧茨(Joyce Carol Oates,1938—)声称,"没有一位美国诗人,尤其是美国诗人,没有受到艾米莉·狄金森的影响"③。1984 年,美国文学界在纪念美国文学之父华盛顿·欧文(Washington Irving,1783—1859)200 周年诞辰之际,在纽约圣约翰教堂设置"诗人角",狄金森便是首批入选的两名诗人之一。"即使在她去世一百多年之后的今天,对于当代诗人来说她仍然是灵感和新意的源泉"④。

艾米莉·狄金森的人生颇为传奇,但这不是说她的生活充满了大起大落,其实这位如今在世界诗坛享有极高声誉的诗人,生前一直默默无闻;她的人生看起来波澜不惊,似乎有不少不解之谜,直至今日仍被学界和一般读者津津乐道。狄金森出生于马萨诸塞州阿默斯特的名门望族家庭,祖父是当地阿默斯特学校和阿默斯特学院的创始人,父亲是律师和阿默斯特学院的财务主管,曾先后几次在州法院供职,还曾担任州参议员和国会众议院议员。同时,父亲也在家中具有不可抗拒的权威地位,对艾米莉的性格形成具有重要的影响力,艾米莉一直对他保持着敬畏之心,乃至他于 1874 年的突然去世对于艾米莉打击巨大。在家乡的阿默斯特学校学习七年之后,狄金

---

① Elaine Showalter, *A Jury of Her Peers: American Women Writers from Anne Bradstreet to Annie Proulx*. New York: Alfred A. Knopf, 2009, p. 150.

② Elaine Showalter, *A Jury of Her Peers: American Women Writers from Anne Bradstreet to Annie Proulx*. New York: Alfred A. Knopf, 2009, p. 151.

③ Joyce Carol Oates, Introduction. *The Essential Dickinson*. Ed. Joyce Carol Oates. Hopewell, NJ: The Ecco P, 1996, p. 14.

④ Wendy Martin, "Emily Dickinson," in *Columbia Literary History of the United States*. Ed. Emory Elliott. New York: Columbia UP, 1988, p. 609.

森于1847年就读于美国历史最为悠久的芒特·霍利约克女子学院,因无法忍受学院刻板的生活,仅一年后便离校回家。返回家中之后,她操持家务,照料家人。她尤其擅长烘焙,也与外界保持正常交往。艾米莉热爱自然,喜欢侍弄花草,曾将分类标记的424种压花收集到一本66页的集子里。虽然优渥的家境使得她不必为生计操劳,但自50年代中期起艾米莉母亲身体状况不断恶化,在70年代便逐渐卧床不起,一直持续到她1882年去世。艾米莉越来越多地担当起持家的重负,如她诗中所说,"我把帽子系好——我把围巾挽起——/尽一点点生活的责任"(443)①。她从二十多岁开始回避外人,三十多岁更加离群索居,除了在1864年与1865年间两次因为治疗眼疾去过波士顿,以及与妹妹去华盛顿探望担任国会议员的父亲之外,她愈来愈不愿出门,也不愿意在家里见到外人,有时甚至隔着门与来访者交谈,或从楼梯上放下一个吊篮,里面有一点小礼物,还常附有一首小诗,过起了与世隔绝的生活。她因经常身穿一件白色棉布裙而被称为"一袭白衣的女子"。她在诗中说道,"我说——那是——一件庄严的事情——/做一名——白衣女子——/并带着——如果上帝认为我合适——/她的无瑕的神秘——"(271)。狄金森和妹妹一样终身未婚,摒弃了传统的世俗生活,其个中缘由至今没有确切的答案,据说她曾有过几位心仪之人,但因感情纠葛或其他原因最终未成眷属;也有人揣测是她长期侍奉卧床不起的母亲,耽误了自己的婚姻;有些女权评论家甚至断言她的独身是希望保持人格的独立,以便有更多的时间和空间进行创作。她们认为,对于狄金森来说,"独身生活就代表了情感的自主与艺术的完整"②。或许狄金森的确不打算结婚,或许"她所爱的归根到底只是她独立的自我和自己想象中的理想伴侣"③。但摆脱了传统女性角色的单身生活无疑为狄金森的诗歌创作提供了更多机会。狄金森在自己的艺术之路上可以自由地掌控自己的生活,享有绝大多数女性没有的自由。狄金森在人生的最后一二十年间离群索居,与外界几乎断绝了来往,少有的交往也几乎完全依赖于信函,因为对她来说,书信"是没有有形朋友时的孤独的心"④。而与她通信的绝大多数人没有见过她本人。晚年她更是完全隐居起来,甚至不愿迈出寝室。她在诗歌中说到,"灵魂挑选好

---

① 本节中狄金森诗歌的译文都来自蒲隆译,《狄金森全集》,上海译文出版社,2015年。
② Wendy Martin,"Emily Dickinson," in *Columbia Literary History of the United States*. Ed. Emory Elliott. New York:Columbia UP,1988,p. 615.
③ 蒲隆:《艾米莉·狄金森:一个谜》(译者序),《狄金森全集》,卷一。上海译文出版社,2015年,第V页。
④ 蒲隆译:《狄金森全集》,卷四。上海译文出版社,2015年,第236页。

自己的伴侣——/随后——就把门关——/对她那神圣的多数——/从此再不露面"(303)。"她心灵的门扉或许已经关上,却从未锁上。因此我们依然可以通过狭小的缝隙去探索诗人的成长轨迹以及影响她艺术创作的关键因素。"[1]艾米莉于1886年在自己出生以及生活了一辈子的宅子里去世,享年55岁。

狄金森生前与出版界来往极少。1862年4月,文学评论家汤姆斯·温特沃思·希金森(Thomas Wentworth Higginson)[2]在《大西洋》月刊上登载题为《至年轻投稿者》的文章,给那些希望自己的文字见诸报刊的年轻人提出了一些具体的建议。与许多怀有出版愿望的年轻作家一样,狄金森也希望得到名家的指点。她致函希金森,还附上了她创作的四首诗,征求他对自己作品的意见,狄金森的信亦是以一种亦文亦诗的形式写成,形同于"不分行的诗歌"[3],在此值得全文引用:

> 希金森先生,
> 您是不是繁务缠身无暇告我我的诗是否活着?
> 心离自己太近-它无法看清-我又无人可问-
> 你觉得它有气吗-如果您能偷闲告知,我当万分感激-
> 如果我犯了错误-你敢于直言晓示-我会向你表示更真挚的敬意-
> 我附上自己的姓名-请求你,-先生-告诉我真情?
> 你不会辜负我的信仰-这无须多言-既然信誉就是它自己的担保。[4]

狄金森的信函没有署名,但她在另外一张卡片上签上了自己的名字,将卡片与她的四首诗歌一起放进了信封。狄金森的短信展示了她的率真和坦诚,而其独特的表达方式也在信中展露无遗。希金森显然不是狄金森的伯乐,她的诗风出乎希金森意料之外,让他有些不知所措。他尽管赞扬了她的诗歌,却也建议她不要急于发表,待创作更多的作品后再说。狄金森听从了他延迟发表的劝告,宣称:"你建议我推迟'发表',我不觉莞尔——因为发表跟

---

[1] 刘守兰:《狄金森研究》。上海外语教育出版社,2006年,第2页。
[2] 希金森不仅在波士顿文学界颇有名望,也曾经担任过唯一神教牧师,他还是一名积极的废奴主义者和社会改革者,在南北战争中于1862年加入马萨诸塞州第51志愿团,后晋升为上校,统率一个黑奴兵团。内战结束后,他还为妇女获得平等权利而呼吁。
[3] 蒲隆:《艾米莉·狄金森:一个谜》(译者序),《狄金森全集》,卷一。上海译文出版社,2015年,第xx页。
[4] Richard B. Sewall, *The Life of Emily Dickinson*. New York: Farrar, Straus, and Giroux, 1974, p.541. 译文见蒲隆译:《狄金森全集》,卷四《书信》。上海译文出版社,2015年,第206页。

我的思想真有天悬地隔之感/如果名誉属于我,我逃也逃不脱——如果不归我,我一天到晚穷追不舍也无所获"①,却对于他关于自己诗歌结构的批评置之不理,义无反顾地坚持着自己的创作风格。而这一年是狄金森的创作丰年,共写了366首诗。之后他们保持通信联系直至艾米莉去世。艾米莉还在1868年时拒绝了希金森邀请她去波士顿的提议,直到两年后希金森去阿姆斯特时他们才第一次见面。而狄金森也在自己的诗歌中表明了自己的态度:"出版——是拍卖/人的心灵——"(709)。狄金森固然守住了自己的内心,但她并非没有希望自己的作品发表的欲望,她的这种态度大概也是一种无奈之举,从而走上了一条孤独的创作之路。

虽然创作了数量可观的千余首诗歌,但狄金森生前籍籍无名,只有十几位与她通信的人知道她在写诗,而其中只有几首诗歌得以发表。诗人本人这样说过自己的诗歌:"这是我写给世人的信,/世人却从未写信给我——"(519)。在她去世之后,与她一直生活在一起的妹妹拉维尼亚,在一个锁着的箱子里发现了她的诗歌手稿,包括40本被订到一起的小册子和许多散页,合计一千七百多首诗歌。拉维尼亚在随后的几年中四处奔走,致力于这些诗歌的出版。1890年,狄金森的第一部诗集由希金森和梅布尔·卢米斯·托德编辑出版,但对诗歌内容做了大量修改,1891年出版了第二卷,1896年出版了第三卷。诗集出版后颇受读者欢迎,在两年中再版了11次。1894年托德夫人还编辑出版了两卷本的《狄金森书信集》(*Letters of Emily Dickinson*, 2 vols)。在之后的几十年中,狄金森的诗歌又陆续得到出版。1955年托马斯·H.约翰逊(Thomas H. Johnson)主编的三卷本的《狄金森诗集》(*The Poems of Emily Dickinson*)由哈佛大学出版社出版,成为狄金森诗歌阅读和研究的权威版本。约翰逊按照时间顺序编排了狄金森的1775首诗歌,以序号作为每首诗的标题,而不是像早期的版本那样按照"人生""爱情""永生""自然"等主题排列,还保留了狄金森诗歌手稿中的许多风格特点,基本保留了狄金森诗歌的原貌。1958年,约翰逊和西奥多拉·沃德(Theodora Ward)编辑的三卷本《艾米莉·狄金森书信集》(*The Letters of Emily Dickinson*)也与读者见面,为世人了解诗人提供了另外一个视角②。1998年,经R. W.富兰克林编年考证的三卷本集注版《艾米莉·狄

---

① 蒲隆译:《狄金森全集》,卷四《书信》。上海译文出版社,2015年,第210页。
② 国内狄金森研究者刘守兰指出,狄金森的通信者共计99人,现存书信1049封。早期的评论家把她的诗歌视为文学作品,而书信则被看作自传性的背景材料。直到20世纪60年代,才有评论家开始关注狄金森的文学价值性。刘守兰认为,"在书信中镶嵌诗歌,是狄金森书信的独特表达方式。诗人巧妙地把诗与文合为一体,相辅相成,使书信语言活动节奏平衡"。参见:刘守兰:《狄金森研究》。上海外语教育出版社,2006年,第306—314页。

金森诗集》问世。而增加后的数量,并不是原先人们认可的1775首诗歌,而是1789首。这是富兰克林根据自己的考证,把他认为"以前是拼接错了的拆开,把误收的剔除,未收的收入"的结果①。

  作为最为杰出的美国诗人之一,狄金森以她的诗歌为世人留下了一份丰富的文学遗产,也"成功达到她同时代许多女性作家一直在追求的艺术复杂性和哲思的创新"②。狄金森虽然足不出户,阅历有限,但早年的教育以及后来的阅读对于她的影响极大。她阅读范围广泛,无论是对古典文学还是现代文学都有涉猎,阅读过包括弥尔顿、莎士比亚、班扬、卡莱尔、狄更斯、布朗宁夫妇、勃朗特姐妹、乔治·艾略特、拜伦、雪莱、歌德、朗费罗、霍桑、爱默生、梭罗等人的作品。她的诗歌不像惠特曼的诗歌那样大气磅礴,却充盈着智慧的火花,不时带来震撼,令人印象深刻。狄金森具有极其敏感的艺术气质,对于事物有着自己独特的见解和表述方式,以诗歌表达着自己内心的情愫。她多年闭门不出,坚持着自己特立独行的生活方式,其活动空间也十分有限,但家庭领域成为她活动的场所,为她自己的诗歌创建了一片空间。"诗歌可谓她的精神注释,是她用文字搭建而成的心灵住所"③。她对生活观察细致入微,身边的花草树木、飞鸟鸣虫、日出日落和四季更迭都成为她创作的题材,她以此抒发对于生命、对于自然、对于神灵独到且深刻的感受。她语言简练但意蕴丰富,使用意象奇特而新颖,在对于普通事物的描述中流露出深刻的哲理,发人深省,令人震撼。狄金森对于诗歌的定义就已经表现出她的不凡,令人赞叹。她曾经这样说道,"如果我读一本书时,全身浸透凉意,就连火焰也无法使我感到温暖,我知道那就是诗。如果我感到我的天灵盖似乎被削掉了,我知道那就是诗。这就是我所知道何为诗歌的唯一解释。难道还有其他方式吗?"④这或许也是狄金森希望达到的诗歌效果。虽然可以被称为最为离奇古怪的诗人,但狄金森毫无疑问是"最为创新、最为大胆、最为意志坚定的19世纪女诗人,其诗歌打破了19世纪诗歌创作的所有传统"⑤。就连她一直称为"导师"的托马斯·希金森,尽管无法完全认同狄金

---

  ① 江枫:《艾米莉·狄金森:美国诗歌的新纪元》,载《中华读书报》2012年6月20日,第020版。(参见:*The Poems of Emily Dickinson*, Variorum ed. 3 vols. Ed. R. W. Franklin. Cambridge, MA: The Belknap P of Harvard UP, 1998.)

  ② David S. Reynolds, *Beneath the American Renaissance: The Subversive Imagination in the Age of Emerson and Melville*. Oxford: Oxford UP, 2011, p.419.

  ③ 刘晓晖:《狄金森与后浪漫主义诗学研究》。北京大学出版社,2012年,第45页。

  ④ Emily Dickinson, *The Letters of Emily Dickinson*. Ed. Thomas H. Johnson. 3 vols. Cambridge, MA: Belknap P of Harvard UP, 1965, L343a.

  ⑤ Elaine Showalter, *A Jury of Her Peers: American Women Writers from Anne Bradstreet to Annie Proulx*. New York: Alfred A. Knopf, 2009, p.150.

森对于诗歌传统的颠覆,也承认狄金森的诗歌及书信具有"奇特的力量",他后来将这种力量诠释为"对自然与人生最新颖、最深刻的洞察",是一种"形象而逼真的描述力与想象力"。他还称她为"风格独特的天才诗人",盛赞她的诗歌"对于读者来说,好比连根拔起的植物,带着雨水、露珠和泥土的芬芳,给人无可传递的清新感"①。的确,她在诗歌创作上坚持自己的审美原则,无论在诗歌风格或是内容上都颇有一些惊世骇俗,具有很强的表现力,其诗歌形式不仅在当时那个年代不同凡响,也对后来的现代诗歌产生了重要影响。哈罗德·布鲁姆指出:"她的经典性源于她的认知力量和灵活的修辞。"②狄金森的诗歌在风格上不拘泥于传统诗歌创作的模式,而是肆意挥洒,展示了她在驾驭语言上的高超本领和遣词造句上的标新立异。她的诗歌篇幅短小,高度浓缩,多数长度只有两至五节,其简练含蓄的语言、非传统的格律变化、不规范的标点符号和倒装句的大量使用、破折号和非常规的大写字母的不断出现、奇异大胆的意象和奇妙的构思打破了传统诗歌的稳定性,反映了她竭力使传统的诗歌形式服务于她极具个性的语言风格的大胆尝试。她的诗歌常常使用《圣经》中的意象,以及古英语和拉丁语词汇。她的不拘一格的句法,不是出于无知或异想天开,而是基于传统用法之上的创新。狄金森的诗歌韵律曾被希金森评论为"间歇的、突发性的"。她的诗歌没有标题,她又偏爱使用破折号,以此来说明停顿,舍弃细节描写,给读者留下巨大的阐释空间。她对于句法和韵律的大胆探索影响了20世纪的诸多诗人,包括庞德(Ezra Pond,1885—1972)、威廉·卡洛斯·威廉姆斯(William Carlos Williams,1883—1963)、玛丽安娜·穆尔(Marianne Moore,1887—1972)、罗伯特·洛威尔(Robert Lowell,1917—1977)、阿德里安娜·里奇(Adrienne Rich,1929—2012)等。

狄金森诗歌的主题与她的语言风格有着紧密关系。不同寻常的意象、象征、隐喻、省略、悖论、句法、韵律造成了她诗歌主题表达的含蓄与隐晦,也为她的诗歌罩上一层神秘的面纱。她的诗作是那样的清新、别致,以致多年来,学者们对于她的诗歌有多种阐释,众说纷纭,充分展示了其复杂性、含糊性与深刻性,因为对于她来说,"要说出全部真理——但不能直说"。"真理的强光必须逐渐释放/否则,人们会失明——"(1129)。而美国著名评论家哈罗德·布鲁姆(Harold Bloom)在其评著《西方正典》(*The Western Canon*,1994)中对于狄金森的高度评价——"除了莎士比亚,狄金森是但丁以来

---

① 引自刘晓晖:《狄金森与后浪漫主义诗学研究》。北京大学出版社,2012年,第1页、第4页。
② 哈罗德·布鲁姆:《西方正典》,江宁康译。南京:译林出版社,2015年,第271页。

西方诗人中显示了最多认知原创性的作家"[1]——并非言过其实。

　　狄金森不少诗歌主题都涉及宗教,但有意思的是,她并非虔诚的宗教信仰者,甚至堪称宗教的叛逆者。"她在争取独立自主的战役中,首先与传统宗教观念中试图支配她灵魂的万能的上帝发生了冲突。"[2]狄金森生活在清教主义思想盛行的新英格兰地区,在19世纪中叶这里依然被一个世纪前的宗教复兴运动所波及。当地的绝大多数民众都是基督教徒,他们信仰上帝,对宗教充满热忱,遵守清教主义的教义,盼望死后进入天堂。狄金森对于宗教持怀疑态度,更是挑战了上帝至高无上的权威,因为她反对那种基于得到救赎或坠入地狱、罪恶或美德之上的二元对立的绝对神学观。在霍利约克山女子学院就读期间,狄金森便拒绝在席卷整个学院的宗教复兴运动中皈依。即便是在当时浓郁的宗教氛围中,她也没有违背自己的本性。在学院举办的一系列会议中,狄金森是唯一一位"没有希望"得到救赎的学生,甚至连她的父亲和妹妹在1850年的皈依也没有让她动摇,她拒绝盲目从众,抵抗宗教洗脑,以致不久便离开学校回家。30岁之后狄金森甚至拒绝再去教会。她在致好友艾比尔·鲁特的信中坦言:"我独自一人,对他进行反抗。"[3]狄金森坚持自己的独立,以自己的方式对待宗教,对于她来说,尽管"岸上更为安全",但她"更喜欢到大海中搏击",因为她"喜爱冒险"[4]。也因为如此,虽然她诗歌所涉及的主题具有普遍意义,但她以一种非传统的方式进行了别具一格的探索与诠释。

　　生活在一个宗教气氛浓郁的年代里,虽然拒绝受洗,但狄金森仍然受宗教的浸润,她对《圣经》非常熟悉,在信件与诗歌创作中时时引用《圣经》,尽管常常带有几分讥讽之情,她对上帝和天堂也并非忽视不理,而是有着自己的理解,她那些探讨基督教神学的诗歌则反映了她的思考。基督教强调来世和灵魂,诚然,狄金森也向往着天堂,但是更为热爱人世。对于家人、朋友和自然的爱成为她宇宙的中心,成为她的情感寄托。因为死亡带走身边的亲人和好友,造成他们的分离,使她遭受精神重创,而上帝对于人间的痛苦和分离又无动于衷,宗教因而无法给予她慰藉,天堂也因而显得黯

---

[1] 哈罗德·布鲁姆:《西方正典》,江宁康译。南京:译林出版社,2015年,第254页。

[2] Wendy Martin, "Emily Dickinson," in *Columbia Literary History of the United States*. Ed. Emory Elliott. New York: Columbia UP, 1988, p. 610.

[3] 引自 Wendy Martin, "Emily Dickinson," in *Columbia Literary History of the United States*. Ed. Emory Elliott. New York: Columbia UP, 1988, p. 610.

[4] 引自 Wendy Martin, "Emily Dickinson," in *Columbia Literary History of the United States*. Ed. Emory Elliott. New York: Columbia UP, 1988, p. 610.

然失色①。"我很高兴我不相信天堂/因为天堂会停止我的呼吸——/我倒想再多看一眼/这个奇妙的大地!"(79)。与此同时,人世间的生活,就是天堂:"伊甸园是那种老式房屋/我们在里面天天居住/却不对我们的住处起疑/直到我们驱车离去。"(1657)更何况,天国对于人来说,是"不可企及"的东西。"'天国'——是我不可企及的东西!/树上的苹果/只要它悬着——/令人无望——/对于我——那就是天国!"(239)。狄金森的诗歌中有时甚至流露出对上帝和宗教的大不敬。她说,"《圣经》是一卷古书——/由褪了色的人们写成"(1545)。她曾在诗歌中这样调侃三位一体:"以蜜蜂——/蝴蝶——/和微风——的名义,阿门!"狄金森反对宗教仪式,把救赎视为日常过程而非一成不变的结局。她拒绝去教堂,也毫不隐晦自己的想法:"有人过安息日去教堂——/我却留在家里过——/食米鸟成为唱诗班一员——/果园权当圣堂一座——/有人安息日身着法衣——/我却插上一双翅膀——/不为教堂把钟敲响,/却让小司事——放声歌唱/……"(324)。她或许憧憬一个能让她与所有亲朋好友死后团聚的天堂,但她对于这个天堂的存在持怀疑态度。哈罗德·布鲁姆对于狄金森的宗教态度做出如下中肯的评判:

> 那名为"上帝"的实体在她的诗中生平多舛,遭遇了相当的不敬和误解,还比不上她命名为"死亡"的对立实体……一位先喊上帝为窃贼和赌徒,然后又尊上帝为父亲的诗人,是不会有什么虔诚信仰的。②

"死亡"无疑是狄金森诗歌的重要主题,她在诗歌中抒发了对死亡的感受和思考,探讨着死亡的真谛,展现了她的死亡观。从年轻时,狄金森就深受死亡的困扰,饱尝失去亲人的重创,她的诗歌中大约有六百多首描述死亡的。对于过着隐居生活的狄金森来说,她早已习惯死亡,对于死亡有着自己强烈和独特的痛苦体验,但正因为如此,她在诗歌中谈起死亡来,使用了一种平和冷静的态度。的确,死亡令人恐惧但又令人着迷。死亡是生命的组成部分,也是永生的开始,死亡只是肉体的毁灭,是通往永生的必经之路。死亡不仅带给她悲伤和恐惧,也带来对于过去美好时光的记忆,更重要的是死亡给她带来灵感和感悟,使她借此探究生命的本质与奥秘。人终有一死,何况那个时代的人们生命常常因为疾病、战乱等原因而骤然中断。狄金森

---

① 引自 Wendy Martin, "Emily Dickinson," in *Columbia Literary History of the United States*. Ed. Emory Elliott. New York:Columbia UP,1988, p. 626.

② 哈罗德·布鲁姆:《西方正典》,江宁康译。上海:译林出版社,2015年,第257—258页。

曾经历了多位亲朋好友的逝去,逝者已去,生者必须面对无尽的悲哀,她的生活充满了对于逝去之人的回忆,这些回忆引起了她对死亡的关注,影响到她对死亡的思考。"你向我展示永恒,我向你展示记忆。"她的诗歌展示了她的坚定信念:"不理解死亡就无法充分理解生命"。① 而对于死亡的不可抗拒性又使她更加尊重生命,更加珍惜生命。以至于她在诗歌中宣称:"生命一去不回/所以才如此甜蜜。"(1741)

狄金森描写死亡的诗有多首,构思奇妙,发人深省。她打破了其时代人们对于生命的渴望和对于后世的期盼,记录了人从生到死的生命历程,但即使她在描绘死亡时,也没有聚焦人在弥留时刻对于死亡的恐惧,而是以极为平淡的口吻描写了人即将离开尘世的一瞬间。"我死时——听到一只苍蝇嗡嗡——/房间里一片寂静/活像暴风雨前——/那种寂静的气氛——/……在我与亮光——之间——/有蓝色的——磕磕碰碰的嗡嗡声出现/然后窗户消失了——然后/我想看见也看不见——"(465)。诗人在这首诗中描绘了生命的最后时刻。在生死转换、灵魂离开躯壳的瞬间,屋内空气凝滞,伴随着将死之人的只是一只嗡嗡作响的苍蝇,一个人世间极为普通、渺小的生物。而有意思的是,在死神即将到来之时,将死之人虽然躯体已无法挪动,但思维还在活动,意识还十分清醒,能够听到苍蝇的嗡嗡声。蓝色的光摇曳不定,游离于生与死之间。而狄金森这时笔锋一转,用一只通常被与死亡、腐烂、肮脏相关联的苍蝇来隔断人世与阴间,使得死亡来临时那种阴森恐怖的气氛顿时变得有些荒诞可笑。在生命离去的时刻,哪怕是苍蝇这种人世间卑微的生活,似乎也比对于天堂和来世的渴望更加真切。狄金森以一位处于弥留之际的人的口吻描绘死亡的降临,也刻画了死亡的不可逆转与人在死亡之前的无助,"除了死亡,一切都可调节——/王朝可以修复——/体制——可以在各自的插孔里安放——/城堡——可以化为灰尘——/生命的荒原——被后来的春天/重播上颜色——/死亡——对自己——例外——/免除了任何变革——"(749)。

狄金森思考死亡,也探讨永生。虽然她一直没有皈依基督教,但生活在那个时代的她,是不可能绝对避开上帝和永生的话题的。对于生与死的思辨便成为其诗歌的重要内容。世人都盼望得到上帝的救赎和恩宠,但又都无法确定自己是否能够永生,死亡带来肉体的灭亡,但也可能标志着永生的开始。狄金森就是这样在探寻着不可知的来世或永生。她在诗歌中说,"身

---

① 引自 Wendy Martin, "Emily Dickinson," in *Columbia Literary History of the United States*. Ed. Emory Elliott. New York: Columbia UP, 1988, p. 625.

后——降落永恒——/眼前——则是永生——/我自己——中间的那段期限——/死亡只不过是东方灰色的堆积,/融入曙光消失/在西方开始之前——"(743)。在她那首脍炙人口的"因为我无法驻足把死神等候"中,人格化了的死神以一位彬彬有礼的绅士的面目出现。"由于我无法驻足把死神等候——/他便好心停车把我接上——/车上载的只有我们俩——/还有永生与我们同往。"(712)在诗人笔下,通往死亡的路程仿佛是一场浪漫的约会,两人款款前往。途经学校、田野和夕阳,恰恰象征着不同的人生阶段。诗人寥寥几笔,总结了自己的人生,又以一种平静的方式勾勒死亡,将人生命的终结描绘成人与死神的约会,不能不说是别具一格。这里死亡不是通往黑暗、通往恐惧的路程,而是成为灵魂迈向永恒的开始,死亡对人们打开了进入永恒的大门。

囿居在自己的狭小空间里,狄金森的诗歌描绘了她的每日所见。她热爱自然,因而观察自然、感受自然、欣赏自然、书写自然成为她人生的重要组成部分,对于自然的讴歌也因此成为狄金森诗歌的又一重要主题,她描写大自然的诗歌多达几百首。山川、河流、田野、花草、动物都成为她诗歌创作的源泉。她在人生的后半段,拒绝与世人为伍,却乐意与花草鸟虫为伴。她将自己的观察在诗歌中细致入微地描绘出来,并因此表达了人与自然的关系,以及自然在我们生命中的意义,以此表达了她与超验主义观点的相互呼应。正如她在诗中所说,"这就是诗人——就是他/能从平凡的意义中/提炼出惊人的妙理——"(448)。诗人虽然足不出户,却能够体察万物,把自然界中平凡的事物赋予不平凡的色彩。

狄金森也将自然和天堂、器官感受和精神感受在诗歌中融为一体。诗人融入自然世界,领略到人与自然界的和谐统一,赋予日常生活以醇厚的诗意,展现了她不凡的想象力和奇特的喻义。狄金森在此又表现出对于自然界的敬畏感。她是这样描绘自然的:"'自然'就是我们看见的景象——/山峦——午后的风光——/松鼠——日月食——蜜蜂——/不——自然就是天堂——/自然是我们听到的声音——/长刺歌雀——海洋——/蟋蟀——雷霆——/不——自然就是和谐——/自然就是我们熟知的一切——/但又没法予以说明——/对于她的单纯/我们的学识何其无能"(668)。我们所看到、听到和知道的就是自然:这种和谐天堂是如此简单,但却超越我们所谓的智慧,[1]我们永远也无法真正了解自然、洞悉自然的秘密。在狄金森笔

---

[1] Patrick J. Keane, "Dickinson's Death-Haunted Earthly Paradise," in *Critical Insights*: *Emily Dickinson*. Ed. J. Brooks Bouson. Pasadena: Salem P, 2011, p. 273.

下,人的心灵可以与自然界相通,可以与此交融,可以从中获得力量。但自然看似普通,却远远超出我们的智慧。我们存在于自然之中,自然与我们朝夕相处,我们或许无法定义自然,但我们可以学会欣赏自然、享受自然,因为自然所展现在我们面前的是世界的五彩缤纷。狄金森把人间比作天堂的浪漫想象以及她对于细节的刻画,表现了自然在她心中的神圣地位。她在另外一首谈论蛇的诗篇里这样描述道,"一位细长的伙伴在草丛/偶尔穿行——/你或许见过它——或许没有/它时常不期而至——/草丛仿佛被梳子分开——/斑驳的箭杆嗖地窜出——/随即在你脚下合拢,/接着又向前翻开——"(986)诗人通过对于蛇的细致描绘,把读者置于一幅画面之中。有意思的是,诗人的诗中从来没有出现"蛇"这个字眼,而是通过对于声音的描绘(诗中咝音的重复出现)、对于它形态的描绘("细长的伙伴""斑驳的箭杆")、对于它的活动方式的描绘(被梳子分开的草丛、"嗖地窜出"),而使读者意识到诗人描绘的对象,又不禁感叹诗人对于草丛中蜿蜒前行的蛇的细致观察。在狄金森的诗中,这些"大自然的居民"就生活在我们身边,诗人通过自成一格的描述,将它们的日常生活展现在读者面前。

狄金森对于自然的刻画充满生活气息。她以独特的想象力将自然界和自然界万物的美丽、神奇、更迭、变幻栩栩如生地再现了出来。下面这些诗行将使读者领略狄金森眼中的自然魅力,这些拟人化的比喻如此出人意料、又如此贴切。她这样描绘春天:"亲爱的三月——进来吧——/我是多么欢喜——/我先前就盼着你——/请摘下你的帽子——/你准是一路走来的——/你显得气喘吁吁——/亲爱的三月,你好,万事如何——/你留下大自然一切可好"(1320)。秋天的画面则又别具一格:"它的——名字——是'秋天'——/它的——颜色——是血液——/山上的——一条动脉——/路上的——静脉一截——。"(656)自然界的小生物在她笔下呈现出各自的魅力:"蜘蛛把一个银球/抓到未被觉察的手内——/独自轻轻地跳着舞/他的珍珠纱线——绽开——。"(605)就连月亮也有自己的诱人之处:"月亮只不过是个金子的下巴/在一两个夜晚之前——/现在她把她圆团团的脸/撰写下面的人寰。"(737)希金森后来曾经这样形象地比喻过狄金森的诗,它们"就像被连根拔起的植物,仍然带着雨水、晨露和泥土,散发出一种无法以其他方式传递的新鲜和芬芳"①。

虽然狄金森终身未嫁,但她的人生中并非没有爱情,她的诗歌中描写爱

---

① 引自 Anna Mary Wells,"Early Criticism of Emily Dickinson," in *On Dickinson*: *The Best from American Literature*. Ed. Edwin H. Cady and Louis J. Budd. Durham: Duke UP, 1990, p. 10.

情的诗篇多达上百首。这些爱情诗中涉及恋爱、婚姻多个方面,书写了她对于爱情的美好憧憬和强烈感情,或许是因为她将感情都深藏心底,所以才如此深刻。狄金森的爱情诗有些缠绵悱恻,有些充满激情,甚至炽热如火。评家经常提到的是她的第249首诗《夜夜风狂雨骤!夜夜风狂雨骤!》:"夜夜风狂雨骤!——夜夜风狂雨骤!/如果有你在身旁/哪怕夜夜风狂雨骤/都该是我们的温柔富贵乡!/风狂——白费力气——/因为心儿已经入港——/罗盘已经入库——/海图早已下放!/泛舟伊甸园——/啊!一片汪洋!/今夜——但愿我能系缆于——/你的心上。"诗歌把狂风暴雨比作诗人对于爱情的强烈期盼,将盼望与爱人在一起的心情表达得淋漓尽致。只要有了爱,无论是罗盘还是海图都不再需要。躺在爱人怀抱的幸福与满足,恰如伊甸园里亚当和夏娃的快乐。而为了爱情,生命都可以牺牲。在另外一首诗中,诗人表达了山无陵,天地合,乃敢与君绝的意志:"如果你获得——救赎——/而我——却要遭到惩处/你不在的地方——/那本身就是我的地狱——/因此我们必定要远远相望——/你在彼岸——我——在此间——。"(640)同样盼望爱情到来的迫切心情在下面这首诗中也表现无遗。"我的生命——一杆实弹枪——/伫立在墙角——直到有一天/主人经过——认了出来——/把我扛上肩——。"(754)诗人用一杆子弹业已上膛的枪支在等待它的主人的到来为意象,的确别出心裁。那种一触即发的强烈感情令人震撼。而在另外一首诗歌中,诗人声称,"我总是爱着/我给你证据/直到我爱的时候/我才生活得——充裕——/我要爱到永远——我向你力陈情由/爱就是生命——/而生命具有不朽——/这一点——你若怀疑——亲爱的——/那我便/无证可举/除了骷髅山"(549)。这里诗人用了全身心去爱的心情充分得到了表达,其间滋味令人回肠荡气。除此之外,狄金森描写婚姻的诗歌则细腻婉约,"世界——对我——显得——更加庄严——/从我跟他结婚的时候——算起——/一种谦虚适合灵魂/却具有另一个人的——名字——/一种怀疑——是不是戴上那完美的——珍珠——/就确实——美丽——。"(493)这首诗描绘了女人成为妻子之后的生存状态。在世人眼中,婚姻是女人的人生必经之路,而得到了婚姻,才使女子获得世界的认可,实现其生存价值。但这串美丽的珍珠,除了用以表达男人对女人的爱慕之情和展示其美丽的作用,同时也成为一种锁链,成为丈夫禁锢妻子意念和行为的反映。婚姻使得女人失去了自己的姓氏,失去了自我,被束缚于狭隘的空间之中,扮演社会加于女性的性别角色。虽然狄金森自己没有这种体验,但她在此反省了女性在婚姻中的地位,将自己对于生活的感悟以及对于婚姻的迟疑态度充分表达了出来。

狄金森诗歌中含有诸多对于人生富有哲理的思考，而她极为擅长把自己对于人生的感悟以神奇的意象和含蓄隐晦的评述表现出来，其构思的巧妙、思想的深刻令人惊讶。尤其令人赞叹的是，她把抽象的概念具体化，通过新奇的意象使它们具有了生命力，其中蕴藏着真知灼见和深刻哲理，可以说是警句连篇，令人应接不暇。正如布鲁姆在《西方正典》中指出的那样，"狄金森一直用大写的'我'来实践一种独出机杼的简约诗艺"①。狄金森这些短短的诗行中洋溢着她的"认知原创性"，想象力与思辨力携手共进。例如，她认为，"舆论是件飞来飞去的东西，/但真理的生命比太阳还长－/如果二者我们不可兼得－/那就把最老的一个执掌"（1455）。而希望在狄金森笔下则成为一只栖息在灵魂中的小鸟："'希望'是个长羽毛的东西－/它在灵魂里栖息－/唱着没有歌词的曲子－/永远不会完毕。"（254）同样，"预感－是草地上－那条长长的阴影－/表明太阳西沉/告知受惊的小草/黑暗－即将来到－"（764）；而"信仰－是那没有桥墩的桥/把我们看得见的东西支撑"（915）。下面这首诗充满悖论，却又不无道理，"如果想起就是忘记，/那我就不再记忆。/如果忘记就是想起，/我多么接近忘记"（33）。

在狄金森心目中，头脑具有巨大的力量，可以容纳宇宙："头脑－比天阔－/因为－把它们边靠边－/一个能把另一个容纳/多轻易－把你－也包含－/……头脑正好是上帝的重量－/因为－把它们掂一掂－八两半斤……"（632）。此外，狄金森对于喧嚣繁杂的社会里那些一心追逐名利的人们的做法也进行了无情的挖苦和讽刺。她巧妙地使用生活在泥塘里的青蛙意象，讽刺了那些聒噪不停的公众人物。"我是无名小卒/你是哪位？/难道你－也是－无名之辈？/那咱俩岂不是一对？/别声张！他们会宣扬－你明白！/当个名流－多么－无聊！/像个青蛙－何等火爆－/终生一个六月－对一片－/倾倒的泥沼－把自己聒噪。"（288）这里诗人自比一个默默无闻、与世无争的无名小卒，表现出对俗世的不屑一顾。

从一位生前默默无闻、离群索居，到经过岁月的沉淀已经被公认为美国乃至世界的伟大诗人，狄金森丰富的内心世界通过她的奇异独特而充满睿智的诗歌展现出来。她游离于当时的社会环境之外，创造了一种符合她自己艺术需求的私密生活②。早在1891年，威廉·迪恩·豪厄尔斯（William Dean Howells，1837—1920）就曾经这样评论过狄金森的诗歌："即使我们的生活除了这种怪异的诗歌没有留下其他东西，艾米莉·狄金森的作品也已

---

① 哈罗德·布鲁姆：《西方正典》，江宁康译。上海：译林出版社，2015年，第254页。
② Wendy Martin，引自 Elaine Showalter，*A Jury of Her Peers：American Women Writers from Anne Bradstreet to Annie Proulx*. New York：Alfred A. Knopf，2009，p. 153.

使美国或新英格兰为世界文学做出了自己独特的贡献,而不至于痕迹全无"[1]。美国著名学者戴维·S.雷诺兹(David S. Reynolds)称其诗歌为"一个丰富的文学时代(即美国女性文艺复兴)的最高成就"[2]。哈罗德·布鲁姆把狄金森形容为"一个极有原创精神和伟大头脑的诗人,我们直到现在也刚刚开始跟得上她"[3]。在他的《西方正典》中,哈罗德·布鲁姆还将狄金森列入西方文明的26位伟大作家之列[4]。曾翻译了多首狄金森诗歌的我国学者江枫,也说"狄金森作为对美国文学做出了重大独创性贡献的伟大诗人的地位,已经牢固树立"[5]。她也是"世界上影响最大、拥有读者和研究者最多的女诗人,不是之一,而是唯一"[6]。

不可否认的是,狄金森高度凝练的诗风、怪诞离奇的意象、深邃睿智的思考使得她的诗歌对于读者是一种极大的挑战。就连布鲁姆也强调:"我们感到困惑的不是因为她独特的魅力,而是因为她思想的力量。我不认为任何批评家能够充分应付她的知识诉求"。"她如但丁一样是一位独立的思想家。她的同时代人惠特曼因为诗思微妙和比喻空灵而领先于我们,狄金森也在等着我们,永远在前方路上等着我们这些迟到者,因为没有什么人可以仿效她重新为自己思考一切"[7]。在21世纪上半叶阅读狄金森这些魅力无穷且又充满挑战的诗篇,让我们对于一个多世纪前的这位隐居女诗人充满了由衷的敬佩和崇敬。正如她诗中所言,"当他们死去,生命才刚开始"(816)。

---

[1] Caesar R. Blake, ed. *The Recognition of Emily Dickinson: Selected Criticism since 1890*. Ann Arbor: U of Michigan P, 1964, p. 24.

[2] David S. Reynolds, *Beneath the American Renaissance: The Subversive Imagination in the Age of Emerson and Melville*. Oxford: Oxford UP, 2011, p. 339.

[3] Harold Bloom, Introduction. *Emily Dickinson*. Ed. Harold Bloom. New York: Chelsea House, 2008, p. 1.

[4] Harold Bloom, *The Western Canon: The Books and School of the Ages*. New York: Harcourt Brace, 1994, p. 226.

[5] 江枫:《前言》,《狄金森诗选》(英汉对照)。北京:外语教学与研究出版社,2012年,第2页。

[6] 江枫:《艾米莉·狄金森:美国诗歌的新纪元》,载《中华读书报》2012年6月20日,第020版。

[7] 哈罗德·布鲁姆:《西方正典》,江宁康译。上海:译林出版社,2015年,第254—255页。

第三章　19世纪与20世纪之交的美国女性文学

概　论

一、19世纪与20世纪之交的社会背景与性别政治[①]

19世纪与20世纪之交是美国历史上一个颇为特殊的篇章。它不仅是见证美国从农业国转化为工业国、从地区性大国发展成国际性强国的光耀年代，同时也目睹了科学技术的革新和资本的强力扩张所导致的美国传统农业经济结构的崩塌、文化思想领域的变革和社会群体等级的重新界定。从经济结构来说，科学技术的发展推动了美国社会从农业到工商业的迅速转型，让当时的美国人拥有了"真正意义上的现代意识"，除数学外的所有科学领域都认为"1854年的美国人与1900年的距离，比与公元元年的距离更远"[②]。火车、电话、电报等科技改变了美国的商业形态、经济结构和社会传播模式，远距离的工业产品广告取代了农业经济中面对面的私人交往，不同区域的文化纷纷湮没在大一统的工商业标准之中[③]。科学技术和工业化的发展将农业挤到了边缘，不仅自然地貌被铁路、钢铁厂、矿场所改变，农村的劳动力也开始大量流失，涌向城市。西奥多·罗斯福总统认为，在新时代的

[①] 参见周铭：《"文明"的"持家"：论美国进步主义语境中女性的国家建构实践》，载《外国文学评论》2016年第2期，第5—31页。

[②] Henry Adams, *The Education of Henry Adams: An Autobiography*. Boston: Houghton Mifflin, 1918, p. 53.

[③] Burton J. Bledstein, *The Culture of Professionalism: The Middle Class and the Development of Higher Education in America*. New York: Norton, 1978, p. 76. 另参见 Susan Strasser, "Customer to Consumer: the New Consumption in the Progressive Era." *OAH Magazine of History* 13:3 (1999): 12—13.

工业化社会中,美国的农业和乡村生活存在重大缺陷,亟需在专家的帮助下进行全方位的改良。他于 1908 年成立"乡村生活委员会"(Country Life Commission),以探索美国农业"现代化"的途径。美国农业逐步变成了"农商业"(agri-business),效率得到了明显提高[1]。在思想领域,美国价值观从"自耕农"(yeoman)理想演变成以"社会达尔文主义"(social Darwinism)为核心内容的工业资本竞争思想。自美国建国至 19 世纪,开国之父之一的托马斯·杰斐逊倡导的自给自足的农业文明理想一直是美国社会发展奉行的准则,甚至在西进拓荒运动中被神话成美国精神的滥觞。美洲共同体意识的确立、独立运动乃至以后的立国基础所遵循的一直是强调个体价值的启蒙理性。美国的资本主义发展也一直秉承这个原则,实行政府不干涉的自由经济,推崇优胜劣汰的相互竞争。但到 19 世纪后期,这一自由经济理念吸收了达尔文进化论思想,把"适者生存"当成了社会运转的主要原则。大公司从根本上改变了整个国家的社会和劳工关系,促进了"经营伦理"的产生,完全摧毁了农业社会中亲密的人际关系。其结果是,贫富差距加剧,劳资矛盾突出,美国变成了丛林一般的社会,严重偏离了一直自身建构的"希望之乡"形象。同时,美国的个体也被商业价值观腐蚀,不再崇尚自立的拓荒精神和亲密互助的农业关系,转向狂热的拜金主义。

美国工商业的发展带来了劳动力的需求,催生了美国的移民问题。从 1870 到 1900 年间,美国的人口数量翻了一倍,增量大多来自移民。美国主流社会担心,急遽增加的移民人口把他们自己国家的风俗习惯带到美国,从而"污染"了盎格鲁-撒克逊裔新教美国的血统和文化习惯。"习惯"一词在当时具有特殊含义,被认为是美国保持自身文化传统、维护自身种族纯洁性的重要表征,成了区分种族优劣的文化标记。当时的女性活动家简·亚当斯(Jane Addams,1860—1935)认为,"一个种族所继承的资源表现在风俗习惯和友善交往之中,这比法律手段更能有效地实施社会自制"[2]。哲学家和教育家约翰·杜威(John Dewey,1859—1952)则更清楚地说明,社会的"标准和习惯"是培育民主政治的土壤,亦是民主政治得以实现和延续的前提。他说,"除非人们已经在思想和行为上都遵循了民主的习惯,否则政治民主便是不安全的"[3]。言外之意,美国民主是一种习得的种族资源,那些

---

[1] L. E. Call,"The Increased Efficiency of American Agriculture." *Science* New Series 69. 1777 (1929):55.

[2] Jane Addams,"Social Control." *The Crisis* 1.3 (1911):22.

[3] John Dewey,"Democracy and Educational Administration." *School and Society* 45 (April 3,1937):462.

异族移民处于这个文化圈之外,属于美国社会的异质因素。与愈发浓重的种族意识相辅相成的是美国日益明显的国际形象建构意识。1898年美西战争的胜利使美国从欧洲老牌帝国手中取得了古巴、波多黎各和菲律宾等殖民地,跻身国际强国之列。随着美国国力的增加以及国内资本对于海外市场的需求,一个潜在的美利坚帝国呼之欲出,其帝国意识也逐步显现。

现代性给美国带来了科学技术的进步、工商业资本主义的发展、社会经济关系的变革,同时也造成了美国人对现状的焦虑和对平静的农业生活的怀旧情绪。对于一些美国主义者来说,一场拯救美国民主政治的社会福音运动将会消弭现代性的焦虑,重新确立和强化国民对于"美国例外论"的信心,通过阶级和种族话语在国内和国际两个层面建构一个以盎格鲁-撒克逊裔种族和文明优越性为基础的美国身份。在国内,它在吸纳各国移民充当自由劳动力的同时,需要定义和厘清种族间的关系,并将各种族融合进同一的美国身份之中;在国际上,它在文化和疆土的扩张过程中,需要重新定义自身与老牌欧洲帝国之间的关系、自身与新的殖民地之间的关系。"进步"话语便是在这些背景下被发明出来,试图为美国的身份建构提供合法性并指导具体实践。在技术进步加剧资本主义的扩张冲动和内部竞争的情况下,美国思想界意识到缺乏监管的社会发展严重偏离了民主政治轨道。他们开始重新反思"社会"概念,强调个体的社会性,力图将公民之间的关系从彼此"独立"(independent)变成相互"依存"(interdependent)。进步主义者认为,政府必须对社会事务加强控制,实践以群体利益为旨归的"理性"民主。作为实现美国民主的前提,必须保证民主政治的参与主体是具有理性的人。这些人被称为"民主公众"(democratic public),专指盎格鲁-撒克逊裔中上层阶级男性。女性和其他的"野蛮"种族则被视为缺乏理性的乌合之众,是美国民主政治体制中的"不适宜"群体[1]。在完善国内民主的同时,进步话语为美国在国际上塑造着"先进文明"的形象。自从1630年殖民者领袖约翰·温思罗普(John Winthrop,1587—1649)在布道中号召前往美洲的清教徒将之建成"基督教仁爱的典范"("A Model of Christian Charity")以来,美洲以及后来的美国身份话语一直将自身塑造成整个世界的理想楷模和所有移民的庇护所。到了19世纪与20世纪之交,美国建构了一个世界种族的"进化"链条:新移民被宣称是来自处于人类文明发展史低点的野蛮存在;而进化链条的顶点是盎格鲁-撒克逊文明。他们的种族歧视通过"文

---

[1] Daria Frezza, *The Leader and the Crowd: Democracy in American Public Discourse, 1880—1941*. Trans. Martha King. Athens: The U of Georgia P, 2002, pp. 113—20.

明"一词被巧妙地隐藏并获得了表面上的客观性。按照这个逻辑,其他种族终将因为文明落后而消逝在历史的长河之中。美国一方面与这些野蛮种族之间存在不可逾越的分界线,另一方面也担负着提升"低劣"种族的文明、使他们早日融入"文明世界大家庭"的任务。

美国从传统农业经济到现代工业社会的转化过程改变了女性,尤其是中下层阶级女性的生活方式,使她们能够(或者必须)走出家门,参与到社会生产之中。这客观上导致了女性性别意识的觉醒,挑战着维多利亚时期以来一直充当整个社会性别规范之基石的"男主外女主内"的性别领域分离原则。然而,这段时间远远算不上女性享受权利的黄金时期,美国主流社会对于女性的定位甚至更加苛刻:女性在19世纪尚且被视为文明的化身,是为男性树立道德标杆、提供情感港湾的"道德天使";然而到了19世纪与20世纪之交,进步话语却将女性视为"非理性"个体,与"野蛮"种族一样是人类文明进步的反面群体。这一性别话语剥夺了女性在维多利亚时期享有的"文明守护者"的神圣角色,通过"理性"这个民主政治的根本要求在女性和文明之间树立了一个生理区隔;而且以此为基础将女性与劣等种族相类比,从而固化了自身的合法性。

隐藏在这一思想意识形态之后的真正原因是美国在19世纪末20世纪初的国家身份建构进程,以及这一进程对于启蒙理性的借用和重构:它利用和改造了启蒙理性的内涵,将原本指代个体独立的理性提升为公共政治和种族文明的先决条件和根本特征,体现出从个人主义到群体主义的转向。美国的革命和立国得益于弘扬个体独立的启蒙理性,但在资本主义发展过程中,这逐步演化为强调丛林法则的彼此竞争。颇感压力的男性赋予了女性和家庭一个象征性的崇高地位。他们认为,公共政治和社会权力的运转是肮脏无情的,男性必须保护女性免受现实的侵害;作为道德的化身和文明的守护者,女性的使命是把家庭营造成温馨港湾,以虔诚的信仰和高贵的道德为男性提供精神指引,使整个社会不偏离文明的轨道。伴着这个"道德天使"光环,美国女性在大众想象和文学作品中被紧紧地与神圣和纯洁联系在一起。例如,在废奴小说《汤姆叔叔的小屋》(Uncle Tom's Cabin,1852)中,引人注目的角色除了题名主人公黑奴汤姆之外,还有那些闪耀着道德圣光的白人中产阶级女性:她们符合当时"真正女性"(True Womanhood)的定义,为小说中充满压迫和折磨、鲜血和泪水的种族政治语境增添了一抹温情的人性之光[1]。金发雪肤的伊娃在外貌和思想上都宛如天使:她对黑奴抱

---

[1] 19世纪美国存在一个对于"真正女性"的崇拜,其具体标准包括"虔诚、贞洁、温顺、持家"这四个特质。参见 Barbara Welter,"The Cult of True Womanhood:1820—1860." *American Quarterly* 18.2 (1966):151—74.

有基督式的悲悯，临终前将自己的金发赐予黑奴的行为在象征的层面上可以视为福音的跨种族传播。另一位天使女性是参议员伯德的夫人，她同情出逃的女奴伊莱扎，敦促丈夫顺从良知帮助逃奴。亚伯拉罕·林肯总统想必也对这些女性角色印象深刻，所以他在1862年的感恩节接见哈丽雅特·比彻·斯托（Harriet Beecher Stowe，1811—1896）时说："你就是那位写了一本书而引发这场大战的小妇人！"①此语虽然略嫌夸张，却再好不过地说明了19世纪的女性通过"文明持家"对美国历史进程施加了重大影响。

到了19世纪与20世纪之交，在以群体福祉为旨归的进步主义运动中，启蒙理性的定义发生了变化：它不再是个人独立性的彰显，而成了种族文明的衡量指标，被定义为美国"民主"政治的专属特征。一直被尊为文明体现者的女性却像野蛮种族一样在政治实践层面被切断了与文明的联系。性别差异被认为是社会发展的必然结果：原始社会向现代文明的进化道路充满了困苦艰辛，只能依赖男性进行生产；女性无法跟上社会生产力的发展，只能在家庭领域体现道德纯洁②。从1848年第一次妇女权利大会到20世纪初，女权运动从来没有反思过女性的感伤形象。代表女性声音的《情感宣言》（Declaration of Sentiments，1848）也认同女性的感性特征，强调女性与道德、情感而非与理性的关联。在达尔文学说看来，女性与道德之间的关联恰恰成了她们属于退化物种的表现，因为道德的制约使得女性不符合"适应"和"竞争"这两个物种进化的最根本原则，所以她们在本质上是缺乏竞争力的自然淘汰对象。正是这种与理性技术时代脱节的形象使得进步主义时期的美国社会激烈否认女性具有参与公共政治的能力。他们认为，"绝大多数的"女性在"精神"和"体力"上都缺乏天赋，这是"自然的错误"；女性不像男性一样具有理性"常识"，她们制定的法律只会是"恐慌"或"偏见"的产物，一旦从政"只会比男性失败得更彻底"③。一贯被视为与家庭而非公共领域等同的女性在进步语境下丧失了体现"民主文明"的功能，从"道德天使"的神坛上跌落下来。热衷于公共政治的女性被视为"内部野蛮人"（internal barbarian），其行为动摇了国家的道德根基，伤害了美国的民主政治。以女性投票权为例，美国社会认为它要么毫无意义，要么会产生类似"通奸"的危

---

① Cindy Weinstein, Introduction. *The Cambridge Companion to Harriet Beecher Stowe*. Ed. Cindy Weinstein. New York: Cambridge UP, 2004, p. 1.

② Ann Towns, "The Status of Women and the Ordering of Human Societies along the Stages of Civilization," in *Civilizational Identity: The Production and Reproduction of "Civilizations" in International Relations*. Ed. Martin Hall and Patrick Thaddeus Jackson. New York: Palgrave Macmillan, 2007, pp. 167—79.

③ Ouida, "The New Woman." *North American Review* 158 (May 1894): 614.

害。因为女性应该顺从丈夫,她们参与投票无非是重复男性的投票结果;但如果结果不一致,则表明女性在思想上背叛了丈夫,其后果与在身体上通奸一样严重,会直接导致家庭危机。简言之,投票权其实在鼓励女性放纵背叛丈夫的危险欲望,所以反女性投票运动者坚决要求"新女性"重新审视自身的道德①。可见,女性的权利一旦超出家庭领域,便被视为阻碍社会进步的病态行为。简言之,"理性"随着美国国家身份建构的需要而从个体启蒙层面进入到公共政治层面,成了彰显技术进步、民主政治和种族进化的生理学和社会学双重意义上的文明标记。在这一过程中,向来被归于家庭和道德领域的"非理性"女性与其他种族一起被赶下文明的神坛就显得不可避免。这是国家建构工程的必要步骤,是保证美国"民主政治"的理性基础,维持美国在人类文明进化链条顶端位置的前提。

对于19世纪末20世纪初的美国女性来说,社会外部环境的宽松和思想领域的严苛构成了两个对立的语境。她们无论在空间移动性还是自我身体的主宰方面,都比维多利亚时期的先辈们享有了更多的主动权。有相当一部分女性走出家门,积极地介入了外部公共空间。世纪之交于是成了"新女性"(New Woman)时代,对社会主流性别规范的反叛之声不绝于耳。1894年,爱尔兰女作家萨拉·格兰德(Sarah Grand,1854—1943)在《北美评论》(North American Review)杂志上就妇女问题撰文,为"新女性"摇旗呐喊。她说,男权社会把女人归为两类:一类是温顺地固守家庭领域的"奶牛",其余的都是"渣滓";但现在"新女性"已经意识到她们受压迫、被消声的根源所在:"家庭是妇女的领域"这一观念必须得到"纠正"②。格兰德的檄文强调"新女性"对于传统性别意识形态的挑战,给读者造成了女性群体与主流社会相对立的印象。但实际上,"新女性"只包括那些主动追求公共权利(如教育、投票权、性自由等)的中产阶级妇女和为生活所迫走出家门工作的工人阶级妇女,主流中产阶级白人女性和有色人种女性却在书写着完全不一样的故事。有色人种女性的性别操演是美国女性史中不可或缺的一环,呈现了进步语境中种族和性别双重层面的身份叙事,却只是边缘群体发出的微弱之声。真正与激进派新女性分庭抗礼并占据舞台中央的是主流中产阶级白人女性。她们并没有像"新女性"那样为了公共权利而颠覆性别规范,恰恰相反,中产阶级"夫人"们依旧乐于在家庭领域之中充当道德

---

① Lisa Cochran Higgins,"Adulterous Individualism, Socialism, and Free Love in Nineteenth-Century Anti-Suffrage Writing." *Legacy* 21:2 (2004):194.

② Sarah Grand,"The New Aspect of the Woman Question." *North American Review* 158 (Mar. 1894):270—71.

权威①。在踏入公共领域时她们所借助的是传统的"女性持家"话语,其目的也在于维护美国的国家建构工程。这种性别操演比19世纪的道德叙事更加关注公共事务,却比"新女性"叙事更符合男权传统,可称之为"社会持家"(social housekeeping)叙事。她们在有限地参与公共政治时所依赖和使用的依然是传统的性别话语,从国家政治的角度来讲,她们非但没有与主流社会形成对立,反而是建构和维护传统意识形态的中坚力量。在进步话语中,女性持家最重要的任务是延续美国的"民主"文化习惯。对传统习惯的保持和教育孩童这两项任务都由女性来承担,她们于是在家庭领域成为美国文明的守护人。这决定了即便在19世纪与20世纪之交的美国,主流社会女性也不可能义无反顾地做抛家弃子的"新女性",而必须在持家话语框架内实现自身参与社会事务的愿望。她们策略性地运用传统性别话语赋予女性的道德权力,从被动的道德体现者变成积极的监察者,将自身的使命定义为评判和守卫美国的"社会正义"和"道德优越"。这是对进步话语所进行的一次成功的女性主义阐释,再次恢复了女性与文明的等同,为自身介入美国的民主政治和国际形象建构工程找到了合法性。在介入过程中,她们接受国内民主政治和国际种族政治所描绘的世界图景,拥护美国的"进步"形象且内化了当时的科学与种族话语,进而确立了自身"社会持家人"和"共和国母亲"的公共形象。

"社会持家"这一概念指美国女性采用持家修辞来对公共政治事务施加影响,以避免引起主流社会的反感。美国女作家和政治活动家里塔·蔡尔德·多尔(Rheta Childe Dorr,1868—1948)在1910年说,"女性的领域是家庭,但家庭并非指那个人家里四堵墙围成的空间。住家就是社区,公众构成的城市就是家庭,公共学校是真正的育儿所。住家和家庭急迫地需要他们的母亲"②。女性活动家们借助道德话语解释她们进行"社会持家"的正当性乃至急迫性:男性主导下的资本主义发展降低了美国社会的道德水准,致使美国在1890年代陷入经济危机;美国女性有责任与自己的男人们一起共渡难关,在国家危机时刻应该让他们重新感受到"母性关怀、道德净化和阶级归属感"③。这三个目标与美国塑造"进步"形象的意图一致,因而成为美

---

① Gillian Sutherland, *In Search of the New Woman: Middle Class Women and Work in Britain 1870—1914*. Cambridge: Cambridge UP, 2015, pp. 13—14.

② 引自 William H. Chafe, *The Paradox of Change: American Women in the 20th Century*. New York: Oxford UP, 1991, p. 15.

③ Sheila Rowbotham, *Dreamers of a New Day: Women Who Invented the Twentieth Century*. London: Verso, 2010, p. 2.

国"文明"和"民主"政治的有机组成部分。总体说来,女性的"社会持家"具有三个特征。首先,她们坚守性别领域分离的社会规范,主要依赖主流社会意识形态赋予她们的道德"软权力"在"文明"层面发挥作用。其次,女性的"社会持家"与家庭持家类似,遵循"女性美学"原则。与强调个人独立性的男性文化不同,女性美学更加强调彼此间的相互依存。虽然随着"同性恋"概念在20世纪初期被建构完成,传统的女性亲密关系越来越遭受社会的怀疑审视,但她们之间基于同样的经历而产生的彼此认同依然是她们建构自我身份的滋养来源。最后,女性在介入社会事务时延续了家庭中的清洁者和哺育者角色,将自身的权力严格限制在传统的"女性领域",如孩童照顾、食品安全、健康卫生、社会慈善等,刻意凸显着自身的"持家"身份[1]。

美国女性"社会持家"的核心内涵是通过守护美国的道德优越拉开了与其他种族的距离。评论家指出,美国女性运动的一大特点是具有浓重的种族意识[2]。这是一个与美国平等神话相背离的事实,却是进步主义时期女性的道德运动得以进行的基本依仗。女性活动家们内化了种族主义话语,将"不道德"等同于"非美国人",经常采用"圣战"这一文明冲突的比喻来表达建构纯洁美国的愿望[3]。运动的主要内容是反酗酒和反通奸。反酗酒运动通过使用"理性""道德"这些词,契合了进步话语中的世界种族等级图景,将本属于改变公民习惯的国内行为升华成一场维持美国文明优越性的种族之战。包括科学界在内的美国社会都坚定地认为,酗酒会使美国人丧失理性,阻碍优生,逐代堕落成低贱种族[4]。女性成了这场圣战的主力军,成立了"基督教妇女戒酒联合会"(Women's Christian Temperance Union)等组织,将这场道德运动推向了顶峰[5]。在美国女性的推动下,美国宪法第18号修正案——禁酒令(又称《沃尔斯特德法案》,Volstead Act)于1919年1

---

[1] Mary Joy Breton, *Women Pioneers for the Environment*. Boston: Northeastern UP, 1998, p. 64; Darlene Emmert Fisher, "Evanston Women in the Progressive Era: Women Performed Social Work Representative of National Concerns." *OAH Magazine of History* 1.3/4 (1986): 19—21.

[2] Sheila Rowbotham, *Dreamers of a New Day: Women Who Invented the Twentieth Century*. London: Verso, 2010, pp. 5—6.

[3] Julian B. Carter, "Birds, Bees, and Venereal Disease: Toward an Intellectual History of Sex Education." *Journal of the History of Sexuality* 10.2 (2001): 220.

[4] Clarence Miller, "The Public Health Aspects of Alcoholism." *The Public Health Journal* 7.1 (1916): 6.

[5] Holly Berkley Fletcher, *Gender and the American Temperance Movement of the Nineteenth Century*. New York: Routledge, 2008, p. 79.

月正式生效①。另一场强化种族道德标记的思想意识形态战争是反通奸运动。在进步话语中,家庭形式与国家身份紧密相连,个人的性行为与公众福祉和美国文明密不可分②。任何婚外性行为都被定义为通奸,是缺乏理性的野蛮人种才会犯下的卑贱行为。正是在这一意义上,自然主义作家西奥多·德莱塞(Theodore Dreiser,1871—1945)的小说《美国悲剧》(*An American Tragedy*,1925)的主人公克莱德为了追求新欢而谋杀怀孕未婚妻的恶行才被定义为国家和文明而非个人道德层面上的悲剧。女性性欲更是被贴上"非理性"的标签,成为美国文明中的不稳定因素。如《街头女郎玛吉》(*Maggie: A Girl of the Streets*,1893)女主人公的命运所示,女性一旦失去家庭的保护便会堕落成妓女。道德监管任务成为白人女性的种族责任,她们自封为"道德守卫者",成立"纽约女子保护会"(New York Girls' Protective League,1910)等志愿者组织来监督年轻女性,尤其是移民女性的性行为。多数女性作家拥护这个逻辑,所以薇拉·凯瑟(Willa Cather,1873—1947)在她最著名的作品《我的安东妮亚》(*My Antonia*,1918)中将身为捷克移民的女主人公置于美国白人中产阶级女性的管教之下。

在争取女性权利的过程中,中产阶级白人女性表现出强烈的种族主义倾向,迫使非盎格鲁-撒克逊移民成为她们参与美国民族国家建构进程的祭品。这一"政治自觉"更明显地体现在她们对于自身"共和国母亲"这一身份的追求和建构中:生育和抚养盎格鲁-撒克逊裔男性公民成了她们维护种族纯洁、彰显"民主"美德及拓展国家利益的终极手段。这是一场"摇篮之战",美国女性自觉地将自身肉体看作人种基地和国家空间的延伸。在19世纪末,"低劣种族"移民数量的急剧增加使美国主流社会忧心忡忡,认为这终将导致盎格鲁-撒克逊裔被新移民所替代。作为对于这一焦虑的回应,美国政府决定对那些"不可归化"的移民关闭金门,并限制国内的"低劣种族"通过生育来延续基因。以种族政治为基础的情感厌恶成了美国社会共同的话语修辞,被各种社会群体利用以表述自身的权利诉求。在这一文化语境下,美国母亲们并没有与弱势的种族群体构成所谓的天然联盟——当下的女权主义批评和生态主义批评似乎对此怀有的美好愿想更多地出于其自身的理论

---

① 不过这一法案的效应广受质疑。禁酒令无法阻止人们对于饮酒的渴望,实际上导致了贩卖私酒的"流氓恶棍"的产生。F. 斯科特·菲茨杰拉德(F. Scott Fitzgerald,1896—1940)的代表作《了不起的盖茨比》(*The Great Gatsby*,1925)中对此有所呈现。这一法案最后由于无法实施而在1933年被废除。

② Julian B. Carter, "Birds, Bees, and Venereal Disease: Toward an Intellectual History of Sex Education." *Journal of the History of Sexuality* 10.2 (2001): 216.

建构需要而非展现了历史事实——而是自觉地承担了保持美国习惯、体现种族美德、进而维护甚至强化种族之间"理性"区隔的文化义务。

二、19世纪末20世纪初的文学女性与女性文学

美国女性文学的兴起与她们开始获得教育，尤其是高等教育的权利密不可分。在1860年，绝大多数美国女性只能享受小学水平的学校教育，之后便必须学习家政服务等成为家庭主妇的"正确"知识。1837年奥柏林学院录取四位女生开启了美国女性接受高等教育的先河，但直到南北内战后她们才得以广泛进入以瓦萨学院为代表的女子学院、综合性大学或它们的分院。这反过来也促成了高等教育的改革，科学和现代语言课程逐步取代了以往的古典学课程设置[①]。这一变化为美国女性了解当下世界和掌握文学写作知识提供了基本前提，造就了一个"文学女性"群体。

到了19世纪与20世纪之交，轰轰烈烈的进步主义运动为美国文学女性提供了创作的动机和素材。在现代性、国家政治和性别政治的语境下，美国进步主义时期的美国女性创作就主题而言大体可以分为三类：区域叙事、性别叙事和种族叙事，这三类叙事都基本统一在美国的国家身份变迁和建构的框架之下。区域叙事主要展示了现代性对于美国区域风土人情的改变，以及区域身份与美国身份的关系问题。性别叙事主要展示了女性在新的转型时期对于公共政治的参与，以及对于自身性别身份的界定和反思。种族叙事则刻画了在"进步"理念为基础的文明进步论语境下边缘种族群体（尤其是女性）的生存状态。

随着美国为了适应工商业发展而日益变得标准化和统一化，当时的人们注意到了区域差异所导致的世界观和行事方式的不同，并在文学创作和教育研究中给予了足够的重视[②]。"区域身份"是自身塑造和外界想象综合作用后的产物，通过语言、风俗、习惯、传说、历史等因素得以彰显，与阶级、性别和种族等诸多政治身份话语构成了一种既互相依赖又试图彼此超越的复杂关系。美国的区域一般包括新英格兰、南方和中西部这三者，各具有自身的独特之处。如评论家所言："新英格兰的思维、南方的生活方式以及西

[①] 详见金莉：《十九世纪美国女性高等教育的发展轨迹及性别定位》，载《美国研究》1999年第4期。关于美国高等教育中的"女性"因素，另参见马万华：《美国高等教育与女性学研究》，载《清华大学教育研究》2001年第3期。

[②] Alexander F. Chamberlain, "Race-Character and Local Color in Proverbs." *The Journal of American Folklore* 17. 64 (Jan.-Mar., 1904): 28—31; Glenn Clark, "Putting New Values into Local Color." *The English Journal* 13. 10 (1924): 738—41.

部拓荒者的活力与暴力……每个区域都有它自己的声音、主题、哲学、宗教，都有它独特的精神和特质。"[1]以这些区域为题或者生成于这些区域之内且带有鲜明的区域色彩的空间叙事被称为"地方色彩"(local color)文学。乡土文学体裁将社会转型期美国的内部差异和价值转变以一种田园诗般的抒情形式表现出来，其魅力和主要特征是在工商业时代对农业生活方式的怀旧。因而，其本质是脱离当下社会现实的情绪化叙事，且描述对象限制在某一特定地区[2]。因而，乡土文学往往被视为不入流的文学，小说家弗兰克·诺里斯(Frank Norris, 1870—1902)明确地在乡土文学和经典文学之间做了对比："小说作家的视角要么限制在特定的区域，要么将人性视为有机的统一整体；要么是玛丽·威尔金斯·弗里曼要么是乔治·艾略特，要么是爱德华·埃格尔斯顿要么是莎士比亚。"[3]身为区域作家的哈姆林·加兰(Hamlin Garland, 1860—1940)也承认，区域文学与普世价值是对立的："我们所代表的并不是主题的普适性，而是具体实践的美感和力量。"[4]只有超越区域的"狭隘"性，才能获得国家层面的认可，就如表现西部风土人情的马克·吐温(Mark Twain, 1835—1910)的代表性作品《哈克贝利·费恩历险记》(*Adventures of Huckleberry Finn*, 1885)只是因为呈现了原型般的"自由美国人"或介入种族等国家政治才被经典化。正是在这个意义上，乡土文学往往与女性作家联系在一起，以落后、感性的形象成为以城市化和现代化为主要特征的白人男性文学的对立面，注定无法获得超越区域的文学影响力[5]。女诗人米尔德丽德·普卢·梅里曼(Mildred Plew Merryman, 1892—1944)曾发表《乡土色彩》("Local Color", 1930)一诗，通过对"利安德太太"去城镇的活动描写，表现了对鸡毛蒜皮的关注[6]，进一步强化了评论界对"乡土色彩"的刻板印象。但不可否认的是，19世纪末20世纪初的美国乡土色彩文学不仅折射了当时的社会剧变给乡村区域以及女性群体带

---

[1] Philip Fisher, Introduction. *The New American Studies: Essays from Representations*. Ed. Philip Fisher. Berkeley: U of California P, 1991, p. xii.

[2] Barbara C. Ewell, "Changing Places: Women, the Old South; or, What Happens When Local Color Becomes Regionalism." *Amerikastudien/American Studies* 42.2 (1997): 164—65.

[3] Frank Norris, "The Great American Novelist," in *Literary Criticism of Frank Norris*. Ed. Donald Pizer. Austin: U of Texas P, 1964, p. 124.

[4] Hamlin Garland, "Local Color in Art," in *American Realism*. Ed. Jane Benardete. New York: Capricorn Books, 1972, pp. 268—69.

[5] Judith Fetterley and Marjorie Pryse, *Writing out of Place: Regionalism, Women, and American Literary Culture*. Urbana: U of Illinois P, 2003, p. 37. 另参见 Michael Kowalewski, "Writing in Place: The New American Regionalism." *American Literary History* 6.1 (1994): 175.

[6] Mildred Plew Merryman, "Local Color." *Poetry* 36.4 (1930): 196—97.

来的影响,同时也满足了美国民众对日益丧失的乡村生活的怀旧情感需求。

新英格兰地区文学最著名的代表是萨拉·奥恩·朱厄特(Sarah Orne Jewett,1849—1909)。她在《尖枞树之乡》(The Country of the Pointed Firs,1896)对宁静和谐的新英格兰农村地区的描绘,为日趋喧嚣的美国工商业社会勾勒出一方安放心灵的净土。她创作的文风、主题和基本理念都极大地影响了薇拉·凯瑟,也正是后者将乡土文学推向了艺术成就的顶端,成为国家主流文学的一部分。但玛丽·威尔金斯·弗里曼(Mary Wilkins Freeman,1852—1930)则给朱厄特营造的浪漫幻景泼了一盆冷水。在弗里曼的短篇故事中,新英格兰农村地区沉闷压抑,对于缺乏经济能力的弱势群体并不友好。那些老年女性角色不得不奋起自卫,诉诸道德经济来申明自己有在群体中"体面"生活的基本人权。

西部女性作家对于自身所处的区域表现出了同样的矛盾情感。格特鲁德·阿瑟顿(Gertrude Atherton,1857—1948)刻画了向往大城市的文化生活而逃离西部的新女性,玛丽·奥斯汀(Mary Austin,1868—1934)则充满爱意地刻画了美国西部和女性,尤其是印第安女性。阿瑟顿在《佩兴丝·斯帕霍克与她的时代》(Patience Sparhawk and Her Times,1897)、《美国妻子与英国丈夫》(American Wives and English Husbands,1898)、《葡萄园的女儿》(A Daughter of the Vine,1899)等"加利福尼亚系列"(California Series)中刻画了女主人公为了逃避西部小镇对女性的文化压制而去往纽约、伦敦等商业文化中心的成长故事,体现了女性知识分子对于乡村既渴望逃离又割舍不断的矛盾心态。奥斯汀却描绘了美国西部的迷人之处。在《少雨的土地》(The Land of Little Rain,1903)、《无界的沙乡》(The Country of Lost Borders,1909)等作品中,美国西部荒漠纵然不像国际大都市伦敦那样具有高贵的文化品位,却以独特的品格滋养着它的子民。

南方文学的代言人是格蕾丝·伊丽莎白·金(Grace Elizabeth King,1852—1932),这是一位在美国南北战争中失去财产和社会地位、因而一直希冀能够恢复"旧南方"荣光的南方淑女。身为白人女性,她在种族立场上态度游移不定,作品中经常出现热心于照顾白人女儿的"好黑人"这一刻板形象。金对南方社会中女性和黑人生活的全景式描绘贯穿了整个文学创作,她的短篇小说集《那时,那地》(Tales of a Time and Place,1892)与《阳台故事》(Balcony Stories,1893)、代表作《圣梅达尔地区的风情》(The Pleasant Ways of St. Medard,1916)中都以南方为背景展开。也正因为如此,她将自传命名为《一位南方女文人的回忆》(Memories of a Southern Woman of Letters,1932),将自己定位为"南方女文人"。埃伦·格拉斯哥

(Ellen Glasgow,1873—1945)这位1920年代最著名的南方区域作家此时却以叛逆女儿的身份崭露头角,在短篇故事《明日女性》("A Woman of Tomorrow",1895)中描绘了新时代弗吉尼亚女性在面对战后南方的衰落时,毅然和阿瑟顿笔下的女性那样走向了城市中的公共舞台,最终成为最高法院的大法官。

性别意识是19世纪与20世纪之交美国女性文学的主导性特征之一。女性主义评论家伊莱恩·肖沃尔特指出,1890年到1920年是美国历史上女性美学成型的最关键阶段,这段时间的最重要特征是女性开始怀有踏进高雅艺术殿堂的愿望,也见证了女性画家、作家、音乐家、歌唱家、演员、舞蹈家、雕塑家等的出现[1]。长久以来,美国文坛为男性经典文学所占据,女性文学被视为脱离社会、反现实主义的家庭叙事。肖沃尔特指出,评论界应该破除思维定式,聚焦于"新女性"文学创作中对社会变迁的描摹,及其对"美国民主的责任"这一智性传统的继承和反思[2]。在进步主义时期,文学成为教育大众和推行民主政治的有效渠道。即便是追逐利润的出版商们也青睐那些能够用"崇高的情感和目标……感动读者"的作品,即便是追求技巧现代性的作家们也强调文艺的政治功能,认为艺术是宣扬革命、反抗资产阶级价值的"教育"手段[3]。"新女性"作家成为这一文学潮流的生力军,她们的作品不再重复19世纪女性文学的家庭叙事和姐妹情谊,不再宣扬"虔诚、贞洁、温顺、持家"的"真正女性"特质,而具有鲜明的社会参与意识,以独特的女性视野重构着美国的文明形态。

在这些"新女性"作家中,莫德·豪·埃利奥特(Maud Howe Elliott,1854—1948)在《南方的阿塔兰忒》(*Altalanta in the South: A Romance*,1886)中表达了对南方社会中女性境遇的关注,呼吁女性在经济层面更加独立。对经济独立的渴望和对男女权利不平等的批判在玛丽·约翰斯顿(Mary Johnston,1870—1936)的小说《黑格》(*Hagar*,1913)中得到了宣示,其女主人公黑格·阿申戴恩转向了社会主义思想,为女性获得选举权而奋斗。相较而言,埃拉·惠勒·威尔科克斯(Ella Wheeler Wilcox,1850—1919)更加注重描绘个体感受,通过《愉悦之歌》(*Poems of Pleasure*,

---

[1] Elaine Showalter,"American Gynocriticism." *American Literary History* 5.1 (1993):121—22.

[2] Elaine Showalter,"American Gynocriticism." *American Literary History* 5.1 (1993):113.

[3] Christine Stansell,*American Moderns: Bohemian New York and the Creation of a New Century*. New York: Metropolitan Books,2000,p.155,p.156.

1888)、《三个女人》(Three Women,1897)等诗歌表现了对性爱和艺术的追求。性爱主题被凯特·肖邦(Kate Chopin,1850—1904)在她的短篇小说以及《觉醒》(The Awakending,1899)中推到了极致,终于引起了美国社会的震怒和对她的全面封杀。艺术主题则为琼·韦伯斯特(Jean Webster,1876—1916)所继承,其书信体小说《长腿爸爸》(Daddy-Long-Legs,1912)刻画了身为孤儿的女大学生朱迪·阿博特的成长经历。朱迪一心想要成为作家,但必须摆脱男性教育的话语体系才能找到自己独特的声音。男权社会对于女性作家在经济、性和灵魂追求等各个层面的体制性压迫被夏洛特·珀金斯·吉尔曼(Charlotte Perkins Gilman,1860—1935)所洞悉,她在短篇小说《黄墙纸》("The Yellow Wallpaper",1892)中将男权社会比喻为囚禁女性的栅栏,在《女性与经济学》(Women and Economics,1898)中鞭辟入里地分析了女性的社会角色。为了避免男性的剥削,吉尔曼在《她乡》(Herland)中想象了一个只有女性存在的乌托邦,表现出鲜明的女权独立思想。这一女性乌托邦思想是对美国19世纪女性创作中"姐妹情谊"主题的激进改造,成为当时"新女性"表达独立和男女平等愿望的流行体裁,在凯特·道格拉斯·威金(Kate Douglas Wiggin,1856—1923)的《苏珊娜与苏》(Susanna and Sue,1909)中也有体现。

　　如果说19世纪与20世纪之交的女性小说给美国文坛所带来的革新不过是延续了19世纪"女性化的五十年代"[①]的小说创作盛景,那么女性诗歌的亮眼表现则明显不过地凸显了女性作家的革新意识。埃德娜·圣文森特·米莱(Edna St. Vincent Millay,1892—1950)是二十世纪最重要的女诗人之一。她自幼熟读莎士比亚、弥尔顿、华兹华斯和丁尼生等男性经典诗人的作品,成功地将传统的诗歌形式与她自身所感受到的现代主题相结合,写下了《蓟的无花果》(A Few Figs From Thistles,1920)、《又是四月》(Second April,1921)、《竖琴编织人》(The Ballad of the Harp-Weaver,1923)等诗集。作为一名公开承认的双性恋,她在诗歌中大胆地表现了被视为禁忌的各类性爱主题,从而被视为"新女性"的先锋人物。米莱1923年获得普利策诗歌奖,是美国文学史上第三位获此殊荣的女诗人。在艺术领域呼风唤雨的则是"意象派"(Imagism)的那些女诗人,包括艾米·洛威尔(Amy Lowell,1874—1925)、希尔达·杜利特尔(Hilda Doolittle,1886—1961)、玛丽安娜·克雷格·穆尔(Marianne Craig Moore,1887—1972)等。她们将

[①] 弗雷德·刘易斯·帕蒂在《女性化的五十年代》中探讨了19世纪中叶美国女性小说的兴起,将这时段称为"女性化的五十年代"。参见 Fred Lewis Pattee, The Feminine Fifties. New York: D. Appleton-Century Company,1940.

原本是男性作家禁脔的诗歌语言视为自我表达的工具,积极参与新诗实验,以一种令当时世人侧目的方式成为艺术领袖。洛威尔在"意象派"诗人中的表现尤为亮眼,甚至取代了原本的发起者埃兹拉·庞德(Ezra Pound, 1885—1972)而成为这一艺术运动的实际领导人。她对诗歌"节奏"的强调以及对于远东文化的迷恋极大地影响了当时的美国诗坛。

当时的女性剧作家是女性主义思想的集大成者:她们的作品不仅攫取着原本属于男性经典作家专享的艺术荣光,而且在商业演出领域取得了巨大成功,延续了19世纪女性先辈通过创作获取经济独立的传统,更推动了让戏剧大众化的"小剧场运动"(the little theatre movement),以艺术形式革新的独特形式呼应并实践着美国进步主义时期的民主政治主张。美国人对于剧院并不生疏:在美国革命之后,戏剧在东部地区,尤其是波士顿、费城、纽约等地十分流行,尽管早期都是英国的剧团和演员在美上演。随着西部运动的推进,剧院也开始向西部拓展。19世纪后期,剧院越来越多地集中在纽约的几个街区,即百老汇。而"小剧场运动"使得这种艺术形式脱离城市中心,开始走向更广大的观众。

19世纪与20世纪之交美国戏剧创作中的一位重要前驱者是伊丽莎白·罗宾斯(Elizabeth Robins,1862—1952)。她具有强烈的女性独立意识,意图通过舞台表演和戏剧创作为女性身份找到一个合适的操演方式。为了追求表演事业她拒绝成为家庭主妇,这甚至导致了她心怀不满的丈夫自杀。她翻译并参演了《玩偶之家》等多部易卜生戏剧,对其中的女性主义主题进行了深入的阐释和发挥,在当时的女性投票权、女性劳工等性别政治事务中发挥了很大的影响。除了戏剧作品外,罗宾斯还创作了《悬而未决》(The Open Question,1898)、《魅力北方》(Magnetic North,1904)、《等君来》(Come and Find Me,1908)等小说作品。

值得特别指出的是,性别虽然是凝聚"新女性"作家的主要意识形态,但她们的创作受到了种族、区域、阶级等各种因素的影响,因而世界观多有抵牾之处。彼此的对立和协商共同构成了女性文学全景中的内在张力。这些有时甚至是根本性的差异或冲突是20世纪美国女性文学的主要特征,女性叙事不再能被轻易地纳入一个抽象的和虚构的"女性"框架之中,而是"矛盾的故事"[1]。

阶级性在强调通过个人奋斗跨越阶级区隔而实现"美国梦"的美国文学

---

[1] 参见 Elizabeth Ammons, *Conflicting Stories: American Women Writers at the Turn into the Twentieth Century*. New York: Oxford UP, 1991.

传统中可能并非一个显著的特征,但在 19 世纪末 20 世纪初的美国文学中却不容忽视。工商业的发展对于农业传统的冲击以及经济危机所造成的灾难性剧变,在当时的作家,尤其是更加关注日常生活的女性作家笔下,有着或隐或显的描绘。同样身处新英格兰,玛丽·威尔金斯·弗里曼所描绘的基本上是农村一贫如洗的老年妇女,而萨拉·奥恩·朱厄特笔下的乡村世界则充满类似英国乡村的恬淡和从容。同样是身居纽约的知识分子,来自上流社会的伊迪丝·华顿(Edith Wharton,1862—1937)和代表西部平民主义(popularism)的薇拉·凯瑟的作品充满着截然相反的风格。华顿主要创作以老纽约名流界为主要背景的"风尚小说",在《欢乐之家》(*The House of Mirth*,1905)、《纯真年代》(*The Age of Innocence*,1925)等代表作品中揭露了有闲阶层的虚伪和精神贫瘠。凯瑟则聚焦于承载了她童年记忆的西部荒野,在其著名的"草原三部曲"《啊,拓荒者!》(*O Pioneers*,1913)、《云雀之歌》(*The Song of the Lark*,1915)和《我的安东妮亚》(*My Antonia*,1918)中将拓荒经历升华成为美国民族精神的起源,谱写了致敬普通劳动者的赞歌。

  另一个值得关注的是种族叙事。在极力宣扬美国性的进步主义时期,并没有太多的空间供少数族裔,尤其是少数族裔女性发出自我的声音。然而,不可否认的是,自从 19 世纪后期"种族"作为民族国家建构工程中最重要的标记进入美国民众的显意识之后,有关人种和文明的想象便成为女性创作中萦绕不去的主题。无论是区域叙事还是性别叙事,都与种族叙事有着或多或少的关联。玛丽·奥斯汀在倡导区域文学时说,文学创作的一个主要任务是识别"因为在特定环境中共同生活得足够久而开始共有某种可被他人识别的反应模式"的群体[1]。这一说法实质上呼应了进步主义话语对"习惯"(habit)的定义,从而具有强烈的种族意味。在进步主义话语中,习惯决定着一个社会能否进行自我管理、实现民主秩序,进而成为区分种族优劣的文化标记。建基于"理性"的"民主习惯"是白人种族的专属特征[2]。因而,区域文学的群分意识往往与种族主义有着暧昧的关联,就如薇拉·凯瑟在欢呼美国的多元文化时,同样会写出"拉普女人又胖又丑,有一双斜视的眼睛,像中国人那样"[3]的句子。

  在 19 世纪与 20 世纪之交的女性创作中,种族意识具有显著的多样性。

---

[1] Mary Austin,"Regionalism in American Fiction."*The English Journal* 21.2 (1932):97.

[2] John Dewey,"Democracy and Educational Administration."*School and Society* 45 (April 3,1937):462;Jane Addams,"Social Control."*The Crisis* 1.3 (1911):22.

[3] 薇拉·凯瑟:《我的安东妮亚》,周微林译。北京:外国文学出版社,1998 年,第 155 页。

白人女性作家多多少少都接受了当时的"文明进化论",在宣扬美国价值的同时实践着贬低"劣等"族裔的文明话语。而深受种族意识形态之苦的少数族裔女性作家对待文明进化论的态度往往呈现出接受和拒绝相互交织的矛盾心态,这也导致了不同族裔女性作家之间的立场往往并不一致,并不如当下一些族裔批评所愿想的那样存在"天然的"身份认同感。比如,印第安部落也曾实践黑人奴隶制,到19世纪与20世纪之交,两个族群之间的关系已经处于非常恶劣的境地①。在女性族裔叙事中,种族差异与性别认同往往是一对矛盾的反作用,构成了女性作家身份的张力。

种族叙事中的一个典型作家是爱丽丝·邓巴-纳尔逊(Alice Dunbar-Nelson,1875—1935)。她身具白人、黑人和印第安人的多重血统,同时也是一位双性恋,深切地感受到文化撕裂和身份迷失的痛苦,因而一直致力于跨越种族肤色线,力图建构一种自由自在的个体身份。即便她受过正规的高等教育,却依然找不到合适的声音表述自己的存在。因为拒绝种族定义,邓巴-纳尔逊遭到了黑人群体和白人出版商的双重抛弃,一生仅仅写下了《紫罗兰和其他故事》(*Violets and Other Tales*,1895)和《圣罗克的善德和其他故事》(*The Goodness of St Rocque and Other Stories*,1899)两部短篇小说集。邓巴-纳尔逊的作品常涉及族裔问题,并且关注女性和黑人教育,反映了她在拓展非裔美国文学形式和理念方面的努力。

就当下评论界的研究阈限而言,19世纪与20世纪之交的族裔女性文学大致包括印第安人、非裔、犹太裔、西语裔和华裔几类。在进步主义时期,美国出于建构自身现代性和帝国身份的需要,对美洲原居民印第安人文化采取了"兼并"(incorporation)政策,以将其年老化和女性化的方式确立了"印第安性"在美国身份中的象征性的尊崇地位。换言之,印第安文化成了当时美国在现实社会需要远离却在文化层面不容放弃的特殊存在,正如女性在男权主导下的家庭中所扮演的角色。在这样的语境下,印第安作家采取了部分顺从的立场,热衷于描绘部落日常生活,记载代际相传的口头传说,宣扬印第安人与自然相合的世界观。

最著名的印第安女作家是格特鲁德·西蒙斯·鲍宁(Gertrude Simmons Bonnin,1876—1938)。她将文学创作与文化采风结合起来,收集、改写、出版了数本传说集,并以自传创作的形式揭示了美国社会中的种族政治和性别政治。鲍宁在印第安文化中长大,之后却接受了白人的归化教育。

---

① 丁见民:《19世纪美国印第安人与黑人关系的变迁——以美国东南部五大文明部落为例的考察》,载《南开学报》(哲学社会科学版)2013年第5期。

白人基督教世界在将她带入现代文明、拓展文化视野的同时,也暴力地割离了她与部族文化之根。意识到这一点的鲍宁为自己取了一个印第安笔名"红鸟"(Zitkala-Sa),用一生的时间对抗身份二重性。她的心理挣扎在其发表于1900年的三篇自传性散文《印第安童年印象》("Impressions of an Indian Childhood")、《一个印第安女孩的求学时光》("The School Days of an Indian Girl")和《印第安人中的印第安教师》("An Indian Teacher among Indians")中得到了深入和细腻的阐释。但红鸟的文学之路并未能够走远,得以问世的作品并不算多。除了零星的一些短篇故事外,她还编辑了一本儿童读物《印第安的古老传说》(Old Indian Legends),她创作的《太阳舞乐》(The Sun Dance Opera,1913)被誉为第一部印第安英语戏剧。红鸟是20世纪早期最有影响力的印第安社会活动家之一,她在1926年发起成立"美国印第安人全国委员会"(the National Council of American Indians)并担任主席,致力于为印第安人争取公民权利。

印第安女性文学的另一位先驱是"哀鸽"克里斯蒂娜·昆塔斯克(Mourning Dove, or Christine Quintasket,1884?—1936)。她是最早用英语发表长篇小说的印第安女作家。在她幼年时期,母亲鼓励她学习印第安部落的医药知识,她同时也接受了天主教的教育,很早便意识到两种对立文化之间的差异,并因此具有了"双重意识"。为了写好自己民族的传统故事,昆塔斯克积极参与了20世纪初美国"保护印第安人文化"的运动,在商人卢库鲁斯·弗吉尔·麦克沃特的指导下深入部落采风,从部落老妇那里听到了很多传统故事,后来以《郊狼故事集》(Coyote Stories,1933)的形式出版。在白人文化和部落文化夹缝间生存的经历在昆塔斯克的作品中表现为文化混杂和身份杂糅主题,既充满印第安传统中的"郊狼""恶作剧者"等形象,也具有追寻个人成功、实现"美国梦"的情节。她的处女作《混血女孩柯金维:蒙大拿州野牛牧场描绘》(Cogewea, the Half-Blood: A Depiction of the Great Montana Cattle Range,1927)是已知第一部印第安女性小说,通过对三姐妹意图在白人世界坚持自身"印第安性"而遭受的歧视和苦难,表现了"混血"身份和双重意识对印第安人造成的情感冲击。这一主题奠定了美国印第安文学的基调,为20世纪70年代的印第安文学复兴发出了先声。

与印第安作家不得不用英语(因为印第安人没有书面语言)来创作、以白人群体为阅读对象不同,黑人文学从一开始便作为种族反抗的实践形式面向黑人群体,意在提升他们的种族认同感,"建造种族的未来"[1]。最早发

---

[1] Melba Joyce Boyd,"Time Warp: A Historical Perspective on Two Novels by Frances E. W. Harper." The Black Scholar 23.3/4 (1993):2.

表作品的黑人女性作家是诗人菲莉丝·惠特利(Phillis Wheatley,1753—1784),第一位小说家是哈丽雅特·威尔逊(Harriet E. Wilson,1825—1900)。到了19世纪末,黑人女性的群体意识明显增加,1890至1910年甚至被称为"黑人女性时代"(The Black Women's Era)[1]。一些社会团体如全国有色人种妇女联盟(The National League of Colored Women)、全国有色人种妇女协会(National Association of Colored Women)、全国有色人种妇女俱乐部联盟(Natioanl Assoicaition of Colored Women Clubs)相继成立。知识分子艾达·贝尔·韦尔斯(Ida Bell Wells,1862—1931)、玛丽·丘奇·特雷尔(Mary Church Terrell,1863—1954)、安娜·朱莉娅·库珀(Anna Julia Cooper,1858—1964)都致力于反对种族主义和私刑[2]。在黑人女性作家中,最为杰出的代表是弗朗西丝·哈珀(Frances Harper,1825—1911)和保利娜·伊丽莎白·霍普金斯(Pauline Elizabeth Hopkins,1859—1930)。哈珀勇敢地投身于社会运动,通过诗歌为黑人争取社会福利;而霍普金斯则投身于期刊事业,为黑人发出自我与种族的声音提供了一个公共平台。

更为19世纪与20世纪之交增光添彩的文学现象是黑人戏剧创作的兴盛。美国黑人女性戏剧的出现时间晚于黑人诗歌和黑人小说,其历史大致可以追溯到19世纪末保利娜·伊丽莎白·霍普金斯和凯瑟琳·戴维斯·蒂尔曼(Katherine Davis Tillman,1870—1922)这两位先驱的创作。她们在《奴隶的逃亡,或地下铁路》(*Slaves' Escape;or,The Underground Railroad*,1880)、《通向自由的五十年》(*Fifty Years of Freedom*,1910)等代表性作品中体现了"奴隶叙事"(slave narrative)所蕴含的种族独立意识。1910至1940年间,黑人女性剧作家极大地推动了"小剧场运动"的发展,在社区剧场、教堂以及其他黑人聚集地演出有关非裔美国生活的剧本,尤其在刻画和反抗私刑方面厥功至伟。当时具有代表性的黑人女性剧作家有安吉丽娜·韦尔德·格里姆克(Angelina Weld Grimke,1880—1958)、乔治娅·道格拉斯·约翰逊(Georgia Douglas Johnson,1880—1966)等。

安吉丽娜·韦尔德·格里姆克是一位具有四分之三白人血统的混血儿,接受了当时黑人能够得到的最好教育,毕业于波士顿师范大学(后被韦尔斯利学院合并)。格里姆克的名字取自她的曾姑母、著名的废奴主义者安

---

[1] Eliane Showalter,*A Jury of Her Peers:Celebrating American Women Writers from Anne Bradstreet to Annie Proulx*. New York:Vintage Books,2009,p. 215.

[2] Eliane Showalter,*A Jury of Her Peers:Celebrating American Women Writers from Anne Bradstreet to Annie Proulx*. New York:Vintage Books,2009,p. 210.

吉丽娜·艾米丽·格里姆克(Angelina Emily Grimké,1805—1879),她在诗歌和戏剧创作中秉承了这位先辈的种族友爱思想。她最出名的戏剧作品是三幕剧《雷切尔,一部抗议剧》(*Rachel*,*A Play of Protest*,1920)。这部剧的原始剧本早在1916年便被全国有色人种促进会(National Association for the Advancement of Colored People)搬上舞台,使得格里姆克成为第一位作品得以公开上演的黑人女性剧作家。

乔治娅·道格拉斯·约翰逊有"黑人复兴运动的贵妇诗人"(Lady Poet of of the New Negro Renaissance)的美名,最为出名的作品是以黑人女性的日常生活为题材的《女人心》(*The Heart of a Woman*,1918)、《青铜雕像》(*Bronze*,1922)、《秋天的悲喜离合》(*An Autumn Love Cycle*,1928)和《敞开我的世界》(*Share My World*,1962)四部诗集。此外,她创作了《南方的星期天早晨》(*A Sunday Morning in the South*,1925)、《蓝血》(*Blue Blood*,1926)、《羽毛》(*Plumes*,1927)、《安全》(*Safe*,1929)、《蓝眼睛的黑孩子》(*Blue-Eyed Black Boy*,1930)等大概28部戏剧作品,表达了反对种族压迫和私刑的主题。这类主题使其作品成为"哈莱姆文艺复兴"(Harlem Renaissance)的重要组成部分。

犹太裔美国女性文学是在第一次世界大战后欧洲反犹情绪高涨、犹太人被迫到美国避难的语境下产生的。在20世纪最初的二十年里,美国犹太移民的数量达到了350万。他们对于美国的情感并不一致:"并非所有的犹太人都喜欢'这样的一个国家',至少是有差别的,至少和他们的想象是有差距的。"[①]这些情感差别导致了犹太美国文学的内部差异性。犹太裔女性文学奠基者多为一代或者二代移民,这些"来自东欧的犹太女性,是最早开始接受教育的女性群体,在20世纪二三十年代的现代意第绪语文学中开辟了她们的营地,但是如今她们几乎已经被遗忘"[②]。19世纪与20世纪之交的犹太女性作家关注点各不相同,但是都在作品中呈现了犹太家族的移民历史、对犹太律法权威性的质疑、对犹太人社区中传统价值观的抗拒以及对自我身份的追寻等。这些先驱包括玛丽·安廷(Mary Antin,1881—1949)、安吉亚·叶齐尔斯卡(Anzia Yezierska,1880—1970)、埃德娜·费伯(Edna Ferber,1885—1968)、范妮·赫斯特(Fannie Hurst,1889—1968)、诗人安

---

① Hana Wirth-Nesher and Michael P. Kramer,"Introduction:Jewish American Literatures in the Making," in *The Cambridge Companion to Jewish American Literature*. Ed. Hana Wirth-Nesher and Michael P. Kramer. Cambridge:Cambridge UP,2003,p. 4.

② Norma Fain Pratt,"Anna Margolin's 'Lider':A Study in Women's History,Autobiography,and Poetry." *Studies in American Jewish Literature* 3 (1983):11.

娜・马尔格林(Anna Margolin,1887—1952),等等。

玛丽・安廷的回忆录《应许之地》(The Promised Land,1912)是 20 世纪犹太裔女性文学的开拓性作品,讲述了叙述者从白俄罗斯移民到美国的经历,呈现了她在俄罗斯文化和美国文化、犹太文化和新教文化等思想传统之间的迷茫、忧伤和希望。这部自传充满了对美国的向往和赞誉,与传统的美国"庇护所"身份修辞一脉相承,因而受到了美国社会的热烈欢迎。对美国价值观的弘扬也使安廷付出了重大代价:尽管她终生都与犹太群体保持着密切联系,却依然被同族人视为背叛犹太文化传统的叛徒和"异端"。

安吉亚・叶齐尔斯卡则是一个致力于摆脱犹太教影响的叛逆者。她的《饥渴的心灵》(Hungry Hearts,1920)和《一家之主》(Bread Givers,1925)呈现了父亲所代表的犹太传统和女儿所代表的美国现实之间的冲突。《一家之主》中的父亲莱博・斯莫林斯基代表了犹太男性的刻板形象:他追求精神上的完善,对美国这片新的"应许之地"有着盲目的乐观,根本不在乎日常生活的困顿。而独立的女儿形象反映了叶齐尔斯卡本人的成长历程:"她是自由主义者,只要是自己想做的事情,就会义无反顾。她对于被压迫者心怀深切的同情,对任何的专制都痛恨不已"[1]。

小说家兼编剧埃德娜・费伯长期以来被赞为"美洲女王"和女权主义者,在 1931 年获得哥伦比亚大学的荣誉博士学位,对于美国犹太女性文学的发展做出了里程碑式的贡献[2]。她的小说《这么大》(So Big,1924)刻画了一位甘愿为儿子做出牺牲的母亲,获得普利策小说奖并被拍成电影。她的作品《范妮其人》(Fanny Herself,1917)和《特别的财富》(A Peculiar Treasure,1939)都在很大程度上取材于她本人的经历。费伯具有精明的商业头脑,她的许多作品都是在全国知名杂志上先连载,并在正式发表之前签订电影合同。她所签订的好莱坞电影合同之多前无古人,她通过这种手段保持了自己的名人身份。她的作品接近生活,在当时非常畅销。费伯抗拒犹太教,在作品中并不凸显犹太主题,却致力于呈现犹太民族的苦难历史,这是她"作品成功的重要因素"[3]。

范妮・赫斯特曾经是最具盛名的犹太裔女作家,擅长描写劳动阶层和

---

[1] Alice Kessler-Harris, Introduction. *Bread Givers* by Anzia Yezierska. New York: Persea Books, 2003, pp. xxv—xxvi.

[2] Evelyn Avery, "Modern Jewish Women Writers in America: An Introduction," in *Modern Jewish Women Writers in America*. Ed. Evelyn Avery. New York: Palgrave McMillan, 2007, p. 7.

[3] Eileen H. Watts, "Edna Ferber, Jewish American Writer: Who Knew?", in *Modern Jewish Women Writers in America*. Ed. Evelyn Every. New York: Palgrave Macmillan, 2007, p. 41.

中产阶级女性的爱情和经济诉求。她的多部作品成为当时的畅销书,如《鲁莫克斯》(*Lummox*,1923)、《后街》(*Back Street*,1931)、《模仿生活》(*Imitation of Life*,1933)等。与其他犹太裔作家相比,赫斯特的作品族裔性明显弱化,并不宣扬犹太复国主义和犹太教,因而在 1930 年代招致少数族裔批评家的批判。

安娜·马尔格林是罗莎·哈宁·莱本斯鲍伊姆(Rosa Harning Lebensboym)的笔名。她出生在沙皇俄国,在那里接受了犹太教育。1906 年她移居纽约,将自己对于纽约城的观察融入诗歌之中。她的作品包括诗集《领袖》(*Lider*,1929)和去世后出版的《醉倒在苦涩的真相里》(*Drunk from the Bitter Truth*,2005)。马尔格林的诗歌着力呈现微妙的情绪、感情和思想,常常给读者带来新奇的感受;同时体现出浓厚的"新女性"意识,为 20 世纪初的美国诗坛增添了女性主义声音。正因为如此,她被视为美国 20 世纪最好的意第绪语诗人之一[1]。

西语裔女性文学的奠基人是墨西哥裔作家玛丽亚·鲁伊斯·德·伯顿(Maria Amparo Ruiz de Burton,1832—1895)。她的小说《谁会想得到呢?》(*Who Would Have Thought It?*,1872)是西语裔和拉美裔女性英语文学中的第一部作品。玛丽亚·鲁伊斯·德·伯顿一直用英语创作,主要以不同文化之间的冲突和整合为主题。

但在她之后接近半个世纪的时间里,英语文学创作归于沉寂,直到莱昂诺尔·比耶加斯·马格农(Leonor Villegas de Magnón,1876—1955)根据自身经历创作了历史小说《革命者》(*The Rebel*)。由于马格农在世时一直没有找到出版社,这部小说的成书时间并不确定,大致推断是 1920 年代。直到"发现美国西班牙语裔文学遗产计划"实施以后,该书才于 1994 年获得资助出版。《革命者》虽然是回忆录,但是采用了第三人称的客观叙事方式,旨在以"亲历者"和"见证者"的身份反映墨西哥革命。马格农"觉得有义务保留下她参与革命的文字和影像记录"[2],因而留下了两个版本的回忆录,还有大量的书信、照片、手稿、书籍和电报,甚至是带有文字的纸片等资料。这本回忆录从女性角度来记录历史,凸显了女性的历史贡献,在墨西哥裔美国人历史上具有革命性的意义,完成了"歌颂边疆地区先驱者们的活动,使他

---

[1] Norma Fain Pratt,"Anna Margolin's 'Lider': A Study in Women's History, Autobiography, and Poetry." *Studies in American Jewish Literature* 2.3 (1983):11.

[2] Clara Lomas,"Preface: In Search of an Autobiography: On Mapping Women's Intellectual History of the Borderlands," in *The Rebel* by Leonor Villegas de Magnón. Houston: Arte Publico P, 1994, p. viii.

们从幕后走到台前、为人们所知"的历史使命①。

与其余的族裔文学相比,美国华裔文学在19世纪与20世纪之交举步维艰,原因在于当时整个美国正被疯狂的排华情绪所裹挟。19世纪中期的"淘金热"刺激了亚裔移民的增长,其中华工的主体是之前输出到美洲的契约劳工和苦力,以及19世纪60年代中央太平洋铁路公司修建铁路期间招募的华工。1882年的《排华法案》(Chinese Exclusion Act)极力排挤华人移民,致使华人移民成为最受歧视的移民群体之一。在美国人的想象中,中国人与疾病、肮脏、鸦片、独裁等一系列否定特质相联系,是绝对不可能被美国文明同化的异质因素。在这种语境下,任何来自华裔的声音都弥足珍贵。

早期华裔女性作家中,伊顿姐妹(Eaton sisters)的成就最高,她们开创了华裔女性之文学书写的先河。伊顿姐妹出生于英国的麦克克莱斯菲尔德,父亲爱德华·伊顿是英国人,母亲格蕾丝·荷花·特莱福希斯是被英国传教士收养的中国人。伊顿一家于70年代移民到了美国,居住在纽约。姐姐伊迪丝·莫德·伊顿(Edith Maude Eaton,1865—1914)将自身的名字改为具有浓烈中国色彩的"水仙花"(Sui Sin Far),以《一个欧亚裔人的回忆书束》(Leaves from the Mental Portfolio of an Eurasian,1909)为代表,根植于中国传统,发表了一系列关于中国移民的文学作品,例如《中国的伊斯梅尔》(A Chinese Ishmael,1899)、《爱情鸟》(The Bird of Love,1910)、《中国稻田中的爱情故事》(A Love Story from the Rice Fields of China,1911)、《中国学生》(Chan Hen Yen,Chinese Student,1912)和《春香夫人》(Mrs. Spring Fragrance,1912)等。

伊顿姐妹中的妹妹温妮弗雷德·伊顿(Winnifred Eaton,1875—1954)也是位多产作家,取了一个貌似日本人的笔名"夫野渡名"("Onoto Watanna")②。她专注于描写日裔美国人的生活,"塑造了一群漂亮、温顺、柔弱但思想进步的日本女性和日本欧亚裔女性,不仅满足了当时白人读者的东方主义猎奇心理,而且这些东方女性身上的进步品质也迎合了当时美国流行的新女性思想"③,但是却闭口不谈自己的华裔血统。相较而言,水仙花对自身中国血统的承认不仅仅是对美国种族话语的拒绝,更是对美国身份的

---

① Clara Lomas,"Introduction:Revolutionary Women and the Alternative Press in the Borderlands," in *The Rebel* by Leonor Villegas de Magnón. Houston:Arte Publico P,1994,p. xi.

② 有关这个名字的译法及所内蕴的社会含义,参见潘志明:《"渡名"之辩——关于温妮弗蕾德·伊顿的署名》,载《国外文学》2008年第3期。

③ 王增红:《种族冒充、冒充叙事与混血族身份政治——温妮弗蕾德·伊顿新解》,载《外国文学评论》2016年第4期,第194页。

一种全新建构:她超越了"欧亚人"身份中的文化对立,弘扬了"非欧非亚"的身份观,为美国的"熔炉"形象做了最为恰如其分的诠释。

19世纪与20世纪之交的美国正在呼唤一种强有力的国家文学,以匹配它日益增长的帝国雄心。1916年,年方弱冠的约翰·多斯·帕索斯(John Dos Passos,1896—1970)在《美国文学讨伐书》("Against American Literature")一文中写道:

> 如果说美国文学被什么情绪主宰的话,那就是文雅的讽刺。这个讽刺倾向通常模糊温和,有时纠结于一位自以为饱经世故的中年妇女的苦闷;这是这个国家文学的主要特征,虽然它们当中大部分都是基于外国理念而被创作出来的。

在帕索斯看来,在缺乏文化传统的美国,只有沃尔特·惠特曼找到了国家文学的正确发展道路,写下了充满力量、面向未来的雄浑诗句。而以伊迪丝·华顿和玛丽·沃茨(Mary S. Watts,1896—1983)这"两位妇女"的作品为代表的"高雅文学的语调无疑是一位女性的调子,她有教养、聪明、容忍、谙于处世之道、娴静风趣,却深陷于中产阶级'雅致'视野的羁绊"①。这位血气方刚的少年写下这样的话不足为奇,他的观点不过折射了美国主流社会对于女性文学的看法——他们的观点依然停留在19世纪的刻板印象之中。而事实上,当时的女性文学不再像19世纪那样具有统一的创作模式、修辞和旨归,而是基于错综复杂的政治因素而呈现出多样化的、有时甚至是截然相反的表象。自20世纪70年代以降,评论家们开始突破了传统的审美批评,从不同的理论视角去解读历史上的女性创作,并形成了泾渭分明的各种批评传统。正因为如此,肖沃尔特在《美国的女性批评》一文中指出,"考察美国的女性创作不仅需要对美国文学的主导范式进行反思,也需要重新考察主流的女性批评种类"②。换言之,当下对19世纪与20世纪之交的美国文学进行重新梳理和考察,不仅需要更深入细致地分析特定作家创作时的特定历史语境,更需要有理论自觉,探究种族、区域、阶级、国族等理论视域下女性创作所呈现出的不同意义,并在此基础上形成自我立场。

---

① J. R. Dos Passos, "Against American Literature." *The New Republic* Oct. 14, 1916: 269, 270.

② Elaine Showalter, "American Gynocriticism." *American Literary History* 5.1 (1993): 112.

第一节 区域文学

19世纪与20世纪之交的美国文学中的区域叙事是美国社会从农业社会转变为工业社会这一特殊时期的产物。传统的农业社会具有社群化的特征,各个区域的生活方式取决于不同的气候地貌,因而呈现出疏离分散却多姿多彩的状态。然而,资本主义工商业的崛起带动了全国性的生产、推广、配送、消费等各个环节,铁路技术的发展促进了"现代"时间的产生,原本各地不同的"地方时间"必须实行统一,让位于一个全国统一的标准时间,才能确保工商业体系的顺利运转。这一转变的后果是,极力保持自身文化独特性的美国各区域与要求统一化的国家身份之间出现了不可调和的矛盾。另一个张力则是"美帝国"与"美国"身份的对峙。资本的国际扩张诱使美国在国际上谋求帝国身份,将海外殖民地全部纳入帝国体系之中。然而,美国的民族主义者极力维护种族纯洁性,将帝国治下的属地视为"美国"的种族他者[1]。因此,美国国内的"地方"与海外殖民地取得了本质上的一致性:它们既是"美国"这个抽象概念的有机组成部分,又是其极力压制的对象(尽管压制原因不同)。在当时国家身份建构话语极为强势的语境下,美国"地方"与海外属地一样被想象成反现代性的落后存在,"地方色彩"也因此有了贬抑的含义[2]。

因而,自19世纪末以降,"美国地方""美国""美帝国"这三者的复杂关联成为了美国文学中的一个持续主题。作家们的创作视野也出现了"世界主义"(cosmopolitanism)、"国族主义"(nationalism)和"乡土主义"(localism)的立场之争。秉承世界主义的美国作家们以亨利·詹姆斯(Henry James,1843—1916)和伊迪丝·华顿(Edith Wharton,1862—1937)为典型代表,他们因为常常在海外旅游或居住而具有自觉的文化对比意识,并在此基础上形成了以国际体系为背景的美国身份认识。他们用以建构美国身份

---

[1] 参见 Eric T. L. Love, *Race over Empire: Racism and U. S. Imperialism, 1865—1900*. Chapel Hill: U of North Carolina P, 2004.

[2] 参见 Walter Benn Michaels, "Local Colors." *MLN* 113. 4 (1998): 751; Marry K. Anglin, "A Question of Loyalty: National and Regional Identity in Narratives of Appalachia." *Anthropological Quarterly* 65. 3 (1992): 107, 110; David Chioni Moore, "Local Color, Global 'Color': Langston Hughes, the Black Atlantic, and Soviet Central Asia, 1932." *Research in African Literatures* 27. 4 (1996): 49—70; Stephanie Foote, *Regional Fictions: Culture and Identity in Nineteenth-Century American Literature*. Madison: U of Wisconsin P, 2001, p. 13.

的参照物往往是欧洲大陆,因而常常被误认为是文化势利者或"叛国者",但实质上通过对比"腐败旧欧洲"建构了一个"纯真"美国的神话,为美国取代欧洲成为新的全球帝国提供了文化层面上的合法性。而国族主义主要体现在自然主义(naturalism)文学中。按照1912年美国哲学家拉尔夫·巴顿·佩里(Ralph Barton Perry,1876—1957)的说法,自然主义是"将科学理论应用于哲学问题的实践"①。实际上,在19世纪与20世纪之交的美国,建基于"理性"的科学话语与种族主义有着密切关联,以社会进化论的形式在美国身份塑造中发挥着重要作用。弗兰克·诺里斯(Frank Norris,1870—1902)、西奥多·德莱塞(Theodore Dreiser,1871—1945)、斯蒂芬·克莱恩(Stephen Crane,1871—1900)、杰克·伦敦(Jack London,1876—1916)等男性自然主义文学经典作家通过强奸、暴力等修辞意象建构粗放的、崇尚力量的、不同于英国阴柔美学的美国身份,以白人男性美学的立场论证了"美国"作为例外空间的"科学性",因而属于本土主义行列②。在一片强调"美国性"的热忱中,对区域的关注显得非常不合时宜。地方性和农业风景在工业美国已经是不受欢迎的话题,这也是西奥多·罗斯福总统开展"乡村生活运动"(Country Life Movement)的原因:乡村脱离了工商业的国家节奏,必须经历改革才能重新变得"体面"③。在倡导现代美国粗犷的民族性的氛围中,表现农业社会风俗人情的区域文学显得胆怯和落伍,被与"因循守旧"的女性和自然联系在一起④。《民族》(*The Nation*)杂志在1919年9月27日发表社论《地方色彩及以后》("Local Color and After"),宣称地方色彩文学是过时的女性特质的产物。女性作家被视为"老处女",

---

① Ralph Barton Perry, *Present Philosophical Tendencies*. New York: Longmans, Green & Co., 1929, p. 45. 自诞生起,"自然主义"的概念就与启蒙和"现代性"联系在一起,这一观念存续至今。参见 Thelma Z. Lavine, and Clarence J. Robinson, "Modernity and the Spirit of Naturalism." *Proceedings and Addresses of the American Philosophical Association* 65.3 (1991): 73—83.

② John Dudley, *A Man's Game: Masculinity and the Anti-Aesthetics of American Literary Naturalism*. Tuscaloosa: U of Alabama P, 2004, p. 4, p. 12. 关于这些作家作品的解读,可参见 Colleen Lye, "American Naturalism and Asiatic Racial Form: Frank Norris' *The Octopus* and *Moran of the 'Lady Letty'*." *Representations* 84.1 (2003): 73—99; Elizabeth A. Marchant, "Naturalism, Race, and Nationalism in Aluísio Azevedo's *O mulato*." *Hispania* 83.3 (2000): 445—53; Jeanne Campbell Reesman, "'Never Travel Alone': Naturalism, Jack London, and the White Silence." *American Literary Realism*, 1870—1910 29.2 (1997): 33—49; Sara E. Quay, "American Imperialism and the Excess of Objects in *McTeague*." *American Literary Realism* 33.3 (2001): 209—34.

③ Scott J. Peters and Paul A. Morgan, "The Country Life Commission: Reconsidering a Milestone in American Agricultural History." *Agricultural History* 78.3 (2004): 293.

④ 关于评论界对地方色彩文学(又称区域现实主义、文学区域主义、区域文学)的讨论,参见金莉:《文学女性与女性文学:19世纪美国女性小说家及作品》,北京:外语教学与研究出版社,2004年,第250—261页。

年龄和无处奉献的贞操使她们缺乏艺术想象力①。哪怕她们被称呼为"画眉鸟"或"来自荒野的贵妇人"②,也不过是一种居高临下的客套,背后是依然对女性作家和区域文学的双重否定。与亦涉及农村题材却因弘扬刚硬的美国工商业精神而被经典化的男性自然主义文学相比,女性乡土文学有着如下特征:首先,女性乡土文学以传统乡村生活为描绘和解析对象,选择以温和的方式颠覆了其中根深蒂固的厌女文化;其次,自我否定和随遇而安是男性身份的对立面,对于女性乡土文学而言却不仅是必需的生存技巧,也是从生活中获得真正满足感的方式;最后,男性文学创作强调作者的权威(author/authority),而女性乡土文学中则持续出现"讲故事"这一主题,认为"故事只有分享之后才获得意义",通过讲述、分享和回应建构叙述者/作者和听众/读者这样一个意义共同体,强调分享和同情原则③。

就区域和影响而言,女性乡土文学大致可分为新英格兰文学、中西部文学和南方文学三类。新英格兰是美国具有特殊意义的区域空间,作为欧洲殖民者在美洲的最先落脚处,它承载着共和国的政治、宗教、经济、文化等原初记忆。但到了19世纪与20世纪之交,新英格兰昔日的荣光已经褪去,在农业向工商业转化的现代性进程中走向没落,文化领导权也让位于新兴的工业地区,成为新兴工业美国的局外人。因而,"隔离感"成了新英格兰身份的独特标记,区域文化心态便是智性优越感与对经济困境的无奈的复杂交织④。在这样的文化语境下,以萨拉·奥恩·朱厄特(Sarah Orne Jewett, 1849—1909)、玛丽·威尔金斯·弗里曼(Mary Wilkins Freeman, 1852—1930)等为代表的新英格兰女性乡土文学在内容和主题上都具有了鲜明的历史感和精神向度。其作品绝大多数以家庭为背景,描绘了女性的生活品味和向往:家中必须有存放先人物品的阁楼才算完整,客厅最好能够像昔日辉煌时铺着来自遥远东方的奢侈地毯。小说往往充满怀旧或感伤的情绪,非常关注失去所有家庭成员的寡居女性,致力于呈现新英格兰的"女性能

---

① Caroline Gebhard, "The Spinster in the House of American Criticism." *Tulsa Studies in Women's Literature* 10.1 (1991):79,85.

② Eric J. Sundquist, *Columbia Literary History of the United States*. Ed. Emory Elliott. New York:Columbia UP,1988,p. 509; Maxwell Geismar, "Willa Cather:Lady in the Wilderness," in *Willa Cather and Her Critics*. Ed. James Schroeter. Ithaca:Cornell UP,1967,p. 171.

③ Donna Campbell, *Resisting Regionalism: Gender and Naturalism in American Fiction, 1885—1915*. Athens:Ohio UP,1997,p. 24. 另参见 Elaine Sargent Apthorp, "Sentiment, Naturalism,and the Female Regionalists." *Legacy* 7.1 (1990):3—21.

④ Babette May Levy, "Mutations in New England Local Color." *The New England Quarterly* 19.3 (1946):357.

力":她们一定能够完成物质的目标,并为精神闲暇留出时间①。

美国在国力飞速发展的同时,出现了建构自身民族身份的需求。为了与"旧欧洲"摆脱关联,美国人选取了最独特的拓荒经历作为民族记忆和美国历史的起点,"边疆"于是成为建构美国精神的核心修辞②。1893年,历史学家弗雷德里克·杰克逊·特纳(Frederick Jackson Turner,1861—1932)在哥伦比亚世界博览会上做了著名讲演《边疆在美国历史上的重要性》("The Significance of the Frontier in American History"),认为美国的西进运动已经停止,疆界也已关闭,声称美国民族性格真正的起源乃是边疆和拓荒。正如评论家艾米·卡普兰指出,19世纪末的美国作家非常迷恋一个想象性的过去,区域作家们于是通过怀旧刻画了超越历史语境的"农业美国",用以对抗当下的资本主义"现代美国"③。中西部文学就在这一语境下获得了国家层面的关注。地域主义者宣称,1910至1930年间兴起的中西部文学是美国文学最为重大的成就之一,对美国文学史的意义只有19世纪的新英格兰文学可堪比肩④。作为中西部文学的先驱,哈姆林·加兰(Hamlin Garland,1860—1940)以其西部"农场小说"创作而被称为美国文学史上"第一位农民"⑤。卡尔·桑德堡(Carl Sandburg,1878—1967)的芝加哥诗歌、埃德加·李·马斯特斯(Edgar Lee Masters,1868—1950)的《匙河集》(*Spoon River Anthology*,1915)以及辛克莱·刘易斯(Sinclair Lewis,1885—1951)的《大街》(*Main Street*,1920)一起将中西部文学运动推向了高潮并取得了全国性的成就。在这个少有的被经典化的区域文学子类中,薇拉·凯瑟(Willa Cather,1873—1947)是其中一道亮丽的风景。她描绘了女性拓荒者在西部荒野上的英姿,从性别的角度参与了国家历史的塑造。

在内战之后,无力且拒绝参与美国现代工业资本运转体系的南方被建

---

① Babette May Levy,"Mutations in New England Local Color." *The New England Quarterly* 19.3 (1946):339—41.

② 参见卢瑟·路德克编:《构建美国:美国的社会与文化》,王波、王一多等译。南京:江苏人民出版社,2006年,第31—36页。

③ Amy Kaplan,"Nation,Region,and Empire," in *The Columbia History of the American Novel*. Ed. Emory Elliot. New York:Columbia UP,1991,p. 242.

④ John T. Frederick,"Ruth Suckow and the Middle Western Literary Movement." *The English Journal* 20.1 (1931):3—4. 另参见 Mary Paniccia Carden,"Creative Fertility and the National Romance in Willa Cather's *O Pioneers*! and *My Ántonia*." *Modern Fiction Studies* 45.2 (1999):275—302.

⑤ John T. Flanagan,"The Middle Western Farm Novel." *Minnesota History* 23.2 (1942):115.

构成美国国内的一个独特区域,有关"南方"的想象持续至今①。在美国致力于拓展国际市场、意图成为帝国的过程中,南方被迫充当了帝国"内部野蛮人"(internal barbarian)的角色。作家爱德华·金(Edward King,1848—1896)为《斯克里布纳月刊》(Scribner's Monthly)做了一个旅行文学专题,发表了《伟大的南方》(The Great South,1875)系列游记,将南方类比成为非洲等落后地区,呈现了分裂、征服、占领、人种堕落等国家内部的殖民主题。用国际关系来类喻南北关系,使南北之争变成了"新英格兰"和"新非洲"之争,通过贬抑南方的方式定义美国精神②。南方作家自身也在推动着南方例外意象的建构,格蕾丝·伊丽莎白·金(Grace Elizabeth King,1852—1932)、凯特·肖邦、凯瑟琳·安·波特(Katherine Anne Porter,1890—1980)等女性作家的作品中弥漫着浓重的"旧南方"情结。她们对于旧南方的迷恋、感伤,对进步和现代性的拒绝,到1930年代受到了质疑,南方新一代的男性作家们反感乡土文学的浪漫用词和乡土题材,认为其对琐事的关注和"本质上的感伤性"是女性特质的产物,应该转向"区域主义"(regionalism)③。国族主义派评论家对"区域文化"是否存在心存疑虑,认为美国作为一个整体正变得越来越统一化和标准化,"区域"经历与"美国"经历并无二致,且是其中的有机组成部分,所谓区域意识不过是庸俗、无知与狭隘,最终"不可避免地要回到国族主义这个更广的概念上来"④。但区域主义者认为,国家行政身份与文化统一性是两回事。女作家玛丽·奥斯汀(Mary Austin,1868—1934)在《美国小说中的地域主义》("Regionalism in American Fiction")一文中争辩道,就像苏格兰、爱尔兰和英格兰同属不列颠王国但彼此文化差异很大,美国文学的误区在于过分强调统一的语言

---

① Barbara C. Ewell,"Changing Places:Women,the Old South;or,What Happens When Local Color Becomes Regionalism." *Amerikastudien/American Studies* 42.2(1997):163. 另参见 Jessica Adams,"Local Color:The Southern Plantation in Popular Culture." *Cultural Critique* 42(1999):163—87.

② Jennifer Rae Greeson,"Expropriating 'The Great South' and Exporting 'Local Color':Global and Hemispheric Imaginaries of the First Reconstruction." *American Literary History* 18.3(2006):500.

③ Barbara C. Ewell,"Changing Places:Women,the Old South;or,What Happens When Local Color Becomes Regionalism." *Amerikastudien/American Studies* 42.2(1997):160;Caroline B. Sherman,"The Development of American Rural Fiction." *Agricultural History* 12.1(1938):73.

④ Eugene Konecky,"Midwestern Writers:Midlandish Mind." *Prairie Schooner* 4.3(1930),181,184—85;Lowry Charles Wimberly,"The New Regionalism." *Prairie Schooner* 6.3(1932),216,218;Jennifer Rae Greeson,"Expropriating 'The Great South' and Exporting 'Local Color':Global and Hemispheric Imaginaries of the First Reconstruction." *American Literary History* 18.3(2006):502.

和国家政治进程的决定性。她呼吁思想界应该"深入了解带有各自微妙却重要的特色的多个美国,而不是一个广大却苍白的美国",否则就是"思想的懒惰"①。区域主义作家以"逃亡者"和"重农派"自诩,致力于从"更深层次"去表述南方的"传统价值观"。他们在文学创作中积极地实践"受害者身份"政治,将南方经历类比为欧洲殖民者相遇美洲印第安人的"囚掳叙事"(captivity narrative),总将南方想象成遭到北方工业主和南方黑人双重玷污的淑女,体现了野蛮战胜文明的历史倒退②。从本质上讲,从女性"乡土色彩"到男性"区域主义"的变化,体现了南方最终接受了工商业文化的逻辑,以一种表面不同的声音叙述着统一的美国故事③。

总而言之,世界主义、国族主义和乡土主义反映了19世纪与20世纪之交美国作家的空间意识,其立场的形成是阶级、种族、性别等政治因素的综合作用。其中,乡土主义因其对农业、地方和日常生活的关注而被与女性作家联系在一起,区域小说也因此成为观照美国从农业转向工商业时期女性意识的最好承载物。

康斯坦丝·费尼莫尔·伍尔森
(Constance Fenimore Woolson, 1840—1894)

在亨利·詹姆斯的一位传记作者笔下,康斯坦丝·费尼莫尔·伍尔森是一位"无趣且乏味的四处旅行的女文人。她没有风格,行文极其刻板,不够自如,也缺乏丰富的文字想象力。其作品微不足道且杂乱无章;她是'地方色彩'的狂热信徒。亨利居然会不遗余力地提高她的声誉……出于对友谊的忠诚这情有可原,但就文学批评而言真是不足为训"④。在20世纪70年代女性主义批评兴起并逐渐重新发现了一批曾备受同时代人欢迎的女性作家之前,伍尔森的文学声誉的确已被流逝的岁月所湮没。但在她生前,她的作品不但畅销而且一直广受评论界赞誉。威廉·迪恩·豪威尔斯(William Dean Howells, 1837—1920)与詹姆斯等文坛领袖都称她为美国最好

---

① Mary Austin, "Regionalism in American Fiction." *The English Journal* 21.2 (1932):98.

② Jacqueline Dowd Hall, *Revolt against Chivalry: Jessie Daniel Ames and the Women's Campaign against Lynching*. New York: Columbia UP, 1979, p. 147.

③ Barbara C. Ewell, "Changing Places: Women, the Old South; or, What Happens When Local Color Becomes Regionalism." *Amerikastudien/American Studies* 42.2 (1997):169—70.

④ Leon Edel, *Henry James: The Middle Years: 1882—1895*. Philadelphia: J. B. Lippincott, 1962, pp. 205—206.

的作家之一,足以和顶级的男性同侪比肩。詹姆斯在 1884 年写信给豪威尔斯说,当世只有两位英语作家的文字入得他的法眼:豪威尔斯和伍尔森,由此可见伍尔森的影响力①。直到 20 世纪建构"文学经典"运动之后,她和其他女性作家的身影才从推荐书单中消失。

伍尔森生于新罕布什尔州的克莱蒙特,母亲是著名作家詹姆斯·费尼莫尔·库珀(James Fenimore Cooper,1789—1851)的侄女。父亲是一位炉具厂厂主,虽然经济富裕,却因有耳聋的残疾而生性忧郁敏感。伍尔森继承了父亲的耳疾和性格,并在一系列的不幸经历中强化了持续一生的不安全感。她还未满月时,三位姐姐便相继因为猩红热而离世,父母遂决定举家西迁以开始新生活,最终在俄亥俄州的克利夫兰安顿下来。伍尔森在这里长大,而后被送往纽约接受教育。父母认为,成为家庭主妇是女性的必然归宿,高等教育既昂贵又无用;因此他们将伍尔森送进了一家寄宿学校。没有接受女子学院的高等教育是伍尔森一生的遗憾,她在成名后总觉得自己在学历上低同辈的男性作家一头。1869 年父亲去世后,伍尔森成为母亲的唯一陪伴。她陪着母亲移居纽约,并出于对母亲健康的考虑每年都南下过冬。母亲去世后,伍尔森因为太过悲伤而离开美国,在欧洲各国旅居。这些人生经历充满了死亡、黑暗和忧郁,不仅形成了伍尔森的自我否定人格——她后来在带有自传性质的短篇《忧伤小姐》("Miss Grief",1880)中赋予自己"忧伤小姐"的名号——也导致了她文风的苦涩和阴沉。

伍尔森自童年时代起便喜欢写作,起初仅仅是为了自娱自乐,但父亲去世后家庭陷入经济危机,她便开始为各类文学杂志定期撰稿以赚钱养家。作为库珀的侄孙女,伍尔森认识了很多叱咤文坛的男性作家和评论家,与他们保持着谦卑甚至暧昧的通信往来。这些文化"资源"使得伍尔森在作者身份方面比 19 世纪其他女性作家少了些许焦虑。在她的眼中,写作既是不得已而为之的养家糊口的手段,也是一种严肃的艺术召唤。其作品一问世便获得了很大成功,短篇小说与诗歌定期出现在《大西洋月刊》(*The Atlantic Monthly*)这样的高雅文学杂志上。伍尔森一生留下了四部长篇小说、一部中篇小说、四部短篇小说集,以及一些零散的短篇小说、早年创作的诗歌、游记与文学评论文章。1875 年,她出版了自己的第一本短篇小说集《楼阁无踪:湖区笔记》(*Castle Nowhere:Lake-Country Sketches*),收集了以五大湖区为背景的故事。这些故事是伍尔森早期创作的最高成就,对地貌细致入

---

① Henry James, *Henry James Letters*. Vol. 3. Ed. Leon Edel. Cambridge: Harvard UP, 1980, p. 29.

微的描写以及对现实主义的坚持让她得以与她心仪的作家布雷特·哈特(Bret Harte,1836—1902)一道被列为早期地方色彩作家。此后,她坚持以各地的风土人情为描摹对象,作品相继收入《看守人罗德曼:南方笔记》(*Rodman the Keeper: Southern Sketches*,1880)、《前庭和其他意大利故事》(*The Front Yard and Other Italian Stories*,1895)和《多萝西和其他意大利故事》(*Dorothy and Other Italian Stories*,1896)。在旅居欧洲期间,伍尔森的听力障碍逐渐严重,加重了她的疏离感和抑郁倾向。尽管如此,她仍然保持了文学创作的高产,在生命的最后十五年里涉足中长篇小说的创作,基本上以三年的周期连续发表了五部小说:《安妮》(*Anne*,1880)、中篇《为了少校》(*For the Major*,1883)、《东方天使》(*East Angels*,1886)、《朱庇特之光》(*Jupiter Lights*,1889)和《霍勒斯·蔡斯》(*Horace Chase*,1893)。

伍尔森在创作中渲染了浓重的"区域"意识。她笔下的人物经常前往那些无名的地区进行探险。从童年时期开始,伍尔森便一直处于旅居的状态之中:父亲带着她在俄亥俄州与威斯康星州各处进行商务旅行;他们家在密歇根州休伦湖的马基诺岛有一栋避暑小屋;她在纽约上过学,拜访过古柏镇,也在新英格兰旅游过。她每次在一个地点停留数月,然后再前往另一个地方。在一封写给侄子的信中,她解释道:"这样,我就可以慢慢地看看欧洲,虽然并不能全部看到,但能够好好欣赏看得到的那些地方。"[1]这些旅行让伍尔森得以经历各式风土人情,培育了她对文化差异的敏锐观察力。从区域背景来讲,伍尔森的创作可大致分为三个阶段:五大湖阶段、美国南方阶段和欧洲阶段。

伍尔森的早期作品基本上都以五大湖区为背景和描绘对象,在作品中着重呈现了环境与人物内心的相互观照,体现出鲜明的乡土文学特征来。一般而言,乡土文学将风景置于主导地位,为故事情节的发生提供物理的和伦理的场所。作家本人对乡土风景本身也持有相当的情感距离,放弃使用逻辑理性来塑造风景,而是处于观察者的角色,试图揭示出风景中所蕴含的文化意义。伍尔森这段时间的代表作品是《圣克莱尔河洲》("St. Clair Flats",1874),讲述了女性叙述者到圣克莱尔河洲去旅游的故事。这片河洲与萨拉·奥恩·朱厄特的《尖枞树之乡》(*The Country of the Pointed Firs*,1896)中所描绘的兰丁镇一样,体现了乡土色彩作家对于流动不居的风景的偏爱。叙述者在船上向河洲进发,便进入了与风景对话的语境:

---

[1] Constance Fenimore Woolson, "To Samuel Mather (Anderson)," in *The Complete Letters of Constance Fenimore Woolson*. Ed. Sharon L. Dean. Gainesville: UP of Florida, 2012, p.129.

"沼泽"这个词不会给人带来什么美好的印象,但事实却是我看见了这辈子最为漂亮的风景——一处魔幻的地方,有关它的记忆一直缠绕着我,就像没有成文的思绪、没有成乐的曲调、没有成画的线条,缠绕着艺术家不肯离开。眼前,两旁,在目光所及之处都是茫茫绿野——却又不是田野,成百上千条或宽或窄的河道贯穿其中,流淌着与河岸同绿的水流。水流四处流淌,时而汇合,时而分离,带着浪花向前流动;尽管水道弯弯曲曲,它们却从来不像闲逛的样子,而是似乎知道自己该往何处去、该做什么事,却忙里偷闲选择了自己喜欢的路,抽空去问候它们的朋友菖蒲——那些可怜的家伙们不得不永远待在家里。①

在叙述者的眼中,风景不是冰冷的物体,而成了具有独立意愿的个体,向叙述者表露出自己的喜好,以及"很难被征服"的意志。女性叙述者意识到了这一点,主动压制自己用线性的、逻辑的秩序去规范、命名和阐释这片水域的冲动,也抗拒着男性社会的实用主义态度。她觉得河洲很漂亮,而男性的船长说"我看不出来它有任何漂亮的地方……这些河洲在湖里给我们造成了最多的麻烦"②。在男性职业专家的眼中,物体的便利性才是其存在的理由,所以船长希望河道能够变成笔直的。女性叙述者则"恼火地想这片曲径通幽的荒弃绿景被一条丑陋的、实用主义的河道侵入的模样"③,体现了乡土文学中常见的尊重自然风景的女性创作心态④。这也是为何一位历史学家在描绘威斯康星州使徒岛时会做出这样的评价:"没有人比康斯坦丝·费尼莫尔·伍尔森更好地体味到(该处的)景色和意义"⑤。

　　伍尔森第二阶段的作品多以美国南方为背景,刻画了诸多有关内战主题的作品。美国内战之后,落败的南方不得不放弃自身的习俗传统,在"重建"工程的名义下被纳入北方的工业资本主义体系之中。南方不再是北方的政治威胁之后,它终于成为一个安全的怀旧之物,可以成为被理想化和浪漫化的想象客体——这种类似于"帝国怀旧"的情绪在日后也成为美国的印

---

① Constance Fenimore Woolson, "The St. Clair Flats," in *Castle Nowhere: Lake Country Sketches*. New York: Harper & Brothers, 1875, p. 306.

② Constance Fenimore Woolson, "The St. Clair Flats," in *Castle Nowhere: Lake Country Sketches*. New York: Harper & Brothers, 1875, p. 310.

③ Constance Fenimore Woolson, "The St. Clair Flats," in *Castle Nowhere: Lake Country Sketches*. New York: Harper & Brothers, 1875, p. 310.

④ Elise Miller, "Jewett's *The Country of the Pointed Firs*: The Realism of the Local Colorists." *American Literary Realism*, 1870—1910 20.2 (1988): 5.

⑤ Charles Twining, "The Apostle Islands and the Lumbering Frontier." *The Wisconsin Magazine of History* 66.3 (1983): 206.

第安政策的核心——正因为如此,1870年代的美国文学不再在政治上批判南方,而是致力于保存南方正迅速消失的自然风土、生活方式和价值观[①]。北方人对南方的态度从处于道德制高点的贬抑变成了好奇和同情,南方也成为他们热衷的旅游地。对于青年时期的伍尔森而言,南北战争是至关重要的人生经历,也是她在日后的岁月中用以衡量其他经历的情感支点。战争结束十二年后,伍尔森说自己"此生为南北战争心系神牵,从那以后所有的事对我来说都毫无激情可言"[②]。这是一种被激发的热烈却虚幻的情感——在克利夫兰,伍尔森遇到了当地法官的长子泽弗奈亚·斯波尔丁,对废奴之战的信仰和狂热使得两个年轻人在对方身上看到了自身的影子,迅速陷入爱河并秘密订婚;然而,斯波尔丁在战争结束后并未如他允诺的那样回到克利夫兰与伍尔森相聚,给伍尔森带来了巨大的伤害[③]。但伍尔森的南方故事并非在宣泄个人的儿女情长,而是更大程度上反映了当时美国北方人对于南方的文化想象,呈现了重建时期南方的破败。这些故事大多表达了南北战争所引发的各种强烈情感,在她所有作品中属情感最丰富那一类。伍尔森虽然是一位废奴主义者,但在小说中更多地表达了对南方战后陷于破产境地的白人农场主的理解,而对刚刚获得自由的黑奴却缺乏必要的同情,坚持用以前的刻板印象去刻画他们。伍尔森的第二部短篇小说集《看守人罗德曼:南方笔记》(*Rodman the Keeper: Southern Sketches*,1880)和《为了少校》是其南方故事的代表性作品。

《看守人罗德曼》以同情的笔触描写了分别代表南北两个世界的人物,展示了国家重新统一后南方和北方之间开始试图相互靠近和融合的艰难心路历程。内战后,歌颂统一的情绪成为美国国内的政治正确,就如后来西奥多·罗斯福总统在1901年所总结的那样,美国当时的心态是弘扬"兄弟情义和英雄美德……在这个新国家的开端,我们所有人都是一个重新统一的国家的儿女,有权利享受由北方人和南方人共同做下的无数英勇事迹带来的荣耀"[④]。但是在故事《看守人罗德曼》中,这样的昂扬心态却被证明是一个轻浮的乐观主义妄语。故事发生在北卡罗来纳州,北方士兵约翰·罗德

[①] Karen Weekes, "Northern Bias in Constance Fenimore Woolson's 'Rodman the Keeper: Southern Sketches'." *The Southern Literary Journal* 32.2 (2000): 103.

[②] Anne Boyd Rioux, *Constance Fenimore Woolson: Portrait of a Lady Novelist*. New York: Norton, 2016, p. 48.

[③] Anne Boyd Rioux, *Constance Fenimore Woolson: Portrait of a Lady Novelist*. New York: Norton, 2016, p. 48.

[④] Theodore Roosevelt, *The Strenuous Life: Essays and Addresses*. New York: The Century Co., 1901, p. 266.

曼在内战后不得不留在南方照看联邦公墓,在对过去的记忆中过着压抑而单调的生活。一天罗德曼偶然遇到了一个身陷绝境的南方邦联老兵,出于同情心开始照顾他。罗德曼觉得,"为死者守灵比照料生者要容易得多"[1]。故事用两个老兵的关系隐喻了北方和南方的关系,成为当时以南方为主题的创作所热衷表现的原型结构。北方的守灵人在身体上、情感上和经济上"拯救"垂死的南方老兵,这样的安排符合美国对当时南北关系的想象,折射了当时美国国内的区域权力关系[2]。与对南方白人的同情相比,故事对于黑人的描写依然停留在奴隶制时代的刻板印象水平。获得自由的黑奴认真地识字,以便"用充满爱意的守旧的心灵,想被允许伺候他的主子——即便法律已经不再如此约束他了"[3]。这一描写与"旧南方"神话中的快乐奴隶别无二致,体现了伍尔森的种族主义思想。

1883年出版的《为了少校》是伍尔森最为著名的作品,这篇故事虽然对于美国内战没有大费笔墨,却折射了战争给美国带来的创伤,尤其是关于女性地位、种族僭越和对战后新秩序的恐惧[4]。故事发生在北卡罗来纳州的"远埃奇利"(Far Edgerley)小镇。如"远埃奇利"这个镇名所示,小镇的居民与其他的埃奇利镇民存在物理和心理上的疏离感,远离了工厂、锯木坊、连通外界的铁路等现代化设施。小镇中弥漫着静止的气息和"阻止时间"的愿望,镇民们囿限在战前的社会秩序和心态中,无法面对和把握当下的现实。卡罗尔少校和夫人玛丽昂·卡罗尔是当地的门面人物。少校是内战老兵,不能接受战后南方社会的新秩序,生活在逝去的时光和生活里:"过去——他唯一能够进入的国度。"[5]他记不住当下的信息,无法辨别时间的流逝。玛丽昂的主要任务就是照顾她老年痴呆的丈夫,维持生活光鲜的表象。而整个"远埃奇利"小镇和上校是一体的存在,他们自我麻醉,依靠过去的浪漫神话进行自我加冕:"他是他们的传奇,他们的装饰;他们只要还有他在,就会感觉自己也很特别。"[6]总而言之,这篇故事是一个有关南北内战之

---

[1] Constance Fenimore Woolson, *For the Major and Selected Short Stores*. New Haven: College and UP, 1967, p. 77.

[2] Karen Weekes, "Northern Bias in Constance Fenimore Woolson's *Rodman the Keeper: Southern Sketches*." *The Southern Literary Journal* 32.2 (2000):103.

[3] Constance Fenimore Woolson, *For the Major and Selected Short Stores*. New Haven: College and UP, 1967, p. 93.

[4] Carolyn Hall, "An Elaborate Pretense for the Major: Making up the Face of the Postbellum Nation." *Legacy* 22.2 (2005):144.

[5] Constance Fenimore Woolson, *For the Major and Selected Short Stores*. New Haven: College and UP, 1967, p. 270.

[6] Constance Fenimore Woolson, *For the Major and Selected Short Stores*. New Haven: College and UP, 1967, p. 351.

后的美国寓言,在和解和重建的名义下,压制战争记忆成了整个国家的文化心态①。少校的儿子被起名为"斯卡"(Scar),明确不过地表明了战争所带来的创伤。从内容和主题来看,这篇小说对后辈薇拉·凯瑟产生了巨大影响,在《迷失的夫人》(*A Lost Lady*,1923)中得到了重现。《迷失的夫人》中福利斯特上校夫妇作为拓荒时代的"残余",注定要在新的工商业时代里怀念着过去的荣光而被淘汰。评论家注意到了这两个故事之间的传承关系,它们造就了南方在现代美国的他者形象②。

伍尔森在母亲去世后去欧洲旅游,第一次真正地过着一种独立的艺术家生活。因而,在伍尔森的欧洲故事中,区域不再作为一个与个体息息相关的伦理和文化关系的聚集体而受到特殊关注,而更像是一个供角色们演绎自身身份的自由异质空间。其代表作有《斯隆大街》("In Sloane Street",1892)。这部故事被评论界认为是采用了亨利·詹姆斯所擅长的心理现实主义风格,也是伍尔森唯一一部以英国为背景的小说。故事发生在伦敦著名的商业街斯隆大街,讲述了老处女雷明顿小姐同一对夫妻之间的关系。那对夫妻并非良配,妻子对丈夫的创作才能一无所知,对文学艺术也嗤之以鼻。雷明顿小姐感知到了那位作家的才能,尽力去帮助他实现自身的艺术潜能。然而,她的热忱遭到了作家的轻视,以及那位妻子的冷嘲热讽。夫妻之间的这种"默契"让雷明顿小姐的"艺术感应"显得尤为尴尬。故事通过区域的选择体现了艺术理想和商业气息之间的对立,充满了浓厚的讽刺意味。

在区域小说中,区域意识的一个重要的衍生话题是社区内的局内人与局外人之间的动态关系、人与人之间的区域与种族差异。伍尔森的文学创作中缺乏一种与周围环境相等同的融合意识,而始终弥漫着一种疏离意识。耳聋、抑郁和一系列的亲属死亡等经历让伍尔森的文字充满苦涩和病态的情绪,而且经常让局外人作为故事的意识中心。例如,在其南方故事中,她的叙事者经常是移居到南方的北方人,总感觉自己同周围的文化格格不入;在关于艺术家的故事中,局外人则常常是一位女性,象征着艺术界的男性艺术家没有将这位女性视为与自己才能相当的人。所以,她的故事中充斥着各种被边缘化的个体:生活在文明边缘的人、同主流格格不入的人、因自己

---

① Carolyn Hall,"An Elaborate Pretense for the Major: Making up the Face of the Postbellum Nation." *Legacy* 22.2 (2005):145.

② 参见 Charlotte Margolis Goodman,"Constance Fenimore Woolson's *For the Major* and Willa Cather's *A Lost Lady*." *American Literary Realism* 41.2 (2009):154—62. 另外,这部作品对弗兰纳里·奥康纳(Flannery O'Connor,1925—1964)的短篇《与敌人的新近相遇》("A Late Encounter with the Enemy)可能影响更大。

所坚持的价值体系而被主流排斥在外的人;角色也因为边缘化而内心充满了异化和错置感。这些"局外人"往往是老处女、弃儿、畸零人这一类"非正常"人群。正如评论家所指出的,伍尔森创作的核心是"对隐秘历史的兴趣,对弱者、多余人、断肠人、丧亲之人、独身者的'内在生活'的兴趣。她相信个体的弃绝,相信它的频繁程度和体现出来的美感"[1]。

在伍尔森的作品中,疏离感最明显地体现在两性关系方面。她笔下两性关系一直问题重重,她在童年时期经历的家庭悲剧、成年以后经受的爱情打击、自我选择的居无定所的漂泊生活、时刻面临的经济困境都让她对于两性关系非常失望,在其作品中呈现为复杂甚至是不合社会规范的主题。她曾经的未婚夫斯波尔丁抛弃她并娶了一位比她年轻九岁的富家姑娘,给伍尔森带来了巨大的伤害,使她终其一生都没有走出心理阴影,日后在作品中不时刻画负心郎爱上年轻富家女的故事[2]。她与亨利·詹姆斯的关系看似浪漫,实则是其情感和职业上双重压迫感的来源。1880 年,伍尔森在佛罗伦萨旅游时结识了詹姆斯,两人在文学趣味与创作主题方面的相似之处造就了美国文坛上的一段友谊佳话。但实际上,如评论家所言,他们的友谊"既是幸事,亦是诅咒"[3]。尽管伍尔森比詹姆斯年长三岁,也已经是文坛中享有盛名的短篇小说作家,但是两人之间的关系还是受到性别政治的影响,至少在文学创作领域遵循了"导师-学生"的模式。在伍尔森的第一部长篇小说《安妮》大获成功时,她兴奋地写信给詹姆斯报喜。而詹姆斯却恼火这部作品比自己正在连载的《贵妇画像》(*The Portrait of A Lady*,1881)反响更好,在回信中措辞非常尖酸刻薄。伍尔森立刻回信道歉,此后在他面前一直以温顺的文学后辈自居。确定了这样的权力模式之后,终于心安的詹姆斯在谈论伍尔森的作品时语气一直友好;在她去世时对她的为人褒扬有加,却绝口不提她的文学创作成就。两人交往的亲密程度使评论界一直怀疑他们是否到了恋爱甚至谈婚论嫁的地步,也猜测是否詹姆斯狠心抛弃了这位秘密情人。无论是哪种情形,这场相遇再次让伍尔森处于了情感的劣势地位。总而言之,两性经历造成了伍尔森极为矛盾的性别身份认同:一方面,她内化了男性的标准,承认女性在社会上和艺术创作中的从属地位;另一方面,她憎恨男性对于女性的欺凌与欺骗,抗拒视女性为玩物的

---

[1] Henry James, *Partial Portraits*. New York: McMillan, 1888, p. 181.
[2] Anne Boyd Rioux, *Constance Fenimore Woolson: Portrait of a Lady Novelist*. New York: W. W. Norton, 2016, p. 48.
[3] Anne Boyd Roux, "Five 5 Flickering Myths about Henry James and Constance Fenimore Woolson." *Signature* March 2, 2016.

男性文化。

现实生活中不顺意的两性经历在伍尔森的文学世界里幻化成为对性爱的恐惧、对性别规范的抗拒以及对于传统女性艺术的冷淡。伍尔森的早期故事《费莉帕》("Felipa",1876)便描绘了一个性别规范的潜在颠覆者。故事通过到南方度假的北方画家凯瑟琳的第一人称叙述展开,描绘了对生活在佛罗里达偏僻海村的费莉帕的"发现"。费莉帕是一个尚未被同化进入美国中产阶级白人文化的少女,行为举止就如未开化的野人一般。她皮肤"黝黑",穿着男孩的衣服,成天在外面疯跑,因此当地人也经常用男孩名"菲利普"称呼她。与凯瑟琳一起到当地旅游的是克里斯蒂娜与爱德华这对情侣画家,他们要求费莉帕当模特。不谙世事的费莉帕不可避免地对他们产生了好感,体现出文明社会眼中所谓"双性恋"的倾向。克里斯蒂娜与爱德华最终感情修成正果,确立了性爱关系。然而他们的性爱关系严重刺激了费莉帕,她试图吃画家的颜料自杀未果,最终被这对情侣抛弃。在故事中,旅行者与当地构成了一个紧张的对立关系。旅行者所代表的"文明"秩序是一种强势的政治霸权,使得"原始人"费莉帕的性别身份陷入了危机。他们的相遇是典型的一次现代/北方文化与原始/南方文化之间的碰撞,故事的开头便明确不过地阐明了"文化发现"的主题:"克里斯蒂娜和我在那发现了她。"费莉帕在北方画家的眼中只是一个具有异域情调的、原始的审美客体,并不具有自身的主体性;一旦她的行为不断地挑战和解构固有的文明秩序,她的结局便已注定——无论是自杀行为或被抛弃,其实都是个体社会性死亡的指代。正如评论家尼尔·马西森所总结的,通过费莉帕这个"原始"角色,伍尔森在小说中呼应了19世纪末的考古学话语,为美国的"现代"文化找到了一个有益的对照,让读者反思有别于既有规范的性别关系[1]。值得强调的是,伍尔森关注的焦点并不在于文化差异,而一直是性爱关系这个创伤的源头。

拒绝两性关系这一立场使得伍尔森成为19世纪美国女性作家群体中的另类,这种"不合时宜"性更体现在她对传统女性艺术的看法上。19世纪是美国女性写作极为辉煌的年代,充满道德说教的女性叙事在民众间的风行程度连纳撒尼尔·霍桑都满心嫉妒。然而,身处这一文化语境的伍尔森对于女性写作并不热衷,自带"费尼莫尔"姓氏光环的她在内心深处所崇尚的依然是经典男性艺术。在1874年写给朋友阿拉贝拉·卡特·沃什伯恩

---

[1] Neill Matheson, "Constance Fenimore Woolson's Anthropology of Desire." *Legacy* 26.1 (2009):49.

的信中，她表达了对于女性艺术的抵触："我的文风在去年有了新的突破，已经开始回归到自然和忠实的现实之中。我极其讨厌'漂亮''甜美'的文风，而喜欢强劲有力的文风，哪怕它丑陋点、苦涩点都没关系。"①可见，伍尔森对以家庭叙事和道德叙事为主要内容的19世纪美国女性文学传统并不接受。她的这种艺术观对20世纪初期"新女性"作家产生了巨大影响，如伊迪丝·华顿、薇拉·凯瑟等②。

不过，伍尔森并非毫无保留地崇拜男性作家，而是与他们保持了一种"批判的、分析性的"关系。其中，她与亨利·詹姆斯的文学联系最为让人瞩目。她的《风信子花街》("The Street of the Hyacinth"，1882)对美国女性特征的展示与《黛西·米勒》(*Daisy Miller*，1878)非常相似，展现了女性困境的《东方天使》则带着《贵妇画像》的影子。通过挪用和改造他们作品中的一些关键主题和意象，她批判和改写着男性经典，并对女性的艺术创作境遇进行了反思。这在故事《忧伤小姐》中体现得尤为明显。发表在《利平科特杂志》(*Lippincott's Magazine*)上的《忧伤小姐》并没有将区域背景置于中心地位，而聚焦于艺术与性别之间的关系。它从第一人称叙述者"我"的角度，讲述了女主人公阿伦娜·克里夫渴望出版剧本却惨遭失败的经过。"我"是一位在社会上如鱼得水、对自己的"些许声名"非常满意的男作家。女作家阿伦娜登门拜访"我"，恳求"我"对她创作的剧本提出意见并对外举荐。阿伦娜认为自己是"我"在精神领域的同伴，能够背诵"我"作品中那些被大众所忽视、却最具精神力量的段落。如"我"所暗暗承认的，大众从来不关注作品内在的崇高追求——"我"的作品关注的"并不是社会的纸醉金迷，而是天际那遥远的星辰"③。在这方面，阿伦娜显然超出了大众太多，而有足够的资格与"我"坐而论道。然而现实情况却是，阿伦娜的艺术努力从一开始便遭遇了重重挫折和不断的羞辱：先是男仆将她的姓"克里夫"(Crief)错记成"忧伤(小姐)"(Grief)，而"我"对会见这位女性崇拜者兴趣寥寥，八次怠慢之后才终于应允接见。虽然"我"内心认为阿伦娜极具创作天分，连自己的文字都逊色她三分，但却出于男性作家的身份焦虑感而决定压制她的剧本和创作雄心。评论界大多认为这篇故事影射了伍尔森和詹姆斯的关

---

① Constance Fenimore Woolson,"To Arabella Carter Washburn," in *The Complete Letters of Constance Fenimore Woolson*. Ed. Sharon L. Dean. Gainesville: UP of Florida,2012, p. 26.

② 参见 Sharon L. Dean, *Constance Fenimore Woolson and Edith Wharton: Perspectives on Landscape and Art*. Knoxville: U of Tennessee P,2002.

③ Constance Fenimore Woolson, *For the Major and Selected Short Stores*. New Haven: College and UP,1967, p. 127.

系,刻画了旅居欧洲的美国女性艺术家的生存状态。实际上,伍尔森在创作这篇故事时尚未遇见詹姆斯。因而,这更应该被视为伍尔森自己对于性别身份的观察和思考。故事中"我"与"忧伤小姐"的不同境遇,其实是伍尔森本人"叙述异装"(narrative transvestism)和情感投射的综合体①。伍尔森通过这个故事表明,出版商和读者忽视了女性作家的独特声音,女性创作在与普遍的商业逻辑抗争之外,还要额外地遭受性别政治的打压——这才是女性创作焦虑的真正来源②。

1894年1月24日,患流感两周的伍尔森在威尼斯从旅店三楼的卧室窗户坠楼,之后因伤重而离世,无人确切地知道这是一次意外还是自杀。死因众说纷纭,虽然詹姆斯不无自恋地认为这是因为自己没有给她爱情的缘故,但实际上更可能是因为伍尔森自身的健康危机和情绪崩溃。日益严重的耳聋和抑郁、创造力的下降和经济的窘迫,让敏感的她失去了所有坚持的信心。她选择了跳楼的方式,与她为《霍勒斯·蔡斯》中的角色设定的下场相似。然而,小说世界里的角色死里逃生,而伍尔森却没有受到现实世界的如此善待。有传言说,在她魂归天国后,詹姆斯试图将她的黑色丝袍沉入水底,它却一直顽固地漂浮在水上。诗人X.J.肯尼迪在2006年创作的一首趣诗《康斯坦丝·费尼莫尔·伍尔森在威尼斯去世后的詹姆斯》形容了这一文坛逸事:

> 他试图按下,每一件漂浮的衣袍
> 却都会再次升起,宛如黑色的气泡。
> 亨利吓呆了。那怨念的过往
> 从黑暗中浮到地表——
> 船夫用篙刺出泄气的孔
> 每个鬼魂叹息着重归茫渺。③

---

① 评论家马德琳·卡恩指出,"叙述异装"原指英国18世纪小说中男性作家在作品中假托一个女性叙述者的修辞。在伍尔森这里,是女性作家假托男性叙述者。这一现象在19世纪与20世纪之交的美国女性创作中成为一种常见的文化现象,更知名的例证是薇拉·凯瑟的《我的安东妮亚》(*My Antonia*, 1918)。参见 Madeleine Kahn, *Narrative Transvestism: Rhetoric and Gender in the Eighteenth-Century English Novel*. Ithaca: Cornell UP, 1991.

② 关于女作家的创作和出版困境主题在伍尔森作品中的体现,参见李晋:《女作家的创作与出版困境——康斯坦斯·费尼莫尔·伍尔森的〈忧伤小姐〉》,载《国外文学》2015年第3期。

③ X.J. Kennedy, "Henry James after the Death in Venice of Constance Fenimore Woolson: For R.S. Gwynn." *The Sewanee Review* 114.1 (2006): 127—28.

伍尔森作为女作家的声名便像黑色衣袍一般漂浮在美国文坛之上,整个女性文学史也是男性作家和评论家用他们的如篙之笔对她们的压制和上浮的循环往复的过程。

萨拉·奥恩·朱厄特(Sarah Orne Jewett,1849—1909)

在当下的美国区域文学研究中,萨拉·奥恩·朱厄特是一个绝对无法绕过的作家,因为她的创作被评论界认为是"美国19世纪乡土文学的最高成就"[①],她以这一身份在美国文坛上所获得的毁誉更折射出美国经典建构过程中的性别政治。在朱厄特初登文坛时,"美国现实主义文学之父"威廉·迪安·豪威尔斯写信称赞她说:"你的声音在一片震耳欲聋的文学鼓噪声中犹如画眉鸟的歌声那样婉转动听"[②]。而被时人公认为现实主义大师的亨利·詹姆斯则把朱厄特的创作夸为"漂漂亮亮的小成就"[③]。两位掌握着文学评判标准的男性权威对这位年轻女作家的赞语美则美矣,却充满了居高临下的傲慢:女性写作被与自然相等同,成了可供欣赏和掌控的"小"风景,隐约流露出对乡土文学视野狭窄和格局受限的指责。这份言下之意在文化历史学家范·怀克·布鲁克斯那里被表述得极为直白。他对朱厄特的写作风格大加赞赏,但对主题和内容却做出了极为否定的评价:"她的视野毫无疑问是狭隘的。它很少去拥抱男性世界,或关注有力的、男性化的生活——类似格洛斯特镇那样,充满美国式的进取与喧闹——这些都没有进入到她的生活和视角之内"[④]。这一意见反映了当时美国的主导性社会情绪,很显然将女性化的乡土文学逐出了约翰·多斯·帕索斯(John Dos Passos,1896—1970)所言的"正确的国家文学"的范畴,也造成了朱厄特笔下"生活的真正戏剧"只存在于"萧条的小乡村里"的刻板印象[⑤]。类似的看法直到20世纪70年代之后才有所改观,多元文化主义引导的"经典修正"

[①] Richard Cary, *Sarah Orne Jewett*. New York: Twayne, 1962, p. 144.

[②] Eric J. Sundquist, *Columbia Literary History of the United States*. Ed. Emory Elliott. New York: Columbia UP, 1988, p. 509.

[③] Henry James, "Mr. and Mrs. James T. Fields." *Atlantic Monthly* July 1915:30.

[④] 引自 Robert L. Gale, *A Sarah Orne Jewett Companion*. Westport, Conn.: Greenwood P, 1999, p. ix.

[⑤] Josephine Donovan, "Sarah Orne Jewett's Critical Theory: Notes toward a Feminine Literary Mode," in *Critical Essays on Sarah Orne Jewett*. Ed. Gwen L. Nagel. Boston: G. K. Hall, 1984, p. 216.

(canon transformation)工程对区域文学进行了基于性别政治的再评价,指出了其中蕴含的女性美学。

朱厄特出生于美国东北部缅因州的南贝里克,她的父亲西奥多·赫尔曼·朱厄特是当地的乡村医生。六岁时朱厄特开始上学,跟着父亲走遍了乡村,熟悉了当地的每家每户和沿途的一草一木。1866年从贝里克高中毕业时,她因为严重的关节炎而行动不便的缘故不得不放弃追随父亲的脚步当一名乡村执业医生,开始专注于文学阅读。尽管身体一直不好,朱厄特依然酷爱旅游,在新英格兰地区、美国其他地方、欧洲、中美洲等地都留下了足迹。旅游开阔了她的视野,也反向强化了她的故土意识,为其以后的新英格兰书写打下了坚实的基础。

朱厄特很早便开始进行创作尝试。1868年她在《我们联邦的旗帜》(*The Flag of Our Union*)故事周刊上发表了第一篇故事《珍妮·加罗的情人》("Jenny Garrow's Lovers");次年以"A. C.艾略特"(A. C. Eliot)的笔名写下了《布鲁斯先生》("Mr. Bruce")。该故事受到了时任《大西洋月刊》(*The Atlantic Monthly*)编辑威廉·迪恩·豪威尔斯的欣赏,得以在这个美国顶级的文学杂志上发表。之后朱厄特还以这个笔名创作了不少童话故事。1873年在美国文学史上是一个重要且有趣的年份:朱厄特在这一年正式决定要当一名专业作家,而薇拉·凯瑟也恰逢此时出生,日后成为朱厄特区域写作的忠实拥趸和文学继承人。

1877年,朱厄特发表她的第一部作品《深港》(*Deephaven*)。该小说以城里的女性访客作为故事的叙述人,着重描绘了一个离火车站12英里、经济上与外界隔绝的海边小镇"深港"的乡村风光和风俗人情。与周边飞速发展的工业化小镇不同,深港固守着男渔女织的传统生产模式,致使社会一直处于平静而凝滞的状态,与19世纪末轰轰烈烈的美国"进步"无缘。这在作品通过叙述者对小镇的时间感得到了体现:"感觉就好像深港的所有时钟,还有所有的人,在好几年前都已经停止不动了。人们在上周一遍又一遍地重复着以前的活儿,对进步毫无打算。"[1]

这部描写新英格兰区域的地标性作品显现出朱厄特日后创作的诸多主题和叙事特征。首先,就视角而言,该作品从城市视角对新英格兰的乡村风景进行了游记般的描摹,但同时,文中弥漫着对采取城市视角的不安和焦虑[2]。朱

---

[1] Sarah Orne Jewett, *Deephaven and Selected Stories and Sketches*. Frankfurt am Main: Outlook, 2018, p. 40.

[2] Sandra A. Zagarell, "Troubling Regionalism: Rural Life and the Cosmopolitan Eye in Jewett's *Deephaven*." *American Literary History* 10.4 (1998):640.

厄特对乡村生活的态度体现了女性知识分子式的有限性认同,其根本原因是"乡村"在美国转型的历史语境下成为审美客体和焦虑情感的承载物。美国从农渔业到工商业的经济结构转型导致了国内最明显的区域隔离,即城乡二元空间的对立,这成为阻碍区域身份建构乃至整个美国身份认同的消极因素。在1893年版的《深港》前言中,朱厄特指出:"城市的迅猛发展……正在导致城镇居民和乡村居民不再彼此相识和理解……清除了乡村新英格兰的独特性和古老的个性。"[1]身为作家,朱厄特认为促进城乡的互相理解是她义不容辞的使命。因而,她致力于改写田园诗传统,通过作品描绘和保存乡村的历史和特色,力图在乡村中寻求"真正的"美国风景。然而,所谓"真正"是个相对的概念——在内战后,现代化、工业化、商业化、阶级化、城市化和移民化的美国被认为是有悖于传统美国的"不真实"。换言之,区域文学所描绘的乡村是与现实美国迥然不同的想象之地,将乡村风景浪漫化成为审美客体,所折射的不过是城市知识分子的怀旧与逃避主义情绪[2]。

其次,就立场而言,该作品体现了朱厄特建构"纯种"美国的隐秘欲望。作品中的深港是白人聚集地,其他种族的缺席在当时美国社会反移民情绪日益高涨的文化语境中显得颇具深意。在朱厄特的区域意识中,种族政治是一个萦绕不去的阴影,通过"栅栏"这一意象表现出来。文学评论家弗朗西斯·奥托·马西森在《萨拉·奥恩·朱厄特传》(*Sarah Orne Jewett*,1929)的开篇便说:"她所能记起的第一件事是她家四周围住的白栅栏"[3],由此可见空间划界对于朱厄特的重要性。事实上,空间区隔本身一定是具有社会学意义的政治行为,体现了对人群的归类、约束或驱逐。朱厄特在《忧伤的村民书》("From a Mournful Villager",1881)中哀叹花园不再像以前一样竖起栅栏,导致空间被"外人"随意践踏:

> 人们在清除他们祖母的庭院这个展现区隔和神圣的保护区时,他们不知道自己丢失了什么。栅栏再微不足道,也是你家的防御工事。如果把它拆了,就好像把自己家庭的秘密写下来让所有人都能随意阅读;就好像允许所有人都能用你的小名称呼你,在教堂里随意坐任何一个座位,好像在把自己的家建在了公路中间。那样的话,更多东西会不

---

[1] 引自 Francesca Sawaya,"Domesticity, Cultivation, and Vocation in Jane Addams and Sarah Orne Jewett." *Nineteenth-Century Literature* 48.4 (1994):518.

[2] Sandra A. Zagarell, "Troubling Regionalism: Rural Life and the Cosmopolitan Eye in Jewett's *Deephaven*." *American Literary History* 10.4 (1998):643.

[3] Francis Otto Matthiessen, *Sarah Orne Jewett*. Boston: Houghton Mifflin, 1929, p.1.

请自来;我们美国人必须建造更多的栅栏,而不能在我们的生活中拆毁任何一排。①

无论评论家出于维护朱厄特形象的意图对此有着怎样的辩解,都不可否认"我们美国人必须建造更多的栅栏"这样的表述在19世纪末反移民情绪逐渐上涨的美国社会中所必然含有的种族排外意义②。

就叙事特色而言,《深港》在结构框架上采取了片段式的网状写作,即不以特定的中心情节来统率全书,而是以片段叙事组成平行结构,使得意义在不停的重复和迂回中不再指向抽象的、崇高的超验世界,而转向具体的、身边的日常生活。这是朱厄特作品最大的叙事特色,被当下的评论界公认为开创了女性叙事的先河。传统小说的结构遵循男性化的"快感原则",即情节围绕一个中心意义线性发展,达到高潮后迅速进入尾声;而女性叙事模式则对应着女性经验:哺乳和生产等女性行为都在重复中时刻感知到"另一者"的存在,因而叙事结构属于平铺的网状结构,且展现出角色之间的协作和亲缘关系③。自《深港》起,朱厄特便一直"在作品中构建了一个以女性为文本创造者和文本中心的叙事结构,从而打破了美国主流文化将男性作为创作主体、把女性作为文学作品中附属物的角色模式",从而被称为具有"真正与女性等同的创作视野"、作品带有女性话语典型特点的作家④。这一叙事风格在美国文学史上影响深远,尤其是与薇拉·凯瑟的创作构成了具有鲜明女性特色的文学谱系:凯瑟的《死神来迎大主教》(*Death Comes for the Archbishop*,1927)、《磐石上的阴影》(*Shadows on the Rock*,1931)等小说名

---

① Sarah Orne Jewett, *Sarah Orne Jewett:Novels and Stories*. Ed. Michael Davitt Bell. New York:Literary Classics of the United States,1994,p. 591.

② 如琼·霍华德认为"栅栏"意象体现了区域文学的"归根"(rootedness)情结,参见 June Howard,"Unraveling Regions, Unsettling Periods:Sarah Orne Jewett and American Literary History." *American Literature* 68.2 (1996):366. 亦有学者认为它体现了朱厄特对"殖民文艺复兴"(Colonial Revival)文化思潮的认可和参与,参见 Kaye Wierzbicki,"The Formal and the Foreign Sarah Orne Jewett's Garden Fences and the Meaning of Enclosure." *Nineteenth-Century Literature* 69.1 (2014):56—91. 关于朱厄特创作与当时美国社会文化语境的呼应,可参见潘志明:《遗传·变异·性别——朱厄特小说中的达尔文进化论》,载《外国文学》2013年第3期。

③ 详见 Susan Winnett,"Coming Unstrung:Women, Men, Narrative, and Principles of Pleasure." *PMLA* 105.3 (1990):505—18. 类似的论述另见 Judith Kegan Gardiner,"On Female Identity and Writing by Women." *Critical Inquiry* 8.2 (1981):347—61;Clinton Keeler,"Narrative without Accent:Willa Cather and Puvis de Chavannes." *Arizona Quarterly* 17.1 (1965):119—26.

④ 金莉:《从〈尖尖的枞树之乡〉看朱厄特创作的女性视角》,载《外国文学评论》1999年第1期,第86页。Josephine Donovan, *New England Local Color Literature:A Woman's Tradition*. New York:Frederick Ungar,1983,p. 99.

篇都承继着朱厄特的叙事风格。

性别意识在朱厄特的区域书写中占据着中心地位,这或许与当时的社会环境和她的个人经历有关。由于新英格兰在内战期间失去了很多男性劳力,很多公共生活的运转开始依赖女性。而朱厄特本人终身未婚,自从1882年开始便一直与同性伴侣安妮·菲尔兹(Annie Fields)生活在一起。这种社会现实和"姐妹情谊"深刻影响了她对传统性别规范的看法,也成为其创作的一个常见主题①。女权主义评论家们一致认为,朱厄特在作品中有意模糊了性别分界,挑战了固有的社会性别模式②。其类自传小说《乡村医生》(A Country Doctor, 1884)便体现了女性独立意识的觉醒和社会空间的拓展。该小说取材于朱厄特与担任乡村医生的父亲的生活经历。女主人公南在养父莱斯利医生的鼓励下,没有按照"真正女性"的要求将自己塑造成一名持家女性,而是醉心于医学,展现出"新女性"的特征。这部作品与美国女权主义知识分子兼作家伊丽莎白·斯图亚特·菲尔普斯(Elizabeth Stuart Phelps, 1844—1911)的小说《扎伊医生》(Doctor Zay, 1882)在情节上非常类似,宣告女性踏入公共领域的时代已经到来。但是女性从事医学服务违背了19世纪美国的性别领域分离原则,因而在小说中遭到大众的激烈反对。传统女性的代表弗雷利太太认为这是"非常违背自然的":

> 妇女的位置在家庭。我当然知道有些女医生也做得很出色,还有女艺术家什么的。但我宁愿自己的女儿待在更少抛头露面的地方。最好的公共服务就是把自己的家打理得井然有序,让自己的丈夫觉得安然舒心,履行那些需要我们承担的社会责任。国家的母亲们已经拥有足够的权利和足够的义务,没必要再去眺望炉火以外的地方,或去渴望无知公众的喝彩。③

南希姑妈为了打消南的"荒唐"念头,极力敦促她早日结婚生子,承诺南只要回归家庭便可继承她的不菲财产。但是南不为所动,毅然选择成为乡村执

---

① Robert L. Gale, A Sarah Orne Jewett Companion. Westport, Conn.: Greenwood P, 1999, p. x.
② Marjorie Pryse, "Sex, Class, and 'Category Crisis': Reading Jewett's Transitivity." American Literature 70.3 (1998): 533.
③ Sarah Orne Jewett, A Country Doctor. Boston: Houghton, Mifflin and Company, 1887, p. 282.

业医师,以一种更有意义的方式重新获得了公众认可。南的经历体现了19世纪末的美国女性在社会空间方面的拓展:她的母亲亦曾试图反叛家庭机制的束缚,却未能实现自己的愿望,反而付出了生命的代价①。

在《乡村医生》中,南的成功在于她涉足男性职业时并未一意孤行地完全抛弃女性持家角色——毕竟医生职业在男性权威之外,与照顾、疗伤等女性特质也有所关联——从而较为完美地诠释了"社会持家人"角色。由此可见,朱厄特并非一个激进的女性主义者,男性的公共/知识领域对她来说并不永远是充满诱惑力的最终归宿。在她最著名的短篇《白苍鹭》("A White Heron",1886)中,朱厄特描述了9岁女孩西尔维娅在女性自然和男性知识之间的抉择。西尔维娅在嘈杂和拥挤的城镇中长大,并没有感到童年的快乐。她在探望外婆时到了几乎与世隔绝的森林农场,立刻爱上了这片"纯净"的自然,与动物和树木都建立了和谐的关系。某天一位年轻的鸟类学家来到这片森林,请求西尔维娅帮他一起追踪猎杀白苍鹭,以便做成供科学研究用的标本。这位英俊的男性知识分子在情窦初开的西尔维娅眼中几乎是天赐的、童话王子般的朋友,何况他还允诺了十美元的酬金②。男性科学家的出现是对以"外婆—西尔维娅—自然"这个女性空间的侵入,也为西尔维娅完成追寻自己名字(Sylvia,意为"树林")所暗示的女性身份这个成长仪式提供了一个必要的考验。鸟类学家代表以知识、金钱和武器为特征的男性城市力量,对周围的事物采取着研究、摧毁和抽象化的理性模式,其本质属于极端自我中心的暴力思维。他身为鸟类学家,对鸟却从未有过真正的爱护之意,目的只是为了将鲜活的生命变成自己的收藏品而已,对于白苍鹭的兴趣也只是基于它在商业世界中的稀有性。进入森林时,他没有像西尔维娅那样通过情感与自然建立和谐的亲缘关系,而是为自己选择了一把猎枪;在对待西尔维娅时,他送出的礼物是甜言蜜语、金钱和一把刀。这些细节暗示了男性主体对周遭世界的疏离和征服,完全背离了以亲缘和情感为核心内容的女性原则。因而,西尔维娅最终选择拒绝听从他的要求以保存白苍鹭的生命就具备了认识论的高度,显示了角色、潜藏的叙述者乃至作家朱厄特从性别角度对美国资本主义文化思维的反思和批判。

朱厄特所有的叙事特色和创作主题在她的名篇《尖枞树之乡》(*The Country of the Pointed Firs*,1896)中都有着最集中的体现。小说没有中

---

① 关于该作品的女性主义主题,参见林斌:《父权制社会与女性乌托邦——朱厄特两部小说中的女性主义内涵》,载《国外文学》2004年第1期,第84页。
② 有关《白苍鹭》对童话情节的模仿和颠覆,参见陈煌书:《论萨拉·奥恩·朱厄特〈白苍鹭〉对童话的模仿与颠覆》,载《沈阳农业大学学报(社会科学版)》2010年第6期。

心情节,而是从一位来自外部城市的女性作家的视角展现了登奈兰丁这个偏僻渔村目前的衰败却宁和的景象。这是一个在美国从农渔业到工商业的历史转型中被遗忘的角落,被远远地抛在现代化进程之后:村里没有火车和电报,男性劳动力流失,只有女性、儿童和老人留守在这亘古不变的自然风景之中。叙述者为了躲避尘嚣来到这儿,在村里租了一间教舍作为写作场所,工作之余致力于观察村镇的古老传统和生活方式,并与村民们缔结了深厚的友谊。这是一部让朱厄特在美国文学史上获得永久的一席之地并将区域文学发展至巅峰的作品。薇拉·凯瑟在为这部小说所写序言中盛赞它"流动、没有形状的设计"体现出"同情的天赋"和"依靠直觉来理解世界表象的意义",并充满仰慕地写道:"如果让我来提名三部有可能流芳百世的美国作品的话,我会脱口而出,《红字》(The Scarlet Letter)、《哈克贝利·芬》(Huckleberry Finn)和《尖枞树之乡》。我想不出还有其他什么作品能够以如此平和的方式对抗时间和变化"[①]。

凯瑟向朱厄特致敬的话或许是溢美之言,却高度概括了《尖枞树之乡》中的叙事主旨与内在价值。"没有形状的设计"是区别于男性经典文学的叙事模式,表现了对作家与读者、中心情节与次要信息、角色与环境等一系列传统二元对立的消解,从而以一种强调平等协作的柔和方式将读者带入到特定区域中感受那些琐碎却真实的生活日常。在这种全新的模式中,叙述者不再以全知全能的真相掌握者的面目出现,而是扮演着一个"接受者"的角色,即"倾听、收集和重复"别人的故事,并将这些"道听途说"或"闲言碎语"串联起来[②]。这本就是历史的本来面貌,也恰恰是在这些结构的罅隙中得以让宏大叙事忽略、遗忘或有意压制的私人经验重新浮现。比如,在小说中,一直以女强人和乐天派形象出现的托德太太在一次和叙述者的闲聊中揭开了自己的经历。她婚姻并不幸福,年轻的时候嫁给一个自己不爱的男人,却又很早守寡,只能把悲伤和不幸埋在自己心里。通过与小说叙述者建立"倾诉—倾听"关系,托德太太成为古希腊悲剧中的安提戈涅,以一种私人化的方式公开上演了自身的人生悲剧,宣泄和净化了自身的情感。总而言之,《尖枞树之乡》刻画了女性之间的亲密关系,而这种紧密关系催生了一种不同于男性抽象语言系统的女性叙事:它强调情感联系、肢体语言和私人叙事[③]。

[①] Willa Cather, Preface, *The Country of the Pointed Firs and Other Stories* by Sarah Orne Jewett. New York: Double Day, 1989, p. 12.

[②] Elise Miller, "Jewett's *The Country of the Pointed Firs*: The Realism of the Local Colorists." *American Literary Realism*, 1870—1910 20.2 (1988):10.

[③] 参见 Jean Rohloff, "'A Quicker Signal': Women and Language in Sarah Orne Jewett's *The Country of the Pointed Firs*." *South Atlantic Review* 55.2 (1990):33—46.

从主题来说,《尖枞树之乡》集中体现了19世纪末美国女性文学的三个最重要的普遍主题:男性的去势与女性的自我探寻、女性之间的"亲缘"、以城市和国家为核心内容的现代性。

在19世纪末,"新女性"已经作为一种扰乱传统的"妖魔化"力量登上了美国的历史舞台,她们一抛19世纪在男性面前的温良恭让,开始致力于自我价值的实现,并对传统男性话语进行质疑。在《尖枞树之乡》中,身为作家的女性叙述者已经不再像她的先辈们那样对踏入"男性的"艺术创作领域充满惶恐和歉意、对"胡写乱画"的指责忍气吞声、只敢用涂鸦文字换取家用的理由进行辩解,而是以职业作家的形象出现,记录和描摹着身边的世界。为了衬托她的现实主义作家形象,小说创造了一个男性"浪漫主义作家"角色——"利特尔佩奇"(Littlepage)船长。这位"读了太多书"并且走南闯北的船长是移动性的终极体现,也是男性宏大叙事的最佳人选。他的叙事是真实经历、选择性回忆和虚构想象的混杂,意图通过对航海时代的叙述来彰显男性荣光。船长最欣赏"崇高的"弥尔顿《失乐园》中的浪漫主义英雄叙事,却对"模仿生活"的莎士比亚戏剧表示不以为然。这一立场选择其实是在否定立足于现实主义的区域书写,将之与女性化联系在一起。但在小说中,船长的超验叙事终究被证明是一场想象的虚妄。根据他的叙述,船只后来漂到了一个神秘的城镇,像是到达了"来世"的边缘。女性叙事者并没有承认男性叙事的天然权威,要求船长在地图上指认他所言的具体地点,质疑他所谓的"命运之地"有可能是臆想或者是海市蜃楼。她令人惊奇地采取了科学话语,以礼貌却坚决的态度拒绝认可"似乎很有真实感"的船长故事,从而在根本上动摇了男性宏大叙事的价值。正如船长的名字所暗示的,男性叙事其实并不匹配其自我赋予的伟大[1]。《尖枞树之乡》的这些细节安排有意无意地回应了女性文学属于"胡写乱画"的污名,让读者意识到视野或许不够宏大的女性文学更真切地描摹了周围环境,更能担负"现实主义"的名头。对于19世纪末的女性作家来说,这是建构其身份的最好途径。

19世纪末的美国女性作家除了确认自身的艺术家身份之外,也在极力建构有别于男性美学的艺术特征。在《尖枞树之乡》中,这种女性美学表现为"亲缘"主题,具体包括女性与自然的联系、女性之间的关爱以及女性自身的"忘我"特性。评论家广泛注意到朱厄特所创造的女性世界之间充满"爱和仪式",致力于展示女性个体之间"友谊"的描绘,与法国画坛的"私密派"

---

[1] Elise Miller,"Jewett's *The Country of the Pointed Firs*:The Realism of the Local Colorists." *American Literary Realism*, 1870—1910 20.2 (1988):8.

(intimism)运动具有本质上的一致性①。归纳来说,这些主题都印证了朱厄特艺术观中女性自我与客体之间的融合而非对抗关系,阐释了女性亲缘与男性个人主义和英雄主义的本质差异。《尖枞树之乡》中的托德太太"懂得自然的原始力量",具有从自然中采集、种植、炮制草药为村民治病的本领。小说的叙述者直接点明了托德太太与自然之间的紧密联系,将之比喻为古希腊著名诗人忒奥克里托斯(Theokritos)的田园诗。实际上,这个紧密关系存在于登奈兰丁镇的所有女性之中:"当你想问候鲍登家一声,可能从兰丁镇到后溪的另一端的所有家庭都会起身。他们要么是血亲,要么是姻亲关系"②。在这样的群体中间,得到尊重的并非是利特尔佩奇船长所代表的自我中心主义者和妄想超验的浪漫派,而是以布莱克特太太为代表的群体主义者:她们具有"那种终极的、最高的天赋能力,即一种完美的忘我性"③。在朱厄特的美学设计中,一旦女性违背了亲缘美学,过于强调自我感受,便不得不独自忍受生活赋予的残酷磨难。比如,小说中的乔安娜·托德因为年轻时爱情受挫而悲观厌世,只身一人跑到壳堆岛这个"孤独者的圣地"中隐居。这些"怪异"角色的人生和经历往往以"镶嵌故事"的形式出现,即存在于其他人的重述之中。这种借助于闲聊而非正统历史记忆的再现方式显示她们其实是被有意拒绝和遗忘的边缘群体。不过,需要特别指出的是,女性亲缘叙事对于叙述者或作家朱厄特来说只是策略性而非本质性的认同。换言之,身为艺术家的她们并不会将"忘我"这个显然带有"真正女性"阴影的"美德"作为自身的修养,而只是借助它确立与男性的差异罢了。正如评论家埃莉斯·米勒所指出,《尖枞树之乡》中的女性叙事模式隐藏着女性作家的创作身份焦虑:"她(叙述者)对登奈兰丁镇的认同是以自身的隐私、自主和完整性为代价的。"④

　　来自城市的游客/作家/叙述者对于乡村风景的全身心浸入注定只是暂时的迷恋,因为她真正的使命是将这些"美丽的角落"整合到"共和国"之中,最终建构一个统一的、强盛的"美国"。这是在美国内战后旅游文学开始流行的

---

① 参见 Laurie Shannon,"'The Country of Our Friendship': Jewett's Intimist Art." *American Literature* 71.2 (1999):227—62;Carroll Smith-Rosenberg, "The Female World of Love and Ritual:Relations between Women in Nineteenth-Century America." *Signs* 1 (1975):1—29.

② Sarah Orne Jewett, *The Country of the Pointed Firs and Other Stories*. New York:Double Day,1989, p. 87.

③ Sarah Orne Jewett, *The Country of the Pointed Firs and Other Stories*. New York:Double Day,1989, pp. 46—47.

④ Elise Miller,"Jewett's *The Country of the Pointed Firs*:The Realism of the Local Colorists." *American Literary Realism*, 1870—1910 20.2 (1988):12.

原因,也是区域文学得以出现的根源①。乡土文学作家们将目光从城市转向新英格兰的小村庄、凋敝的房屋和平淡无奇的乡间风貌,关注被工商业进程抛在后面的美国农村,哀悼一个已经消逝的年代和记忆。他们所感兴趣的并不仅仅在于自然风景,抑或一个想象性的过去,而是被性别、阶级、居住地所定义的社会群体以及他们之间的人际关系在美国乡村中的独特表现,最终目的是彰显美国在19世纪与20世纪之交的"进步"——工业化的、城市的和资本主义的发展赋予美国的强横力量和道德优越。朱厄特的创作也在这一思想框架中得以展开,与美国种族性和帝国性的国家政策之间存在紧密关联②。

在《尖枞树之乡》中,女性叙述者最终的情感指向还是城市和美国。她属于城市中的有闲阶级和职业女性,尽管在登奈兰丁镇沉迷于宁静却又欢悦的怀旧情绪,但她在本质上对这个"美国角落"采取了居高临下的态度。乡村生活简单美好,但毕竟脱离了美国发展的滚滚车轮,只能在与世隔绝中与现代社会渐行渐远。正如叙述者的评价所示,"村庄还是一如既往地古雅,传统到了近乎做作的程度;既远离尘嚣,又夹杂着幼稚的信念,认为自身处于文明的中心"③。她始终持有游客心态,注定要回到来时的地方。在小说的结尾,假期结束的她不得不、也渴望回归城市语境:"最终我不得不向所有的登奈兰丁镇的朋友们以及小屋中我那像家一般的住所告别,回到那世界中——我担心会发现自己变成一个外国人(foreigner)了。"④对"外国人"身份的惧怕是区域文学最深层的焦虑,也是《尖枞树之乡》中隐藏在日常生活细节中的持续主题。在参与托德太太家族重聚的宴会时,叙述者对食物进行了细致的描写,以别致的视角表明了国家身份建构的意图:"都认可美

---

① 参见 Dona Brown, *Inventing New England: Regional Tourism in the Nineteenth Century*. Washington: Smithsonian Institution P, 1995; William W Stowe, "Doing History on Vacation: 'Ktaadn' and *The Country of the Pointed Firs*." *The New England Quarterly* 71.2 (1998):164.

② 参见 Sandra Zagarell, "Country's Portrayal of Community and the Exclusion of Difference," in *New Essays on* The Country of the Pointed Firs. Ed. June Howard. Cambridge: Cambridge UP, 1994, pp. 39—60; Susan Gillman, "Regionalism and Nationalism in Jewett's *Country of the Pointed Firs*," in *New Essays on* The Country of the Pointed Firs. Ed. June Howard. Cambridge: Cambridge UP, 1994, pp. 101—117; Amy Kaplan, "Nation, Region, and Empire," in *The Columbia History of the American Novel*. Ed. Emory Elliot. New York: Columbia UP, 1991, pp. 240—66; William W Stowe, "Doing History on Vacation: 'Ktaadn' and *The Country of the Pointed Firs*." *The New England Quarterly* 71.2 (1998):176;刘英:《地域·现代·全球——朱厄特〈尖枞树之乡〉的"双重视野"》,载《国外文学》2013年第1期。

③ Sarah Orne Jewett, *The Country of the Pointed Firs and Other Stories*. New York: Double Day, 1989, p.13.

④ Sarah Orne Jewett, *The Country of the Pointed Firs and Other Stories*. New York: Double Day, 1989, p.158.

国馅饼比它可怜的前身——英国果馅饼——要受欢迎得多;在鲍登的重聚活动中感到创新还没有消失,这很让人高兴。"①将美国视为英国的创新版,女性叙述者对"新英格兰"的历史进行了不动声色地回顾,委婉却坚定地呼应着19世纪末美国不断确认自身优于旧欧洲的强烈愿望。这也是为何她将这个家族聚会打上了国家的烙印,并将集体记忆提升为超越个体和任何其他政治层面诉求的"自然需求":

> 或许是我们国家最近设立的伟大纪念日,还有到处都举行的老兵聚会让各自风格的聚会开始流行。……集体是心灵的一种本能——它不仅仅是一种与生俱来的权利,或一种习惯;在面对共同的继承时,其他的权利被弃而不顾了。
>
> 我近乎感觉自己是一个真正的鲍登人了,和一些新识告别时就好像他们是故旧一样;新的记忆非常宝贵,让我们的精神变得丰盈。②

这段抒情文字透着浓浓的历史感,既是关于美国民族起源的提醒,更是当下美国人情感共同体的颂扬,点明了区域文学的本质其实是"爱国主义、友谊和亲缘联系的祭坛"③。

1901年,因其杰出的艺术成就,朱厄特被美国缅因州鲍登学院授予荣誉文学博士学位,这是当时的美国女性在智性领域所能获得的最高认可。在经历过20世纪70年代女性主义批评的"圣化"之后,朱厄特的文学声望持续上升,目前已是公认的"霍桑之后最优秀的新英格兰作家"④。

玛丽·威尔金斯·弗里曼
(Mary Wilkins Freeman, 1852—1930)

1926年,美国艺术与文学学会将威廉·迪恩·豪威尔斯奖章(The

---

① Sarah Orne Jewett, *The Country of the Pointed Firs and Other Stories*. New York: Double Day, 1989, p. 96.

② Sarah Orne Jewett, *The Country of the Pointed Firs and Other Stories*. New York: Double Day, 1989, p. 98.

③ Sarah Orne Jewett, *The Country of the Pointed Firs and Other Stories*. New York: Double Day, 1989, p. 86.

④ 金莉:《文学女性与女性文学:19世纪美国女性小说家及作品》。北京:外语教学与研究出版社,2004,第289页。

William Dean Howells Medal)颁发给了玛丽·威尔金斯·弗里曼,使她成为美国文学史上第一位获得该奖的作家。在颁奖仪式上,著名的区域作家哈姆林·加兰夸赞弗里曼用生花妙笔细致地刻画了新英格兰地区"凄凉的寡妇生活、暴躁易怒的年纪和充满向往的青年时代……在单调中保持乐观,在贫困中保持耐心"的生活状态[1]。加兰的评论很好地概括了弗里曼的创作主题。她的创作一直围绕着美国从农业经济逐步转向工商业资本经济这一社会语境下新英格兰农村的没落,呈现了农民生活中的经济贫困和精神荒芜。弗里曼对农村的阴郁书写在相当长的一段时间里奠定了她是悲观主义作家的声名。学界往往将她和"自然主义"(naturalist)作家群相比较,认为他们对人性和社会的看法存在着本质上的一致性。诚然,弗里曼笔下的个体多受本能和欲望的驱使,很少能够进行理性的自我控制;他们在社会转型大势中也无法主宰自我的命运。但学者也注意到,弗里曼的农村书写并非奉行冷冰冰的决定论,而在叙事视角方面具有女性区域文学的特征——即致力于达成作者、读者和角色之间的共情。就此而言,她"距离家庭感伤文学传统更近"[2]。同时,她在作品中呈现了角色,尤其是女性角色的反抗,让她们在周围环境的施压下通过各种不失巧妙的方式实现了自身意愿[3]。概括说来,透过弗里曼作品表面的阴暗,她在本质上依然属于乡土作家的范畴,高度认同生于斯长于斯的新英格兰地区,同时也表现了个体与群体之间存在的紧张关系。正如学者所言,弗里曼的"作品饱含着对新英格兰地区村野恬淡生活的热爱,对生活于其中的居民的无限同情以及对当时严苛的清教思想的有力批判"[4]。

玛丽·威尔金斯·弗里曼出生于新英格兰伦道夫市。父亲沃伦·威尔金斯是当地非常有名的木匠和建筑工,但是性格软弱且行事盲目。随着美国南北战争后马萨诸塞州经济衰落,他离开家乡到佛蒙特州布拉特尔伯勒做纺织品生意,并于1867年将全家迁到了这里。但他并没有任何商业才能,不久便陷入经济危机,让全家失去了他们的房子。一个木匠和建筑工不能给家人提供稳定舒适的住处无疑是巨大的讽刺,也使得性格刚烈傲气的

---

[1] Qtd. in Susan Allen Toth, "Defiant Light: A Positive View of Mary Wilkins Freeman." *The New England Quarterly* 46.1 (1973):82.

[2] Elaine Sargent Apthorp, "Sentiment, Naturalism, and the Female Regionalists." *Legacy* 7.1 (1990):3.

[3] Susan Allen Toth, "Defiant Light: A Positive View of Mary Wilkins Freeman." *The New England Quarterly* 46.1 (1973):83.

[4] 金莉、秦亚青:《理智与情感——弗里曼短篇小说的主题和主题统一》,载《外交学院学报》1995年第3期,第82页。

母亲埃莉诺感受到无奈和屈辱。她不得不去当帮佣以贴补家用,全家也只能寄居在雇主家里。这段长达几十年的居无定所的经历给弗里曼造成了很大的心理创伤,日后她在短篇小说《母亲的反抗》("The Revolt of Mother",1890)中详细地描绘了父亲剥夺母女居住权所引发的性别冲突。

原生家庭的经历影响了弗里曼的性别观,使她自小便不再对以丈夫收入为基础的传统家庭模式抱有信心。她在自己的婚姻上不幸地再次重复了父母相处的模式。在经历十年的恋爱长跑后最终于1902年成婚时,她接近50岁了。虽说已经是颇有名气的成功作家,实现了经济独立,但毕竟远远超过了社会所定义的适嫁年龄,也偏离了19世纪有关"真正女性"的性别规范。丈夫查尔斯·曼宁·弗里曼比她年轻七岁,是一位医生。他同弗里曼的父亲一样是一位不负责任的丈夫,对酒精和药物依赖成瘾,据说还有拈花惹草的恶习。尤为重要的是,他的医学知识并没有带来什么收入,对家庭经济毫无贡献。弗里曼曾将父亲和丈夫这样的男人称为"装饰性丈夫"(ornamental husband)①。这样的婚姻生活忍受到1920年终于到了尽头,弗里曼不得不把情况恶化的丈夫送进新泽西州疯人院,重新过上了独身生活。

无法依赖男性生活的弗里曼靠自己的文字为生。童年和婚后的不幸经历塑造了弗里曼的创作观,使她习惯于从经济和性别两个维度去观照周围的自然和人文地理,进而形成了自身独特的新英格兰农村书写。大部分的女性乡土作家为了维持"道德天使"光环而避免从经济角度创作,结果往往是将区域文学变成了充满怀旧情绪与和谐愿望的感伤呓语,与现实世界脱离太多。弗里曼承认金钱的重要性,打破了区域文学"不沾烟火气"的神话。她在私人信件中坦承:"如果不是因为爱钱的话,我根本不会创作这些故事。"②对于金钱的迫切要求让她成为一名精明的"卖文写手",周旋在不同的出版商之间为自己谋取更高的稿酬。19世纪与20世纪之交美国商业杂志的兴起催生了对短篇小说这一文类的大量需求,于是弗里曼也成了短篇小说大师,以凝练的语言和精巧的构思描写了新英格兰农村在美国社会转型期的经济状况、遭受冲击的文化习惯以及边缘女性与群体之间的冲突与妥协。她一生极为高产,写下了《简·菲尔德》(*Jane Field*,1892)、《彭布罗克》(*Pembroke*,1894)、《穷人杰罗姆》(*Jerome, a Poor Man*,1897)、《劳动的份额》(*The Portion of Labor*,1901)等14部小说,《从前》(*Once upon a*

---

① Edward Foster,*Mary E. Wilkins Freeman*. New York:Hendricks House,1956,p.167.
② Charles Johanningsmeier,"Sarah Orne Jewett and Mary E. Wilkins (Freeman):Two Shrewd Businesswomen in Search of New Markets." *The New England Quarterly* 70.1 (1997):57;66.

Time,1897)等 8 部儿童作品,《卑微的浪漫史和其他故事》(*A Humble Romance and Other Stories*,1887)、《新英格兰修女和其他故事》(*A New England Nun and Other Stories*,1891)等 22 部短篇小说和散文集,此外还有大量的诗歌、戏剧、散轶的短篇等。其中,《卑微的浪漫史和其他故事》和《新英格兰修女和其他故事》被公认体现了弗里曼的最高艺术成就。

新英格兰地区的人们向来奉行勤俭节约的清教道德,到了以刺激人们的消费欲望为基础的工商业时代,苦于经济窘迫的他们不可避免地成了社会的怪诞景观,要么成为锱铢必较的守财奴,要么在物欲的释放中迷失自我。作为一名新英格兰乡土作家,弗里曼本人对待这一现象的态度是矛盾的:一方面,她认为城市是腐败和消费狂热的恶之源;另一方面,农村在表面的枯水无波之下同样涌动着攀比和消费的欲望之流①。故事《一次尽欢》("One Good Time",1897)便是这一主题的典型表现。故事中的农民理查德·斯通在世时让妻子和女儿纳西萨节衣缩食,从未有过得体的衣物,其寒酸程度甚至引起了邻居的议论。然而,他去世后将遗产留给了妻女。那是一笔不菲的财产,由此促使她们走向了消费之路。她们去纽约购买衣服,结果本来合理的改善性消费却变成了奢侈的狂欢,所有的钱财只换回了一些华而不实的珠宝和衣服。最终纳西萨自己也不得不承认:"我浪费了这一千五百美元。"故事的女主人公纳西萨(Narcissa)的名字来自古希腊神话中的纳齐苏斯(Narcissus),很容易让读者认为非理性的消费源于她自恋的人格缺陷,甚或是整个女性群体的"非理性"本质。故事看似刻画了女性"旅行"和"成长"经历,实际上呈现了"区域"的尖锐对立:城市作为欲望之地成为充满诱惑的"远方",农村的道德体系则在这种巨大的吸力之下岌岌可危。这是美国在经济转型期的独特问题,美国人的生活方式、道德观念和自身认知出现了剧烈的动荡,如何在这动荡中维持或重构个体和农村的身份成为弗里曼着力关注的问题。

这种社会动荡在造成巨大改变的同时,也激起了新英格兰农村的文化反弹。猝不及防的农民们出于自我保护的需要,拼命强调坚持传统以确认彼此之间的一致性,而将心中的迷茫、焦虑和恐惧以言语暴力的方式投射到某个与周遭环境格格不入的"替罪羊"身上。正如评论家伊莱恩·萨金特·阿普索普指出,弗里曼笔下的新英格兰人情感封闭,行动充满了痛苦和限制;他们的文化性格生于旧时的文化土壤,与不断衰败的村庄一起在压力之

---

① 弗里曼对物欲和消费的详细论述参见 Monika M. Elbert,"The Displacement of Desire: Consumerism and Fetishism in Mary Wilkins Freeman's Fiction." *Legacy* 19.2 (2002):192—215.

下变得扭曲且不合时宜①。他们用以确认自我身份的生活方式,如礼拜天去教堂,并非自我基于道德或信仰的智性选择,而仅仅是对于固定习惯的盲目遵从②。这种传统礼仪并未给他们提供精神上的稳定和满足感,反而成为群体寻求"猎物"的工具和滋生流言蜚语的温床。《母亲的反抗》("The Revolt of Mother",1890)直接说明了这一点:"小镇上任何一点偏离正常生活轨道的小事都足以让整个镇子停滞。"故事中母亲对丈夫意愿的忤逆甚至惊动了牧师亲自上门劝说,表明神权也不过是农业守旧心态的工具。在另一部著名短篇《新英格兰修女》("A New England Nun",1891)中,女主人公路易莎仅仅因为生活方式精致便成为众矢之的。她家中"茶盘盖着锦缎餐巾,上面放置一个雕花玻璃的平底酒杯,酒杯里放着各种茶匙,桌上还有一个银制的奶油罐,一个瓷糖罐,和一套粉色的瓷茶杯和茶托。"这与生活粗粝的其他村民形成了鲜明对比,结果便导致"村里人经常私下议论"。

在新旧经济与文化模式相碰撞的语境下,新英格兰农村的个体时刻处于与群体以及外部社会的复杂关系之中。与外部诱惑相比,群体的压制成为他们更加需要面对和解决的困境——这是弗里曼区域写作中的核心冲突。群体对私人空间的干涉无处不在,以流言、刺探或强制命令的各种形式表现出来,个体必须竭尽全力地通过争斗来定义和守卫自我存在的边疆。如评论家苏珊·艾伦·托特所总结的:

> 弗里曼对个人和群体之间、个体独立和社会规范之间、个体实现和社会责任之间的持续协商有着一种充满现代感的复杂把握,非常令人惊叹。她笔下的男男女女在群体的压力之下通过巧妙的方法保持了自我的独立。弗里曼用一种既嘲弄又同情的笔调记录了他们的成功。③

这种反抗的主体不出意料地常常是在农村中生活窘迫的老年人。在弗里曼的同龄人萨拉·奥恩·朱厄特笔下,年老村民往往是享受极高礼遇的传统守护者;而在弗里曼笔下,他们却不得不为自身的生存去争斗。比如《穷人》("A Church Mouse",1889)中的贫穷老妇海蒂无家可归,在未经允许的情

---

① Elaine Sargent Apthorp, "Sentiment, Naturalism, and the Female Regionalists." *Legacy* 7.1 (1990):3.

② Babette May Levy, "Mutations in New England Local Color." *The New England Quarterly* 19.3 (1946):353.

③ Susan Allen Toth, "Defiant Light: A Positive View of Mary Wilkins Freeman." *The New England Quarterly* 46.1 (1973):83.

况下搬进了教堂居住，用做饭的烟火气"玷污"了神圣的教堂从而引起了教众的愤怒和驱逐。《老妇人马古恩》("Old Woman Magoun", 1925)中的老妇马古恩在纵容男性欺凌的社会中相继失去了自己的女儿和外孙女。他们与群体的冲突并非是超越社会语境的原型化情节，而大多植根于社会转型期给农村带来的冲击。

弗里曼的新英格兰农村书写具有一个非常鲜明的特征，即"其中心人物很少是男性，而往往是女性，对抗着农业社会对她们的期望"①。她笔下的女性多为老年妇女、寡妇、独身女性、小女娃，都是因为自身的"怪异"特质和经济能力不足而在农村中处于绝对弱势的边缘个体。具有了"替罪羊"特质的她们也易于成为群体宣泄集体焦虑的对象，这也是为何评论家会得出"弗里曼笔下的女性角色最终都孤立无援，完全缺乏外界支持"的印象②。将女性的生存状态形容为一片被隔绝的地理未免太过强调女性群体在思想、行为和人际关系等层面的异质性。实际上，弗里曼笔下的女性与自然地理和周围社会保持了必要的联结，其反抗行为大都是在主流话语的框架下实施的。

首先，尽管具有浓重社会意识的弗里曼更加注重经济主题，她作品中也呈现了女性与自然之间的亲缘关系。比如《圣诞珍妮》("Christmas Jenny", 1888)中女主人公是"行走的绿植"，表现出与树林和动物的高度认同。《阿瑞托萨》("Arethusa", 1900)中的女主人公与希腊神话的仙女同名，爱惜动植物的生命，禁止男性追求者采摘鲜花送给她，拒绝人类"浪漫"行为中隐藏的暴力逻辑。正因为这些刻画将女性与自然相等同，当代评论家认为弗里曼即便不是一位生态女性主义者，至少也体现出这一理论的思想③。这其实是19世纪女性文化的一个反映，在西莉亚·莱顿·撒克斯特(Celia Laighton Thaxter, 1835—1894)、萨拉·奥恩·朱厄特、凯特·肖邦(Kate Chopin, 1851—1904)等女性作家的作品中都有体现。女性作为囿限在房屋中的"道德天使"，只能在花园中发挥她们的艺术想象力。园艺于是成为她们的艺术表现形式，并促成了女性与植物的等同——在19世纪后期，越来越多的女性被以植物来命名，这被认为是有效地体现了女性本质④。

---

① Ann-Janine Morey, "American Myth and Biblical Interpretation in the Fiction of Harriet Beecher Stowe and Mary E. Wilkins Freeman." *Journal of the American Academy of Religion* 55. 4 (1987): 753; Perry D. Westbrook, *Mary Wilkins Freeman*. Boston: Twayne, 1988, p. 47.

② Mary R. Reichardt, *A Web of Relationship*. Jackson: UP of Mississippi, 1992, p. 15.

③ 参见朱新福：《弗里曼小说中的生态女性主义思想初探》，载《天津外国语学院学报》2006年第1期。

④ Susan Garland Mann, "Gardening as 'Women's Culture' in Mary E. Wilkins Freeman's Short Fiction." *The New England Quarterly* 71. 1 (1998): 33.

当然,弗里曼的短篇故事中呈现更多的是女性的反抗。那些反抗从来不是暴力革命式的武力起义,而是巧妙地利用了性别话语赋予自身的道德威仪,通过语言、持家、自戕等间接方式——尽管激烈程度层层递进,却从来不曾公开地质疑男权统治的合法性——策略性地争取和捍卫原本就属于女性自己的权利。

《母亲的反抗》是弗里曼创作中体现反抗主题的最著名例子,但实际上,这篇作品所刻画的女性反抗方式是最为柔和的:女主人公萨拉是典型的"真正女性",坚守着自己作为贤妻良母的本分,她对丈夫意愿的反抗从未否认父权制的权威。故事中,"父亲"阿多奈拉姆一心扩大自己的种植规模,让"母亲"萨拉和女儿几十年来一直住在破败局促的屋子里。最近女儿正准备嫁人,他却无动于衷,一心忙着建造宽敞的新牛棚。忍无可忍的萨拉不断地意图质问丈夫,却总被他以沉默的方式无视。最终萨拉趁他外出的机会,命令工人们将牛棚变成了她和女儿的新家。"父亲"回来后见到这一变故并没有大发雷霆,却出人意料地像个孩子一样哭了起来。这个结尾颇具欧•亨利(O Henry,1862—1910)式的喜剧色彩,推动故事到达了(反)高潮[1]。故事呈现了一个鲜明的对立,即"母亲"一直通过语言来表达和实现自己的意图,而"父亲"角色一直处于失语状态。在语言与主体性互相指涉的男权社会中,男性掌握言说的权利,而女性处于消音的位置。因而,该故事的中心意义便是展现了女性的"越界"行为,展现了"母亲"解构男性语言的疆域,成为一个言说主体,在现实世界中实践了与语言相关的权力[2]。这种权力实践却彰示了男性气质的缺失。故事中的男性不仅丧失了对语言的掌控,也没有尽到自己为妻女提供住所的责任。这一点对于弗里曼来说尤其重要,她父亲身为建筑师却让她和母亲流离失所是她心中永远的痛,因此她在创作中总将建筑物与男性气质危机联系在一起[3]。在《母亲的反抗》中,女性对住所的主张和对语言的掌控显得合情合理合法,前提和原因恰恰正是传统性别话语。如评论家所言,"在母亲的眼中,家并不是财富或社会地位的象征,而是人类生活发生和循环的地方"[4]。这正符合"男主外、女主内"的

---

[1] 详见 Martha J. Cutter, "Frontiers of Language: Engendering Discourse in 'The Revolt of Mother'." *American Literature* 63.2 (1991):279; Michael Grimwood, "Architecture and Autobiography in 'The Revolt of Mother'." *American Literary Realism* 40.1 (2007):75.

[2] Martha J. Cutter, "Frontiers of Language: Engendering Discourse in 'The Revolt of Mother'." *American Literature* 63.2 (1991):280.

[3] Michael Grimwood, "Architecture and Autobiography in 'The Revolt of Mother'." *American Literary Realism* 40.1 (2007):66.

[4] Martha J. Cutter, "Frontiers of Language: Engendering Discourse in 'The Revolt of Mother'." *American Literature* 63.2 (1991):281.

传统观念,是"母亲"在家庭这个"道德领域"严格遵循的基本逻辑,转而成为她谴责失德男性所依赖的力量。通过该故事,弗里曼或许是无意间触及了从话语内部突围的女性反抗策略,为"真正女性"指出了确立自我存在方式的一条可能路径。

因为独身至五十岁且经济独立的缘故,弗里曼在内心深处对于传统女性的持家生活并不认同,甚至抗拒。这种心态构成了她笔下类似"新女性"文学的反抗主题,即刻画不依赖男性过活的独立女性所具有的自在状态。对女性固定角色的拒绝在本质上便是对男性权力的抵抗和蔑视,这在《新英格兰修女》中得到了最好的体现。路易莎抗拒搬到未婚夫"杂乱不整"的住处,而是以艺术家对待艺术的热情来经营自己的独居生活。她最喜欢的就是坐在窗前安静地做着针线活,为了捍卫这种生活模式,她毅然解除了婚约。针线活是19世纪女性作家创作的一个隐喻,绣花针和笔都是女性艺术家将自身想象力转化为作品的方式①。因此,路易莎的不婚主义很明显地被用作女性艺术家的独立隐喻。她对独立空间的占有实现了欧美女性作家一直祈求拥有"自己的房屋"的梦想,所以才被刻画成她治下的神圣领土:"一觉醒来,又觉得俨然是一个女王:她起初生怕国土被人掳去,后来才看到自己稳坐江山,万无一失。"这句描写显然呼应了亨利·戴维·梭罗(Henry David Thoreau,1817—1862)在《瓦尔登湖》(*Walden*,1854)中曾引用的诗句"我是我目之所及之处的君主,我在那里的权利无可争议"②,通过引用重视个体性的浪漫主义传统表达了女性自我空间意识的复苏。值得指出的是,弗里曼刻画的这类女性独立具有一定的代价,即必须压抑和放弃两性之爱。小说中,路易莎养了一条名叫"恺撒"(Caesar)的狗,将它关在笼子里十几年而磨灭了它的野性。尽管如此,她仍惴惴不安:"在她所有的担忧中,没有一样比得过恺撒。"很显然,这只以古罗马伟大统治者命名的动物象征着能够左右人类行为的性欲——弗里曼在这里与她同时代的现代心理学奠基人西格蒙德·弗洛伊德形成了思想上的交互关系——路易莎对动物性欲望的降服正是故事题名"新英格兰修女"的本义。而从象征层面来说,被称为"修女"使得路易莎的行为蒙上了一层神圣色彩,借助神权逃逸出男权社会的经济文化体系。

弗里曼对于男性的厌恶和男权秩序的反感还有更加激烈的形式。在她看来,有些丧德男性迫使女性尽好贤妻良母的义务,却不能承担自己的责

---

① 关于女红与女性书写之间的喻指关系,可参见陈榕:《霍桑〈红字〉中针线意象的文化读解》,载《外国文学评论》2007年第2期。

② Henry David Thoreau, *Walden*. New Jersey: Princeton UP, 1971, p. 82.

任,甚至做出侵害骨肉的反伦理之事。保护后辈的"母性"本能在面对极端威胁时,会以一种完全相反的面目呈现出来,即通过自戕、杀婴等手段进行决绝的反抗,经历了自身从道德天使向黑暗女巫的转化。这种转化至少在表面上显得冷血可怕,甚而让母女关系这一女性美学的核心命题变得耐人寻味。《老妇人马古恩》创作于弗里曼与丈夫的婚姻不幸之时,笔调也显得非常阴沉。故事刻画了老寡妇马古恩为了对抗无良女婿,不惜杀死外孙女的悲剧。马古恩的女儿年仅16岁时便被浪荡子尼尔森祸害且难产去世,马古恩只能和外孙女莉莉相依为命。艰难的生活铸就了马古恩强势的性格,莉莉一直对她言听计从。某天莉莉偶遇生父尼尔森,漂亮的容貌让尼尔森心生歹意,想从马古恩手里夺回莉莉的监护权,把莉莉卖掉抵自己的赌债。马古恩四处求救无门,绝望之下毒死了莉莉以避免外孙女沦为玩物的命运。故事中呈现了两性之间的尖锐对立:在马古恩的认知里,"慵懒""堕落""邪恶"的男性是"人渣",他们就像老虎那样猎取女性;在她的经历中,男女情爱只不过是"可怕的孤独""早有预期的打击"和"绝望"。对男性的憎恨扭曲了她与女性后辈的关系:她竭力保护莉莉,以爱为名压制外孙女的性觉醒,进而发展成思想的绝对控制:莉莉"从未被允许与其他孩子一起玩耍",只是一个"接收的花瓶",供马古恩"倾注自己灵魂中的优点","坚信向祖母撒谎和反抗祖母都是错误的"。这导致评论家一致认为"弗里曼笔下的许多母亲将女儿看成是自我的延伸"[1]。这种关系限制了莉莉的心智发展,使她永远停留在没有情爱意识的童年时代,这就是她为何14岁还时刻抱着玩偶娃娃的原因。在心理学理论中,拿着玩偶的小女孩体现出一种"玩偶情结"(doll complex):她总是扮演"妈妈"的角色,对玩偶进行思想上的教化和行为上的纠正。这个游戏是对现实生活中家庭结构和母女关系的影射,小女孩在想象中取代了母亲的地位,成为父亲的选择对象[2]。在《老妇人马古恩》中,"马古恩—莉莉—人偶"的关系作为"人—偶"关系模式的镜像,呈现的却是黑色的家庭罗曼司——"父亲"是憎恨的对象,而不是取悦的对象[3]。这与其他19世纪女性区域作家笔下充满和谐与爱意的女性关系构成了鲜明对比,让一些评论家怀疑弗里曼是否具有同性恋的倾向,并将《两位朋友》("Two Friends",1887)和《长臂》("The Long Arm",1895)列为证据[4]。

---

[1] Mary R. Reichardt, *A Web of Relationship*. Jackson: UP of Mississippi, 1992, p. 70.

[2] Christiane Olivier, *Jocasta's Children: the Imprint of Mother*. Trans. George Graig. New York: Rouledge, 1989, p. 73.

[3] 参见周铭:载《从偏离到回归:弗里曼笔下的女性抗争及误区》,载《四川外语学院学报》2005年第4期。

[4] 原文和弗里曼的个人经历,参见 Susan Koppelman, "About 'Two Friends' and Mary Eleanor Wilkins Freeman." *American Literary Realism*, 1870—1910 21.1 (1988):43—57.

总而言之,性别和阶级视角给弗里曼的文字抹上了一层浓郁的暗色,却也使她与其他的女性区域作家显得如此不同。她的区域书写显示了一种超前的意识,让读者明了新英格兰农村并非仅仅包括属于男性的荒野和属于女性的花园,更是充满经济文化政治意义的空间集合。从老年女性等边缘群体的视角去切入观照,这一空间集合充满了关系的紧张、权力的压制与情感的苦闷,而不是和谐、关爱与怀旧。

玛丽·诺埃尔斯·默弗里
(Mary Noailles Murfree,1850—1922)

在美国农业社会向工商业社会转向时,区域文化逐步走向消亡,让位于大一统的国家文化。如何重新认识和评价"区域",便成了19世纪末美国主流社会,尤其是"乡土色彩"(local color)作家们主要考虑的问题。他们狂热地寻找新的风景区域并建构区域身份,无不体现着他们作为美国人在国家新近统一后试图重新定位"美国"和自身的身份焦虑。对于在内战中失败并接受"重建"的南方来说,这一建构尤其痛苦但却至关重要。正是在这一语境下,玛丽·诺埃尔斯·默弗里的创作显得意义非凡,在田纳西文学史中占据了重要位置:"田纳西的文学名家名单能列出长长一串,但没有一位像玛丽·诺埃尔斯·默弗里那样引起轰动"[1],原因是她描写了"在我们文明历史中再也不会重现的一个地区、一个族群、一个时代的缩影"[2]。她对阿巴拉契亚的诗意呈现已经成了刻画美国山区生活的圭臬,在美国人的认知中造就了一个文化原型般的神话。

玛丽·诺埃尔斯·默弗里出身于田纳西州格朗特兰镇的一个名门望族。格朗特兰镇离以她祖父哈迪·默弗里上校的名字命名的小镇默弗里斯伯勒不远。默弗里在三个子女中排行第二,另有姐姐和弟弟。默弗里家庭成员之间的关系非常融洽,默弗里与姐姐范妮的关系尤其好,终身未婚的她们一辈子都形影不离,直到去世。她的父亲在田纳西州的首府纳什维尔工作,是一位成功的律师。默弗里的童年在纳什维尔和默弗里斯伯勒这两个地方度过。在1867年,她离开故乡到费城的法语学校上了两年学。后来父亲的律师生意不好,全家搬回默弗里斯伯勒。默弗里在那里一直生活到

---

[1] Dennis Loyd, "Tennessee's Mystery Woman Novelist." *Tennessee Historical Quarterly* 29.3 (1970):272.

[2] Richard Cary, *Mary N. Murfree*. New York: Twayne, 1967, p.174.

1922年7月31日去世。然而,搬回小镇生活并不意味着默弗里从此与世隔绝,深陷乡村的视野局限之中。她全家每年夏天都会去大雾山(Great Smoky Mountains,1934年后成为美国国家公园)度假,居住在自家在山区的别墅当中,有时还在山民的家中寄宿。这一便利使得默弗里有了充足的机会去观察和了解阿巴拉契亚山区人民和他们的生活,并将她的所见所思融入自己的创作之中。正因为对这一区域的细致描摹,她在19世纪七八十年代获得了很高的文学声名,被公认为美国"乡土色彩运动"中的重要成员。

默弗里四岁那年因为发高烧而落下了跛足的残疾,也因此终生未婚。但这并没有在心理层面给乐观自信的默弗里留下什么创伤,行动的受限和情感生活的单纯反而更加促进了她的智性生活和社会交往。有人曾经问小默弗里不能像其他孩子一样疯跑和玩耍是不是很难过,她回答道:"不难过,他们只会做那个,而我会拼'波波卡特佩特火山'(Popocatepetl)这个词"①。在与她相熟的朋友印象中,默弗里是"一位才华横溢而又和善可亲的女士。她似乎很乐意与其他人打成一片。她喜爱玩牌却从不跳舞"②。身体疾患让她自小便将对世界的好奇心全部转向书本。或许是出于隐秘的心理认同,默弗里最喜爱同样具有腿部残疾的英国小说家沃尔特·司各特(Walter Scott,1771—1832)的历史小说,并在自己的创作中有意模仿了现实主义与浪漫主义夹杂的文风和使用笔名发表作品的做法。她喜爱的作家还包括勃朗特姐妹(Brontë sisters)、乔治·艾略特(George Eliot,1819—1880)、威廉·萨克雷(William Thackeray,1811—1863)、查尔斯·狄更斯(Charles Dickens,1812—1870)等文学巨擘。

19世纪的美国对于"智性"女性并不友好。作为"房屋中的天使",女性所拥有的权威只限于家庭这个私人的、日常生活的领域,而无法在公共政治领域和艺术创作领域拥有自己的声音。因而,尽管当时的女性写作已经蔚然成风,而且在文学市场上取得了令男作家嫉妒不已的巨大成功,她们依然不敢明确主张自己作为作者的权威和作为艺术家的荣光。默弗里也不例外,她在写作之初也采用男性笔名来避免美国社会对女性写作的指责。1874年,她在《利平科特杂志》(*Lippincott's Magazine*)上发表第一个故事时采用了"R. 埃米特·登博瑞"(R. Emmet Dembry)这个男性笔名。1878年她用"查尔斯·埃格伯特·克拉多克"(Charles Egbert Craddock)这个她

---

① Dennis Loyd, "Tennessee's Mystery Woman Novelist." *Tennessee Historical Quarterly* 29.3 (1970):273.

② Doris Lanier, "Mary Noailles Murfree: An Interview." *Tennessee Historical Quarterly* 31.3 (1972):277.

自己未发表作品中某个角色的笔名向当时最著名的高雅刊物《大西洋月刊》(*The Atlantic Monthly*)投稿短篇小说《哈里森河谷的舞会》("The Dancin' Party at Harrison's Cove")。时任刊物编辑威廉·迪安·豪威尔斯非常喜欢这篇故事中的方言俚语,同意接受并发表[1]。这对于默弗里来说是一个具有决定性意义的时刻,标志着她在美国文坛上开始崭露头角。为此,她再也没有改过"查尔斯"这个笔名,一直用到去世[2]。有趣的是,默弗里隐瞒自己性别身份的做法却让她的父亲无意中获得了名声——当时社会并不相信女性能够写出文学作品,因此"查尔斯"只可能是默弗里的父亲。哭笑不得的父亲于是敦促默弗里向外界表明身份。1885年3月3日,默弗里向《大西洋月刊》的编辑托马斯·贝利·奥尔德里奇承认自己就是"查尔斯",引起了文学社交圈的极大惊诧。

默弗里一生颇为高产,在1884至1914年这三十年内一共创作了18部小说和7本短篇故事集。她的第一部作品《田纳西群山》(*In the Tennessee Mountains*, 1884)获得了巨大成功,为她带来了很高的文学声誉。这部包括八篇描写田纳西州山区人们生活的故事集被公认为默弗里的最佳作品。她的第一部小说《当年的交战之地》(*Where the Battle Was Fought*, 1884)亦于同年发表。其他获得评论家高度评价的作品基本上都是她的前期作品,包括《大雾山的先知》(*The Prophet of the Great Smoky Mountains*, 1885)、《云深不知处》(*In the Clouds*, 1886)、《在"陌生人"的国度》(*In the "Stranger People's" Country*, 1891)等。作为美国"乡土色彩运动"中的重要成员,默弗里的绝大部分(13部)作品是关于美国东南部的田纳西州山区的风土人情,在学界往往被拿来与描写西部的作家布雷特·哈特以及描写新英格兰地区的作家萨拉·奥恩·朱厄特作对比[3]。默弗里的作品主要以阿巴拉契亚山区的环境和人民生活为描绘对象,刻画了这一区域相对于外界的独特性:与世隔绝的地理环境使山区落后于时代和工业文明的发展,也使得山区的文化气氛变得沉闷和保守;但同时,这也使得该地区逃脱了工业资本主义文化的千篇一律,得以保留自身的语言和文化传统。在美国文学史中,默弗里是第一位将"阿巴拉契亚"建构成独特区域的作家,也是阿巴拉

---

[1] Dennis Loyd, "Tennessee's Mystery Woman Novelist." *Tennessee Historical Quarterly* 29.3 (1970):272.

[2] Richard Cary, "Mary Noailles Murfree (1850—1922)." *American Literary Realism, 1870—1910* 1.1 (1967):79.

[3] Allison R. Ensor, "What is the Place of Mary Noailles Murfree Today?" *Tennessee Historical Quarterly* 47.4 (1988):199.

契亚文学史上第一位关注女性主题的作家,对美国南方文学做出了巨大贡献。正是基于这一历史功绩,1922年6月,西沃恩南方大学宣布授予她荣誉文学博士学位。

作为一位区域作家,默弗里在创作中采取了现实主义笔调,她的熟人如此回忆默弗里收集创作素材时的做法:

> 她认真地学习有关乡村和人类本性的一切。在蒙特威尔时,为了在故事中能够逼真地描写乡村生活,她骑马走出四英里到奇尔豪伊山,就为了去农户家里取一架真正的纺车。她想在故事中描写一架纺车。她完全能听懂山民们的方言,并能够在作品中准确地再现。在蒙特威尔有位老猎人,名叫巴克·尚克斯,在那一片山村鼎鼎有名。她对他进行了仔细的研究;经常和他交谈,从不错过观察他行为的机会。[1]

正因为如此,起初的评论家认为默弗里的作品忠实地再现了山区的地貌和社会生活,夸赞她的描写不仅具有艺术价值,而且是"对社会运转科学做出真正贡献"的"实验室记录"[2]。考虑到20世纪初期美国强调实证、各种学科兴起的"科学"氛围,这样的赞誉确实高到了无以复加的程度。其中,最能体现默弗里现实主义态度和区域文学特征的是她对区域的景色给予了异乎寻常的关注,美国读者能轻易地发现凯兹谷(Cades Cove)、塔克里奇谷(Tuckaleechee Cove)等地方在其作品中的影子[3]。在区域小说中,风景描写并非是可有可无的点缀之笔,而担负着个人情感和区域文化载体的重要功能。正如评论家所指出:

> 对默弗里来说,大山并不是一个沉默的背景,而是一个重要的行动参与者,有时反映着人们的情绪,有时充当着富有深意的场景——通常是以一些现实的分界线来象征社会区隔,有时甚至直接参与到或者盖过人类的行为。[4]

---

[1] Doris Lanier,"Mary Noailles Murfree: An Interview." *Tennessee Historical Quarterly* 31. 3 (1972):277—78.

[2] Richard Cary,*Mary N. Murfree*. New Haven: Twayne,1967,p. 38.

[3] 对于默弗里作品中的描写与现实世界之间的映照关系,参见 Durwood Dunn,"Mary Noailles Murfree: A Reappraisal." *Appalachian Journal* 6.3 (1979):196—204.

[4] Allen Batteau,*The Invention of Appalachia*. Tuscon: U of Arizona P,p. 40.

简言之,山区的风景与人类的情感形成了相互映照和塑造的交织关系,意在烘托和揭示小说的气氛和主旨。例如,在《沿溪而下》("Drifting Down Lost Creek")中,景色描写鲜活地展示了"情景交融"的效果:

> 太阳已经落山,但余晖犹存。松山上的高空,晚间的星星在发抖。在西边的红霞下,它巍然耸立,显得阴阴沉沉。啊,那深红的霞晖能沿着忘溪谷照耀多远呢——越过大山两边那浓浓的孤独!东边也受益于白日消逝所带来的遗产,在徐徐升起的明月下紫袍加身,光耀照人。①

这段描写里同时混杂着光耀的美感和浓烈的阴沉气氛,展示了外界视角观照下的山区值得欣赏和令人不安的混合特征,暗喻着美国社会"异域"想象的双重性。

与所有"乡土色彩文学"类似,默弗里的区域书写包括两个既对立又统一的主题,即同时展现阿巴拉契亚山区与美国其他区域的相似性,以及它自身的独特之处。这是美国的国家建构工程对于区域文学的内在要求。美国南方本是与其他农业地区别无二致的区域,然而在美国内战之后到20世纪初期这段时间,它在重建过程中不仅经历了经济形态的变化,更是在文化层面被建构成为一个"独立的"、具有自身"独特"传统的特殊区域。南方成为美国国家身份建构中的"他者",并被排除在以工业资本主义为特征的现代文明发展进程之外。但同时,"帝国怀旧"式的殖民主义心态激发了北方人去南方旅游的热情,也呼应了建构一个统一的美国身份的强烈需求。战后的美国急切地需要改变国民心理上的分裂状态,重新缔造共和国的荣光。

秉承着国家建构的内在逻辑,默弗里眼中的阿巴拉契亚山民是美国人的一部分,与"文明世界"是类似的和相通的,共同享有"普遍人性"。在《哈里森河谷的舞会》中,默弗里便试图证明这一点:"人性在所有地方都是一样的,威尔金斯居住区就是一个小规模的社会。那些城市商业中心如果剥离了财富、时尚和文化等文明,便会显示出人性的本质,和约翰太太口中的哈里森河谷、威尔金斯居住区、山里的爱恨情仇悲欢离合没什么两样。"②就如《山谷里的星星》("The Star in the Valley")中懵懂无知的西莉亚·肖所展示的,她并不懂什么鸿篇大论的哲学,却"基于普通人性"而毫不犹豫地在暴

---

① Charles Egbert Craddock, *In the Tenenessee Mountains*. Boston:Houghton Mifflin Company,1884,p. 72.

② Charles Egbert Craddock, *In the Tenenessee Mountains*. Boston:Houghton Mifflin Company,1884,p. 223.

风雪里走了十五英里,哪怕自己感受风寒并付出死亡的代价也要向邻居送到当心袭击的口信——令人惊讶的是,她所竭力挽救的还是与自家敌对之人。正是这人性之光征服了从城市中到山区游玩打猎的雷金纳德·切维斯,将山民与外部的"文明人"连接在一起,成为"美国人"这个崇高的抽象概念的有机组成部分。这篇故事和萨拉·奥恩·朱厄特的《白苍鹭》("A White Heron",1886)在情节结构上具有惊人的相似之处,都展现了山区人们固有的高贵品质。大概也是出于这个原因,朱厄特非常喜欢西莉亚,特意写信给她误以为是男性作家的默弗里说:现在"很少能在作品中读到像这个可爱女孩一样出彩的角色"①。

在人性层面的共通和一致之外,默弗里笔下的阿巴拉契亚山在物理和文明层面则与外界构成了一个鲜明的对比,体现为"高地"和"洼地"的对比。高地和洼地是两个分离的、具有高度象征性的物理空间,它们不仅喻示山区和"外界"的区隔,更象征着女性家庭世界和男性公共世界的对立、道德和腐败的对立、农业与工业的对立、原始和文明的对立②。比如,《沿溪而下》中的空间景观便是象征性的指代,标识着山区与外界的区隔:"忘溪谷上方笼罩着一片野松林。它们长得非常茂密,伸展的枝丫遮盖住了整座山头……它就像栅栏一样面对着西方。辛西娅·韦尔感觉,什么东西一旦越过这个栅栏,便再也不会回来。"③否定的描写传神地表现了山区和外界这两个物理空间的对立,以及这种对立在情感空间中的延续。在默弗里的笔下,山区是女性的、也是农业的,为到此旅游的城市"局外人"提供了一个暂时的、但最终必定要弃离的栖身之所和想象客体。对于女性山民来说,这个与世隔绝的区域就如家庭一样,是她们身份得以确立的庇护所,也是她们道德权威的策源地④。换言之,"隔离性"是女性山民的身份基石和独特之处,一旦她们离开山区与外界的"文明社会"接触,便会因为受到"污染"而丧失"山谷里的星星"一般的道德光环。所以辛西娅·韦尔下山后便成为一个"怪诞的人",只有回到大山之中才能重新获得心灵的净化和宁静。不过,值得指出的是,

---

① 转引自 Allison R. Ensor, "What is the Place of Mary Noailles Murfree Today?" *Tennessee Historical Quarterly* 47.4 (1988):203.

② Henry D. Shapiro, *Appalachia on Our Mind: The Southern Mountains and Mountaineers in the American Consciousness, 1870—1920*. Chapel Hill: U of North Carolina P,1978, p. 24. Allen W. Batteau, The Invention of Appalachia. Tucson: U of Arizona P,1990, pp. 50—55.

③ Charles Egbert Craddock, *In the Tenenessee Mountains*. Boston: Houghton Mifflin Company,1884, p. 1.

④ Danny L. Miller, *Wingless Flights: Appalachian Women in Fiction*. Bowling Green, Ohio: Bowling Green State U Popular P,1996, p. 6.

默弗里笔下的女性并非现代意义上的女性主义者,而依然是囿限在男权文化思想里的"道德天使",呼应并强化了19世纪美国的性别政治。这也导致默弗里遭到现代女性主义评论家的攻击和贬低,将她笔下的女性角色斥为"'现代'或'解放'女性的对立面"[1]。

值得特别指出的是,默弗里并非阿巴拉契亚山区的原住民,她对那里的描写完全依赖于自己在作为游客身份去度假时,以"局外人"的身份对其的观察、理解和呈现,就如朱厄特《尖枞树之乡》中来自城市的女性旅游者/作家/叙述者对于兰丁镇的刻画一般[2]。这样的身份导致了一个复杂的艺术效果:一方面,这种疏离身份使默弗里的区域描写显得不够"地道",缺乏原汁原味的当地经验和智慧;另一方面,这也使得她获得了进行艺术创作所必需的情感距离,能以客观的心态进行深入的观察[3]。不过,虽然默弗里在作品中对"局外人"的傲慢和无知进行了自省式的批判,对山区文化表达了同情、理解甚至些许向往,但她对阿巴拉契亚山区的想象依然具有潜在的认知暴力。作家威廉·艾伦·怀特(William Allen White,1868—1944)曾经抱怨道:"她的山区景观描写仿照了当时的风景画,明亮、迷人、华美,但是——不真实!"[4]这一指责虽然存在不公平之处——它暗含了19世纪美国男性对于女性"情感泛滥"的偏见,认为女性没有观察现实和介入现实的能力——但整体而言却是中肯的评价。根据历史学家罗伯特·洛夫·泰勒的研究,默弗里真心把自己对山区生活和人民的浪漫想象当成了现实,力主将这个"独立的地域"隔离起来并加以"保护",免得受到美国主流社会的侵染。在她看来,一心想着攫取财富的庸俗"洼地"是这片世外桃源的"威胁"[5]。在她的笔下,山区人们从来不与外界的现代生活有所关联,其价值观似乎只能在山区这片物理意义上的土地上才能具有意义。换言之,物理空间成就了山区人们的群体身份,却也成为其身份的禁锢。

这一禁锢首先体现在角色的脸谱化。在默弗里的笔下,山区的生活成

---

[1] Allison R. Ensor,"What is the Place of Mary Noailles Murfree Today?" *Tennessee Historical Quarterly* 47.4 (1988):204.

[2] 参见 Majorie Pryse,"Exploring Contact:Regionalism and the 'Outsider' Standpoint in Mary Noialles Murfree's Appalachia." *Legacy* 17.2 (2000):199—212.

[3] 关于区域之外的视角和关系对于建构区域身份的影响,参见 Tanya Mitchell,"Beyond Regional Borders:The Emergence of a New Sense of Place,from Mary Murfree to Lee Smith." *Journal of Appalachian Studies* 8.2 (2002):407—420.

[4] 转引自 Durwood Dunn,"Mary Noailles Murfree:A Reappraisal." *Appalachian Journal* 6.3 (1979):198.

[5] 转引自 Durwood Dunn,"Mary Noailles Murfree:A Reappraisal." *Appalachian Journal* 6.3 (1979):202.

了固定的画面:总是被比喻成"林地野花"或者"柳枝"的年轻女子、骂骂咧咧的老女人、任性撒泼的孩子,囿限在大山之中而总是带着忧郁和悲伤神情的山民们总是显得"原始""无知"和"头脑简单"①。默弗里创造的这些刻板印象影响巨大,被当时的美国社会广为接受。与她同时代的评论家非常认可她的观察,认为她的故事"非常有趣,深刻地揭示了山区人们幽闭、无知、无法无天、固执、天真的生活方式"②。实际上,这些否定化的描写折射了山区身份的更深一层的禁锢,致使山区与阻碍进步联系在一起。《沿溪而下》如此形容山区的空间环境:"松山依然昏暗,神秘,毫无改变;它险峻的山崖隐不可见,峡谷和深渊也暗不见底。无论天空是澄蓝还是铅灰,黑暗、严峻的山巅总是限制了人们的视野。"③这种静止的印象暗示山区没有任何进步的可能,在19世纪末的工业进步语境中是一个近乎指责的负面评价。在当时的美国,达尔文主义及其"进步"理念已经开始流行,成为服务于美国文明的重要思想武器。一个"静止"的民族无疑会引发"血脉低劣"的疑虑,进而被排除在美国的文明建构之外。正因为如此,评论家认为这是默弗里对阿巴拉契亚山区"最大的误解"④。

默弗里对她所爱的区域有着这种"误解"其实是正常的,从政治意义上来讲更是必要的。评论家玛丽·安格林指出,乡土色彩文学其实一直在发挥政治话语的功能:通过将南方的阿巴拉契亚建构成工业美国中的"自然"他者,通过将工人阶级的声音浪漫化和风景化建构出"南方山民"这个独特群体,默弗里将这片自己本不熟悉的地区塑造成了浪漫的神话,为内战后美国提供了一个"奇怪的地方和奇特的人们"作为建构国家身份的载体⑤。这些被认为拥有"纯种的盎格鲁-撒克逊"血统的苏格兰-爱尔兰裔在"现代美国"中依旧保持着伊丽莎白时代的风俗,因而具有了强烈的异域色彩,成为"美国人/非美国人"这个二元对立中一个类似阈限的存在。换言之,默弗里在作品中创立了一个"高贵的野蛮人"(noble savage)的形象,将"山区人"视为有别于"局外人"、脱离现代美国社会的复古群体。《山谷里的星星》中的

---

① Karen J. Jacobsen,"Another Reappraisal:The Cultural Work of Mary Noailles Murfree's 'In the Tennessee Mountains'." *Appalachian Journal* 35.1/2 (Fall 2007/Winter 2008):92.

② Dennis Loyd,"Tennessee's Mystery Woman Novelist." *Tennessee Historical Quarterly* 29.3 (1970):277.

③ Charles Egbert Craddock, *In the Tenenessee Mountains*. Boston:Houghton Mifflin Company,1884,p.1.

④ Durwood Dunn, "Mary Noailles Murfree:A Reappraisal." *Appalachian Journal* 6.3 (1979):201.

⑤ Mary K. Anglin,"A Question of Loyalty:National and Regional Identity in Narratives of Appalachia." *Anthropological Quarterly* 65.3 (1992):105,106.

"城里人"切维斯看待"没有接受过任何宗教训练"的山里女孩西莉亚的态度就明显地体现了这一点。他起初将她看成无名的"林地野花",得知她救人的壮举之后开始"反思"自己对她的态度:

> 他开始清楚地意识到,尽管自己有文化、重情感、懂人性,却并没有在存在之链上占据一个很高的位置;他把自己错估得太高了。他曾经鄙视西莉亚,可怜她的极度无知、环境粗鄙、地位低下,对美好事物只有浅薄的欣赏,从来没有认识到这颗山谷里的星星所具有的道德荣光。[1]

从野花到"山谷里的星星",这种从自然到抽象之物的象征转换其实并不意味着"城里人"对待山野之人的态度有什么实质性的变化,而只是"高贵野蛮人"形象的两个不同层面而已。就如19世纪美国男性将女性视为"夏娃"和"圣母"形象的综合体,女性即便享有"道德天使"的崇高地位也并没有改变她们在男权社会中饱受压迫的事实。

总而言之,默弗里的区域书写在当下视角看来属于纪实描摹和浪漫想象并存的"旅行文学",背后隐藏着深层的文化与政治动机。正如评论家卡伦·雅各布森所精辟指出的,重读默弗里作品的要义在于理解它们的"文化功能",探析其对于乡土色彩文学传统的传承和批判、对于特定区域文明的维护和临摹、对于美国建构工程的参与和实践、对于区域想象和文化神话的生产和延续[2]。现在默弗里的作品大多在市场和学界都处于尘封无闻的状态,她的文学声名也远远处于朱厄特、弗里曼、肖邦等女性区域作家之下。这一情形对于她的同时代人来说是无法想象的,因为他们知道,默弗里几乎是以一己之力将田纳西纳入美国文学版图并激发了公众对这一地区的想象热忱[3]。

第二节 新女性文学

在20世纪的美国历史景观中,"新女性"的出现是一道极其引人注目的风景。19世纪的美国社会习惯了女性实践着"虔诚、贞洁、温顺、持家"的美

---

[1] Charles Egbert Craddock, *In the Tenenessee Mountains*. Boston: Houghton Mifflin Company, 1884, p.152.
[2] Karen J. Jacobsen, "Another Reappraisal: The Cultural Work of Mary Noailles Murfree's 'In the Tennessee Mountains'." *Appalachian Journal* 35.1/2 (Fall 2007/Winter 2008):92.
[3] Allison R. Ensor, "What is the Place of Mary Noailles Murfree Today?" *Tennessee Historical Quarterly* 47.4 (1988):199.

德,到了世纪之交惊诧地发现这些"房屋中的天使"似乎陡然受到了魔鬼的蛊惑,开始抛弃家庭这个"女王的花园"①,而走向男性主导的"野蛮好战"的公共领域之中。亨利·詹姆斯(Henry James,1843—1916)最先意识到这一社会现象的存在,并用"新女性"来命名那些女性叛逆者。这类女性往往经济富足,所以没有仰人鼻息的卑微;教养良好,所以没有逆来顺受的麻木;独身不婚,所以没有婚姻羁绊的无奈。在詹姆斯看来,这些中上层阶级年轻女性将参与公共领域、发出个体声音、实践社会权力当作自己与生俱来的权利,只能存身于自由民主开放的美国社会风气中,保守的欧洲大陆决计培养不出这些野性十足的带刺玫瑰来②。《贵妇画像》(The Portrait of a Lady,1881)中的伊莎贝尔·阿彻,以及《黛西·米勒》(Daisy Miller,1879)中的黛西·米勒,都是新女性的典型代表。1894年,爱尔兰女作家萨拉·格兰德(Sarah Grand,1854—1943)发表《女性问题的新视角》("The New Aspect of the Woman Question")一文,真正标志着"新女性"概念进入美国政治与文化体系,成为女性宣扬自身主张的先声。

　　美国的大众媒体迅速地将"新女性"形象污名化,将之塑造成了"谁都没有真正见过的妖魔"③。在当时的一幅流行漫画中,一位身着男装的女子准备骑自行车外出游玩,却把丈夫留在家里做家务④。画中的女性公然异装,还能驾驭代表当时最新技术发展水平的自行车,在身体、智力、权力等各个层面都反衬出丈夫的柔弱。性别倒置引发了美国主流社会的极大焦虑,很多传统卫道士将他们斥为文明社会的危险分子。比如,身为英国第一位女记者的小说家埃莉莎·琳恩·林顿(Elisa Lynn Linton,1822—1898)在报纸上公开声称"新女性"是不遵妇道的"野蛮人"⑤。在充满恶意的社会环境下,美国女性活动家非常明智地利用道德话语为自身介入公共领域的欲望找到了正当性。格兰德辩解说,女性开始关注社会事务的原因"不是女性变

---

　　① 这一短语来自维多利亚时期的文化领袖约翰·拉斯金(John Ruskin,1819—1900)的文章《女王的花园》("Of Queens' Gardens",1865)。在该文中,拉斯金将家庭比喻为女性的花园,而身为道德天使的女性在这个花园中具有女王般的地位。参见 John Ruskin, *Sesame and Lilies*. Gloucestershire:Dodo P,2007,pp. 35—60.
　　② Carroll Smith-Rosenberg, *Disorderly Conduct: Visions of Gender in Victorian America*. Oxford:Oxford UP,1985,p. 176.
　　③ Qtd. in Gillian Sutherland, *In Search of the New Woman: Middle Class Women and Work in Britain, 1870—1914*. Cambridge:Cambridge UP,2015,p. 11.
　　④ Marianne Berger Woods, *The New Woman in Print and Pictures: An Annotated Bibliography*. Jefferson, NC: McFarland & Company,2009,p. 11.
　　⑤ Ann Heilmann, *New Woman Fiction: Women Writing First-Wave Feminism*. New York:St. Martin's P,2000,pp. xxix—xxx.

得男性化了,而是男性变得阴柔了";当下的美国男性再也没能体现出高贵的男性气质传统,而在商业社会中沾染了"浅薄的市侩精明,可用庸俗一词以蔽之"[1]。在女性的努力下,她们成功地打破了传统的性别领域隔离,在公共空间占有了一席之地并能够发出自己的声音。女性公共权利的获取使得性别不再是一个指征和维护社会结构的人为概念,而回归了生理这个自然属性。正是在这个意义上,评论家卡罗尔·史密斯-罗森堡将"新女性"称为"双性同体"[2]。

值得特别指出的是,由亨利·詹姆斯和萨拉·格兰德提出和推广的"新女性"这个短语从出现伊始便是一个文学概念。从本质上讲,它是"19世纪末女性作家的自我表述"以及"保守媒体的恶意捏造"[3]。换言之,它是一个政治化的文学场域,彰显着美国主流社会与女性"反叛者"之间定义女性特质的冲突。19世纪的美国将艺术创作视为男性专属的神圣领域,认为女性"天然地"不具有文学创作的能力。这种论调不仅仅是当时人们的文化信念,而是披上了科学的外衣。哈佛大学医学院教授爱德华·克拉克在《教育性别》(*Sex in Education*,1873)中声称,女性的能量聚集中心是子宫,如果她们把过多的精力放在学习和思考上,其生殖系统会受到损伤,导致生育能力下降和神经衰弱等病症[4]。该著作曾再版17次之多,证明了当时美国社会反对女性教育和创作的激烈程度。因而,虽然当时的女性创作具有巨大的市场,却没有肯定的声名。即便是最受读者欢迎的女性作家都不敢自称艺术家,只能谦恭地把自己的作品贬低为换取米粟的商品[5]。在这种情况下,文学创作的评判就有了"高雅"和"通俗"之分;区分的标准则是写作者的性别,女作家的作品越受欢迎便离艺术越远[6]。纳撒尼尔·霍桑在1855年向自己的出版商抱怨:"美国如今已经完全沉迷于一伙该死的乱写乱画的妇女。只要公众陶醉于她们的陈词滥调,我便没有成功的机会。况且,即使我

---

[1] Sarah Grand,"The New Aspect of the Woman Question." *North American Review* 158 (Mar. 1894):275.

[2] Carroll Smith-Rosenberg, *Disorderly Conduct: Visions of Gender in Victorian America*. Oxford: Oxford UP,1985,pp. 245—96.

[3] Ann Heilmann, ed. *The Late-Victorian Marriage Question: a Collection of Key New Woman*. London: Routledge,1998,p. x.

[4] 引自 George Cotkin, *Reluctant Modernism: American Thought and Culture,1880—1890*. New York: Twayne,1992,pp. 76—77.

[5] Elizabeth Ammons,"Gender and Fiction," in *The Columbia Literary History of the American Novel*. Ed. Emory Elliot. New York: Columbia UP,1991,p. 271.

[6] Elaine Showalter,Introduction, in *Modern American Women Writers: Profiles of Their Lives and Works—From the 1870s to the Present*. New York: Charles Scribner's Sons,1991,pp. xii—xiii.

得到成功也会为自己感到羞愧。"①他的抨击之语尽管是出于嫉妒的气话,但也真实反映了当时美国社会对于女性文学的看法。到了20世纪初,基于性别的文学创作歧视依然存在。女性被认为缺乏创作伟大艺术所需的身体和心理能量②,女性文学依然被视为是只注重商业回报的垃圾。就如伊迪丝·华顿对19世纪与20世纪之交的文坛生态评论道:"有些人以艺术家、真正的艺术家身份写作,所以很难顾及编辑的要求。有些人为了谋生而写作,想要成功就必须取悦编辑。而编辑想挣钱谋生就必须讨好购买者、讨好公众。这样我们就有了媚俗文学这个了不起的行当"③。但"新女性"作家们显然不会满意自己的心血之作被污蔑成"媚俗"的胡写乱画,她们开始争夺那永恒的艺术之光,"重新审视作者身份,将其视为自我定义的核心;她们试图实现自己作为艺术家的潜力,将之视为自身的新理想"④。

不过,尽管"新女性"们在政治理念方面旗帜鲜明,但是她们的文学叙事却始终萦绕着无所归依的茫然和焦虑,在男性经典传统和19世纪女性创作传统之间摇摆不定。一方面,她们反抗男性在现实社会中的主导地位,却又需要模仿男性经典来证明自身艺术的价值;另一方面,她们极力摈弃19世纪女性先辈对于性别规范的顺从,却又需要承继女性文学传统以区别于男性艺术。概括说来,男性经典传统往往强调宏大叙事,强调自我独立性,强调公共空间中的占有与移动性;而女性文学传统聚焦于日常生活的琐碎,强调女性之间的相互依存以及女性与自然之间的相互等同关系。这是截然相反的两套话语系统,那么在两个传统中首鼠两端的"新女性"作家难免在价值取向方面显得矛盾和多变。评论家桑德拉·吉尔伯特和苏珊·古芭将这种情绪称为"嗣属情结"(complex of affliation)。她们指出,20世纪初的美国女作家就如家庭中的女儿一样,同时处于男性传统和女性传统的影响之下,陷入选择的彷徨:"对父亲的欲望在我们这个时代有时表现为愤怒地、怀旧地和充满负罪感地维护父亲之名,有时表现为无意识地篡夺父亲之位,有时则表现为恐惧而又充满负罪感地安抚受损的父亲之威。"⑤或许正是在这

---

① Nathaniel Hawthorne, *Letters of Hawthorne to William Ticknor*, 1851—1864. Vol. 1. Newark, NJ: Carteret Book Club, 1910, p.75. 关于这一话题的详细阐释,参见金莉:《霍桑、胡写乱画的女人们与19世纪文学市场》,载《外语教学》2016年第4期。

② Elizabeth Ammons, "Gender and Fiction," in *The Columbia Literary History of the American Novel*. Ed. Emory Elliot. New York: Columbia UP, 1991, p.267.

③ Janet Beer, *Kate Chopin, Edith Wharton and Charlotte Perkins Gilman: Studies in Short Fiction*. New York: St. Martin's P, 1997, pp.3—4.

④ Anne E. Boyd, *Writing for Immortality: Women and the Emergence of High Literary Culture in America*. Baltimore: John Hopkins UP, 2004, p.2.

⑤ Sandra M. Gilbert and Susan Gubar, *No Man's Land: The Place of the Woman Writer in the Twentieth Century*. New Haven: Yale UP, 1988, p.171.

个意义上,评论家伊丽莎白·埃蒙斯才会将19世纪与20世纪之交的女性叙事概括为"矛盾的故事"①。

从最广义的角度来说,活跃在大约1890年至1925年这段秉承"进步"理念的时间的女性作家都可被归入"新女性"作家的行列。得益于女性社会权利的获得,她们的创作视野、主题和方式不可避免地打上了进步主义时期的烙印,与19世纪限制在"真正女性"话语框架内的女性想象有了极大的区别。但严格来说,"新女性"作家必须是指那些在作品中反叛传统性别规范、建构独立女性意识、关注社会问题的女文人。从时间论,玛丽·威尔金斯·弗里曼(Mary Wilkins Freeman,1852—1930)的创作已经露出女性独立意识的端倪,但夏洛特·珀金斯·吉尔曼(Charlotte Perkins Gilman,1860—1935)在1892年发表短篇《黄墙纸》("The Yellow Wallpaper")标志着美国"新女性"文学的正式开端。之后在1899年,凯特·肖邦(Kate Chopin,1851—1904)发表《觉醒》(The Awakening),标志着"新女性"文学的成熟。虽然肖邦因为此作遭受了主流社会的严厉压制,"新女性"思想却自此成为女性作家创作中的基本立场。伊迪丝·华顿、薇拉·凯瑟、埃伦·格拉斯哥(Ellen Glasgow,1873—1945)、格特鲁德·斯泰因(Gertrude Stein,1874—1946)等作家在不同阶层、地域、经历的题材中表达了基于性别的反叛意识,构成了具有内在关联的文学群体。

大致说来,"新女性"文学包括三个最主要的主题:女性对性别领域的越界、主体意识的萌生、对于艺术的追求。囿限于家庭之中的女性开始走出家门,在公共领域留下身影甚至拥有了改造环境的能力。无论是伊迪丝·华顿的《游历法国》(A Motor-Flight Through France,1908)中的旅行者,还是薇拉·凯瑟的《啊,拓荒者!》(O Pioneers,1913)中的拓荒者,来自不同阶级的女性都以自身独特的方式从幕后走向前台,在历史上留下与男性迥然不同的印记。造成这一现象的根源在于,女性已经萌生了主体意识,不再将自我局限在"妻子和母亲"这个依靠男性才能存在的身份之上。男权社会的妻子和母亲虽然顶着圣化的光环,其实在浪漫的表象背后不过是女仆、性奴、生育机器和"奶牛",偏离了这些角色的女性就会被视为"渣滓"②。凯特·肖邦的《觉醒》中的女主人公已经开始拒绝丈夫的性要求,夏洛特·珀金斯·吉尔曼的《黄墙纸》也意识到了育儿房是将女性逼疯的监狱。"新女

---

① 参见 Ammons Elizabeth, Conflicting Stories: American Women Writers at the Turn into the Twentieth Century. New York: Oxford UP,1992.

② Sarah Grand,"The New Aspect of the Woman Question." North American Review 158 (Mar. 1894):270—71.

性"们所追求的不再是男权社会中看似崇高实则贬抑的"女性",而是体现个体创造力的艺术荣光。如果说《觉醒》中女主人公离开丈夫拿起画笔不过是试探性的举动,那么凯瑟的《云雀之歌》(*The Song of the Lark*,1915)中的女歌唱家则取得了实实在在的艺术成就。

弗朗西丝·哈珀(Frances E. W. Harper,1825—1911)

由于阅读市场和文学经典塑造的缘故,美国文学史上的黑人文学尤其是黑人女性文学作品留存相当不易,很多作品散失在由白人男性作品所组成的"知识结构"的罅隙之中而尘封无影。自20世纪六七十年代起,多元文化主义的兴起让学术界的目光重新转回少数族裔、女性、同性恋等边缘群体的文学作品,致力于"打开经典"。正是在这一语境下,越来越多的作品重现天日,补全了读者对于当时社会和文学全景的狭隘认知。黑人女性文学也开始成为学界关注的焦点之一。根据目前已知的资料,弗朗西丝·哈珀作为美国最早的黑人文学家之一而在美国文学史上占据特殊的位置。她于1859年在《盎格鲁-非裔杂志》(*The Anglo-African Magazine*)上发表的《两种选择》("The Two Offers")是美国黑人小说史的滥觞;而且在相当长的一段时间内,学术界都以为她的《艾奥拉·勒罗伊,或站立的阴影》(*Iola Leroy, or Shadows Uplifted*,1892)是美国历史上第一部由黑人女性所著的长篇小说[1]。除了小说之外,哈珀的诗歌也取得了令学界无法忽视的杰出成就。在美国黑人诗歌史上,如果说保罗·劳伦斯·邓巴(Paul Laurence Dunbar,1872—1906)是第一位获得全国性赞誉的作家,哈珀则是在他之前"19世纪最受欢迎的诗人"[2]。她凭借其诗歌创作所受到的关注比自菲莉丝·惠特利(Phillis Wheatley,1753—1784)以来的任何一位黑人女性都要多,因而被称为"青铜缪斯"[3]。

---

[1] 1981年美国黑人评论家亨利·路易斯·盖茨发现哈丽雅特·威尔逊(Harriet Wilson,1825—1900)撰写的小说《我们的黑鬼:一位自由黑人的生活叙述》(*Our Nig; or, Sketches From the Life of a Free Black*,1859),让美国第一部黑人女性小说的发表时间提前了三十来年。2002年,盖茨再次发现了一位名叫汉娜·克拉夫茨(Hannah Crafts,1830—?)的作者所写的《女奴叙事》(*The Bondwoman's Narrative*)。该书著述时间介于1853年至1861年之间,一般认为早于《我们的黑鬼》。汉娜·克拉夫茨的身份被盖茨称为"非裔美国文学中最激动人心的谜底之一"。详见金莉:《拂去历史的尘封:〈女奴叙事〉的发现与出版》,载《美国研究》2004年第4期。

[2] Elizabeth Ammons,"Frances Ellen Watkins Harper (1825—1911)." *Legacy* 2.2 (1985):61.

[3] Patricia Liggins Hill,"'Let Me Make the Songs for the People': A Study of Frances Watkins Harper's Poetry." *Black American Literature Forum* 15.2 (1981):60.

第三章　19世纪与20世纪之交的美国女性文学

　　弗朗西丝·哈珀出生在马里兰州的巴尔的摩,父母是自由身。她在三岁那年失去父母,成为孤儿,由姨父姨母抚养成人。姨父威廉·沃特金斯牧师是一位激进的黑人废奴主义者和女权主义者,在哈珀的成长过程中发挥了至关重要的影响。哈珀在姨父创办的面向自由黑人的学校上学,期间接受了种族平等和性别平等的理念。后来,姨父因为种族歧视而被迫关闭了黑人学校并搬到自由之邦加拿大,哈珀选择去往俄亥俄州,成为当地神学院的第一位黑人教师。1860年她嫁给了鳏居的芬顿·哈珀,四年之后丈夫去世,只留给了哈珀母女一身的债务。正因为如此,哈珀强烈主张女性一定要经济独立①。这也是为何在哈珀的笔下,太过依赖婚姻的女性往往发现丈夫要么酗酒,要么早逝,无法在世界上为她们谋取一个安身立命之处,与她们设想的"男主外、女主内"的传统生活完全不同。

　　哈珀本可以凭借自己的自由身和良好的教育过上平静的生活,但她认为个体的命运与黑人种族,甚至整个美国社会紧密相连,于是积极投身到社会改革之中②。她一生都致力于为黑人和女性争取平等权利,在美国社会活动史上留下了赫赫声名。1851年,她与宾夕法尼亚州废奴协会主席、"地下铁路"之父威廉·斯蒂尔并肩战斗,帮助649名奴隶从"地下铁路"逃往自由的加拿大,这些经历被收录进斯蒂尔整理出版的《地下铁路》(The Underground Railroad,1872)一书中。两年之后,哈珀加入"美国废奴协会"(American Anti-Slavery Society)。美国南北内战之后,哈珀则将精力转向了"种族提升"事业,致力于"重建"南方黑人社会,帮助解放的黑奴获得法律所赋予的各项权利,改善经济状况。她对黑人种族的未来很乐观,认为"南方将成为黑人发展和进步的伟大舞台。这里充盈着精神和才华"③。

　　在这一种族事业中,哈珀始终将女性放在一个特殊重要的位置。在她看来,女性对于国家和种族的发展具有伟大的"建设性"作用,因为她们"具有高贵的品格;女性塑造了一个国家的品格,影响(甚而决定)了国家的命运"④。原因在于,男性的品质不足以担任起引领美国的重任,女性必须在精神上予以协助,进而实现"人类的社会发展和道德进步"⑤。哈珀的这一

---

① Francis Smith Foster, ed. *A Brighter Coming Day: A Frances Ellen Watkins Harper Reader*. New York: Feminist P, 1990, p.18.
② Francis Smith Foster, ed. *A Brighter Coming Day: A Frances Ellen Watkins Harper Reader*. New York: Feminist P, 1990, p.3.
③ 引自 William Still, *The Underground Railroad*. Chicago: Ebony Classics, 1970, p.798.
④ 引自 Francis Smith Foster, ed. *A Brighter Coming Day: A Frances Ellen Watkins Harper Reader*. New York: Feminist P, 1990, p.44.
⑤ 引自 Shirley Wilson Logan, ed., *With Pen and Voice: A Critical Anthology of Nineteenth-Century African-American Women*. Carbondale: Southern Illinois UP, 1995, p.43.

观点无疑建基于19世纪将女性视为精神和道德模范的性别话语，日后也为萨拉·格兰德在提出"新女性"概念时所借用。但哈珀本人尽管大力提倡妇女参政、经济独立，却并非激进的"新女性"，而更多地带有19世纪传统女性的影子。她1894年协助创立"全国有色人种女性协会"(National Association of Colored Women)并担任副主席一职，同时也是"基督教妇女戒酒联合会"(Woman's Christian Temperance Union)、"非裔卫理圣公会"(African Methodist Episcopal Church)的成员，忠实地实践着"社会持家"原则。在内战后的南方巡回演讲中，哈珀也主要向黑人女性宣扬日常生活与种族进步之间的联系，如母女关系、持家之道、婚姻神圣性等。

哈珀在十来岁时便展现出非凡的文学天赋，在二十岁时出版了自己的第一部作品《林叶》(Forest Leaves)，又称《秋叶》(Autumn Leaves)，但这部诗文集没有流传下来①。对于黑人文学女性来说，19世纪末美国的社会生态远远算不上友好。在种族和性别政治的塑造下，黑人女性成为最不"适宜"从事文学创作的群体，被主流社会视为没有能力创造出蕴含"伟大"的"美国"主题的文学。哪怕是同为黑人的W. E. B. 杜波依斯(W. E. B. Du Bois, 1868—1963)在1911年为哈珀的创作辩护时，所用措辞也多少认同了这一偏见："哈珀应该被记住的是她的意图，而不是其意图得以实施的成功程度"②。直至1970年代多元文化主义兴起之后，黑人女性文学才逐步获得了公正的评价。文学史家保罗·劳特在1988年发表《弗朗西丝·埃伦·沃特金斯·哈珀值得教吗？》("Is Frances Ellen Watkins Harper Good Enough to Teach?")一文，明确指出哈珀作品中的文学价值与社会意义："我发现哈珀的作品非常有趣，既在于它本身的价值，也出于历史原因：它不仅生动地反映了她(哈珀)奋斗了半个多世纪的社会事业，而且是她政治工作的延续，以另一种方式推动了她的努力。"③总体说来，她的文学创作采取了较为激进的基督教立场，主题集中在教育、女性权利和种族建设等领域④。其面向的读者群并非当时富有消费能力、掌握评价标准的白人，而是一个潜

---

① Elizabeth Ammons, "Frances Ellen Watkins Harper (1825—1911)." *Legacy* 2. 2 (1985): 61.

② 引自Frances Smith Foster, Introduction. *Iola Leroy, or Shadows Uplifted* by Frances E. W. Harper. New York: Oxford UP, 1988, p. xxxv.

③ Paul Lauter, "Is Frances Ellen Watkins Harper Good Enough to Teach?" *Legacy* 5. 1 (1988): 28. 有关哈珀创作的接受史中所蕴含的文化政治，参见John Ernest, "From Mysteries to Histories: Cultural Pedagogy in Frances E. W. Harper's *Iola Leroy*." *American Literature* 64. 3 (1992): 497—518.

④ Melba Joyce Boyd, "Time Warp: A Historical Perspective on Two Novels by Frances E. W. Harper." *The Black Scholar* 23. 3/4 (1993): 4.

在的黑人(尤其是女性)阅读群体,因为哈珀意识到,黑人的才能只有"依赖黑人种族的支持",且必须服务于"建设种族的未来"①。

作为19世纪美国最重要的女诗人,哈珀总共出版过8卷诗集。其代表作《诗歌杂集》(*Poems on Miscellaneous Subjects*,1854)极为畅销,重版过20次之多。她的诗歌在形式上并无太过高深或创新的技巧,主要以四行的民谣体为主,以语言简洁、意象鲜明、韵律节奏感强见长。在内容上,她的诗歌主要以种族、宗教和女性权利为主题,具有深刻的人文关怀和革新意义。哈珀的不凡之处在于,她很好地结合了自己的创作旨归与形式,善于以口头传诵的方式将诗歌传播给听众。正是基于这一原因,评论家认为《献给人民的歌》("Songs for the People")是最能体现哈珀文艺理念的诗篇,即"为人民吟唱"②。诗中写道:

> 让我为人民吟唱,
> 献给所有的人,从耄耋至垂髫;
> 就像战场上的呐喊
> 歌曲总是让我们心驰神遥。
>
> 让我为倦累的人民吟唱,
> 生活充满了困苦忧愁
> 心灵终会把痛苦忘记
> 舒展他们紧锁的眉头。
>
> 我将为贫穷垂老的人民吟唱,
> 黑夜遮蔽了他们的目光,
> 辉煌舒适的广厦
> 却没有一丝正义的光亮。
>
> 我们破败的世界
> 需要纯粹而强劲的乐颂
> 压制聒噪与纷争

---

① Melba Joyce Boyd,"Time Warp: A Historical Perspective on Two Novels by Frances E. W. Harper." *The Black Scholar* 23. 3/4 (1993):2.
② Patricia Liggins Hill,"'Let Me Make the Songs for the People': A Study of Frances Watkins Harper's Poetry." *Black American Literature Forum* 15. 2 (1981):60.

消弭所有的苦痛不义种种。①

这首诗歌呈现了在奴隶制以及南方重建时期美国黑人的艰难处境,作者以游吟者的身份对"人民"表示了同情,建构了一个"我们"的情感共同体,进而表达了通过诗歌艺术推动种族和人类进步的美好愿望。在哈珀的"人民"诗歌中,废奴、女权、宗教等主题经常缠绕交织,共同表述着作者的进步政治观念和基督福音理想。一些名篇,如《逃奴的妻子》("The Fugitive's Wife")、《将我葬在自由的国度》("Bury Me in a Free Land")、《致美国人民请愿书》("An Appeal to the American People")等都依照基督教的兄弟情谊和社会平等核心理念勾勒了平等和谐的种族和性别关系。

在哈珀为黑人请命的诗歌中,比较奇特的一部作品是《摩西:尼罗河的故事》(*Moses: A Story of the Nile*,1869)。该书包含两部分内容:第一部分是一首篇幅极长的同名诗歌《摩西》("Moses"),对《出埃及记》进行了大胆的改写;第二部分是一篇短小的寓言《花草的使命》("The Mission of the Flowers"),描写了一株玫瑰树将花园中的其他花草都变成了玫瑰。这部作品问世之后反响极大,不仅哈珀本人在公共演讲中经常朗诵其中的片段,其他评论家也纷纷猜测"摩西"所指代的究竟是哪位能够解救黑奴于水火的大人物。一部分学者认为这指的是亚伯拉罕·林肯总统或白人废奴主义者约翰·布朗,另一部分学者则认为是参加"地下铁路"的黑人女性哈丽雅特·塔布曼或哈珀本人②。学界一般认为,该书与《出埃及记》(*Exodus*)的互文呈现了黑人脱离奴隶制的自由主题。而评论家艾丽斯·拉特科尔斯基在分析两个文本与白人女性创作的互文后指出,哈珀在诗中的聚焦点不仅是摩西本人,还在于他的两位母亲;摩西对于异族养母的拒绝体现了哈珀希望黑奴不仅要逃离奴隶主,更要逃离以"共和国第一女性"莉迪娅·玛丽亚·蔡尔德为代表的白人废奴主义者——因为他们有着自身的政治诉求,反抗奴隶制不过是实现其女性解放等策略的必要手段——从而实现黑人真正意义上的独立和自由。从这个意义上来说,《摩西》是黑人在美国内战后精神层面的《独立宣言》③。

---

① 本书中的哈珀诗歌由笔者自译。
② Alice Rutkowski,"Leaving the Good Mother: Frances E. W. Harper, Lydia Maria Child, and the Literary Politics of Reconstruction." *Legacy* 25.1 (2008): 83.
③ Alice Rutkowski,"Leaving the Good Mother: Frances E. W. Harper, Lydia Maria Child, and the Literary Politics of Reconstruction." *Legacy* 25.1 (2008): 84. "共和国第一女性"(the first woman in the Republic)是评论家卡罗琳·卡彻在蔡尔德的传记中赋予她的誉辞(Carolyn L. Karcher, *The First Woman in the Republic: A Cultural Biography of Lydia Maria Child*. Durham: Duke UP, 1994)。

对于奴隶自由和女性权利的重视使得哈珀在诗歌创作中对黑人女性的处境和情感给予了特殊关注。从艺术感染力来讲,最为打动人心的是"奴隶母亲"组诗。《奴隶母亲(一)》("The Slave Mother I"),描写了一位母亲与即将被卖给奴隶贩子的儿子的最终离别:

母亲,白色是她恐惧的面庞,
孩子,紧贴在身旁,
徒劳地躲在衣裙后
发抖的身躯无处可藏。

他不属于她,尽管她得忍受
身为母亲的哀伤;
他不属于她,尽管她的血液
在他血管里流淌!

诗歌聚焦于一个细微的离别场景,从旁观者的角度描写了奴隶母亲在骨肉分离时的蚀骨之痛,用语尽管平淡却营造出一股极为压抑的愤怒气氛。在《奴隶母亲(二)》中,叙述者"我"是一位携带孩子一起逃亡的母亲,秉承"不自由,毋宁死"的决心,决定倘若被抓就抢先一步杀死孩子。这一细节呼应了19世纪奴隶叙事中的一个普遍主题——"宁死不做奴隶"[1]。值得指出的是,"杀婴"主题贯穿了整个美国黑人女性文学史,表现了极端的弱势和强烈的反抗并存的矛盾主题,因为"谋杀、自戕、杀婴是反抗心理的核心表现。这些极端的形式体现了女奴们的自我定位"[2]。

在创作诗歌之外,哈珀也是黑人小说的先驱。她的《两个选择》是美国黑人女性文学史上第一部短篇,讲述了一位女性屈从于传统价值观,进入婚姻后生活不幸、早早夭亡的悲惨故事。在相当长的一段时间内,学术界都以为哈珀只写了一部长篇小说,即《艾奥拉·勒罗伊,或站立的阴影》,但在1990年代初,学界发现了哈珀所著的《明妮的牺牲》(Minnie's Sacrifice,1869)和《播种与收割:一个禁酒故事》(Sowing and Reaping: A Temperance Story,1877)。她的小说虽说秉承了19世纪女性小说的道德说教和感伤传统,但

---

[1] Patricia Liggins Hill, "'Let Me Make the Songs for the People': A Study of Frances Watkins Harper's Poetry." Black American Literature Forum 15.2 (1981):61.

[2] Homi K. Bhabha, "Locations of Culture," in The Critical Tradition: Classic Texts and Contemporary Trends, 2nd edition. Ed. David Richter. Boston: Bedford Books,1998, p. 1343.

却充满着深刻的社会关怀,涉及了公民、种族、性别、阶级等社会政治问题。

小说《明妮的牺牲》主要探讨了种族"僭越"(passing)和针对黑人的私刑问题。故事以1868年发生在南卡罗来纳州达林顿的真实案例为基础,以连载的形式发表在非裔卫理圣公会的官方刊物《基督徒记事报》(*Christian Recorder*)上。混血儿明妮和路易斯有相似的经历,自幼年起便被白人家庭收养的他们一直以为自己是白人。在身世曝光后,他们拒绝再混迹于主流社会之中心惊胆战地假扮一个伪造的"白人"身份。相反地,他们接受了自己的黑人身份,积极地与黑人文化传统认同。在美国南北战争期间,他们两人相遇相识并结婚。战争结束后,他们怀着对未来的美好向往去南方参与"重建"事业,明妮却被白人至上主义暴徒私刑处死。种族僭越和私刑是黑人文学中的独特且持久的主题,从自我贬抑和外部暴力两个层面展示着种族暴力。

小说《播种与收割:一个禁酒故事》呼应了19世纪末的女性道德运动。女主人公贝尔·格尔顿拒绝了富家子弟查尔斯的求婚,原因是他酗酒成性。她的决定让身边的亲戚朋友们非常不解,指责她成了社会政治运动的狂热信徒,置自己的个人幸福于不顾。不为所动的贝尔坚持投身于禁酒运动中,最终找到了自己的幸福;而查尔斯则在酒精的毒害下深入歧途,他最终跌倒在冰上无力挣扎这一细节明显不过地象征了他的道德品格、精神和命运的三重堕落。在19世纪末的美国,酗酒被认为是所有种族、阶级、性别群体的奴隶制。作为"基督教妇女戒酒联合会"成员,哈珀通过该小说展现了女性利用自身的道德优势对于国家的公共政治的干预,呈现了"社会持家"的主题。同时,哈珀也通过将酒贩子刻画成白人这一手法巧妙地嵌入了种族政治。富裕的白人违反道德规范是哈珀有意为之的种族道德脱冕,也是一个非常聪明的文学策略,真正目的在于破除黑人对于白人社会意识形态的盲目服从甚至认同[①]。

哈珀最著名的作品无疑是小说《艾奥拉·勒罗伊,或站立的阴影》,在美国文学史上第一次从黑人女性的视角观照了女性在黑奴群体中的角色,以及黑人在内战重建后的美国中的位置。小说运用19世纪美国"感伤小说"的语调,刻画了"解放""教育"和"婚姻"这三个与黑人女性紧密相关的主题,从个体的角度呈现了美国南北战争前后的社会政治[②]。艾奥拉·勒罗

---

① Melba Joyce Boyd, "Time Warp: A Historical Perspective on Two Novels by Frances E. W. Harper." *The Black Scholar* 23.3/4 (1993):5.

② Jessica Wells Cantiello, "Frances E. W. Harper's Educational Reservations: The Indian Question in *Iola Leroy*." *African American Review* 45.4 (2012):575.

伊是一名混血儿,父亲尤金·勒罗伊是密西西比州的白人农场主,母亲玛丽则是被父亲归还自由的混血女奴。金发碧眼的艾奥拉表面看来与白人女性无异,且对自己的奴隶身份毫不知情,还极力维护奴隶制的合法合理性。父亲去世后,她在得知自己身世的同时被拐卖为奴,后来在南北战争中被北方军队解救。战后,艾奥拉经历了身份认同的转变。她拒绝了富裕的新英格兰白人医生格雷沙姆的追求,因为他要求她放弃和忘记黑人身份,而与像她一样认同黑人身份的混血儿拉蒂默医生结婚,通过打零工来养活自己。这部小说呼应了当时流行的"旧南方"神话题材,对当时美化南方奴隶制的怀旧书写进行了颠覆①。在小说中,哈珀不仅重写了邪恶或可笑的黑人形象,而且驳斥了混血儿的才能只会来自白人血统的谬论。副标题中的"站立"是美国黑人文学中一以贯之的主题,呼应了19世纪美国黑人女性俱乐部的口号"我们在爬行中站立",而"阴影"则呼应了布克·华盛顿(Booker T. Washington,1856—1915)对自我种族的贬抑性措辞②。

评论家詹姆斯·克里斯特曼指出,该小说的一个最有意思的特点是存在两个高潮场景。第一个高潮场景是第二十章中艾奥拉与家人在乡村教堂中的重聚。勒罗伊一家的分散和重聚是推动小说叙事发展的情节结构。第二个高潮场景是第三十章的座谈会,标志着艾奥拉从卑贱的奴隶成长为种族领袖,宣告了非裔美国人资产阶级精英主义的确立。这两个场景之间呈现出对立统一的关系。从对立的角度说,教堂重聚的地点是南方乡村,而座谈会则是北方的城市;教堂重聚的人物主要是满口乡村俚语的黑奴,而座谈会的参加者则是肤色较浅、受到良好教育、说话字正腔圆的黑人"知识分子";教堂重聚的气氛交织着深沉的悲痛和昂扬的愉悦,而座谈会则非常严肃地讨论着自我提升的目标。而从统一的角度说,两个场景之间都由对话组成,集中呈现了小说的口语特征③。这一结构特征体现了在美国内战后的资本主义工业语境下,黑人从奴隶制解放出来之后如何适应新的社会模式,及其由此在思想方面产生的内部冲突和分裂。

就主题而言,该小说最重要的贡献是为黑人女性洗刷了种族和性别政治话语中的污名,为她们塑造了符合主流文化的模范形象④。用激进的政

---

① Marilyn Elkins,"Reading beyond the Conventions:A Look at Frances E. W. Harper's *Iola Leroy,or Shadows Uplifted.*" *American Literary Realism*,1870—1910 22.2 (1990):45.

② John Ernest,"From Mysteries to Histories:Cultural Pedagogy in Frances E. W. Harper's *Iola Leroy.*" *American Literature* 64.3 (1992):502.

③ James Christmann, "Raising Voices, Lifting Shadows: Competing Voice-Paradigms in Frances E. W. Harper's *Iola Leroy*." *African American Review* 34.1 (2000):5.

④ Marilyn Elkins,"Reading beyond the Conventions:A Look at Frances E. W. Harper's *Iola Leroy,or Shadows Uplifted.*" *American Literary Realism*,1870—1910 22.2 (1990):45.

治抵抗理论来衡量,这或许显得过于妥协,但对于饱受压迫的边缘群体来说,从主流话语内部消解关于自身的刻板印象无疑是当务之急。在小说中,这一主题通过厨师琳达体现出来。她是一位没有受过教育的黑奴,在小说里也并不占据中心位置,却在黑人群体中发挥着凝聚和引领作用。首先,她说着一口偏离英语规范的方言,但这并没有反映她的粗鄙,而恰恰体现了她的"文化"地位——因为黑人文化是口头传统,琳达正是群体智慧和文化的传承者。她虽然不识字,却因自己的人格魅力获得了黑人男性"知识分子"的尊重,从而超越了厨房这个女性领域,成为整个黑人群体的灵魂人物。在这个意义上,她体现了方言文化在新时期黑人群体中的延续,黑人在语言层面所独有的集体/国家建构方式——"唱和"(call-and-response)①。其次,小说通过琳达这一角色表现了对于进步主义时期文化规范的顺从与认同。进步主义时期的美国意图将黑人在内的边缘群体进行"严格的规训,以期将他们变成务实的商人和好公民,成为社会的中产阶级。……他们将在一个基督教的庇护所里,聆听好的教诲,获得秩序、勤劳和有益于社会的习惯"②。小说明确表达了对于白人资本主义的内在逻辑的高度认可。琳达在获得自由身之后,鼓动丈夫买地,将自我身份从奴隶制下的财产变成了资本主义制度下的财产拥有人③。

值得特别指出的是,哈珀在揭示美国社会针对黑奴的种族歧视时,诉诸流行的文明和科学话语,而成为歧视印第安人的"帮凶"。自19世纪中期开始,美国的印第安政策从消灭隔离转向了吸纳和归化;南北战争后,印第安和黑人这两个最大的少数族裔群体在美国社会中处于类似地位而被大众媒体视为同一"问题"。但黑人却选择与白人的种族话语共谋,通过贬抑印第安人来换取自身的生存。在1876年的费城文学年会上,当地的教育官员声称:"没有任何民族像非裔人民一般从奴隶制的桎梏中解脱出来……没有任何种族如此出色地接受了文明之光的启蒙——印第安人选择了逃避,而黑人顶住了敌人的威胁,选择了面对。"④很多非裔知识分子致力于证明非黑

---

① James Christmann, "Raising Voices, Lifting Shadows: Competing Voice-Paradigms in Frances E. W. Harper's *Iola Leroy*." *African American Review* 34.1 (2000):7—9;13—14.

② David J. Rothman, *The Discovery of the Asylum: Social Order and Disorder in the New Republic*. New York:Aldine de Gruyter, 1990, p.124.

③ James Christmann, "Raising Voices, Lifting Shadows: Competing Voice-Paradigms in Frances E. W. Harper's *Iola Leroy*." *African American Review* 34.1 (2000):10; Marilyn Elkins, "Reading beyond the Conventions:A Look at Frances E. W. Harper's *Iola Leroy, or Shadows Uplifted*." *American Literary Realism*, 1870—1910 22.2 (1990):47.

④ 引自 Jessica Wells Cantiello, "Frances E. W. Harper's Educational Reservations:The Indian Question in *Iola Leroy*." *African American Review* 45.4 (2012):577—578. 该文对哈珀作品中的印第安问题进行了较为详尽的阐释。

人对于美国社会的"适宜性",其所采取的策略是建造了一个种族等级链条,将印第安人刻画成"不适宜"美国民主制度的劣等野蛮人,而黑人在链条上占据高于印第安人的位置。哈珀本人虽然不赞成污名化其他族裔为黑人辩护的话语策略,还曾发文表达对印第安人和中国人在美国处境的忧虑,但在小说《艾奥拉·勒罗伊,或站立的阴影》中,她的态度显得暧昧复杂。哈珀通过想象一种迥异于印第安教育的、由黑人群体自治的教育体系,表达了黑人优于印第安人的立场,体现了对文明进化论的内化。这也反映了早期族裔政治的致命弱点,即为了本族群的利益而不惜牺牲其他族群的利益,并没有在本质上动摇种族权力话语。

1911年2月20日,哈珀因心脏病于费城去世,安葬在伊甸公墓。如文学史家所言,哈珀是一位改变美国历史的人物。她的政治活动影响了千万黑人和女性的命运,而她的文学创作则改变了整个美国文学的版图[1]。其作品立足于美国内战后的社会现实,预示着1920年代哈雷姆文艺复兴的到来。她所关注的族裔主题日后将在佐拉·尼尔·赫斯顿(Zora Neale Hurston,1891—1960)、拉尔夫·埃利森(Ralph Ellison,1914—1994)、托妮·莫里森(Toni Morrison,1931—2019)等作家中得到进一步发扬,形成了黑人文学中所独有的文学景观:历史(创伤)记忆对于当下身份建构的塑造、黑人群体中的口头传统、语言与权力之间的关系等等[2]。

凯特·肖邦(Kate Chopin,1851—1904)

现今的女权主义评论家如果被要求在"新女性"文学中只找两部代表性作品,他们的答案很可能是夏洛特·珀金斯·吉尔曼的短篇小说《黄墙纸》("The Yellow Wallpaper",1892)和凯特·肖邦的长篇小说《觉醒》(*The Awakening*,1899)。这两位作家的同龄人大概对吉尔曼作品的入选没有异议,但一定会对肖邦的入选惊讶万分。这位柔弱的南方淑女在"无意中"写下《觉醒》这本离经叛道的禁书之前,一直是极力宣扬家庭价值的主流杂志《青少年伴侣》(*Youth's Companion*)所倚重的作家,她的既往作品并没有明显颠覆正统性别规范的意图。在《觉醒》出版之后,她也

---

[1] Elizabeth Ammons,"Frances Ellen Watkins Harper (1825—1911)." *Legacy* 2.2 (1985):65.

[2] Marilyn Elkins,"Reading beyond the Conventions:A Look at Frances E. W. Harper's *Iola Leroy,or Shadows Uplifted*." *American Literary Realism*,1870—1910 22.2 (1990):52.

因为招致的批判而伤心难过，认为被整个社会所误解，五年之后便郁郁而终。

肖邦出生于密苏里州圣路易斯的一个多元文化家庭，闺名是凯瑟琳·奥弗莱厄蒂。她的父亲托马斯·奥弗莱厄蒂是爱尔兰裔商人，母亲伊莉莎·法里斯是法裔美国人。父母都来自天主教国家，肖邦自小也接受了天主教信仰，并在圣路易的天主教会圣心学院接受启蒙教育。在肖邦四岁那年，父亲遭遇铁路事故突然去世，母亲带着四个子女艰难度日，让肖邦自小便见识了女性独立生活的艰辛。不到二十岁时，肖邦与路易斯安那州新奥尔良的棉花经销商奥斯卡·肖邦成婚，在婚后充当着完美的家庭主妇，并在九年内为丈夫接连生下了六个孩子。肖邦的人生本应按照南方骑士与淑女神话设定的剧本展开和结束，但命运却对她开了一个大大的玩笑。在她最后一个孩子出生的1879年，丈夫的棉花生意破产，失去经济来源的全家人不得不投靠住在红河湾附近克劳蒂尔维尔小镇的公公，靠经营农场和杂货店维持生计。受不了这样的打击的丈夫很快撒手人寰，非但没给肖邦留下任何财产，还让她承担了巨额的负债。在如此变故面前，肖邦连慢慢地感受丧夫之痛都成了一种奢望。她勇敢地接过了家庭生意，在男人的世界里周旋应酬。肖邦的母亲心疼女儿，出钱资助肖邦带着孩子重新搬回圣路易斯。然而好景不长，母亲也去世了。短时间内相继失去至亲，肖邦的精神趋于崩溃，患上了抑郁症。值得庆幸的是，她没有像夏洛特·珀金斯·吉尔曼那样被男性医生限制读书写作，而是遇见了一位真正的知己——她的产科医生弗雷德里克·科尔本海尔相信写作能帮助对抗抑郁，鼓励她拿起笔来，通过创作故事排解心中的郁结。这样的鼓励在当时实属难得，不仅是肖邦个人的幸事——她得以顺利战胜了精神抑郁，重新掌控了自己的人生；也是美国女性文学史的幸事——成为作家的肖邦写下的诸多短篇小说都已成为女性主义经典，其最著名的长篇小说《觉醒》更是成为美国女性文学中类似《圣经》一般的作品。

肖邦的短篇小说多描绘克里奥尔文化区的风俗人情，因而经常被视为乡土作家。然而从主题来说，其作品呼应了19世纪与20世纪之交美国的女性运动，表达了南方家庭妇女在"淑女"传统和"新女性"思潮之间左右摇摆的心态。总体说来，肖邦一方面意识到了男权文化对于女性的压迫，致力于在作品中刻画女性的反抗和主体意识的萌生；另一方面，她要么出于心理认同、要么出于规避惩罚的原因不断为女性偏离规范的"邪恶"行径道歉，从而将自身立场隐藏在一个安全的模糊领域中。这一特征在她为创作《觉醒》所做的辩解中得到了充分展示：

当手头有一群人物任我处置的时候,我就想,把他们放在一起将会是非常有趣的事儿。我从未想到庞特里亚太太会把事情搞砸,受到应得的惩罚。如果早料到会发生这样的事,我不会将她与这些人物混在一起。当发现她愈来愈出格时,小说已写了一半,已经悔之晚矣。①

这段话与《觉醒》中女主人公埃德娜追求个人自由和身体解放的行为截然相反,并非是矛盾或违心之举,而是肖邦创作立场的真实反映。在当时男权文化依然盛行的美国南方,公开宣称自己"不合时宜"的思想无异于社会自杀。

无论肖邦的公开表态如何,都不影响读者去发现其作品中的追求个体独立和自由这一主题。这也是肖邦在20世纪70年代的"经典修正"运动中被重新发现并成为经典作家的原因。她在作品中细腻地刻画了19世纪与20世纪之交的美国女性对于独立既渴求也害怕的矛盾心态,《一小时的故事》("The Story of an Hour", 1896)是这类主题的代表性故事。故事中的路易丝·马拉德夫人在听到丈夫遭遇事故而突然去世的消息之后,先是悲痛哭泣,然后就像鬼迷心窍一般地怔怔出神,十分期待"只为自己活着"的未来。可是她的丈夫逃过了死劫,几分钟之后回到了家中。马夫人在见到他的瞬间便猝死了。这是一个开放式的结尾,所有人都以为她的死因是突然的惊喜,实际上有可能是巨大的心理落差,即重新回到压抑的家庭生活的沮丧。作为传统女性,马拉德夫人对"自由"的态度十分微妙,既期待又害怕:

什么东西正向她走来,她等待着,感到很恐惧。是什么呢?她不知道,太微妙难言了,无法指认。她开始意识到这东西正向她走近,要控制她;她竭力用理性去对抗——却和她柔弱的双手一样无力。当她放弃时,一个小词从她微张的唇间悄然溜出。她一遍遍低声重复:"自由,自由,自由!"接着她眼中流露出茫然和恐惧的神情。她的目光强烈而明亮。她的脉搏加快了,流动的血液使她全身都很温暖和放松。她没有停下来问,自己是不是被一种邪恶的欢欣控制了。清晰和亢奋的感知告诉她这一问题无关紧要。

对于传统的家庭女性来说,自由是从未尝过的禁果,因而诱惑和恐惧并存。男权文化将女性享有自由视为大逆不道的"邪恶"行为,与女性所享有的象

---

① Margaret Culley, ed., *The Awakening: An Authoritative Text, Context, Criticism* by Kate Chopin. New York: Norton, 1976, p. 158.

征性崇高地位构成了对立的两级,在文学中体现为女性的"圣母"和"夏娃"这两个形象。肖邦笔下的诸多女性便在这两个对立的形象中挣扎,要么像《觉醒》中的埃德娜一样从"圣母"变成反叛的"夏娃",要么像《一位正派女人》("A Respectable Woman",1896)中的巴罗达太太一样净化自己的欲望,从"夏娃"回归"圣母"形象。"正派"女人巴罗达太太对丈夫的朋友古弗奈尔产生了情欲渴望,她深以为耻,为此不惜对抗丈夫想邀请古弗奈尔到家做客的愿望,避免自己与之相见;只有在偷偷地"克服"这一"荒唐"情感之后,她才允许自己重新履行家庭女主人的职责,以"朋友"的身份款待他。可见,在男权文化中,女性并不享有情欲和身体的自由,任何对传统性别规范的偏离都将使她们从家庭的神坛上跌落下来,遭受社会性的死亡。

在肖邦笔下,女性追求自由最普通也是最激烈、最不能为当时社会接受的方式是性爱。19世纪美国的家庭崇拜文化将家庭作为女性存在价值的意义策源地,要求女性保持"房屋中的天使"这一圣化形象,严格控制自身的情欲,在肉体上和精神两个层面保持对丈夫的绝对忠诚[1]。而这也成为19世纪美国文学塑造女性形象的基础[2]。虽然在19世纪与20世纪之交,美国自然主义作家已经开始刻画人类的本能欲望,但对于女性的印象依然停留在"道德天使"这个刻板形象之上。肖邦创作的激进之处在于颠覆了这一文化定式,以《暴风雨》("The Storm",1898)为代表的一些短篇故事近乎直白地描写了家庭主妇卡里克斯塔与旧日情人奥尔斯在一个暴风雨日重逢后发生性关系的情景。这无疑是对当时女性规范的严重违反,不仅在于它描写了婚外情这个禁忌,更在于将女性呈现为具有性爱欲望的主体:"她紧致而有弹性的身体第一次尝到了它与生俱来的权利。"美国社会在愕然之余,立刻将之视为"邪恶的"倾向,严厉谴责肖邦给公众提供了"道德毒药"[3]。

女性对自由的追求和对性爱的尝试在肖邦的经典之作《觉醒》中有着细致展现。小说背景设置在了南方的新奥尔良,描绘了女主人公埃德娜·庞特里亚的自主意识逐步苏醒、情欲逐步放纵的过程。她育有两子,丈夫利昂是一位成功的商人,是完美的中上层阶级家庭的模样。整个故事由埃德娜

---

[1] 参见 Lora Romero,"Domesticity and Fiction," in *The Columbia Literary History of the American Novel*. Ed. Emory Elliot. New York: Columbia UP, 1991, pp. 110—29. Ronald Walters, ed. *Primers for Prudery: Sexual Advice to Victorian America*. Baltimore: John Hopkins UP, 2000, p. 65.

[2] Sally Mitchell, *The Fallen Angel: Chasity, Class and Women's Reading, 1835—1880*, Bowling Green, OH: Bowling Green U Popular P, 1981, p. x.

[3] Margaret Culley, ed. *The Awakening: An Authoritative Text, Context, Criticism* by Kate Chopin. New York: W. W. Norton, 1976, pp. 140—48.

的一系列重大人生选择作为情节发展的主要动力。第一个选择是她拒绝承担满足丈夫性要求的责任。在小说开始后不久,利昂在屋里叫她:"埃德娜!"这是要求她履行妻子义务的呼唤①。这一情节鲜明地体现了"社会召唤"理论,个体在社会期待的压力下不得不按照规定的剧本去扮演自己的角色,回应社会对自身的召唤。埃德娜置之不理的举动并非是夫妻之间的抵牾,而是她对传统女性身份的拒绝。在男性眼中,妻子不过就是能够被自己任意摆布的"昂贵的个人财产"②,如果不遵循召唤则必须被惩罚。埃德娜的上校父亲如此"谆谆教导"女婿:"利昂,你太娇纵、实在太娇纵了……权威和强制都是必要的。凡事要强制,要坚决;这是管教老婆的唯一方法。相信我的话。"③在这样的社会思想语境下,埃德娜的沉默标志着她迈出了对抗的第一步。

埃德娜的第二个选择是夏天在格兰德岛度假时,拒绝同阿黛尔太太一起做女红,而是和年轻男子罗伯特一起去海边学习游泳。这是全书中最为核心的一个选择,标志着埃德娜的女性个体意识开始压过家庭主妇的"责任感"而占据了上风,并推动她不断突破传统的女性领域。阿黛尔太太是典型的19世纪美国"真正女性":"钟爱孩子,崇敬丈夫,认为抹杀自我存在、并且长出翅膀变成救苦救难的天使,是一种神圣的权利。"④她的"圣母"形象反衬了埃德娜的反叛"夏娃"形象。埃德娜抛弃女红去海中游泳是书中一个富有深意的隐喻,是解除女性所受束缚、走向公共空间、彰显个体欲望的行为。与海水的接触让她感受到了自我掌控的喜悦和自由:

> 她突然感觉到一阵狂喜,好像自己获得了一种意义非凡的力量,能够控制自己的身体和灵魂。她变得愈发地大胆和躁动,开始过度估计自己的力量。她要远远地游出去,游到别的女人从来不曾游过的地方。⑤

与接触海水紧密相关的事件便是埃德娜与罗伯特和花花公子奥尔斯·

---

① Kate Chopin, *The Awakening*. Ed. Sheri Metzger. Foster City, CA: Hungry Minds, 2001, p. 64.
② Kate Chopin, *The Awakening*. Ed. Sheri Metzger. Foster City, CA: Hungry Minds, 2001, p. 18.
③ Kate Chopin, *The Awakening*. Ed. Sheri Metzger. Foster City, CA: Hungry Minds, 2001, p. 121.
④ Kate Chopin, *The Awakening*. Ed. Sheri Metzger. Foster City, CA: Hungry Minds, 2001, p. 24.
⑤ Kate Chopin, *The Awakening*. Ed. Sheri Metzger. Foster City, CA: Hungry Minds, 2001, p. 56.

阿罗宾发展出了婚外性关系。她与罗伯特的关系是一场浪漫的爱情幻想。从表面上看，罗伯特是一位体贴的情人，他们之间的关系可以被称为真正的爱情。但在实质上，罗伯特并未摆脱男权思想，同样将埃德娜视为她丈夫的私产，以一种看似"伟大"的态度幻想着庞特里亚先生能够"释放"埃德娜，从而便于他"合法"地接手及拥有埃德娜。对于这种依附爱情而借尸还魂的男权主义思想，埃德娜声明她不再是男性可以任意处置的财产，无需任何人来决定自己的命运，辛辣地嘲讽了罗伯特的男权思想。最后她意识到，罗伯特在浪漫的表象下"是极端自私的"，与庞特里亚先生一样从来不考虑她的感受，都将女性物化成为男性经济社会中相互交换的流通物[1]。而她与阿罗宾的关系则是纯粹的肉欲。对于这个情场老手，埃德娜在情感方面不为所动，而生理欲求却无法抵制其吸引。阿罗宾让她尝到了"一生中第一次真正触动本性回应的吻。它似一把燃烧的火炬，点燃了她的欲望"。但这是一个极为危险的尝试，因为单纯的肉欲与野兽的本能毫无区别，永远不可能是女性所追求的两性关系。埃德娜对此有着清醒的意识，并后悔自己的莽撞举动，在放纵欲望之后感受到"隐隐作痛的遗憾，遗憾那使她狂热的并不是爱之吻，也遗憾将生命的甘泉递到她唇际的不是爱情"[2]。

埃德娜最后一个重大选择是决定自杀。在《觉醒》的结尾，埃德娜脱光了自己的衣服，赤裸着走向大海结束自己的生命。衣物向来充当着个人阶级、性别、种族等身份的指代物，埃德娜脱衣的举动喻示着她最终做出了与社会彻底决裂的选择[3]。从她对自身与他人的关系反思也可窥见她日益增加的情感距离："除了罗伯特，她谁也不想留在身边；她甚至意识到，总有一天，有关他的回忆也会淡出她的生活，让她独自一人。"[4]这种思绪充满了悲观的存在主义色彩，但从本质上来说，是男权社会中"新女性"为了维持个体身份所必然面对的困境。因为所有本该是滋养性的社会关系——亲情、爱情、友情和性爱——都将女性禁锢在了一个类似奴隶的位置，女性为了获得自身独立性便不得不摆脱这些关系的束缚，从而在事实上亲手将自我送向社会性的死亡之路。而《觉醒》的结尾也的确如此。埃德娜走向大海深处

---

    [1] Kate Chopin, *The Awakening*. Ed. Sheri Metzger, Foster City, CA: Hungry Minds, 2001, p. 170.

    [2] Kate Chopin, *The Awakening*. Ed. Sheri Metzger, Foster City, CA: Hungry Minds, 2001, p. 141.

    [3] 参见杨金才：《服饰、自我与社会变革——论美国现实主义小说中的女性自我形塑》，载《外国文学研究》，2003年第6期。

    [4] Kate Chopin, *The Awakening*. Ed. Sheri Metzger, Foster City, CA: Hungry Minds, 2001, p. 180.

是一个开放的结尾,也由此让评论家争论不休:它到底是"新女性"抗争在象征层面上的胜利,抑或是彻底的失败?其实,埃德娜作为"新女性"的代表,一开始便发出了其价值判断和"独立宣言":"我可以放弃无关紧要的东西;我可以为孩子放弃钱财、献出生命;但是我不会放弃我自己。"[1]从这个意义上来理解,她最终的选择无疑彰显了她个人意志的胜利,是她自我的最终实现。

除了性爱之外,肖邦创作所呈现的一个较为隐秘的女性抗争主题是外出工作。在19世纪与20世纪之交,美国女性已经为自身争取了许多让她们的19世纪先辈们梦想不到的社会权利。新的社会权力分配机制促使女性走出家门,在公共空间中介入到经济、政治、文化等领域的生产[2]。需要承认的是,当时女子放弃"家庭庇护"而外出谋生的大都是中下层阶级女性,因为贫困的家庭根本无法给她们提供安心充当"房屋中的天使"的经济条件。社会因此对她们采取了较为宽容的态度,薇拉·凯瑟笔下的女性拓荒者角色赢得了文坛的一片叫好便是明证。相较而言,中产阶级和上流社会女性在这一问题上要保守得多:工作被视为对她们性别身份和阶级身份的双重侮辱,连写作这个相对体面的职业都是不符合性别规范的行为[3]。也正因为如此,中上层女性选择自食其力的举动显得更加勇气可嘉。从这个层面来说,伊迪丝·华顿的《欢乐之家》(*The House of Mirth*,1905)中的莉莉·巴特放弃重回上流社会的机会,选择去衣帽店打工,与"面色萎黄""憔悴"的女人们在"昏暗的"灯光下和"恶劣的"空气里缝制帽子,这个选择不啻是一个精神净化的成长仪式。肖邦身为中产阶级"淑女",却因丈夫的去世而不得不经营农场,因此对于工作并不陌生。在《觉醒》中,埃德娜搬离丈夫的豪宅,意图以绘画养活自己,体现了建构"女艺术家"身份的雄心。而这一身份无疑也是肖邦自我认知的投射。她只描写过一个女作家的形象,即《伊丽莎白·斯托克的一个故事》("Elizabeth Stock's One Story",1898)中的伊丽莎白,通过这位在邮局负责文字处理工作的"老处女"表达了自己对女性艺术的看法[4]。在肖邦看来,女性可以篡夺男性对于艺术和文字的专权,在艺术上保持精英主义的立场,骄傲地评价平庸的男性追求者"没有智力";也

---

[1] Kate Chopin,*The Awakening*. Ed. Sheri Metzger,Foster City,CA:Hungry Minds,2001,p. 86.

[2] Jean V. Matthews,*The Rise of the New Woman:The Women's Movement in America,1875—1930*. Chicago:Ivan R. Dee,2003,p. 4.

[3] Edith Wharton,*A Backward Glance*. New York:Charles Scribner's,1964,p. 69.

[4] Priscilla Leder,"Kate Chopin's Letter to the World:'Elizabeth Stock's One Story'." *Amerikastudien/American Studies* 49.2 (2004):164.

可以保持传统的"女性特质",强调群体价值和私人交往的重要性,将"每个人都彼此认识"的区域视为建构自我身份的必要条件。

"女性艺术"一语是个奇特的综合体,喻示艺术创作和性别政治之间存在一个固有的内在张力。在肖邦笔下,伊丽莎白是"女性艺术家"的理想体现,而大部分的女性在追求艺术的过程中变得"怪诞"且乖张。那些女性为了摆脱男权文化的束缚而走上了弃绝社会关系的道路。换言之,艺术对于这些"新女性"来说,似乎永远与社会关系相背而行。肖邦所刻画的女艺术家一般都是独身,或者在心理上保持着孤独的状态。《觉醒》中的埃德娜不仅对抗丈夫,她与身边的亲人们相处得也不融洽;两个孩子即便受了伤也不会找她寻求安慰;她经常和妹妹争吵,甚至拒绝参加其婚礼。在埃德娜看来,"生活像一座怪诞的嘈杂之所,人就如虫豸一般盲目地抗拒着不可避免的灭亡"①。其人生观充满存在主义色彩,成为"女性艺术"之内在孤独性的高度概括。小说中的典型女艺术家角色赖兹小姐充当着埃德娜的精神导师,更是以其古怪的性格佐证了这一点。这个"老处女"原型式的人物在现实中性格古怪,离群索居,符合当时有关"女艺术家"的刻板印象;思想同样脱离现实,无法建构健康的人际关系:"如果我还年轻去爱上一个男人……他一定会是个才华横溢的人,一个胸怀崇高理想并能够实现理想的人,一个出类拔萃、受到同侪瞩目的人。如果我年轻并且坠入爱河,我绝不认为那些普通男人值得我爱慕。"②她的"精英主义"立场明显脱胎于强调独立的男性美学,能够实现的可能性微乎其微。这种近乎虚无主义的理想两性观实质上是强化而非证伪了女性艺术家的内在孤独性。这一主题从肖邦的一个看似只与男女情爱有关的故事《圣约翰长沼湖畔的女士》("A Lady of Bayou St. John",1893)中体现出来。这篇故事通过描绘妻子对亡夫的一片深情,揭示了现实两性关系的问题重重。女主人公德莱尔夫人是位年轻貌美的少妇,因为与丈夫古斯塔夫分居两地而感觉非常孤独。发现这一点的男邻居乘虚而入,对她大献殷勤并想带她私奔到巴黎。在德莱尔夫人准备答应时,突然接到了丈夫去世的消息。这一次,丈夫的"不在场"非但没有激发她追寻"自由"的热切,反而浇熄了她所有关于情爱的欲望。几个月后邻居再次向她求爱时,她已经无动于衷,而将所有情感放在了回忆丈夫上:

---

① Kate Chopin, *The Awakening*. Ed. Sheri Metzger, Foster City, CA: Hungry Minds, 2001, p. 102.

② Kate Chopin, *The Awakening*. Ed. Sheri Metzger, Foster City, CA: Hungry Minds, 2001, pp. 138—39.

丈夫对我来说从未如现在这般活生生的。……身边的每件物品都在提醒我他的存在。我朝远处沼泽地张望时,会看到他正在向我走来,带着打猎归来后满身的疲惫和邋遢。我还看到他坐在这儿或那儿的椅子上,听到他那熟悉的嗓音,他在走廊里的脚步声。我们又一次在木兰树下散步。夜里,我在梦中感到他就在那里,在我的身旁。这一切怎么可能会改变呢?啊! 我拥有着这些回忆,即便我活到一百岁,这些回忆也会围绕着我,填满我的生活!

死亡的丈夫无法在现实的性别政治层面对德莱尔夫人再有任何束缚,反而成为一个合适的审美对象,被浪漫化为理想的伴侣。这种怀旧究其实质而言是一种有意识的艺术创作,是在确认关系疏离的前提下对男性的塑造,最终突出的还是女性艺术家的孤独形象。

肖邦创作中最后一个不可忽视的主题是种族歧视、压迫和戕害。在南方这个区域,种族几乎是无法绕开的话题。肖邦的所有小说都将克里奥尔描绘成一个法国白人贵族后裔占据绝对统治的地方,卡津人是他们的"乡村表兄",他们一起构成了"白人"群体;而黑人和印第安人则充当着种族他者的角色。她策略性地将文雅女性气质和男性气质视为白人文化的特征,而将种族他者刻画为野蛮人[1]。然而,身为白人中产阶级女性的肖邦没有完全接受南方的"幸福奴隶"神话,而是在作品中塑造了相对正面的黑人形象,并对种族思想给予了有限的揭露和讽刺。在《淑女佐拉伊德》("La Belle Zoraide",1894)中,黑奴曼娜·卢卢借助给女主人讲述睡前故事的机会,"创作"了关于混血女奴佐拉伊德的悲惨故事。她与纯非洲血统的奴隶梅泽尔相爱怀孕,却遭到女主人的横加阻挠。女主人要求她委身给"门当户对"的混血奴隶安布罗伊斯,她抵死不从,结果女主人不仅棒打鸳鸯,让人卖掉了梅泽尔,还让她骨肉分离,抢走了她的孩子。绝望之下,佐拉伊德陷入了疯狂。"疯癫"是美国女性文学中的一个常见主题,并非是对女性"非理性"污名的强化,而是表达了对所谓"理性"的男权文化进行抗争的最决绝的姿态[2]。这篇故事的独特之处在于,肖邦有意选择了一个黑人女性作为叙述

---

[1] Bonnie James Shaker, *Coloring Locals: Racial Formation in Kate Chopin's Youth's Companion Stories*. Iowa City: U of Iowa P, 2003, p. xii.

[2] 桑德拉·吉尔伯特和苏珊·古芭在《阁楼上的疯女人:女性作家和19世纪文学想象》中已经对男权社会中的"她者"进行了分析,认为女性文学的本质便是理性话语系统中的疯癫呓语。参见 Sandra Gilbert and Susan Gubar, *The Madwoman in the Attic: The Woman Writer and the Nineteenth-Century Literary Imagination*. New Haven: Yale UP, 1979.

者,从而赋予了沉默他者以发声的机会,并使故事的"作者"的立场处于一个模糊难明的安全地带,极大地增加了作品的艺术性[①]。同时,肖邦在作品中也呈现了贬抑黑人血统的文化心态所带来的人生悲剧,其最为著名的短篇之一《黛泽蕾的婴孩》("Désirée's Baby",1893)通过描写一位"真正女性"之死体现了这一主题。黛泽蕾是一个无名无姓的弃儿,收养她的瓦尔蒙德夫妇给她起了"黛泽蕾"(Désirée)这个名字,意思是"被想要的"。她长成了一个"美丽优雅、可爱真诚"的女孩,在各方面都符合社会对于白人女性的期待,被称为瓦尔蒙德庄园的"偶像"。她18岁的时候,当地富有的种植园主阿曼德·奥比格尼对她一见钟情——据说这是路易斯安那这个"最古老、最高贵的"家族一贯的作风。婚后,黛泽蕾产下一子,本该过上童话故事中的幸福生活,却被命运开了一个天大的玩笑:孩子被发现是黑白混血儿。丈夫阿曼德认定黛泽蕾具有黑人血统,玷污了白人家庭的纯洁性,要把她驱逐回养父母家,彻底断绝和她的社会联系。黛泽蕾一再恳求丈夫无果,于是她

> 从保姆的怀里抱回孩子,什么也没有解释,走下台阶,走过橡树荫……她的头发披散下来,阳光在深棕之上镀了一层金色。她没有走那宽宽的老路,它通往远处瓦尔蒙德家的种植园。她走过一片荒废的原野,麦茬割伤了她只穿着拖鞋的娇嫩双脚,将她的薄纱裙撕成了碎片。她走到了静水流深的长沼湖畔,消失在两岸茂密的芦苇和柳树丛中;她再也没有回来。

这段对于黛泽蕾的悲剧人生结局的描写其实暗喻一个从社会回归自然的"逆向成长"仪式和旅程。她的人生也由此构成了一个圆环:在婴儿的时候被遗弃,然后就如童话故事那样被男性瓦尔蒙德先生"救赎"进入社会,成为完美的女孩和女儿;然后在同样的地点被阿曼德"发现",就如骑马的王子拯救了公主,并使她成为妻子和母亲;最后在被怀疑违背了社会的期待之后,她面临着社会性的死亡,哪怕养母的慈爱和呼唤也救赎不了她被摧毁的自我身份,只能重新回到被遗弃的状态。黛泽蕾的类童话和反童话并存的人生经历喻示着女性和黑人(哪怕她是一个被认定为黑人的白人)在美国社会中的主体丧失:她的名字"黛泽蕾"作为被动态,所体现的只能是客体性,在不断被赋予和剥夺姓氏的过程中被命名、定义、塑造、驱逐和毁灭,完全无法

[①] 关于这篇故事中的黑人形象与种族抗争主题,参见陈亚丽:《奴隶制时代美国黑人的文化自觉与抗争——解读凯特·肖邦的小说〈漂亮姑娘佐哈伊德〉》,载《外国文学》2012年第6期。

掌握自身的命运①。真正让故事超越"社会抗议"叙事的直白套路的是它那讽刺性的开放结尾:最终阿曼德在阅读自己母亲的信件后发现,他母亲是个奴隶,而他自己才是真正"玷污"白人血统的"被诅咒的种族"中的一员。这对阿曼德坚守的白人男性奴隶主身份和逐妻行为进行了辛辣的讽刺,控诉了当时美国"一滴血原则"(one drop rule)——即只要有一滴血来自有色人种,就不是白人——的荒谬和残酷,进而阐明了"种族身份"这一看似坚若磐石的概念的虚构性②。

总而言之,肖邦出于女性作家的敏感和良知在文学作品中描绘了19世纪与20世纪之交的美国社会中的性别和种族压迫,向女性和黑人等边缘群体投去了理解和同情的目光。然而,必须指出的是,这一同情尽管难能可贵却也是有限度的,肖邦本人并没有足够的勇气完全背离当时的社会规范。正如她的传记作家南希·沃克所言,19世纪的美国女性必须是"胆小的、依赖性的、本能的、孩子气的"③,即满足社会性别规范的要求,随时响应社会期待的召唤,任何展示主体欲望的行为都将招致严厉的压制和惩罚。作为南方"淑女",肖邦对"新女性"和黑人的态度已经触犯了美国社会的敏感神经。《觉醒》的发表为她招致了如潮恶评,彻底毁了她的社会名声。郁郁寡欢的她就此封笔,一直没有走出受伤和困惑的情绪,直至1904年8月20日在参观圣路易世界博览会时突发脑出血。凯特·肖邦两天后离开人世,葬于圣路易的丽泉暨十字架公墓。

保利娜·伊丽莎白·霍普金斯
(Pauline Elizabeth Hopkins,1859—1930)

在19世纪与20世纪之交,文学期刊体现了现代主义的出现与孕育它的社会文化语境之间的紧密关联④。这里的"现代主义"不仅仅是指狭义的文学技巧革新实验,更是指迈入世纪之交的美国在社会政治中的改良甚至革命。对于少数族裔的知识分子来说,大众传媒显得更为重要,因为它为他

---

① 关于该短篇故事中的种族政治和性别政治主题,参见陈亚丽:《谁杀死了德西蕾?——从种族和性别双重视角解读〈德西蕾的孩子〉》,载《国外文学》2009年第1期。

② 有关该故事对于美国身份话语的颠覆,参见 Ellen Peel, "Semiotic Subversion in 'Désirée's Baby'." *American Literature* 62.2 (1990):223—237.

③ Nancy Walker, *Kate Chopin: A Literary Life*. New York:Palgrave,2001,p. 9.

④ Mark Morrison, *The Public Face of Modernism: Little Magazines, Audiences, and Reception*. Wiscousin: U of Wisconsin P,2001,p. 10.

们提供了一个设计种族未来、面向族人推行自身理念的平台。少数族裔"新女性"在传媒业中的存在更加可贵,彰示着这个种族和性别层面上的双重边缘群体突破了加诸自身的囿限,不再在个人层面上讨论苦难,而开始参与到群体政治之中。在黑人"新女性"作家之中,最为出名的便是保利娜·伊丽莎白·霍普金斯。她在年过不惑时投身到了黑人创刊事业浪潮之中,这使她成为美国最早期的著名黑人女性编辑之中赫赫有名的一位。

霍普金斯生于缅因州的波特兰市,在波士顿长大。她在15岁上高中二年级的时候便展现出对文学的兴趣,参加了波士顿公理会出版协会举办的"酗酒的危害和治疗"征文竞赛。这本是一个呼应19世纪末美国女性道德运动的宏大话题,尚未成年的霍普金斯却独辟蹊径,在文中探讨了父母在教育孩子方面应该负有的责任,要求他们为孩子提供良好的家庭环境。结果她凭借该文拿了头奖,赢得了十美元的金币。这为霍普金斯的创作生涯开了一个好头,自此以后,对社会问题的关注成为她创作中一以贯之的主题。在最终以作家和编辑的身份跻身美国文化圈时,多才多艺的霍普金斯是广受大众欢迎的演员和歌手。1877年3月,她首次登上舞台出演了两幕轻歌剧《保利娜,萨拉托加的淑女》(Pauline, or, the Belle of Saratoga)。之后又出演了多部颇受好评的戏剧。日后她走上文学道路时,所创作的第一部作品也是艺术方面的,即三幕音乐剧《另一个山姆:地下铁路》(Peculiar Sam, or, The Underground Railroad, 1880)。

霍普金斯的作家生涯始于20世纪的头一年。也正是在这一年的春天,意在增强种族意识的《美国黑人杂志》(The Colored American Magazine)创刊,主要刊载黑人小说和政治评论。霍普金斯找到了一个最好的职业发展平台,热情地加入了这个"特别致力于维护黑人权益,发展黑人文学与艺术"的杂志中[1]。大众媒体在美国的兴起与进步主义运动密切相关。19世纪末,自由资本主义和社会达尔文主义的泛滥导致了混乱无序的恶性竞争,使得标榜自己为"山巅之城"和"庇护所"的美国社会沦为弱肉强食的丛林,也导致了严重的经济危机。为了解决这一状况,有识之士开始掀起了轰轰烈烈的"进步主义运动",大力推动制度改良,加强政府的监管职能,维护公众利益,开启民智以更好地实践"民主"。为此,与普通大众保持密切沟通便成为知识精英的当务之急,公众性成为他们"召唤民主的一种仪式"。美国的传媒业应运而生,成为"专家"和"公众"的互动场域,传递、指导甚至塑造

---

[1] "Editorial and Publishers' Announcements." *Colored American Magazine* 1.1 (May 1900):60.

着整个美国社会的思想形态。大众媒体成为宣扬民主事业的"圣经",报业成为"神圣的""教士般的"职业。一时间,传媒业几乎成为当时美国的"第三个政党",大众话语也成为改革时代的语言[1]。

　　身为黑人女性的霍普金斯参与到杂志事业中,从性别和种族两个维度展现了大众传媒的"进步"政治含义。"新女性"与报纸、杂志等大众媒体的关系一直较少受到学界的关注。实际上,当时的美国女性文学能够冲破社会偏见的封锁,从男性作家眼中的"胡写乱画"跃升为艺术殿堂里不可或缺的一部分,大众媒体发挥了至关重要的作用。作为美国进步主义运动的平台,大众媒体不仅为那些"新女性"作家们提供了走出家庭、沟通外界乃至了解世界的渠道,更为她们提供了发出自我声音、积极参与到国内改革和帝国政治的机会。如《诗歌》杂志(Poetry)之于哈丽雅特·门罗(Harriet Monroe,1860—1936)、《麦克卢尔杂志》(McClure's Magazine)之于薇拉·凯瑟(Willa Cather,1873—1947)、《落基山新闻报》(Rocky Mountain News)之于凯瑟琳·安·波特(Katherine Anne Porter,1890—1980)、《开火!!》(Fire!!)之于佐拉·尼尔·赫斯顿(Zora Neale Hurston,1891—1960),等等。女性创作与大众媒体的关联不仅是美国社会中一个令人鼓舞的现象,也构成了美国文学史中的一个独特谱系。鉴于大众媒体的起源和性质,"新女性"文学天然地具有参与社会改革的内在动机,其题材和主题也不可避免地与当时的美国政治话语形成了互文关系。同时,作为进步主义改革的焦点问题之一,少数族裔的生存状况也是媒体的关注点之一。为了对抗种族歧视,美国的黑人创办了很多全国性杂志,将其打造成黑人文化传播的重要平台。杜波依斯主编的《危机》(Crisis)、查尔斯·约翰逊(Charles Johnson,1893—1956)主编的《机遇》(Opportunity)、《信使》(Messenger)等,都对黑人文学事业的发展起到了积极促进作用,"呼吁黑人的文化复兴,它将向世界,特别是向美国白人证明美国黑人的天才,以期获得白人对于黑人的更大公正与同情"[2]。虽然创办媒体在19世纪末已经是稀松平常的事情,但对于黑人来说意义重大:这标志着黑人作为一个群体已经拥有了识字和阅读的能力,获得了参与"文化"生产的资格,开始走出蒙昧而踏入了文明之光所照耀的领域。诞生于城市的黑人知识分子们与老派的黑人上层阶级

---

[1] 详见 Joseph R. Hayden, *Negotiating in the Press: American Journalism and Diplomacy, 1918—1919*. Baton Rouge: Louisiana State UP, 2010, pp. 1—10.

[2] Henry Louis Gates Jr., "Harlem Renaissance: 1919—1940," in *The Norton Anthology of African American Literature*. 2nd edition. Ed. Henry Louis Gates Jr. and Nellie Y. McKay. New York: W. W. Norton, 2004, p. 955.

在种族理念方面差异巨大:他们更加具有种族意识,极力鼓吹种族团结、自我独立、性格塑造、社会提升等基于资本主义新教价值的进步主义理念。从这一意义上来讲,创办黑人媒体是黑人在精神层面的真正独立,重要性不亚于黑人摆脱奴隶制的政治解放。正如记者兼社会活动家杰西·马克斯·巴伯(J. Max Barber,1878—1949)在1904年1月《黑人之声》(Voice of the Negro)杂志的创刊词《曙光来临》("The Morning Cometh")中所言:

> 我们为能够有机会参与运营这个杂志而欣喜地欢呼,它将成为宣扬更高等文化和新文学的先锋……我们想让它成为提升种族的力量。我们期待它不仅仅只是一本杂志。我们致力于精确且生动地描摹当下的社会历史,使之成为后世能够倚重的文献……曙光已经来临。①

换言之,黑人媒体的宗旨并不仅仅是提供消遣娱乐,抑或反映种族现实,更在于深度参与塑造黑人种族意识、巩固种族认同、指导未来的种族生活。本尼迪克·安德森在其社会学名著《想象的共同体》中指出,报刊对于群体身份建构具有决定性作用②。早在这之前,瑞典社会学家冈纳·缪尔达尔在《美国的两难:黑人问题和现代民主》中已经谈到:

> 媒体为黑人定义了什么叫黑人群体。每位黑人个体都被邀请去感受远在当地群体之外的千千万万黑人所遭受的苦难、悲痛和诉求。它营造了一种力量和团结的气氛。媒体为每位黑人个体创造了一个新的社会和心理现实——即黑人群体——这一点它比其他任何一种社会机制都成功。③

霍普金斯加入《美国黑人杂志》便是这一时代背景的产物。她起初在妇女部担任编辑,三年后升任刊物的文学主编。除了编辑工作之外,她还亲自为杂志创作了数量可观的作品,写下了大量有关社会改革、历史和文学评论的文章,这些散轶文字在2007年由得克萨斯农工大学副教授艾拉·德沃金编撰

---

① Michael Fultz, "'The Morning Cometh': African-American Periodicals, Education, and the Black Middle Class, 1900—1930." *The Journal of Negro History* 80.3 (1995):97.

② Benedict Anderson, *Imagined Communities: Reflections on the Origin and Spread of Nationalism*. London: Verso, 2006, pp. 32—35.

③ Gunnar Myrdal, *An American Dilemma: The Negro Problem and Modern Democracy*. New York: Harper & Brothers, 1944, p. 911.

成《革命的女儿》(Daughter of the Revolution)一书①。

霍普金斯参与媒体撰稿和运营的最终旨归是加强种族意识,表达黑人自身的欲望和诉求,所以她所面向的目标群体是黑人,而不是白人阅读/消费者。1903年,白人女性传教士科妮莉亚·康迪克特写信给《美国黑人杂志》编辑部,抱怨杂志刊载的故事中充斥着黑人与白人的跨种族通婚情节,刻薄地反问"这是说明你们种族的小说家们认为黑人彼此间不可能有美好崇高的爱情吗?"她批评的矛头尤其指向当时杂志的主要作家霍普金斯,断言这样的情节设计既无法提升黑人种族,也会让杂志失去白人读者。对此,霍普金斯尖锐地回应道:"我很高兴收到这样的批评,因为它最明显不过地表明白人并不理解黑人欣赏的内容"②。她坚持认为,跨种族婚姻和混血儿的存在是美国社会发展的必然,对该话题的承认和推动有助于黑人种族的精神提升。

霍普金斯所主张的种族提升路径与当时的黑人文化领袖布克·华盛顿等人的观点产生了抵牾。华盛顿主张积极地融入白人社会,在他的《亚特兰大种族和解声明》("Atlanta Compromise Speech",1895)、自传《超越奴役》(Up from Slavery,1901)中明确地表示要在黑人种族中推行自助、美德、工业教育和种族隔离等白人价值,以便和美国主流社会保持一致。而这些恰恰是霍普金斯所非常反对的,也导致了她从《美国黑人杂志》的离职。1904年,杂志的财政控制权和行政管理权为布克·华盛顿所取得,发行总部也从波士顿搬到了纽约市。霍普金斯因为被不公平地降为助理编辑而愤然出走,在试图创办新杂志不成功之后彻底结束了她的杂志生涯③。

霍普金斯对于《美国黑人杂志》真正持久的贡献在于,她从1901年至1903年为杂志供稿了六篇短篇故事,以及三部以连载方式刊登的长篇小说,即《黑格的女儿:一个南方种族歧视的故事》(Hagar's Daughter: A Story of Southern Caste Prejudice,1901—1902)、《威诺娜:一个南方和西

---

① Ira Dworkin, ed., *Daughter of the Revolution: The Major Nonfiction Works of Pauline E. Hopkins*. New Brunswick, NJ: Rutgers UP, 2007.

② Pauline Elizabeth Hopkins, "Editorial." *Colored American Magazine* March (1903): 399. 变体为原文所加。

③ 霍普金斯离开《美国黑人杂志》时,杂志刊登的公开说明是"健康原因",但大多数评论家认为霍普金斯与新管理层保守理念的冲突是她被降职和解雇的真正原因。参见 Sigrid Anderson Cordell, "'The Case Was Very Black against Her': Pauline Hopkins and the Politics of Racial Ambiguity at the *Colored American Magazine*." *American Periodicals* 16.1 (2006): 52—73; Alisha R. Knight, "Furnace Blasts for the Tuskegee Wizard: Revisiting Pauline Elizabeth Hopkins, Booker T. Washington and the *Colored American Magazine*." *American Periodicals* 17.1 (2007): 41—64.

南地区黑人生活的故事》(Winona: A Tale of Negro Life in the South and Southwest, 1902)以及《同宗同源：潜藏的自我》(Of One Blood: Or, The Hidden Self, 1902—1903)。霍普金斯在文学创作中与她在期刊事务中的立场保持一致，都着重反映了"早期反奴隶制的政治意识和抵抗"[1]。

《黑格的女儿》以黑格的故事开篇。长相漂亮的黑格嫁给了附近的种植园主埃利斯·恩森，并产下一女。埃利斯的兄弟圣克莱尔听说这一消息后，为自己失去了种植园的继承权而愤怒，便找到奴隶贩子沃克打探消息，得知黑格的父母曾经是沃克的奴隶。于是圣克莱尔谋杀了兄长，把黑格和她的女儿卖为奴隶，结果黑格在途中跳桥逃跑。故事的第二部分已经是二十年后，南北战争已经结束。圣克莱尔已经改名"本森将军"，成了华盛顿特区的参议员；沃克则充任他的助手"麦迪逊少校"。"本森"追求加利福尼亚州参议员鲍恩第二任妻子埃丝特尔的女儿朱厄尔，但朱厄尔已经有了未婚夫卡斯伯特·萨姆纳。"本森"于是设计让卡斯伯特陷入谋杀案，在审判时发现埃丝特尔便是黑格，而朱厄尔便是黑格与埃利斯的骨肉。

《威诺娜》的背景是1856年的堪萨斯州，当时约翰·布朗领导下的反奴隶制力量和赞成奴隶制的力量正在激烈交锋，都想取得该州的控制权。逃奴的儿子朱达和他的继妹威诺娜面临着被卖作奴隶的危险，在约翰·布朗的帮助下逃脱到美加交界处的印第安部落，与父亲"白鹰"生活在一起。实际上，"白鹰"是加拿大白人，卡林福特一处财产的继承人。他不久后神秘死亡，使得朱达和威诺娜终于沦落为比尔·汤姆森农场上的奴隶，在友人的帮助下才再次逃脱。小说的女主人公威诺娜在情节发展中其实并不占据中心位置，但毫无疑问是种族的精神和道德领袖。通过这一女性形象，霍普金斯表示了对黑人女性俱乐部运动的认可，想象了黑人"新女性"在种族反抗政治中可以发挥的独特作用。

《同宗同源》通篇充满了反现实主义的哥特色彩[2]。白皮肤的混血儿科学家鲁埃尔·布里格斯本来一心在白人社会里打拼，对种族话题毫不关心。结果被他的"白人"朋友奥布里·利文斯顿陷害失去工作，于是参加去埃塞俄比亚的考古行动，意图寻宝。趁他不在时，奥布里用催眠术诱奸了他的妻子戴安丝·勒斯克。鲁埃尔却意外发现他自己、奥布里以及戴安丝是同宗同源的亲兄妹，父亲是白人，母亲是非洲当地的皇族后裔。鲁埃尔回国后，

---

[1] Hazel Carby, *Reconstructing Womanhood: The Emergence of the Afro-American Woman Novelist*. New York: Oxford UP, 1987, pp. 127—28.

[2] 参见 Valerie Rohy, "Time Lines: Pauline Hopkins' Literary History." *American Literary Realism* 35.3 (2003): 212—32.

最终发现在美国没有未来,于是回到了非洲的麦罗埃,娶了当地的女王,统治非洲。

《黑格的女儿》《威诺娜》《同宗同源》这三部小说虽然背景、情节各不相同,却在主题方面具有内在的连续性和一致性,共同呈现了霍普金斯的种族观[①]。总体而言,《黑格的女儿》虽然呈现了比较固定的种族阈限,但其特殊之处在于采用了"对影"(double)的叙事策略来抵抗传统的种族身份。在美国现实社会中,那些白皮肤的黑白混血儿可以被人当作白人而在公共空间中自由行走,然而根据法律,他们是不折不扣的"黑人"。这一境遇使其处于矛盾的对影身份之中:他们既是自我,又是社会和法律意义上的他者。《黑格的女儿》通过南北内战前后的对比叙事,巧妙地呈现了每位角色的对影身份,在社会政治和道德精神两个层面刻画了种族意识对个体命运的塑造。相较而言,《威诺娜》超越了对影叙事中的二元对立,通过强调角色的多元出身使传统的身份系统趋向崩塌。威诺娜的身份在白人、黑人、印第安人等概念中飘忽不定,其实说明了身份概念本身的不合情理。在三本小说中,最具超越意义的是《同宗同源》。这部小说抛弃了现有的种族观,转向迥异于美国的非洲文化体系中寻求身份意义,因而成了一个有关黑人身份起源的"反谱系"叙事。埃塞俄比亚作为《圣经》里面的黑人应许之地,对于 20 世纪初黑人文化身份的建构至关重要。古老的非洲文化于是成为一个"可被使用的过去"(a usable past),与当时美国积极建构以白人文化为基础的民族身份这一主导性话语构成了鲜明的对话关系[②]。

值得着重指出的是,霍普金斯不同于将黑人利益置于其他少数族裔利益之上的前辈弗朗西丝·哈珀,她在作品中表现出明显的反帝国主义意识,将其他遭受种族压迫的人民视为利益和精神同盟。鉴于霍普金斯的技术精英身份,有评论家认为她致力于宣扬"高雅、基督福音和自我提升",并向美国的海外殖民地以及非洲推行白人基督教文明[③]。的确,霍普金斯在最后

[①] Augusta Rohrbach,"To Be Continued:Double Identity,Multiplicity and Antigenealogy as Narrative Strategies in Pauline Hopkins' Magazine Fiction." *Callaloo* 22.2 (1999):484.

[②] 20 世纪初,以亨利·路易斯·门肯(Henry Louis Mencken,1880—1956)为代表的年轻文化评论家抨击美国文学中依旧残存新英格兰"高雅斯文传统"(genteel tradition),呼吁建立一种"可使用的过去"以供美利坚民族建构一种独特的民族身份,从而真正实现相对于欧洲文化传统的独立。文学评论家范怀克·布鲁克斯(Van Wyck Brooks,1886—1963)于 1918 年发表题名《建立一种可使用的过去》的文章,呼吁新时代的美国作家"建立一种文学兄弟情谊的关系"。参见 Van Wyck Brooks,"On Creating a Usable Past." *The Dial* (April 11,1918):337—41.

[③] Kevin Gaines,"Black Americans' Racial Uplift Ideology as 'Civilizing Mission'," in *Cultures of United States Imperialism*. Ed. Amy Kaplan and Donald E. Pease. Durham,N.C.:Duke UP,1993,p.438.

一部作品《同宗同源》中将埃塞俄比亚视为黑人身份的源头,从而有宣扬黑人民粹主义的嫌疑。但亦有评论家注意到,她在作品中将黑人所遭受的种族压迫视为全球范围内经济斗争的一部分,揭示了世界范围内种族等级结构的权力运作机制,呼吁黑人参与到"伟大的劳工斗争"这一浪潮之中,以实现各种族之间的绝对平等[①]。比如,在小说《威诺娜》中,女主人公的复杂身份——英国父亲之女、自我认同为加拿大辛尼加人、美国逃奴——喻示了打破种族/国家藩篱、建构跨国族公民身份的可能性;不同种族之间的和谐共处和相互协助与奴隶制下的"白人—黑人"等级关系也构成了鲜明的对照。不过,霍普金斯最终付诸的并非马克思主义式的全世界范围内受压迫阶级的联合,而是基督福音意义上的世界大同。就此而言,霍普金斯并未完全脱离美国进步主义运动的思想框架,所体现出来的政治革新意识尚未达到马克思主义政治经济学的深度。

在霍普金斯的种族书写中,另一个值得一提的特征是:将性别政治处理成为种族政治的表征修辞。女性处境一直是霍普金斯所关注的核心话题。在《美国黑人杂志》工作时,她着重呈现黑人"新女性"的形象,刻画她们在美国社会中的处境和奋斗。但保守的杂志管理层担忧"过于"重视性别话题会冲淡对种族政治的关注,这或许是她离开杂志的真正原因[②]。实际上,黑人女性的身体本身就是一个体现种族压迫的场域,通过病痛外化着黑人女性内心的创伤与疯狂,进而彰显和控诉着白人对黑人的戕害。在《同宗同源》中,女主人公戴安丝·勒斯克(Dianthe Lusk)的名字取自废奴主义运动领袖约翰·布朗的第一任妻子,本身就体现了种族与性别政治之间错综复杂的关系。戴安丝罹患歇斯底里症和失忆症,并不是单纯的病理学症状,而是两种政治对于女性身体权力施与的象征性结果[③]。

霍普金斯唯一没有以杂志连载方式发表的是她的首部著作,也是其最出名的作品《奋斗的力量:北方与南方黑人生活传奇》(*Contending Forces*:

[①] Colleen C. O'Brien, "'Blacks in All Quarters of the Globe': Anti-Imperialism, Insurgent Cosmopolitanism, and International Labor in Pauline Hopkins's Literary Journalism." *American Quarterly* 61.2 (2009):247; Martha H. Patterson, "'Kin' o' Rough Jestice Fer a Parson': Pauline Hopkins's *Winona* and the Politics of Reconstructing History." *African American Review* 32.3 (1998):448.

[②] 参见 Jill Bergman, "'Everything We Hoped She'd Be': Contending Forces in Hopkins Scholarship." *African American Review* 38.2 (2004):181—99.

[③] Martha H. Patterson, "'Kin' o' Rough Jestice Fer a Parson': Pauline Hopkins's *Winona* and the Politics of Reconstructing History." *African American Review* 32.3 (1998):447. 另参见 Deborah Horvitz, "Hysteria and Trauma in Pauline Hopkins' *Of One Blood; or, The Hidden Self*." *African American Review* 33.2 (1999):245—60.

A Romance Illustrative of Negro Life North and South,1900)。这部作品被视为美国黑人文艺界的宣言,展现了小说创作对于社会运动的意义[①]。在小说中,霍普金斯呼唤美国联邦政府采取干预行动,阻止蓄奴州中针对黑人所犯下的私刑、强奸、谋杀、篡夺财产等各类暴行,同时对奴隶的后代进行经济赔偿。小说由两部分内容组成:第一部分是一个南北战争之前的故事,第二部分描绘了1890年代城市中产阶级黑人的生活。

在小说的开篇,霍普金斯描绘了1790年代白人查尔斯·蒙特福特一家的遭遇。蒙特福特原是百慕大的农场主,后来迫于英国废奴主义者要求在英国属地废除奴隶制的压力而搬到美国北卡罗来纳州的一个种植园。结果当地的没落贵族安森·波洛克觊觎女主人格雷丝的美色,造谣诬陷这位"真正女性"具有黑人血统,且蒙特福特将要给予手下的黑奴以自由,帮助他们叛乱。出于这个理由,波洛克伙同一群人射杀了蒙特福特,公开鞭笞格雷丝,并将之当作"财产"与蒙特福特其他的家产一起进行了"分配"。这是小说的核心事件,表现了蒙特福特一家在社会地位上的坠落,从而让原本的中上层阶级白人以一种惨烈的方式体味到本属于黑人尤其是黑人女性所遭受的困境和痛苦。第二部分时间是一百年后的1896年,蒙特福特的后人们在波士顿起诉美国政府,要求为奴隶制时代他们家族所遭受的创伤获得赔偿,后经最高法院判决获得了胜诉;更重要的是,他们还获得了社会接纳和真挚的爱情,平静地生活在种族共存的美国"家庭"之中。尽管政府赔偿奴隶后人这一情节没有历史依据,而且在法理上并不可行,但霍普金斯和诸多评论家们都倾向于将其"事实化"。这一细节表明,白人一旦被指责与黑奴有联盟关系,其在法律框架内作为白人的一切权利将被悬置,在社会上作为白人的象征资本和财产资本都将消失殆尽,甚至主体性都被剥夺,从财产拥有者堕落为财产本身。

《奋斗的力量》承继了美国19世纪女性小说中被弗朗西丝·哈珀的《艾奥拉·勒罗伊,或站立的阴影》所改写的诸多传统,用以表现黑人女性所遭受的种族和性别层面的双重歧视[②]。就种族政治而言,小说所刻画的白人针对白人的暴力案件折射了种族话语对于美国社会、文化和政治的全面渗透和极端扭曲。霍普金斯虚构了州法与联邦法律的鲜明对比——各州的法

[①] Claudia Tate,"Contending Forces," in *Oxford Companion to African American Literature*. Ed. William L. Andrews, Frances Smith Foster, and Trudier Harris. New York: Oxford UP, 1997, p. 170.

[②] Thomas Cassidy,"Contending Contexts: Pauline Hopkins's *Contending Forces*." *African American Review* 32. 4 (1998):665.

律成为种族话语的对影,充当了种族暴力、强奸和谋杀的帮凶,判定一个人是否属于黑奴并不需要证据,谣言便已经足够。所以在美国南方社会,真正的"法律"并非符合理性、道德和伦理的条文,而是大众的非理性情感。而联邦法律则将正义还给了受害的个体——霍普金斯将联邦法律塑造为实现种族正义乌托邦的渠道,进而为美国创造一个反种族主义的过去[①]。可以说,这种"联邦法律想象"并未触及美国奴隶制的根源,归根结底是不可靠的。而就性别政治而言,《奋斗的力量》展现了黑人女性身体所受到的戕害以及她们之间对抗压迫而产生的姐妹情谊。在小说中,格雷丝被安森的鞭笞和抢占昭示了女性身体被降格到了"物"的层面;萨福被她的白人叔叔强奸生女,不得不隐姓埋名,昭示了性别政治与个体主体性、历史及空间之间的紧密关联。在这样的环境中,女性之间的情感成为保护彼此的避风港,发展成为类似于同性恋的亲密友谊。"萨福"(Sappho)的名字对于古希腊第一位女诗人(也是同性恋始祖)的影射显而易见,其目的并非在于宣扬同性恋主张,而是展现了种族政治下女性友谊所内蕴的解放性力量[②]。这种解放性力量更多地展示在小说中的"缝纫圈"里——女性集聚在一起边做缝纫边闲聊家国之事;而这个亲密形式是黑人社会和政治组织的雏形。

纵观霍普金斯的人生经历和文学创作,她无愧于一心为了黑人种族的女斗士称号,完美地彰显着美国白人社会中"奋斗的力量"。从这个意义来说,这位大众媒体上的风云人物会因为本族男性的压制而不得不走向缄默就特别具有讽刺性和悲剧性;同时也说明了种族政治和性别政治的复杂性。霍普金斯离开传媒业之后,不得不在麻省理工学院担任速记员,从事最初级的文字处理工作,将自己艺术文字中那种澎湃的激情和力量埋没在平庸无趣的符号之中。这种状况一直持续到1930年8月13日她在马萨诸塞州剑桥的家中因火灾去世。

夏洛特·珀金斯·吉尔曼
(Charlotte Perkins Gilman,1860—1935)

在现代美国文学史上,如果要评选一位最为激进的"新女性"作家,那么

[①] Laura H. Korobkin,"Imagining State and Federal Law in Pauline E. Hopkins's *Contending Forces.*" *Legacy* 28.1 (2011):1.

[②] 参见 Siobhan Somerville,"Passing through the Closet in Pauline E. Hopkins's *Contending Forces.*" *American Literature* 69.1 (1997):139—66.

这顶"桂冠"很有可能要落在夏洛特·珀金斯·吉尔曼的头上。无论是在社会运动中，还是在自己的作品里，吉尔曼都以斗士的形象出现在公众/读者面前，控诉男权社会对于女性经济、政治和文化上的全面压迫，描摹女性在男权话语中遭受的身体和心理创伤，讴歌她们所特有的力量，并在小说中幻想一个没有男性存在的乌托邦世界。正因为如此，同时代的杰茜·塔夫脱(Jessie Taft,1882—1960)在可能是美国第一部研究女性运动的博士论文《社会意识视角下的女性运动》(The Woman Movement from the Point of View of Social Consciousness,1913)中认为吉尔曼过于"教条主义"，信奉"性别对抗"，对男性持有"恶意"态度①。而女性主义评论家则将她视为"女性运动中最具原创力、最具挑战性的思想家"②。

吉尔曼对男权社会的愤怒、焦虑和反抗情绪与她的个人经历不无关联。她出生在新英格兰地区的康涅狄格州首府哈特福德，父亲弗雷德里克·比彻·珀金斯是著名女作家哈丽雅特·比彻·斯托(Harriet Beecher Stowe,1811—1896)的外甥。在吉尔曼出生后不久，弗雷德里克得知妻子再生孩子便有丧命之虞便离家出走，消失无踪，使妻儿的生活陷入极为窘迫的境地，不得不接受姨妈们的资助。父亲的抛弃使得深受打击的母亲无暇也无意对吉尔曼温言暖语，像传统的慈母那样照料她。吉尔曼自幼便感受到了男性的不负责任所带来的伤害，意识到经济对于女性独立的重要性："父亲这个词对我来说毫无意义，从来不意味着爱、关怀和遇到麻烦时的避风港。"③这促使她养成了极端自尊、独立和果断的性格，也与女性发展出相互信任和依存的真挚情谊。她的好友包括日后的作家和诗人格蕾丝·埃勒里·钱宁(Grace Ellery Channing,1862—1937)、儿童文学作家玛莎·卢瑟·莱恩(Martha Luther Lane,1862—1948)等，她与玛莎尤其亲密。这种"姐妹情谊"对于19世纪的女性来说极其重要，甚至可以说是她们生活的核心体验。对于吉尔曼来说，这种情感体验尤为宝贵，给了她与男性关系截然相反的记忆，也奠定了她日后女性主义思想的基调④。

---

① Jessie Taft, *The Woman Movement from the Point of View of Social Consciousness*. Menasha, WI: Collegiate P, 1915, p. 21.

② Mary Gray Peck, *Carrie Chapman Catt: A Biography*. New York: The H. W. Wilson, 1944, p. 454.

③ Charlotte Perkins Gilman, *The Living of Charlotte Perkins Gilman: An Autobiography*. Madison. W. I.: The U of Wisconsin P, 1990, p. 5. 关于吉尔曼与父亲的关系分析，参见 Craig Carey, "Reading 'Connectedly': Charlotte Perkins Gilman, the Index, and Her Librarian-Father." *American Literary Realism* 45.3 (2013): 210—28.

④ Mary A. Hill, "Charlotte Perkins Gilman: A Feminist's Struggle with Womanhood." *The Massachusetts Review* 21.3 (1980): 505.

吉尔曼对于女性独身的态度很矛盾。一方面,父亲的遗弃给她留下的创伤和自己与女性的交往证明这是一个理性的选择;另一方面,母亲的经济压力和情感需求又昭示了这种独身生活状态的阴霾。1884 年,吉尔曼嫁给了画家查尔斯·斯特森,次年生下独女凯瑟琳。这段婚姻并不美满。传统的家居模式从一开始便不适合吉尔曼,但她压抑住自己对婚姻意义的怀疑,力图活成"真正女性"应该有的样子,逐步培养自我牺牲的"美德"。正如她在结婚前夕的日记中这样写道:"没有骄傲,没有一点希望,不确定偶尔感受到的快乐,没有开心的干劲和活着的力量。……可是这种(婚姻)生活已是注定的了。……让我把自己的想法放在一边,好好地让某个人与某些人高兴。"[1]婚后的吉尔曼一直郁郁寡欢,被无穷无尽的家务琐事所缠绕,无法从事自己喜欢的画画和写作。加之产后抑郁症的影响,她对婚姻愈加失望,与丈夫开始分居。1894 年,她做出了在当时社会看来非常大胆的决定——与丈夫正式离婚。出于经济压力,她放弃了女儿的监护权,将凯瑟琳送回前夫身边——他的再婚妻子正是吉尔曼的好友格蕾丝·埃勒里·钱宁,相信格蕾丝会将凯瑟琳照顾得很好。吉尔曼对于妻子和母亲身份的双重拒绝对于 19 世纪美国女性来说几乎是匪夷所思的反叛,对于她自身来说却是身体和精神的解放。她积极地投身女权主义事业中,并开始大量发表作品。

吉尔曼对社会运动的参与和文学创作都以女性的生存境遇为关注中心,借此批判整个美国社会的制度不公,并呼吁女性必须团结一致,有组织地反抗性别压迫。在 1909 年至 1916 年这七年间,她独自撑起了《先驱》(Forerunner)月刊的撰稿和编辑工作。加上全国的巡回讲演和其他期刊文章,吉尔曼共发表了两部诗集、八部小说、一百多篇短篇小说以及诸多戏剧、诗歌和时评等大量文字。诗集包括《我们这个世界》(In This Our World,1893)和《投票权之歌》(Suffrage Songs and Verses,1911)。小说包括《黛安莎的作为》(What Diantha Did,1910)、《症结》(The Crux,1911)、《移山》(Moving the Mountain,1911)、《玛格-玛乔丽》(Mag-Marjorie,1912)、《赢取》(Won Over,1913)、《善良的马基雅维利》(Benigna Machiavelli,1914)以及姊妹篇《她乡》(Herland,1915)、《与她同游吾乡》(With Her in Ourland,1916)。在这些作品中,最为女性主义评论家推崇的有短篇小说《黄墙纸》("The Yellow Wallpaper",1892)、非虚构作品《女性与经济学》(Women and Economics,1898)和长篇小说《她乡》(又译作《女儿国》)。在 1970 年代

---

[1] Charlotte Perkins Gilman, The Living of Charlotte Perkins Gilman: An Autobiography. Madison. W. I.: The U of Wisconsin P, 1990, p. 84.

的"经典重构"运动中,这三部作品已经被反抗单一文化霸权、推崇多元文化的评论家们视为传世经典,在女性主义思想谱系中占据着《圣经》般的重要地位。

非虚构作品是吉尔曼女性主义思想的最明显体现,以《女性与经济学》为代表。这部作品问世之后受到女权主义者的高度赞誉,被视为堪与英国哲学家约翰·斯图亚特·米尔的《女性的臣服》("The Subjection of Women",1869)相比肩的伟大作品。当时最著名的女权主义活动家简·亚当斯(Jane Addams,1860—1935)也对之表示了"最深的崇拜"[①]。在这部书中,吉尔曼致力于揭示美国性别规范的荒谬性,认为经济、家务、心理和性关系这四个层面的原因塑造了美国的"女性特质"[②]。吉尔曼认为,家庭对女性的压迫是一个结构性的社会罪恶,致使她们被剥夺了经济独立和精神独立的可能性。女性应该尽力摆脱男权思想的束缚,直接参与经济生产领域,最终要有"我们自己的钱"(money of our own)。这个口号比英国女作家弗吉尼亚·吴尔夫(Virginia Woolf,1882—1941)倡导的女性要有"一个自己的房间"(a room of one's own)早了近半个世纪。家庭的经济压迫主要体现在女性被迫承担家务这一点上。吉尔曼认为,家务是最没有成就感也不能生产价值的服务性琐事,女性在家庭分工中被迫处于仆人的地位。经济没有保障这一事实完全摧毁了女性的独立意识,使得她们在心理上开始依赖男性。内化男性霸权是最令人绝望的现实,是女性的自我奴役;具有这种心态的女性即便给她自由,也会像重获自由的奴隶那样无所适从。这些可悲的因素叠加在一起,使得家庭中的女性非常尴尬。吉尔曼认为,婚姻的神圣性不过是一个浪漫的说辞罢了,它在本质上不过是一种基于性爱的经济交换——婚姻不过是合法的、被美化的卖淫。一言以蔽之,女性和经济的关系就是"一半的人类被剥夺了自由参与经济生产的机会,被迫把她们的生产力发泄到生育领域中去"[③]。

吉尔曼的文学著作中最具盛名的是短篇小说《黄墙纸》,这个故事是美国文学中最早具有"新女性"文学思想和特征的作品。该小说是一部以吉尔曼本人身患产后抑郁症、接受当时所流行的"休息疗法"(rest cure)的痛苦

[①] 引自 Mary A. Hill,"Charlotte Perkins Gilman:A Feminist's Struggle with Womanhood." *The Massachusetts Review* 21.3 (1980):503.

[②] Mary A. Hill,"Charlotte Perkins Gilman:A Feminist's Struggle with Womanhood." *The Massachusetts Review* 21.3 (1980):515—17.

[③] Charlotte Perkins Gilman,*Women and Economics:A Study of the Economic Relation between Men and Women as a Factor in Social Evolution*. New York:Source Book P,1970,p.16.

经历为基础的类自传作品。在产下女儿凯瑟琳之后,吉尔曼因为情绪持续低落而接受当时美国著名医生兼作家赛拉斯·米切尔所实施的"休息疗法"。这位医生的理论流传甚广,对精神分析的创始人西格蒙德·弗洛伊德有很大的影响,日后也治疗过弗吉尼亚·吴尔夫。与吴尔夫一样,吉尔曼的创造力在这位医生的"科学治疗"下被压制了,导致了她精神状态的恶化。吉尔曼在1887年4月18日的日记中描述了自己对婚姻的失望与愤怒:

> 我烦透了神经系统的疲惫,也讨厌什么脑部疾病。没有人能够真正知道过去的五年里我经历的苦楚。痛苦、痛苦、痛苦,直到我的思维一片空白……在结婚前几天我问你是不是能自己独自承受后果。你说是。那就忍着吧。[1]

《黄墙纸》就是采取女性视角对自诩科学理性的男性话语的控诉和颠覆。小说描写了接受过良好教育的白人女性"我"产后情绪低落,被医生丈夫约翰关在幽闭的婴儿房里"休养治疗",随后产生幻觉彻底走向癫狂的故事。这篇现在大家耳熟能详的故事在投稿时,曾经被多家刊物拒绝,原因在于其"怪异"的文风和内容与男权话语中女性的刻板印象极为不同。当时内化了男权话语的读者群体无法解析出其哥特式文风背后所蕴藏的颠覆性的性别政治意识[2]。

从现在的评判标准看来,这篇故事具有如下三个女性主义经典主题:身体囚禁、主体剥夺、女性疯癫。男权话语的核心理念之一"性别领域分离"将公共空间分配给予男性,而女性只能囿限在卧室、厨房、育儿室等私人领域,至多只能接触到花园这一自然空间。小说中叙述者"我"的所有男性亲属(丈夫、兄弟等)都赞成对她进行以爱为名的囚禁。婴儿房这个看似充满家庭温情的地方,恰恰正是父权压迫的策源地:它把女性牢牢地束缚在"母亲"这一身份之上,完全剥夺了她作为个体的人身和精神自由。婴儿房中"围绕一个共同的中心向四周发散出去"的黄色墙纸图案无疑就是男权话语的象征,它在女性的生活中无处不在,像栅栏一样将女性和外部世界隔离开来。在极端的压抑发声和社会隔绝中,叙述者最终陷入了完全的疯狂。因而,叙述者"我"所处的黄墙纸婴儿房是女性作家所处的社会境遇的缩影,成为美

---

[1] 引自Mary A. Hill,"Charlotte Perkins Gilman:A Feminist's Struggle with Womanhood." *The Massachusetts Review* 21.3 (1980):512.

[2] Annette Kolodny,"A Map for Rereading:Or,Gendered Interpretation of Literary Texts." *New Literary History* 11 (1980):456—57.

国文学史上的一个著名的空间意象,与吴尔夫所言的"一个自己的房间"构成了一个奇异的讽拟和承继关系,共同体现了女性意识对于性别领域的重构。而小说结尾"我终于出来了——尽管你在阻挠!"也鲜明地发出了反抗之声。在这个反抗声音的背后,是女性作家对于自身主体性被剥夺的愤怒。在男权社会中,女性一直被视为缺乏自立能力的次等个体,就如故事中"我"只是丈夫口中的"小傻瓜"和"小女孩"。看似充满爱意的昵称其实是语言层面上对女性主体性的否认。在这一语境下,具有"天然缺陷"的女性参与公共领域的所有可能性都不复存在。女性作家们想要进入艺术殿堂的愿望也自然就成了大逆不道的叛逆之举。19世纪的美国医学界认为女性"天然"与文学创作无缘,女作家们也一直小心翼翼地绕开这个雷区,声称自己创作只是为了贴补家用。而19世纪与20世纪之交的"新女性"作家们则因为意图"染指"艺术领域而遭受打击,正如小说中"我"的遭遇所示:"我被绝对禁止在康复之前'工作'。……我必须把这个藏起来——他憎恶我写的每一个字。"在这样的压制之下,女性的声音被建构成为非理性的呓语。在故事中,丈夫约翰要求"我"使用"意志"和"自我控制"来克服在他看来毫无缘由的病态心理。这两个词(短)语是进步主义时期美国社会改革话语中的核心概念,通常被认为是白人男性独有的生理特征和文化品质。而故事中叙述者的叙事显然违背了这一特征,完全符合男权社会中"疯癫"的定义[1]。然而,从女性写作的层面上讲,这恰恰符合法国女性主义理论家埃莱娜·西苏所想象的女性话语,即区别于男性话语的逻辑和严谨,转而强调非理性、无中心、感官性。"我"在幻觉中见到的女囚是女性话语勾勒出来的意象/臆想,既虚幻但也极端真实,是叙述者自我的投射,更是所有女性在男权社会的缩影。

除却《黄墙纸》这部短篇,真正能够综合体现吉尔曼有关性别与经济等问题的思考的作品是乌托邦小说《她乡》。这部小说的情节和思想与我国清代文人李汝珍创作的长篇小说《镜花缘》中的"女儿国"一章非常相似,勾勒了一个吉尔曼想象中完全由女性组成、遵从女性美学的完美社会[2]。小说从三名男性的视角展示了他们的丛林探险之旅:美国社会学家范、地理学家泰利和植物学家兼医生杰夫带着武器和男权社会的既有思维闯入了一个只

---

[1] 参见刘风山:《疯癫,反抗的疯癫——解码吉尔曼和普拉斯的疯癫叙事者形象》,载《外国文学评论》2007年第4期。另参见 Carroll Smith-Rosenberg, *Disorderly Conduct: Visions of Gender in Victorian America*. Oxford: Oxford UP, 1985, pp. 197—216.

[2] 参见陈榕:《女性主义乌托邦之旅——吉尔曼的〈她乡〉与李汝珍的〈镜花缘〉中女儿国之比较》,载《解放军外国语学院学报》2008年第3期。

有女性的陌生国度。他们惊讶地发现,这里的女子完全不像那些顺从谦卑的美国"真正女性",而是穿着类似于野蛮人却谈吐文雅的多才之女。他们试图征服"她乡",却被打得丢盔卸甲。几次逃跑不成,他们与当地女性组建了家庭,从而能够更深入地了解"她乡"的异质文明。然而,旧习不改的浪荡子泰利企图凌辱妻子,导致三人被驱逐出境。

就题材而言,这部作品从属于美国女性乌托邦小说的谱系,也与《移山》《与她同游吾乡》等作品一起构成了吉尔曼的乌托邦文学世界[①]。学者指出,女性主义乌托邦小说有着共同的价值取向,即消灭社会性别差异,代之以人的全面发展;消除统治和压迫,代之以民主和平等;超越人类中心意识,代之以人与自然的和谐[②]。因此,女性乌托邦小说与其说是文学想象,不如说是政治想象乃至制度探索。"女儿国"的单性繁殖是一种隐喻,通过让女性完全拥有自身身体的主权宣告了父权制度的缺席。借助于女儿国这一想象的乌托邦,吉尔曼表述了当时美国女性主义运动的主张,强调男女之间的生理性别(sex)与社会性属(gender)并无关联,颠覆了现实社会中认为理所当然的性别规范和价值体系[③]。从这个意义上讲,这部小说也属于成长小说的范畴,通过一个离奇的"成长仪式"(rites of initiation)实现了男性角色精神世界的净化,让他们意识到女性的诉求和潜能。

就主题而言,《她乡》在性别权力、女性身体、家庭制度等多个方面设想了一个独特的女性文明。小说描绘了一个以自愿为基础的社会权力实践模式,用以对抗男权社会压迫女性的运转方式。小说中三位男性角色对"她乡"的贸然闯入,在象征意义上可以视为对女性身体和精神空间的侵犯,试图重复着男权社会机制。然而,迎接他们的并非女性的臣服,而是抵制和同化。性别权力的一个例证是女性身体的解放。男权社会中的女性被包裹在繁复的装饰之下,用以满足男性凝视的欲望。吉尔曼在《女性服装》(The

---

[①] 美国的女性乌托邦小说起始于玛丽·格里菲斯(Mary Griffith,1772—1846),其小说《三百年后》(Three Hundred Years Hence,1836)颠覆了19世纪美国的性别规范,表达了女性能够享受和谐的家庭生活、涉足公共领域、享有平等经济权的美好愿想。玛丽·布莱德利·雷恩(Mary E. Bradley Lane,1844—1930)在小说《米佐拉》(Mizora,1880)中描绘了一个地下"女儿国"的故事。具体论述参见曾桂娥:《理想与现实的对话——论女性主义乌托邦小说范式》,载《国外文学》2012年第3期,第63—65页。

[②] 刘英、王雪:《美国女性主义乌托邦小说中的人文关怀与生态关怀》,载《外语与外语教学》2006年第4期,第38页。

[③] 参见 Bernice L. Hausman, "Sex before Gender: Charlotte Perkins Gilman and the Evolutionary Paradigm of Utopia." *Feminist Studies* 24.3 (1998):488—510; Kim Johnson-Bogart, "The Utopian Imagination of Charlotte Perkins Gilman: Reconstruction of Meaning in *Herland*." *Pacific Coast Philology* 27.1/2 (1992):85—92.

Dress of Women,1915)这一社会学著作中指出,美国女性虽然不需要像中国妇女一样裹小脚,但也同样经受着非人折磨,被紧身胸衣、裙子和高跟鞋束缚成女性"该有的"样子:"所谓的女性的'柔弱'、她们天生不适合承担某些工作,在相当程度上是她们不便于行动的服装造成的。"[1]"她乡"中的女性则完全抛弃了父权制的形塑,更强调自身的感受:其衣物没有任何装饰,简单至极,穿着很舒服。这种对自我需求的认可也造就了"她乡"家庭机制的变化:男性缺席,女性实践着同性恋式的母亲身份;照顾孩子由最适合的专家接手,而不一定是生母的"天然"责任。这一点呼应了进步主义时期美国社会的"专业化"倾向。进步主义者在推行民主话语的同时,意识到过度依靠大众必然导致无政府主义和效率低下,于是提出了"专业化"概念并付诸实践,设立专业机构以提供"专家意见"[2]。在《她乡》中,这种社会理念促成了家庭制度的改革,催生了全新的育儿观念,完全颠覆了男权社会将母职视为女性的宗教和信仰的陈腐观念,有着革命性的意义。

值得特别指出的是,《她乡》将男性与毁坏欲和争斗欲相联系,而认定女性在文明建构方面有天然的性别优势,这个立场其实是对19世纪美国性别话语的挪用和强化。在那一话语中,女性和家庭被赋予了一个象征性的崇高地位。公共政治的运转是肮脏无情的,男性必须保护女性不受它的污染;女性是道德的化身和文明的守护者,应该把家庭营造成纯洁神圣的港湾,以虔诚的信仰和高贵的道德为男性提供慰藉和精神指引,使他们的政治行为不要过于野蛮而偏离文明的轨道。维多利亚时期的文化领袖约翰·拉斯金(John Ruskin,1819—1900)在《女王的花园》一文中评价道,家庭中的女性是"秩序的中心、消除痛苦的香膏、映照美丽的镜子",她们把家庭变成了宜人的花园;而男性"在本质上都是好战的,他们能为任何目的,甚至毫无来由地争斗",他们主导的外部世界"秩序更难保证,痛苦更多肆虐,美丽更加难寻"[3]。《她乡》中对三位男性的贬抑性描写和对女性文明的颂扬,多少有点拉斯金的影子,表明作品的性别意识尚未完全摆脱二元对立论的窠臼。

目前学术界赋予吉尔曼的"女权主义者"标签是性别政治重塑美国文学史的结果,仅仅是吉尔曼公共形象的一个侧面。就如吉尔曼自己在1897年4月21日给日后的第二任丈夫乔治·吉尔曼信中说道:"你知道我这次只

---

[1] Charlotte Perkins Gilman,*The Dress of Women:A Critical Introduction to the Symbolism and Sociology of Clothing*. Westport,CT:Greenwood P,2001,p. 39.

[2] Burton J. Bledstein,*The Culture of Professionalism:The Middle Class and the Development of Higher Education in America*. New York:W. W. Norton,1978.

[3] John Ruskin,*Sesame and Lilies*. Gloucestershire:Dodo P,2007,p. 55;p. 57.

就女性投票权话题做演讲,我对这个从来就不感兴趣。只有我把它运用到其他事情上时,才会对这一话题热情高涨。"评论家马克·范·威纳就此指出,吉尔曼更感兴趣的"其他事情"是类似于"费边主义"(Fabianism)的渐进式社会改革①。吉尔曼本人也极力淡化自己与性别政治的紧密关联,强调自己是一个关注人类境遇的"人文主义者"。如她的诸多作品题名所显示——《教育的社会化》("The Socializing of Education")、《计划生育与进步》("Progress through Birth Control")、《性与种族进步》("Sex and Race Progress")、《计划生育、宗教和多余人》("Birth Control, Religion and the Unfit")等——她的关注点其实是"社会进化"。她认为,"对不变传统的盲目信仰"阻碍了人类社会的进步②;"人的任务就是要实现人类的进化",为这个"不快乐的世界……提供理性改善的方案"③;改进的方式则是"科学":

> 我们的那些误入歧途的、头脑原始的先辈们对任何试图尝试新理念的企图都无情地打压。他们传授旧事物,他们信仰旧事物,他们崇拜旧事物。对我们头脑的这种拉扯有一个主要的救赎,那就是正在发展的科学研究。我们必须自己学习,而不是仅仅相信别人教导我们的那些。④

"进化""理性""改善"这类字眼是进步话语的核心词汇。对理性和科学的信仰是社会进化理论的基石,也是所有进步主义者的显著特征。因而,就思想立场而言,吉尔曼更应该被标记为"进步主义者"。

美国的进步主义者们有一个危险的倾向,即容易将社会问题归咎于某些特定群体,从而把阶级问题或经济问题转化为道德问题、品质问题乃至种族问题。吉尔曼也不例外。在讨论城市贫民窟问题时,她认为可行的方式是通过教育去提升贫民窟中居民的"精神"⑤。这种言辞其实反映了她根深蒂固的种族观念,因为当时贫民窟中蜗居的往往是在美国社会中饱受欺凌的有色人种。尽管吉尔曼不时会参加慈善活动,慰问黑人穷人,但那不过是她建构基督教白人女性身份的举动,并未改变她作为一个激进的种族主义

---

① Mark W. Van Wienen, "A Rose by Any Other Name: Charlotte Perkins Stetson (Gilman) and the Case for American Reform Socialism." *American Quarterly* 55.4 (2003): 603.
② Charlotte Perkins Gilman, *Human Work*. New York: McClure, Phillips, 1904, p. 33.
③ Charlotte Perkins Gilman, *The Living of Charlotte Perkins Gilman: An Autobiography*. Madison. W. I.: The U of Wisconsin P, 1990, p. 42; p. 70.
④ Charlotte Perkins Gilman, "Our Brains and What Ails Them." *Forerunner* 3 (1912): 108.
⑤ Charlotte Perkins Gilman, *Human Work*. New York: McClure, Phillips, 1904, p. 382.

者的本质。对她而言,血统是极其重要的身份标记。在1932年夏,吉尔曼非常开心自己能在一场活动中出演哈丽雅特·比彻·斯托,得意地声称自己根本不用刻意表演,只要"做自己"就可以了①。她对比彻家族血统的自豪、对家族谱系的极端看重的背后,是极端的种族观和狭隘的民族主义②。她坚信种族之间"存在既深且宽、不可调和的根本差异",尤其关注美国的种族纯洁性③。在《美国是否太好客了?》("Is America Too Hospitable?")、《移民、进口和我们的父辈》("Immigration, Importation, and Our Fathers")、讽刺诗《熔炉》("The Melting Pot")等作品中,她认为美国选择"熔炉"作为国家身份象征是一个"错误的隐喻",结果就是蜂拥而至的移民将美国这个自由和民主的庇护所变成了盛放"泔水"的垃圾桶。她呼吁美国收紧自由移民政策,不再邀请低劣移民,对黑人、亚裔、犹太人、意大利人等移民表现出非常明显的恶意。

在20世纪初,本土美国人被低劣的新移民所替代成了席卷整个美国社会的焦虑。吉尔曼认为女性身体对于保持国家的种族纯洁至关重要,将女性的生育力和国家建构及种族存亡相互关联。她的诗歌《母亲的负担:拯救种族的冲锋号!》("The Burden of Mothers: A Clarion Call to Redeem the Race!",1895)彰显了其种族母性观④。"负担"这一概念影响深远,带有浓重的帝国扩张色彩,表现了美国对待其他种族的态度。或许受吉尔曼影响,英国作家拉迪亚德·吉卜林(Rudyard Kipling,1865—1936)1899年在美国进步主义杂志《麦克卢尔杂志》(*McClure's Magazine*)发表《白人的负担》("The White Man's Burden")一诗,呼吁美国推行帝国进程,担负起提升菲律宾殖民地文明的重任。大众读物热烈地欢迎这个思想,《裁决》(*Judge*)、《世界》(*World*)等流行杂志都刊载过以"白人的负担"为题名的漫画。

总而言之,吉尔曼给当下的女性主义研究留下的是一个颇为矛盾的思想遗产。她让我们意识到群体政治的内在分化性和矛盾性:为了某个群体摇旗呐喊的斗士,往往也是压迫另外一个群体的急先锋。无论哪个向度,吉

---

① Denise D. Knight,"Charlotte Perkins Gilman and the Shadow of Racism." *American Literary Realism* 32.2(2000):159.

② Alys Eve Weinbaum,"Writing Feminist Genealogy:Charlotte Perkins Gilman,Racial Nationalism,and the Reproduction of Maternalist Feminism." *Feminist Studies* 27.2(2001):277—81.另参见 Kristen R. Egan,"Conservation and Cleanliness:Racial and Environmental Purity in Ellen Richards and Charlotte Perkins Gilman." *Women's Studies Quarterly* 39.3/4(2011):77—92.

③ Charlotte Perkins Gilman,*The Living of Charlotte Perkins Gilman:An Autobiography*. Madison. W. I.:The U of Wisconsin P,1990,p.329.

④ 参见 Asha Nadkarni,*Eugenic Feminism:Reproductive Nationalism in the United States and India*. Minneapolis:U of Minnesota P,2014,pp.33—64.

尔曼都向公众展现出强硬的姿态——哪怕是对待自己的生命也是如此。在得知自己罹患乳腺癌后,她为了使余生不仅仅是为了对抗病魔而活着,毅然于1935年8月7日以安乐死的方式服药自杀,最后一次鲜明地表达了自己一以贯之的"不苟活"态度,为自己的论述《死亡的权利》("The Right to Die")做了沉重的注脚。她这样写道:

> 一个人的外在"生活"(life)和"活着"(living)有着天渊之别,(生活是)一个人所经历的事与物、苦与乐。从外在看来,这个女人忍受着无尽的物质困苦和损失,又经受精神上的虚弱,让她完全崩溃、痛苦不堪。可是她的内在却是一个有感知的人性,不断超越自我,体味着人类生命的永不止息;这个力量强大、不朽,永不停歇地成长。①

在吉尔曼看来,生命的意义胜过一切。为了活出自我定义的模样,她宁愿抛弃世俗文化规定的一切——婚姻、声名乃至生命。

第三节 世纪之初的女性诗歌

与"女性文学"类似,时至今日评论家们依然试图在定义什么是"女性诗歌"。2006年1月,著名期刊《诗歌》(Poetry)刊登了三代美国女性作家梅根·奥罗克(Meghan O'Rourke,1976—)、吉尔·阿林·罗瑟(J. Allyn Rosser,1957—)和埃莉诺·威尔纳(Eleanor Wilner,1937—)有关"女性诗歌"定义的讨论。她们所得出的结论大致分为五个类别:第一类是"由女性创作的诗歌";第二类是"女性主义诗歌",即在当下的社会、历史和文学语境下探析女性的边缘地位的作品;第三类是"以女性为阅读群体的诗歌",更多地与市场有关,而不是与美学有关;第四类是"具有女性声音和风格的诗歌",以本质主义的"女性特质"为基础;第五类是"涉及女性问题或经历的诗歌",稍嫌过于宽泛②。这些定义各有缺陷,因而激进的作家们主张完全抛弃"女性诗歌"这一说法,力主实现诗歌创作中性别意识的消解,从而完全实现两性平等。诚然,以性别为标准来定义文学形式或类别是一个富有争

---

① Charlotte Perkins Gilman, *The Living of Charlotte Perkins Gilman: An Autobiography*. Madison. W. I.: The U of Wisconsin P, 1990, p. 181.

② Meghan O'Rourke, J. Allyn Rosser, and Eleanor Wilner, "Exchange: Meghan O'Rourke, J. Allyn Rosser & Eleanor Wilner on 'Women's Poetry'." *Poetry* 187.4 (2006): 319—20.

议的话题。但至少可以肯定的是,艺术的"伟大"或"美感"必定与作者创作时期和读者自身所处的文化语境息息相关,因而也必定含有性别的维度。诗人所采取的视角、呈现的主题、选择的题材、刻画的意象等等,都会因为生理感受、自我认知和社会领域的不同而带有鲜明的性别差异,从而形成由性别政治进行编码和转码的独特诗学修辞。从这个意义上来说,"女性诗歌"不仅在学理上是成立的,而且在实践中的确也形成了"她们自己的传统"。

美国女性诗歌可以追溯到安妮·布雷兹特里特(Anne Bradstreet, 1612—1672)那里。这位跟随丈夫远渡重洋从英国到达荒芜的"新大陆"殖民地的家庭妇女因为其描绘家庭生活和女性虔诚的诗集《美洲新近出现的第十位缪斯》(*The Tenth Muse Lately Sprung Up in America*,1650)而名扬天下。她在美国文学史上的重要性不仅在于充当了滥觞的角色,更在于她为后来的女性作家奠定了"合适的"题材传统。处于严苛的清教文化之中,布雷兹特里特所要遵守的性别规范只会比维多利亚时期方才出现的"真正女性"标准更加严格,"虔诚、贞洁、温顺、持家"也正是她在作品中所极力宣扬的女性特质。在她之后,艾米莉·狄金森(Emily Dickinson,1830—1886)、玛丽·伊丽莎白·麦格拉思·布莱克(Mary Elizabeth McGrath Blake,1840—1907)、凯瑟琳·埃莉诺·康韦(Katherine Eleanor Conway,1853—1927)等女性诗人相继在美国诗歌殿堂中赢得了一席之地。无论她们是温柔如水还是特立独行,都不得不围限在家庭、花园、教堂等"女性领域"中反思人生,尤其是两性关系。

19世纪及以前的美国女性诗歌是焦虑的产物,因为女性的创作身份一直处于强烈的质疑之中。诗歌作为文学中的巅峰技艺,男权社会有着"充足的"理由怀疑女性诗人的创作水平。在维多利亚时代的英国有着一个颇有意思的文化现象,即当时涌现出很多的女性小说家,如乔治·艾略特(George Eliot,1819—1880),却很少有享有盛誉的女诗人。当时的英国社会认为,小说创作依赖表层的世俗经验,而诗歌要求超验的想象,限于智力原因的女性无法超越感官感受追求到神圣的缪斯灵感。很显然,这一论调不仅体现了文类歧视,更体现了性别歧视。评论家多萝西·默明指出,造成这一现象的真正原因是男权社会中的女性缺乏接受教育的机会,无法进行古典文化和诗歌创作的训练。在男权社会中,诗歌作为一种类似祭祀的神圣语言,其创作一直是男性的专利。相较而言,更具商业气的小说写作对女性准入要宽容许多[1]。在美国,这种文化心态别无二致。在被蔑称为"女性

---

[1] Dorothy Mermin, "The Damsel, the Knight, and the Victorian Woman Poet." *Critical Inquiry* 13.1 (1986):65.

化的50年代"(the feminine fifties)的19世纪中后期,美国涌现的也大多是声称为了养家糊口而不得不讲述故事的女性小说家;而在诗歌方面,只有狄金森这一位孤独的巨人[1]。

　　对诗歌的性别隔离造成了女性诗人独特的艺术观和传统观。文学理论家哈罗德·布卢姆在其文学理论著作《影响的焦虑:一种诗歌理论》中提出,后辈男性诗人总有一种"迟到"(belatedness)之感,陷入与父辈诗人竞争缪斯女神青睐的焦虑之中。从反面来理解,这种"家庭罗曼司"式的诗歌创作传统其实赋予了男性诗人以竞争的资格与自信。对于饱受能力质疑的女性诗人来说,她们甚至都没有资格感受这种"影响的焦虑"。她们所感受到的只是创作身份的焦虑(anxiety of authorship)[2]。在她们眼中,缪斯和先驱前辈一样,都是拒她们于门外的"父亲"角色。她们一方面渴望获得这位"父亲"的接纳,另一方面也忍受着求而不得的沮丧。缪斯和先辈的角色等同强化了彼此的力量,成为女性诗人创作中的重压。这就是为何她们作品中总会有打压自我的父亲/情人的角色存在。结果是,女性诗人对于"缪斯父亲"采取了既渴望又拒绝的矛盾态度。对创作主体性的拒绝——无论是真心的还是违心的——于是成为女性诗歌中一个颇有意思的现象。如狄金森在诗歌中这样"坦露心迹":

　　　　我也不愿做诗人——
　　　　拥有耳朵——是更高的善——
　　　　沉醉——无为——心安——
　　　　拥有敬畏的许可——
　　　　那是傲人的特权
　　　　嫁妆将有几何
　　　　假如我能让自己震颤
　　　　凭旋律的——闪电!

"旋律的闪电"这个矛盾修辞点明诗歌创作中美感和危险并存,意识到了这一点的女性诗人表达了对"诗人"这一身份欲拒还迎的纠结心态[3]。

---

[1]　该短语来自评论家弗雷德·刘易斯·帕蒂,参见 Fred Lewis Pattee, *The Feminine Fifties*. New York: D. Appleton-Century, 1940.

[2]　这一概念由桑德拉·吉尔伯特和苏珊·古芭提出。她们基于性别政治对布卢姆的诗歌创作理论进行了修正。参见 Sandra Gilbert and Susan Gubar, *The Madwoman in the Attic: The Woman Writer and the Nineteenth-Century Literary Imagination*. New Haven: Yale UP, 1979.

[3]　Joanne Feit Diehl, "'Come Slowly: Eden': An Exploration of Women Poets and Their Muse." *Signs* 3.3 (1978): 576—77.

不友好的政治氛围并不意味着女性诗人在作品中全是唯唯诺诺的谦恭之声。她们用艺术的语言试探着性别疆域的边界,在性别话语的内部构想政治生活,通过把政治话题寓于家庭话语中而进入到公共领域之中①。她们试探的方式主要可以分为两种类型。一类是她们用非常感性甚至矫情的诗歌来伪装自己,致力于在言语上维护社会规范,而在行为上超脱于规范的束缚——比如未婚的老处女会写下很多赞颂婚姻的作品,四处旅游的人会写下思念故乡的作品。另一类诗歌则体现出克制的勇气,通过对主流价值的"适度偏离"而建构自己独特的诗意栖居的方式——隐士狄金森便属于此类②。

到了19世纪与20世纪之交,"新女性"艺术家们的一个根本主张便是建构自身的创作主体身份。她们舍弃了19世纪女性先辈的小心翼翼和自我怀疑,而是积极地参与最新潮、最"现代化"的诗歌运动中,发出了明晰的女性声音,并体现出相当的行动力。总体说来,女性意识的觉醒、对男权神话的解构、对女性诗学原则的关注孕育了新时期女性诗歌中的反叛意识和独立意识,具体可归纳为如下几个方面:行为怪诞、关注公共生活、宣扬女性主义意识。

"新女性"诗人的"怪诞"行为主要体现在她对自己身体所有权的主张上。男权文化视域中的女性身体不过是满足欲望和生育子嗣的工具,新女性对此有了清楚的认识,竭力摆脱这种"圣母"和"夏娃"混合的角色。她们拒绝充当"奶牛",或者拒绝丈夫的性召唤,被惊讶不已的男性归为偏离规范的"怪诞"行列。其中最为激烈的方式是自杀。自杀和自戕对于19世纪的虔敬女性来说是不可想象的,在20世纪却成为女性作品甚至作家本人生平中的常见行为。萨拉·蒂斯代尔(Sara Teasdale,1884—1933)这位1918年最早获得普利策诗歌奖的美国女性,也率先将自己的生活书写成一个"怪诞"文本:她因为得不到丈夫的足够陪伴而毅然离婚,在1933年服药自杀身亡。评论界在震惊之余,从她刚结婚时便写下的《我并不在乎》("I Shall Not Care",1915)一诗中窥探到些许端倪:"当我死了,在明媚的四月天/洒下飘摇的雨线/请别俯身为我痛苦/我并不在乎。"这些诗句打破了人们关于新婚女子的"幸福"想象,也颠覆了女性以男性关爱为人生终极目标的神话,以"疯狂"的方式宣告了对自我身体与精神的主权。自她以后,著名的女诗

---

① 参见蒋怡:《家庭政治:论安妮·布拉德斯特里特的诗歌创作策略》,载《外国文学》2013年第5期。

② 参见 Patricia Monaghan,"Grandmothers and Rebel Lovers:Archetypes in Irish-American Women's Poetry." *MELUS* 18.1(1993):87.另外一个例证是,19世纪女性诗人对于《圣经》的解读和重写体现出较强的女性立场,与正统解读相偏离。参见 Shira Wolosky,"Women's Bibles:Biblical Interpretation in Nineteenth-Century American Women's Poetry." *Feminist Studies* 28.1(2002):191—211.

人安妮·塞克斯顿(Anne Sexton,1928—1974)、西尔维娅·普拉斯(Sylvia Plath,1932—1963)等相继做出了相同的选择,通过结束自己生命的方式诠释着女性文学中的"怪诞"与"疯狂"主题。

"新女性"诗人的视域不再限于自身,而是拓展到公共的社会事务上。她们中的大部分人并非通过取得行政权力的方式涉足政治,而是在持家话语之内实践自己作为道德守卫人所具有的监察权力。例如,1919年成为美国第二位获得普利策诗歌奖的女诗人玛格丽特·威德默(Margaret Widdemer,1884—1978)的成名作《工厂》("The Factories",1917)涉及童工的问题,呼应了当时的进步主义运动。她的《我的金友》(Golden Friends I Had,1964)记载了她与埃兹拉·庞德(Ezra Pound,1885—1972)、T. S. 艾略特(T. S. Eliot,1888—1965)、埃德娜·圣文森特·米莱(Edna St. Vincent Millay,1892—1950)、F. 斯科特·菲茨杰拉德(F. Scott Fitzgerald,1896—1940)和桑顿·怀尔德(Thornton Wilder,1897—1975)等人的社会交往,体现了"新女性"日益增加的空间移动性,也为她们的"社会持家"书写提供了前提。

对社会事务的参与培养了"新女性"诗人们的政治自觉,促进了其作为女性的身份认同和性别平等意识,在作品中甚至篡夺了男性的主动和权威。比如,女权主义运动积极分子埃德娜·圣·文森特·米莱在诗中大胆直白地吐露了自己的情感。在《爱你,仅比爱生命少一点》("Loving You Less Than Life, A Little Less")这首十四行诗中,叙述者对爱人说:"直到整个世界,还有我,当然还有你,/都将知道我爱你,不论是与不是。"在爱情中的主动与情感的热烈与19世纪女性先辈的矜持截然相反。再如,艾米·洛威尔(Amy Lowell,1874—1925)不仅以同性恋和异装癖这样的"怪诞"身体出现在公众面前,而且在"意象主义"运动中并不盲从男性权威埃兹拉·庞德,而是在著名的"庞-艾"之争中获胜并成为"意象派"的新领袖。

总而言之,19世纪与20世纪之交是变动的时代,也是女性诗人们在传统性别政治结构逐步解体的过程中重塑自我诗性想象的过程。因而,此时的美国女性诗歌呈现出相对复杂的图景,从传统到激进的主旨混合交织成多彩的乐章,开启了20世纪众声喧哗的盛景。

艾米·洛威尔(Amy Lowell,1874—1925)

1922年11月,《英语期刊》(The English Journal)在"美国今日作家"专栏中推出了"艾米·洛威尔"专述。期刊这样解释她入选的原因:"洛威尔小姐是最具活力、最孜孜不倦的实验派,她的多才多艺令人惊叹。她一方面挑起了饱含争议的论战,另一方面却写下了帝王韵、散文诗、新英格兰方言的独白、无韵自由诗、传统双韵体、法文翻译、日文影响,甚至对原始的印第安传说的改写。"洛威尔因此被称为"诗人中的女罗斯福(总统)"①。这一评论为这位新诗运动的主将做了最好的注脚:她浸润在伟大文学传统中,却响应了时代的呼唤,将诗歌带进了强调"个体感受"和"瞬时印象"的新领域之中,协助创建了"意象派"。虽说这一派别更出名的代言人是埃兹拉·庞德,但艾米·洛威尔在这一运动中很快篡夺了他的权威,成为实际的领导人。庞德气愤地讽刺后来的"意象主义"是不伦不类、音似而神不似的"艾象主义"(Amygism),倒是从反面证明了洛威尔在这一诗学运动中的核心地位②。

艾米·洛威尔出身于马萨诸塞州布鲁克林的名门望族,是家里最小的女儿,比长兄帕西瓦尔·洛威尔年幼近二十岁。她父亲奥古斯塔斯·洛威尔是马萨诸塞州的商人和慈善家,母亲凯瑟琳是马萨诸塞州劳伦斯市的缔造者阿博特·劳伦斯的女儿。她父母双方的家族都具有欧洲贵族血统,也都在新大陆殖民地的开创中做出了卓越贡献。父亲的曾祖父约翰·洛威尔是华盛顿总统提名任命的联邦法院首批法官之一。长兄帕西瓦尔是著名的天文学家;兄长阿博特是著名的教育家兼法学家,并曾担任哈佛大学校长。在这样的家庭条件下,洛威尔尽管受限于父母传统的性别观念而没有获得读大学的机会,却依然从大量的阅读和旅游中受到了良好的教育。她去往的地方远至"文明的尽头"——希腊、土耳其和埃及等古老文明的发源地。这一方面呼应了19世纪末美国对于考古学的热衷,另一方面也是优渥的家庭条件赋予她的经济便利,使她有机会实践"新女性"的自由。

洛威尔并非早慧的文学神童,她踏入文坛的时间很晚,26岁时才在《大西洋月刊》(*The Atlantic Monthly*)上发表两首诗歌《固定的想法》("A Fixed Idea")和《日本木雕》("A Japanese Wood Carving")③。她的第一部诗集《多彩玻璃穹顶》(*A Dome of Many-Colored Glass*,1912)采用了传统的写作技巧,形式比较僵化,主题也比较平淡,表现出英国诗人约翰·济慈(John Keats,1795—1821)和阿尔弗雷德·丁尼生(Alfred Tennyson,

---

① Percy H. Boynton,"American Authors of Today:III. Amy Lowell." *The English Journal* 11.9 (1922):527—528.

② Carl Rollyson,*Amy Lowell Anew:A Biography*. Lanham,MD:Rowman & Littlefield P,2013,p. xv.

③ Carl Rollyson,*Amy Lowell Anew:A Biography*. Lanham,MD:Rowman & Littlefield P,2013,p. 31.

1809—1892)的影响,并没有引起什么反响。1913年洛威尔开始接触实验性的意象派运动,成为其创作生涯中的重要转折点。当年《诗歌》(Poetry)杂志刊载了弗兰克·斯图亚特·弗林特(Frank Stuart Flint,1885—1960)的《意象主义》("Imagisme")和埃兹拉·庞德的《意象主义者的几个"不"》("A Few Don'ts by an Imagiste"),成为意象派的第一次理论宣言,将意象定义为"能在瞬间再现丰富的思想和情感的物体"[1],宣称"意象主义不是将意象用作装饰,意象就是话语"[2]。这些实验派先驱奠定了意象派的基本诗学原则,即"1.直接处理'事物',无论是主观的还是客观的。2.绝对不使用任何无益于呈现的词。3.至于节奏,用音乐性短句的反复演奏,而不是用节拍器反复演奏来进行创作"[3]。洛威尔参与到这个运动后,致力于将"意象派"扩大为一群情投意合的诗人圈,而不仅仅限于庞德教条的"专制",从而导致了庞德的退出和洛威尔对这一诗歌运动的接管。从第二部诗集《剑锋与罂粟籽》(Sword Blades and Poppy Seed,1914)开始,洛威尔开始引领意象派的创作,尝试运用"多音式散文"(polyphonic prose)和自由诗的"无韵之韵"形式进行创作,取得了成功。其成熟期的诗作包括《男人、女人和鬼魂》(Men,Women and Ghosts,1916)、《格兰德城堡》(Can Grande's Castle,1918)、《浮世绘》(Pictures of the Floating World,1919)、《传奇》(Legends,1921)以及她去世后发表的《何时》(What's O'Clock,1925)和《东风》(East Wind,1926)。除诗歌外,洛威尔出版了评论集《法国六诗人》(Six French Poets,1915),以及《一个批评性寓言》(A Critical Fable,1922)。值得一提的是,洛威尔后期对中国古典诗歌产生了兴趣,与人合作翻译了诗歌集《松花笺》(Fir-Flower Tablets,1921)。

让洛威尔在美国文坛上万众瞩目的不仅是她作为意象派领袖的身份,也因为她公开的性别形象和隐秘的性取向。与她的同龄人薇拉·凯瑟(Willa Cather,1873—1947)类似,洛威尔自幼年起也更加认同男性气质,与维多利亚时代的性别规范格格不入,在学校中时常感觉被孤立。成年后的洛威尔也完全背离了"真正女性"应该有的样子:她个头矮小,体态臃肿肥胖,喜好穿着男性服装,总是在公共场合(如在接受报纸采访时)抽着雪茄。更招致他人闲言碎语的是她终身未婚,而与年长她11岁的演员埃达·德怀

---

[1] Linda Wagner-Martin, *The Routledge Introduction to American Modernism*. London: Routledge, 2016, p.40.

[2] Ezra Pound, "Vorticism." *Fortnightly Review* (September 1, 1914):469.

[3] 弗林特:《意象主义》,载彼得·琼斯编《意象派诗选》,裘小龙译,桂林:漓江出版社,1986年,第150页。

尔·拉塞尔维持同性爱人的关系直至去世。由于应洛威尔的要求,埃达销毁了她们之间的所有信件,因而她们之间关系是否属于同性性爱还有待考证,也引起了学界的激烈辩论。但不可否认的一点是,埃达是洛威尔的激情所向和灵感来源,在洛威尔有关激情和欲望的诗歌中占据着重要地位。如《夜间的芳华》("Madonna of the Evening Flowers")这样描写道:"一整天我在劳作/现在很累。/我呼唤:'你在哪?'/但只有风中橡树的沙沙声响。/屋中静寂,阳光照在你的书上,/你刚放下的剪刀和顶针,/但你不在。/我突然觉得孤单:/你在哪?/我四处找寻。"这首诗言辞直白地表达了"渴望立刻拜倒在你的裙下"欲望[①]。诸如此类的诗歌中充满了情爱暗示,人们有理由相信洛威尔和埃达之间存在着同性情感。不过,也有同时代人从艺术角度为洛威尔辩护,认为她的"灵感来源是文学化的,经过加工的,而不是来自个体的情感经历"[②]。

洛威尔在生活中对性别规范的反叛也延续到了文艺创作中。她在作品中将既定的性别规范称为"模式"(patterns),揭示了它对女性外貌、行为和情感的压制,表现出对男权文化的强烈质疑。诗歌《模式》("Patterns")中的英国贵族女子便是洛威尔借以发声的文学角色,也是她选定的女性群体的代表。诗歌描写了女子在花园里走来走去,正为未婚夫在战场上阵亡的消息悲痛欲绝。学界一般将该诗划为反战诗歌的行列,但其实它更多地表达了女性主义主题[③]。在诗中,女子周围的一切都是社会规范的产物,束缚着女子的内心自我,将她物化成为一个只为男性的欲望而活的"稀有模式"。她不得不在夏天都打扮成得体端庄的样子,独自徘徊在"模式般的"小径,缅怀着在"一个名为战争的模式"中丧生的爱人,彻底失去了同爱人一起"打破当下模式"、解放重压下"女性的柔软"的希望。她甚至在听到这个悲伤的消息后都不能表露情感,不得不"站得笔直,/严格遵循/僵硬的锦袍所规定的模式"。这个所谓的"模式"其实是社会规范对于贵族女性的期待和要求,其本质是对人性的忽视和泯灭。女性在这个模式之中的地位与她身上穿着的锦袍、手里拿着的缀满珠宝的扇子别无二致,都是男性社会的玩物而已。因

---

① 关于洛厄尔和埃达的交往,参见 Carl Rollyson, *Amy Lowell Anew: A Biography*. Lanham, MD: Rowman & Littlefield P, 2013, pp. 47—54. 罗利森对于《夜间的芳华》的解读,见该部分第54—55页。

② Hervey Allen, "Amy Lowell as a Poet." *Saturday Review of Literature* 3.28 (February 5, 1927): 558.

③ 参见李杨:《独特的诗歌表现艺术——美国诗人埃米·洛威尔的〈模式〉评析》,载《天津外国语学院学报》2002年第1期;陈漾:《"我也是一个稀有的模式"——从女性主义角度看美国女诗人艾米·洛威尔的〈模式〉》,载《国外文学》2004年第3期。

而,该诗的结尾"老天!模式到底有什么用?"不仅仅是对战争这个男性游戏的控诉,更是对整个男性文化符号系统(即"模式")的指控和颠覆。

不过,令女权主义者颇为失望的是,洛威尔虽然在个人生活和艺术创作中都展示出女权主义者的模样,但她对于19世纪与20世纪之交美国的女权主义实践却抱反感甚至抵制的态度。她讨厌一切将性别视为划分标准的运动,对"新时尚女性"们嗤之以鼻,声称自己"接受……传统保守的女性,以及她们所有的缺点"①。她所真正在乎的是女性作为纯粹艺术家的身份。凭着这份热忱,她篡夺了一直被认为是天经地义的男性权威,举起了新诗运动的大旗。正是在这一意义上,她才可以被归入"新女性"作家的行列。

意象派诗歌很少涉及宏大叙事,也很少擅长处理微妙神秘的题材,而是将文学视为意象、图景和作者瞬时情感的集合,着力通过具有文化内蕴的语言来描摹作者的感官印象,如色彩、声音、气味和触觉等,从而为读者勾勒出一个鲜活的场景,完成意义的传递。洛威尔对日常生活与风景的描摹,丝毫不逊色于庞德最出名的意象主义诗歌。如《秋雾》("Autumn Haze")一诗:"是一只蜻蜓,还是一片秋叶/轻柔地栖息在水面上?"②寥寥数语便刻画出一个场景,一字未提秋雾,却通过一个问句传神地呈现出雾里看花的朦胧感。对物的刻画、简洁的语言和内在韵律完全符合意象派运动的标准,为诗坛带来耳目一新的风气。不过当时的评论家也指出了意象派的描写与美国经典传统的承继之处。洛威尔在《剑锋与罂粟籽》(*Sword Blades and Poppy Seed*,1914)中有这样一段描写:"当明月缓缓移过天空,/照向一棵轻摇的山松,/很快/所有的针叶/闪耀着银光,痛苦地/他凝视着……"这段描写固然具有意象派的典型特征,但作家珀西·博因顿(Percy H. Boynton,1875—1946)敏锐地看到了它与超验主义作家亨利·戴维·梭罗(Henry David Thoreau,1817—1862)在《冬日漫步》("A Winter Walk",1843)中的经典描写存在着相似之处:"天地睡着了,空气中充满了生机,鹅毛片片飘落,好像某个北方的五谷女神,正在我们的田亩上撒下无数银色的谷种。"③

除了"新诗不新"的批评外,学界对新诗最多的指责是它抛弃了古典诗

---

① Carl Rollyson, *Amy Lowell Anew:A Biography*. Lanham, MD:Rowman & Littlefield P, 2013, p. 201.

② 译文借用自裘小龙的翻译,参见彼得·琼斯编《意象派诗选》,裘小龙译。桂林:漓江出版社,1986年,第75页。

③ Percy H. Boynton,"American Authors of Today:III. Amy Lowell." *The English Journal* 11.9 (1922):530.

歌的韵律,不再具有朗朗上口的音乐性。针对这一观点,洛威尔于1919年在著名的《音乐季刊》(*The Musical Quarterly*)上专门著文《现代诗歌中的一些音乐类比》("Some Musical Analogies in Modern Poetry")予以反驳。平心而论,洛威尔具有很高的音乐修养,与卡尔·恩格尔等音乐界人士交往甚多,所受的影响在诗歌中有着明显体现[①]。而且,音乐性是意象派诗歌的根基之一,也是强调扬弃的新诗所坚守的诗歌本质,它只不过是用"节奏"代替了古典诗歌的"格律"而已。如庞德所言,"在最好的诗中有一种余音袅袅,久久地留在听者的耳里,或多或少像风琴管一样起着作用"[②]。而洛威尔明确指出这个袅袅的"余音"是"节奏",将之视为意象派所坚持的"至关重要的"创作原则:

> 创造新的节奏——作为新的情绪的表达——不要去模仿老的节奏,老的节奏只是老的情绪的回响。我们并不坚持认为"自由诗"是唯一的写诗方法。我们把它当作自由的一种原则来奋斗。我们相信,一个诗人的独特性在自由诗中也许会比在传统的形式中常常得到更好的表达,在诗歌中。一种新的节奏意味着一个新的思想。[③]

洛威尔对诗歌节奏的强调持续始终,后来还把它拔高到意象派最看重的特征:"正是'节奏'这一点迷惑了许多评论家,最后一些人全给搞糊涂了,甚至说意象主义者抛弃了节奏,而节奏恰恰是他们技巧中最重要的特点"[④]。正是出于对音乐性的坚持,洛威尔在各类演讲中不厌其烦地多次强调"'自由诗'真的是诗"[⑤]。

艾米·洛威尔的诗歌创作具有一个非常特殊的文化语境,即19世纪与20世纪之交美国的"日本风"(japonisme)和"中国风"运动。如评论家吉原真里在探讨洛威尔创作时指出:

[①] 参见 William C. Bedford,"A Musical Apprentice: Amy Lowell to Carl Engel." *The Musical Quarterly* 58.4 (1972):519—42.

[②] 庞德:《意象主义者的几个"不"》,载彼得·琼斯编《意象派诗选》,裘小龙译。桂林:漓江出版社,1986年,第155页。

[③] 洛威尔:《意象主义诗人(1915)序》,载彼得·琼斯编《意象派诗选》,裘小龙译。桂林:漓江出版社,1986年,第158页。

[④] 洛威尔:《意象主义诗人(1916)序》,载彼得·琼斯编《意象派诗选》,裘小龙译。桂林:漓江出版社,1986年,第162页。

[⑤] Carl Rollyson, *Amy Lowell Anew: A Biography*. Lanham, MD: Rowman & Littlefield P, 2013, p.163.

在世纪之交,美国在亚洲和太平洋岛域推行全方位的帝国建构进程,"亚洲"这个词开始在美国的社会话语中占据着越开越显眼的地位。美国人在物质文化、视觉艺术、表演艺术等各个不同的文化场域中接触亚洲,从而创造了美国的"东方主义"文化。尤其是对于女性来说,东方主义为她们提供了冒险、自由和权力,而这些是她们在其他的社会政治领域所不能享受的。[1]

美国社会对于远东的重视尤其体现在文化层面。1903年,享有"美国人类学之父"声誉的哥伦比亚大学教授,美国人类学会的首任主席弗朗茨·博厄斯将他居高临下的理性目光转向了东方,倡议成立"东方学会"以加深对远东的了解[2]。艾米的长兄帕西瓦尔·洛威尔于1883年前往日本工作十年,历任美国外交秘书、驻朝鲜特使顾问等职务。工作之余他对远东的风土人情进行了考察和分析,写下了《远东的灵魂》(*The Soul of Far East*, 1888)和《神秘的日本》(*Occult Japan*, 1894)两部著作,对远东文化进行了带有强烈的种族主义和文明等级论色彩的归纳:"无论他们是否因为难以适应自然进化而最终灭绝,至少在现在,他们停滞在人类起源的初级阶段,处于进化的幼年,简单的天性还未让位于自我意识。非个性化的种族似乎永远都不会完全成熟。"[3]但恰恰是这些古老却"幼稚"的东方文化引起了当时美国的强烈兴趣,被用作建构其"亚洲"观念的对象。对于女性艺术家来说,这尤其是一个建构自身种族身份、"新女性"身份和艺术身份的好时机。文化界的东方热现象在当时已经引起了学界的反思。1928年,评论家威廉·伦纳德·施瓦茨在评价洛威尔的"远东组诗"时指出,美国学界从1910年之后掀起了一场"新诗运动",其主要内容就是对中国和日本的兴趣。实践自由体的现代主义诗人们对于中国的韵诗和日本的俳句居然产生兴趣,似乎是一件违反逻辑的事情。实际上,施瓦茨解释道,他们所感兴趣的不是僵化的格式,而是一种"画面感"——这是意象派一直强调的核心要素[4]。庞德对中国文化的兴趣,以及他所翻译的《神州集》(*Cathay*)也为这一解释提供了

---

[1] 引自 Carl Rollyson, *Amy Lowell Anew: A Biography*, Lanham, MD: Rowman & Littlefield P, 2013, p. 148.

[2] 引自 Huang Yunte, *Transnational Displacement: Ethnography, Translation, and Intertextual Travel in Twentieth-Century American Literature*. Berkeley: U of California P, 2002, pp. 2—27.

[3] Percival Lowell, *The Soul of the Far East*. Cambridge: The Riverside P, 1892, p. 25.

[4] William Leonard Schwartz, "A Study of Amy Lowell's Far Eastern Verse." *Modern Language Notes* 43.3 (1928): 145.

佐证。

艾米·洛威尔对于远东的兴趣来自兄长帕西瓦尔。他在信件中对亚洲的描述以及送给艾米的亚洲艺术品，都激发了艾米对于神秘的东方异域的想象。同时，艾米·洛威尔自小便相识的闺友弗洛伦丝·艾斯库在中国随着丈夫从事传教工作，也给她提供了很多关于中国的素材。1917年，洛威尔与弗洛伦丝开始合作翻译中国古典诗歌，成果结集为《松花笺》。"松花笺"相传为唐代名妓薛涛所发明的"十色纸"，用来传书寄情。弗洛伦丝以此命名翻译诗集，除了看中它浓郁的中国色彩之外，也表现出借异族女性诗人以明志的用意。《松花笺》翻译了142首中国古诗，以唐诗为绝大部分，其中包括李白诗83首、杜甫诗13首，以及王维、白居易等其他诗人的作品。她们合作翻译的模式是，首先由弗洛伦丝将中文诗严格按照字面意思翻译出来，然后洛威尔按照合适的诗学原则将这些"原材料"改写为英文诗。这个"合适的"诗学原则无疑就是意象派原则。在她们所有的翻译作品中，最为我国学界称道的是李白《访戴天山道士不遇》和杨玉环《赠张云容舞》两诗①。《访戴天山道士不遇》的首句是"犬吠水声中，桃花带雨浓"。洛威尔的翻译因为其新奇的转化手法和意象集群而广为人知：

> 狗
> 狗吠声
> 潺潺的流水声。
> 桃花繁盛——
> 雨后花。②

可以看出，洛威尔没有死板地遵循句对句的翻译规范，而是将一句中文诗转化成了几个充满了听觉和视觉意象并置的诗节。从本质上而言，这已经超越了以忠实为首要原则的翻译，而更是身为诗人的洛威尔自身的艺术创作。这在她翻译杨玉环的《赠张云容舞》一诗中"罗袖动香香不已，红蕖袅袅秋烟里"一句体现得更为明显：

---

① 吕叔湘先生在《中诗英译比录》和《英译唐人绝句百首》中分别收录这两首诗，之后我国学者对于洛威尔《松花笺》的评论大都会涉及这两个例子，比如周彦：《〈松花笺〉：忠实和创新的结合》，载《中国翻译》1996年第4期；葛文峰、李延林：《艾米·洛威尔汉诗译集〈松花笺〉及仿中国诗研究》，载《西安石油大学学报（社会科学版）》2012年第1期，等。

② 英文为"A dog, /A dog's barking. /And the sound of rushing water. /How dark and rich the peach—/flowers after the rain."

宽袖飘。

香

甜香

不停地来。

那是红莲

荷花，

漂浮，上举

上举

刺出秋天的雾。①

译文中具有"宽袖""红莲""秋雾"等视觉意象，以及"香味"这一嗅觉意象，辅以"飘""来""漂浮"等动作意象，共同表现出"舞"("Dancing")本身的外观动作和观者的主观感受。可以说，译文营造出了极佳的意境效果，完全可以独立成诗，被吕叔湘先生称赞为"比原诗更出色"②。

由于洛威尔本身不懂中文，却又意图呈现中文这个"图画文字"(written pictures)所包含的色彩与意象，于是采用"拆字"(character-splitting)的方法进行翻译③。即把一个中文词拆成两个字，分别翻译成英文之后再进行组合搭配。比如，"青天"可以拆成"青"和"天"，洛威尔于是将之翻译成为"绿天"(green heavens)。这种比较新奇的方式令欧美读者印象深刻，但同时也有很大的问题。很多时候拆字法不仅没能贴切地表达中文原有的意思，反而造成了怪诞的效果。最为人诟病的例证是她将"飙"拆成了不知所云的"三犬之风"(three dogs' wind)④。因而一些评论家对洛威尔的翻译整体上持否定态度，认为其"浮夸，色彩过多"⑤。

实际上，这样的批评虽然没错，但至少没有完全理解洛威尔的"远东"翻

---

① 英文为"Wide sleeves sway. /Scents/Sweet scents/Incessantly coming. /It is red lilies, /Lotus lilies, /Floating up, /And up, /Out of autumn mist."

② 吕叔湘编注：《英译唐人绝句百首》。长沙：湖南人民出版社，1980年，第129页。

③ "图画文字"一语出自洛威尔自己的认知。参见 Amy Lowell, Preface, in *Fir-Flower Tablets: Poems Translated from the Chinese*. Trans. Florence Ayscough and Amy Lowell. Boston: Houghton Mifflin, 1921, p. viii.

④ Florence Ayscough and Amy Lowell, trans. *Fir-Flower Tablets: Poems Translated from the Chinese*. Boston: Houghton Mifflin, 1921, p. 3.

⑤ William Leonard Schwartz, "A Study of Amy Lowell's Far Eastern Verse." *Modern Language Notes* 43.3 (1928):150. 对于"拆字法"在技巧层面上的得失、在审美层面上的意图以及所遭遇的学界反馈，详见任增强：《〈松花笺〉"拆字法"的生成与审美诉求——以"三犬之风"为中心》，载《中南大学学报》(社会科学版)2015年第3期。

译的深层意图,也未能在当时的美国社会语境中把握"中国热"现象的根本原因。洛威尔并非意在翻译,而带着宣扬自身艺术主张的隐秘愿望。她同时代的评论家意识到了"艾米·洛威尔作为远东翻译者的身份是次要的,她更重要的身份是一个意识形态宣传员、实践者和理论家,将人们的目光引向中国和日本的诗歌与艺术"①。但实际上,洛威尔"宣传"东方并非是要将美国人的目光转向遥远的异域,而是意在弘扬"文学国族主义"(literary nationalism)。当时,美国年轻的文化领袖亨利·路易斯·门肯(Henry Louis Mencken,1880—1956)正与他的同伴们一起抨击美国文学中的欧洲传统,企盼在文学层面完成真正的独立,建立一种朝气蓬勃的、面向现代性的"美国文学"。轰轰烈烈的新诗运动其实便是对门肯企盼的一种积极回应。洛威尔应该是深刻理解了"美国"作为移民国家的本质,致力于挪用世界上各种文化来锻造一种抵抗纯粹欧洲影响的美国传统。正如她自己所言:"新诗正开辟了一条通往民族性的道路,比任何定居点都更隐秘、却更强烈;正挥舞着美国旗帜,比任何学校都更有效"②。从这个意义上来说,弗洛伦丝·艾斯库是洛威尔真正的知音。在《松花笺》的导言中,艾斯库一带而过却意味深长地指出,阅读这部翻译作品的正确方式是记住其中的政治隐喻:

  君权神授在中国从未真正地存在过;人民被赋予反抗的权利,代替了它的位置。这一系统缔造了真正的民主……皇帝这个近乎神圣的角色被尊为帝国的太阳,其光芒泽被万民。其智慧被比喻成洞彻一切的日光,皇后则是他的对立面,是柔软润泽的月光。读中文诗时记住这些比喻很重要,因为诗人们经常用到它们。③

这一推崇政治解读模式的指导未必是理解中文诗的正确方式,但却反映了艾斯库和洛威尔涉猎"远东"文化的隐秘动机。将中国的封建帝制视为"真正的民主"这一结论势必会令当时的美国思想界瞠目结舌,因为进步主义时期的美国将中国文化习惯和政治制度视为最大敌人,将中国移民定性为"东方侵略"(Oriental invasion)④。在这样的语境下,艾斯库的结论是否为洛

---

① William Leonard Schwartz,"A Study of Amy Lowell's Far Eastern Verse." *Modern Language Notes* 43.3 (1928):152.
② Carl Rollyson,*Amy Lowell Anew:A Biography*. Lanham,MD:Rowman & Littlefield P,2013,p.204.
③ Florence Ayscough,Introduction. *Fir-Flower Tablets:Poems Translated from the Chinese*. Trans. Florence Ayscough and Amy Lowell. Boston:Houghton Mifflin,1921,pp. xxxii—xxxiii.
④ *Chae Chan Ping v.United States*. 130 U.S.581 (1889):595.

威尔所同意和接受便成为一个值得学界继续探究的问题,且这一问题的答案决定着理解《松花笺》的立场和方式。

1925年5月12日,艾米·洛威尔因为脑出血在布鲁克林逝世,葬于奥本山墓园。她辞世后不久,她的诗歌创作获得了最高的哀荣——作品《何时》被授予普利策诗歌奖,使她成为美国第四位获得该荣誉的女性诗人。

希尔达·杜利特尔(Hilda Doolittle,1886—1961)

希尔达·杜利特尔大概是20世纪欧美文坛上最具争议的女作家。她既享有20世纪最伟大的女诗人之一这样的崇高名望,以希腊风格式的短诗和对"意象派"诗歌运动的卓越贡献而闻名遐迩,并于1960年成为第一位获得美国艺术与文学学会诗歌功绩勋章的女诗人,将自己的姓名缩写"H. D."变成了诗坛上永恒的光耀符号[1]。同时,她的双性恋的性取向、女性主义立场和放荡不羁的私生活也为她招致了很多訾责,并沦为人们津津乐道的谈资笑料。这些外在的标签与杜利特尔的内心世界以及她的诗歌内涵并不匹配。她经历过人类历史上两次世界大战,艰难的战时生活和失去亲人给她留下了难以磨灭的痛苦;20世纪初期欧美社会对于性爱情欲的规范和对于女性诗人的压制则给她造成了苦闷和压抑。她为此看过心理医生,却发现写作才是最好的纾解。精于古希腊文学的她尤其钟爱萨福(Sappo)的作品,在身份、立场、经历和性取向上与这位前辈都有相似之处,成为现代诗坛上的萨福。

希尔达·杜利特尔生于宾夕法尼亚州伯利恒市的一个摩拉维亚社区,是家中唯一的女儿。父亲查尔斯·杜利特尔是宾夕法尼亚大学的天文学教授,其性格具有科学家特有的严谨和冷漠,属于地道的"英格兰"和"清教徒"风格;母亲海伦是查尔斯的第二任妻子,她是一位热爱艺术的摩拉维亚教徒,体现的是欧洲多元文化和波希米亚风格[2]。希尔达从小便生活在科学与宗教、美国与异族相互交织的"现代"知识氛围中,在孩提时代便有了将神话故事与父亲的星空相联系的叙事能力。父亲最宠爱她,对她寄予了超高

---

[1] 在美国艺术与文学学会的授奖史上,第一位获得该组织文学功绩勋章的女性是英国剧作家伊妮德·巴格诺尔德(Enid Bagnold,1889—1981),她于1956年获得戏剧类勋章。参见 http://artsandletters.org/awards/。杜利特尔起初以"第一个和最纯的意象主义者"蜚声文坛,在其创作中后期(恰逢美国在1930年代的现实主义转向之后)逐步不再受人关注。她刚逝世时的创作接受史,参见 Jackson R. Bryer,"H. D.: A Note on Her Critical Reputation." *Contemporary Literature* 10.4 (1969):627—31.

[2] H. D., *Tribute to Freud*. New York: Pantheon,1956,p.50.

的期望,想把她培养成居里夫人那样卓有建树的科学巨匠,结果却大失所望。希尔达对科学学科并无兴趣,父亲的严厉只增加了她的焦虑和恐惧。相反,她对文学却展现出超高的天赋,从小便阅读了简·奥斯丁(Jane Austen,1775—1817)、路易莎·梅·奥尔科特(Louisa May Alcott,1832—1888)、勃朗特姐妹(Bronte sisters)等19世纪经典女作家的文学作品。

1901年,杜利特尔进入宾夕法尼亚州的布林茅尔学院学习古希腊文学。这是她一生的兴趣,日后在创作中经常借用古希腊神话和经典诗篇中的意象。她在求学期间便已和著名诗人埃兹拉·庞德、威廉·卡洛斯·威廉姆斯(William Carlos Williams,1883—1963)等人过从甚密。1911年,她前往伦敦。这是杜利特尔人生中和美国文学史上的一次重要事件。她本来只想逗留一个夏天,却终生留在了欧洲,并在当时的先锋诗歌圈子中声名鹊起,扮演了核心的角色。她对于现代文学的热情拓展到了其他艺术领域,如杂志编辑、电影演出等。她1916至1917年在《自我主义者》(*Egoist*)杂志担任文学编辑;1927年参与创立了一个小型的电影公司,留存至今的只有一部反映跨种族情感的默片《边界》(*Borderline*,1930)。

作为一名双性恋者,杜利特尔的情感生活极其丰富,以非常先锋的姿态挑战着传统性别规范。1901年,杜利特尔便与埃兹拉·庞德相知相识。庞德在她的生活中扮演了重要角色,曾经通过诗歌集《希尔达卷》(*Hilda's Book*)向她示爱。1907年两人私订终身,但遭到了杜利特尔父亲的激烈反对。一年后,庞德离开美国去往欧洲,两人的婚约便无疾而终。那时,杜利特尔已经与一位女诗人弗朗西丝·格雷格(Frances Gregg,1885—1941)陷入热恋,但到了欧洲不久之后两人便分了手。杜利特尔转而爱上了英国女诗人布丽吉特·帕特莫尔(Brigit Patmore,1888—1965),也正是这位新恋人将她介绍给她日后的丈夫,"意象派"的重要成员理查德·奥尔丁顿(Richard Aldington,1892—1962)。1913年,杜利特尔与奥尔丁顿成婚。第一次世界大战期间,杜利特尔遭受了重大的情感打击。1915年奥尔丁顿参军,杜利特尔的第一个孩子流产,她与奥尔丁顿的婚姻濒于破裂。在丈夫出轨后,她与英国小说家兼诗人D. H. 劳伦斯(D. H. Lawrence,1885—1930)保持了一种精神恋爱的关系。后来她与劳伦斯的朋友、苏格兰音乐家兼作家塞西尔·格雷(Cecil Gray,1895—1951)同居并怀孕,但这段情感只维持了非常短暂的时间。在战争结束前,杜利特尔遇见了英国女小说家布赖尔[①],终于找

[①] 这是安妮·威尼弗雷德·埃勒曼(Annie Winifred Ellerman,1894—1983)的笔名。她是英国船业大亨之女,利用财富资助了不少穷困的艺术家,成为1920年代欧美文化圈的中心人物。

到了自己的坚持到生命结束的真爱。但据说她们在彼此相爱的同时,都与布赖尔的两任丈夫——美国诗人罗伯特·麦卡尔门(Robert McAlmon,1895—1956)和苏格兰小说家兼摄影家肯尼思·麦克弗森(Kenneth Macpherson,1902—1971)——保持了性关系。由于奥尔丁顿大脑受到炮弹震荡且罹患战后创伤应激症,杜利特尔与他的婚姻最终到了无法挽回的地步,两人于1938年正式离婚。

如果读者暂时悬置公共道德而采取共情心态,会发现杜利特尔混乱不堪的"风流韵事"背后所蕴藏的情感诉求和意义追寻的努力。对于情感充沛且细腻的诗人来说,尤其是一位隐秘的性取向不被社会认可的女性诗人,她在持续的无助和彷徨状态中需要一位爱人作为自身情感的寄托、安全感的来源和与世界联结的渠道——失去这个情感对象的结局只能是弃世而去,艾米·洛威尔、西尔维娅·普拉斯、安妮·塞克斯顿的结局一再证明了这一点。杜利特尔的"滥情"其实是对抗情感冲击的自救方式,而不是"力比多"过剩导致的道德败坏。她所依恋的人在第一次世界大战中相继以不同的方式离她而去:丈夫出轨,第一个孩子流产,她的兄弟战死沙场,之后不久父亲也因悲伤过度而去世,情人格雷的无情抛弃,等等。这些情感纽带的撕裂给杜利特尔留下了无法治愈的创伤,使她不时处于精神崩溃的糟糕状态之中。在这生命本真的强烈需求面前,传统道德规范的谴责确实显得不近人情。况且,她本人对自己的情感经历也并非毫无顾虑。1933年,47岁的杜利特尔依然没有达到"不惑"和"知天命"的境界,依然受困于情感创伤之中而彷徨无助。于是,她前往维也纳去接受现代心理学的奠基人西格蒙特·弗洛伊德的治疗,直面自己的精神困惑、童年回忆和战争创伤。在二十年后,杜利特尔最终将这段心理治疗经历写成了回忆录《致敬弗洛伊德》(Tribute to Freud,1956)。

杜利特尔并没有从弗洛伊德那里获得预期的治疗效果,从她的回忆录中看,她与弗洛伊德反而建立了一种充满焦虑和权力等级的"父—女"关系。重要的是,这段美国文学史轶事揭示了杜利特尔最真切的世界观,展示了其创作的旨归。正如杜利特尔自己所意识到的:"事情潜藏在表象之下、表象之中。"[1]1938年弗洛伊德再访伦敦时,杜利特尔大费周章地给他送去了他最喜爱的栀子花以示欢迎。她在回忆录中将寻花的过程称为"追寻",将他的到来称为"诸神的回归",用古希腊文学修辞表现了她的卑微与臣服[2]。

---

[1] H. D., *Tribute to Freud*. New York:Pantheon,1956,p. 29.

[2] H. D., *Tribute to Freud*. New York:Pantheon,1956,pp. 13—14.

这既是"医生—病人"这天然的权力关系，也混杂了恋父情结、性别政治和知识威权等因素：她将弗洛伊德称为"教授"，或比作罗马天主教的"牧师-聆听者"(father-confessor)①，或拔高为"至高存在"(Supreme Being)②，在他的面前总是充当惴惴不安的、被剥夺了自我意识和时间观念的"学生"③，无疑是将父亲查尔斯的影子投射到了这位心理学家的身上。但是，杜利特尔不再是沉默的小女孩，而开始有了明确的自我意识：她不仅明确地说"教授并不是永远正确的"④，而且将审判权赋予了读者，试图让读者明白自己求诊弗洛伊德的意图：

> 我们聚到一起是为了让某个东西具体化。我不知道是什么东西。那个东西就在我的脑中跳动；我不是说我的心中——而是在脑海中。我想让它宣泄出来。我想把自己从那些重复的想法和经历——我自己的，还有许多同辈人的——中解放出来。我并不十分清楚自己想要什么，但我知道自己与认识的绝大多数人一样，英国人、美国人和欧洲大陆人，都在漂泊。我们在漂泊。往何处去？我不知道，但至少我接受了我们正在漂泊的事实。至少我知道——在宿命大潮将我卷入洪流直至深渊之前，如果可以的话（如果还不算太晚的话），我会置身事外，盘算自己的财产。我还是有一点的——是的，有些东西归我一人所有。我拥有自己。当然了，其实并没有。我的家庭，我的朋友，我所处的环境主宰了我。但我拥有一些东西。就算它是一艘狭长的桦木舟吧。那未知世界、社会规范和超自然的东西像莽林一般四处围绕着我们。在湍流变急时，我至少能够在不可挽回之前把它驶入树荫，掂量自己的心灵和肉体的微末力量，请教居住在这广阔领域之边缘的老隐士，如果他愿意的话，告诉我怎样才能最好地驾驶我的船。⑤

可以看出，杜利特尔的这段经历并非一个单纯的医疗实践，而更是具有心灵救赎意义的哲学事件。她所思考的、所困惑的，是特定的历史时期关乎当时整个世界、关乎整个人类的命运走向。实际上，这段话可以视为杜利特尔一生创作的深层结构。她用一个鲜明的意象，即一片黑暗中的一叶扁舟，表现

---

① H. D., *Tribute to Freud*. New York: Pantheon, 1956, p. 21.
② H. D., *Tribute to Freud*. New York: Pantheon, 1956, p. 22.
③ H. D., *Tribute to Freud*. New York: Pantheon, 1956, p. 24; p. 28.
④ H. D., *Tribute to Freud*. New York: Pantheon, 1956, p. 24.
⑤ H. D., *Tribute to Freud*. New York: Pantheon, 1956, pp. 16—18.

了贯穿自己整个创作的永恒主题:她企图在自然欲望的撕扯和社会规范的重压下保持自我,对周遭环境保持了"旁观"的疏离态度;但面对太多的未知,心生怯意的作者需要权威的指点,以便在焦虑和迷茫中努力坚守自我灵光。从个体经历上,这个权威是心理学家弗洛伊德;然而从文学创作层面而言,这个权威是整个男权异性恋社会,以及接受并体现其规范的读者群体。

从她去往伦敦的 1911 年算起,到她去世之时止,杜利特尔的创作生涯长达 50 年之久,为美国文坛留下了 13 本诗集以及小说、回忆录、翻译等其他文类的作品。1916 年,她的第一部著作《海上花园》(Sea Garden)出版。此后她相继出版了诗歌集《上帝》(The God,1917)、《婚姻之神》(Hymen,1921)、《赫利奥多拉及其他诗歌》(Heliodora and Other Poems,1924)、《希波吕托斯的妥协》(Hippolytus Temporizes,1927)、《给青铜的红玫瑰》(Red Roses for Bronze,1931)等。到了第二次世界大战时,杜利特尔的创作风格有了很大的转变,从"意象派"的技巧和古希腊的经典主题转向了现实关注。战争三部曲《不倒的高墙》(The Walls Do Not Fall,1944)、《致敬安琪儿》(Tribute to the Angels,1945)和《绽放的节仗》(Flowering of the Rod,1946)成为她创作生涯中的里程碑式作品①。除了诗歌之外,《吩咐我活着》(Bid Me to Live,1960)被视为她最重要的小说。总体说来,古希腊文化、摩拉维亚教义、现代科学和"现代主义"文学、女权主义和双性恋构成了杜利特尔创作最重要的五个立场,所以她的作品中带有神话、宗教主张、心理分析、现代主义和女性主义等调和色彩。这些立场缠绕交织地体现在杜利特尔对于平时生活以及世界大战这样的"例外"情境的观察和反思之中,借助"意象主义"的技巧方式表达出"新女性"诗人的焦虑彷徨和自我救赎的努力。正是出于这些与现代性紧密相关的特质,杜利特尔在 20 世纪初的美国诗坛上大放异彩便成了必然。

作为"意象主义"运动的关键人物,杜利特尔在诗歌创作中所依赖的首要技巧便是意象,通过意象激发读者的情感,营造特定的气氛。在她看来,这是最为有效的诗意表达方式,因为"原初的或基本的意象……对整个种族都是普适的,也几乎在任何时代都适用"②。最生动的一个例子是她早期的诗歌《山岳女神》("Oread",1915)。这是她最出名的意象诗,与庞德的《在地铁站》("In a Station of the Metro")同被视为意象派诗歌最典型的代表作。诗歌名取自古希腊神话中的山岳女神俄瑞阿得的名字,用极其简洁的

---

① Jackson R. Bryer,"H. D.:A Note on Her Critical Reputation."*Contemporary Literature* 10.4 (1969):629.

② H. D.,*Tribute to Freud*. New York:Pantheon,1956,pp.76—77.

语言勾勒出冲击力很强的大海和森林这两个意象:"翻腾吧,大海——/翻腾你尖尖的松树。/把你的巨松/撞向我们的礁石。/把你的绿抛向我们——/用池水般的冷杉把我们掩埋"①。在这首诗中,大海和森林这两个意象非常鲜明、彼此衬托——大海灵动多变,而山林则沉稳雄浑——同时也处于相互叠加与融合的趋势之中,从而营造出气势恢宏的山光海色之景。杜利特尔的意象除了呈现崇高美之外,也并不忽略细微处的柔性美。以一首饶有趣味的小诗《水池》("The Pool",1915)为例:"你有生命吗?/我触摸你。/你像海鱼一样颤抖。/我用我的网将你笼盖。/你成了什么——缠了绷带?"简洁的语言、俏皮的语调和整体的结构颇有些类似艾米莉·狄金森(Emily Dickinson,1830—1886)的《我是无名氏!你是谁?》("I'm Nobody! Who are you?")。通篇对于水池不着一字,却通过"颤抖"的动作和"缠了绷带"的样子等拟人手法展示了池中水和池上网的外形,它们这两个意象的叠加从侧面勾勒出了水池之貌。其妙思几可与《山岳女神》比肩,因此也被认为是杜利特尔最好的意象诗之一。

作为具体的、鲜活的景色描摹,杜利特尔笔下的意象并非是纯粹的炫技产物,更多时候是承载着丰富涵义的象征,彰显着女性被压抑的潜意识在艺术层面的回归,向读者展示出社会边缘群体的"精神真实"②。那些意象呼应了《致敬弗洛伊德》中所表现出来的深层结构,主要体现为外部压力、自我焦虑和艺术超越三大主题。

战争是杜利特尔所经受的最大创伤,在其诗歌中经常是恐惧和压力的主要来源。在《绽放的节仗》中,杜利特尔用"刀"和"骷髅"两个意象表现了战争的残酷和个体的错置感:"秋收者在磨石上磨着刀;/但这不是我们的田野。/我们没有播下这一切;/无情,无情,让我们离开/这个骷髅之地吧,/留给那些制造它的人。"③诗人对于这个充斥着刀兵和死亡的战场充满了拒斥,体现出强烈的"错置"(dis-placement)之感,借此表现了反战的态度。外部压力有时候在杜利特尔的诗歌中隐而不发,深藏在不经意的意象之中。《水池》一诗便是一个很好的例子。该诗的创作时间恰逢杜利特尔的丈夫奥丁尔顿在第一次世界大战的战场上且她自己正怀孕的特殊时期,那么"水

---

① 本书中杜立特尔的诗歌除非特别注明,皆由笔者自译。
② 参见 Heather Rosario Sievert,"H. D. :A Symbolist Perspective." *Comparative Literature Studies* 16.1 (1979):48—57;Susan Stanford Friedman,"The Return of the Repressed in Women's Narrative." *The Journal of Narrative Technique* 19.1 (1989):141—156;Joseph N. Riddel,"H. D. and the Poetics of 'Spiritual Realism'." *Contemporary Literature* 10.4 (1969):447—73.
③ 译文借自裘小龙的翻译,参见彼得·琼斯编《意象派诗选》,裘小龙译。桂林:漓江出版社,1986年,第112页。

池"有可能指女性的孕肚,而"缠着绷带"也许带有战场的暗示。该诗发表两个月后,即1915年5月,杜利特尔的孩子流产,为这首诗的"缠着绷带"之语做了最悲伤的注脚。

对于她所留下的文字,杜利特尔形象地概括自己就是"一个小女孩在父亲的书房中,拿着自己的玩偶。她来到父亲的书房是想一个人待着,或者和他单独待着"①。在这里,杜利特尔呼应了玛丽·威尔金斯·弗里曼(Mary Wilkins Freeman,1852—1930)在《老妇人马古恩》("Old Woman Magoun",1925)中的笔法,同样用"拿玩偶的小女孩"来表述她的自我认同。她熟稔弗洛伊德心理分析,这样的意象想必有心理学上的深意。拿玩偶的小女孩表现出顺从权威、心理叛逆和与前辈竞争的复杂状态,这对于杜利特尔的创作情况来说是恰当不过的比喻。在20世纪初,拥有创作身份焦虑的女性诗人在男性经典传统面前,所持有的正是这种女儿心态。在《如果你让我歌唱》("If You Will Let Me Sing")中,这种男性经典传统就化身为不知名的"神祇",是女性诗人"歌唱"所要寻求的"仁慈"的最终来源:"如果你让我歌唱,/那个神祇就会对/我们俩都仁慈,/在一棵树上/他找到了他自己的达佛涅/她坐在/荒凉的底座上,/风信子花的/意象。"诗歌表明,女性的消声导致了现代"歌者"的不幸,而这个男性传统是压制女性的,造成了"达佛涅"的悲剧。女诗人拒绝重复希腊神话中"风信子"的命运,拒绝再次成为沉默的受害者,而是要求拥有发声和"歌唱"的权利,从而将人生掌握在自己的手中。

"歌唱"是杜利特尔抵抗外界压力、保持自我、超越现实达到诗意栖居的方式。而她在诗歌创作中的确克服了现实生活的压制,并完成了内心创伤的抚平,以独特的女性视角和女性语言铸就了自己的风格。"求新"是现代主义诗人的根本诉求,但女性诗人的求新意识面临着比男性诗人更大的压力。杜利特尔和格特鲁德·斯泰因(Gertrude Stein,1874—1946)是现代主义文学运动的领军人物,利用实验性的语言实践来对抗传统性别规范的文学实践,展现了女性主义视角的潜力②。作为女性诗人,杜利特尔在"意象主义"诗歌创作中偏离了以视觉中心和主体至上为主要特征的男性经典传统,在如下四个方面取得了开创性的突破:(1)注重叙述主体和客体的融合;(2)采取了反英雄叙事的立场;(3)将异质事物并置;(4)采用现代主义叙事

---

① H. D., *Tribute to Freud*. New York: Pantheon, 1956, p. 55.
② 参见 Margaret M. Dunn, "Altered Patterns and New Endings: Reflections of Change in Stein's 'Three Lives' and H. D.'s 'Palimpsest'." *Frontiers: A Journal of Women Studies* 9.2 (1987): 54—59.

技巧,抵制解读①。其创作的这些特点非常符合女性理论家埃莱娜·西苏在《美杜莎的笑声》("The Laugh of the Medusa",1975)中提出的"女性书写"(l'écriture féminine)理论,呈现出非逻辑的、非中心的、非男性英雄主义的特征。总而言之,女性话语是对男性经典传统的颠覆与改写。《埃及海伦》(*Helen in Egypt*,1961)便是对庞德作品《诗章》(*Cantos*)的致敬和挑战,从女性主义角度重写经典史诗,对特洛伊之战和战争本身进行了反思。此外,《长春花》(*Asphodel*,1922)、《赫米奥娜》(*HERmione*,1927)等则刻画了女性之间的情感甚至爱欲,以大胆的题材见证了女性意识的回归。

在重回美国接受诗歌功绩勋章后不久,杜利特尔在瑞士罹患中风,1961年9月27日逝世。在早期,她曾经写过一首《墓志铭》("Epitaph"):"好让我能说,/'我死于生活/活过一个时辰';/好让他们能说,/'她死于追求/非法的激情。'/好让你能说:/'希腊的花朵,希腊的狂喜/永远索回了/这样一个人——她死于/追求雅歌/本该有的节拍。'"她自己的墓碑选择了这首诗的最后一节,意在突出她诗人的身份——她毕生追求的"节拍"正是艾米·洛威尔所主张的"意象派"诗歌"最重要的"特点②。不过,《墓志铭》的前两节同样适用于概括杜利特尔的人生。对于她来说,"重复的想法和经历"毫无意义,真正能够算作生活本真的只有那些凝练的意象。如此压缩,她的一生也确实只是一个时辰。在这个时辰中,她感受到了痛苦、焦虑、压抑,所以通过当时社会规范尚且无法接受的"非法的激情"——双性恋和女性写作——来表达自己作为"人"的感受,从而完成对自我、社会和整个人类的救赎,并启发了后辈丹妮丝·莱维托夫(Denise Levertov,1923—1997)和阿德里安娜·里奇(Adrienne Rich,1929—2012)的创作③。

玛丽安娜·克雷格·穆尔
(Marianne Craig Moore,1887—1972)

玛丽安娜·克雷格·穆尔是美国现代诗歌运动中的核心人物之一。她的创作受19世纪末与20世纪初的现代主义艺术影响,偏爱以意象派的白

---

① Gertrude Reif Hughes,"Making it Really New:Hilda Doolittle,Gwendolyn Brooks,and the Feminist Potential of Modern Poetry." *American Quarterly* 42.3 (1990):377.

② 洛威尔:《意象主义诗人(1916)序》,载彼得·琼斯编《意象派诗选》,裘小龙译。桂林:漓江出版社,1986年,第162页。

③ Diana Collecott,"A Double Matrix:Re-Reading H. D." *The Iowa Review* 16.3 (1986):94.

描手法和立体主义派的视觉艺术来描写事物。她诗歌的最大特色是精确性和想象性并重,擅于通过凝练的语言勾勒鲜活的意象,使之激发读者的广泛联想,营造出"从一粒沙中看世界"的氛围。在她的笔下,动植物独立于人类的文化价值体系之外,具有自身的理性和秩序,展现出别具一格的生命之美。也正是基于这个世界观,穆尔并未在其诗歌世界中建构一个俯视一切、审判一切的诗性主体,而是消隐无踪,让位于真实的世界。正如评论家所言,"莫尔从不说'我',极少涉及具体的特定经历及其内心隐情。她是一位不言说的诗人,我们听不到她的声音。但她那迂回曲折的表达却迸发出一种未加渲染的瑰丽和绚烂"[①]。

穆尔出生于密苏里州柯克伍德市的一个爱尔兰裔家庭。父亲约翰·穆尔很早便因为精神问题住进了精神病院,在玛丽安娜·穆尔的生活中并未留下什么痕迹。母亲玛丽却性格强势,自己蔑视社会规范却对儿女进行紧密的精神和行为控制。穆尔自幼在祖父家中长大,受到这位长老会牧师的严格管教。浓重的宗教氛围和爱尔兰血统深刻地影响了穆尔的价值观和诗歌创作,她在日后的诗歌中一再强调忍受、责任和爱等基督教主题,也对爱尔兰的社会文化政治表达了高度的关注。祖父去世后,穆尔和母亲于1896年搬往宾夕法尼亚州的卡莱尔市。1905年,她进入布林茅尔学院学习,成为希尔达·杜利特尔的校友。日后这层关系进一步深化,杜立特尔非常欣赏这位师妹,在现代主义诗歌运动中对穆尔多有提携。取得学士学位后,穆尔接受了卡莱尔印第安工业学校的教职,成为归化印第安人的白人教员之一,此时离印第安人作家红鸟(Zitkala-Sa,1876—1938)从这个学校被开除刚刚过了十年的时间。

穆尔于大学期间开始严肃的诗歌创作,并在校刊上发表了不少作品。她对生物学的强烈兴趣在其诗歌创作中体现得尤为明显,而她在这个练笔阶段最为著名的代表作便是《水母》("A Jellyfish")。这首诗发表于1909年《灯笼》(*The Lantern*)期刊的春季号上,具有明显的意象派风格。诗歌开篇用寥寥数笔便勾勒了水母的美丽形态:"显现,无影/是那波动的精奇/琥珀般的紫晶。"[②]然后一个人类主体"你"出现,并意图抓住水母。自在状态被打破的水母合拢、张开,导致身边的海水"荡漾开了云纹/它翩然远离/躲你"。诗歌通过寥寥数字的白描,完整地呈现了水母和"你"之间的故事,表达出人类意图影响自然状态的生态主题。

[①] 杨金才:《玛丽安娜·莫尔创作意蕴谈》,载《外国文学研究》1995年第2期,第62页。

[②] 本书中的穆尔诗歌由笔者自译。

1918年第一次世界大战结束后,穆尔和母亲移居纽约。在纽约期间,她成为《日晷》(Dial)杂志的作者和编辑。这一杂志介入了现代主义创作革新运动,是当时美国最为著名的文艺刊物。在这一杂志上发表作品并成为编辑,标志着穆尔正式进入了美国文坛的精英阶层。在担任编辑期间,穆尔与当时的著名诗人埃兹拉·庞德、艾略特、威廉·卡洛斯·威廉姆斯、华莱士·史蒂文斯(Wallace Stevens,1879—1955)都有来往。她本人的诗歌获得了这些名人雅士的高度赞赏。1921年,穆尔的第一部作品《诗集》(Poems)在她自己不知情的情况下,由希尔达·杜利特尔安排意象派文学基地自我主义者出版社(Egoist Press)出版。此后,她相继创作了《观察》(Observations,1924)、《诗选》(Selected Poems,1935)、《穿山甲和其他诗歌》(The Pangolin and Other Verse,1936)、《何为流年》(What Are Years?,1941)、《然而》(Nevertheless,1944)。1951年,穆尔凭借《诗歌选集》(Collected Poems)获得美国诗坛最重要的三个奖项:普利策诗歌奖、美国国家图书奖以及两年后的博林根诗歌奖。

穆尔的后期诗歌作品有《堡垒一样》(Like a Bulwark,1956)、《啊,我是龙》(O to Be a Dragon,1959)、《北极牛》(The Arctic Ox,1964)、《告诉我,告诉我:花岗岩、钢和其他话题》(Tell Me,Tell Me:Granite,Steel,and Other Topics,1966),以及《玛丽安娜·穆尔诗歌全集》(The Complete Poems of Marianne Moore,1967)。此外,穆尔在散文和翻译领域也有不俗的成就。她的散文作品包括《偏爱》(Predilections,1955)和《玛丽安娜·穆尔读本》(A Marianne Moore Reader,1961)。在穆尔去世后,这些散文结集成册《玛丽安娜·穆尔散文全集》(The Complete Prose of Marianne Moore,1987)。

穆尔的诗歌获得了美国文学界的高度认可,几乎囊括了美国所有重要的文学奖项。除了诗歌三大奖之外,还获得了美国艺术与文学研究院金奖、美国诗歌协会终身成就奖、美国国家艺术勋章等表彰。1967年,评论家约翰·阿什伯里在评论《穆尔诗歌全集》(Moore's Complete Poems)时写道:"一年前我写道'玛丽安娜·穆尔是英语世界仍然在世的最伟大的诗人,或许只有庞德和奥登能胜过她',但读完这本皇皇巨著之后,我想直接称她为我们最伟大的现代诗人。"[1]

作为现代主义诗歌运动的核心人物,穆尔对诗歌的本质有着独到的看

---

[1] 引自Cristanne Miller,"'By-play':The Radical Rhythms of Marianne Moore,"载《外国文学研究》2008年第6期,第21页。

法。现代的新诗往往提倡激进的改革,主张一切事物皆可入诗,因而很多混杂各种题材的拼贴叙事都以诗歌自称。穆尔对此持保留意见。她在《诗》("Poetry")中指出,诗歌并不拒斥倒挂枝头的蝙蝠、悠闲散步的大象、泥里打滚的野马、树下的饿狼、瘙痒的评论家、棒球迷、统计员等诸如此类的"诗歌原材料",也不歧视"商业文件、学校教材"等题材,但是诗人作为"想象的写实者"(literalists of the imagination)必须要对原材料和充满想象力的诗歌进行区分。"半吊子诗人"只会堆砌原材料,写出来的作品肯定缺乏诗意。诗人只有抛弃自身主体性的"傲慢"和超越日常生活的"琐碎",才能描绘出"跳跃着活蟾蜍的想象花园"——这是"一个栖居真实的场所"(a place for the genuine),是穆尔对于诗歌本质属性的理解。诗歌通过想象营造了一个美轮美奂的艺术世界,但这并不意味着对客观现实的浪漫化,而必须承认"活蟾蜍"的存在[1]。

  穆尔对于诗歌的读者也有期待。她认为,阅读诗歌最重要的就是体味每首诗的独特韵味,不能用僵化的思维去强行阐释诗歌。这样的读者就像《致一台蒸汽压路机》("To a Steam Roller")中的蒸汽压路机一样"缺乏基本智慧。碾压了所有颗粒/使其成为板块的一分子,还在上面走来走去。"闪耀着独特光辉的每一个诗歌元素就此被纳入统一的认知框架之中,与其他材料再也不分彼此,因而也失去了它的内在价值。这种"非个人化"的阅读模式永远也理解不了翩翩舞蝶的存在意义。蝴蝶和蟾蜍是西方文化中最常见的对立象征,分别指代极致的美丽和丑陋。而在穆尔的诗歌创作观中,它们却是相辅相成,不可分离的:读者只有接受了蟾蜍的存在,并通过个人的经历去理解它的意义,才能最终琢磨到诗歌的终极审美价值。

  在穆尔本人的诗歌中,最能彰显她对想象力和审美独特性的修辞手法是象征。对于用词精简的穆尔来说,象征是拓宽语言意义空间、丰富语言喻义层次的最有效方式,因而在她的作品中俯拾皆是。在穆尔最著名的诗歌之一《鱼》("The Fish")中,大海和悬崖成为两个鲜明的对立象征,呈现了严酷现实和鲜活生命之间的巨大张力:

> 蹚过
> 一汪墨玉。
> 碰到鸦黑的蚌,持续

---

[1] 何庆机将此称为"现代主义真诚",详见《诗歌的救赎:现代主义真诚与玛丽安·摩尔的诗歌定义》,载《外国文学研究》2015年第4期。

躲避那些灰土；
它们张张合合，宛如

一片
破损的扇。
藤壶爬满崖边
迎浪，却躲不及
湮灭的光箭

阳光
撕裂了玻璃般的纱帐
迅捷的斑驳
爬进悬崖的罅隙——
进进出出，照亮

那
幽绿的水纹
和躯体。海水挥动着铁楔
凿进那岩壁的铁身
看那闪烁的星辰

粉
鱼，墨
染水母，蟹绿
如莲，水下的蘑
彼此滑过。

所有
可见
伤痕，在此显现
刻在那傲立的石岩——
所有的痕迹难掩

遭
遇——断

　　　　橹,裂槽,炙烤,
　　　　还有斧凿,这些记号
　　　　触目惊心;崖的边缘

　　　　死。
　　　　一次次
　　　　证实它永不消逝
　　　　即便不再青春如始。
　　　　海在其中衰老如斯。

　　在这首诗中,悬崖在幽暗阴沉的大海冲击下受到了各种伤害,却一直保持着直面挫折的坚韧和顽强[1]。

　　穆尔偏爱象征手法的原因除了受当时的意象派影响之外,还与她本人的诗学观有关系。在她看来,充沛的情感并不需要赘词冗句来铺陈,其最好的表达载体是言简意赅的意象。正如她在《沉默》("Silence")一诗中写道:上等人就像特立独行的猫一样,"他们有时享受孤单/遇到言语悦意/便忘了自己的语言。/情至深时总矜持;/不是沉默,而是克制。"将情感浓缩到少量的词语中,从而在表面的简洁下面隐藏着巨大的情感空间,这是诗歌的至高境界。这便是为何穆尔在《致蜗牛》中做出这样的总结:"简洁是最优雅的风格。"

　　就主题而言,生态意识是穆尔诗歌创作的最明显特征。在19世纪末与20世纪初,美国女性掀起了一场动物和环境保护的运动,而这场运动受到了一些男性的非议。他们认为从事环保的女性都是些同情心泛滥到无聊和病态的"观鸟老妇",毫无理性特征[2]。穆尔显然对这些非议不屑一顾,在诗歌中常常用动植物意象表达艺术与自然和谐相融的主题。除了前文提到的水母、鱼、蜗牛之外,以其他动物为题名的诗歌还有《最优雅的天鹅》("No Swan So Fine")、《致珍禽》("To a Prize Bird")、《致法国孔雀》("To the Peacock of France)、《猴》("The Monkeys")、《穿山甲》("The Pangolin")、《大象》("Elephants")等。在诗歌内容里出现的动物意象更是不计其数。通过这些动植物意象,穆尔表达了万物有灵的思想,主张摈弃人类中心论。她在《穿山甲》中写道:"日月晨昏,人与万灵/万物自带光晕/被邪恶蒙蔽的

---

　　[1] 杨金才:《玛丽安娜·莫尔创作意蕴谈》,载《外国文学研究》1995年第2期,第65页。
　　[2] Vera Norwood, *Made from This Earth: American Women and Nature*. Chapel Hill: the U of North Carolina P, 1993, p. 171.

人类/不能忽视每个生命的灵性!"这种灵性是自然万物内在的价值,不会因为人类的价值观而改变和消失。在《玫瑰而已》("Rose Only")中,穆尔直白地点出了人类中心主义对于自然之美的曲解:"你似乎并没有意识到,美是一种负担,而非资产。"对于玫瑰来说,它最好的状态和归宿是"自生自灭",而不需刻意地迎合人类的眼光:"更好的命运是被忘记/胜过被粗暴地悼念,/你的刺是最好的你。"动植物的生存逻辑和人类文化迥然不同,它们的欲望和"幸福感"也因此更加单纯,正如《跳鼠》("The Jerboa")所示:"一只小小的沙漠鼠/没有崇高的名望/没有可饮的甘浆/却幸福乐享……/没有水,没有棕榈树,没有象牙床/只有低矮的仙人掌;但没人可以像他一样/一无所有却富甲一方。"在人类中心主义生态观中,自然是服务于人类利益的,对己无用或妨碍到自身利益的动植物就会被定义为"杂草"或"害兽"。穆尔对于这种思维进行了警告,呼吁人类不能将自身凌驾于自然之上,而要认识到人类社会的意义建构对于自然来说根本无足轻重。她在《坟茔》("A Grave")一诗中鲜明地表达了自然的自足性:"人窥探着海洋,/带着绝对权力的目光/正如你拥有自身一样,/人性惯于占据事物的中心,/它的中心却让你无法靠近;大海能给的只有虚无,正如一座精美的坟茔。"

但是,超前的生态意识并未使穆尔成为激进的反人类主义者。相反,穆尔对于人类生活颇有期待,认为道德感是指引人类前行的永恒之光。她在《纽约》("New York")一诗中指出,像纽约这样的大都市和人类文明的集散地,其内在的价值"不是刻意的标新立异,/不是水獭、海狸、美洲狮皮/没有弹孔,猎狗;/不是掠夺,/而是"可体验性"。琳琅满目的商品赋予了纽约"交易中心"的地位,但热闹非凡的商业却是通过压迫自然而上演的"野蛮人的罗曼史",是需要抛弃的邪恶之处。这个城市真正值得称道的是作为生活的载体供人们去体验。作为虔诚的基督教徒,穆尔认为人类日常生活的真正价值在于忍受、反思和考问物质世界的不完美,进而达到精神上的超越和救赎。《质疑美德》("In Distrust of Merits")便用"孤儿"来比喻人类境遇,认为财富是身外之物,人们必须克制自我内心的欲望,通过"忍耐"来达到"永恒的美":"'当人成了愤怒的战俘,/是受了外物的蛊惑;当他坚守/忍耐,忍耐/忍耐,这才是行动/大美',士兵的防卫/和最坚硬的铠甲/应付战斗。世界是孤儿的家。"《何为流年》("What Are Years?")则更加简洁生动地指出生活的不完美之处:"纯真何如,/罪过何如?/人皆赤裸,/莫可自足。"在这种情况下,人们依然需要有勇气追问"那没有回答的问题"和"那持久的疑问"。唯有此,才能激励"灵魂变得强大",凭借生死肉身窥探永恒之光。

穆尔终生未婚,从未离开过母亲的身边。这种类似于玩偶般的身份并没有让穆尔质疑母女关系的控制性，反而更强化了她对于情爱和婚姻的反感。她对亲密关系的漠然在20世纪初期弗洛伊德理论盛行且强调女性欲望解放的文学圈中显得格格不入，让庞德、威廉姆斯那些"时髦"朋友们非常困惑。穆尔在诗文中对此偶有涉及，对爱情和婚姻阐述了自己的独特看法。在其最杰出的代表作之一，也是其最长的诗歌《婚姻》("Marriage")中，她将婚姻称为"机制"(institution)甚至"企业经营"(enterprise)，是将"意欲承担个体责任的决心"公开化的仪式而已。这个"自由和结合"(liberty and union)的矛盾统一体并非神圣的、普世的契约，而是宗教、社会、心理等多重层次的文化建构和权力编码，在男权社会中对女性尤其不公。单身状态给了穆尔充足的创作自由，帮助她逃离了琐事缠身、从而扑灭诗意灵感的传统女性生活，也导致她的诗歌作品很少涉及当时"新女性"作家们所痴迷的婚姻压迫、个体自由、情爱欲望等私密主题或性别政治内容，而更偏向自然、道德、种族、国家进步等宏大叙事。对性别政治的回避和对抽象人性的强调并没有损害穆尔作为女性作家的独特性，反而在某种程度上拓宽了穆尔的创作视域，赋予了其艺术世界以模糊性和多元性[1]。

在穆尔创作的现实关怀中，种族问题显得格外引人注目。她对爱尔兰的境况和中国文化表现出了极大的兴趣。1916年都柏林爆发了反抗英国殖民统治的起义，身为爱尔兰裔的穆尔对此尤为关注，写下了诸多思考爱尔兰境况的诗歌。其中最著名的两首是《寄居在鲸鱼中》("Sojourn in the Whale")和《斯宾塞的爱尔兰》("Spenser's Ireland")。《寄居在鲸鱼中》一诗通过"鲸鱼中"这个别出心裁的空间意象描绘了爱尔兰人的处境：这一空间充满了黑暗、匮乏和挣扎的徒劳，完全不能为居民提供归属感。这种被评论家称为"别处"[2]的意象其实是一种"错置感"，表现了爱尔兰人对于当下生存境况的情感疏离。《斯宾塞的爱尔兰》一诗以英国文艺复兴时期诗人埃德蒙·斯宾塞(Edmund Spenser，1552—1599)的政论文《爱尔兰之现状》(*A View of the Present State of Ireland*，1596)为基础。斯宾塞在1580年以英国驻爱尔兰总督秘书的身份驻守爱尔兰，在任期间积极镇压爱尔兰起义。1596年他向伊丽莎白女王提交报告，以殖民者的优越心态阐述了爱尔兰的野蛮和邪恶，并提出了镇压建议[3]。穆尔的诗开篇是紧接着题名"斯

---

[1] 有关穆尔诗歌创作与性别政治之间关系的进一步论述，可参见倪志娟：《玛丽安·摩尔的书写策略及其性别伦理》，载《杭州电子科技大学学报（社会科学版）》2016年第3期。
[2] 参见倪志娟：《"别处"的不同意义——菲利普·拉金与玛丽安·摩尔诗歌之比较》，载《名作欣赏》2014年第15期。
[3] 参见李成坚：《斯宾塞眼中的爱尔兰：论〈爱尔兰之现状〉中的民族意识》，载《外国文学评论》2011年第2期。

宾塞的爱尔兰"的半句话——"没有变;——",以斯宾塞的爱尔兰经验为起点,却以叙述者的自我身份认同和现代社会经验结束:"我困惑,我不满,我属于爱尔兰。"从斯宾塞到叙述者,诗篇在形式上首尾呼应成一个封闭的圆环,但在意义层面却打开了巨大的裂口,展示了从英国殖民者到美国的爱尔兰后裔对于这片土地想象所产生的巨大张力,以及这张力之间爱尔兰真正的风土人情。

穆尔对于中国的兴趣集中于文化和想象力层面。她幼时受邻居的影响,对来自中国的器物非常感兴趣,曾经说过"我生来就爱中国"的夸张言语。在诗歌创作方面,穆尔深受美国现代主义诗歌运动的影响,对于中国律诗中的意象和禅宗思想非常熟悉,并高度赞赏同侪在诗歌中采用这些"中国式的神韵和技巧"的创新之举[1]。她自己的诗作中充满了"中国风"意象,鲜活地呈现了她对中国风景的向往和想象。例如,《光滑盘曲的紫薇》("Smooth Gnarled Crape Myrtle")将树枝上的黄绿色鸟儿比喻成"一张中国花鸟画";《蓝虫》("Blue Bug")中想象"古时中国曲调婉转,/三指拨动十三根丝弦/黄河的涡漩"。更加引人注目的是穆尔对于中国文化元素的认可超越了西方文化的刻板印象。在《啊,我是龙》中,穆尔想象自己成为中国神话中的龙:"如果我,能像所罗门/愿望可以成真——/我……欲为龙,/那是天国力量的图腾/微如蚕巨无朋;偶尔隐匿无踪。/景随心动。"在西方文化中,"龙"是英雄传奇中的吐火蜥蜴怪物,大多是残暴贪婪等恶行的象征;屠龙也成为西方神话中英雄成长的经典情节。穆尔在诗歌中彻底摈弃了西方语境,而是站在中国文化的立场上施展想象,体现出可贵的跨文化思维。《九桃》("Nine Nectarines")一诗同样如此。在这首诗中,生物学出身的穆尔运用自己的专业知识,特意选择了原产中国的油桃作为描写对象,充满了浓郁的中国特色。她写道:"油桃/作为野生的水果/首先在中国发现。/它是野生的吗?"而进一步体现油桃的"中国性"是它最终的归宿——被瑞兽麒麟(kylin)吃掉。穆尔写道,只有"懂得荒野精神"的中国人才能想象出麒麟这样的动物。它是荒野的产物,不屈从于人类的意志,却又是人类想象力的结果。穆尔在《九桃》中对麒麟的赞美不仅针对这一想象的动物形象,而且针对的是瓷瓶上的麒麟画像。她的生态意识和对想象力的推崇在这一意象中得到了辩证的体现。

---

[1] 有关穆尔诗歌创作里的中国元素的论述,可参见 Cynthia Stamy, *Marianne Moore and China:Orientalism and a Writing of America*. Oxford:Oxford UP,1999;钱兆明、卢巧丹:《摩尔诗歌与中国美学思想之渊源》,载《外国文学研究》2010 年第 3 期;高照成、方汉文:《玛丽安·摩尔诗歌中的中国文化意象》,载《外国文学研究》2016 年第 6 期。

作为最杰出的现代主义诗人之一,穆尔对美国的诗歌发展影响深远,其中最有名的是她与美国日后的桂冠诗人伊丽莎白·毕晓普(Elizabeth Bishop,1911—1979)之间的文学关系。毕晓普将自己对亲生母亲的情感投射到了穆尔身上,并在诗歌创作层面成为穆尔的拥趸和学徒。这种文学"母女"关系相对含混和复杂:既充满爱意、感激和支持,也不免带有创作层面的影响焦虑①。但无论如何,毕晓普对于穆尔极为崇敬,对其文学成就也有着极高的评价,正如她在《给穆尔小姐的邀请》("Invitation to Miss Marianne Moore")的诗中所表现的那样:

> 否定结构的王朝
> 在你身旁黯淡腐朽,
> 语法突然变得光耀
> 就像那群翔的矶鹞,
> 求你快飞来。
>
> 快来,像那鱼鳞天流动的光彩
> 快来,像那彗星出现在白天
> 华章是你那星云般的裙摆
> 到了布鲁克林,到了布鲁克林桥,到了这怡人的今朝
> 求你快飞来。

埃德娜·圣文森特·米莱
(Edna St. Vincent Millay,1892—1950)

埃德娜·圣文森特·米莱是美国 20 世纪最著名的女性诗人之一。与同时代热衷于新诗实验的现代主义作家不同的是,米莱偏爱借助十四行诗等传统诗歌形式表达现代情感。形式上的传统并不意味着米莱在智性和情感上的复古守旧,恰恰相反,这是为了掩盖或中和创作主题的激进性。米莱的诗歌以鲜明的女性主义风格闻名,以大胆的笔触刻画了女性所经历的肉体性爱、情感背叛和精神迷惘,具有明显的"新女性"文学特征。而且,诗歌

---

① 参见 Joanne Feit Diehl, *Elizabeth Bishop and Marianne Moore: The Psychodynamics of Creativity*. Princeton: Princeton UP,1993.

被认为是一个高度男性化的文学体裁,米莱对古体诗形式的使用本身便是一种篡夺男性权威、确立女性艺术家创作主体性的反叛姿态①。正因为如此,她成了当时最受欢迎的诗人②,被20世纪初美国诗歌的教母,《诗歌》(Poetry)杂志的创办人哈丽雅特·门罗夸赞为"自萨福以来最伟大的女性诗人"③。

米莱出生于缅因州的罗克兰市。父亲亨利·米莱是一名教师,母亲科拉是一名护士。因为父亲无法承担家庭的经济责任,母亲科拉在米莱八岁的时候正式提出离婚,带着三个女儿过着捉襟见肘的生活,独自承担了抚养孩子的重任。幸运的是,母亲尽管生活拮据,却依然给米莱和她的两个妹妹提供了力所能及的最好教育,直至她们长大成人。父亲对家庭的失职给米莱造成了很难愈合的心理创伤,对她的自我身份塑造和家庭模式认知都造成了很大的影响。一方面,父亲角色的不在场让身为长女的米莱主动承担起家中男性的角色,她养成了自立的性格,坚持用男名"文森特"来称呼自己,彰显自我的主体性。在20世纪初期的美国,性别政治依然严苛,但米莱却不管不顾地像男性一样追求自由,成为当时文学圈最令人瞩目的"新女性"。在瓦萨学院求学期间,她与已婚作家,有"诗人中的诗人"之称的阿瑟·戴维森·菲克(Arthur Davison Ficke,1883—1945)陷入恋情。米莱于1917年大学毕业后,在纽约市的格林尼治村这个先锋艺术家聚集区度过了一段非常贫困却又放荡不羁的生活。她卖文为生时害羞地躲在不同的笔名后面,却在自己双性恋取向的问题上非常坦诚,与小说家弗洛伊德·德尔(Floyd Dell,1887—1969)、诗人兼汉学家陶友白(Harold Witter Bynner,1881—1968)、作家兼评论家埃德蒙德·威尔逊(Edmund Wilson,1895—1972)、诗人约翰·皮尔·毕晓普(John Peale Bishop,1892—1944)等诸多文坛名人都有过情感纠葛。

但在流连于性爱欢愉的表象下,米莱在内心深处充满了对男性的不信任,从来没能够从两性关系中获得足够的安全感和幸福感,而一直龟缩在自我营造的安乐窝里,企图保持和母亲一起生活的童年记忆。她惧怕婚姻,接连拒绝了众多的求婚者。在日后的一封信中,米莱对母亲说:"我有种好玩

---

① 对于这一话题的详细研究,可参见 Debra Fried, "Andromeda Unbound: Gender and Genre in Millay's Sonnets." *Twentieth Century Literature* 32.1 (1986):1—22.
② "Edna St. Vincent Millay, 1892—1950." *The Wisconsin Magazine of History* 34.2 (1950):100.
③ 引自 Edward Davison, "Edna St. Vincent Millay." *The English Journal* 16.9 (1927):671.

的感觉,将来有一天我会结婚,然后生个儿子;然后我丈夫死了,这样你、我还有我的小朋友就可以在农场上一起生活了"①。这句玩笑之语却真实地折射了米莱的家庭想象,也决定了其诗歌创作的主题基调。最终,米莱选择了一个"安全的"婚姻方式:在 1923 年,她与比她年长 12 岁的荷兰商人尤金·简·布瓦塞万结婚。布瓦塞万是一位女权主义者,主动承担了所有的日常事务,以便让米莱能够安心写诗。这是一段开放式的婚姻,虽然背离社会规范却另有一种奇特的浪漫:他们没有孩子、各有情人,却将婚姻维持到了生命尽头。1950 年 10 月 19 日,米莱在位于纽约州奥斯特利茨市的家庭农场逝世——这家农场是丈夫特意为她购买的住所,满足了她在给母亲信中所描绘的人生想象。

在米莱颠沛流离的幼年生活期间,无论搬家多么辛苦,米莱的母亲科拉都会在行李里装着弥尔顿、莎士比亚等经典作家的作品,每天都读给女儿们听。这给米莱和妹妹的心里播下了文学的种子,点燃了她们的文学想象力。母亲意识到了米莱在写诗方面的天赋,鼓励她多加尝试。米莱 14 岁时在流行的儿童杂志《圣尼古拉杂志》(*St. Nicholas Magazine*)上第一次发表诗歌,此后成为这一期刊的老作者。1912 年,米莱携《新生》("Renascence")参加诗歌比赛,获得了第四名的成绩,却引起了很大的争议。绝大多数人都认为《新生》是最好的作品,冠军奥里克·约翰斯读完后也自愧不如,主动要求放弃自己的名次,把头名归还给米莱。

《新生》描绘了叙述者通过自然的洗礼之后,对宇宙的和谐有了神秘的领悟,终而以一种全知的态度拥抱生命中的喜悦、遗憾和悲苦。诗歌的题名"新生"所意欲表达的正是这个精神嬗变的意义。整首诗以双韵体形式写成,共有 20 个诗节,依次描绘了叙述者"我"看到的周围景象、周围环境给叙述者造成的压抑感、叙述者沉入地底聆听天雨的声音、与宇宙的和谐融合、获得"新生"后对世界的重新观照和反思。象征性的死亡、雨水的洗礼和复活式的新生,这些意象使得诗歌具有浓烈的基督教色彩。而叙述者与宇宙的相融消弭了自我与世界的边界,并由此导致对物质世界的全新看法:"世界之上延展着穹苍/并不高于灵魂抵达的地方——/心灵能够分开大地和海洋/让它们在双手两侧相望;/灵魂能够劈开天幕如墙/让它透过荣耀的上帝之光。"②对"灵魂"和"上帝"的理解催生了神圣的知识,穿透了以往世俗知识的迷雾,这一意象修辞体现了超验主义的影响。现在这首诗已经成为米

---

① 引自 Walter S. Minot,"Millay's 'Ungrafted Tree': The Problem of the Artist as Woman." *The New England Quarterly* 48.2 (1975):266.

② 本书中的米莱诗歌由笔者自译。

莱最负盛名的代表作之一,标志着她文学生涯的正式开始。

自1917年发表自己的第一部诗集《新生和其他诗歌》(Renascence and Other Poems)以来,米莱接连发表了一系列的诗歌作品,奠定了她在1920年代美国诗坛的明星地位。她早期的诗歌作品,如《蓟的无花果》(A Few Figs From Thistles,1920)、《又是四月》(Second April,1921)等,语调轻快而愤世嫉俗,被称为"时髦女郎"(flapper)文体①。1923年的《竖琴编织人》(The Ballad of the Harp-Weaver)是米莱诗歌风格的一个分界线,话题开始转向对生活和女性境遇的严肃思考,也因此获得当年的普利策诗歌奖。在米莱同时代的评论家看来,她的前期诗歌

> 亲密而不传统,感性而不智性,现实而不哲学,而且风格非常多变。总而言之,女性化。的确,她偶尔也会对生活中的问题、死亡的奇迹有着过人看法,但这却强化了这一印象:它们就像是稍纵即逝的闪电一般,显示了女性天生的直觉,但其内涵没有丝毫的生活哲学,甚至没有持续的智性好奇。②

这一评价充满了传统性别话语中对于女性的偏见,但从侧面揭示出米莱的诗歌创作存在一个阶段性的变化。自《竖琴编织人》之后,米莱的创作进入后期阶段,风格转向严肃阴郁,作品包括《雪中牡鹿》(The Buck in the Snow,1928)、十四行诗集《致命的会晤》(Fatal Interview,1931)、《这些葡萄酿的酒》(Wine from These Grapes,1934)等作品。1943年,米莱获得美国诗歌协会(Poetry Society of America)所颁发的终身成就奖——弗洛斯特奖章(Frost Medal),成为美国历史上第二位获此殊荣的女性诗人。

如今的读者都知道米莱的诗人身份,却忽视了她文学成就的另一个重要维度:戏剧创作。米莱在戏剧创作方面同样成就斐然。她在高中的时候就为学校活动写过剧本,大学毕业后正式开始戏剧的创作,主要作品包括独幕剧《返始咏叹调》(Aria da Capo,1920)、《国王和两个邋遢女人》(Two Slatterns and a King,1921)、《灯和钟》(The Lamp and the Bell,1921)、歌剧《国王的仆从》(The King's Henchman,1927)、独幕剧《嫁给侍从的公主》(The Princess Marries the Page,1932)等。其中《国王的仆从》是当时最受

---

① Thomas J. Schoenberg and Lawrence J. Trudeau,"Edna St. Vincent Millay(1892—1950),"in Twentieth-Century Literary Criticism. vol. 169. Detroit:Thomson Gale,2006,p. 220.
② Edd Winfield Parks,"Edna St. Vincent Millay." The Sewanee Review 38.1(1930):42.

欢迎的剧作,以书籍形式出版后在短短三周内便重印了四版。但当时的美国批评界对这部剧所受到的欢迎却颇为疑惑,认为它"题材是盎格鲁-撒克逊的,而不是有关美国的,模仿痕迹过强,缺乏创造力,和伊丽莎白剧或者英雄颂诗一样不适合米莱"①。

米莱持有自由派政治立场,激烈批判美国主流社会的种族主义和性别政治,曾经于1927年参加抗议"萨科和万泽提"(Sacco and Vanzett)一案②的不公而被捕,并写下《马萨诸塞州的正义不再》("Justice Denied in Massachusetts")这首政治抗议诗。诗歌的开头写道:"让我们抛弃我们的花园,回家/在客厅里坐着。"这明显呼应了艾略特在《普鲁弗洛克的情歌》("The Love Song of J. Alfred Profrock",1915)的第一句"让我们去吧,你和我",与以艾略特作品为代表的注重技巧革新和意象堆积的"高等现代主义"(high modernism)形成了反讽性的互文关系。对政治的深度参与导致米莱在20世纪中叶被视为"政治诗人",其作品的文学价值受到了质疑和贬低③。无论评论界的立场是褒是贬,不可否认的是,米莱的诗歌作品并非只强调艺术性的"纯文学",而具有鲜明的政治性。

米莱的诗歌主要关注女性生活,着重呈现女性在男权社会中对于身体和精神两个层面"自由"的追求。在表面的传统形式下,米莱诗歌既具有愤世嫉俗的战斗精神,也有慨叹女性悲惨经历的柔情。在《雪中牡鹿》("The Buck in the Snow")一诗中,米莱明确地表达了她对于女性身份的认同,以及对于美国女性艰难处境的认识:"我,生为女人/我,生为女人,且为我族类/所有的困厄和意向而苦恼。"主流社会所建构和秉承的性别话语作为一种权力系统,通过命名将女性纳入其中并进行规训。对此具有清醒意识的米莱在诗歌中往往将性别话语体系比喻成把女性紧锁其中的监狱。比如在《囚徒》("The Prisoner")中,米莱点出了姓名作为权力符号与女性身份之间的关系,以及这一符号对于女性生存的束缚:"都很好,/去吧!/名字是什么?/我猜是将我锁入/而不仅仅是将我锁出!"而性别话语系统更是利用基督教的"原罪"话语让女性更加顺从地接纳自身被奴役的境遇,正如《忏悔者》("The Penitent")所描绘的:"我有点点难过,/生有小小罪过,/见到幽

---

① Edd Winfield Parks,"Edna St. Vincent Millay." *The Sewanee Review* 38.1 (1930):46.
② 第一次世界大战结束后,美国国内的经济危机导致了大规模的工人运动。1920年5月5日,参加工人运动的意大利移民萨科和万泽提被警方以杀人罪的名义逮捕。尽管他们的无罪证据非常充分,却依然被判死刑,于1927年8月22日被处决。该案影响深远,受到了当时国际进步人士的一致谴责。
③ John Timberman Newcomb,"The Woman as Political Poet:Edna St. Vincent Millay and the Mid-Century Canon." *Criticism* 37.2 (1995):265.

居一所/我们都被紧锁。"在这样的话语体系下,女性别无出路,只能将获得男性的爱情视为自我价值的最高实现。倘若不能达成这个目标,则会导致身份的崩塌。《池塘》("The Pond")一诗便通过描绘一场五十年前发生的爱情悲剧呈现了这一主题。一位追求爱情和美的痴情女子被情人抛弃后投湖自尽,"她为爱殉情之前,/还想摘下一朵百合"。这首诗显然呼应了英国油画家约翰·埃弗里特·密莱司(John Everett Millais,1829—1896)的名画《奥菲利亚》("Ophelia",1851)中的经典意象:在画中,奥菲利亚落水而死,旁边环绕鲜花。这首诗用流水和鲜花这两个意象呼应了密莱司的绘画以及莎士比亚的《哈姆雷特》,在拓展自身艺术空间的同时深化了女性爱情幻灭的主题。

在20世纪"喧嚣的20年代",毫无顾忌地表达女性欲望成为"新女性"的性别操演方式。身为"时髦女郎"的一员,米莱在诗歌中大胆地表现了被视为禁忌的各类性爱主题,以此表达了对抗性别话语系统压制的激进姿态。在《生而为女,我很伤感》("I, Being born a Woman and Distressed")中,米莱直白地写下了"热烈的欲望,想让你的体重压在我的胸膛"这样令人惊诧的语句。这种欲望表达和欲望书写是米莱诗歌作品中的一大特色,或隐或显地存在于她绝大多数的作品中。比如,《忏悔者》中的叙述者意识到"幽居"的存在之后,她"扎上一条发带/求得浪子青睐。/一事不可轻率——/我自认一直很坏/'但我毫不介怀,/不如追求愉快!'"扎上发带求得男性欢心的行为描写是对童话《白雪公主》中继母王后想通过发带扼杀白雪公主萌动的性意识这一情节的反写,展现了新时代的"坏女孩"通过违背既定规范的身体自由达到精神"快乐"的生存状态。

在米莱的创作中,性爱不过是米莱寻找爱情——或者说,寻找生命意义的一种方式。她在十四行诗《爱不是一切》("Love Is Not All")中说,爱情不能为人们提供衣食住行,但却是人们活下去的希望:"许多人正感受死神的存在/就是现在,只是因为没有爱情的到来"。对于米莱来说,对爱的追寻定义了整个人生的意义。她最广为引用的《第一个无花果》("The First Fig")一诗便呈现了这一主题:"我的蜡烛在两端点燃;/它不会熬过这个夜晚;/但是啊,我的敌人和友人啊——/它的光亮是多么璀璨!"这首诗体现了诗人对生命价值的独特理解。生命虽然宝贵,但诗人却愿意为了照亮"夜晚"而"两头燃烧"自己的精力。这是针对"敌人"的宣战,也是为了"友人"的牺牲。

但值得特别指出的是,似乎是"追求"过程而非情感本身主导了米莱的艺术世界。这也导致了她情感关系的不稳定,导致她深陷迷惘和孤独的泥淖。《别可怜我》("Pity Me Not")就表现了对爱情极度不信任的幻灭感：

> 别可怜我,为那白昼的流光
> 在迟暮的天际停止了徜徉；
> 别可怜我,为那生机的美丽
> 消逝在岁末的田野和林场；
> 别可怜我,为那月亮的残缺,
> 抑或那浪潮退回了海洋；
> 也别为你早早寂灭的欲望
> 不再情意绵绵地把我端详。
> 我都明白,爱情不过是一场心伤
> 就像风中飘零的落瓣,
> 也像拍打海岸的巨浪,
> 和狂风一路洒落残帆。
> 可怜大脑随处捕捉的危象
> 总是太晚地抵达我的心房。

诗歌整体气氛非常感伤,刻画了因爱受伤的主人公对人生和情爱的理解。在她看来,情爱本和自然界的良辰美景一样不可持久,稍纵即逝。将情感的变化与自然现象相比较,达到了情景交融的效果,同时也呈现了主人公受伤后伪装的坚强。《我的唇吻过谁的唇》("What Lips My Lips Have Kissed")属于同一类型,也通过自然描写烘托了主人公的失意和孤独：

> 我的唇吻过谁的唇,何地,何因,
> 再难记起。我的头枕着谁的臂
> 直到天明；今夜的雨滴
> 满怀哀怨的幽灵,敲击和呜咽,
> 窗外的等待在期盼回应,
> 隐隐的痛苦拨动我的心,
> 被遗忘的少年不再归来
> 子夜时分向我倾诉衷情。
> 寒冬时节那株老树独伫的孤零,
> 说不出一只只飞离了哪些昏鸦,
> 只知道它的枯枝比以往更冷清。

说不出降临又飘逝了哪些爱情，

只知道曾在心间欢歌的盛夏，

短短一刻，便再难听到它的声音。

整首诗语调阴郁，雨夜、寒冬、孤树等意象呈现了当下叙述者所处的孤独死寂的压抑氛围，与亲吻、安眠、倾诉、盛夏等爱情记忆构成了非常鲜明的对比。

导致米莱这种深陷追求过程而永远不能达到心安状态的根源应该还是她的童年经历。家庭本来应该是爱情的终点和安放之处，但或许是受潜意识里憎恨和拒斥父亲的影响，米莱在诗歌中对家庭的描写非常低沉。十四行诗《没有嫁接的树》("Sonnet from an Ungrafted Tree")便是一例。该诗讲述了一位与垂死的丈夫已经毫无感情的女性出于责任而返回照料他的故事，实际上取材于米莱1912年探望病重父亲的经历，因而诗中的女主人公其实是母亲科拉和米莱本人的混合形象。"没有嫁接的树"象征着家庭，没有受到照料的果实则象征着被父亲遗弃的子女。整篇诗歌语调阴郁，完全没有爱情的热烈抑或亲情的平和，是米莱弑父潜意识的隐喻性表达[1]。

作为"新女性"诗人的代表，米莱所取得的文学成就折服了当时的美国文坛。威斯康星大学校长格伦·弗兰克在1933年授予米莱荣誉文学博士学位时，对她的创作做了精彩的总结：

你在一个充满轻率而露骨的时代，高举着崇美的旗帜；你在一个充满幻灭和诱惑的时代，激发了人们对于人生悲喜的永恒热忱；你冲破了正统却单一的创作形式，尝试了诗歌的不同形式，深刻却不失飘逸清新；你用词精当，喻义广博，体现了极致的艺术性；你在情感和想象力方面的伟大发现将成为文学界的财富；你在一个相信宿命、怀疑一切的时代，展示了信仰所拥有的创造性力量——它不是轻信，而是勇气；你的诗歌格式精巧，却蕴含着燃烧的精神，面对不公时猛然迸发；你拥有预言家的视野和激情，这才有了你云雀般的歌声。[2]

这样的赞誉对于米莱来说实至名归，她也以其独特的诗歌风格对同时代的

---

[1] Walter S. Minot, "Millay's 'Ungrafted Tree': The Problem of the Artist as Woman." *The New England Quarterly* 48.2 (1975): 265.

[2] 引自 "Enda St. Vincent Millay, 1892—1950." *The Wisconsin Magzine of History* 34.2 (1950): 100.

女性诗人以及后辈女性的诗歌创作都产生了极大的影响。日后米莱成为美国国会图书馆第四任"桂冠诗人"。第一位有此头衔的女诗人路易丝·博根（Louise Bogan,1897—1970）也用传统诗歌形式呈现了现代女性的生存和心理状态，她颇受米莱文风影响，与米莱一起被视为美国诗坛的双子星。而米莱诗歌中的女性主义主题，如性别操演和女性欲望，则在"自白派"（confessional verse）诗人的代表安妮·塞克斯顿那里得到了继承和发扬。塞克斯顿的自白诗以个人化的呐喊去对抗男权社会中的权力结构，通过抑郁、自杀、性爱等极端私密化的主题呈现了女性受害者叙事，同时也表达了对女性身份的坚守[1]。

20世纪初期的欧美社会弥漫着"现代主义"的躁动，绝大多数艺术家都追逐形式实验的时髦，以标榜自我艺术的创新性。这在某种程度上舒缓了他们面临"现代性"的焦虑以及他们面向古典传统的创作身份焦虑，但另一方面却也导致了文学艺术的无序化和意义崩塌。而米莱则为这种无序套上了古典主义的缰绳，为20世纪初期美国的"新诗歌"运动——如自由诗、意象主义、荒原派等——提供了另外一种表现形式[2]。"旧瓶装新酒"的诗歌写作是对形式迷恋的反拨和救赎，米莱也因为这一努力而在现代主义诗坛占据着特殊的地位。

第四节　世纪之初的女性戏剧

相较诗歌、小说、散文等文类在美国文学传统中的地位而言，戏剧这种体裁向来没有获得足够的重视。这一被评论家们称为"反剧场偏见"[3]的文化现象有其历史根源。从欧洲的清教徒踏上美洲殖民地开始，他们就出于宗教信仰的原因在1774年的第一次大陆会议上正式取缔戏剧。他们认为，戏剧属于"奢侈活动"，代表着欲望的放纵，与基督教美德背道而驰。同时，戏剧作为一种文类，没有承担起代表美国文学、呈现有别于老欧洲的民主的使命：它太感性而不智性，太粗糙而不够文学，太矫饰而不够升华，太模仿而

---

[1] 参见 Elizabeth P. Perlmutter,"A Doll's Heart: The Girl in the Poetry of Edna St. Vincent Millay and Louise Bogan." *Twentieth Century Literature* 23.2 (1977): 157—79; Artemis Michailidou,"Gender, Body, and Feminine Performance: Edna St. Vincent Millay's Impact on Anne Sexton." *Feminist Review* 78 (2004): 117—40.

[2] Debra Fried, "Andromeda Unbound: Gender and Genre in Millay's Sonnets." *Twentieth Century Literature* 32.1 (1986): 8.

[3] 参见 Jonas Barish, *The Anti-Theatrical Prejudice*. Berkeley: U of California P, 1981.

不够创新①。这些不利的标签使得戏剧在美国的发展举步维艰。到了19世纪与20世纪之交,美国人开始进入剧院看戏。但是,剧院的商业化运作、过度生产和投机、对奢华的追求等因素使得看戏成了一种高昂的消费,的确成了清教徒前辈所认为的奢侈活动。然而,戏剧创作本身却一直未能在文坛中大放异彩,这在20世纪初引起了文学界的重视。评论家克莱顿·汉密尔顿(Clayton Hamilton,1881—1946)于1914年撰文《美国戏剧到底怎么了?》("What Is Wrong with the American Drama?"),开始反思美国戏剧文学创作面临的困境:"我们必须坦率地承认,美国的大众……对于戏剧毫无兴趣。他们对于看戏本身倒是很热衷,但那是另外一回事。"②一位评论家甚至发出了"美国戏剧并不存在"这样非常夸张的感叹③。直至1970年代美国文坛掀起了"经典修正"浪潮,戏剧才与女性、少数族裔、同性恋等亚文学一起被补充进入经典文学的范畴。

　　实际上,20世纪初的美国戏剧文学积极地融入当时的社会语境,出色地担负着教育大众的文化使命。从形式上,为了能够尽可能广泛地接触大众,美国戏剧开始走出封闭的商业剧场,开始以小剧场的形式走向社区等公共空间,并随之出现了独幕剧这种作品形式,完成了戏剧史上的一次伟大变革。从内容和主题上,美国戏剧呼应了进步主义运动,对于女性和有色人种给予了特别的关怀。从创作主体上,女性剧作家,尤其是黑人女性剧作家开始从事戏剧创作,甚至登上舞台演绎女性生活的方方面面。

　　在20世纪初,鉴于商业演出奢华昂贵、受众不广的局面,美国戏剧界出现了"小剧场运动"(the little theatre movement)。所谓"小剧场",即摆脱了商业剧场中的奢侈和仪式感,因地制宜地设于任何能够聚集观众的公共空间的小型剧场。1915年,剧作家乔治·克拉姆·库克(George Cram Cook,1873—1924)和苏珊·哥拉斯佩尔(Susan Glaspell,1876—1948)夫妇在纽约市成立的普罗温斯敦剧团(Provincetown Players)是其中的杰出代表。小剧场的出现是美国戏剧发展史上的标志性事件,打破了戏剧长期被商人控制的状况,提升了剧作家的重要性,使得原本"演员—经理"式的剧场开始转变为剧作家具有高度话语权的剧场。同时,面向大众的小剧场具有

---

　　① 王正胜:《从女权主义到后女性主义:百年美国女性戏剧》,载《戏剧文学》2009年第8期,第65页。另参见 Susan Harris Smith,"Generic Hegemony: American Drama and the Canon." *American Quarterly* 41.1 (1989):116.

　　② Clayton Hamilton,"What Is Wrong with the American Drama?" *The Bookman* 39 (May 1914):315.

　　③ John Gassner,"There Is No American Drama." *Theatre Arts* 36 (1952):84.

演出时长限制,这催生了独幕剧的流行,以 1916 年尤金·奥尼尔(Eugene O'Neill,1888—1953)的《东航卡迪夫》(*Bound East for Cardiff*)上演为标志。独幕剧的剧情通常在一幕内完成,一般人物较少,情节线索单纯,从某个特定视角来呈现矛盾。总而言之,小剧场运动是反商业戏剧的先锋,吸引了包括尤金·奥尼尔在内的诸多戏剧大家,是美国戏剧文学艺术化过程中的里程碑[①]。

20 世纪初美国戏剧的另一盛景是女性剧作家的登场。随着女性运动的蓬勃开展以及进步主义运动对于边缘群体的关注,女性开始通过文学创作和登台演出去呈现她们的社会处境和内在情感,使得她们的作品可以被归入社会剧的行列[②]。小剧场运动的兴起为她们的创作提供了合适的外部条件。美国当时的戏剧创作领域群星璀璨,除了苏珊·哥拉斯佩尔外,还拥有爱丽丝·布朗(Alice Brown,1857—1948)、伊丽莎白·罗宾斯(Elizabeth Robins,1862—1952)、玛莎·莫顿(Martha Morton,1865—1925)、雷切尔·克罗瑟斯(Rachel Crothers,1878—1958)、索菲·特雷德韦尔(Sophie Treadwell,1885—1970)、佐薇·艾金斯(Zoë Akins,1886—1958)、梅·韦斯特(Mae West,1893—1980)等一批名家。她们在剧作中关注女性的心理发展以及女性在家庭和社会中的地位,对女性文学传统进行了继承和改写。如艾金斯在 1934 年改编了伊迪丝·华顿的中篇小说《老处女》(*The Old Maid*,1924),翌年凭借此剧斩获普利策剧作奖。在她们中间,最为出色的佼佼者是雷切尔·克罗瑟斯和苏珊·哥拉斯佩尔。生于伊利诺伊州的克罗瑟斯被同时代的戏剧评论家伯恩斯·曼特尔(Burns Mantle,1873—1948)誉为"美国剧作家中的第一夫人"[③]。她在 1899 年至 1937 年的创作生涯中写下了 23 部多幕剧及大量独幕剧,在女剧作家中最为高产。她的父母笃信基督教,却在女性事务方面思想开明。其母生性独立,是伊利诺伊州历史上最早的女医生之一。在父母的影响下,克罗瑟斯对社会改革非常关注,其作品聚焦于女性的社会处境和道德问题,探讨了性别歧视、家庭婚姻、卖淫等进步主义运动的常见话题,具有明显的"社会问题戏剧"特色。克罗瑟斯最著名的代表作品包括《我们仨》(*The Three of Us*,1906)、

---

① Judith E. Barlow, "Influence, Echo and Coincidence: O'Neill and the Provincetown's Women Writers." *The Eugene O'Neill Review* 27 (2005):22—28.

② Sharon Friedman,"Feminism as Theme in Twentieth-century American Women's Drama." *American Studies* 25.1 (1984):71.

③ Burns Mantle, *Contemporary American Playwrights*. New York: Dodd, Mead & Company,1938,p.105.

《男人的世界》(A Man's World,1910)、《他和她》(He and She,1920)、《好人们》(Nice People,1921)、《丈夫走了》(As Husbands Go,1931)、《女人相聚》(When Ladies Meet,1933)、《苏珊和上帝》(Susan and God,1937)等。哥拉斯佩尔则在1931年获得了代表美国戏剧界最高荣誉的普利策奖。

黑人女性剧作家群体的出现是20世纪初的一道文学风景,为女性运动增加了种族维度。虽然民权运动领袖W.E.B.杜波依斯(W. E. B. Du Bois,1868—1963)大力提倡戏剧创作和演出,提倡"关于黑人、由黑人所写、为黑人而写、接近黑人群众"的戏剧演出,但反响平平,没有产生太大的影响[1]。不过,从20世纪20年代到30年代,涌现出安吉丽娜·韦尔德·格里姆克(Angelina Weld Grimke,1880—1958)、乔治娅·道格拉斯·约翰逊(Georgia Douglas Johnson,1880—1966)、佐拉·尼尔·赫斯顿(Zora Neale Hurston,1891—1960)、尤拉里·斯宾塞(Eulalie Spence,1894—1981)、杜波依斯的妻子雪莉·格雷厄姆·杜波依斯(Shirley Graham Du Bois,1896—1977)、玛丽塔·邦纳(Marita Bonner,1899—1971)、梅·米勒(May Miller,1899—1995)等一批黑人女性戏剧家。其中,邦纳的创作虽然以短篇小说、戏剧和音乐为主,但其最出名的作品是一篇名为《关于身为青年—女性—有色人种的观点》("On Being Young - A Woman - And Colored")的文章,在其中她辛辣地批判了社会对于女性,尤其是黑人女性的歧视。

当时绝大部分黑人女性戏剧作家都与华盛顿特区有所联系,有着"黑人的哈佛"之称的霍华德大学以培养教师和艺术家出名,为黑人女性剧作家提供了合适的生存土壤。她们的创作被商业化的百老汇排除在外,却得益于"小剧场运动"而在黑人社区中获得了新生[2]。1920年之后,全国有色人种协进会开始推进黑人小剧场运动并赞助评选最佳剧作家比赛,获奖的女性剧作有赫斯顿的《黑人罢工》(Color Strike,1925)、玛丽塔·邦纳的《紫花》(The Purple Flower,1928)等。

美国现代"社会戏剧"的奠基人:
苏珊·哥拉斯佩尔(Susan Glaspell,1876—1948)

1915年普罗温斯敦剧团的成立是美国戏剧发展史上一个重要的里程

---

[1] 王家湘:《20世纪美国黑人小说史》。南京:译林出版社,2006年,第62页。
[2] Elizabeth Brown-Guillory, Their Place on Stage: Black Women Playwrights in America. Westport: Greenwood P,1988,pp. 4—5.

碑,标志着美国戏剧开始将目光从室内的"小"景观转向室外的"大"社会,积极承担文学本该承担的社会功能。创办者之一苏珊·哥拉斯佩尔发表了热情洋溢的宣言:

> 我们自认为是一个"特别"群体——激进的、野性的群体。……我们寻找一种向往的生活方式,我们相濡以沫地去反抗复杂的社会;我们依靠一种古老的、传统的本能去建构一座乐园,一种睦邻关系,去保持一种温暖与恬静。……我们是一个新家庭。①

这本是一个小剧团公司的成立,却因为哥拉斯佩尔赋予它的使命而具有了非同一般的意义,被誉为"美国戏剧史上最重要的创新运动"②。它不仅培育了一个大师级的剧作家尤金·奥尼尔,更标志着美国戏剧正式进入"现代"期:自此以后,剧场不再是满足感官欲望和奢侈享受的封闭空间,而重新秉承古希腊的形式(那个"古老的、传统的本能")面向大众,走向社区等各个公共空间,发挥戏剧本该有的实践民主、建构"乐园"的功能。哥拉斯佩尔也因此被认为是美国现代剧的先驱,成为这个领域第一位弄潮的女性作家。

苏珊·哥拉斯佩尔出生于美国艾奥瓦州的一个农民家庭,是家中唯一的女儿。她在保守传统的农村环境中长大,对于乡村的风土人情非常熟悉,也见证了19世纪与20世纪之交美国社会的工业化进程对于乡村环境的根本性影响。她的家与印第安部落离得很近,经常有印第安人来访,这使得哥拉斯佩尔了解到印第安部落的文化和处境。1893年,美国社会遭遇了一场严重的经济危机,乡村受到了很大的冲击。哥拉斯佩尔的父亲卖掉了农场,全家人一起搬进了城里。大学毕业后,哥拉斯佩尔在《得梅因每日新闻》(Des Moines Daily News)做记者,开始展现出用文字谋生的能力和才华。尤其罕见的是,她负责的专题是法律和谋杀案,如当时典型的"新女性"一样介入到公共领域之中。一个涉及女性的冤案改变了哥拉斯佩尔的记者人生,促使她走向文学创作之路。在1899年,美国发生了一起轰动全国的"玛格丽特·郝塞科(Margaret Hossack)杀夫案"。农妇玛格丽特·郝塞科被指控谋杀了她的丈夫约翰,但她在法庭上坚称无罪。对于记者哥拉斯佩尔来说,这无疑是一个可以博人眼球、增加报纸销量的新闻。开始时哥拉斯佩尔也同其他的小报记者一样利用谣传等各种不严谨的讯息渲染新闻效果,

---

① 周维培:《现代美国戏剧史,1900—1950》。南京:江苏文艺出版社,1997年,第41页。
② Martha Carpentier, Introduction. *Susan Glaspell: New Directions in Critical Inquiry*. Ed. Martha Carpentier. Newcastle: Cambridge Scholars P, 2008, p. 2.

但她见过玛格丽特本人后,开始对这位大众眼中的"弑夫者"产生了强烈的同情。她试图去体味这位绝望农妇的情感世界,感受到了新闻文体在呈现个体困境时的力有未逮,因而转向文学创作。尽管这个案件是促使哥拉斯佩尔从事文学创作的动因,她却直到十多年后才将之付诸笔端,创作了独幕剧《琐事》("Trifles",1916)和由之改编而来的短篇小说《她的同性评审团》("A Jury of Her Peers",1917)。

哥拉斯佩尔一生共创作了9部小说、15部戏剧以及五十多个短故事。她的文学之路开始于小说创作,写下的第一部作品是《被征服者的荣耀》(The Glory of the Conquered,1909),通过主角的结婚表达了进步主义时期美国社会的乐观情绪,也通过他们的职业(女主角是画家,男主角是芝加哥大学的医学教授)表现了艺术和科学融为一体的美好愿望。这部符合当时社会主旋律的作品问世后大受欢迎,迅速成为《纽约时报》(New York Times)的畅销书。之后的两部小说《愿景》(The Visioning,1911)和《忠诚》(Fidelity,1915)都获得了极高的评价,使得哥拉斯佩尔的文学才华得到了充分认可。

此后,哥拉斯佩尔开始受时任丈夫库克影响,开始涉足戏剧表演和创作领域。1915年,她与库克合作撰写了第一部剧作《被压抑的欲望》(Suppressed Desires)。这部作品讲述了弗洛伊德心理学理论的拥趸亨丽埃塔热衷于对他人进行释梦,过度阐释丈夫斯蒂芬和妹妹"压抑的欲望"的家庭闹剧,反映了当时"新女性"追求新鲜事物的时髦、对于科学理论的好奇以及对于女性意识的探求。这与当时英国女作家凯瑟琳·曼斯菲尔德(Katherine Mansfield,1888—1923)的创作主题颇为类似,是20世纪初欧美女性创作的显著特征之一。该剧演出后得到了非常热烈的反响,激发了哥拉斯佩尔的戏剧创作热情。后来她又写下了《琐事》(1916)、《合上家谱》(Close the Book,1917)、《人民》(The People,1917)、《外界》(The Outside,1918)、《女人的荣誉》(Woman's Honor,1918)、《无声的时间》(Tickless Time,1918,与库克合著)、《自由的笑声》(Free Laughter,1919)等独幕剧,《贝尔妮丝》(Bernice,1919)、《露之链》(Chains of Dew,1919)、《继承人》(Inheritors,1921)、《边缘》(The Verge,1921)等多幕剧。20年代时苏珊·哥拉斯佩尔的剧作在伦敦上演,"她成为和易卜生、萧伯纳等齐名的作家,被认为远远超出了其他美国剧作家"[①]。

[①] Barbara Ozieblo,"Susan Glaspell," in American Drama. Ed. Clive Bloom. New York:Palgrave Macmillan,1995,p. 7.

1924年库克去世后，哥拉斯佩尔与比她年轻很多的作家诺曼·曼特森（Norman Matson，1893—1965）再婚，写下了《漫画艺术家》(*The Comic Artist*，1927，与曼特森合著）和《艾莉森的房屋》(*Alison's House*，1930）两部作品。八年后这段婚姻出现危机，致使哥拉斯佩尔的精神出现问题，抑郁、酗酒影响了她的健康，她陷入了人生唯一一次的创作低潮期。之后她除了小说创作外，再没有重新找到以往的戏剧创作灵感。她最后的一部剧作《永恒的灵泉》(*Springs Eternal*，1945）并没有完成，这个借自亚历山大·蒲柏（Alexander Pope，1688—1744）诗歌的题名似乎也在感叹自己戏剧创作生涯的落幕。她所有这些剧作都被收录在2010年麦克法兰公司出版社的《苏珊·哥拉斯佩尔戏剧全集》(*Susan Glaspell：The Complete Plays*）之中[1]。

整体说来，哥拉斯佩尔的戏剧创作大多取材于20世纪初美国的文化和政治，呼应了当时的流行理论或思想，成为美国戏剧走向现代主义的开端。女性主义是其创作的中心特色。从创作技法上讲，她的作品一般都"采用女性的视角，刻画了女性之间的关系"[2]。而就主题而言，哥拉斯佩尔着力描绘了女性在男权社会中的静默状态。有些女性因为丧失自我而愤怒和绝望，进而走向自戕或毁灭；更多的女性则在沉默的表象下，通过行动实现了自我意愿和性别正义，从而表现出一种独特的自立精神。正是在这个意义上，哥拉斯佩尔的作品被认为拥有一种"鲜明的美国特征"[3]。

《琐事》是哥拉斯佩尔的成名剧作，也是她所有作品中被评论界关注最多的一部作品。故事取材于玛格丽特·郝塞科杀夫案，背景设置在20世纪初美国艾奥瓦州的一个小农场。农民约翰·赖特在睡眠中被人勒死，而他的太太明妮却声称对此毫不知情。整幕剧便是一群人在赖特先生家中探析他死亡原因的侦探故事。在戏剧开端，检察官亨德森、警长彼得斯及其太太和邻居黑尔夫妇集中登场，来到赖特家寻找线索。男性在找物证的过程中聚焦于他们所认为的"重要空间"，无一例外地都远离了厨房这个女性领域。他们对女性想要参与调查的愿望嘲讽不已，认为她们只能聚在厨房里说说鸡毛蒜皮之类的琐事。然而，男性最终一无所获，他们的太太却从日常生活

---

[1] Linda Ben-Zvi and J. Ellen Gainor, eds., *Susan Glaspell：The Complete Plays*. Jefferson, NC：McFarland, 2010.

[2] Ruby Cohn, "Twentieth-Century Drama." *Columbia Literary History of the United States*. Ed. Emory Elliot, et al., New York：Columbia UP, 1988, p. 1110.

[3] Arthur Waterman, "Susan Glaspell and the Provincetown." *Modern Drama* 7.2 (1964): 184.

的细枝末节之处(如缝被子的针脚)洞悉了赖特太太的弑夫真相。赖特太太闺名是明妮·福斯特,曾是一位酷爱唱歌的活泼女子,却不幸嫁给了为人刻板孤僻、同时穷困潦倒的赖特先生,三十年来一直像笼中鸟一样过着与世隔绝的生活。她没有生育子女,只能养一只金丝雀解闷。谁料这一点点的奢侈欲望也遭到丈夫的无情打压,赖特先生亲手拧断了金丝雀的脖子。失去精神寄托的赖特太太终于忍无可忍,趁着丈夫睡熟的时候勒死了他。在剧中,彼得斯太太和黑尔太太的回忆和她们的发现等细节不断叠加,帮助读者在心中逐步勾勒出了女主人公的形象,慢慢理解了她的犯罪动机。最终,在同情心的驱使下,这些女性调查者们决意帮助赖特太太隐瞒真相,她们销毁了证据以助她免于被男性主导的法律所制裁。该剧现在被公认是美国文学史上最伟大的剧作之一,原因在于其在空间、语言、身份认同、性别正义等各个最为重要的主题层面揭示了美国20世纪初的性别政治,不仅体现了哥拉斯佩尔对于女性境遇的高度洞察力,也对当下的女性主义理论建构提供了绝佳的文学文本。

  从空间编码上说,《琐事》赋予了物理空间以社会性别内涵,表现了女性在"琐事"的领域对父权性别政治的完全消解[①]。在剧作中,赖特先生的家已经不完全是一个物理空间,而更应该被视为展现代表法律的男性和代表情感的女性之间的分工、预设、争斗和妥协的权力场域。首先,剧中的建筑意象彰显了女性的低下地位。舞台上的赖特家房子是上下两层,上层是卧室,底层是厨房和前屋。厨房是进入前屋的必经之路,象征着女性领域自主性和重要性的双重缺失——这是一个男性可以肆意进出却从不重视的空间,就和女性身体之于男性的角色相仿。本剧的情节安排颠覆了这一性别规范,厨房成为情节的主要发生地和真相所在的地方,而在卧室、客厅、屋外等所谓"男性空间"中仔细寻找的男性却在事实上缺席了。其次,剧中出现了"鸟笼中的金丝雀"这一意象,明显地隐喻了明妮乃至所有20世纪初的女性在男权社会中的地位。这只叫声动听的鸟儿无疑与年轻时嗓音甜美的明妮有着对应关系,它被关在鸟笼中,最后被赖特先生杀死指代着明妮被囿限在家庭之中的悲惨一生。最后,在舞台呈现方面,剧作中的方位副词使得男女演员对于舞台的占有呈现出一种不均衡的状态。男性过多地占据了舞台空间,而女性角色则被安排在边缘之处,这也隐喻了男权社会对女性的身份

---

  ① 参见王美萍:《〈鸡毛蒜皮〉的人物空间和性别编码》,载《四川外语学院学报》2005年第5期;李晶:《〈琐事〉中空间的性别政治》,载《外语与外语教学》2012年第4期。另参见 Noelia Hernando-Real, *Self and Space in the Theater of Susan Glaspell*. Jefferson, NC: McFarland & Company, 2011.

限制。实际上,性别政治对于物理空间的编码机制在哥拉斯佩尔的文学创作中是一个持续出现的主题。她很多作品的题名和内容都呈现出这一点,如《外界》《边线》等。在这些剧作中,女主人公置身于不同的社会空间情境中,在行为和心理诸层次触碰和感受着社会规范的边缘,探索着女性生存的各种可能性,努力成为一个突破边线、没有局限的个体,就如一株拥有独特芳香的植物①。

从语言层面来说,《琐事》中的男女角色在言语交流形式和内涵方面具有明显的性别差异。男性之间的对话追求逻辑性、权威性和唯一性,意图在交谈中通过语言确立自身的愿望,进而表现出自己的权力和地位。如亨德森律师这个掌握了"法律"和"语言"武器的男性,在整个调查中主导交谈,不停地发号施令,争取调查的主导权。女性在言语交际中则更加强调情感和共鸣,与听话人保持着一种平等与合作的关系:她们的闲聊非常开放,不时地寻求听话人的认可。从语言表现形式来说,男性多用命令句和祈使句,而女性通常用一般疑问句和反义疑问句②。哥拉斯佩尔显然剥夺了男性通过言说创造现实的这一能力,让女性的闲聊最终导向了事情的真相。那些被男性执法者认为无所事事的太太们通过合作和对话"编织"出了故事的原貌,女性交谈被证明是正确且有效的沟通方式。同时,语言也是揭示性别压迫的特殊意象。在家庭生活中,赖特太太完全失语。原来活泼开朗的歌手失去了在公共空间吟唱的机会,变成了困于家中、一言不发的家庭主妇。在剧中没有出场的她一直被幽禁在文本空间的最深处,无法自我言说,退隐成了一个抽象的、任由他人勾勒的沉默符号,只能被男性和其他女性分别表征成为相互对立的形象,从而悖论式地成为所有女性的代言人。在哥拉斯佩尔的剧作中,女主人公缺席或沉默的现象经常出现,表明这是她故意为之的修辞手法。如《外界》中艾丽·梅奥就有意保持长期的沉默,《贝尔妮丝》和《艾莉森的房屋》中的女主人公在故事开始时已经死去③。

《琐事》这部剧秉承了19世纪美国女性文学中的"姐妹情谊"(sisterhood)主题,表现了女性的相互认同。在剧中,男性执法者的太太们没有像她们的丈夫一样采取冰冷的理性思维,而是对大众认定的"女犯"表示了高

---

① Susan Glaspell, *Plays by Susan Glaspell*. Ed. C. W. E. Bigby. New York: Cambridge UP, 1991, pp. 63—64.
② 参见许丽莹:《〈琐事〉中两性关系的对比》,载《黑龙江教育学院学报》2006年第5期,第81—82页;陈琳:《论苏珊·格莱斯佩尔剧作〈琐事〉中的两性语言交流行为差异》,载《国外文学》2009年第2期,第105页。
③ 潘静:《"虚空的焦点"——论〈琐事〉中女主人公的缺席现象》,载《当代戏剧》2007年第4期,第28页。

度同情。她们熟悉被拘女犯的日常生活,能够设身处地为自己的姐妹着想,运用亲身经历去推断赖特太太的生活。在试图还原犯罪现场的过程中,邻居黑尔太太想起了自己曾经做果酱的心情,彼得斯太太想起了自己的宠物被害时的愤怒心情。充当"陪审团"的女性们通过做果酱、缝被子、养宠物等"女性行为"对赖特太太的身份进行了仪式性的确认,突破了男性法律框架下的"审判者—犯法者"的身份对立与区隔,在感性层面与当事人形成了一个性别政治共同体。"我们住处相邻,却似乎相隔万里。我们的感受和经历应该是一样的——生活相似,只有细微的差异"[①]。不过,值得特别指出的是,女性情谊在哥拉斯佩尔的笔下并不是一个神圣不容置疑的命题。20世纪初期的女性作家非常不同于她们的19世纪前辈,她们更加强调独立和自由,因为经历和精神追求的多元化而书写着"矛盾的故事",对于姐妹情谊并不热衷。哥拉斯佩尔在《边缘》中通过克莱尔这个角色呈现了这一对待同侪的矛盾情感。激进的克莱尔拒绝相信姐妹情谊的存在,甚至对自己的血亲——妹妹阿德莱德和女儿伊丽莎白——都非常憎恶,因为她们太过温顺保守,不符合她的反抗精神。

《琐事》能够引起当时美国观众的热烈反响,并能够在暂时沉寂的情况下于1970年代再度被女权主义评论家所重新发掘、进而成为美国文学史上的经典,其最重要的原因在于其通过一个非常独特的视角——篡夺审判权——表达了鲜明的女性反抗意识。在男权社会中,男性掌控着经济生产、法律制定、"理性"定义等所有公共领域,对女性的戕害因而成了"合理且合法"的"不可见伤害"[②]。而该剧则以一种直白的方式篡夺了男性自我赋予的理性优势和法律权威,通过鸡毛蒜皮的女性日常经验推断出男性苦寻不得的真相;同时藏起金丝雀的尸体,毁灭了定罪的关键证据,实际上做出了她们自己的判决。在这个悬置了男权意识形态的虚拟法庭中,女性的普遍体验占据统治地位,上升为衡量赖特太太行为是否合理合法的标准。当彼得斯太太声称"法律必须惩罚罪恶"时,她实际上是在用女性的法律宣判死去的赖特先生有罪。这个姓氏(Wright)谐音为"正确"(Right)的赖特先生在其他人眼中是个"好人":他不喝酒、守信誉、不赖账,但是他缺乏生命的热情,与世隔绝、冷酷无情,"像一阵冷风,寒意刺骨"[③]。这是一个典型的清教

[①] Susan Glaspell, *Plays by Susan Glaspell*. Ed. C. W. E. Bigby. New York: Cambridge UP, 1991, p. 44.

[②] Robin West, "Invisible Victims: A Comparison of Susan Glaspell's 'Jury of Her Peers,' and Herman Melville's 'Bartleby the Scrivener'." *Cardozo Studies in Law and Literature* 8.1 (1996): 203—49.

[③] Susan Glaspell, *Plays by Susan Glaspell*. Ed. C. W. E. Bigby. New York: Cambridge UP, 1991, p. 42.

徒形象和传统的美国农民形象,他对女性的精神扼杀和对外在世界的拒绝都与20世纪初轰轰烈烈的女性主义运动和快速发展的工业资本主义经济格格不入,注定要在哥拉斯佩尔这个"新女性"作家的笔下走向死亡。而他的死亡与现实社会中检察官们所代表的法律无关,而是受压迫的女性在文学世界实现了"诗意的公正"(poetic justice)①。

总而言之,《琐事》的真正情节其实就是对美国"正确"权力的违背和反抗,条分缕析地呈现了这个权力体系中的诸多"错误":性格活泼的明妮与"如意郎君"(Mr. Right)的结合是一个错误;她剥夺丈夫的生命权(right)是一个错误;她逃脱制裁在法律上是一个错误。但归根结底,造成这一切悲剧的男权是一个错误。在全剧的结尾,黑尔太太说了一句令人颇为费解的话:"我们管它叫——缝花针(Knot it)。"这不仅是一个女性技艺中的专有名词,更通过"并非如此"(not it)的双关将男性排除在女性符号系统之外,实现了她们心目中的性别正义。正如评论家所言,"女性所发出的信息只有熟悉女性世界的信息符号系统的人才能接收、破译"②。值得特别注意的是,女性篡夺男性主导的法律权威、实施"她们自己的审判"这一情节在当时的女性文学中屡次出现,成为一个令人瞩目的文学现象。伊迪丝·华顿的《客福》("Kerfol",1916)、凯瑟琳·安·波特(Katherine Anne Porter,1890—1980)的《玛丽亚·康塞普西翁》("Maria Conception",1922)等作品中的意象和主旨与《琐事》中的女性审判如出一辙③。这些作品构成了文学上的谱系关系,共同反映了当时女性在象征的层面——通过杀人挑战法律体系并成功免于惩罚——对于男性威权的反抗。

哥拉斯佩尔后期的代表作品是《艾莉森的房屋》。这是她最后一部完整的剧作,也是后期艺术成就最高的一部,发表次年便获得了普利策奖。1930年是美国19世纪著名的隐士女诗人艾米莉·狄金森(Emily Dickinson,1830—1886)的百年诞辰,该剧便以她的生平为灵感,讲述了斯坦诺普一家人对于已经去世的家庭成员、著名诗人艾莉森·斯坦诺普的回忆。故事发生在19世纪的最后一天,斯坦诺普一家最后一次聚在老房子里,打算把它卖掉。在这里他们发现了在当地最负盛名却终身未婚的艾莉森写给已婚男

---

① 参见周铭:《正当的欲求:弗里曼和格拉斯佩尔作品中的道德经济与农村想象》,载《外国文学评论》2019年第2期,第59—77页。

② 吴克亮:《被遗忘的世界——美国剧作家苏珊·格拉斯佩尔和她的名作〈琐事〉》,载《戏剧文学》1992年第7期,第44页。

③ Janet Stobbs Wright, "Law, Justice, and Female Revenge in 'Kerfol' by Edith Wharton, and 'Trifles' and 'A Jury of Her Peers' by Susan Glaspell." Atlantis 24.1 (2002):225—43.

性的秘密情书。一家人就如何处置这个另类的"文学遗产"展开了激烈争论:艾莉森的兄妹们想维护她的名誉和声望,而更年轻的小辈们则想利用她的文字换取实质的利益。在旧世纪即将结束的最后一刻,一家人决定把信件留存下来。这部戏剧以怀旧和世纪末情绪刻画了传统维多利亚道德观念对艺术家的羁绊,反思了艺术家和公共领域的关系。正如《苏珊·哥拉斯佩尔戏剧全集》的主编琳达·本-兹维和埃伦·盖诺所指出的:"该剧的意识非常超前,描绘了艺术家的生活是如何成为公众窥淫癖的消费品的"[1]。从更加宏观的角度来看,该剧中的老房子是一个核心意象,代表着一种旧的农业价值和生活方式,在即将到来的以工商业为主导的"现代"世纪中势必要被改变甚至淘汰。尽管剧作的结尾并没有点明工商业价值观占据上风,从而使得剧作本身带有浓重的怀旧之风,但老房子的命运已经不可避免。在哥拉斯佩尔之前,小说家薇拉·凯瑟(Willa Cather,1873—1947)在她的名著《迷失的夫人》(*A Lost Lady*,1923)和《教授的房屋》(*The Professor's House*,1925)已经用老房子意象表现了世纪转折给美国社会带来的价值观之变。《艾莉森的房屋》无疑也呼应着这个主题,表现了对1920年代重利主义的批判。

哥拉斯佩尔在世时声望极隆,普利策奖更是给她的文学形象进行了神圣的加持。但与她的女性同伴一样,她去世后很快在美国文坛上籍籍无名。二战后的美国开始重新强调"理想的中产阶级方式",鼓吹女性要回归家庭,做一个"幸福的主妇"。直至女权主义兴起的1970年代,美国女性主义评论家开始致力于重新评价哥拉斯佩尔创作的文学价值和历史价值。她的作品无疑在美国戏剧史中占据至关重要的地位,在整个文学史中也理应被归于经典的行列。在2009年,女权主义评论家伊莱恩·肖沃尔特在撰写美国女性文学史时,便借用了哥拉斯佩尔"她的同性评审团"这个短语作为著作题名[2]。这以一种生动的方式使哥拉斯佩尔戏剧和小说中的场景变为现实,同时使一个文学意象变成了思想史层面的隐喻:只有对女性生活感同身受的读者,才有资格对女性创作做出准确的评价,正如哥拉斯佩尔笔下的那些女人们。

---

[1] Linda Ben-Zvi and J. Ellen Gainor, eds., *Susan Glaspell: The Complete Plays*. Jefferson, NC: McFarland, 2010, p. 311.

[2] Elaine Showalter, *A Jury of Her Peers: American Women Writers from Anne Bradstreet to Annie Proulx*. New York: Alfred A. Knopf, 2009.

第五节　印第安女性文学的萌芽

从欧洲殖民者踏上美洲大陆伊始，直至1892年美国历史学家特纳宣布美国边疆"已经关闭"，美国历史便持续见证着欧洲文明与印第安文明的相遇，以及这一相遇所引发的习惯冲突、身份建构、暴力征服和文明归化。白人不断地强化自身与印第安人的异质性，将印第安人建构成野蛮的"他者"，为其取代印第安人占据美洲提供合法性。在生活方式层面，文身、饮食习惯和偶像崇拜成为区隔文明和野蛮的最重要象征。欧洲殖民者担忧，"异邦"的气候和食物会改变"体质"，进而引起道德的下降和文明的堕落[1]。印第安人的"怪异"食物，尤其是吸食烟草，这种被视为"野蛮、渎神、卑贱的印第安人之野兽般的行为，是这样一个罪恶和令人作呕的习惯"[2]。文身和偶像崇拜则引发了清教徒们与天主教斗争的政治记忆，强化了印第安人异教徒的印象。

印第安人的他者形象在白人文学中得到了反复的建构和强化，最初的文学体裁是"囚掳叙事"（captivity narrative）。这一体裁通过白人女性被印第安人囚掳和玷污这一主题凸显种族和文明的对抗主旨，其开创者是新英格兰作家玛丽·罗兰森（Mary Rowlandson，1637—1711）。罗兰森在1682年发表《上帝至高无上的权力和仁慈，以及他承诺之显现：关于玛丽·罗兰森夫人被俘以及被释的叙事》（*The Sovereignty and Goodness of God*, *Together with the Faithfulness of His Promises Displayed*; *Being A Narrative of the Captivity and Restoration of Mrs. Mary Rowlandson*, 1682），记载了自己被印第安人俘虏三个月期间的二十次迁徙，表现了自己所遭受的身体和精神折磨。从书名可以看出，这类囚掳叙事意在呈现清教徒对印第安人"野蛮"的认识，对清教徒群体以及殖民地的认同，进而参与塑造了美国意识[3]。这一文学主题和种族立场为后来的美国文学所继

---

[1]　Michael A. LaCombe, *Political Gastronomy*: *Food and Authority in the English Atlantic World*. Philadelphia: U of Pennsylvanian P, 2012, pp. 50—51; pp. 56—62.

[2]　Bernard W. Sheehan, *Savagism and Civility*: *Indians and Englishmen in Colonial Virginia*. Cambridge: Cambridge UP, 1980, p. 97.

[3]　参见姚媛：《玛丽·罗兰森的〈遇劫记〉和美国身份的建构》，载《外语研究》2008年第4期；王延庆：《北美印第安人与美利坚民族的形成》，载《齐齐哈尔大学学报》（哲学社会科学版）2013年第5期；金莉：《从玛丽·罗兰森的印第安囚掳叙事看北美殖民地白人女性文化越界》，载《外语与外语教学》2016年第1期；张慕智：《印第安人的"他者"形象与北美殖民地人认同意识的演变——以印第安人囚掳叙事为中心的考察（1675—1783）》，载《史学集刊》2017年第6期。

承,成为有关印第安人的刻板印象。

到了19世纪与20世纪之交,印第安的野蛮人形象更是披上了一层科学的外衣。印第安文化研究专家刘易斯·亨利·摩根(Lewis Henry Morgan,1818—1881)在对部落进行多年的田野调查之后,抛出了文明社会的进化论。他认为,人类文明的发展史就像一个不断攀高的阶梯,依次经历了从蒙昧(狩猎和采摘)到野蛮(制造工具、种植)到文明(发展出书面文字)等阶段。当下的盎格鲁-撒克逊工商业文明居于发展史的最顶端,而以狩猎和采集为主要活动的印第安人被认为处于文明发展的"零起点",与文明的美国格格不入,注定要被新时代所抛弃[1]。因而,与印第安人的接触被视为禁忌。驱离印第安人依然是美国社会的主要诉求,正如西奥多·罗斯福总统所言:

> 野蛮人部落……的生活毫无意义,肮脏不堪,凶狠残暴,比野兽强不了多少。在所有战争中,消灭野蛮人的战争是最为正义的,哪怕它的形式非常恐怖无情。所有的文明人都该对鲁莽勇猛的殖民者心怀感激,正是他们将野蛮人从土地上赶走……为未来的强大民族的荣光打下了深厚的基础。[2]

这段话字里行间透露出印第安文明相对于美国文明的他者性,明确声称美国文明的发扬光大必须以摒弃印第安因素为前提。在这一思维模式下,美国政府禁止了印第安人包括语言、宗教信仰和仪式在内的文化实践,如草原太阳舞(the Plains sun dance)、纳瓦霍人治疗仪式等。总而言之,驱逐印第安因素是美国在19世纪与20世纪之交的现代性语境下建构以盎格鲁-撒克逊文化为主的国家身份的必然要求,也因此受到了美国社会的普遍接受。

在美国政府一系列的军事镇压、经济压迫和地理驱离之后,印第安人遭受了近乎毁灭性的打击,不得不败退至指定的保留区,再也无法对于美国社会构成威胁。那么,他们作为一种文化残余在强调"美国性"的美国社会中究竟占有什么样的位置?重新"发现"印第安人已经成为一个至关重要的国家问题,成为新时期的现代美国定义自身身份、谱写自身历史、塑造世界文明秩序的进步主义文化工程的一部分。美国社会采取的策略是"帝国怀

---

[1] Helen M. Bannan,"The Idea of Civilization and American Indian Policy Reformers in the 1880s." *Journal of American Culture* 1 (1978):788.

[2] 引自 Matthew Frye Jacobson,*Whiteness of a Different Color:European Immigrants and the Alchemy of Race*. Cambridge:Harvard UP,1998,p. 218.

旧",即对消逝的印第安文明进行怀念,以达到将这异质的古老历史兼并到美国国家叙事中的意图,从而延展"美帝国"的历史谱系。这一策略挪用了欧洲老牌帝国征服殖民地的套路。在这一文化工程中,印第安人的文明落后性具有了相对积极的含义,"没有意愿和能力进行自我发展、必然遭到自然淘汰"①的印第安文明被圣化成"美国公民共同享有的、不能变卖而只能崇敬的遗产"②。1888 年,业余探险家理查德·韦瑟里尔发现了梅萨维德的古印第安人的峭壁居所,他的弟弟阿尔弗雷德在 1915 年陪同著名作家薇拉·凯瑟(Willa Cather,1873—1947)游览古印第安人遗迹时说:"我们知道,如果我们不闯入这个令人沉迷的世界,其他人也会;但那些人不会像我们一样热爱和尊敬这些古时的符号。这种感觉很奇怪:可能所有这些都是置于我们的掌管之下,直到有比我们更适合的人出现。"③这里的"我们"是指占据美国主流社会的盎格鲁-撒克逊裔新教白人,他们以爱国者和文明守护者的男性口吻,将"印第安"建构成了文化上可以继承、但生理上需要远离的符号。凯瑟对这一文化心态显然也非常认同,在其名著《教授的房屋》(*The Professor's House*,1925)中将印第安文明浓缩成了一个美国小伙子挖掘出来的古代女性干尸,意味深长地称呼她为"祖母夏娃",形象地勾勒出了当时美国的文化身份认同中印第安文明所处的位置④。

  美国社会对待印第安文化的历史兼并策略导致美国人就"印第安问题"(the Indian Problem)形成了一个奇特的主导思想:"只有死去的印第安人才是好印第安人"。当时的印第安人教育专家,卡莱尔印第安工业学校的创办者理查德·亨利·普拉特将军宣称:"我们红种人兄弟的本质还是死去的好,不能让其复生。当我们与大众心态产生共鸣,认为死去的印第安人才是好印第安人的时候,我们指的是印第安人的这种性格特征。卡莱尔的使命就是杀死这个印第安人,然后培育一个更好的人。"⑤"祛除印第安性,拯救人性"(to kill the Indian,and save the man)成为美国印第安教育的根本原则。当时的知识界明确指出,教育必须让印第安人摆脱原本的蒙昧状态,成

---

  ① T. J. Ferguson,"Native Americans and the Practice of Archaeology." *Annual Review of Anthropology* 25 (1996):63—64.

  ② Susan L. Mizruchi,*Economy and Print Culture*. Chapel Hill:U of North Carolina P,2008,pp. 136—37. 另参见 Randall H. McGuire,"Archeology and the First Americans." *American Anthropologist* 94. 4 (1992):826.

  ③ Qtd. in Caroline M. Woidat,"The Indian-Detour in Willa Cather's Southwestern Novels." *Twentieth Century Literature* 48.1 (2002):25.

  ④ 参见周铭:《《教授的房屋》:进步主义时期美国的身份危机》,载《外国文学评论》2014 年第 3 期,第 24 页。

  ⑤ Richard Henry Pratt,"Wants Indian Stories." *The Indian Helper* 18 (Mar. 1898):1.

为"节俭的、勤劳的、有能力的美国公民"①。美国印第安人事务局也将此奉为官方政策:"剩下的唯一选择就是让(印第安人)适应文明的生活方式。……只有让纯洁的道德和更高等的基督教文明补充和强化教育,才能让他(印第安人)抵制旧习的侵蚀——那就像湍流一般,会将他卷入毁灭的深渊。"②在这样的语境下,美国对印第安人采取了隔离教育的政策。学校中的课堂讲授、寄宿纪律、工业训练、社会交往、休闲娱乐、阅读内容等都无不与宗教道德紧密相连,意图锻造印第安学生的性格,迫使他们改变旧有的"不良"习惯③。学习的课程和课本也是经过精心挑选,主要包括宣扬美国主流文化的阅读、英语的拼写以及强调理性的科学课程。

在美国的归化教育语境下,印第安人在面对英语世界强势地将其与部落文化相隔离时,或逃避,或反抗,或积极地适应新的"混杂"环境,但无一例外地感受到了历史新阶段的来临和自我的身份危机。英文教育切断了他们与原初文化的联系,却也为他们打开了新的大门,使其有机会在公共舞台上发出自己的声音。在对立的文化力量的撕扯下,接受归化教育的印第安知识分子深切地体会到自身身份的二重性:他们在心理层面上认同部落文化,但在理性和语言层面却完全受控于美国白人文化。而且他们表达自身身份二重性的方式只有一种,即必须以英文作为写作工具;同时,他们的写作内容受到白人文化的审查并服从资本市场的逻辑。白人抱着帝国怀旧的心态对待印第安作家的英文创作,期待他们展现出部落文化的异质性和古老性,成为美国历史的有趣调料。印第安作家明晓美国社会的期待有助于印第安文化的"保存",同时也清楚这一温情态度背后所蕴含的种族压迫机制。于是他们采取了部分合作的态度,用英语为白人读者写作,但在内容上拒绝将印第安文明视为野蛮的观念以及由此衍生的诸多文化神话,意图勾勒出在被征服之前的和谐时光,礼赞"古老的道"与自然的契合。最著名和多产的作家是查尔斯·亚历山大·伊斯门(Charles Alexander Eastman,1858—1939),他创作了《印第安男童时光》(*Indian Boyhood*,1902)、《红猎人和动物民族》(*Red Hunters and Animal People*,1904)、《秃鹰的疯狂》(*The*

---

① Super, O. B. "Indian Education at Carlisle." *New England Magazine* 18 (Apr. 1895): 228.

② Board of Indian Commissioners. "Indian Education," in *Americanizing the American Indians:Writings by"Friends of the Indian", 1880—1900*. Ed. Francis Paul Prucha. Cambridge:Harvard UP,1973,p. 194.

③ Samuel B. Hill, "Thirty-Sixth Annual Report of the Trustees of White's Indiana Manual Labor Institute," in *Minutes of Indiana Yearly Meeting of Friends*. Richmond,IN:Yarmon,1888, p. 14.

Madness of Bald Eagle,1905)、《在印第安的旧时光》(Old Indian Days,1907)、《印第安人灵魂的阐释》(The Soul of the Indian:An Interpretation,1911)等作品。

  对于印第安女性作家来说,这种身份二重性更多了一层性别政治的维度。美国印第安教育政策的"拯救人性"论不仅体现了种族政治想象,更是性别政治的产物。19世纪的美国将文化和道德领域归于女性,认为"真正女性"必须"虔诚、纯洁、温顺、持家",是一个社会的文明守护者和传承者。按照这个逻辑,印第安文明的野蛮性的源头是印第安女性,她们便成了归化教育重点关照的对象。美国社会认为,教育女性成为合格的持家人与文明传承者是培养优秀男性公民的前提,对于国家文明工程至关重要。普拉特校长说,"如果妻子……没有使家庭成为欢乐幸福的归宿,而是让它变成肮脏可憎的窑窟,那么让男性为一家人的衣食住行辛苦劳作还有什么意义?"[1]正因为如此,教化女童被视为"拯救人性"的重中之重:"(印第安)女孩比男孩更需要教育,而且她们在未来能够发挥的作用更大。如果我们抓住了女孩,就抓住了整个种族。"[2]在针对女童的课程设置方面也与男童很不一样,不太强调书本知识的传授,而主要按照"真正女性"的标准去教授缝纫、女红等"持家术"[3]。这种境况导致印第安女学童们对于印第安文化的女性化和印第安女性的他者化更加敏感,在作品中也更多地关注女性在美国印第安政策下的处境。

  19世纪末与20世纪初的印第安女性作家只有寥寥数位,其中在美国文学史上留名的有萨拉·温尼马卡(Sarah Winnemucca,1844—1891)、索菲娅·爱丽斯·卡拉汉(Sophia Alice Callahan,1868—1894)、露西·汤普森(Lucy Thompson,1856—1932)等。温尼马卡出版的《派尤特人的生活:不公与呼吁》(Life among the Piutes:Their Wrongs and Claims,1883)是目前已知的印第安女性作家所写下的第一部自传兼部落史。卡拉汉的《温纳玛:森林之子》(Wynema:A Child of the Forest,1891)则是第一部印第安女性小说。汤普森发表的《致美国印第安人:一位尤罗克妇女的回忆录》(To the American Indian:Reminiscences of a Yurok Woman,1916)在

---

[1] Richard Henry Pratt,"United States Indian Service,Training School for Indian Youths," in Report of the Commissioner of Indian Affairs. Washington D. C. :GPO,1881,p. 247.

[2] Carol Devens,"'If We Get the Girls,We Get the Race':Missionary Education of Native American Girls."Journal of World History 3.2 (1992):225.

[3] Robert F. Berkhofer,Jr.,Salvation and the Savage:Analysis of Protestant Missions and American Indian Response,1787—1862. New York:Atheneum,1976,p. 39.

1992年获得了美国图书奖(American Book Award),开始进入印第安文学经典行列。不过,真正使印第安女性文学引起美国社会注意、被公认为印第安女性文学开创者的作家是格特鲁德·西蒙斯·鲍宁(Gertrude Simmons Bonnin)。

格特鲁德·西蒙斯·鲍宁
(Gertrude Simmons Bonnin,1876—1938)

在现代后殖民研究中,遭受种族政治和性别政治双重压迫的第三世界女性由于被剥夺了历史和语言,因而被认定是沉默的空白之页。然而,重溯19世纪与20世纪之交的美国印第安归化史,便会发现不同的文化景观。评论家多罗西娅·苏珊格指出,把印第安人,尤其印第安女性视为白人归化教育的受害者,认定其在白人男性话语系统的压制下趋于无声,是一个建构的神话[1]。以格特鲁德·西蒙斯·鲍宁为代表的印第安女作家们对美国主流文化和部落文化都表现出了一定的认同,积极顺应美国针对移民的语言和文化"归化"策略,利用英语展示自我身份认同,宣扬部落文化,反思了种族和性别政治权力机制,构成了20世纪初美国文坛上的一道独特风景。

格特鲁德·西蒙斯·鲍宁,笔名"红鸟"(Zitkála-Šá),出生在美国中西部的南达科他州苏族印第安人保留区。她的生父是法裔美国人,在她出世前便抛妻弃子不知所踪。母亲埃伦的印第安名字意为"追寻风影",性格也确实像风儿那样自由不羁:她三次嫁给白人男性,却从未学过英语,一直特立独行地保持着苏族的生活习惯。在母亲的故土和部落里,鲍宁度过了八年的快乐时光。然后她被白人传教士带走去印第安学校接受教育,深切地感受到了与印第安文化传统割裂的痛苦。受到白人伤害的母亲和部落非常不赞成鲍宁接受白人的教化,对她说:"传教士用白人的甜言蜜语塞满了你的耳朵。不要相信他们说的任何一个字!他们的话很甜,但行为很苦涩。你将为我哭泣,但他们不会给你安慰。"[2]但渴望了解部落之外世界的红鸟没有听从亲人的意见,为此甚至抛弃了"西蒙斯"这个家族名字,自己取了

---

[1] Dorothea M. Susag, "Zitkala-Sa (Gertrude Simmons Bonnin): A Power(ful) Literary Voice." *Studies in American Indian Literatures* 5.4 (1993):3.

[2] Zitkala-Sa,"Impressions of an Indian Childhood." *Atlantic Monthly* 85 (January 1900): 46.

"红鸟"这个笔名①。日后红鸟回想起这段经历,意识到白人的英语教育彻底改变了自己的思维方式和行事方式,将自己与母亲隔离开来:对母亲来说,学校就是一个"白色的监狱",她"从未进入过学校,也没有能力去安慰一个舞文弄墨的女儿"②。同时,这也意味着红鸟与印第安生活方式和文化传统的割裂:"我就像一棵娇弱的树苗,从母亲、自然、神祇身边被连根拔起。我的枝丫被剪去,不再向着家和朋友摇晃着理解与爱意。包裹着我过于敏感的自然外皮也很快被剥除了。"③

红鸟在接受英语教育期间,深切感受到了印第安身份在白人社会中的异质性。在印第安纳州里士满厄勒姆学院求学期间,她参加印第安纳州的演讲比赛,获得了第二名的成绩,结果遭到对手队的人身侮辱。他们打着一面印有一位印第安姑娘的旗子,上面写着"squaw"这个词。这个词本意是指印第安女人或妻子,却也含有"黑皮肤""野蛮""淫荡下流"等极为贬抑的含义。这一事件给红鸟带来了巨大的情感冲击,让她充分意识到印第安女性在白人社会生存和发展所需要面对的种族和性别政治。自此以后,她将一生奉献给了为印第安人和女性争取政治权利的事业中,成为美国印第安权利运动的领军人物④。19世纪的美国社会并不承认印第安人的任何权利,正如当时的法律专家、日后的哥伦比亚大学法律教授乔治·坎菲尔德(George Canfield,1854—1933)认为:"印第安人在宪法的意义上并不算一个人。"⑤因此,印第安人无法享受财产权、土地所有权,甚至生命权,成为美国法律边界之外的"裸人"。红鸟致力于实现印第安人的核心诉求,即"保存现有的土地,收回失去的地域,在特定的地区享有狩猎、用水、采矿以及其他生存权利"⑥。1916年她被选为美国印第安人协会(Society of the American Indian)主席,之后又参加"女性俱乐部联盟"(General Federation of Women's Clubs),并主张在联盟内成立印第安福利委员会。1926年红鸟牵头成立了美国印第安人全国委员会(National Council of American Indi-

---

① Dexter Fisher,"Zitkala-Sa:The Evolution of a Writer." *American Indian Quarterly* 5 (1979):231.
② Zitkala-Sa,"The School Days of an Indian Girl." *Atlantic Monthly* (Feb. 1900):191.
③ Zitkala-Sa,"The School Days of an Indian Girl." *Atlantic Monthly* (Feb. 1900):191.
④ 关于鲍宁的参政经历,可参见 William Willard,"Zitkala Sa:A Woman Who Would Be Heard!." *Wicazo Sa Review* 1.1 (1985):11—16.
⑤ George F. Canfield,"The Legal Position of the Indian." *The American Law Review* 15 (1881):28.
⑥ Kathryn Shanley," 'Born from the Need to Say':Boundaries and Sovereignties in Native American Literary and Cultural Studies." *Paradoxa:Studies in World Literary Genres* 15 (2001):3.

ans),主要使命是为印第安人争取美国公民身份和公民权利。她担任这一组织的主席直至去世。

  与其他印第安作家类似,红鸟在白人教育和部落身份之间也形成了自身的二重性意识。她认可白人文化的先进性,主张部落应该主动顺应科学技术和工商业发展的历史趋势,同时也期待部落坚持自己的文化传统。她呼吁,印第安人不能被仇恨蒙蔽了理性,而"必须改变原来的狩猎生活,必须离开原来的道路……必须学习新的道路"①。比如,当时在整个社会掀起禁酒、禁毒、反通奸等"道德净化运动"的美国试图禁止印第安人使用乌羽玉(peyote)。这种含有致幻物质的仙人掌在印第安宗教信仰和仪式中发挥着重要作用。这一法令倡议遭到了印第安人的强烈抵制。印第安宗教领袖在听证会上抗议,法律不应该干涉个体的信仰自由。他们声称印第安人也热爱教堂,与乌羽玉相关的信仰让印第安人像基督徒一样受到教堂的规束和感召②。但红鸟采纳了美国主流社会的进步主义立场,将乌羽玉视为道德污化的载体和象征,断言它是摧残印第安人身心健康的罪魁祸首,让印第安人缺乏理性与自治能力,抵制外界教育,导致滥交、酗酒、偷盗等不道德行为③。对于印第安人来说,提升种族素质最为关键的便是语言的学习和商业意识的培训。印第安人没有书面语言,也缺乏商业文化,这是他们被欧洲殖民者视为野蛮人的最重要原因之一。因而红鸟建议,印第安人一定要争取"接受商业教育,并在事务治理中发出自己的声音"④。不过,这种归化并不意味着背叛和抛弃印第安文化传统,因为"语言不过是一个便利的工具而已,就像衣服一样,真正重要的是思想和情感"⑤。红鸟主张印第安人在美国的归化教育政策下必须坚守自己的文化身份,不能被这个"熔炉"消除掉自己的文化底色。因而,虽然她积极迎合美国的归化教育政策,但却坚守自己的印第安身份,将自己称为基督教文化中的"异教徒"。她非常反感一位新近皈依基督教的印第安朋友"以一种非常奇怪的方式说一些令人厌烦的话,宣扬自以为是的教义"。在她看来,真正的印第安人应该过着一种"异教

---

  ① Zitkala-Sa,"Address to the Annual Convention of the Society of American Indians." *American Indian Magazine* 7.2(1919):154.

  ② Frederick E. Hoxie,"Exploring a Cultural Borderland:Native American Journeys of Discovery in the Early Twentieth Century." *The Journal of American History* 79.3(1992):988.

  ③ David L. Johnson and Raymond Wilson,"Gertrude Simmons Bonnin,1876—1938:'Americanize the First American'." *American Indian Quarterly* 12.1(1988):32.

  ④ 引自 David L. Johnson,and Raymond Wilson,"Gertrude Simmons Bonnin,1876—1938:'Americanize the First American'." *American Indian Quarterly* 12.1(1988):34.

  ⑤ Zitkala-Sa,"Address to the Annual Convention of the Society of American Indians." *American Indian Magazine* 7.2(1919):154.

徒"的生活:"向着自然的花园去远足,那里有着神灵的声音——鸟儿的啾啾、急流的潺潺,还有花朵的甜蜜气息……如果这是异教主义,那么我至少现在就是个异教徒。"①可见,红鸟将印第安人与自然的亲缘视为理想的生存之道并认同。她呼吁道,美国应该成为一个多种族混杂的马赛克般的社会,而不是熔炉,这样才有利于身份的多样性。从当下的多元文化价值取向来看,红鸟的主张无疑是非常具有前瞻性的。

红鸟的二重性文化身份贯穿了她的整个文学创作。她的创作大致可以分为两个阶段。第一阶段从 1900 至 1904 年,主要内容是印第安部落传说的收集以及自传书写。第二个阶段从 1916 至 1924 年,主要是政治论述。其创作主题都是关于印第安文化传统与归化教育之间的冲突,以及由此给印第安知识分子带来的身份撕裂感。

自 19 世纪初起,美国印第安人就开始用英语进行个人自传的创作,在其中糅合了欧美的精神自传、奴隶叙事和印第安人口头叙事传统的多重影响。欧美传统的男性自传书写都是关于意志的胜利,主人公需要经过一个成长仪式(rites of initiation)建构自身的男性身份;女性书写都是关于爱情和持家的胜利,通过家庭美满来确认自身的存在价值。而奴隶叙事则通过描绘自身从奴隶主手中逃出生天的经历揭示奴隶制的残酷。而印第安口头叙事则是对部落传说和神话的口口相传。红鸟的自传书写综合体现了这三种文学体裁的特征,同时也具有自身的鲜明特色:其一,不强调胜利和同化的主题;其二,在自我实现的过程中不强调语言的作用。② 作为一个具有二重性身份意识的印第安作家,红鸟并未在白人英语文化和部落文化这两者之间做出非此即彼的选择,这一立场在自传书写中明确地体现出来。

红鸟的自传书写主要是指发表在《大西洋月刊》(The Atlantic Monthly)1900 年前三期上的三篇散文。第一篇《印第安童年印象》("Impressions of an Indian Childhood")讲述了母亲所属的苏族部落的生活方式,以及自己在部落中所度过的童年时光。文章着力刻画印第安人和自然的和谐关系,将部落形容成天堂一般的乐园,具有强烈的怀旧和神话色彩。第二篇《一个印第安女孩的求学时光》("The School Days of an Indian Girl")讲述了红鸟在美国主流社会中的归化教育经历。尽管寄宿学校里充满了打骂、关禁闭等规训记忆,红鸟依然坚持学会了英文,并选择对抗母亲的意愿,继续留在东部上大学。第三篇《印第安人中的印第安教师》("An Indian

---

① Zitkala-Sa,"Why I Am a Pagan." *Atlantic Monthly* 90 (December 1902):803.
② Martha J. Cutter,"Zitkala-Sa's Autobiographical Writings:The Problems of a Canonical Search for Language and Identity." *MELUS* 19.1 (1994):31.

Teacher among Indians")则是关于红鸟1899年接受卡莱尔印第安工业学校教职的经历。她抱着让族人更好地接受归化教育的目标接受该教职,却很快意识到课程设置除了强行灌输白人价值观之外,只欲将印第安学童培养成低层次的劳动力,以便他们日后回归农村生产,成为美国工商业体系中最底层的存在。红鸟对此非常愤慨,感到自己"独自坐在一个'白墙'监狱之中"①。在这种情绪下,她很快与校方产生了冲突并被解雇。

自传书写在红鸟创作中具有举足轻重的作用,因为它们勾勒出了红鸟对于自身的双重文化身份的文化隐喻:追寻"禁果"。禁果这个意象源自基督教《圣经》,是上帝禁止人类食用的知识之果。结果夏娃和亚当违背上帝律令偷吃了禁果,从此被逐出伊甸园,开启了人类的尘世受苦经验。红鸟在《印第安童年印象》中借用了这个意象,用以表达美国主流文化和印第安文化的彼此妖魔化,她对这两种对立文化的同时认可,以及由此受到的惩罚。美国社会对于印第安文化的妖魔化自不待言,印第安人也将美国人视为文化他者。在红鸟的童年时代,母亲就一直给她灌输白人的恶劣和可怕。在母亲的讲述中,那些"白脸的坏人……都是些让人恶心的骗子",夺走了她们的土地,导致家里叔叔和姐姐死亡②。因此,印第安人激烈反对部落里的孩童加入美国的印第安学校。在红鸟的眼中,部落文化和外面的美国社会于是都成了她渴求了解却被禁止触碰的知识;她对知识的探究也被比喻成了在花园里寻找禁果的旅程和经历。她想接受归化教育、了解美国社会的心态展现为对"红苹果"的渴望:

> 我从来没见过苹果树。我一辈子都没尝过几个红苹果;听说东部的果园后,我渴望去里面溜达。传教士看着我的眼睛微笑,拍了拍我的头。我在想妈妈怎么可以用那么难听的话说他。惊喜之余,我悄悄地说:"妈妈,问问他是不是小女孩去了东部后,就想吃多少红苹果都行。"翻译听到了,回答道:"对,孩子,只要尽力去摘,就会有好吃的红苹果;如果你跟这些好人走,就能骑上铁马。"我从来没见过火车,他知道这一点。③

---

① Zitkala-Sa, "An Indian Teacher among Indians." *Atlantic Monthly* 85 (March 1900):386.
② Zitkala-Sa, "Impressions of an Indian Childhood." *Atlantic Monthly* 85 (January 1900):38.
③ Zitkala-Sa, "Impressions of an Indian Childhood." *Atlantic Monthly* 85 (January 1900):46.

伊甸园、红苹果和火车的意象叠加出现,凸显了年轻美国的经济富足和技术进步,对印第安孩童构成了巨大的精神和物质诱惑。而印第安文化在红鸟笔下则古老神秘,以"骸骨上的紫李子"这个禁果意象出现。红鸟幼年时想从树丛中采摘紫李子时,妈妈赶紧阻止了她,说那属于已经作古的印第安勇士所有。这位勇士喜爱部落的李子游戏(一种类似骰子的玩法),死后带着李子随葬,果籽于是以他的骸骨为原料长成了李树。崇尚先祖的印第安部落将这片树林视为神圣空间,把李子圣化成了禁果。因而,"红苹果"和"紫李子"构成了红鸟自传中的对立意象,分别代表了白人新教美国和印第安这两种异质文化的精髓;而印第安女孩对这两个禁果的渴望传神地展现了其文化身份潜在的双重性。

红鸟的自传书写在美国文坛引起了不小的轰动。一名印第安女性居然能够在顶级的英语刊物上发表文章,闯进白人男性所一直把持的文学殿堂,这本身在19世纪与20世纪之交就是一个令人啧啧称奇的文化景观。美国著名的女性时尚杂志《时尚芭莎》(*Harper's Bazaar*)在1900年4月期"让我们感兴趣的人物"专栏中写道:

> 一个年轻的印第安女孩,容貌美丽且多才多艺,在东部城市引起了关注热潮,她就是格特鲁德·西蒙斯。……西蒙斯来自达科他州的苏族部落,九岁前是一个彻头彻尾的小野蛮人,在草原上疯跑,除了部落土话之外什么语言也不会说。……但她最近在最好的刊物上发表了一系列的作品,展示出罕见的英语功底和艺术构思。[1]

这篇评论在表面的赞扬背后,是鲜明的种族和性别歧视,塑造并强化了白人女性读者对于"野蛮"印第安人的心理区隔、对于异族能够使用英文的赞许,以及对于女性能够跻身上流社会艺术圈的惊奇。这种文化期待是一种表面的欣赏和宽容,一旦印第安作家越过"合适的"界限、凸显自身的印第安身份认同,或者与盎格鲁-撒克逊基督教文化价值取向有本质冲突时,其隐藏的恶意便会强烈地表现出来并施以惩罚。

白人社会的文化审查从红鸟以印第安传说为主题的文学作品所得到的反应中可见一斑。在红鸟上大学时,她便有意识地开始收集印第安传说故事,并将它们翻译成拉丁文和英文以供白人孩童阅读。这种近似人类学研究的努力与人类学家兼小说家佐拉·尼尔·赫斯顿(Zora Neale Hurston,

---

[1] "Persons Who Interest Us." *Harper's Bazaar* April 14 (1900):330.

1891—1960)对黑人传统的收集和整理殊途同归①。红鸟的早期作品《印第安的古老传说》(*Old Indian Legends*,1901)是关于苏族部落口口相传的传说,再现了"伊克托密(Iktomi,意为蜘蛛)"的故事。这个角色是印第安文化中耳熟能详的"恶作剧者"(trickster),以破坏社会的固有道德体系为乐,代表着人类自身的弱点。而后期所创作的《太阳舞乐》(*The Sun Dance Opera*,1913)是美国文学史上第一部印第安人撰写的音乐剧,隐晦地影射了1890年美国政府对于印第安人草原太阳舞的镇压,以及随之而来的"伤膝河大屠杀"(Wounded Knee Massacre)。这些作品饱含种族历史记忆,撕开了美国社会建构的印第安野蛮神话的一角,以文学的方式向白人读者呈现了真实的印第安文化。但对于将印第安的他者性视为身份基石的美国人来说,这类文字无疑太具颠覆性,严重影响了印第安人的归化教育。正因为此,本来很欣赏红鸟的普拉特校长对她颇有微词。普拉特指责其作品宣扬印第安人的迷信和仪式等"异端"内容,简直就和垃圾一般,这种"比异教徒还坏"的做法必须被禁止②。

总体说来,红鸟在文学创作中呈现了印第安人所处的文化境遇和自我认知,通过两个隐喻性的文学形象——"哭泣的女孩"和"软心肠的人"——表达了对于印第安人境遇的细腻体察和身份认同危机的高度同情。而在性别层面,她没有在文学创作中激烈地宣扬"新女性"的独立理念,而是通过情节设计等柔性地彰显了女性的力量,具体通过"战士的女儿"这一形象体现。

"哭泣的女孩"这一意象出自红鸟的自传《一个印第安女孩的求学时光》,集中承载了美国印第安归化教育工程的种族权力关系和性别隐喻。该故事的核心场景"雪地篇"可以视为红鸟英文教育和创作的缩影。故事发生在印第安归化教育学校。一个下雪的清晨,学校禁止学生在雪地里玩闹。但几个小时过后,孩子们忘了禁令开始疯玩,结果被老师抓到。其中一个女孩懂一点英语,估计教师会逼问每个人:"你下次还玩不玩了?"于是她就教小伙伴说:"白脸生气了,她会惩罚我们的……你们必须等她停了,然后回答'不'。"所有的女孩都开始练习英语"不"的发音。谁料到老师的问题是:"下次你会听我的话吗?!"什么也不懂的女孩只会一遍遍地重复"不",招致老师越来越猛烈的毒打。最后老师偶然地换了问题:"下次你还玩雪吗?"听到学

---

① 关于两个作家的异同之处,参见 Sandra Kumamoto Stanley,"Claiming a Native American Identity:Zitkala-Sa and Autobiographical Strategies." *Pacific Coast Philology* 29.1 (1994):64.

② 引自 Margaret A. Lukens,"Zitkala-Sa (Gertrude Simmons Bonnin)," in *Native American Writers of the United States*. Ed. Kenneth M. Roemer. Detroit:Gale Research,1997,p. 332.

生凄厉的哭叫"不"之后才满意罢手①。这个高度隐喻化的场景不仅呈现了美国传教士与印第安人的不对等关系,更凝缩着19世纪与20世纪之交美国作为"教育者"的国家身份建构,体现了文明等级论视域下的种族关系。需要着重强调的是,该语境下的种族关系并非双向的意义沟通,而是霸权式的单向解读,完全服从于美国的符号解读逻辑。与非理性的女性和幼童相等同的印第安人只能以"哭泣的女孩"形象被强行纳入美国的符号系统之中。

"软心肠的人"这一意象出现在故事《软心肠的苏族人》("The Soft-Hearted Sioux",1901)中,呈现了接受归化教育的印第安青年在两种文化之间难以抉择的困境。该故事以男性第一人称为叙述者,讲述了一个从印第安教育学校毕业后重新回到部落的印第安青年的经历。他担负着用基督教的思想教化古老部落的使命,并在这一任务执行过程中感受到对立的文化期待,最终导致自我身份分裂,继而死亡。外祖母和父母希望他完成部落传统文化赋予每个男孩的使命,即完成狩猎野牛来证明勇气的成长仪式,同时为家庭带来食物。如今的他早已抛弃这一使命,一心想要教会印第安人基督"仁心",敦促他们放弃传统信仰和生活方式,与野牛感同身受。回家后发现父亲重病在床,叙述者虔诚地向基督祈祷,悲叹族人迷信"药人"(medicine-man)。在故事中,"药人"是印第安文化体系的代表,是抵抗白人叙事的主要人物。叙述者被"药人"和父亲指责"软心肠",不顾父亲的死活。弑父意象明确喻示叙述者对印第安传统的背离;自诩高等的白人文明在仁爱和慈善的表象下,实施着对印第安人情感和生命的双重暴力。在饥饿的迫使下,叙述者暂时抛开基督教"文明"的行事方式,盗猎了别人的奶牛,却发现父亲已经饿死,自己最终也被擒获处决。在该故事中,"软心肠"意象一再出现,是所有悲剧的源头。它并非叙述者的性格缺陷,而是文化冲突给追寻"禁果"者所造成的必然宿命,正如叙述者"我"临近死亡时的思绪所示:"我想谁会在那个陌生的地方欢迎我呢?是仁爱的耶稣宽恕我、使我灵魂安眠?还是我的勇士父亲承认我是他的儿子?"②这呈现了所有印第安作家的境遇,奠定了印第安文学创作的原型结构和文化母题,即"一个含混的模式,在两个对立世界中摇摆不定"③。而且,尽管叙述者在生理上是男性,却被赋予"软心肠"的女性文化性征,折射了红鸟创作中的性别意识。

---

① Zitkala-Sa,"The School Days of an Indian Girl." *Atlantic Monthly* (Feb. 1900):187—88.
② Zitkala-Sa,*American Indian Stories*. Lincoln:U of Nebraska P,1985,pp. 124—25.
③ Dexter Fisher, "Zitkala-Sa:The Evolution of a Writer." *American Indian Quarterly* 5 (1979):237.

"战士的女儿"这一意象则出自同名故事《战士的女儿》("A Warrior's Daughter",1902),表现了印第安女子兼具男性勇毅和女性重情的完满形象,为19世纪与20世纪之交美国的"新女性"文学贡献了一个来自异族的人物形象。这个故事讲述了苏族姑娘塔西冒着生命危险去营救爱人的英勇事迹。听说爱人参战被俘的消息后,她乔装打扮后偷偷溜进敌营,杀死了一名敌军,背着爱人一路逃出生天。评论家指出,这篇故事没有一处提到欧美文化,所有的叙事都是在一个封闭的印第安文化语境中完成,从而颠覆了历史上的"波卡洪塔斯模式"(Pocahontas myth)①。波卡洪塔斯(Pocahontas,1596—1617)是美国弗吉尼亚州亚尔冈京印第安部落大首领波瓦坦的女儿,在只有10岁大时便救下了英国殖民领袖约翰·史密斯上尉的性命。当时身陷囹圄的史密斯正要被波瓦坦处死,波卡洪塔斯挡在史密斯身前,说服父亲赦免这名外人。她对殖民者的好奇和友善赢得了他们的尊重和喜爱,后来她在他们的引导下皈依基督教,改名"丽贝卡",并嫁给了詹姆斯镇的殖民者。波卡洪塔斯的传奇经历在美国家喻户晓,并在1995年被拍成电影《风中奇缘》(Pocahontas)。实际上,她的传奇是美国官方叙事的产物,意在宣扬殖民者与印第安人之间的和平能够实现的唯一方式是印第安人的归化,从而带有浓重的种族政治的色彩。红鸟的《战士的女儿》则巧妙地将其中的种族政治转化成为性别政治,通过把被救的人从欧洲殖民者替换成为印第安人来消解了种族政治,进而凸显了拯救者与被拯救者之间的性别关系,达到了一箭双雕的效果。

红鸟于1938年1月26日在华盛顿特区去世,享年61岁。她被葬在弗吉尼亚州的阿灵顿国家公墓之中,墓碑上刻着"格特鲁德·鲍宁"的名字。以白人的姓名躺在"美国"的怀抱里,不知红鸟是否会怀念西部的印第安人保留地,是否与故乡得到了最终和解,是否在超越生死的高度上得到了最彻底的安宁、能够最自由地歌唱?

第六节 欢乐之家的智者

伊迪丝·华顿(Edith Wharton,1862—1937)

在美国文坛上,最类似亨利·詹姆斯(Henry James,1843—1916)的女

---

① Ruth Spack,"Re-visioning Sioux Women:Zitkala-Sa's Revolutionary American Indian Stories." *Legacy:A Journal of American Women Writers* 14 (1997):36.

性作家无疑是伊迪丝·华顿。他们都在作品中通过一个知识分子角色冷眼观察纽约上流社会的风尚人情,刻画纸醉金迷和繁文缛节背后的空虚苍白。同时,他们在现实生活中也是非常要好的朋友。正因为如此,华顿被评论界视为詹姆斯的文学继承人,在创作主题和风格等方面都是亦步亦趋的模仿者[1]。对此,华顿恼怒地回应道:"认为我是詹姆斯先生的应声虫和我写的人物不'真实'的看法真是让人无奈(我已经有十年没读他的书了)。我所描写的都是自己亲眼所见的身边事。"[2]这番话不仅仅是她为个人的委屈辩解,更体现了19世纪与20世纪之交美国女性作家群体的身份焦虑。尽管女性作家在19世纪便已经具有了极大的影响,在市场上甚至让纳撒尼尔·霍桑这样的名作家都备感嫉妒,尽管20世纪的女性作家比她们的维多利亚前辈们更加富有创造力、更加渴望获得艺术殿堂的正式认可,但是男性依然守卫着文化领导权,将智性和艺术视为区隔男性和女性的最后堡垒,所以他们主导的文学界拒绝承认女性能够染指创作,遑论取得独特的艺术成就。因而,"女性詹姆斯"这个标签在那些男性评论家眼中,已经是一个足以让华顿感激涕零的极高褒奖。实际上,华顿创作与詹姆斯的确有轮廓上的相似之处,但性别却造成了两者创作艺术的最大区别:詹姆斯的创作题材更加具有国际化视野,内容和主题偏重文化哲思;而身为知识女性的华顿创作虽然范围受限,却对环境的压迫更为敏感,对社会运转本质的批判更胜三分。

  伊迪丝·华顿出生于纽约的一个名门望族,闺名是伊迪丝·钮伯·琼斯。她幼年接受了良好的家庭教育,并随父母到欧洲国家到处游历,拥有了上流社会的"国际视野"[3]。11岁时她返回美国纽约,开始学习当地上流社会的礼仪规范,为成为完美的"淑女"做准备。这是一个痛苦的自我塑造过程,因为她一方面认同温雅文化,同时也意识到了那些礼节后面所隐藏的虚伪和世故本质。1885年,伊迪丝嫁给了年长其13岁的波士顿银行家爱德华·华顿。这段婚姻门当户对,却并不幸福。商人爱德华不是一个可以在智性层面进行深入交流的理想对象,他罹患精神病更是将伊迪丝推向了痛苦的深渊,使得婚姻关系日趋紧张。在空虚无奈中,伊迪丝·华顿在1907年左右经历了一段短暂的婚外情,生平第一次体味到了爱情的滋味[4]。

---

  [1] 较早的专门评论可见 Percy Lubbock, *Portrait of Edith Wharton*. New York: Appleton-Century-Crofts, 1947.
  [2] Edith Wharton, *The Letters of Edith Wharton*. Ed. R. B. Lewis and Nancy Lewis. New York: McMillan, 1988, p. 91.
  [3] Shari Benstock, *No Gifts From Chance*. New York: Charles Scribner's Sons, 1994, pp. 18—19.
  [4] R. B. Lewis, *Edith Wharton: A Biography*. New York: Harper & Row, 1975, p. 223.

1913年,她与爱德华离婚,之后定居巴黎直至去世。对于19世纪与20世纪之交的美国社会,尤其是看重名誉的上流社会来说,女子提出离婚仍旧是一个非常离经叛道的举动。伊迪丝·华顿本人一定感受到了同等的压力,其代表作品《纯真年代》(The Age of Innocence,1925)中的离婚女性埃伦·奥兰斯卡在纽约受到集体抵制的苦涩遭遇可以看出她的自我身份投射。

　　文学创作是华顿本人排解生活忧愁、确立自我身份的手段。尽管上流社会将女性写作视为耻辱——在美国中上层社会中,作家被看作是介于巫术和体力劳动之间的卑贱行当[①]——以母亲为首的家庭成员对华顿的写作耿耿于怀,但她依然在文学世界找到了与世界进行对话及和解的方式,并取得了极高的艺术成就。自1899年出版第一部短篇小说集《高尚的嗜好》(The Greater Inclination)开始,她一生共创作了19部中长篇小说、11部短篇小说集及四十余部非小说作品(诗歌、自传、艺术评论等)。

　　就如薇拉·凯瑟(Willa Cather,1873—1947)听从了萨拉·奥恩·朱厄特(Sarah Orne Jewett,1849—1909)的建议选择中西部草原为创作对象并终而寻得自己独特的声音一样,华顿也听从了她的良师益友亨利·詹姆斯的建议,在创作中抓住了"纽约上流社会"这个她最熟悉的题材:"它在我面前一览无遗,被动地等待挖掘;这个题材对我来说俯拾皆是,因为自幼在其中长大,无需借助笔记和百科丛书才能了解它。"[②]华顿在诸多作品中为读者勾勒了一个"老纽约"形象,如《欢乐之家》(The House of Mirth,1905)、《老纽约》(Old New York,1924)、《纯真年代》(The Age of Innocence,1925)等。这个"老纽约"并非是一个单纯的地理概念,更是一个有着特殊含义的文化概念,指代纽约上流社会因循守旧、耽于物欲的文化思维。美国上流社会得益于现存的社会秩序,同时又创造出纷繁的仪式系统来展现自身的独特性和文化优越感。形式和表象是他们最看重的内容,任何对既有习俗的偏离都会引起他们的恐慌和抵制。如评论家所言,"老纽约"是一个"极端保守、毫无生气的社会阶层,人人谨言慎行,恐惧丑闻和创新。这里弥漫着令人窒息的气氛,无益于智慧与文化的发展,连仅有的娱乐也流于形式"[③]。换言之,它对个体是压迫和驯化式的,迫使成员遵循并参与到一种关于"高雅"的仪式中,以此营造关于群体身份的幻象。个体对之的理性质疑将会导致被放逐的结局。因而,纽约的上流社会便成了伊迪丝·华顿身

[①] Edith Wharton, *A Backward Glance*. New York: Charles Scribner's, 1964, p. 69.
[②] Edith Wharton, *A Backward Glance*. New York: Charles Scribner's, 1964, pp. 206—07.
[③] Annette T. Rubinstein, *American Literature Root and Flower: Significant Poets, Novelists and Dramatists, 1775—1955*. Beijing: Foreign Language Teaching and Research P, 1997, p. 311.

处的"欢乐之家":一方面,它为华顿提供了良好的经济保障和教育资源,赋予她超出常人的社会移动性,拥有了国际视野;另一方面,它限制着华顿独立自我的充分实现,在行为规范和文学创作方面施加了过多的阻碍。这个独特的社会环境塑造了华顿的创作视野。作为"欢乐之家"中的"智者",华顿反感纽约上流社会的繁文缛节,通过文字揭示了它的仪规本质。但身为女性,华顿感受到文化习俗的强大控制力,对于自我处境的体验不可避免地偏向于负面。所以,贯穿其文学创作的两大主题就是"风尚"的虚伪和性别的焦虑。

在华顿的笔下,社会的风俗、礼仪和文化观念扮演着非常重要的角色:它们不仅仅是社会戏剧得以展开的背景,更是塑造个体行为、决定戏剧走向的终极力量,在华顿搭建的文学舞台上占据着核心位置。因而,华顿的小说往往被评论界视为"风尚小说"(novel of manners)。正是出于环境对文学创作影响的强调,有评论家认为华顿在创作中具有自然主义或宿命论倾向,与弗兰克·诺里斯(Frank Norris,1870—1902)、斯蒂芬·克莱恩(Stephen Crane,1871—1900)、西奥多·德莱塞(Theodore Dreiser,1871—1945)等自然主义者同属一脉[1]。实际上,华顿虽然对进化论颇感兴趣,也在处理美国下层人民生活题材时——如《伊坦·弗洛美》(Ethan Frome,1911)与《夏》(Summer,1917)——笔调悲观阴郁,但在其风尚小说中并没有过度强调动物本能和自然环境的作用,而是通过微妙的春秋笔法表现了角色对于社会戏剧本质的熟稔、对于"表象"的主动营造以及对于整个文化游戏规则的洞悉和摈弃。

华顿的风尚小说揭示了纽约上流社会对于"表象"的看重。表象和仪式感是上流社会保持自身阶级身份的基石,也是他们毕生的追求和营造之物。在这一文化氛围中,个体价值本身并不重要,重要的是个体的各类资本(财富或外貌)所最终指向的阶级区隔性。正如华顿所言,"整个社交圈对于外在美貌有着近乎狂热的膜拜情绪"[2]。这在小说《欢乐之家》中有着鲜明体现。《欢乐之家》(又译《豪门春秋》)在华顿创作生涯中具有至关重要的地位,标志着她"从毫无目标的业余爱好者变成一个专业作家"[3]。小说的女主人公莉莉·巴特是出身于贵族家庭的娇女,却因家道中落、父母双亡而寄

---

[1] 参见杨金才:《〈欢乐之家〉与伊迪丝·华顿的自然主义倾向》,载《英美文学研究论丛》第2辑,上海外语教育出版社,2001年,第248—258页;熊净雅、隋刚:《论伊迪斯·华顿〈伊坦·弗洛美〉中的宿命论色彩》,载《北京第二外国语学院学报》2009年第12期。

[2] Edith Wharton, *A Backward Glance*. New York: Charles Scribner's, 1964, p. 46.

[3] Edith Wharton, *A Backward Glance*. New York: Charles Scribner's, 1964, p. 106.

居在生性冷漠的姑妈家,不得不靠充当豪门太太的私人陪伴在上流社会立足。特莱纳太太凭借丈夫的财产和地位成为交际圈中的风云人物,依附于她对于莉莉而言是通往名利场的无奈之举。出众的姿容和得体的行为很快让莉莉在上流交际圈里左右逢源,也增加了她钓得金龟婿的可能。成为富家太太、维持奢华尊贵的生活方式是莉莉自小便接受的思想教育和行为训练,她也一直以此为最高目标和最终归宿。然而,她在本质上却并非耽于享乐的拜金女,而是如其名字(Lily)所暗示的那样在心底保留了一份纯真。在物质欲望和精神追求中摇摆不定成为莉莉身处上流社会的致命弱点,促使她做出一系列不合"理性"的抉择:她经过周旋征服了数位富家子弟,却数度犹豫而错失结婚机会;尽管有诸多身家不菲的追求者,她偏偏钟情于与上流社会格格不入的清贫律师劳伦斯·塞尔登,在经受他的误解和冷落之时依然维护对纯粹情感的信仰;在走投无路之际被特莱纳先生要挟,却拒绝做他的情妇以获得物质回报;在被"朋友"伯莎·多塞特陷害时,她为了保全爱人而放弃公布伯莎写给塞尔登的偷情信件,随之放弃的还有洗刷自己名誉的最后机会,以及暴发户罗斯代尔在她重回上流社会后便娶她为妻的承诺。陷入穷途末路的莉莉最后不得不到制帽厂做手工活,在贫病交加中离开了人世。

《欢乐之家》之所以成为华顿最重要的作品之一,是因为它深刻揭示了上流社会的戏剧本质及其对于个体尊严的漠视和戕害。整个戏剧氛围裹挟了每个个体,迫使他们遵从追求表象的游戏规则。莉莉在小说中已经意识到了自我与社会的这种异化关系:"我已竭尽全力——可生活中困难重重,而我又一无所长。也许可以这样说:我不能独立生存。在过去那台名为生活的巨大机器里,我仅是颗螺钉或齿轮,脱离那台机器之后就毫无用处了。"[1]显而易见,她在小说中是与周遭环境融为一体的人物,是社会的产物,也是社会运转的一分子,协助建构了"表象"经济。就如小说中对莉莉的评论所示:

> 性格的遗传加上早年的教养,联合造就了她这个非常特殊的产物——一种脱离了它的生活区域就像被剥下岩石的海葵那样无法生存的有机体。她生来就是做装饰品取悦于人的;大自然让玫瑰长出丰满的叶子,给蜂鸟胸部涂上好看的颜色,难道还有其他目的吗?如果说装饰的使命在人类社会中不如自然界那样容易实现,这难道是

---

[1] Edith Wharton, *The House of Mirth*. San Diego: Icon Classics, 2005, p. 341.

她的错吗?①

悲剧之处在于,这个社会是由一系列的"装饰"组成的,它的运转要求个体的表演,认可并强化自身在社会戏剧中的装饰功能;心存理想而拒绝这一命运的个体不得不沦为牺牲品②。正如华顿自己所言,"一个肤浅的社会只有通过戕害个人才能彰显自身戏剧般的重要性。它悲剧的意义在于贬低个性和人们的追求。答案就是我的女主人公莉莉·巴特"③。值得指出的是,《欢乐之家》中所揭露的上流社会对于"表象"的狂热违背了美国当时的进步主义价值观。与进步主义运动的改良意图一致,美国社会在19世纪与20世纪之交经历了从维多利亚时代的"高雅传统"到实用主义的转向:人们不再像19世纪的浪漫主义者那样去强调空洞的仪式和表面的装饰,而开始追求"好而实用"的特性④。从这个意义上来说,纽约的上流社会充当了当时美国的反动因素,成为美国现代化、技术化和民主化背景下——在《欢乐之家》中,"机器"(machine)这个词和"公共体制"(civic machinery)这个短语持续出现——"实用主义"哲学和"新人文主义"思潮的对立面。

在揭示上流社会追逐"表象"的同时,华顿在其风尚小说中也在建构一个"精神共和国"以对抗其庸俗。这个短语首次出现于《欢乐之家》中的律师劳伦斯·塞尔登之口。他严厉批判上流社会的物欲,对之表示出强烈的逃离之意,并表达了对于精神世界的向往:"不受一切制约——金钱、贫困、闲适和忧虑,一切物质因素。保持一种精神上的共和国。"⑤华顿本人阅读过柏拉图的著作,非常向往"理想国"理念,在写给朋友的信件里也表达了"向往古希腊风格的情思"⑥。因而,华顿在小说中刻意提到的"精神共和国"这个短语便显得意味深长,寄托了她本人的理想愿景。这在小说的题名上得

---

① Edith Wharton, *The House of Mirth*. San Diego: Icon Classics, 2005, p. 333.
② John Clubbe, "Interiors and Interior Life in Edith Wharton's *House of Mirth*." *Studies in the Novel* 28.4 (1996): 543.
③ Edith Wharton, *A Backward Glance*. New York: Charles Scribner's, 1964, p. 207.
④ 这一文化情绪在当时的礼物交换中得到了体现。欧·亨利(O Henry,1862—1910)的短篇故事《麦琪的礼物》("The Gift of the Magi", 1906)表达了维多利亚时期和进步主义时期对礼物价值的不同理解。正是当时的社会背景才使得夫妻俩送给对方"无用"礼物的行为具有了幽默感。参见 Ellen Litwicki, "From the 'ornamental and evanescent' to 'good, useful things': Redesigning the Gift in Progressive America." *The Journal of the Gilded Age and Progressive Era* 10.4 (2011): 475—75.
⑤ Edith Wharton, *The House of Mirth*. San Diego: Icon Classics, 2005, p. 75.
⑥ Carol J. Singley, *Edith Wharton: Matters of Mind and Spirit*. New York: Cambridge UP, 1995, p. 168.

到了明显体现。华顿原定的小说名称是"一时的装饰",后来改成"欢乐之家"——该名来自《旧约·传道书》:"智慧人的心,在遭丧之家;愚昧人的心,在欢乐之家。"(7:1—4)显而易见,华顿在此呈现了纽约上流社会对于表象和装饰的重视,更揭示了他们的愚昧。于是在她的笔下,总会有一个受过良好教育的上流社会男性,以一种超然的态度观看自己圈子内的社会戏剧,却在内心深处时刻保留着对于精神的向往:"他总是与社会保持一定距离,以一种快乐的神情客观地看着表演;他与金笼子之外的世界有着联系,而他们只是蜷缩在笼子里面供大众观看。"①这个角色便是华顿的"精神共和国"的代言人。这个"精神共和国"往往给这位观察者和女主人公提供一个超越物欲世界的可能,真正展现出灵魂的闪光。正如在《欢乐之家》中,跪在莉莉病床边的塞尔登所意识到的:"正是这爱意充盈的时刻,这对自我的短暂胜利,才让他们避免沉沦和消失;她已经竭尽全力地去对抗周遭环境,去靠近他,而他则一直保持了那信念,终而来到她的身边忏悔与和解。"②可见,"精神共和国"是对表象生活的逃离,是对上流阶级身份的摈弃,更是实现心灵沟通的顿悟时刻,为华顿笔下的"风尚"社会提供了一个救赎的可能。

然而,值得指出的是,"精神共和国"在华顿笔下只是一个美好的幻想而已,几乎不可能实现。塞尔登之类的代言者们身处上流社会的庙堂,也是风尚文化的产物,而不是坚决的反叛者。他对莉莉的精神共鸣也仅仅是暂时的,更多时候同样遵从着表象的指引,而且混杂着性别政治的污染。他对莉莉的良好印象起始于在火车站对她的惊鸿一瞥,被其美貌所惊艳。这个老套的才子佳人情节多少呼应了《罗密欧与朱丽叶》(*Romeo and Juliet*)中男女主人公的初次相遇,也说明塞尔登也并没有完全逃脱表象的奴役。

对于"精神共和国"的渴望和失望在华顿的代表作《纯真年代》中有着更深入、更艺术的呈现。作为华顿风尚小说的最高成就,这部作品获得了1921年的普利策文学奖,使她成为美国首位获此殊荣的女性作家。小说与《欢乐之家》在主题上类似,同样揭示了纽约上流社会在坚守风俗礼仪和传统价值观时的虚伪及其对人性的束缚。在小说中,老纽约上流社会墨守成规,依靠繁文缛节凸显自身的"体面",对于任何离经叛道者都会进行驱逐,使其经受社会"死亡"。男主人公纽兰·阿切尔虽然是其中的一分子,却在精神气质上与之格格不入。他的名字"纽兰"(Newland)喻示他是超越现实的"精神共和国"的代言人。他热爱艺术,喜爱阅读人类学的书籍,拥有客观

---

① Edith Wharton, *The House of Mirth*. San Diego: Icon Classics, 2005, p. 60.
② Edith Wharton, *The House of Mirth*. San Diego: Icon Classics, 2005, p. 364.

观察人类社会的能力。他对纽约上流社会的仪规非常不满,却也能够与其相安无事,但安静的生活随着奥兰斯卡伯爵夫人埃伦从欧洲回到纽约而被打破。埃伦是纽兰未婚妻梅的表姐,她因为丈夫风流成性而愤然回家,试图与丈夫离婚。然而,作为"娘家"的纽约上流社会对她违背"风尚"的行为极力反对。对于他们来说,"避免家庭当众出丑"是根深蒂固的信条,"体面"的表象是生活的全部:"他们害怕丑闻更甚于疾病,而把体面置于勇气之上;认为没有什么比出丑更没教养的了。"①为此,他们一致要求埃伦回到丈夫身边。但纽兰却同情埃伦,认为女性与男性一样享有自由的权利,支持埃伦与丈夫离婚。同时,埃伦的品位和对社会的看法也深深地吸引了他,"搅乱了那些根深蒂固的社会信条,并使它们在他的脑海里危险地飘移",并在逐步的了解中坠入爱河②。他们的爱情迥异于上流社会的虚与委蛇,是真正"精神共和国"的勇敢尝试。这在小说中表现为远离尘嚣的方外之地,如埃伦的屋子——"我所喜欢的是身处此地的幸福感,我自己的国度,我自己的城镇;还有,在这里的独处"③;还如纽兰的想象之地——"我想——我想我们可以设法逃到一个没有这个词——一个没有这种词汇的国度。在那里,我们就只是两个相爱的人,我们彼此都是对方的全部,其他什么东西都不再重要"④。

然而,小说也指出,"精神共和国"终究是一个无法实现的美好愿望。面对纽兰对于"爱情之国"的幻想,埃伦完全不抱希望:"这个国度在哪里?你去过吗?……我知道有太多人想试着去那个地方了;相信我,他们都到了错误的站……跟他们逃离的旧世界根本没有区别,只是更狭隘、更肮脏、更乌七八糟而已。"⑤而且正如埃伦所言,无论是埃伦还是纽兰都不能完全摆脱上流社会规则的束缚。埃伦为了表妹梅的婚姻以及家族的名誉,最终选择了放弃与纽兰的爱情。而纽兰在梅假装怀孕的策略下,出于"责任感"而屈从于无爱的婚姻,并亲自劝说埃伦打消离婚念头返回欧洲。他与沉闷无情的梅度过了一生,也在"责任感"的幻象中和自己的"体面"形象度过了一生。在小说的结尾,纽兰在埃伦的欧洲住所下面眺望,之后独自离开。相爱的两人在时间和空间上的隔离让"精神共和国"成为一个怀旧的浪漫幻象,凝缩

---

① Edith Wharton, *The Age of Innocence*. San Diego: Icon Classics, 2005, p. 314.
② Edith Wharton, *The Age of Innocence*. San Diego: Icon Classics, 2005, p. 45. 埃伦作为上流社会异类可以从她房间的样式与流行装修风格的对比中体现出来。参见朱赫今、胡铁生:《个体伦理与集体伦理之辩——华顿小说〈纯真年代〉中房子意象的伦理内涵》,载《东北师大学报(哲学社会科学版)》2012年第6期。
③ Edith Wharton, *The Age of Innocence*. San Diego: Icon Classics, 2005, p. 72.
④ Edith Wharton, *The Age of Innocence*. San Diego: Icon Classics, 2005, p. 236.
⑤ Edith Wharton, *The Age of Innocence*. San Diego: Icon Classics, 2005, p. 236.

成为一去不返的"纯真年代"。在浪漫的表象之后,是极端无奈的苦涩。

作为上流社会的女性作家,华顿拥有着批判自身阶级的敏锐,同时也承受着身为女性的压力,但其创作中的性别焦虑被她的阶级身份所掩盖。优裕的经济条件赋予华顿一般女性所不能享受的社会空间移动性,她能够在世界各地旅游,通过实践这一传统男性行为彰显自身的主体性。但这并不意味着华顿无法感受到当时女性的性别焦虑。公共空间仍然是女子的禁足之地,哪怕如华顿这样的女性在其中亦要小心翼翼,规避着维多利亚时期性别规范标记出的雷区。这种抗争和妥协造就了一种奇怪的平衡,造成了"新女性"作家特有的身份焦虑意识①。女权主义评论家们注意到了19世纪与20世纪之交美国女性作家的这种焦虑感,沮丧地发现她们的叙事并不反映一个"积极的"女性身份,相反却写下了互有抵牾的"矛盾的故事"。具体说来,华顿作品中的性别焦虑表现为对"新女性"、异性之爱和女性联盟三个女性主题的强烈不信任。

20世纪初期正值女性运动轰轰烈烈之际,为女性权利呐喊在现在的评论家眼中似乎已经成为当时女性作家的"天然"倾向。但恰恰相反,华顿在作品中对"新女性"群体打着自由旗号的拜金主义给予了严厉的批判。在《国家风俗》(*The Custom of the Country*,1913)这部小说中,华顿揭示了女性主义运动时代的"新女性"们自我物化、将两性关系商业化的现实。老纽约上流社会在工商业飞速发展的形势下饱受冲击,逐步衰落,而秉承商业精神的资产阶级新贵强势崛起。小说的女主人公昂戴恩·斯普拉格便是这类人的代表。与《欢乐之家》中的莉莉不同,斯普拉格并非是在名利场中的娇花弱草,而是野心勃勃的入侵者。她是西奥多·德莱塞(Theodore Dreiser,1871—1945)的《嘉莉妹妹》(*Sister Carrie*,1900)中嘉莉妹妹的翻版,为了个人利益可以牺牲一切,抛开所有的道德伦理和社会规范。与嘉莉妹妹一样,她用自己的青春美貌作为交换筹码,在不断的"交换"之中取得越来越高的社会地位。她首先设法挤进了老纽约的上流社会,之后又混迹于欧洲的老贵族圈子,与一位法国侯爵暗通款曲。在获得地位之后,她转向了对财富的追求,最终与新兴资产阶级的代表人物埃尔默·莫法特联姻。昂戴恩和嘉莉妹妹相得益彰,共同展示了新兴的工商业资产阶级思潮对于所有美国阶层的洗礼,以及对于传统道德体系的颠覆。女性身体被用来作为交换的商品,成为"新女性"入侵公共空间的武器,成为她们彰显自身存在、宣泄自

---

① 参见吴兰香:《公共空间中的性别焦虑——伊迪斯·华顿游记中的人称指代》,载《外国文学评论》2010年第4期。

身欲望的标志物——而这已然成为美国的"国家风俗",也是华顿忧虑之处。

华顿的性别焦虑还体现在她对异性之爱的悲观态度上。大概是由于自身婚姻生活的不幸,华顿笔下鲜有幸福的婚姻与和谐的两性关系。如评论家所指出的,在华顿小说中所谓"最好的婚姻关系"的意义只"在于让双方看到生活的荒芜和人类的愚蠢"[1]。体现这一点的最典型作品是《伊坦·弗洛美》(Ethan Frome,1911)。这部小说被评论界公认为"华顿最伟大的悲剧故事,明显地有异于对贵族阶层的道德伦理的讽刺性思考和对高度复杂化的人物形象的塑造"[2]。在该小说中,华顿将关注的目光转向新英格兰农村的普通农民。小说营造了一个阴郁的时空背景,虚构了马萨诸塞州的一个与世隔绝的偏远乡村"斯塔克菲尔德",并将时间安排在严酷的冬季。与华顿其他作品一致的是,小说也有着一个客观的叙述者,一位城里的电气工程师。正是从他的视角,读者得以了解伊坦·弗洛美和他妻子的情感悲剧。伊坦是一位身有残疾的贫苦农民,却与两位女人生活在一起。这奇怪现象的根源是贫穷所造成的苦果,更是两性关系所造成的命运悲剧。伊坦生活的村庄贫穷、闭塞,给人造成了极端的孤独感。父母重病,无助的伊坦不得已请亲戚齐娜帮忙,在老人去世后出于孤单和感激娶了病弱的齐娜为妻。但婚后的光景一片凄凉,没有丝毫温情,就如小说的冬季背景一般。为了照顾齐娜,伊坦又把齐娜的表妹玛蒂接到家里来。年轻活泼的玛蒂让伊坦感觉"他的房子里有了一点儿有希望的年轻的生命,像冷炉里头生着了火一般"[3]。齐娜察觉到丈夫和表妹之间的情愫,坚决将玛蒂赶走。伊坦这个"判了无期徒刑的囚人,生命中唯一的光明又将被扑灭"[4]。伊坦和玛蒂准备私奔,却出于道德感的束缚而犹豫不决。绝望之下两人决定自杀殉情,却只是落了个双双残疾,结果三个人不得不在痛苦中苟且偷生,相互折磨。这是华顿笔下最黑暗的故事之一,寒冬意象贯穿全篇,将之笼罩在阴郁悲伤的气氛之中。周遭环境充斥着死亡和墓碑意象,与没有爱的家庭生活遥相呼应,呈现了复杂的人性主题。

与同时代的女性主义者不一样的是,华顿对于女性联盟是否存在心存疑虑,反而对异性友谊青睐有加。在她的笔下,女性之间的亲密关系非常脆

---

[1] Allen F. Stein, *After the Vows Were Spoken: Marriage in American Literary Realism*. Columbus: The Ohio State UP, 1984, p. 210.

[2] James D. Hart and Phillip W. Leininger, *The Oxford Companion to American Literature*. Beijing: Foreign Language Teaching and Research P, 2005, p. 71.

[3] Edith Wharton, *Ethan Frome*. San Diego: Icon Classics, 2005, p. 18.

[4] Edith Wharton, *Ethan Frome*. San Diego: Icon Classics, 2005, p. 76.

弱,其最终的诉求还是指向男性的爱。《罗马热病》("Roman Fever",1934)这篇华顿晚年的作品便体现了她的这一性别焦虑和身份挫败感。格雷丝·安斯莉和阿莉达·斯莱德是闺中密友,但实际上为了争夺阿莉达的丈夫德尔芬而各自赔上了一生。故事开篇时,她们在罗马故地重游,反思了彼此的生活。阿莉达吐露了二十五年前的一个秘密,当时她偷偷以德尔芬的名义给格雷丝写信,约格雷丝见面,意图让格雷丝既因为见不到德尔芬而心灰意冷退出爱情竞争,又能感染上罗马热病。而格雷丝也还原了当时的情景,她给德尔芬回了信,两人最终见面,并怀上了现在的女儿芭芭拉。从结果看,两位女性都生活在围绕男性编织的谎言中,其最终意义归于虚无。女性联盟的脆弱性甚至虚幻性在华顿作品中是一个持续的主题,如《欢乐之家》中伯莎太太极力迫害莉莉,《暗礁》(Reef,1912)中安娜和她的继儿媳苏菲爱上了同一个男人乔治·达罗,《老处女》(Old Maid,1924)中的迪莉娅毁掉堂妹夏洛蒂的幸福,等等。这些女性角色名义上以姐妹关系出现,实际上却是彼此的敌人,原因在于她们内化了男权价值观,并将自我憎恨投射到其他女性身上,最终导致了女性联盟的瓦解。在华顿看来,异性友谊才是最安全的。友谊在西方古典主义传统中被界定为建基于双方相似性和平等原则的智性交流和情感理解,而华顿"试图进入跨性别友谊的疆界,在男女之间建构一种新型的友谊范式"①。这是 19 世纪与 20 世纪之交美国的"新女性"所面临的一个特有话题。随着她们比 19 世纪女性先辈们拥有更多的涉足公共空间的权利,与异性保持"友谊"的关系成为她们在智性和情感层面上建构独立身份的重要标志。这也是薇拉·凯瑟在《啊,拓荒者!》(O Pioneers!,1913)中会借女主人公之口说出"朋友般的婚姻是安全的"这样的结尾来。华顿对这一理想模式的探究体现在《哈得孙画派》(Hudson River Bracketed,1929)这一作品中。万斯·韦斯顿和贵族女子哈洛·斯皮尔都深陷于不幸的婚姻之中,对文学的共同爱好让他们走到了一起,缔结了超越年龄、性别和阶级的友情。虽然万斯爱慕哈洛,但哈洛却将两者的关系定义为"坦率的友谊"②。这不是简单的认知差异,而体现了异性友谊对正在成形的新型女性气质和性别关系的极端重要性③。

---

① 参见程心:《〈哈德逊画派〉中的异性友谊——伊迪斯·华顿对新女性的批判性认同》,载《国外文学》2011 年第 1 期,第 74 页。
② Edith Wharton, *Hudson River Bracketed*. New York: D. Appleton, 1929, p. 429; p. 206; p. 356.
③ 参见程心:《〈哈德逊画派〉中的异性友谊——伊迪斯·华顿对新女性的批判性认同》,载《国外文学》2011 年第 1 期。

除了风尚小说和性别主题的小说外,华顿创作中还有一类特殊的作品,即战争小说。在第一次世界大战期间,华顿正旅居法国,热情地参与了战时的慈善工作。为此她获得了法国政府颁发的勋章。这个经历促使华顿创作了不少以战争为题材的作品,如《创作一个战争故事》(Writing a War Story, 1919)、《难民》(The Refugees, 1919)等。一般说来,华顿的战争作品在时间上和空间上远离正面战场,而且焦点也不在于男性士兵,而更多转向了战争中的女性们。评论家们一般认为,华顿通过战争这个传统的男性题材,意图在作品中颠覆男性的权威,表达自身对美学情感和个体自由的看法[1]。但问题是,处于美国进步主义运动时期的美国作家,其作品与当时美国面向整个世界的帝国建构工程不可避免地形成了呼应,也势必会表现出一定程度的种族立场。华顿自称为"丧心病狂的帝国主义者"[2],其在第一次世界大战中的立场以及其战争作品也让评论家把她归于极端保守主义者的行列,认为她鼓吹"帝国主义美学思想"[3]。我国学者潘志明认为,华顿的国际视野和战争题材并不能成为她持有种族主义或帝国主义的证据,因为其作品中并没有帝国实践和殖民活动的直接证据,而不过是一些"去帝国文本"[4]。华顿本人1927年7月发表在《耶鲁评论》上的《伟大的美国小说》("The Great American Novel")一文对"国际化"的反对似乎也是对这一看法的有力佐证。的确,读者很难在华顿的文学作品中找到明确支持种族主义和帝国主义的语句,而且通过文学作品来探究作家自身立场向来都是一件冒险的事情。因此,评论家对她在种族问题和帝国主义立场问题上的指责似乎的确属于"误读"。然而,这种误读背后是有其坚实逻辑的,反映了当下美国评论界要求"政治正确"、清算种族主义和帝国话语的意识形态[5]。真正需要探究的问题是,华顿与其同时代作家的文学创作在何种程度上与美国当时的国家身份建构话语存在着互文关系。不可否认的是,作为美国上流社

---

[1] 参见 Alan Price. "Edith Wharton's War Story." *Tulsa Studies in Women's Literature* 8.1 (1989):95—100; William Blazek, "French Lessons: Edith Wharton's War Propaganda." *Revue française d'études américaines* 115 (2008):10—22.

[2] Edith Wharton, *Letters of Edith Wharton*. Ed. R. W. B. Lewis and Nancy Lewis. New York:McMillan,1988,p.45.

[3] 参见 Frederick Wegener, "'Rapid Imperialist':Edith Wharton and the Obligations of Empire in Modern American Fiction." *American Literature* 72.4 (2000):783—812; Jennie A. Kassanoff, *Edith Wharton and the Politics of Race*. Cambridge:Cambridge UP,2004,p.5.

[4] 参见潘志明:《伊迪丝·华顿是种族主义作家吗?——以〈欢乐之家〉为例》,载《外国文学评论》2016年第3期;《伊迪丝·华顿的去帝国文本》,载《国外文学》2016年第1期。

[5] 丁秉伟:《伊迪斯·华顿研究中的"误读"与当代美国主流意识形态》,载《国外理论动态》2009年第4期,第81—82页。

会作家,华顿通过"品味""艺术"等看似纯粹的意识形态建造了自我与他者的区隔,体现了根深蒂固的文明偏见。比如,尽管她对于虚荣浮华的"老纽约"社会多有讽刺,却对入侵的新富阶层十分戒备。这在其笔下往往体现为反犹主义,纽约的社交圈出现犹太裔的成员会被视为对美国这个"家庭"的污染——这是当时美国社会的共识,在平民主义作家薇拉·凯瑟的《教授的房屋》(*The Professor's House*,1925)中也有鲜明体现①。

美国20世纪初的文化批评家埃德蒙·威尔逊(Edmund Wilson,1895—1972)说,华顿是20世纪早期"发出了清晰声音、留下持久记录"的少数作家之一②。这位对女性创作并不热情甚至多有贬损的男性后辈对"华顿姑妈"能有这样的公允评价,从侧面证明了华顿创作的巨大影响力。在生前,她于1923年成为第一个获得耶鲁大学荣誉文学博士头衔的女性,1924年获得美国艺术与文学学会小说类金奖。近来,华顿的小说《伊坦·弗洛美》《纯真年代》等相继被改编成电影,重新掀起了"华顿热"。这一切铸就了她"20世纪最伟大的美国作家,而不仅仅是最伟大的女性作家"③的崇高声名。

第七节 华裔女性文学的诞生

兴起于20世纪70年代的多元文化主义对美国的传统经典进行了种族、性别、阶级等各个维度的质疑,随之而来的"经典修正"运动着重涵盖了少数族裔和女性的文学作品。正是在这一文化语境下,"美国华裔文学"开始作为一个独特的文学景观进入了评论界的视野。评论家林英敏提出了"华美文学"(Chinamerican literature)的说法,并将"华美作家"分为三类:第一类是长着中国面孔、思维方式中国化,但遵守美国行为准则的旅美作家,如写下《京华烟云》(*Moment in Peking*,1939)的林语堂;第二类是最大的群体,指长着黄皮肤但思维白人化的"香蕉人",最著名的代表莫过于写下《女勇士》(*The Woman Warrior*,1976)和《中国佬》(*China Men*,1980)的汤亭亭(Maxine Hong Kingston,1940—);第三类是长相西方化却拥有部

---

① 参见 Walter Benn Michaels,"Race into Culture:A Critical Genealogy of Cultural Identity." *Critical Inquiry* 18.4 (1992):655—85.

② Edmund Wilson,"Justice to Edith Wharton," in *Edith Wharton:A Collection of Critical Essays*. Ed. Irving Howe. Englewood Cliffs,NJ:Prentice-Hall,1962,p.30.

③ 参见程心:《21世纪以来西方伊迪斯·华顿研究述评》,载《当代外国文学》2011年第2期。

分中国血统的"欧亚人"①。对于"美国华裔文学"以及更广泛的"美国亚裔文学"应该如何准确命名、包含哪些作家、在美国和中国/亚洲的文化差异甚至冲突中秉承何种立场、对于美国文学史具有何种意义,都成为评论界的关注热点②。其中,建构"真正的"华裔文学史更是争论的焦点。华裔作家兼评论家赵建秀(Frank Chin,1940—)非常反感汤亭亭等在创作中"挪用"中国文化故事的行为,认为这是对于"华裔"的背叛。他在美国文学史的故纸堆里孜孜找寻被消声和遗忘的华裔作家的作品,以期在其中发现真正的华裔声音,最终编辑出版了《大啊呀!美国华裔及日裔作家作品集》(*The Big aiiieeeee!:An Anthology of Chinese American and Japanese American Literature*,1991)。然而,脱离历史语境寻找种族本质身份的努力注定是一种浪漫化的怀旧。正如我国学者吴冰教授所指出,华裔美国文学是特定历史时期的产物,与美国社会历史的关系较之其他族裔要更胜一筹③。

华人大量移民美国的时间是19世纪中叶,其原因是美国的工业资本主义飞速发展带来巨大的劳动力需求,吸引当时或出于生计或追求梦想的华人去往海外的"金山"。用评论家罗纳德·高木的话来说,当时的华人移民美国一是为了"必要"(necessity),一是为了奢华(extravagance)④。然而,他们并未实现"美国梦"的荣光,相反却成为苦力和"猪仔",处于美国社会的最底层。从19世纪末到20世纪初,美国社会的种族话语聚焦于中国人群体,在生理和文化两个层面将之塑造成了美国民主的最大敌人。在19世纪70年代,西方的现代科学却在社会层面被阶级化和种族化,使种族歧视具有了无可置辩的权威⑤。美国人相信,中国人携带陌生的细菌,会导致美利坚民族体格衰弱。他们将唐人街视为滋生传染病的炼狱,加强了针对亚洲,尤其是中国船只的检疫,意欲将来自异族的威胁拒之门外。生理方面的异质性使得在美华人成了美国人眼中的"东方侵略"(Oriental invasion):"他们在这片土地上仍然是外人,离群索居,固守他们原来国家的风俗和习惯。

---

① Amy Ling,"A Perspective on Chinamerican Literature." *MELUS* 8.2 (1981):78.
② 参见吴冰:《关于华裔美国文学研究的思考》,载《外国文学评论》2008年第2期。关于华裔文学对于美国文学史建构的影响,参见陆薇:《华裔美国文学对文学史的改写与经典重构的启示》,载《当代外国文学》2006年第4期。
③ 参见吴冰:《华裔美国文学的历史性》,载《外国文学研究》2010年第2期。
④ Ronald Takaki,*Strangers from a Different Shore:A History of Asian Americans*. Boston:Little,Brown & Co.,1989,p.31.
⑤ Jon A. Peterson,*The Birth of City Planning in the United States,1840—1917*. Baltimore:The John Hopkins UP,2003,p.38.

他们几乎不可能融入我们民族中来,也毫无希望改变他们的习惯或生活方式。"①有关中国的一切特征,无论是事实的还是想象的(如吸食鸦片导致的皮肤黑黄),都被打上了种族低劣的印记,促使美国人对华裔进行种族隔离——医学界便呼吁美国政府"维护种族之纯洁……阻止与'劣等民族'相融合"②——自然也为美国国会出台"排华法案"找到了最好的理由。面临"东方侵略"的美国主流社会自然对华裔产生恐慌、抗拒和排斥的心理,并在艺术想象中凝聚成为"黄祸"(yellow peril)修辞。1882 年 5 月 2 日的《黄蜂》(The Wasp)杂志刊载了一幅漫画,画中"疟疾""天花""麻风"三个骷髅瘟神正在唐人街和运送中国人的船只上肆虐③。在文学创作领域,最著名的"黄祸"代表是英国作家萨克斯·罗默(Sax Rohmer,1883—1959)的"傅满洲博士"(Dr. Fu Manchu)系列。1913 年被首次塑造出来的傅满洲被称为世上最邪恶的角色,是典型的中国恶棍,集中体现了中国人的狡猾与奸诈。

在进步文明论的视野下,性别和种族成为美国主流文化用来区隔白人男性与他者群体的修辞,相互指代,相互强化。弱势的他者群体并没有反对这个"进步"逻辑,而是有选择性地挪用进步话语捍卫自我利益。正如美国女性通过拒绝劣等移民来彰显自身的优越身份,女性传教士竭力"提升"落后民族的文明程度,中国便是她们选中的重点地区之一④。华裔成为指代一切他者的原型意象修辞,所以才会有夏洛特·珀金斯·吉尔曼(Charlotte Perkins Gilman,1860—1935)在《黄墙纸》("The Yellow Wallpaper",1892)中用黄色来代表女权主义者深恶痛绝的男权独裁⑤。直至 20 世纪 20 年代,经受过近半个世纪的排斥和压制,华裔在美国再也没有威胁主流社会的能力,沦为和印第安人一样的"消逝的种族",才获得了美国社会"帝国怀旧"

---

① *Chae Chan Ping v. United States*. 130 U. S. 581 (1889):595.

② 参见 Diana L. Ahmad,"Opium Smoking,Anti-Chinese Attitudes,and the American Medical Community,*1850—1890.*" *American Nineteenth Century History* 1. 2 (2000):59—61.

③ Joan B. Trauner, "Chinese as Medical Scapegoats, 1870—1905." *California History* (Spring,1978). http://foundsf.org/index.php?title=Chinese_as_Medical_Scapegoats,_1870—1905.

④ 详见 Jane Hunter,*The Gospel of Gentility:American Women Missionaries in Turn-of-the-Century China*,New Haven:Yale UP,1984.

⑤ 参见 Susan Sniader Lanser,"Feminist Criticism,'The Yellow Wallpaper,' and the Politics of Color in America." *Feminist Studies* 15. 3 (1989):415—41;King-Kok Cheung,"Thrice Muted Tale:Interplay of Art and Politics in Hisaye Yamamoto's 'The Legend of Miss Sasagawara'." *MELUS* 17. 3 (1991—1992):120—21.

式的待遇,被视为模范的少数族裔①。最脍炙人口的角色是美国作家伊尔·德·比格斯(Earl Derr Biggers,1884—1933)塑造的华人侦探陈查理。与反面典型傅满洲博士不同,陈查理温顺谦卑,以一种女性化的形象满足了美国社会对于华人劣等性的想象和期待。华人女性则在美国社会中遭受着种族和性别的双重歧视,华裔女性被刻画成两类,一类是"莲花"型,即娇小可爱,温柔顺从,渴望被白人男性拥有、拯救,即便是遭遗弃也无怨无悔的"亚洲娃娃";另一类则是"龙女",即阴险、邪恶、足智多谋、身手矫健、智勇双全的女魔王,同时也是具有白人男性多方抵抗的具有性诱惑力的魔女②。

在这样的语境下,美国华裔不可避免地挣扎在中国和美国的文化撕扯之中,陷入汤亭亭称之为"双重公民身份"(double citizenship)的焦虑之中③。这种焦虑在文学中便体现为离散情境、边缘意识、认同危机、归化努力等诸多主题。最早的华裔美国文学可以追溯到20世纪初被扣留在天使岛的华人移民书写在墙上的华文诗歌,即张维屏的"金山篇"和黄遵宪的"逐客篇"。1887年李恩富(Yan Phou Lee,1861—1938)的自传《我在中国的童年时代》(When I Was a Boy in China)可被视为美国华裔文学的正式发端④。这些作品的核心主题是"错置感",充满了背井离乡、忍受欺凌的痛苦和屈辱。由于19世纪末的中国女性遭受的歧视和压迫较之美国女性尤甚,移民美国的中国女性数量极少,而且当时美国的排华气氛浓重,华人女性移民在美国文坛发声几无可能。

出乎现今读者意料之外却又在情理之中的是,美国华裔女性文学发端于"欧亚人"的创作。这位"欧亚人"便是伊迪丝·莫德·伊顿(Edith Maude Eaton,1865—1914),更为人知的是她的中文笔名"水仙花"(Sui Sin Far)。她和她的妹妹温妮弗雷德·伊顿(Winifred Eaton,1875—1954)都受困于"双重公民身份",也不约而同地转向文学创作来表达自我的身份建构需求,并由此成为美国亚裔文学的第一代开拓者。由于当时美国对中国人的种族

---

① 对于美国社会在1920年代的种族态度,以及在这一语境下印第安人所遭受的社会待遇和形象塑造,参见 Walter Benn Michaels,"The Vanishing American." *American Literary History* 2.2 (1990):220—41;"Race into Culture:A Critical Genealogy of Cultural Identity." *Critical Inquiry* 18.4 (1992):655—85.

② 陆薇:《走向文化研究的华裔美国文学》,北京:中华书局,2007年,第97页。

③ Maxine Hong Kingston,"Cultural Misreadings by Chinese American Reviewers," in *Asian and Western Writers in Dialogue: New Cultural Identities*. Ed. Guy Amirthanayagam. London : Palgrave Macmillan,1982,p.60.

④ 有关美国华裔文学的发展史,可参见程爱民:《论美国华裔文学的发展阶段和主题内容》,载《外国语》2003年第6期。

歧视特别酷烈,却在文化圈流行"日本风",妹妹威妮弗雷德于是采取了伪装的策略,为自己取了一个日本化笔名,并在创作中采用日本题材,假借这个虚构的日本身份获得美国社会和文学市场的认可。相较而言,伊迪丝·伊顿的反应更加直接和决绝。她不仅公开了自己的华裔身份,取了一个中文名字,而且在作品中着力呈现在美华人的生活状态,明确表达了同情和辩护之意。

水仙花开启的华裔美国女性文学传统以性别和种族为核心主题,她的后辈们也通过对这些主题的重复、改写和改革而确立了彼此之间的谱系①。她们的作品往往围绕"母女关系"和对中国文化的想象而展开。在隐喻层面上,母亲和女儿之间的承继与冲突实际上是在表述中国文化与美国文化之间的复杂关系。华裔女性对于中国这个遥远的异域的态度实质上折射出她们在美国社会的生存策略。伊迪丝·伊顿对于中国的美好想象是她为自己的正名,而她的后辈们则采取了完全相反的策略。在美国文学传统中离水仙花最近的一位作家、同为美国华裔女性文学鼻祖的黄玉雪(Jade Snow Wong,1922—2006)在其自传《华女阿五》(*Fifth Chinese Daughter*,1945)中表达了对传统中国文化的激烈反抗,描述了通过自我奋斗实现"美国梦"的历程。该作品将性别政治的独裁表现为中国文化的特征,将自我身份的追寻与认同美国主流文化联系在一起,凭此成了"模范少数族裔"。《华女阿五》由此受到了美国国务院的大力资助,成为宣扬华人归化的教材;黄玉雪后来也被赵健秀怒斥为"汤姆叔叔"②。这一模式或多或少地对"美国华裔文学第一次浪潮"中的女性作家——汤亭亭、谭恩美(Amy Tan,1952—)、任碧莲(Gish Jen,1955—)——产生了影响③。

伊迪丝·伊顿(Edith Eaton,1865—1914)

在19世纪中叶鸦片战争和美国加州淘金热引起的华人移民潮之后,欧美对于中国和华人的否定性想象开始成形,并固化成为一套社会、文化、政治意义的污名标签。白人世界的华人身份不可避免地沦落成为白人所注

---

① 参见蒲若茜、饶芃子:《华裔美国女性的母性谱系追寻与身份建构悖论》,载《外国文学评论》2006年第4期。
② 吴冰:《关于华裔美国文学研究的思考》,载《外国文学评论》2008年第2期,第18页。
③ 对于美国华裔文学"第一次浪潮"作家的简要介绍,参见冯亦代:《美国华裔作家与"第一次浪潮"》,载《读书》1993年第3期。

视、恐惧和驱逐的对象。在这一语境下，美国华裔女性文学在种族主义和性别主义两大意识形态的背负下举步维艰。如何在两者的严苛禁锢下追寻失落的自我身份，实现19世纪与20世纪之交女性作家跻身艺术殿堂的愿望，便成为伊迪丝·伊顿等作家所面临的最大问题。伊迪丝·伊顿以非凡的勇气承认并赞美自身的华裔身份，通过一系列短篇小说描绘了在美华人的情感和生活，成为绽放在种族歧视污泥上的靓丽的"水仙花"。

伊迪丝·伊顿出生于英国的丝绸业中心麦克莱斯费尔德。她的父亲爱德华·伊顿是一位往来于英国和中国的商人，他与中国广东女子格雷丝（中文名"荷花"）的跨种族婚姻遭遇了家中的激烈反对，因此带着家眷移居美国，最终于1874年定居加拿大蒙特利尔市。伊迪丝·伊顿是家中的第二个孩子，亦是长女。自幼在种族话语盛行的语境中长大，欧亚混血的伊迪丝姐妹从外貌上看与普通白人相差无几，但这个"优势"并没有能够让她们以逾越者的身份安然逃脱美国种族话语的扫描。伊迪丝在童年时代与美国主流社会的一次相遇以非常不友好的方式教会了她什么是种属概念，以及她自己在这个概念中所具有的劣等位置：一个邻居在听说她母亲是中国人时失态地惊叫起来，"好奇地将我从头到脚打量一番"①。当时年纪尚幼的伊迪丝还不懂"中国人"这个词的确切含义，但却已经意识到这个词强大的贬抑性力量。

对于自身中国身份的警醒和关注贯穿了伊迪丝·伊顿的整个文学创作。她的创作之路起步很早，在二十多岁便开始发表作品。根据学者的梳理，她的创作生涯大致可以分为三个阶段：加拿大蒙特利尔时期（1888—1898）、美国西部时期（1898—1909）和美国东部时期（1909—1914）②。她所创作的作品大部分都是短篇小说，主要以华人女性的生存状态为描写对象。这些作品最终结集成《春香太太》（*Mrs. Spring Fragrance*, 1912）一书，这也是伊顿唯一的短篇小说集。

纵观她三个阶段的创作，伊迪丝·伊顿经历了一个文化身份的嬗变：她的自我定位从"欧洲人"变为"中国人"，再变为"欧亚人"③。在第一阶段，伊顿尚未摆脱白人文化中的种族思维，在作品中将东方想象成充满异域情调

---

① Sui Sin Far, *Mrs. Spring Fragrance and Other Writings*. Ed. Amy Ling and Annette White-Parks. Urbana: U of Illinois P, 1995, p.218.
② 石平萍：《"我是中国人"——美国华裔文学先驱水仙花》，载《外国文学》2007年第5期，第80页。
③ 参见吴释冰：《从"埃迪斯·伊顿"到"水仙花"——试论北美华裔作家水仙花文化意识的转变历程》，载《世界华文文学论坛》2006年第2期。

的背景,充满诱惑但却无法发声。1898年则是伊顿的文化身份意识从西方转为东方的标志。她在移居美国后对华人社区进行了深入的了解,在心理上与母亲的种族有了血脉的关联,发表了大量帮助华人"去污名化"的作品。更具有标志性意义的是,她在作品末尾开始采用"水仙花"(Sui Sin Far)这个中文笔名。这个名字的选择是大有深意的中国身份建构行为,不仅呼应了母亲荷花的名字,强调了她与中国母亲之间的生理谱系传承,而且在种族文化层面具有复杂含混的意义:"仙花"(sin far)的中英文既可理解为圣洁的中国之花,也可理解为美国大众想象中"罪恶、遥远"的东方之花[1]。这无疑是对美国文学对于华人的想象方式的辛辣嘲讽和近乎挑衅式的反叛。水仙花在1903年写给文学杂志编辑的信中说:"我读过许多美国作家写的中国故事,它们聪明而有趣,但却让人觉得是采用疏远的态度,大多数情况下不过是把华人刻画成一个笑话而已。"[2]这个叛逆的行为使得伊迪丝被永久地放逐于白人文化之外,却让文坛多了一位致力于展现美国华人和欧亚混血儿真实生存状态的先驱。

厘清种族意识和性别意识之间的关系,是理解伊迪丝·伊顿文化身份和创作主题的前提。正如我国学者范守义指出:"综观埃迪思·伊顿的作品,我们可以发现贯穿她的故事的主题有二,即人权和女权问题。这是两个相互联系的问题。"[3]这个"人权",即是指种族话语统治下的美国亏欠华人和欧亚混血儿的基本权利。在种族话语中,非白人并不被视为正常的文明人,亦不具备个体所具有的丰富人性,而只不过是负面刻板印象的一部分,是映衬白人/文明的"他者"。而"女权"并非是说伊迪丝·伊顿是一个现代女权主义理论定义中的斗士,而是指其作品中多以女性为刻画对象,通过女性的视角、经验和感受呈现其创作意图。就两者的关系而言,种族话题是伊迪丝创作的最终旨归——她意图在恶意的种族话语背景下,通过刻画华人和欧亚混血儿的日常经验重新恢复他们作为"人"的形象,进而逼迫美国白人主流社会抛弃固有的种族区隔思维而实现对于"华人他者"的承认[4];女性话题则是伊迪丝创作的切入点——女性在男权社会中所遭受的压迫与华

---

[1] Joy M. Leighton, "'A Chinese Ishmael': Sui Sin Far, Writing, and Exile." *MELUS* 26.3 (2001):5.

[2] 引自 Annette White-Parks, "A Reversal of American Concepts of 'Other-ness' in the Fiction of Sui Sin Far." *MELUS* 20.1 (1995):20.

[3] 范守义:《义不忘华:北美华裔小说家水仙花的心路历程》,载《国外文学》1997年第4期,第107页。

[4] 参见 Annette White-Parks, "A Reversal of American Concepts of 'Other-Ness' in the Fiction of Sui Sin Far." *MELUS* 20.1 (1995):17—34.

人在白人社会中的境遇具有本质上的一致性,伊迪丝的女性意识在根源上是其种族意识的衍生品。

水仙花在美国文学史上第一次呈现了华人和欧亚混血儿在盎格鲁-撒克逊裔新教文化为主导的美国社会中的创伤经历,通过呈现他们真实生活的复杂性,试图帮他们洗脱美国社会强加给他们的刻板印象,进而揭示种族话语的内在压迫性。混血儿的文化身份到底应该如何确定至今在学界依然是一个争论不休的话题。在"伊迪丝·伊顿"彻底变成"水仙花"之前,也有过对自身种属身份的困惑。她说:"我并不信任我的父亲和母亲。他们不会理解的。怎么个理解法呢?他是英国人,而她是中国人。我与他俩都不一样,虽然是他们的孩子,却更是一个陌生人。"[1]这种困惑是混血儿面临的普遍情境:只要信奉等级制的种属概念存在,混血儿就不得不游走在非此即彼的两难选择之间,最终要么选择一个而背叛另一个,要么永远伴着撕裂的痛苦游走在身份的罅隙之中。所以水仙花痛苦地意识到:"当我身在东方的时候,我的心在西方;当我身在西方的时候,我的心在东方。"[2]这种摇摆不定导致了她的错置感和世界观的不稳定性,在其作品中一再体现出流放(exile)的主题[3]。

这种身份困惑在水仙花的故事中屡屡出现。故事中的角色只要接受了种族话语,便一定会将"华人"和"白人"对立起来,也一定会极力地按照白人文化的标准去消弭华人性。在《摇摆不定的形象》("Its Wavering Image")中,白人记者马克·卡森想要把浅肤色的潘姑娘带离中国社区,回到白人文化中。他说:"难道你不懂吗?你必须决定要做什么人,中国人还是白人?你不能两者都是。"[4]如果马克没有明确贬抑华人身份、给予潘姑娘选择权的做法还显得稍微"民主"的话,那么在另一个故事《帕特与潘》("Pat and Pan")中另一个白人女性传教士安娜的观点则直接得多,也更准确地代表了当时美国主流社会的态度。白人男孩帕特自小在华人社区长大,与中国女孩潘结下了深厚的情谊。安娜看到后却大为震惊,坚持让他回归白人文化圈。在她看来,一个白人小孩只会说汉语、成为华人是违反自然法则的。

---

[1] Sui Sin Far, *Mrs. Spring Fragrance and Other Writings*. Ed. Amy Ling and Annette White-Parks. Urbana:U of Illinois P,1995,p. 222.

[2] Sui Sin Far, *Mrs. Spring Fragrance and Other Writings*. Ed. Amy Ling and Annette White-Parks. Urbana:U of Illinois P,1995,p. 227.

[3] Joy M. Leighton,"'A Chinese Ishmael':Sui Sin Far,Writing,and Exile." MELUS 26. 3 (2001):7.

[4] Sui Sin Far, *Mrs. Spring Fragrance and Other Writings*. Ed. Amy Ling and Annette White-Parks. Urbana:U of Illinois P,1995,p. 63.

她在唐人街开办了一所教会学校,坚持要让帕特接受白人教育,"把白人孩子当作中国小孩抚养是不可思议的"①。这样的观点显然呼应着种族话语中的文明等级论,接受中国文化对于白人来说等同于从文明向野蛮的人性堕落。在安娜的干涉下,帕特被安排到白人家庭生活。刚被接走时大哭"我是中国人"的帕特在经受种族文化的熏陶后开始排斥华人文化,在路上偶遇潘时,在同行的白人同伴的注视和语言嘲弄下,居然让她滚开。潘难过地说:"可怜的帕特,他不再是中国人了。"②这个身份选择的两难是水仙花一生的焦虑来源,在其作品中一再出现。在《她的华人丈夫》("Her Chinese Husband")中,一位嫁给了华人的白人妇女为她混血儿子的担忧实质上也是水仙花的自我拷问,"以后他能站立在他的父亲和他的母亲的人民之间吗?假如两个民族之间没有友好关系,没有相互谅解,我的儿子的命运会是什么样子?"③

在这场身份拷问中,水仙花义无反顾地采取了反叛美国种族话语、为华人正名的立场。她在作品中对华人男性和华人女性采取了不同的书写策略,以纠正美国社会强行赋予他们的负面形象,揭示"白人/华人"这个二元对立的荒谬性。对于华人男性,水仙花着力于描写他们的美好品质,将之从污名化的泥淖里拯救出来。《她的华人丈夫》是这一主题的典型作品。这篇故事从白人女性米妮的视角叙述了自己如何通过"接触"消除了对中国人的偏见。她的第一次婚姻是与白人前夫卡森缔结的,但这个"门当户对"的结合给她带来的只有背叛、痛苦和折磨。卡森移情别恋后,逼得米妮走投无路,只能抱着孩子离开家门。所幸她们母子被华人刘康喜所收留。在相处中,米妮日益意识到种族话语不过是虚构的幻象,华人在美国社会强加的污名下隐藏着令她倾心的高尚品质。最后她毅然嫁给了刘康喜。然而,种族主义话语对现实世界的影响却是真实的,不仅造成了白人对华人的偏见,也激起了华人对白人的仇恨。娶了白人的刘康喜最终死在了自己同胞的枪下。这篇故事展示了水仙花对种族概念的客观认识:"我母亲的种族和我父亲的一样都有偏见。"④在她看来,种属并不决定个体的特质,却能够影响个

---

① Sui Sin Far, *Mrs. Spring Fragrance and Other Writings*. Ed. Amy Ling and Annette White-Parks. Urbana: U of Illinois P, 1995, p. 161.
② Sui Sin Far, *Mrs. Spring Fragrance and Other Writings*. Ed. Amy Ling and Annette White-Parks. Urbana: U of Illinois P, 1995, p. 166.
③ Sui Sin Far, *Mrs. Spring Fragrance and Other Writings*. Ed. Amy Ling and Annette White-Parks. Urbana: U of Illinois P, 1995, p. 80.
④ Sui Sin Far, *Mrs. Spring Fragrance and Other Writings*. Ed. Amy Ling and Annette White-Parks. Urbana: U of Illinois P, 1995, p. 223.

体看待世界的方式。因而,华人不应该被歧视,也不应该被神化。

水仙花创作的最出彩部分是对华人女性在美国的境遇的描摹,呈现了她们在文化碰撞的夹缝中适应、迷茫、失语、逃离、疯癫等状态,通过这些女性经验的记载,展示了性别话语如何作为种族话语的变体控制美国的华人女性,进而奠定了美国华裔女性文学的基调。在水仙花的笔下,在美国的华人女性只有两个出路:要么积极抛弃自身的他者性,主动认同美国文化,取得新的文化身份;要么更加退守到原本的中国习俗中,最终在美国文化的压制下作为"不可归化"的他者而彻底沉沦。

水仙花作品中积极融入美国文化的华人女性并不算多,其代表是《春香太太》("Mrs. Spring Fragrance")中的春香太太。这位女性是水仙花笔下最为美国化的人物之一,对美国文化采取了全盘接受的态度,可以算是美国"归化"(assimilate)异族战略中的模范族裔。春香先生奉行自励自助的美国梦,发奋学习英语和西方的经营理念,终于从小伙计变成了成功的商人,在美国同僚的眼中已经是他们中的一员。春香太太甚至比丈夫更加美国化,在短短五年内就学会了英语,背诵了很多英美诗歌,使其在与美国女性相处时具有优雅的品味和谈吐。在安慰美国友人时,她竟然引用了大诗人阿尔弗雷德·丁尼生(Alfred Tennyson)的诗歌。正因为在文化上彻底认同美国,她被评价为"就像个美国女人"[1]。从一方面看,春香太太的行为是成功的文化适应,有助于其自我身份的确立;但从消极方面来说,这种新身份的确立是以放弃中国文化为前提和基础的,也可以视为一种身份的丧失。

水仙花笔下刻画更多的则是华人女性在种族主义美国的错置感。在中美不同的文化系统下,这种错置感表现为迷茫、失语、逃离和疯癫等异常行为和精神状态。故事《宝珠的美国化经历》("The Americanizing of Pau Tsu")便刻画了美国的华人女性由于文化上的不适应而丧失对生活的把控。宝珠到达美国后,发现自己连说话、吃饭这等事情都不会做了:"她弄不懂为什么自己非得要学着说洋话,学着像洋人一样过日子。……唉!她为什么用不了灵巧的象牙筷,而非要用笨重得吓人的美国餐具呢?"[2]正因为语言和餐仪是最基本的文化符号体系,它们给个体造成的冲击也最为强烈。在白人和华人文化对立的语境下,丈夫万林福强迫宝珠适应美国生活方式的要求近似于等同对她身份的彻底否定。来自丈夫的否定在中国文化

---

[1] Sui Sin Far, *Mrs. Spring Fragrance and Other Writings*. Ed. Amy Ling and Annette White-Parks. Urbana: U of Illinois P, 1995, p. 17.

[2] Sui Sin Far, *Mrs. Spring Fragrance and Other Writings*. Ed. Amy Ling and Annette White-Parks. Urbana: U of Illinois P, 1995, p. 87.

的阐释框架中对女性是致命性的打击,所以宝珠会将丈夫与美国女性朋友艾达的朋友关系误会成两情相悦的男女之情。这不仅造成了她自我认知的进一步贬低,也导致了她放弃发声和沟通,完全退守到传统中国女性的封闭思维之中,最终还试图离家出走以"成全"丈夫和艾达的"私情"。从本质上讲,她的离家出走并非出自一个成人之美的、在中国文化定义下属于女性贤德的"高尚"动机,而是对美国文化的逃离和拒绝。无论是万林福还是宝珠的选择,都是种族主义的产物,在爱的名义下宣示对他者文化的压制和拒绝。如美国女子艾达所指出的,"(万林福)的不近人情在于强迫宝珠当美国女人,宝珠则因为太温顺而看不到她的男人有什么毛病"①。换言之,水仙花笔下的中美两种文化都非尽善尽美,身处其中的个体都缺乏反抗意识形态霸权的能力。

当然,对于传统的华人女性来说,种族主义和男权主义是其意识中无可逃离的枷锁,反抗更是无从谈起。因而,她们的结局往往走向疯癫。在故事《新世界里的明智之举》("The Wisdom of the New")中,对美国文化充满抵触的宝琳在丈夫要把儿子送到美国学校前夕毒死了儿子,想以此阻止儿子成为美国化的"牺牲品"。后殖民主义理论家霍米·巴巴曾经在讨论女奴行为时指出,"谋杀、自戕、杀婴是反抗心理的核心表现。这些极端的形式体现了女奴们的自我定位。"②因此,宝琳的杀子行为不仅仅是个人心理层面的疯癫表现,更是种族主义层面的身份建构行为,是华人女子对于美国文化的最激烈、最彻底的质疑手段、控诉策略和出逃方式。换言之,在生理上终结母子关系是无计可施的华人母亲为了发声所采取的极端方式,目的是在心理和文化意义上保留她对自己孩子的支配权。这种焦虑并非无的放矢,水仙花在《在自由的国度》("In the Land of the Free")中刻画了美国文化对于中国母子关系的"接管"。雷珠为了与在旧金山做生意的丈夫团聚,抱着年幼的孩子从中国赴美。结果在海关美国官员以"没有任何入境许可证明"为由扣留了孩子,强行将孩子从雷珠身边夺走,送进了教会幼儿园。夫妇俩在等待中煎熬了近一年后才从美国政府手中重新获得儿子的监护权。孩子已经不太认识亲生父母,却更加依赖幼儿园里的女性传教士。中国儿童和美国女传教士的教育关系呼应了《哈珀周刊》(*Harper's Weekly*)刊登的《家庭最后成员》漫画("The Last Addition to the Family",1869);身为年轻母

---

① Sui Sin Far, *Mrs. Spring Fragrance and Other Writings*. Ed. Amy Ling and Annette White-Parks. Urbana:U of Illinois P,1995,p.91.

② Homi K. Bhabha,"Locations of Culture," in *The Critical Tradition:Classic Texts and Contemporary Trends*. Ed. David Richter. Boston:Bedford Books,1998,p.1343.

亲的美国怀里抱着一个满脸皱纹的华人婴儿①。画作暗示，古老的中国文明在世界文明大家庭中还处于婴儿期，需要成熟的美国呵护。正是这种思维才使得当时的美国文学和受美国影响的中国作家笔下充斥着"美国女传教士—中国孩童"这一教育原型意象。

　　总而言之，水仙花在华人男性形象刻画中语调趋于正面积极，而呈现华人女性经验时着力呈现了否定性的情感。就对水仙花文学创作的影响而言，性别话语不过是种族话语的延伸，作为欧亚混血儿的她一生所真正致力于追求的是自身的种族身份。在她的眼中，种族身份似乎较少偏向血统和长相，而更侧重语言建构和文化认同。混血儿的种属不再是"天然的"生理特征，而更多的是一种个人选择。更重要的是，她最终抛弃了种族话语的逻辑，拒绝在"白人"和"华人"这个二元对立中表明立场，因为任何一种确定的选择都意味着她必须要贬抑自身的一部分。如她在自传中所言，"我终究不属于任何一个民族群体，而且也不急于自命为哪一方"②。她对自我身份问题的最终答案是"非欧非亚"的欧亚人。这种混杂的身份也成为她创作中的一个类似乌托邦的理想，"我母亲的种族和我父亲的一样都有偏见。只有全世界都变成一个大家庭，人类才能够看得清，听得明。我相信总有一天，全世界的一大部分都会变成欧亚人"③。虽然这个大同社会在水仙花的文学创作中从来没有真正地实现过，但它毕竟体现了作家"个性高于民族性"的基本立场，以及把混血儿这个以往尴尬的身份变成优势、在白人和华人世界之间充当"微不足道的纽带"的可贵努力④。

　　当然，伊迪丝·伊顿也不免囿于19世纪与20世纪之交的美国社会语境，无法以一个激进斗士的身份出现在美国文坛之上，采取中国视角去呈现"水仙花"这一身份的内涵。为了躲避美国社会和出版市场的审查，她的作品也有不少含混的叙事策略，在着重呈现解构东方话语的同时，她对华人生活和习惯风俗的描绘不免复制甚至固化了美国社会的流行看法⑤。但这并

---

① http://immigrants.harpweek.com/ChineseAmericans/Illustrations/113LastAdditionToTheFamilyMain.htm.

② Sui Sin Far, *Mrs. Spring Fragrance and Other Writings*. Ed. Amy Ling and Annette White-Parks. Urbana: U of Illinois P, 1995, p.230.

③ Sui Sin Far, *Mrs. Spring Fragrance and Other Writings*. Ed. Amy Ling and Annette White-Parks. Urbana: U of Illinois P, 1995, p.223.

④ Sui Sin Far, *Mrs. Spring Fragrance and Other Writings*. Ed. Amy Ling and Annette White-Parks. Urbana: U of Illinois P, 1995, p.224. 水仙花作品中的"大同社会"主题，参见黎会华：《论水仙花〈春香夫人及其他作品〉中的"大同"社会理想建构》，载《浙江师范大学学报》（社会科学版）2012年第2期。

⑤ 参见楼育萍：《论华裔美国文学鼻祖水仙花的叙事策略》，载《华文文学》2013年第1期。

未严重地损害她对当时美国的种族主义和性别主义话语的揭露和反叛,她对两大话语的对抗也使其当之无愧地成为美国华裔女性文学的第一人。

正因为伊迪丝·伊顿对于华人的认同和形象救赎,她赢得了华人社区的真正认可。在她去世后,华人同胞在加拿大蒙特利尔市的皇岗墓园为她立了一块墓碑,上面刻着"义不忘华"四个汉字,为她的一生做出了最为公允的评价。

第八节 美国犹太女性文学的先驱

玛丽·安廷(Mary Antin,1881—1949)

玛丽·安廷是美国犹太裔女性文学的先驱。她的自传《应许之地》(*The Promised Land*,1912)是 20 世纪犹太裔女性文学的开拓性作品,也是美国第一部由犹太人创作、描绘犹太人生活的畅销书。这部作品的发表给安廷带来了巨大的声名,树立了她在美国社会中"模范移民"的形象。美国犹太教士阿夫拉姆·克隆巴赫(Abraham Cronbach,1882—1965)在日后回忆起这一文化景观时评论道:"在那些时候,玛丽·安廷即便不是美国人最为津津乐道的女性,那也是他们谈论最多的作家。"[1]支持移民政策的美国政客将安廷奉为座上宾,前总统西奥多·罗斯福甚至在自传中为她留了一席之地[2]。《应许之地》不仅是犹太裔女性文学的奠基之作,而且在美国女性文学史上具有多方面的开创性,"它是移民小说和自我成长叙事的早期版本,这种叙事后来在薇拉·凯瑟和佐拉·尼尔·赫斯顿等作家那里得到了更好的发扬光大"[3]。

安廷出生在俄罗斯的波洛茨克,在家里的六个子女中排行第二。家境本来宽裕,小安廷在家接受了良好的教育。但好景不长,父亲伊斯雷尔·安廷生了一场大病导致家道中落。走投无路的伊斯雷尔 1891 年离开家人随着众多移民一起远赴美国,去寻求东山再起的机会。养家糊口的重担全部压在了母亲埃丝特的肩上,幸得舅舅莫西·韦尔特曼不时接济,他们才得以

---

[1] Abraham Cornbach,"Autobiography." *American Jewish Archives* 11 (1959):40.
[2] Theodore Roosevelt, *Theodore Roosevelt: An Autobiography*. New York: MacMilllan, 1913, p.179.
[3] Guy Reynolds, *Twentieth-Century American Women's Fiction: A Critical Introduction*. London: Palgrave, 1999, p.38.

渡过难关。安廷和姐姐不得不早早出门当学徒,帮母亲减轻一点生活压力。三年后,父亲终于积攒了一笔钱,将她们母女接到美国。1894年5月9日,安廷一家人终于在波士顿团圆。这些经历在安廷的第一部回忆性作品《从波洛茨克到波士顿》(From Plotzk to Boston,1899)中有所体现[①]。

到了美国上学后,安廷显示出语言学习的超常天赋,很快就掌握了英语的写作。不到半年的时间,她写的英文作文就达到了很高的水准,被老师投往一家报纸并发表。安廷成为移民儿童美国化的榜样,这也激发了她用英语进行文学创作的热情。安廷用四年的时间就完成了文法学校的所有课程,在此期间用英语在波士顿当地报刊上发表了数量不菲的诗歌。写作让她获得了名声,也引起了当地文化精英圈的注意。美国牧师兼作家爱德华·埃弗里特·黑尔(Edward Everett Hale,1822—1909)与她成了忘年交,允诺她可以随意借阅自己图书馆中的藏书。

1901年10月5日,安廷与德裔美国地质学家,哥伦比亚大学教授葛利普(Amadeus William Grabau)在波士顿成婚。婚后她随丈夫移居纽约市,如愿以偿地进入哥伦比亚大学师范学院和巴纳德学院学习,但并未取得学位。在此期间,美国的排外情绪日益增强。美国国会在1907年成立了以佛蒙特州共和党参议员威廉·迪林厄姆为主席的迪林厄姆委员会(Dillingham Commission),对移民问题进行了规模庞大的调查。四年后,委员会发布了长达42卷的报告,认为美国的新移民大多来自东欧和南欧,在人口素质上远逊于来自西北欧的老移民。委员会建议通过扫盲测试来确保移民质量,并根据既有人口分配新移民的配额。这一有关移民问题的官方叙事显然体现了本土主义立场,有悖于美国建国以来一直坚持的以自由和平等为旨归的"庇护所"身份修辞,对于新移民来说尤其不利。当时很多作家介入到了这场文化论辩,如威廉·迪恩·豪威尔斯(William Dean Howells,1837—1920)、雅各布·里斯(Jacob Riis,1849—1914)、亚伯拉罕·卡恩(Abraham Cahan,1860—1951)等。评论家玛丽亚·卡拉菲莉丝认为,安廷的自传《应许之地》便是对这一官方叙事的颠覆和修正,着重呈现了移民所取得的成就和对美国的热爱和忠诚[②]。除了文学创作之外,安廷还积极参与了美国的公共政治,呼吁放松移民政策。她受邀为西奥多·罗斯福的第三次总统竞选活动助威,代表进步党(Progressive Party)反对美国实施限

[①] 参见 Sunny Yudkoff,"The Adolescent Self-Fashioning of Mary Antin." Studies in American Jewish Literature 32.1 (2013):4—35.

[②] 参见 Maria Karafilis,"The Jewish Ghetto and the Americanization of Space in Mary Antin and Her Contemporaries." American Literary Realism 42.2 (2010):129—50.

制移民的政策。

在第一次世界大战期间,安廷在美国全境为犹太团体等社会组织进行巡回演讲,宣扬反德的"爱国话语"。然而她的丈夫葛利普却因为自己的族裔身份遭到了政治迫害。他对战争保持着中立的态度,也发表了一些支持德国的言论,因而被美国当局视为有亲德倾向。夫妻两人在不同的政治道路上渐行渐远,伤心过度的安廷陷入抑郁状态,在1918年被诊断为"神经衰弱",自此退出了公共舞台。1920年,失去哥伦比亚大学教职的葛利普接受北洋政府农商部地质调查所所长丁文江的邀请来到中国,担任地质调查所古生物室主任并兼任北京大学地质系古生物学教授,直到他1946年病逝。在华工作期间,葛利普为中国培养了最早一代的地质学者,被尊称为"中国地质学之父"。但安廷却没有像她的同侪赛珍珠一样随着丈夫来华,用现代知识"启蒙"这个当时日益落后的古老帝国。相反,她与丈夫正式分居,留在了美国这片她寄予了无限希望的地方。但是,这时候的美国却再也不是安廷刚踏足这片土地时的模样。到了1920年代,美国社会为反移民情绪所主导,对于"百分百的美国性"的强调已经到了非常狂热的地步。3K党等极端组织实施了越来越多的针对黑人、犹太人、亚裔等移民的暴力行为。安廷对此非常失望,再也没有重要作品问世。

安廷一直怀有文学抱负,但她写下的大部分诗歌都没有发表。美国犹太诗人埃玛·拉扎勒斯(Emma Lazarus,1849—1887)的妹妹约瑟芬·拉扎勒斯一直鼓励她转向自传的写作,最终促使安廷写下了足以让自己在美国文学史上占有一席之地的《应许之地》。这部作品起初在《大西洋月刊》(The Atlantic Monthly)上连载,出版后获得了巨大的成功:它连续登上了1912年和1913年畅销书榜单,一共售出了85000多册。自传采用了族裔作家在"学徒期"惯常采用的生命书写形式,用两个部分分别讲述了叙述者从白俄罗斯波洛茨克迁移到美国的经历。安廷在书中讲述道,她从出生到1894年这段时间里,被迫生活在沙俄西部的犹太人栅栏区(Pale of Settlement)。犹太人身份带给她的最初体验便是经济上的被盘剥、政治上的被压迫和文化上的与世隔绝,从某种意义上来说,便是一个没有政治权利的"裸人"和没有国家认同的浮萍。安廷小时候受到主流社会孩童的各种欺凌,被扔泥巴,甚至还被当面吐口水。而在警察到家搜查时,家里不得不悬挂沙皇画像表示顺从和"忠诚"。对于这一切,她不得不像"接受天气"一样默默忍受[①]。真正让她无法忍受的是对她信仰的亵渎和强行改变。东正教

---

① Mary Antin, The Promised Land. Boston: Houghton Mifflin, 1912, p.5.

廷会试图让犹太人皈依,强迫他们遵循在犹太教看来明显属于偶像崇拜的东正教仪轨,如跪拜圣像、亲吻十字架等。更糟糕的是,身为女孩的安廷不像犹太男孩那样拥有受教育的机会,而只能困在家里学习持家技能,以便日后成为合格的犹太主妇。在故国的"陌生人"经历给安廷造成了巨大的心理创伤,也与她移民美国的经历构成了鲜明的对比。

安廷到了美国后,父母将她送往学校接受教育,并在这一方面产生了理念上的分歧。母亲埃丝特是虔诚的犹太教徒,绝大多数犹太移民都会为孩子选择犹太教会学校,以保证犹太信仰和文化的传承。但父亲伊斯雷尔对犹太信仰采取了疏离的态度。他包容母亲的宗教信仰,但前提是她的信仰不得"干涉(家人的)美国进步"[1]。更早融入美国的伊斯雷尔深知,教育是"美国机遇的根本含义","是一种救赎的方式"[2]。接受犹太教育一定会为美国主流社会所不容,从而阻碍孩子们的"美国进步",因此他坚决为安廷选择了美式教育。对于移民来说,教育所提供的"救赎"并非是精神上和宗教上的意义,而是社会、政治和文化等世俗层面的含义。在进步主义时期的美国,公共教育的目标是将所有人规训成认同盎格鲁-撒克逊裔白人新教文化的好公民,获得推动国家发展的"民主"习惯。英语作为文化的载体,也就自然成了移民教育的重中之重。安廷作为移民学英语的场景日后在薇拉·凯瑟(Willa Cather,1873—1947)的《我的安东妮亚》(My Antonia,1918)中得到了生动的重现:身为东欧移民的雪默尔达先生因为不懂英语在"新世界"中吃够了苦头,急切地恳请吉姆·伯登"教——教,教——教我的安东妮亚!"[3];没有学会英语而与主流社会格格不入的犹太移民彼得和帕维尔则落得了消失无踪的下场。无论安廷是否在文学层面影响到了凯瑟,但有一点是确定的:她身为东欧移民,比身为白人的凯瑟更早地意识到了英语对于移民的重要作用,以及公共学校对于移民儿童的重要性。安廷说道,学校是移民孩童接受美国化影响的首要来源,在教授英语和宣扬美国主流文化方面"为我们这些外国人尽到了完全的责任"[4]。同时她呼吁美国人重视移民的教育:"那个盘腿工作的裁缝在供着一位大学生,万一那大学生将来有一天会为你们修正国家宪法呢?那捡破烂的女儿们在漂洋过海,万一她们以后在公立学校教你们的孩子呢?"[5]这样的呼吁非常打动人心,因为这不仅

---

[1] Mary Antin, *The Promised Land*. Boston: Houghton Mifflin, 1912, p. 248.
[2] Mary Antin, *The Promised Land*. Boston: Houghton Mifflin, p. 186, pp. 75—76.
[3] Willa Cather, *My Antonia*. Boston: Houghton Mifflin, 1954, p. 27.
[4] Mary Antin, *The Promised Land*. Boston: Houghton Mifflin, 1912, p. 222.
[5] Mary Antin, *The Promised Land*. Boston: Houghton Mifflin, 1912, p. 182.

符合"美国梦"的定义,也符合进步主义时期美国教育的宗旨,即完成移民的种族提升,使其真正融入美国并为美国做出贡献。

《应许之地》开启了美国犹太女性自传文学的源流。评论家兹维·霍华德·阿德尔曼在研究犹太女性自传体裁时指出:自传作为一个特殊的文学体裁,目标面向公共领域,但内容往往会涉及个体生活中的"皈依经历",即因为离开自己原属群体而导致个体价值取向的重大变化。在中世纪的欧洲,这种"皈依"多指宗教信仰层面的改变,而现代则多指心理创伤或人生经历[1]。对于安廷而言,她的自传无疑是从犹太群体到美国社会的信仰"皈依",塑造了一位依靠自我奋斗而成功的个体英雄形象。作品用热情洋溢的语调凸显移民的价值,其题名"应许之地"明显不过地表达了对美国的颂扬:在这片被犹太人视为避难所和新乐园的土地,他们逃离了欧洲的歧视和迫害,看到了新生的希望。正如安廷所言,作品的中心在于呈现犹太裔移民的"高贵的梦想和高尚的理想",对找到新家国的"自豪和开心"[2]。对于安廷来说,这是非常彻底的一次归化过程。她写道:"对我们俄裔犹太人来说,归化不仅仅意味着美国对移民的(冷漠)接纳,而更是移民对美国的(热情)吸纳。"[3]

在《应许之地》这个"皈依"叙事中,安廷"在旧世界和新世界之间、在言说主体和被言说主体之间进行了生硬——但无法持续——的区分"[4]。为了烘托现在美国生活的文明性,她将前半段经历视为未能进入历史的空白,即"没有得到呈现的生活",从而构建出"专制俄国/民主美国"这两个空间及两种生活经验的对立。为了"佐证"这个二元对立,凸显旧欧洲和美国的差异,《应许之地》用了相当篇幅来描写犹太群体在欧洲的悲惨生活,如叙述者从祖母和母亲那里听到的家族历史、她所见证的犹太社区生活,以及母亲等开始具有自我意识的犹太女性的抗争。同时,安廷将犹太教视为压迫女性的根源:

> 犹太学堂中的男孩子能做到的事情,我没有一件不能做,只恨我生来是个女孩……女孩的真正学堂就是她母亲的厨房……她的母亲在忙

---

[1] Tzvi Howard Adelman, "Self, Other, and Community: Jewish Women's Autobiography." *Nashim: A Journal of Jewish Women's Studies & Gender Issues* 7 (2004): 117.

[2] Mary Antin, *The Promised Land*. Boston: Houghton Mifflin, 1912, p. 198.

[3] Mary Antin, *The Promised Land*. Boston: Houghton Mifflin, 1912, p. 228.

[4] Susanne A. Shavelson, "Anxieties of Authorship in the Autobiographies of Mary Antin and Aliza Greenblatt." *Prooftexts* 18. 2 (1998): 164.

碌的时候，也在教她如何打理一个虔诚犹太教徒的家，如何做一个得体的犹太妻子。女孩生来没有其他使命。①

与此形成鲜明对照的是，安廷听到自己的哥哥在做祷告的时候"感谢上帝没有把他造成一个女人"②。通过这样的描绘，安廷把性别问题转化成了国族问题，通过女性的个体感受将拒绝包括意第绪语、犹太教信仰、欧洲家庭传统等文化记忆正当化了，进而为她认同美国文化提供了一个理由——尽管这个理由其实并不存在，因为当时的美国自身也尚未解决性别平等问题。换言之，呈现犹太文化中的性别压迫只是反衬美国荣光的写作策略，而并非安廷所关注的焦点内容。她自己的行为其实体现了对于性别话语的内化：她将早先一步来到美国的父亲视为引领自己人生的人物，同时崇拜华盛顿总统等美国男性英雄；相较而言，母亲在《应许之地》的角色非常孱弱。

《应许之地》从一个爱国者的角度叙述了移民归化经历，在读者接受的层面赢得了认可，这种叙事模式上承奴隶叙事、下启移民书写，成为"皈依"叙事中的标准策略。为了展现自己已经完全归化美国社会，迎合波士顿文化圈的品味，安廷，或者是作品的叙述者"我"，极力将自己与欧洲传统拉开距离。她试图让美国读者相信，这个当下的言说主体是一位"美国"作家和知识分子，已经成功地扬弃了移民身份而成为"我们中的一员"。在作品的开篇，安廷就面向潜在的美国读者表明态度：

> 我已经脱离了原本的生活，就如死了一样，因为现在的我和将要讲述她故事的那个人完全不一样……我可以用第三人称叙述，丝毫不觉得戴着面具。我可以分析我的主题，可以坦白所有事；因为她，而不是我，才是真正的女主角。③

通过将言说主体与自传中的"我"相区分，安廷实际上拒绝和他者化了尚未完成美国化的原本自我，而将归化后的自己置于与美国读者同样的位置上，以一种安全的距离去惊叹这位"他者"的怪异之处④。

为了呈现"皈依"主题，安廷的自传挪用了《圣经》修辞和美国的"庇护

---

① Mary Antin, *The Promised Land*. Boston: Houghton Mifflin, 1912, p. 34.
② Mary Antin, *The Promised Land*. Boston: Houghton Mifflin, 1912, p. 34.
③ Mary Antin, *The Promised Land*. Boston: Houghton Mifflin, 1912, p. xi.
④ Timothy Parrish, "Whose Americanization?: Self and Other in Mary Antin's The Promised Land." *Studies in American Jewish Literature* 13 (1994): 28.

所"身份修辞等主流话语。自传中有一章的题名为《出埃及记》,这个带有浓重《圣经》隐喻意味的章节在整部作品中占据中心位置。将沙皇独裁统治下的俄罗斯比喻成埃及,而将美国视为"应许之地",这一修辞为移民去往美国的行为提供了无可置疑的合法性。当年的《纽约时报》注意到了这一修辞,对此表示了热烈的欢迎:"我们可以理解了——以前一直没能意识到——为何从俄罗斯到美国的旅程就像旧时的出埃及记,为何我们国家尽管还存在贫困和贫民窟……却依然是应许之地"①。美国作为"应许之地",原因在于其作为移民"庇护所"的政治身份,以及这一身份所内蕴的平等和自由理念。在进步主义时期,美国的庇护所身份修辞成为美国国际形象建构工程的一部分,将美国刻画成为欢迎世界各地优质移民的"熔炉"形象。安廷在自传中体现出对美国庇护所身份修辞的熟稔,使用了诸多能够引起美国读者强烈共鸣的文化符号。比如,她将每一艘从沙俄和其他国家运载移民的轮船都说成是"五月花号",通过激活美国社会有关本民族建立的原初记忆来产生对于新移民的共情。

除了挪用美国的主流话语之外,《应许之地》还利用了传统的欧洲童话的情节来类比安廷的归化。欧洲童话中的经典情节之一是,贫苦的小姑娘只有扔掉了代表过去的麻布衣服,才能成为公主。将移民美国视为"奇迹"(miracle)的安廷一到美国就急切地扔掉了表明自己犹太人身份的移民服装,改掉了自己的希伯来名字,并努力地学习英语和美国的生活方式。这无疑是一种语言和文化层面的"伪装和自我塑造"②,展现了童话般的身份嬗变过程。在安廷看来,犹太文化传统是需要坚决摈弃的"形式主义的杂色破烂"③,而美国则是她化茧成蝶的"应许之地",为她披上了一袭梦幻的华袍:"我是一位公主,等待着被领上王位。"④这是一个非常有意思的比喻,通过专制王权意象吊诡地表达了对"民主"美国的讴歌。

《应许之地》以个人经历和个人视角出发点讲述叙述者所见证的美国犹太人的生活,但实际上它所意欲表达的主题超越了个体经历,而上升到美国作为庇护所的"天定命运"层面。安廷对自身经历评价道:

---

① "The Immigrant." *New York Times Review of Books* Apr. 14,1912:228.
② Hana Wirth-Nesher, *Call It English: The Languages of Jewish American Literature*. Princeton, NJ: Princeton UP, 2006, p. 57. 另参见 Babak Elahi, "The Heavy Garments of the Past: Mary and Frieda Antin in *The Promised Land*." *College Literature* 32.4 (2005):29—49.
③ Mary Antin, *The Promised Land*. Boston: Houghton Mifflin, 1912, p. 242.
④ Mary Antin, *The Promised Land*. Boston: Houghton Mifflin, 1912, p. 358.

> 我的生活有它自己的特点，但是并非那么与众不同，这就是事情的本质所在。因为我很清楚，从更广阔的视角来看，我的历史是许许多多实例中的一个具体表达而已。尽管我写的是真实的个人经历，但是我也相信，它的主要意义还在于：它佐证了很多没有得到呈现的生活，而我们所有人的命运不过只是现代历史中的短短一页。①

对于个体经历特殊性的消解从表面看是一种贬低，实际上却非常聪明地将个体经历融入"所有人的命运"和"现代历史"之中，不仅为自身行为取得了不可置疑的合法性，同时也通过"进步"修辞歌颂了作为一个整体的美国命运。

作为开山之作，《应许之地》对于美国犹太女性文学影响颇深，作品中的自我中心、信仰怀疑和美国认同等各个主题都在后来者的作品中有所体现。最接近的例子便是安吉亚·叶齐尔斯卡（Anzia Yezierska，1880—1970）的代表作《一家之主》（*Bread Givers*，1925）。这部作品描绘了女主人公萨拉对于父亲以犹太教信仰为名剥削妻女的反抗，以及它对美国主流社会的认同和融合②。这部小说的副标题"旧世界的父亲和新世界的女儿之间的争斗"直白地说明了小说的主题，也明显地呼应了《应许之地》所建构的两个世界的对立。

《应许之地》是有关顺利归化的乐观主义叙事，因此受到了美国主流社会的热烈欢迎。如《生活》（*Life*）杂志夸赞这部作品是"医治过度反犹主义情绪的一剂良药"③。但是这样的评价对于安廷本人和犹太裔群体来说，却显得有些苦涩和讽刺。自传编织了一个关于自我发展的光辉叙事，但表层的美国化之下始终萦绕着叙述者作为犹太裔移民的身份焦虑和持续追寻④。安廷在继承犹太文化和融入美国群体的张力间来回环顾，结果造成她在文本中归顺的那个集体更像是一个幻象。而《应许之地》对于美国价值观的肯定和认同造成了安廷和犹太群体的紧张关系。同时代的犹太人批判安廷这位"模范移民"背叛了犹太传统，"违背了誓言"⑤。而安廷的本意也并不是要与犹太传统进行彻底的切割。她在1941年第二次世界大战期间

---

① Mary Antin, *The Promised Land*. Boston: Houghton Mifflin, 1912, p. xiii.

② Evelyn Avery, "Oh My 'Mishpocha'! Some Jewish Women Writers from Antin to Kaplan View the Family." *Studies in American Jewish Literature* 5 (1986):47.

③ "Medicine for Anti-Semitism." *Life* Jan. 18, 1912:167.

④ Susanne A. Shavelson, "Anxieties of Authorship in the Autobiographies of Mary Antin and Aliza Greenblatt." *Prooftexts* 18.2 (1998):162.

⑤ Joseph Jacobs, "An Orgy of Egotism." *American Hebrew* (31 May 1912):117.

目睹了犹太人所经受的非人遭遇时反思道：

> 今天，在犹太问题被以残忍的方式放大之际，我感受到那已被忘却的情感纽带的拉扯。你可以走自己不同的路，将你的朋友和同志留在身后，让他们平静富足地生活；但如果整个世界都抛弃了他们，你却没能够想起他们，这就是另外一回事了……我再也回不到犹太人群体了，就如我回不到母亲的子宫一样。在一个充斥着恶毒的反犹主义的时代，我幸运万分地逃脱了身为一个犹太人必须遭到的惩罚，但无法继续体面地享受这一特权。我渴望分担同胞的苦难，至少能做到宣布我是他们中的一员。①

从《应许之地》中竭力证明自己是美国社会里"我们中的一员"，到宣布自己是"他们中的一员"，安廷纵然对故土旧人表现出深沉的依恋情感，体现出崇高的人性关怀，但同时却又展现出一个非常值得深思的自我认同变化：在完全融入美国社会后，她原本的身份焦虑已经消失无踪，取而代之的是对犹太文化的一种远距离的心理认同，这颇为类似白人殖民者对待异族文化的"帝国怀旧"情感——当异质文化不再构成自我身份的威胁时，对之的怀旧反而能彰显帝国的宽阔胸怀。

1914 年，安廷又发表了一部反对限制移民的著作《他们来敲门》(*They Who Knock at Our Gates*)。尽管这部作品依然受到了当时社会的好评，但其文学地位较之《应许之地》要差上不少。安廷晚年时受困于糟糕的身体状况，几乎完全封笔。1949 年 5 月 15 日，她因为癌症病逝于纽约州萨芬市。

第九节　西部草原的缪斯

薇拉·凯瑟(Willa Cather,1873—1947)

在进步主义时期，整个美国社会都洋溢着推动社会"进步"的热情，在文坛上与此对应的是态度暧昧不清的自然主义文学和声嘶力竭"揭露黑幕"(muckraking)的新闻报告文学。在这样既冷血又喧嚣的气氛之中，1913 年

---

① 引自 Elaine Showalter, *A Jury of Her Peers: Celebrating American Women Writers from Anne Bradstreet to Annie Proulx*. New York: Vintage Books, 2009, pp. 258—59.

薇拉·凯瑟的《啊，拓荒者》(*O Pioneers!*)显得格外与众不同。它通过拓荒题材重新唤起了美国人在新大陆立足和建国的集体记忆，使20世纪的美国人通过文学想象重温并融入美利坚民族起源的荣光之中。拓荒题材的怀旧性和民族性为美国在国际舞台上建构自己的身份找到了合适的承载物。

薇拉·凯瑟出生于美国弗吉尼亚州，并在那个依然沉浸在内战的历史创伤中泪眼婆娑地回望"旧南方"的地方度过了童年时代。她9岁时随着父母迁往内布拉斯加州的莽莽荒野。从南方到西部，这是凯瑟人生中一个创伤式的地理空间变迁，日后她在《我的安东妮亚》(*My Antonia*, 1918)中让主人公吉姆这样代言自己的感受：

> 什么也看不到，看不见篱笆，看不见小河或树木，看不见丘陵或田野。如果有一条路的话，在暗淡的星光下我也分辨不清。除了土地，什么也没有。根本就算不上什么乡村，只有构成乡村的原料。什么也没有，只有土地……我感到仿佛人世已经被我们丢弃在后面，我们越过了人世的边缘，在人世之外了。……在那样的苍天和那样的大地之间，我感到自己被一笔勾销了。①

这个广场恐惧症一般的丧失感和焦虑感主导了少年凯瑟的想象世界，在日后凯瑟的拓荒描写中成为一个持续性的意象修辞。其后期作品《死神来迎大主教》(*Death Comes for the Archbishop*, 1927)依然未能摆脱这一阴影。墨西哥的荒漠"地貌上没有什么特色——或者不如说，全是特色，但都是一模一样的"，让主人公拉都主教感觉像是置身于"几何图形的梦魇中"②。

1891年凯瑟进入内布拉斯加州立大学，在校期间发现自己对文学的浓厚兴趣，成为校刊唯一的女编辑并开始从事戏评、诗歌和短篇小说的创作。19世纪与20世纪之交的女性作家不再像他们19世纪的文学先辈那样将文学创作当作贴补家用的手段，而开始有了身为"作者"的"权威感"，致力于跻身艺术殿堂。参与刊物编辑和杂志投稿标志着年轻时的凯瑟已经是当时"新女性"文学运动中的一员。大学毕业后，她继续从事编辑工作，做过高中语言教师，最终于1906年成为《麦克卢尔杂志》(*McClure's Magazine*)的编委。这本杂志关注时事，非常积极地参与了当时席卷整个美国的"进步主义

---

① Willa Cather, *My Antonia*. New York: Bantam Books, 1994, p. 12. 译文参考周微林的翻译，部分有改动。参见薇拉·凯瑟：《我的安东妮亚》，周微林译。北京：外国文学出版社，1998年。

② Willa Cather, *Death Comes for the Archbishop*. New York: Vintage Books, 1990, p. 13; p. 14.

运动",成为"揭露黑幕"报道的发源地。凯瑟的加盟说明她对于美国社会情况的关注和熟稔,并非如日后有些评论家指责的那样是对社会现实毫不关心的"逃避主义者"①。只不过在其作品中,社会关注意识常常隐藏在清丽的笔调、关乎日常琐碎的选材和浓厚的怀旧情绪之后。凯瑟本人曾说:"除了逃避之外,艺术还会是什么?"②其真正的意图并非宣扬对社会现实的漠视,而是强调艺术创作不可用简单粗糙的方式直接描写社会问题或者直抒胸臆地书写"社会反抗"文学,而应以"陌生化"的方式与现实拉开距离,从而达到艺术的表达层次。

凯瑟的这一艺术观来自她的文学领路人萨拉·奥恩·朱厄特(Sarah Orne Jewett,1849—1909)。1908年2月凯瑟结识了这位19世纪女性"乡土色彩"文学的峰顶人物。朱厄特在作品中聚焦新英格兰地区的风土人情,把浓浓的怀旧情绪付诸笔端,从侧面呈现了19世纪末新英格兰地区的落寞余晖。她告诫凯瑟这位笔锋犀利的后辈编辑脱离社会现实的漩涡,沉下心来描绘那些撩拨自己心弦的故土旧事③。朱厄特的建议造就了另一个"区域作家",也缔结了她与凯瑟之间一个伟大的女性区域文学谱系。凯瑟在1912年辞去编辑职务成为职业作家,开始将自己对西部的记忆付诸笔端。从编辑写作转为小说写作,凯瑟的创作完成了从"现实"到"记忆"(怀旧)的转变。

在凯瑟听从朱厄特的建议成为职业作家前,已经有不少练笔之作,代表作品是短篇小说集《精灵的花园》(*The Troll Garden*,1905)和长篇小说《亚历山大之桥》(*Alexander's Bridge*,1912)。1913年,以《啊,拓荒者!》的发表为标志,凯瑟找到了自己"浮现的声音"④,正式进入了长达二十年的创作成熟期。这个成熟期呈现出明显的阶段性。第一阶段是以内布拉斯加的西部大草原为故事背景的"草原系列",包括《啊,拓荒者!》《云雀之歌》(*The Song of the Lark*,1915)和《我的安东妮亚》。这几部小说刻画了来自世界各地的拓荒者们在美国西部的拓荒伟绩,讴歌了他们对于美国荒野的改造

---

① Margaret Anne O'Connor, Introduction. *Willa Cather: The Contemporary Reviews*. Ed. Margaret Anne O'Connor. Cambridge: Cambridge UP, 2001, p. xxiii.

② Willa Cather, *Stories, Poems, and Other Writings*. New York: The Library of America, 1992, p. 968.

③ Sarah Orne Jewett, *The Letters of Sarah Orne Jewett*. Ed. Annie Fields. Boston: Houghton Mifflin, 1911, pp. 246—50.

④ 此语来自评论家萨伦·奥布莱恩的凯瑟传记《薇拉·凯瑟:浮现的声音》。在此书中,奥布莱恩以《啊,拓荒者!》结尾,"浮现的声音"一语便是指这部小说。参见 Sharon O'Brien, *Willa Cather: The Emerging Voice*. New York: Oxford UP, 1987.

及体现的美国精神,为当时正致力于重建民族文化传统、寻求国家起源的美国思想界提供了再合适不过的素材。

《啊,拓荒者!》是凯瑟真正意义上的首部成熟之作。她自认为这是首次"完全为自己"写的作品,写作体验与以前截然不同①。小说共分为五个部分。第一部分《原野蛮荒》讲述了瑞典移民之女亚历山德拉·伯格森带领全家经营土地,最终成为镇上最富有的女农场主。第二部分《邻田》讲述了亚历山德拉的日常生活以及她与恋人卡尔之间的感情。第三部分《冬日追忆》和第四部分《白桑树》描写了亚历山德拉的弟弟埃米尔和沙巴塔·弗兰克之妻玛丽之间的婚外恋情。最后一部分《亚历山德拉》刻画了埃米尔和玛丽双双身亡后亚历山德拉的变化。这部作品赢得了评论界的高度赞赏,认为亚历山德拉不仅呈现出"新女性"的独立精神和经商能力,而且首次改变了人和自然的关系,以与自然的和谐融合彰显了女性特质的至善至美②。

《我的安东妮亚》是凯瑟最著名的小说作品,讲述了波希米亚移民安东妮亚·夏默达从异族移民变成"共和国母亲"的归化过程。小说以叙述者"我"与童年伙伴吉姆·伯登在火车上的偶遇开篇,引出了他们对安东妮亚的回忆。整部小说是吉姆关于安东妮亚的回忆录。全书分为五个部分。第一部分《夏默达一家人》讲述了吉姆与夏默达一家在西部荒野的相遇相知,描绘了移民西部拓荒的艰辛。第二部分《帮工姑娘们》讲述了吉姆搬到黑鹰镇后的经历,以及安东妮亚到镇上打工的逸事。第三部分《莉娜·林加德》讲述了与安东妮亚渐行渐远的吉姆和最漂亮的草原姑娘莉娜·林加德的交往。第四部分《妇女开拓者的故事》讲述了草原女孩蒂妮的淘金经历,并插入交代了安东妮亚在小镇上所托非人,怀孕后被情人抛弃,只能黯然回乡的不幸命运。最后一部分《库扎克的儿子们》描绘了已担任铁路公司法律顾问的吉姆对安东妮亚的拜访。此时的安东妮亚拥有了一个幸福的家庭,并成为很多孩子的母亲,成了美国土地上的"大地女神"。

1922 年是凯瑟创作的分水岭,她日后在随笔中慨叹道,这一年"世界分裂成了两半"③。这一情绪的具体缘由评论界并无定论,唯一可以肯定的是她当年发表了《我们中的一员》(*One of Ours*,1922)这部小说。但这部获得普利策奖的作品却遭到了当时青年男性作家和知识分子的冷嘲热讽。他们

---

① Willa Cather,*Willa Cather: Stories, Poems, and Other Writings*. New York: The Library of America,1992, p. 963.

② Elizabeth Jane Harrison, *Female Pastoral: Women Writers Re-Visioning the American South*. Knoxville: U of Tennessee P,1991, p. 9.

③ Willa Cather, Prefatory Note. *Not under Forty*. New York: Alfred A. Knopf,1936.

惊讶于这个只适宜怀旧乡野农村的"凯瑟姑妈"居然染指战争题材,将这部小说斥为"彻底的失败"[1]。经受这一打击的凯瑟创作风格陡变,转入笔调阴郁的第二阶段,包括《迷失的夫人》(*A Lost Lady*, 1923)、《教授的房屋》(*The Professor's House*, 1925)和《我的死对头》(*My Mortal Enemy*, 1926)。这些作品萦绕着"挫败和死亡"主题,充满迷惘绝望的情绪[2]。从这个意义上讲,凯瑟也可被归为"迷惘的一代"中的一员[3]。

《迷失的夫人》被公认是凯瑟创作技巧最完美的一部作品。小说通过尼尔的视角展示了福里斯特夫人玛丽安的命运,共分为两部分,各跨越十年时间。在第一部分,福里斯特上尉的传奇经历、他引人注目的房屋和美貌迷人的年轻妻子成了甜水镇的传奇。但尼尔惊讶地发现福里斯特夫人有婚外情。这部分以上尉在经济危机中破产告终。第二部分展现了物质化社会中福里斯特一家的窘境。福里斯特夫人被情人抛弃后举止失态,成为镇上的丑闻。上尉去世后,她索性成为暴发户艾维·彼得斯的情妇。尼尔对她的"迷失"非常失望,但随着时间的流逝,他对福里斯特夫人的印象变得"非个人化"之后对她有了更深刻的理解。小说通过"迷失的夫人"这一意象展示了美国在商业主义侵蚀下的精神堕落。

《教授的房屋》被认为是凯瑟这一阶段的代表性作品,也是她所有作品中"最复杂、意义最含混"的一部[4]。小说包括三部分。第一部分《家庭》描绘了历史学教授圣彼得对沉迷于物欲的家庭成员的反感。他最喜爱的学生,大女儿以前的未婚夫汤姆·奥特兰牺牲在战场上,留下的科学发明被大女儿现在的丈夫,犹太人路易用于商业开发。路易用获得的利润建造了一座新房,并命名为"奥特兰"("Outland")。第二部分《汤姆·奥特兰的故事》记载了汤姆在美国西南地区的传奇经历。他和伙伴罗德尼·布莱克在顶山上发现了印第安古文明的遗址,但政府对他们的发现不感兴趣,布莱克于是将文物卖掉。将文物视为国家财富的汤姆与布莱克决裂。第三部分《教授》再次刻画了圣彼得的生活状态。他对生活失去了兴趣,任由煤气泄漏而企

---

[1] Edmund Wilson, "Mr. Bell, Miss Cather and Others," in *Willa Cather: The Contemporary Reviews*. Ed. Margaret Anne O'Connor. Cambridge: Cambridge UP, 2001, p. 143.

[2] Leon Edel, *Willa Cather: The Paradox of Success*. Washington, DC: Library of Congress, 1960, p. 14.

[3] 马尔科姆·考利:《流放者的归来——二十年代的文学流浪生涯》,张承谟译。上海外语教育出版社,1985年,第5页;James Woodress, *Willa Cather: A Literary Life*. Lincoln: U of Nebraska P, 1987, p. 329; Elaine Showalter, *Sister's Choice: Tradition and Change in American Women's Writing*. Oxford: Clarendon, 1991, p. 107.

[4] Hermione Lee, *Willa Cather: Double Lives*. New York: Pantheon Books, 1989, p. 193.

图自杀。幸亏他家的缝纫女工及时赶到，救了他的命。小说展现了美国二十年代物质主义和理想主义的激烈争斗，以及由此给知识分子带来的深重幻灭感。

《我的死对头》描绘了南方淑女米拉·亨肖传奇却又悲剧的一生。年轻时候的米拉为了爱情毅然违抗叔父的命令，放弃巨额遗产与爱人奥斯瓦尔德私奔成婚。这使她成了当地的传奇，在邻居的口口相传中成为浪漫和艺术的化身。然而夫妻俩的婚后生活并不幸福，奥斯瓦尔德的微薄薪水根本无法支撑米拉维持"体面"生活的开支。"奥斯瓦尔德"（Oswald）这个名字来自英国诺森伯里亚的盎格鲁-撒克逊国王圣渥斯沃尔德（St. Oswald），在小说中很明显是一个反讽。米拉的婚姻并未遵循童话中女孩成为王后便幸福永远的套路，而在残酷的现实中磨灭了夫妻对彼此的情感。这部小说通过对传统幸福家庭理想的颠覆，展现了理想与现实之间的巨大张力、个体在张力下的无力，以及宗教对于这份无力感的潜在救赎。

面对这难以释怀的分裂感和绝望感，凯瑟退到早期殖民经历中去寻找慰藉，通过回溯殖民历史重新探索"文明"的意义和"艺术"的表现方式。其创作第三阶段的作品《死神来迎大主教》和《磐石上的阴影》（*Shadows on the Rock*, 1931）呈现出值得注意的新特征：它们都远离了美国，远离了凯瑟本人熟悉的故土旧事，甚至背离了她的新教信仰，通过无中心的插话式叙事表现了早期法国天主教殖民地区的生活。当时的评论界显然没有领会这一变化中的救赎意图，反而对《磐石上的阴影》中"对锅碗瓢盆的神秘情感"和"华而不实的资产阶级居家之道"大加鞭挞，把凯瑟推至文坛的边缘位置[1]。

《死神来迎大主教》讲述了十九世纪法国的天主教神甫拉都和约瑟到墨西哥传教的故事。整部小说不存在一个线性发展的中心情节，所有的故事都以碎片化的形式并置呈现。但看似散乱的叙事始终围绕着向异域传播基督教信仰的主题。这一信仰传播除了宗教仪式之外，还通过空间塑造体现出来：两位神甫将教堂周围的荒地经过他们多年的开垦变成了花园，还在当地另外建造了一座新教堂以便让当地居民做祷告。正如评论家所指出，"主教的生活就是他自身建造的结构……整本书都是凯瑟建造的教堂"[2]。相较于二十年代的迷惘气氛，《死神来迎大主教》重新回到了结构主义努力，通过空间塑造为个体自我的存在找到了恰当方式。

---

[1] Lionel Trilling, "Willa Cather," in *Willa Cather and Her Critics*. Ed. James Schroeter. Ithaca: Cornell UP, 1967, p. 155.

[2] Merrill Maguire Skaggs, "Death Comes for the Archbishop: Cather's Mystery and Manners." *American Literature* 57. 3 (1985): 405.

《磐石上的阴影》与《死神来迎大主教》类似,表现了"解读、本体认知和个人等同在地理空间上的微妙融合"①。小说以法国小姑娘塞茜尔在加拿大的持家经历作为题材。她在童年时离开了文明的法国,跟随父母从法国移居到荒野殖民地魁北克。母亲去世后,她承担了照顾父亲的重任,将家里收拾得和母亲在世一样井井有条。整部小说的叙事与《死神来迎大主教》类似,没有线性发展的情节,而按照季节变化的循环过程记录了塞茜尔家庭的日常生活,一些宏大叙事穿插其中。就主题而言,这部小说的内容颇为类似于欧洲老牌帝国在殖民地推行的"帝国持家",意在推动欧洲文明在异域的移植,带有浓重的文化帝国主义立场。

在创作的第三阶段之后,凯瑟在文坛日趋沉寂,只发表了《露西·盖伊哈特》(Lucy Gayheart,1935)和《萨菲拉和女奴》(Sapphira and the Slave Girl,1940)两部作品。现在,学界普遍接受评论家哈罗德·布鲁姆的观点,认为《啊,拓荒者!》《我的安东妮亚》《迷失的夫人》《教授的房屋》《死神来迎大主教》和《磐石上的阴影》这六部小说是"凯瑟经典"(Cather's Canon),在整个美国文学史中也堪称"永恒"之作②。

在凯瑟的作品中有四个持久的主题:荒野、艺术、女性和族裔。其中荒野和艺术属于美学范畴,而女性和族裔主题是 20 世纪 70 年代多元文化主义兴起后对凯瑟创作的理论建构。

荒野几乎是凯瑟所有小说或显或隐的背景,更是草原系列小说的直接主题。草原系列小说直接刻画了拓荒者对西部荒野的塑造,开启了美国"农场生活小说"(farm life fiction)或"农村小说"(rural fiction)的先河,代表着中西部文学的最高成就③。这一主题显然来自凯瑟的个人经历和体验。凯瑟的好友、作家多罗茜·甘菲德·费希尔(Dorothy Canfield Fisher,1879—1958)曾说过:凯瑟创作的核心是一种流放的感受,是她对幼时迁移的想象和情感回应④。所谓"流放",就是从南方的文化空间到荒野的空间置换,以及与此相关的身份剥离和丧失感。不过,这种否定性的情感是理解凯瑟作品的前提而非结果。拓荒者对荒野的驯服和改造便是对抗这种丧失感的努

---

① Edward Bloom, and Lillian Bloom,"Shadows on the Rock: Notes on the Composition of a Novel." *Twentieth Century Literature* 2.2 (1956):72.
② Harold Bloom, Introduction. *Willa Cather*. Ed. Harold Bloom. New York: Chelsea, 1985, p.1.
③ Caroline B. Sherman,"Our Farm Life Fiction." *Journal of Farm Economics* 13.2 (1931):332;"The Development of American Rural Fiction." *Agricultural History* 12.1 (1938):68.
④ E.K.Brown, *Willa Cather: A Critical Biography*. New York: Avon Books, 1953, p.viii.

力,而这种努力汇聚成为集体性的追求之后,便成为整个美国的民族精神。正是在这个意义上,凯瑟的草原系列是"关于个人追求的寓言——表达了那些个体追求和发现生活的目标",更呈现了整个美国的"道德和美学信仰"①。换言之,荒野意象在凯瑟作品中并非如生态主义者所想象的那样是被爱恋和等同的对象,而是"人类故事"发生的背景。就如《啊,拓荒者》这样描述拓荒:"人类只有那么两三个故事,它们一再无尽地重复,仿佛从来没有发生过似的;就像这里的云雀几千年来一直唱着同样的五个音符。"②在凯瑟看来,拓荒是对荒野的艺术加工,将之从自然状态提升为人类道德和美学信仰的载体。评论界意识到,"土地是凯瑟的缪斯女神手中的原材料,是为犁和笔而展开的背景"③。这便是为何《啊,拓荒者!》中的"自然神"伊瓦尔会最终失去土地,也为解析《我的安东妮亚》中一些爱意绵绵的描述提供了基本前提。在吉姆随着祖母去了菜园之后,他却躺在了那里:

> 我尽量保持不动。什么也没有发生。我也不指望会发生什么。我只要是躺在太阳底下,感觉到太阳的温暖,就像那些南瓜一样,我就不想做什么了。我感到彻底的幸福。也许我们死后,变成了一个整体的一部分,不管那整体是太阳还是空气,是善良还是知识,我们的感觉也像这样。总而言之,溶解在一个完整而伟大的东西里面;那就是幸福。这样的幸福来到一个人身上,就像睡眠来临一样自然。④

这段温情文字看似在抒发对于草原的热爱和认同,像伊瓦尔一样在草原上从不指望发生什么,实际上却表达了处于广场恐惧症之中的吉姆的强烈不安和超越欲望。他所认同的并非荒野本身,而是"知识"——超越无意义的空白空间、体现人类主体性的"伟大理念"。这种超越欲望促使吉姆不断向东部大城市进发求学,也是推动凯瑟所有草原小说叙事进程的内在力量,体现了对待荒野的一种"艺术"性的态度。

如果说荒野主题是凯瑟潜意识恐惧的投射,那么艺术主题则是她有意识的自我救赎。在她看来,文学创作是在作家和读者之间营造出一个不可

---

① Edward Bloom and Lillian Bloom,"Willa Cather's Novels of the Frontier:A Study in Thematic Symbolism." *American Literature* 21.1 (1949):74.
② Willa Cather,*O Pioneers*!. New York:Bantam Books,1989,p.75.
③ Joseph W. Meeker,"Willa Cather:The Plow and the Pen," in *Cather Studies* 5. Ed. Susan J. Rosowski. Lincoln:U of Nebraska P,2003,p.88.
④ Willa Cather,*My Antonia*. New York:Bantam Books,1994,p.18.

名状的共享空间,从而将艺术理念通过文字传递给读者:"美文应使敏感的读者心存感怀;记住一分愉悦,不可捉摸却又余味悠长;记住一种韵调,为作者所仅有、个性独特的音质。这种品质,读者释卷之后会在心中多次记起却永远无法定义,正如一首清歌,亦如夏日花园的馥郁。"[1]凯瑟追求的作为未名之物的艺术到底是什么尚未有定论,但有一点可以肯定,它是对自然的艺术超越和陌生化,而绝非和自然的等同或被动融合。评论家劳埃德·莫里斯在1924年便已意识到,"在许多美国作家只满足于临摹眼前现实的时候,凯瑟小姐重现了古老的艺术与自然的区分,表达了艺术家的一贯自信:艺术之所以为艺术,在于它并非自然"[2]。在新人文主义者看来,凯瑟作品中的艺术便是一种"人文主义意识":她通过"当今美国文学界最典雅的散文风格"超越了自然主义的悲观主义和绝望意识,用独特的视野和"诚实的现实主义"表明不完美的美国生活中依然存在"恩典和优雅",用一系列作品"建构了值得赞赏的超级结构"[3]。而在基督教徒看来,凯瑟是"理念的艺术家",其作品——尤其是以天主教历史为题材的《死神来迎大主教》和《磐石上的阴影》属于"基督教创作",所体现的"理念"与政治、社会、经济无关,而是"精神和想象的存在。绝大多数情况下探讨的是价值观、生活方式、安宁平和——总之就是那些人们在离世前从他的上帝那里获得的东西"[4]。而在浪漫主义者的眼中,凯瑟的想象力超越了日常生活,"消解现实世界、进入意识世界",在作品中表现出对"物质身体的超越"去达到抽象的"真与美"[5]。

荒野和艺术是美学范畴的持久主题,在多元文化主义兴起之前的凯瑟评论中占据了主导的地位。然而,多元文化主义将注意力转向了群体政治,认为过于重视作品中抽象的普世的"审美"价值而忽视作品生成所处的特定政治与文化语境,实质上缔造了一个忽视文化因素的阐释霸权。阅读凯瑟作品亦是如此。多元文化主义者将其置于当时席卷整个美国的进步主义运动,抽离出性别和族裔两个主导性话题,意在揭示凯瑟创作与当时社会文化

---

[1] Willa Cather, *Stories, Poems, and Other Writings*. New York: The Library of America, 1992, p. 850.

[2] Lloyd Morris, "Willa Cather," in *Willa Cather: The Contemporary Reviews*. Ed. Margaret Anne O'Connor. Cambridge: Cambridge UP, 2001, p. 218.

[3] Harlan Hatcher, "The Reaction from Naturalistic Despair." *The English Journal* 19.8 (1930): 612.

[4] Archer Winsten, "A Defense of Willa Cather." *Bookman* 74 (March 1932): 637.

[5] Demaree C. Peck, *The Imaginative Claims of the Artist in Willa Cather's Fiction*. Selinsgrove: Susquehanna UP, 1996, p. 31; Susan J. Rosowski, "Willa Cather—A Pioneer in Art: *O Pioneers!* and *My Ántonia*." *Prairie Schooner* 55.1—2 (1981): 144; *The Voyage Perilous: Willa Cather's Romanticism*. Lincoln: U of Nebraska P, 1986, p. 8.

语境的紧密互文关系。

鉴于凯瑟的女性作家身份,及她在《啊,拓荒者!》中第一次刻画了一位女性的拓荒者,评论家们一直对她创作中的女性主题给予了高度关注,将之归于19世纪与20世纪之交的"新女性"作家群。这些"新女性"作家的共同点是有了性别独立和平等意识,开始将自身创作提高到艺术的高度与男性作家竞争。然而,性别政治并不是让女性成为"想象的共同体"的充要条件。不仅种族政治和阶级政治分裂了"新女性"的叙事,使之变成了"矛盾的故事",她们对自身"女性"身份的接受也尚且存疑。凯瑟本人对所谓的"女性特质"采取了拒绝的态度。她在少女时期便一直异装,并留着男孩发型,还把自己的签名从"薇拉"(Willa)改成了"威廉"(William),这些叛逆行为在《啊,拓荒者!》中的女主人公亚历山德拉身上依然留有印记。成年后的凯瑟虽然不再执着于这些外在表现方式,却在艺术层面更加激烈彻底地摈弃女性标签,发表了许多反对"女性文学"的言论。她忠实地遵从了女性导师朱厄特的建议,选择令她感动的故土旧事进行创作,但却发现"早年的印象和回忆中,只有那些无关性别的才最靠得住,最令人珍惜"[1]。在她看来,许多"新女性"作家的文字充满了"可鄙的女性弱点"和"讨厌的性别意识",缺乏艺术作品应该有的男性气概和刚健文风[2]。出于这一原因,凯瑟并不十分关注同辈女性作家,对伊迪丝·华顿、埃伦·格拉斯哥(Ellen Glasgow, 1873—1945)、格特鲁德·斯泰因(Gertrude Stein,1874—1946)等人的创作兴趣寥寥[3]。她的"姐妹恐惧"和"超级男性主义美学"消解了女性主义批评理论对"女性情谊"的本质性建构,让困惑和尴尬的评论家们不得不将她归于从詹姆斯·费尼莫尔·库珀(James Fenimore Cooper,1789—1851)到拉尔夫·沃尔多·爱默生(Ralph Waldo Emerson,1803—1882)和沃尔特·惠特曼(Walt Whitman,1819—1892)这一脉相承的"美国男性浪漫主义传统"之中[4]。但也有评论家坚持建构凯瑟的"女性美学",认为其作品中持续出现的家庭和花园意象是女性美学的核心能指:家庭叙事强调日常琐事、普

---

[1] Willa Cather, *The Selected Letters of Willa Cather*. Ed. Andrew Jewell and Janis Stout. New York: Alfred A. Knopf, 2013, p.436.

[2] Willa Cather, *The World and the Parish: Willa Cather's Articles and Reviews, 1892—1902*. Ed. William M. Curtin. Lincoln: U of Nebraska P, 1970, p.153, p.275, p.277.

[3] Hermione Lee, *Willa Cather: Double Lives*. New York: Pantheon, 1989, p.14.

[4] 参见 Deborah Lindsay Williams, "Pernicious Contact: Willa Cather and the Problem of Literary Sisterhood," in *Willa Cather's New York: New Essays on Cather in the City*. Ed. Merrill Maguire Skaggs. Madison: Fairleigh Dickinson UP, 2000, pp.211—22; Claude J. Summers, "'A Losing Game in the End': Aestheticism and Homosexuality in Cather's 'Paul's Case'." *Modern Fiction Studies* 36.1 (1990):106.

通生活和闲言碎语,而不是宏大的政治话语和抽象的理念追寻;花园叙事强调人与自然的和谐,以柔和的方式实现对土地的艺术改造。总而言之,女性美学以"相互依存"(inter-dependence)为核心价值观,迥异于美国经典/男性文学中的"自立"(independence)传统①。

凯瑟创作中的女性主题有一个特殊的表现形式,即同性恋。由于凯瑟从 1906 年起直至 1947 年去世都与同性伴侣伊迪丝·刘易斯生活在一起,其间还曾住在同性恋聚集的格林尼治村周边,因而被 20 世纪 70 年代兴起的美国同性恋批评视作"他们中的一员"。凯瑟批评的同性恋派主要探讨她作为女性对异性恋霸权的反抗、对男权政治经济体系压迫并剥削女性身体的拒绝②。此类评论一般借助凯瑟的生平经历来分析其作品中人物的同性友谊,展现他们对异性恋关系的拒斥。凯瑟的好友伊丽莎白·萨金特在1925 年指出,在凯瑟创作中"爱情对于中心人物来说,不过是事业生涯中渺小的偶然事件……作者好像并不相信家庭的幸福"③。评论家们以此为基础,审视凯瑟作品中的同性关系,断言凯瑟对异性之间的性爱怀有恐惧,隐晦地表现了对同性之爱的推崇④。在凯瑟作品中,遭受审视的同性友谊包括《啊,拓荒者!》中的埃米尔和阿米迪、《我的安东妮亚》中的彼得和帕维尔、《教授的房屋》中的汤姆与罗德尼以及圣彼得教授、《死神来迎大主教》中的拉都主教和约瑟夫牧师,等等。这些评论家们把同性恋视为凯瑟创作中"无法言明之事"的"最合适的能指",并将其并入男性同性恋文学传统之中⑤。

同性恋主题研究面临的问题是证据的匮乏与合法性的不足。在凯瑟创作的 1910 年代和 1920 年代,"同性恋"意识开始出现并成为社会禁忌:社会

---

① 参见 Josephine Donovan, "The Pattern of Birds and Beasts: Willa Cather and Women's Art," in *Writing the Woman Artist: Essays on Poetics, Politics, and Portraiture*. Ed. Suzanne W. Jones. Philadelphia: U of Pennsylvania P, 1991, pp. 81—95. Ann Romines, "After the Christmas Tree: Willa Cather and Domestic Ritual." *American Literature* 60.1 (1988): 61—82; Helen Fiddyment Levy, *Fiction of the Home Place: Jewett, Cather, Glasgow, Porter, Welty, Naylor*. Jackson: UP of Mississippi, 1992.

② 参见孙宏:《"石墙酒吧造反"前后同性恋文学在美国的演变》,载《外国文学研究》2006 年第 2 期,第 122—128 页;孙宏:《"并未言明之事":同性恋批评视角下的凯瑟研究》,载《外国文学研究》2012 年第 1 期,第 44—53 页。

③ Elizabeth Shepley Sergeant, "Willa Cather." *New Republic* June 17, 1925: 93.

④ 参见 Blanche Gelfant, "The Forgotten Reaping-Hook: Sex in *My Ántonia*." *American Literature* 43.1 (1971): 60—82; Sharon O'Brien, "'The Thing Not Named': Willa Cather as a Lesbian Writer." *Signs* 9.4 (1984): 576—99; Sharon O'Brien, *Willa Cather: The Emerging Voice*. New York: Oxford UP, 1987.

⑤ John P. Anders, *Willa Cather's Sexual Aesthetics and the Male Homosexual Literary Tradition*. Lincoln: U of Nebraska P, 1999, p. 98.

交往不再采取19世纪的性别分离模式,而开始转为强调异性恋作为两性关系的交往规范,为年轻异性提供交往机会的商业服务也相应激增①。在这一社会语境下,凯瑟不可能在作品中对同性爱欲进行直白的描绘。迄今为止,除了与女性同伴生活这一事实外,无论凯瑟本人的言行举止、他人的回忆录、还是已然公开的凯瑟私密信件,都没有明确涉及同性恋"丑闻"的内容。相反,凯瑟本人对被评论家普遍视为其同性恋精神导师的奥斯卡·王尔德(Oscar Wilde,1854—1900)却恶语相向,认为他的作品充斥着"喋喋不休的女人气",将他与女性特质联系在一起并驱逐出艺术范畴之外②。虽然也可以将这一事实理解成凯瑟在异性恋社会规范压力下的表面屈服和话语策略,但事实上,无论凯瑟作品中的同性友谊多么热烈暧昧,都从未被明确地命名为同性恋③。造成这一现象的根源在于,在异性恋话语占据主导地位的话语体系中,同性恋主题既缺乏表达的渠道,更缺乏表达的语言。作家不得不进行自我审查,采取模糊修辞以求作品发表④。加码后的语言无法与读者的固有知识结构进行有效对应,从而导致同性恋主题在传递过程中趋向散灭。同性恋理论在发展过程中意识到了这一问题,探讨内容不再仅限于探讨作家的性爱身份这一狭隘且无法证明的问题之上,而倡导将"同性恋"视为一种"非身份"(nonidentity)修辞,即将之理解成一种行为方式(doing)而非存在方式(being)⑤。这种"行为方式"抛弃了1910年代开始形成的异性恋/同性恋二元对立文化思维,避免将同性友谊定义为基于性爱的、对抗主流文化体系的身份意识,而是依附异性恋社会却区别于主流话语的"异质性"。这种身份认知拓展了同性恋批评的视域,使之得以与族裔等其他群体政治批评形成联盟。在这一视域下,凯瑟作品中的族裔"外国性"与同性恋的"异质性"便构成了一个相互指涉的隐喻关系,如《我的安东妮亚》中的美国男主人公吉姆对待中欧移民女性安东妮亚的暧昧态度"再现了凯瑟对自身女性身份和同性恋身份的不安"⑥。

---

① George Chauncey,*Gay New York: Gender, Urban Culture, and the Making of the Gay Male World*, 1890—1940. New York: Basic, 1994, p. 117.

② Willa Cather, *The Kingdom of Art*. Ed. Bernice Slote. Lincoln: U of Nebraska P, 1966, p. 135.

③ Scott Herring, "Catherian Friendship; or, How Not to Do the History of Homosexuality." *Modern Fiction Studies* 52.1 (2006): 67.

④ 参见 Richard T. Rodríguez, "Intelligible/Unintelligible: A Two Prolonged Proposition for Queer Studies." *American Literary History* 23.1 (2011): 174—80.

⑤ Marilee Lindemann, "Who's Afraid of the Big Bad Witch? Queer Studies in American Literature." *American Literary History* 12.4 (2000): 757.

⑥ Katrina Irving, "Displacing Homosexuality: The Use of Ethnicity in Willa Cather's *My Ántonia*." *Modern Fiction Studies* 36.1 (1990): 93.

就"异质性"而言,凯瑟作品中除了性别身份,就是族裔身份最为突出。19世纪与20世纪之交恰逢美国致力于建构自身的"熔炉"身份,将移民文化和历史吸纳进入一个独特的"美国性"之中。与这个民族建构狂热对应的是族裔的多样性,这在凯瑟作品中有着大量描绘。凯瑟创作中的族裔文化影响与她的童年经历和阅读体验有关。小时候的凯瑟在内布拉斯加的草原上接触到很多移民女性,从她们各自讲述的故事中了解到很多美国官方历史中从未记载的群体记忆①。同时,凯瑟还阅读了大量的欧洲经典文学。这些"非美国"的影响使得凯瑟对美国的认识从一开始便被置于一个国际的背景之中,"美国"作家身份与"外国"影响之间的辩证关系是凯瑟创作的动力②。

由于凯瑟在1924年曾经谴责社会工作者们致力于把移民"变成自命不凡的美国公民的复制品",声称"将一切东西和人群都美国化的狂热是我们的大毛病"③,而且也在《我的安东妮亚》中塑造了积极的中欧移民形象,在《死神来迎大主教》中表达了对"东方文明"的欣赏,多数评论家因此将凯瑟视为多元文化主义者,认为她对移民的刻画抛弃了当时社会对于少数族裔的刻板印象,以兼容并蓄的姿态"眷念""推崇"和"吸纳"少数民族的美学思想,通过介入当时美国"保护文化差异的运动"而发出了"与多元文化对话的声音"④。但不可否认的是,凯瑟作品中的一些种族书写的确呼应了当时的

---

① Sharon O'Brien, *Willa Cather: The Emerging Voice*. New York: Oxford UP, 1987, p. 29.

② Guy Reynolds, "The Transatlantic Virtual Salon: Cather and the British." *Studies in the Novel* 45.3 (2013):352.评论家在凯瑟创作中发现的"外族"和"外国"影响包括凯尔特浪漫传奇、法国文化、西班牙文化、俄国文化、印第安文化等来源。参见 Robert K. Miller, "Strains of Blood: Myra Driscoll and the Romance of the Celts," in *Cather Studies 2*. Ed. Susan J. Rosowski. Lincoln: U of Nebraska P, 1993, pp. 169—77; Robert J. Nelson, *Willa Cather and France: In Search of the Lost Language*. Urbana: U of Illinois P, 1988; Stanley T. Williams, "Some Spanish Influences on American Fiction: Mark Twain to Willa Cather." *Hispania* 36.2 (1953):133—36; David Stouck, "Willa Cather and the Russians," in *Cather Studies 1*. Ed. Susan J. Rosowski. Lincoln: U of Nebraska P, 1990, pp. 1—20; David Stouck, "Willa Cather and the Indian Heritage." *Twentieth Century Literature* 22.4 (1976):433—43;徐艳秋:《欧洲文化与印第安文化在薇拉·凯瑟主要作品中的运用》(博士论文),天津:南开大学,1995年。

③ L. Brent Bohlke, ed. *Willa Cather in Person: Interviews, Speeches, and Letters*. Lincoln: U of Nebraska P, 1986, pp. 71—72.

④ Tim Prchal, "The Bohemian Paradox: *My Ántonia* and Popular Images of Czech Immigrants." *MELUS* 29.2 (2004):3—25; Loretta Wasserman, "Cather's Semitism," in *Cather Studies 2*. Ed. Susan J. Rosowski. Lincoln: U of Nebraska P, 1993, pp. 1—22; Sarah Wilson, "Material Objects as Site of Cultural Mediation in *Death Comes for the Archbishop*," in *Willa Cather and Material Culture: Real-World Writing, Writing the Real World*. Ed. Janis P. Stout. Tuscaloosa: U of Alabama P, 2005, p. 183;孙宏:《"机械运转背后隐藏的力量":薇拉·凯瑟小说中的多元文化情结》,载《外国文学研究》2007年第5期,第63页;许燕:《包容与排斥:薇拉·凯瑟小说中的族裔问题》(博士论文),北京:中国社会科学院,2006年,第2页;寿似琛:《多元文化语境下驳"凯瑟为种族主义者之论"》,载《世界文学评论》2010年第2期,第120页。

社会偏见,最为显眼的是《我的安东妮亚》中对黑人盲音乐家德·阿诺特贬抑性的外貌描写,以及《教授的房屋》对犹太人路易的庸俗商人形象刻画。这引起了一些评论家对凯瑟"多元文化态度"的质疑,如历史学家沃尔特·迈克尔斯认为凯瑟在作品中应和了1920年代要求"文化纯洁性"的本土主义运动,其创作应归于"本土现代主义"的范畴①。伊丽莎白·埃蒙斯与迈克尔斯的结论一致,认为凯瑟在面临"多元文化的挑战"时希望回归到原来"霸权的、白人的、父权的"社会制度;她对待黑人等种族的态度因而是"矛盾的",体现了根深蒂固的种族主义思想②。评论家对凯瑟种族主义态度的争辩尤其聚焦于她最后一部小说《萨菲拉和女奴》上。在小说中,女奴隶主莎菲拉为了阻止丈夫对女奴南希的肉体欲望,竟然设计让侄子奸污南希。最后南希在莎菲拉的女儿、废奴主义者蕾切尔的帮助下逃走。对于批评者来说,这部小说所体现的种族主义态度是不可原谅的,因为它强化了战前南方奴隶制中黑奴"忠诚勤劳"的刻板印象,而且对莎菲拉过于宽容,逃避了谴责奴隶制罪恶的社会责任③。黑人女作家托妮·莫里森(Toni Morrison,1931—2019)亦认为,此小说蕴含明显的种族族主义思想,是一个彻底的"失败"④。

辩证地看来,无论是充满敬意地礼赞"多元文化主义者"凯瑟,还是义愤填膺地谴责"种族主义者"凯瑟,都是缺乏妥协态度的理论投射。应该说,在移民环境中度过青少年时代的凯瑟并没有憎恨异族的恶意,但她不可避免地被打上了时代烙印,接受了当时以种族等级论为基础的进步文明观。根据进步话语,那些原始种族缺乏技术理性,无法跟上现代工商业社会的发展步伐,因而在文明的进化链条上处于低级的位置。在凯瑟作品中,那些为现代社会所抛弃之人无一例外地被类比成停滞不前的"劣等"种族。比如在《迷失的夫人》中,无法适应新时代的福斯特上尉失去了拓荒时期的活力,只

---

① Walter Benn Michaels,"Race into Culture: A Critical Genealogy of Cultural Identity." *Critical Inquiry* 18.4 (1992):664—66;"The Vanishing American." *American Literary History* 2.2 (1990):220—41.

② Elizabeth Ammons,"Cather and the New Canon:'The Old Beauty' and the Issue of Empire," in *Cather Studies* 3. Ed. Susan Rosowski. Lincoln: U of Nebraska P,1996,257—58;"*My Ántonia* and African American Art," in *New Essays on My Ántonia*. Ed. Sharon O'Brien. Cambridge:Cambridge UP,1999,p. 59.

③ Deborah Carlin,*Cather,Canon,and the Politics of Reading*. p. 165;Minrose C. Gwin,*Black and White Women of the Old South: The Peculiar Sisterhood in American Literature*. Knoxville:U of Tennessee P,1985,p. 135,p. 149.

④ Toni Morrison,*Playing in the Dark: Whiteness and the Literary Imagination*. Cambridge:Harvard UP,1992,p. 18.

能在自己的花园中枯坐,看着太阳的阴影慢慢移过日晷。正如小说借尼尔之口所言,这是"一个时代的结束,拓荒时代的余晖……它的荣耀已经即将逝去"①。这个落后于时代的主题在作品中通过异族化的修辞得以间接地呈现:上尉被类比成为印第安人和"中国老官吏"。② 这个类比其实呼应了当时美国主流社会的"种族堕落"恐惧,极其明显地呼应了美国来华传教士明恩博(Arthur Henderson Smith,1845—1932)的著作《中国人的气质》(*Chinese Characteristics*,1890)中有关"缺乏时间观念"的表述:

> 时刻者,金钱。斯言也,现时世界之金言也。盖以晚近人生之事,复杂之度日加,于是省略时间之要,亦因以日迫。事务家,执数时而了之事务,其数实与百年以前执数月数日而了之事务相埒。盖以蒸汽电气二者发明多,而遂有此变化也。然此变化,亦实由于沙逊人种族之天性,而生此结果。……概言之,则支那人民者,不知以时计为紧要,而妄下时计之名。……普通之人民盖以太阳之高下以量时候,如有云天,则由猫眼以量之,而竟不感其不便。
>
> 授司纳说:于此世界可区列为两种人,即前世界(大洪水以前)之人类及后世界(大洪水以后)之人类。后世界之人类,人类之时代,尚不达于千福年以前,于此数百年而始发见,故感压榨,适合环象。前世界之人类,则反之。不知经过梅丽雷之日,而依然犹如生于族长组织时代之动作。③

这等论述明白不过地将盎格鲁-撒克逊种族视为"进步"文明的代表,而中国人则被污蔑为停滞不前、被时间抛弃的落后种族。明恩博的论述在当时风行西方世界,凯瑟很有可能读过他的这部作品,在《迷失的夫人》中引进了时间"凝滞"的异族这个意象。在《死神来迎大主教》中,"大洪水以前"的"前世界之人类"的意象则以更为直白的方式出现,强化了落后种族与时间凝滞之间的关联。来自欧洲的拉都主教如此评价当地的本土文明:

> 他感到他就像在海底下,为洪荒时代的生灵在唱弥撒;因为生活方式是那么古老,那么呆板,那么封闭在自己的甲壳中,基督在卡尔瓦里

---

① Willa Cather, *A Lost Lady*. New York: Vintage Books, 1990, p. 144.
② Willa Cather, *A Lost Lady*. New York: Vintage Books, 1990, p. 45; p. 116.
③ Arthur H. Smith, *Chinese Characteristics*. New York: Fleming H. Revell Company, 1894, pp. 41—43. 译文参见明恩博:《中国人的气质》,佚名译。北京:中华书局,2006年,第20—21页。

的献身简直不可能传回那么远古的时代。

……这里的这个民族,却像岩龟在它们的岩石上,一成不变,数量和愿望上都没有增长。他感到这里有一种爬行动物的味道,以静止不动而生存下去,一种外界影响达不到的生活,就像用甲壳来防护自己的甲壳类动物。①

由此可见,尽管凯瑟可能并不是自我选择的种族主义者,她的文明观已经浸染了深受种族话语影响的"进步"思想。

审美视野和政治视野勾勒出了不同的凯瑟世界,读者可以通过比较这些纷繁的形象去逼近其中那个名为艺术的中心秘密。迄今为止,对凯瑟最经典的评价莫过于作家兼文学评论家马克斯韦尔·盖斯马(Maxwell Geismar,1909—1979)之语:凯瑟是"平等社会结构中一位传统的贵族,工业社会中一位重农作家,物质文明过程中一位精神美的捍卫者"②。正是这份与众不同使她赢得了学界和普通大众的共同喜爱。流行杂志《持家好手》(Good Housekeeping)发起了一个极大范围的"美国最伟大的12位女性"评选活动,凯瑟是唯一入选的作家③。从学术层面讲,著名的《英语学刊》(The English Journal)邀请30位著名评论家将当时美国的所有小说家划分成一至十流,凯瑟在综合排名中雄踞榜首,和伊迪丝·华顿一起被认为属于第一流的作家④。

---

① Willa Cather, *Death Comes for the Archbishop*. New York: Vintage Books, 1990, p. 98; p. 101.
② Maxwell Geismar, "Willa Cather: Lady in the Wilderness," in *Willa Cather and Her Critics*. Ed. James Schroeter. Ithaca: Cornell UP, 1967, p. 200.
③ Harriet Monroe, "Greatest Women." *Poetry* 38. 1 (1931): 33.
④ John M. Stalnaker and Fred Eggan, "American Novelists Ranked: A Psychological Study." *The English Journal* 18. 4 (1929): 304.